Maria M. Lacroix

Kiss of Fay

Das Geheimnis der Feentochter

Band 2

Drachenmond Verlag

DRACHENMOND VERLAG

Astrid Behrendt
Rheinstraße 60
51371 Leverkusen
http: www.drachenmond.de
E-Mail: info@drachenmond.de

Lektorat: Tanja Selder
Korrektorat: Michaela Retetzki
Satz: Marlena Anders
Layout: Astrid Behrendt
Illustrationen: Anja Uhren
Umschlagdesign: Marie Graßhoff
Bildmaterial: Shutterstock

Druck: Booksfactory

ISBN 978-3-95991-205-1

Für alle Träumerinnen & Träumer,
Weltenreiserinnen und Weltenreiser,
Optimisten, Idealisten,
an-das-Gute-Glauber und niemals-Aufgeber.
Dieses Buch ist für euch, denn ihr macht die Welt
zu einem besseren Ort.

Namensregister und Aussprache

(alphabetisch geordnet)

Banshee	gesprochen wie Bänschie
Cathal	Ca-*H*al (Betonung liegt auf der zweiten Silbe)
Clíodhna	Kliothna (th wie in Englisch ›the‹)
Emma	Emma
Jada	englische Aussprache (J wie in Englisch ›Jungle‹, erstes a wie ay, zweites a wie das deutsche ›a‹)
Krystal	Krys-t*A*l (Betonung liegt auf der zweiten Silbe)
Nessya	Nässi-*J*a (Betonung liegt auf der zweiten Silbe)
Nassaïr	Nass-*A*ir (Betonung liegt auf der zweiten Silbe)
Síd	Schie
Seelie	Schii-li (Betonung liegt auf der ersten Silbe)
Königin Siobhànn	Königin Scha-Wuan (Betonung liegt auf der zweiten Silbe)
Sluagh	Sluu-ach (langes u; ch wie in Rache)
Tadhg	Tath (th wie in Englisch ›the‹; g bleibt stumm)
Uisdean	Ischdan
Unseelie	An-schii-li (Betonung liegt auf der ersten Silbe)

Liebe Leserin, lieber Leser:

Das ›etwas andere Glossar‹ befindet sich am Ende des Buches. Du kannst also ruhig die letzte Seite lesen, haha. Aber bitte nur vom Glossar!

Prolog

Aus Emmas Tagebuch.

In der Wüste,
Sah ich ein Geschöpf, nackt, bestialisch,
Welches, am Boden kauernd,
Sein Herz in Händen hielt
Und davon aß.

Ich sagte, »Ist es gut, Freund?«
»Es ist bitter-bitter«, antwortete es.
»Aber ich mag es,
Weil es bitter ist
Und weil es mein Herz ist.«

Stephen Crane, irgendwann vor dem 05. Juni 1900

Früher, in der Schule, habe ich nie kapiert, was dieses Gedicht bedeuten sollte. Jetzt verstehe ich es besser, als mir lieb ist.

7

Emma sog tief Luft ein, sobald sie wieder Atem holen konnte. Was zum Teufel war eben passiert?

Gerade hatte sie sich noch vor dem Badezimmerspiegel in ihrer kleinen Studenten-Wohnung in Dublin abgeschminkt, jetzt saß sie auf einem spiegelglatten, dunklen Steinfußoden – das musste grauer Marmor oder Ähnliches sein – und blickte zur Decke hinauf. Sie befand sich hoch über ihrem Kopf und lief wie in einer gotischen Kirche zu einer Kuppel zusammen. Das prachtvolle Zimmer war, bis auf das mit dunklem Stoff verzierte King-Size-Himmelbett, leer und die Wand direkt vor ihr sah aus wie ein riesiger Spiegel, der den ganzen Raum einfing und ihn doppelt so groß wirken ließ, als er ohnehin war. Während sie sich umsah, kamen ihr unwillkürlich die Worte ›erhaben‹ und ›trostlos‹ in den Sinn. Die vielen glatten, grauen Flächen, die hohen Säulen in jeder Ecke des Zimmers und die in den Himmel reichende Decke mochten zwar majestätisch wirken, doch sie waren auch ebenso kühl und unpersönlich. Sie stand vom Boden auf, klopfte sich den kaum vorhandenen Staub ab – der spiegelglatte Boden war picobello sauber – und versuchte sich einen Reim aus dem zu machen, was eben geschehen war.

Etwas war mit dem Spiegel nicht in Ordnung gewesen, er hatte vibriert, und als sie ihre Finger auf das Glas gelegt hatte, war es warm gewesen, fast heiß. Dann ging alles sehr schnell. Es fühlte sich an, als würde sie mit einer klebrigen Lackschicht überzogen werden, wie ein kandierter Apfel, bis sie nicht mehr atmen konnte. So schnell, wie es begann, war es auch wieder vorbei, und sie fand sich auf dem Boden dieses kalten, majestätischen Raumes wieder.

Das Bild des kleinen weißen Kaninchens aus Alice im Wunderland erschien in ihrem Kopf, doch statt in einen Kaninchenbau zu fallen, war sie von ihrem Spiegel verschluckt worden. Das musste ein Traum sein.

Nur, wieso fühlte es sich nicht wie ein Traum an?

Bevor sie sich darüber nähere Gedanken machen konnte, öffnete sich die Tür am anderen Ende des Raumes und ein junger, attraktiver Mann trat ein, der freundlich und etwas verwegen lächelte. Wow, Badboy-Charme hoch fünfundneunzig. Mann, dafür hatte sie eine Schwäche. Er kam ihr bekannt vor. Uni? Nein. Aus dem Yoga-Kurs? Auch nicht …

Dann fiel es ihr wieder ein. Sie war ihm vor einigen Nächten in dem neuen Club begegnet. Sie hatten miteinander geflirtet, bevor Nessi sie von ihm weggezogen hatte. Was zum Teufel machte er in ihrem Traum?

»Ich habe dich schon erwartet, Emma«, grüßte er mit einem schiefen Lächeln, als er vor ihr stand und sie in die Arme nahm. Er senkte seine Lippen zu ihren, doch bevor sie sich berührten, stemmte sie ihre Hände auf seine Brust und beugte sich nach hinten.

»Woah, immer langsam. Auch wenn das ein Traum ist. Willst du mir nicht wenigstens deinen Namen verraten oder so?«

»Selbst wenn ich ihn dir verraten würde, könntest du nichts mit ihm anfangen, Emma, meine Süße. Genieße doch einfach die Dinge, die ich mit dir tun werde.«

Okay, normalerweise stand sie nicht auf Männer, die dermaßen von sich selbst überzeugt waren, aber … ach, es war ein Traum und er war echt heiß. Auch wenn sie sich über diesen kalten Gothic-Ort, den ihr Verstand entworfen hatte, etwas wunderte, konnte sie sich doch einfach fallen lassen und aufhören, alles zu hinterfragen.

Aber war es nicht ungewöhnlich, dass ihr dermaßen viele Details in dem Zimmer auffielen? Waren Träume sonst nicht verwaschener? Eher wie Eindrücke und Gefühle, weniger präzise? Normalerweise spürte man im Traum nicht, ob es einer war oder nicht. In der Realität wusste man aber für gewöhnlich genau, dass es … keiner war. Sie studierte das Gesicht ihres Gegenübers. Die sinnlich geschwungenen Lippen, die halb geschlossenen Augen. Der Kerl sah geradezu unverschämt gut aus, dunkelbraune Haare, Dreitagebart, um die Mitte zwanzig wie sie selbst, athletischer Körperbau.

Ein kalter Schauer lief ihr über den Rücken. War das überhaupt ein Traum? Oder war sie betäubt und entführt worden? Konnte sie sich deshalb nicht erinnern, wie genau sie hierhergekommen war?

Als sie versuchte, sich aus seinem Griff zu befreien, hielt er sie wie in einer Schraubzwinge, was ihre Befürchtungen nur bestätigte.

Sie riss die Augen auf. »Das ist kein Traum«, flüsterte sie. »Lass mich los!«

Mit dem Knie versuchte sie ihm zwischen die Beine zu treten, doch mit einer geschickten Bewegung wirbelte er sie herum, sodass sie mit dem Rücken gegen seine Brust gepresst wurde.

»Hmmm«, raunte er in ihr Ohr, »nur zu, wehr dich, Menschenmädchen. Das gefällt mir.«

Angst überflutete die Verwunderung und ließ sie in kurzen, scharfen Zügen atmen. »Menschenmädchen?«

»Ja, meine Süße. Ich bin ein Fay-Prinz. Hast du schon von der Welt der Fay gehört?«

Schwer schluckend schüttelte sie den Kopf, ihre Stimme versagte.

»Na, na, nicht lügen, meine Süße, ich bin sicher, dass du schon von den Sídhe gehört hast.«

»Aber das sind doch nur alte Legenden oder Gutenachtgeschichten für kleine Kinder.« Ihr Herz hämmerte spürbar gegen ihren Brustkorb. Ihre Stimme klang so dünn, dass sie nicht sicher war, ob er sie gehört hatte.

»Früher war es so viel lustiger, euch Menschen in unsere Welt zu entführen. Jetzt muss man euch erst einmal davon überzeugen, dass es uns überhaupt gibt und was wir sind.« Er seufzte. »Es wird höchste Zeit, dass mein Bruder seinen Plan ausführt, damit ihr euch wieder erinnert. Erzähl mir, was du vom Síd weißt.« Als sie nicht antwortete, bog er eines ihrer Handgelenke nach hinten, bis es mit einem lauten Krachen brach. Sie schrie vor Schmerzen, Tränen schossen ihr in die Augen.

Das Spielerische verschwand aus seiner Stimme. »Ich habe dich etwas gefragt«, grollte er. »Antworte mir. Was weißt du vom Síd, Emma?«

»Der … der Síd ist eine Bezeichnung für die Feenhügel«, wimmerte sie, um ihn nicht noch mehr zu verärgern. »Im Volksglauben heißt es, dass die Welt irgendwann einmal in zwei Bereiche aufgeteilt wurde.

In den der Menschen und den der Sídhe oder Fay. Die Menschen können den Síd nur an bestimmten Orten oder zu bestimmten Tagen betreten, wie am 31. Oktober, an Samhain. Die Fay können aber jederzeit hinaus.«

»Braves Mädchen. Dann bist du doch nicht so unwissend, wie ich befürchtet hatte.«

Der verspielte Tonfall war zurück, doch er jagte ihr mehr Angst ein als sein Zorn. Sein stinkender Atem strich über die Haut ihres Nackens und sandte Übelkeitsstöße durch ihren Körper.

»Erzähl mir, was du über die Seelie- und die Unseelie-Fay weißt.«

»Nicht viel, ehrlich nicht«, wimmerte sie, »nur, dass die Seelie wohl zu den guten und hilfsbereiten Feen gehören und die Unseelie Schaden und Unheil bringen. Lässt du mich jetzt gehen, bitte? Das ist alles, was ich weiß. Wirklich.«

»Was weißt du über uns Prinzen?«

Die Antwort lautete ›nichts‹. Sie versuchte ihm das zu sagen, doch mehr als ein Schluchzen bekam sie nicht heraus. Zu groß war ihre Angst, dass ihn das verärgern würde.

»N-Nicht viel«, wimmerte sie schließlich.

»Wir sind die Schlimmsten von allen«, flüsterte er in ihr Ohr und strich liebevoll über ihr Haar. »Wir können so viel Spaß miteinander haben. Ehrlich gesagt hatte ich gehofft, du hättest es noch länger für einen Traum gehalten. Ich hätte das Spiel dann etwas hinauszögern können.«

Er wirbelte sie wieder zu sich herum und hielt sie fest an sich gedrückt. Ihr Handgelenk schmerzte so stark, dass ihr davon übel und schwindelig wurde.

Nessi hatte völlig recht gehabt, ihm zu misstrauen. Sie hatte einen sechsten Sinn für solche Dinge. Hatte sie etwa gewusst, was er war? Wie konnte das sein? Nessi hatte als Teenager-Ausreißerin eine turbulente Vergangenheit, doch eine Verbindung zu der Welt der Feen erschien Emma völlig absurd. Aber was dachte sie da für einen Quatsch … die Welt der Feen gab es nicht, das waren nur Märchen und Sagen.

Oder?

Sie war bisher nie in gefährliche Situationen geraten. Ihr Leben war ein ruhiger, gleichmäßig strömender Fluss gewesen. Sie würde hier mehr oder weniger unbeschadet herauskommen. Ganz bestimmt. Es gab keinen Grund, ihr weitere Schmerzen zuzufügen, wenn sie sich kooperativ verhielt, nicht wahr? Sein verwegenes Badboy-Lächeln verwandelte sich in eines, das ihre Furcht noch mehr schürte.

»Ich hätte zunächst die Vorspeise genießen können«, fuhr er fort, und der Klang seiner Stimme jagte ihr eine Gänsehaut über den Rücken. »So muss ich gleich zum Hauptgericht übergehen.«

Mit den Worten presste er seinen Mund auf ihren. Sie wehrte sich gegen den Kuss, doch ihre Zähne drückten schmerzhaft gegen ihre Lippen, sodass sie nachgeben und sie für ihn öffnen musste. Nach wenigen Augenblicken überzog ein seltsames Kribbeln ihre Haut, und ihre Lippen fühlten sich taub an. Je länger er sie küsste, desto schwieriger wurde es, klar zu denken, beinahe so, als wäre sie betrunken. Längst wehrte sie sich nicht mehr und hing schlaff in seinen Armen.

»Schon besser, meine Süße«, sagte er.

Eine merkwürdige Freude überkam sie, weil er zufrieden war. Sie wollte ihm gefallen, wollte sich so benehmen, dass seine Bedürfnisse befriedigt wurden und er sie lobte. Nachdem er sich von ihr gelöst hatte, streifte ein kühler Luftzug ihre Lippen, und sie fühlten sich kalt und taub an. Sie streckte sich ihm entgegen, um den Abstand zu seinem Mund zu überbrücken und seine Zunge wieder in sich zu spüren. Sie wollte es, brauchte es, hielt es nicht länger ohne seine Berührung aus.

»Es ist so einfach, euch Menschen faysüchtig zu machen«, sagte er und lachte laut. »So leicht, wie einen kleinen Brownie zu treten. Du, meine Süße, scheinst besonders empfänglich dafür zu sein.«

Sie lächelte, weil sie offenbar alles richtig machte. Er schien zufrieden mit ihr. Während sie sich an ihn schmiegte, veränderte sich sein Aussehen. Seine Erscheinung fiel von ihm ab, als würde er sich wie eine Schlange häuten. Seine Haut wurde fahl und gelblich, die erotisch geschwungenen Lippen wichen Hundelefzen, hinter denen eine Reihe säbelartiger Zähne zum Vorschein kam, die so lang waren, dass er die Lefzen nicht um sie herum schließen konnte. Die Haare verschwanden und hinterließen eine Glatze, und seine dunkelbraunen Augen wurden spiegelglatt und milchig in der Farbe. Sie wich einen Schritt zurück, weil er so eklig und widerwärtig aussah.

»Nein, meine Süße«, sagte er und hielt sie fest, als könne er ihre Gedanken lesen. »Dich stört mein Aussehen nicht. Du hältst mich für den bestaussehenden Mann, den du je gesehen hast.«

Natürlich. Wie konnte ihr das vorher nicht aufgefallen sein? Aber etwas in ihrem Innern versuchte gegen diese honigsüße Stimme anzukämpfen. So sah doch kein gut aussehender Mann aus. Ihr Verstand klärte sich langsam, und sie konzentrierte sich auf diese Gedanken. Sie kämpfte gegen seine Worte an. Wirklich. Bis er seinen Mund mit diesen langen Zähnen wieder auf ihren presste und sie mit einem tiefen Kuss belohnte. In seinen Armen schmolz sie dahin. Sie schmeckte Blut, dann erst spürte sie den Schmerz an ihrer Lippe. Er hatte sie mit seinen säbelartigen Zähnen verletzt, doch das machte nichts.

»Du liebst mich«, sagte er zwischen zwei Atemzügen. »Nein, mehr noch, du vergötterst mich.«

Ja, sie liebte ihn. Sie liebte ihn mehr, als sie je jemanden geliebt hatte, und es entsprach der Wahrheit. Sie ergab sich seiner Umarmung, seinem Kuss voll und ganz, bis er seine Hand auf ihren Kopf legte und sie hinunterdrückte.

»So, meine Süße«, sagte er und löste den Gürtel seiner Hose. »Jetzt will ich deine Lippen woanders spüren.«

Vor ihm kniend nahm sie ihn in den Mund, als er ihn ihr grob hinein schob und seine Hüften vor und zurück bewegte. Was immer er von ihr verlangte, wollte sie ihm geben. Dazu war sie da, das war ihre Bestimmung. Seine Bewegungen wurden schneller, heftiger, und er hielt ihren Kopf fest gegen seinen Schoß gedrückt, bis sie keine Luft mehr bekam und würgen musste. Aber das war nicht schlimm, denn seinen Lauten nach zu urteilen, gefiel es ihm. Eine zähe, schleimige Flüssigkeit ergoss sich in ihren Mund. Süßer Nektar aus seinen Lenden, und er befahl ihr zu schlucken, obwohl sie kaum atmen konnte. Das war falsch, das wollte sie nicht. Tränen schossen ihr in die Augen, weil er noch immer ihren Kopf fest gegen seinen Schoß gedrückt hielt. Kurz bevor ihr Magen revoltierte, ließ er sie endlich los. Sie löste sich von ihm, und frische Luft strömte in ihre Lungen. Ihre Kehle schmerzte. Trotzdem verzehrte sie sich nach seiner Berührung, seinen Liebkosungen auf ihrem Körper.

»Leg dich auf das Bett«, befahl er, und sie tat es, doch nicht mehr ganz so euphorisch wie zuvor. »Du willst mich. Sag es«, grollte er. »Sag es!«

Selbstverständlich wollte sie ihn. Es gab nichts, was sie mehr ersehnte, und Begierde und Lust ließen ihren Körper schlaff werden. Geradezu teilnahmslos. Als er über sie kletterte, versuchte sie sich auf die Ellenbogen zu stützen und ihre gesunde Hand um seinen Nacken zu legen, um ihn an sich zu ziehen, seinen Körper zu küssen, doch er stieß sie grob zurück. Sie blieb ruhig liegen. Er schien die Nähe nicht zu mögen, und sie wollte ihm doch so gerne gefallen, wollte alles richtig machen.

Oder?

Wollte sie das wirklich? Ihre Gedanken fühlten sich nicht mehr ganz so betäubt an. Etwas blitzte durch all den Nebel in ihrem Kopf hindurch, doch es war, als würde der Funke diffus herumfliegen und sich außerhalb ihrer Reichweite befinden.

»Sag, dass ich dich hart nehmen soll«, knurrte ihr Geliebter über ihr.

»Nimm mich hart«, kam sie seiner Bitte tonlos nach.

Als er sie schlug, flog ihr Kopf zur Seite, doch sie spürte die Schmerzen kaum. »Nicht so! Es muss so klingen, als würdest du es wirklich wollen.« Er fletschte die gewaltigen Zähne. »Was beim Síd stimmt mit dir nicht, dummer Mensch? Du vergötterst mich, *du vergötterst mich!*«

Speichel tropfte auf sie herab, als er in sie eindrang und fest zustieß, aber auch das bemerkte sie kaum, denn ihr Verstand driftete davon.

»Du wirst mir dankbar sein, es gefällt dir, so von mir genommen zu werden.«

»Ja.« Sie sah zur Seite, während er sich in ihr bewegte und über ihr grunzte. Es kam ihr jedoch so vor, als würde sie unterhalb der Zimmerdecke schweben und alles von oben betrachten. Als hätte sie sich von ihrem Körper gelöst und gehörte nicht mehr dazu. Was er dort unten mit ihrem Körper tat, war ohne Bedeutung, denn sie war nicht mehr ein Teil dessen.

»Wenn ich mit dir fertig bin, wirst du wissen, dass du dich nie wieder so fühlen wirst, wie du dich vorher gefühlt hast, ist das klar?«

Er hatte recht, das spürte sie. Dort, wo sich vorher ihre Liebe, Freude und Hoffnung befunden hatte, entstand ein Loch. Ein großes, leeres Loch.

»Sobald ich mit dir fertig bin und gehe, wirst du dich allein und verlassen fühlen. Nicht nur von mir, von jedem«, sagte er, während seine schnellen, unerbittlichen Stöße sie wund rieben, bis ihr Unterleib brannte. Sie ignorierte die Schmerzen. Ihm schien es zu gefallen.

Etwas stimmte nicht. Das war ihr klar, doch ihr Verstand weigerte sich, den Gedanken weiter zu verfolgen. Bald war es vorüber. Bald.

»Verdammtes eigensinniges Menschenmädchen.« Er schlug sie wieder. Ihr Kopf flog zur anderen Seite. »Nie wieder wird dich jemand lieben, weil du dich nie wieder lieben wirst. Du wirst dich verabscheuen, so sehr, dass du dir wünschst, tot zu sein. Aber du wirst dich nicht umbringen. Nicht, solange ich mit dir spielen will. Hast du verstanden?«

Sie nickte. Ja, sie hatte verstanden, und sie wusste mit schrecklicher Gewissheit, dass es so sein würde, wie er sagte. Als sich sein Gewicht von ihrem Körper hob, er seine Hose hochzog und den Gürtel schloss, war der letzte Funken Zweifel am Wahrheitsgehalt seiner Worte ausradiert.

»Du wirst hier auf mich warten und mir dienen, klar? Ganz gleich, was ich von dir verlange, wirst du mir geben.«

Sie nickte wieder.

»Beim Síd!« knurrte er. Offenbar war er wütend. Weshalb war er wütend? Gefiel sie ihm nicht? Hatte sie nicht alles getan, um ihn zufriedenzustellen? »Wenn ich gewusst hätte, dass du dermaßen leicht zu brechen bist, wäre ich die Sache langsamer angegangen. So macht das Ganze ja überhaupt keinen Spaß.«

Er packte sie schmerzhaft beim Schopf, zog sie auf die Beine und warf sie dann auf das Bett zurück. Sie ließ es mit sich geschehen, was sollte sie auch machen, um ihn daran zu hindern?

Kopfschüttelnd betrachtete er sie mit einem angewiderten Blick. »Ich fürchte, dass du zu nichts mehr zu gebrauchen bist. Ein bisschen mehr Kampfgeist hätte mir gefallen. Aber so …« Schulterzuckend wandte er sich von ihr ab und verließ das Zimmer. Und etwas in ihr zerbrach.

Sie war der Liebe nicht würdig. Wie sollte sie noch irgendwer lieben können, nachdem sie das hier zugelassen, ja sogar gewollt hatte? Sie hatte das Recht auf Liebe verwirkt. Warum sollten andere Achtung für sie empfinden, wenn sie die nicht einmal für sich selbst aufbringen konnte?

Nachdem er sie verlassen hatte, lag sie zusammengerollt auf dem Bett und starrte in die Laken. Irgendwann kehrte er zurück und zerrte sie fort. Weg vom Bett, raus aus dem erhabenen Zimmer. Stattdessen verfrachtete er sie in eine Ruine, grau, verkommen und trist. Wie sie selbst.

Sie kauerte sich mit dem Rücken gegen eine Wand, schlang die Arme um ihre Beine und wiegte sich vor und zurück. Vor und zurück.

Ihr Geist schwebte neben ihrem Körper, Zeit und Raum wurden bedeutungslos, bis jemand sie fand und fortbrachte.

2

Kalt. Ihr ist unendlich kalt. Sie friert unter den dicken Decken, friert immerzu. Nichts kann sie wärmen. Nie wieder.

Die Wände, Decke und Möbel ihres Zimmers sind blütenweiß, doch auf sie wirken sie dunkel und trostlos. Wie alles andere auch.

Sie bekommt oft Besuch. Die junge Frau, die mit der hellen Haut und den dunklen Haaren wie Schneewittchen aussieht, erzählt ihr etwas über eine Welt, die sie nicht kennt, eine Welt, die sie nicht versteht. Die Welt ›da draußen‹. Davon will sie aber nichts hören. Wenn Schneewittchen sonst nichts zu sagen hat, redet sie über das Wetter. Es ist kalt geworden, vielleicht wird es diesen Winter schneien, sagt sie heute.

Doch Emma hat vergessen, was Schnee ist. Ihre Welt besteht nur aus Finsternis.

Irgendwann kommt Schneewittchen nicht mehr allein. Sie hat einen Mann dabei. Nein, keinen Mann. Ihre Sinne erwachen zum Leben, blitzen durch ihr Gehirn wie schmerzhafte Stromschläge. Sie schreit, als das Wesen näher kommt. Es ist groß, mit silberweißer Haut und monströsen Schwingen, die bis zur Decke reichen.

Er ist einer von ihnen!

Seine Anwesenheit verursacht das Gefühl von brennender Säure, die durch ihre Adern rauscht, sie vergiftet und von innen aufzehrt.

Sie sehnt sich nach ihrem Prinzen. Ihre Existenz hätte wieder einen Sinn und sie eine Bestimmung zu existieren. Die unendlich andauernde Trostlosigkeit fände ein Ende. Nur dafür ist sie gut. Ihrem Fay-Prinzen zu dienen. Dunkel schwebt der Begriff durch ihren Verstand. Fay.

Sie streckt ihre Hand nach dem silberweißen Monster aus. Und verbrennt sich. Es fühlt sich an, als würde sie neben einem Lavastrom stehen, der sie bei lebendigem Leib brät. Sie schreit. Versucht zu fliehen, doch sie ist in dieser kleinen, blütenweißen Zelle gefangen. Dieses Monster darf ihr nicht näher kommen, darf sie nicht kriegen, während sie sich gleichzeitig nichts sehnlicher wünscht, als die Nähe zu ihm und allem, was er verkörpert. Nicht er ist es, den sie will. Sie will ihren Prinzen.

Sie sehnt sich nach dem Fay. Nach der Magie.

Sie will das, was er zu geben fähig ist. Sie braucht den Rausch.

»Verschwinde!«, schreit sie und streckt doch sehnsüchtig die Hände nach ihm aus. Schneewittchen hält sie mit aller Kraft zurück, verhindert, dass sie zu ihm gelangt. Sie braucht die Magie, braucht sie.

»Cathal! Ich glaube, dass sie deine Magie fühlen oder sehen kann«, ruft Schneewittchen, während sie versucht, sie an den Schultern gegen die Wand zu drücken. Das silberne Monster antwortet. Mit einer betörenden Stimme, die prickelnde, schmerzhafte Schauer über ihre Haut sendet, redet es von ›Blendzauber‹ und ›komplett hochgefahren‹, doch sie versteht nicht, was das bedeutet. Es spielt auch keine Rolle. Sie hält es nicht mehr aus. Qual, Schmerzen und Sehnsucht zugleich, so stark, dass es sie fast zerreißt. Heiße Tränen laufen über ihre Wangen.

Schreiend krümmt sie sich, doch nichts lindert das Verlangen nach diesem Geschöpf. Sie schlägt sich den Kopf gegen die Wand, damit es aufhört, endlich aufhört. Menschen in Weiß strömen wie eine Lawine in ihr Zimmer, halten sie davon ab, sich den Schädel weich zu schlagen, fesseln sie an ihr Bett und geben ihr Mittel, die sie in erlösendes Nichts befördern. Bald ist sie wieder allein. Schneewittchen und das Wesen sollen gehen, sagen die Menschen, sie bräuchte Ruhe. Schneewittchen weint.

»Ist sie faysüchtig?«, fragt Schneewittchen leise, bevor sie das Zimmer verlassen.

»Schlimmer«, antwortet das silberne Monster. »Sie ist gebrochen.«

Dann gleitet sie in die Leere.

3

Neue Zelle. Sie ist ebenfalls blütenweiß, aber die Wände, Möbel und die Tür sind gepolstert. Keine Möglichkeiten mehr, den Kopf dagegenzuhämmern und sich in Bewusstlosigkeit zu schlagen. Sie driftet davon, an einen anderen Ort in ihrem Kopf. Einen Ort, an dem nichts ist.

Nur wenn Schneewittchen und das silberne Monster kommen, schleudert ihr Verstand sie in die Realität zurück. Weil ihr Schneewittchen von Dingen erzählt, die sie nicht hören will. Schneewittchen packt sie an den Schultern, schüttelt sie und spricht von Menschen, die sie lieben und vermissen. Ihre Familie, ihre Freunde.

»Ich habe keine Freunde!«, schreit sie und heult. Sie zerrt an ihren Haaren, bis sie diese büschelweise ausreißt. »Niemand liebt mich, ich bin es nicht wert.«

»Blödsinn!«, sagt Schneewittchen und hält sie davon ab, weiter an ihrem Haar zu reißen.

Das Monster, das sonst mit verschränkten Armen bei der Wand stehen bleibt, kommt näher und droht ihr, sie festzuhalten, wenn sie nicht aufhört. Weinend hält sie sich die Hände über die Ohren. Der Klang seiner Stimme weckt Gelüste und Sehnsüchte in ihr, die sie nicht fühlen will, die sie hasst und sie anwidern. Erst als das Monster wieder zurücktritt, beruhigt sie sich, nimmt die Hände von den Ohren und hört zu, als Schneewittchen von der anderen Welt erzählt.

Eine Welt voll von diesen Monstern, von den Seelie – den Schönen – und den Unseelie – den Grausamen. Ihr fällt auf, dass Schneewittchens Augen so rein und leuchtend blau sind wie bei keinem der anderen Menschen, mit denen sie hier zu tun hat.

»Bist du eine Seelie?«, fragt sie Schneewittchen.

Schneewittchen wirkt überrascht. »Nein, ich bin ein Mensch. Wie kommst du darauf?«

Das Monster räuspert sich.

»Na ja, nicht wirklich jedenfalls«, korrigiert sich Schneewittchen. »Ich weiß es ehrlich gesagt nicht.« Das silberne Monster mit den Schwingen sei auch ein Fay, fährt Schneewittchen fort, doch er sei nicht hier, um ihr zu schaden, sondern um zu helfen.

Sie blickt zum silbernen Monster. Sie traut ihm nicht.

Aber sie vertraut Schneewittchen. Weshalb, weiß sie nicht, nur dass es so ist. Die Unseelie könnten nicht zu ihr gelangen, erklärt Schneewittchen, weil sie die Zelle mit Schutzzauber gegen sie versiegelt hat. Nur wenn sie sie besuchen kommt, öffnet sie die Siegel, damit das silberne Monster die Zelle betreten kann.

»Ist er einer von ihnen?«, fragt sie. »Ist er auch ein Unseelie?«

»Er ist ein Mischling«, antwortet Schneewittchen. »Von beiden Welten.«

»Ich will ihn aber nicht hier haben«, jammert sie. »Mach, dass er weggeht. Es tut so weh.« Sie fängt an zu weinen. »Es tut so weh.«

»Ich weiß, Emma«, erwidert Schneewittchen sanft und streicht über ihr Haar.

»Mach, dass er weggeht. Mach, dass er von hier verschwindet!«

»Er muss hierbleiben, Emma. Durch ihn wissen wir, wie es dir geht und ob du«, kurz zögert sie, »gesund oder noch süchtig bist. Kein Fay würde das normalerweise tun.«

Das Monster seufzt gelangweilt. »Glaub mir, mir bereitet das auch keine Freude.«

Sie ignoriert ihn. »Aber es tut so weh. Er könnte mir doch geben, was ich brauche, aber er tut es nicht. Es tut so weh.«

»Du wirst dich daran gewöhnen. Du reagierst schon viel besser als am Anfang, weißt du?« Dann schaut Schneewittchen hoch zum Fenster, das weit oben und unerreichbar in die Wand eingelassen ist. »Draußen blüht alles. Es ist Frühling.« Jetzt redet Schneewittchen wieder über das Wetter, wie immer, wenn sie nicht weiterweiß.

Emma wippt vor und zurück und summt, um nichts mehr zu hören.

»Meinst du, dass sie es schafft, die Sucht zu überwinden?«, fragt Schneewittchen das Monster, als sie in der Tür stehen.

Kurz hört sie auf zu wippen. Sucht? Lange hält sie sich mit diesem Gedanken nicht auf. Sie verfällt wieder in ihr Wippen und Summen, flüchtet in das Nichts ihrer Gedanken.

»Schwer zu sagen«, antwortet das Monster.

»Bye, Emma. Bis bald«, sagt Schneewittchen, bevor beide gehen.

4

Sie kauert, nackt, auf dem Fußboden ihrer gepolsterten Zelle. Einsam.

Nachts ist es ruhig.

Sie starrt auf ihre Hände und sieht, dass sie blutbesudelt sind. Sie hält ihr herausgerissenes Herz in ihnen.

Es schlägt schwach, noch ein- oder zweimal, bevor es für immer verstummt. Und in ihrer Brust ist ein klaffendes Loch.

Ihr Prinz steht neben ihr und beobachtet sie.

»Keine Sorge«, sagte er. »Du wirst nicht sterben. Nicht, solange ich mit dir spielen will.«

Ihre Brust bleibt leer und still. Innerlich ist sie längst gestorben. Das Blut ihres toten Herzens tropft von ihren Händen auf den weißen Boden. Einen Tropfen fängt sie auf und leckt ihn vom Finger.

»Wie schmeckt es?«, fragt er.

»Bitter«, antwortet sie. »Nach Schmerzen und Trauer.«

Ihr Prinz grinst und entblößt die ganze Reihe seiner monströsen Fangzähne. »Reizend.«

5

Nur Träume, sagen die Ärzte. Doch was spielt es für eine Rolle? Für sie sind sie echt. Jedes Mal. Jede Nacht.

»Schau mal, Emma«, sagt Schneewittchen. »Ich habe dir Halloween-Deko mitgebracht.« Sie fängt an, ihre blütenweiße Zelle mit dummen orangenen Plastikgirlanden zu dekorieren. Das silberne geflügelte Monster steht mit verschränkten Armen in der Ecke und beobachtet sie. Sie starrt zurück, doch nicht mehr aus Sehnsucht. Sie spürt Feindseligkeit in sich aufsteigen. Sie faucht ihn an. Überrascht hebt er eine Augenbraue.

Allmählich gewöhnt sie sich an seine Anwesenheit. Die Schmerzen, die seine bloße Präsenz in ihr verursachen, werden jedes Mal erträglicher. Es hat sich wie eine Sucht nach einer Droge angefühlt. Jetzt aber nicht mehr.

»Schöne Dekoration«, sagt sie zu Schneewittchen und lächelt. Es kostet sie Kraft, ihren Blick von dem silbernen Monster abzuwenden. Wenn auch schwächer als ganz am Anfang, geht von ihm noch immer ein starker, zerstörerischer Sog aus. Sie hasst dieses Gefühl. Verdammter Fay.

Während der letzten Monate hat sie gelernt, damit umzugehen. Sie befindet sich noch immer in der Zelle mit den gepolsterten Wänden, doch ab und zu darf sie diese in Begleitung verlassen. Sie war sogar schon in dem großen Aufenthaltsraum mit anderen Menschen, wo sich alle aus den unterschiedlichen Stationen treffen können. Dort hat sie es geschafft, einer anderen Patientin unbemerkt ein kleines Parfümfläschchen abzuluchsen.

Schneewittchen und das Monster verabschieden sich, nachdem sie die Zelle fertig dekoriert und ihr wieder unnützes Zeug von der

Welt da draußen erzählt haben. Wie das Laub von den Bäumen fällt und es allmählich kälter wird. Dass sich Schneewittchen an der Uni eingeschrieben hat und jetzt studiert. »Aha« und »toll« hat sie gesagt, weil das gut ankommt. Lächelnd winkt sie ihr zum Abschied. Nur ihr. Den Fay mag sie nicht.

Lächeln. Menschen reagieren positiv auf dieses Zähne zeigen und inzwischen hat sie die Bewegung perfektioniert.

Endlich allein. Sie holt das Fläschchen hervor, zerbricht es und … die rechte Hand mit der Scherbe schwebt über ihrem linken Handgelenk. Sie zögert.

Er hatte es ihr verboten. Sie darf das nicht tun, nicht, solange er noch mit ihr spielen will, hatte er gesagt.

Wieder brennen ihre Wangen von salzigen Tränen. Sie will endlich frei sein. Frei von seinem zerstörerischen Einfluss, frei von der Leere, die er in ihr hinterlassen hat. Er hat ihr mehr als nur ihren Willen genommen, er hat ihr ihre Freiheit geraubt. Selbst jetzt, obwohl sie sich nicht mehr in seiner Gefangenschaft befindet, ist sie noch immer seine Sklavin.

Sie will das nicht mehr. Es hat doch auch mal eine Welt ohne ihn gegeben.

Und auf einmal erinnert sie sich.

An alles.

An ihre Welt von früher, bevor sie von den Fay wusste. An den Moment, als sie aus ihrem Leben gerissen und in seine Welt gezogen wurde. An die Spiegel. An die letzten Monate. An alles, was Nessi ihr in den Momenten des Deliriums von der Welt der Fay erzählt hat.

Nessi. Schneewittchen.

Schneewittchen heißt in Wirklichkeit Nessi.

Alles ist zurück.

Die Erinnerungen sind wieder da. Woher so plötzlich? Spielt es eine Rolle?

»Du hast keine Macht mehr über mich, du hässliche Kreatur«, flüstert sie, bevor sie sich die Scherbe in ihren Arm rammt und durch die Haut zieht. Endlich frei.

Es fließt nicht gleich, zunächst bildet sich bloß eine dünne rote Linie. Doch als das Blut anfängt, aus der Wunde zu treten, strömt es unaufhörlich, sodass sich innerhalb kürzester Zeit eine dunkelrote, nass glänzende Lache auf dem weißen Boden bildet. Auf einmal begreift sie, von welch kurzer Dauer ihre Freiheit sein wird.

Nein!

Sie will nicht sterben.

Gerade noch rechtzeitig schafft sie es, den Notfallknopf zu drücken. Mit dem letzten Atemzug flüstert sie in die Leere ihres Zimmers: »Du hast keine Macht mehr über mich, mein Prinz.«

Als Menschen in das Zimmer stürmen und Schritte sowie lautes Rufen den Raum erfüllen, wird die Leere verbannt.

Sie lächelt, bevor Dunkelheit sie umgibt.

6

Frei.

7

Das geheime Treffen fand im Val Todir, dem Reich der Kobolde tief in den Bergen, in der großen Halle des K'vrogs statt.

Tadhg war bisher noch nie hier gewesen. Wozu auch, was gingen ihn die Kobolde an? Dennoch gehörte es zu seiner Pflicht, darüber auf dem Laufenden zu bleiben, was in den Reihen der Unseelie vor sich ging. Unzählige Fackeln und Kerzen erhellten den schmucklosen Raum, in dem lediglich eine Tafel stand. Diese war jedoch so groß, dass eine kleine Streitmacht daran hätte Platz nehmen können. Ansonsten befanden sich keine Möbel, Teppiche oder Dekorationen hier. Die Kobolde bevorzugten es offenbar schlicht und mittelalterlich. Der Fußboden bestand aus grob gehauenem Granitstein, ebenso die Wände, die in den durchgehenden Stein der Höhle übergingen. Auch die hoch über ihren Köpfen gelegene Decke, unter der gerade vier vergessene Schatten ihre Kreise drehten, erinnerte mehr an die einer natürlichen Höhle als an ein gebautes Zimmer.

Ihm schauderte beim Anblick der vergessenen Schatten. Einstige Götter, denen nach der Niederlage gegen die Seelie in der großen Schlacht des Síd ihre Macht geraubt worden war. Wie er hatten sie es abgelehnt, aus dem Becher des Vergessens zu trinken, und dafür hatte Siobhánn sie umgebracht. Oder es zumindest versucht. Wer hätte ahnen können, dass Götter nicht einmal durch die Klinge *EaglaBás* den wahren Tod fanden, sondern buchstäblich zu Schatten ihrer selbst wurden. Doch ob wahrhaft tot oder nicht, in dieser Form konnten sie der Königin der Seelie nicht länger schaden. Ihm hätte das gleiche Schicksal geblüht, wenn er hätte sterben können. Doch er selbst war der Tod und wahrhaftig unsterblich. Dass nicht einmal *EaglaBás* ihm etwas antun konnte, hatte alle ebenso überrascht wie verstört.

Etwas, das Königin Siobhánn ein gewaltiger Dorn im Auge war. Ihr Verhältnis zueinander hatte sich – um es milde auszudrücken – über die Jahrhunderte immer weiter verschlechtert.

Tadhg sah hoch und spürte einen Stich, weil er seinen einstigen göttlichen Brüdern und Schwestern nicht helfen konnte. Ganz abgesehen von all der Magie, die dadurch verloren war.

Die anderen Fay im Raum ignorierten die vergessenen Schatten oder sie bemerkten sie nicht. Für einen Gott gab es nichts Schlimmeres, als vergessen zu werden. Seine Mächte hatte Tadhg zwar nicht wieder – die befanden sich noch bei Siobhánn –, aber, verdammt, es war besser, als in diesem deliriösen körperlosen Schattenzustand zu stecken.

Obwohl die Zusammenkunft im Reich der Kobolde stattfand, waren überraschend viele Unseelie gekommen. Die Kobolde stellten die größte reinrassige Gruppe unter den Unseelie dar, daher bot sich ein Treffen bei ihnen an. Doch die anderen Fay fühlten sich innerhalb des Berges, in dem es kaum Fluchtmöglichkeiten gab, umgeben von Massen an Gestein, sichtlich unwohl. Das dunkle Volk neigte nicht unbedingt zum Vertrauen. Unruhiges Gemurmel erfüllte den Raum. Ihm machte der Ort nichts aus, er fürchtete weder den Berg noch die Kobolde selbst.

Schließlich war er ein Gott.

Vermutlich einer der Gründe, weshalb zu ihm ein respektvoller Sicherheitsabstand eingehalten wurde. Ohne seine Magie fiel man bei seiner Berührung zwar nicht mehr tot um, doch die anderen schienen das Risiko trotzdem nicht eingehen zu wollen. Ihm war es nur recht.

Mit verschränkten Armen lehnte er gegen die Wand und beobachtete das Geschehen. Normalerweise waren die Kreaturen des dunklen Hofes zu unorganisiert, zerstreut und individualistisch geprägt, um ein Treffen von dieser Größe auf die Beine zu stellen. Dass so viele gekommen waren, kam einer kleinen Sensation gleich. Die Zeiten änderten sich offenbar. In dem Trubel entdeckte er überraschend viele Vertreter der verschiedensten Unseelie-Arten. Natürlich unzählige Kobolde, die sich wie Erdmännchen in eine Ecke gepfercht hatten und mit gereckten Kinnen versuchten, so viel wie möglich zu erspähen. Aufgrund ihres kleinen Wuchses sorgte das für ein paar Lacher, doch davon ließ er sich nicht beirren. Die Kobolde mochten zwar kurz sein, waren dafür aber so zäh wie alte Schuhsohlen.

Im Getümmel erblickte er außerdem den Anführer der Frost-Fay, die drei Alben, Mac-Néamh – der dem Aussehen nach als hoher Elfenlord hätte durchgehen können, wäre da nicht sein hässlicher Schatten gewesen – und natürlich die drei Prinzen, Nassaïr, Uisdean und Krystal. Auch einige Unseelie, die nach dem Raub der Magie geboren worden waren, nahmen an dem Treffen teil. Es wäre spannend zu sehen, welche Magie sich in ihnen manifestieren würde, sobald die Macht an den Unseelie-Hof zurückkehrte. Aus dem Grund waren sie alle hier. Es war an der Zeit, dass die Unseelie ihre Magie wiederbekamen.

Genau in diesem Moment betrat die wohl außergewöhnlichste Kreatur, die der Unseelie-Hof je hervorgebracht hatte, in Begleitung eines Sluaghs die Halle. Selbst die furchtlosesten Unseelie wichen wie das Meer bei Ebbe vor dem Seelenfresser und dessen Machthaber Cathal zurück. Eine Mischung aus Elfe und Sluagh. Unterschiedlicher ging es kaum.

Tadhg kannte nicht die genauen Hintergründe, doch es hieß, dass die Mutter des Sluagh-Fürsten nach seiner Geburt des leuchtenden Hofes verwiesen worden war und deswegen Selbstmord begangen hatte. Seelie rümpften über deformierte Nachkommen die Nase und sahen es als unverzeihlichen Frevel an, sich mit einem Unseelie – einem Sluagh, ausgerechnet – zu paaren. Tadhg vermutete jedoch, dass sie es vielmehr als Kränkung empfanden, wenn der *Ruf des Síd* eine hohe Elfe mit einem der dunklen Kreaturen zusammenbrachte, statt mit einer anderen hochwohlgeborenen Elfe.

Der Síd scherte sich einen Dreck um Königin Siobhánns Trennung in die beiden Höfe. Früher einmal hatte es das nicht gegeben, sie waren in ihrer ganzen Vielfalt alle schlichtweg Fay gewesen. Daran erinnerte sich jedoch niemand mehr – dafür hatte Siobhánn gesorgt.

Er war dem Heerführer der Sluaghs, Fänger von Seelen, Hüter dunkler Geheimnisse, noch nie persönlich begegnet, doch als er ihn jetzt sah, verstand er den Lärm nicht, der um ihn herum gemacht wurde. Auf den ersten Blick sah er wie ein hochgewachsener Elf mit Sluagh-Flügeln aus, der zufälligerweise einen heißen Draht zum Wilden Heer hatte. Andererseits war Tadhg zu alt, um sich rein von äußeren Erscheinungsbildern beeinflussen zu lassen.

K'vrogs kletterte auf ein Podest, woraufhin der Geräuschpegel im Saal deutlich absank. Seine Gattin stellte sich hinter ihn und legte ihre Hand auf seine Schulter. Sie trug ein feines Gewand. Es wirkte deplatziert und lächerlich. Offenbar versuchten sie das Seelie-Gebaren zu imitieren. Ein typischer Unseelie-Komplex. Selbst wenn sie es nie zugeben würden, so eiferten sie doch dem leuchtenden Hof nach.

Hoffentlich war es keine verfluchte Fehlentscheidung gewesen, hierherzukommen.

K'vrogs wartete noch einen Moment und blickte in die Runde, bis es ruhig genug wurde.

»Meine lieben Kameraden«, begann er dann. Das restliche Getuschel verschwand zu kaum wahrnehmbaren Hintergrundgeräuschen, die meisten sahen interessiert zum Kobold-König auf. »Wir Unseelie sind Freidenker, Individualisten«, aus der Menge erklangen zustimmende Laute, »trotzdem halten auch wir uns an einen Ehrenkodex, und der lautet erstens: Veränderung ist die treibende Kraft. Für uns gibt es keine Sicherheit, keine Gewohnheit. Sicherheit ist eine verdammte Illusion. Chaos«, er schwang seine Faust, »ist die Energie des Universums!«

Aus der Menge dröhnten begeisterte Zurufe.

»Zweitens: Magie ist Freiheit! Die Seelie haben uns unsere Magie geraubt. Das bedeutet, dass sie uns auch unsere Freiheit genommen haben!« Mehr Zurufe aus der Masse. Immer aufgeregter und lauter wurden die Beipflichtungen der anderen Unseelie. »Und drittens: Leidenschaft ist die einzig wahre Daseinsform. Unsere Leidenschaft«, inzwischen brüllte er fast, »wird uns unsere Magie von den versnobten, sich für etwas Besseres haltenden Seelie wiederbringen!«

Die Menge fing an, lautstark zu jubeln.

»Krieg den Seelie!«, rief K'vrogs. »Krieg den Seelie! Krieg den Seelie!«

Eines musste Tadhg ihm lassen, der Koboldkönig verstand es, die Menge anzuheizen, die sich von seiner Rede sichtlich mitreißen ließ. Die Masse wiederholte den Schlachtruf, jubelte und steigerte sich weiter in die Euphorie hinein.

Verdammte Idioten. Siobhánn hatte sie nach der Niederlage alle genötigt, vom Becher des Vergessens zu trinken, jene, die sich geweigert hatten, waren mit *EaglaBás'* Klinge durchbohrt worden und gestorben. Sie hatten keine Ahnung, wie die Seelie kämpften. Er schien der Einzige zu sein, der sich noch genau an die Schlacht erinnern konnte, wie es zu dem Komplott und Siobhánns Alleinherrschaft gekommen war. Allerdings vermutete er, dass es mehr gab, die etwas darüber wussten, jedoch aus Angst, dafür exekutiert zu werden, nicht wagten, es zuzugeben.

Doch K'vrogs stellte es so dar, als wären die Seelie ehrenhaft und ritterlich. Überraschung, ihr Anfänger, die Seelie kämpfen dreckig. Sollte er ihnen ihre Illusion rauben oder sich einfach unauffällig zurückziehen und sie es selbst herausfinden lassen? Noch während er darüber nachdachte, erhob Prinz Uisdean das Wort.

»Und wie wollt ihr den leuchtenden Hof besiegen?«, rief der zweite Anwärter auf den dunklen Thron, Prinz des Westens, Zehrer der Freude, über das laute Gegröle hinweg. Die Menge verstummte. »Womit wollt ihr sie besiegen?«

»Mein Prinz, wir haben zahlreiche Waffen«, rief einer und hob sein Schwert in die Höhe.

»Aus Eisen«, rief ein anderer, der stolz einen Morgenstern präsentierte. »Über die Jahrhunderte hinweg geschmiedet, von den besten Schmieden aus dieser und der anderen Welt.«

Tadhg hatte schon beim Eintreten bemerkt, dass die meisten hier bis an die Zähne bewaffnet waren. Mit Waffen aus Eisen vermochte man zwar keinen Fay zu töten, doch man konnte ihnen das Leben verdammt schwer machen. Ob das genug war, wagte er stark zu bezweifeln. Gegen Sterbliche auf jeden Fall, vielleicht auch gegen andere magielose Unseelie, aber niemals gegen die Magie der Seelie. Als Vorgeschmack würde Königin Siobhánn sie alle mit einer Handbewegung erblinden lassen, und sie zu töten würde ihr ebenso wenig Mühe bereiten wie ihm, als er noch seine Magie besessen hatte.

»Wir haben Euch«, rief einer aus den hinteren Reihen. »Und Prinz Nassaïr und … auf jeden Fall Euch und … Euern Bruder.«

Tadhg lachte in der darauffolgenden befangenen Stille laut auf, sodass sich einige Köpfe ihm zuwandten.

Was für ein Dummkopf, einen der Prinzen auf diese Weise zu beleidigen. Jeder wusste, dass Krystal in anderen Sphären schwebte, doch niemand wagte das in seiner Anwesenheit so offensichtlich anzusprechen. Vermutlich hatte der Rufer versucht, die Kurve zu kriegen, als er das zweite Mal neutral ›Bruder‹ sagte. Er könnte behaupten, dass er Krystal gemeint hatte.

Gerade als sich Krystal erhob, anfing, seine Gestalt zu wandeln und alle vor Schreck den Atem anhielten, legte Uisdean beruhigend die Hand auf die Schulter seines Bruders.

»Wie ihr alle wisst, war es mit Auflagen verbunden, unsere Magie behalten zu dürfen«, sagte Uisdean. »Wir mussten der Gattin unseres Vaters versprechen, diese Magie niemals gegen einen Seelie zu benutzen. Nur deshalb gestattete Siobhánn uns, sie zu behalten.«

Krystal setzte sich wieder, der Blick entrückt. Wahrscheinlich hatte er bereits vergessen, weshalb er überhaupt aufgestanden war. Der jüngste der Prinzen war ebenso verrückt wie gefährlich.

»Gut, aber wir haben die Sluaghs«, grölte jemand anderes, »die Herde des dunklen Hofes. Unsere Streitmacht!«

Wieder schwoll die Lautstärke in der Halle zu einem ohrenbetäubenden Krach an.

»Was sollen die Sluaghs schon für die Unseelie erreichen?«, erwiderte Uisdean, als wäre Lord Cathal nicht anwesend. »Ihr Heerführer hat mit Königin Siobhánn einen Pakt geschlossen, der ihm einen Angriff auf den leuchtenden Hof verbietet.«

Schlagartig wurde es wieder still und alle Augen waren auf den Heerführer und seinen Sluagh gerichtet. »Unmöglich« und »Das kann nicht sein«, hörte Tadhg aus der Menge heraus. Auch für ihn waren diese Informationen neu. Der anwesende Sluagh schien die wachsende Anspannung zu spüren, das Vieh duckte sich, fauchte und schnappte nach jedem, der ihm und seinem Meister zu nahe kam. Die Fay wichen ehrerbietig zurück.

»Wie, das wusstet ihr nicht?«, fragte Uisdean mit gespielter Überraschung und wandte sich an den Seelenfänger. »Mein lieber Cathal, das tut mir leid. Da ist zur Abwechslung mal eines Eurer kleinen Geheimnisse aufgedeckt worden.«

Cathals Miene verdunkelte sich. Was zum Henker hatte der Prinz vor, wozu dieses Theater?

K'vrogs ergriff von seinem Podium aus wieder das Wort. »Ist das wahr, Fürst Cathal?«

Was auch immer in dem Seelenfänger vorging, versteckte er unter einer ausdruckslosen Maske. Eine typische Seelie-Angewohnheit. Interessant.

»Es ist wahr«, antwortete der Heerführer schließlich. »Ich habe mit Königin Siobhánn ausgemacht, dass sich meine Sluaghs für ein Jahrhundert aus Streitigkeiten heraushalten, sollten die Unseelie beschließen, gegen die Seelie in den Krieg zu ziehen.«

»Und nicht nur das«, ging Uisdean dazwischen und richtete sich an die Menge. »Wie ihr wisst, hat er mich bedroht – euren Prinzen –, doch nicht für einen Seelie, was aufgrund seines Erbes noch halbwegs nachvollziehbar gewesen wäre. Nein, für einen der Magielosen von der anderen Seite!«

Empörte Rufe erfüllten die Halle. Die Emotionen kochten ohnehin schon, der Prinz brachte sie zum Sieden.

»Der Heerführer der Sluaghs stellt diese primitiven, minderbemittelten Sterblichen über seine eigenen Leute.« Uisdean blickte wieder zum Fürsten. »So dankt Ihr es uns, dass wir Euch einen Ort zum Leben gegeben haben, Cathal, nachdem die Seelie Eure Mutter und Euch ausgeschlossen haben?«

Der Sluagh-Fürst verschränkte die Arme vor der Brust. »Erstens habt Ihr uns bei den Sluaghs hausen lassen, nicht am Hof, doch das spielt jetzt keine Rolle. Zweitens hatte ich einen guten Grund für das Bündnis.«

»Und der wäre, *Elfenbrut?*« Prinz Uisdean spie das Wort geradezu aus.

»Geht Euch nichts an, Prinz Uisdean.«

»Weshalb so verschlossen, Fürst Cathal? Verdienen wir nicht, den Grund für Euren Verrat zu erfahren?« Dafür erntete er aus dem Publikum Zustimmung. »Ja, wir besitzen unsere Magie und mussten damals mit Stiefmutter ein Abkommen eingehen. Ihr aber«, er zeigte auf den Heerführer, »denkt, Ihr wärt etwas Besseres. Ein Halb-Seelie. Und als wäre das nicht genug, bevorzugt Ihr jetzt sogar die Gesellschaft von Menschen vor der Eurer eigenen Leute. Ihr seid eine größere Last für uns, als Ihr uns von Nutzen seid. Die Sluaghs gab es schon lange vor Euch, und es wird sie auch noch ohne Euch geben, Cathal.«

Die Miene des Fürsten blieb undurchdringlich. »Verunglimpfungen und Verleumdungen, Uisdean. Nichts von dem, was Ihr sagt, entspricht der Wahrheit. Und was die Sluaghs betrifft, so sorge ich dafür, dass sie nicht wild über euch alle herfallen.«

»Jaja, Ihr kontrolliert sie«, brüllte Uisdean, »Ihr sorgt dafür, dass sie uns ein Jahrhundert lang im Krieg gegen die Seelie nicht helfen werden.

Würdet Ihr sie nicht kontrollieren, würden sie sich dem allgemeinen Chaos bei einer Schlacht einfach anschließen.«

»Von Kontrolle kann keine Rede sein. Die Sluaghs lassen sich nicht kontrollieren«, zischte der Heerführer, dessen gleichgültige Fassade langsam zu bröckeln schien. »Sie würden zwischen Seelie und Unseelie keinen Unterschied machen.«

Tadhg spürte das Unbehagen, das durch die Menge ging. Obwohl sich die meisten aufgrund des Vergessen-Trunkes nicht mehr an die Zeit vor der großen Schlacht erinnern konnten, waren sie dennoch sehr viel älter als der knapp dreihundert Jahre junge Sluagh-Fürst. Sie erinnerten sich sehr wohl an die unberechenbaren Angriffe und den Schrecken, den das Wilde Heer verbreitet hatte, als sie noch zu sechst waren und unter der Herrschaft des alten Anführers gestanden hatten. Bevor es den Fürsten gab.

Der Prinz winkte wieder ab. »Ein kleines Opfer, dafür, dass das Unseelie-Volk seine Magie zurückbekäme. Aber dank Euch und Eurer kleinen Abkommen, die Ihr hinter unserem Rücken mit den Seelie schließt, ist das für mindestens ein weiteres Jahrhundert nicht möglich.«

Bevor der Sluagh-Fürst die Möglichkeit bekam, etwas zu erwidern, brach Chaos aus. »Verräter!« wurde gerufen und »Seelie-Geck«, »Überläufer«, »Feind«. Sogar »Tod dem Fürsten!« riefen einige. Einer der Fay trat mit gezücktem Schwert aus der Menge und stellte sich vor den Heerführer, der seinerseits ein Schwert aus einer Rückenscheide zog.

So langsam wurde es interessant. Obwohl der Sluagh-Fürst noch recht jung war, parierte er den Angriff ausgezeichnet und schien dem anderen im Schwertkampf überlegen zu sein. Innerhalb kürzester Zeit hatte sich für die beiden Kämpfer eine freie Stelle gebildet, in der sie sich gegenseitig in die Mangel nahmen. Die aufgeheizte Menge stand um sie herum und feuerte den Favoriten an. Nicht der Heerführer war Favorit, so viel stand fest. Die Meute wollte sein Blut.

Statt sich wie alle anderen auf den Kampf zu konzentrieren, beobachtete Tadhg den Prinzen, der zufrieden vor sich hin grinste. Mit seiner Fresse grinste Uisdean ständig, doch er wirkte auch sonst mit der Entwicklung zufrieden. Offenbar hatte er genau das gewollt. Was lief zwischen den beiden Männern ab? Weshalb wollte der Prinz den Tod oder zumindest die Verstümmelung des Heerführers?

Ein Raunen, das durch die Menge ging, lenkte Tadhgs Aufmerksamkeit zurück auf den Kampf. Inzwischen hatte sich der Typ mit dem Morgenstern dem Gefecht angeschlossen, und während der Sluagh-Fürst ihn abwehrte, erwischte ihn der andere mit dem Schwert an einem der Schwingen. Der Sluagh-Fürst zischte, als das Blut an dem Flügel hinabfloss. Bevor der andere Unseelie jedoch erneut mit seinem Schwert ausholen konnte, sprang der Sluagh hervor, pinnte ihn am Boden fest und schlug mit der messerscharfen Kante seines Schädels auf seinen Körper ein. Knochen brachen, Blut spritzte, Eingeweide verteilten sich auf dem Boden.

In der Halle wurde es totenstill. Der Kerl mit dem Morgenstern stand wie eine Elfenjungfrau inmitten einer Horde Koboldmänner und versuchte sich unauffällig in die Menge zurückzuziehen. Der Sluagh ließ kurz von dem Gemetzel an seinem Opfer ab, sah zum anderen auf und fauchte. Wenn er ihn nicht jetzt tötete, dann irgendwann in naher Zukunft. Diese Gewissheit spiegelte sich auch auf den Zügen von dem Kerl mit dem Morgenstern, den er jetzt nur noch schlaff neben sich herunterhängen ließ.

Außer den schmatzenden Geräuschen des Sluaghs, der gerade dabei war, die Seele seines Opfers zu verspeisen, hörte man keinen einzigen Laut mehr, niemand wagte auch nur zu atmen.

Mit einem theatralischen Seufzen durchbrach der Sluagh-Fürst die Stille. »Da ich nun eure ungeteilte Aufmerksamkeit habe, erlaubt mir, die Umstände dieses Abkommens zu erklären. Nicht dass ich meine, mich vor euch rechtfertigen zu müssen, doch ich denke, dass es das Beste ist, um in Zukunft derartige Ausschreitungen zu vermeiden.«

Verdammt, in dem Kerl steckte mehr Seelie, als ihm vermutlich selbst bewusst war. Seine ganze Art roch nach dem leuchtenden Hof, und bei ihm wirkte es, im Gegensatz zum Koboldherrscher und seiner Gattin, authentisch.

K'vrogs nickte dem Heerführer knapp zu, eine stille Aufforderung, fortzufahren. Dass selbst dem Kobold die Worte fehlten, war außergewöhnlich. Der Flügel des Sluagh-Fürsten zitterte unkontrolliert, und Blut floss aus dem Schnitt in die dunkelrote Lache, die sich auf dem Boden gebildet hatte.

Cathal nickte K'vrogs knapp zurück. »Durch den Pakt mit Königin Siobhánn bin ich in den Besitz eines äußerst wertvollen Artefakts gekommen.« Er machte eine dramatische Kunstpause. »Eines der vier Heiligtümer der Fay. Gleichzeitig habe ich verhindert, dass die Seelie das Heiligtum an sich reißen und dessen Macht für sich missbrauchen können. Königin Siobhánn hat sogar Lord Vhandor ausgesandt, doch glücklicherweise sind den Seelie die Hände gebunden. Das Heiligtum bleibt für sie derzeit unerreichbar.«

Wieder erfüllte Raunen die Halle, anerkennendes dieses Mal.

»Das leuchtende Schwert der Seelie«, sagte K'vrogs.

Von den Gerüchten, dass der Heerführer der Sluaghs in den Besitz des Schwertes gekommen war, hatte Tadhg gehört, dem jedoch nie viel Bedeutung beigemessen. Als Königin Siobhánn letzten Winter eine offizielle Rede an ihr Volk gerichtet hatte, hatte sich das Schwert jedenfalls in ihrem Besitz befunden. Doch K'vrogs war für gewöhnlich gut informiert.

Der Sluagh-Fürst schüttelte dennoch den Kopf. »Nein, nicht das Schwert. Es befand sich für kurze Zeit in unserem Besitz, doch wir mussten es aus diplomatischen Gründen zurückgeben.«

Laute Pfiffe und Protestrufe ertönten, bevor der Sluagh zur Menge aufsah und seinen drachenartigen Schwanz wie eine angriffslustige Raubkatze unruhig hin- und herbewegte. Unter seinen Klauen lag noch der massakrierte Körper des ersten Kämpfers wie eine blutige Warnung an alle.

Die Menge verstummte wieder und der Heerführer fuhr fort: »Die Seelie schickten wie gesagt Lord Vhandor, um den vermeintlichen Dieb des Schwertes zu finden und ihn mitsamt dem Schwert auszuhändigen. In Wahrheit war das Schwert jedoch von selbst entschwunden.«

»Wie ist das möglich?«, fragte K'vrogs. »Etwas Derartiges ist noch nie vorgekommen.«

Der Sluagh-Fürst lächelte verschlagen. »Wie Ihr wisst, fühlen sich die Heiligtümer zueinander hingezogen. Nachdem mein Heiligtum in den Síd gekommen war, ist ihm das Schwert in die Welt der Menschen gefolgt. Leider musste ich dadurch offenbaren, dass sich dieses andere Heiligtum in meinem Besitz befindet, da die Seelie die Exekution sonst an den vermeintlichen Dieb vollzogen hätten.«

»Ihr sprecht in Rätseln, Fürst«, sagte K'vrogs und schien damit im Namen aller zu reden. Auch Tadhg blickte noch nicht ganz durch.

Der Koboldherrscher schüttelte verwirrt den Kopf. »Wie kam das zweite Heiligtum überhaupt in die Menschenwelt? Wurde es ebenfalls gestohlen? Und weshalb solltet Ihr nicht wollen, dass der Dieb seine gerechte Strafe erhält?«

»Ah, ich bin froh, dass Ihr das fragt, mein Freund«, erwiderte der Fürst. »So komme ich endlich zu dem Part, in dem ich erklären kann, weshalb ich angeblich einen Menschen bevorzuge und bereit bin, für das Wohl dieses vermeintlichen Menschen Abkommen mit Königin Siobhánn zu schließen, wie Uisdean vorhin angedeutet hat.« Wieder eine Kunstpause. »Das Heiligtum, der mutmaßliche Dieb des Schwertes und der von Uisdean erwähnte Mensch sind ein und dieselbe Person.«

Alle Blicke richteten sich auf Prinz Uisdean, doch seinem Gesichtsausdruck nach schien er ebenfalls noch im Dunkeln zu tappen und nicht zu wissen, wovon der Fürst sprach.

Weniger verwunderte Tadhg jedoch die Tatsache, dass eines der Heiligtümer zur Tarnung die Form eines dieser Menschen-Fay-Mischlinge angenommen hatte. Es war bekannt, dass die Heiligtümer manchmal verschwanden und irgendwann mit neuer Hülle wieder auftauchten. Und wo konnte man sich vor den Augen der Fay besser verbergen als in einem Menschen?

Bevor K'vrogs die Fassung zurückerlangte, stand ihm einen Moment lang der Mund offen.

»Und …«, fragte er schließlich, »um welches Heiligtum handelt es sich, Fürst Cathal?«

»Um das *Gefäß der Macht.*«

Erneut brach Aufregung aus, dieses Mal allerdings keine, die sich gegen den Sluagh-Fürsten richtete.

Das waren in der Tat interessante Neuigkeiten. Äußerst interessante. Tadhg richtete sich auf und löste seine Arme aus der Verschränkung. Mit dem *Gefäß der Macht* könnte er endlich seine Magie zurückerlangen. Es war kurz nach dem Verbrechen, das die Seelie durch den Magieraub an den Unseelie begangen hatten, spurlos verschwunden und galt als verloren.

Verdammt, der Sluagh-Fürst war ein durchtriebener Kerl. Wenn er tatsächlich im Besitz des Gefäßes war, lag es in seiner Hand, für wen er es verwendete. Trotz allem war er ein Halb-Seelie, und Tadhg konnte seine genauen Absichten nicht abschätzen. Auf wessen Seite stand er? Wie viel bedeuteten ihm die Unseelie? Wie sehr wollte er tatsächlich ins Seelie-Territorium zurückkehren?

Diese ungewissen Faktoren gefielen ihm nicht.

Uisdean wirkte ebenfalls unzufrieden, obwohl er nicht auf die Laune des Sluagh-Fürsten angewiesen war. Er hatte seine Mächte, er benötigte das Gefäß nicht.

»Und wo ist es?«, rief Uisdean in die Menge und breitete die Arme aus. »Wo ist das Gefäß, *Fürst Cathal?*« Er betonte den Titel äußerst abfällig. »Ich sehe es nirgendwo. Seht ihr es etwa?«

Wieder lächelte der Sluagh-Fürst. »Ich habe ihr angeboten, heute mitzukommen und ebenfalls an diesem Treffen teilzunehmen. Doch aus mir absolut unerfindlichen Gründen wollte sie nicht.«

Uisdean verengte seine Augen zu Schlitzen. »Sie?«

»Ja, sie«, erwiderte Cathal. »Sie hält nicht besonders viel von den Fay. Gerade als ich anfing, ihr Vertrauen zu gewinnen und ihr zeigen konnte, dass der Unseelie-Hof nicht so schlimm ist, wie sie dachte, musstet *Ihr,* Prinz Uisdean, ihre menschliche Freundin entführen und zu einem seelischen Krüppel machen. Gut gemacht, Uisdean, wirklich gut gemacht. Jetzt sind ihre Vorbehalte größer denn je.«

Nach einigen Augenblicken zeichnete sich endlich Verständnis auf Uisdeans Zügen ab. »Die Dunkelhaarige«, murmelte er.

Cathal nickte. »Aye, die Dunkelhaarige. Der besagte Mensch, den ich angeblich über die meinen stelle.«

Tadhg hatte zwar keine genaue Ahnung, was zwischen den beiden Männern abgelaufen war, doch so langsam formte sich ein Bild. Es ging um eine Frau. Das *Gefäß der Macht* war … eine Frau?

»Ich werde einiges an Arbeit leisten müssen«, sagte der Seelenfänger verärgert, »um sie auf unsere Seite zu bekommen. Im Moment sieht es nicht gut aus.«

»Wir können sie einfach zwingen«, zischte Uisdean.

K'vrogs mischte sich ein. »Das wäre unklug. Das *Gefäß der Macht* ist ein Heiligtum, man kann es zu nichts zwingen. Sie muss sich freiwillig auf unsere Seite schlagen und für unsere Sache kämpfen wollen«, sagte er ehrfürchtig. Andere Unseelie stimmten ihm zu.

»Auf die Gefahr hin mich zu wiederholen, Prinz Uisdean, doch abgesehen davon steht sie unter meinem Schutz«, fügte der Sluagh-Fürst nonchalant hinzu, als wäre es eine unbedeutende Nebensächlichkeit, was nicht der Fall war. Niemand würde es wagen, sich mit den Sluaghs anzulegen.

Uisdean spuckte neben sich auf den Boden. »Dann frage ich, wo Eure Loyalitäten liegen, Fürst Cathal?«

»Vorsicht, Uisdean«, zischte der Sluagh-Fürst. »Ihr habt mich heute schon genug gereizt und meine Geduld mit Euch neigt sich allmählich dem Ende zu.«

Obwohl sich Nassaïr, erster Anwärter auf den dunklen Thron, Schlangen-Lord, bisher aus den Streitigkeiten zwischen seinem jüngeren Bruder und dem Sluagh-Fürsten herausgehalten hatte, baute er sich jetzt neben Uisdean auf. Seitdem Tadhg denken konnte, hatte es niemand gewagt, die Prinzen zu bedrohen. Die Prinzen hielten zusammen, das war schon immer so gewesen. Der Seelenfänger konnte sich einiges herausnehmen, weil er das Wilde Heer im Rücken hatte und dank seines Seelie-Sluagh-Erbes mit Magie geboren worden war. Die Sluaghs waren die einzigen Kreaturen des Unseelie-Hofes, denen die Magie damals aus naheliegenden Gründen nicht genommen worden war. In der Tat gehörte das Wilde Heer nicht einmal wirklich zum Unseelie-Hof. Es stand für sich selbst.

Doch auch die Prinzen hatten ihre Magie. Der Heerführer durfte es nicht zu weit treiben. Niemand würde es sich mit allen dreien auf einmal verscherzen wollen, nicht einmal ein Heerführer der *Wilden Jagd.*

Nicht einmal Tadhg selbst.

K'vrogs räusperte sich. »Und wie stehen die Chancen dafür, dass sich das *Gefäß der Macht* auf unsere Seite schlägt, Fürst Cathal?«

Die Miene des Seelenfängers wurde wieder ein wenig freundlicher, als er sich dem Kobold-Herrscher zuwandte. »Schwer zu sagen, K'vrogs. Unser Glück ist, dass sie sehr misstrauisch ist und auch den Seelie nicht über den Weg traut. Seit die Seelie wissen, was sie ist, umgarnen sie sie mit all ihren Mitteln, doch sie bevorzugt es derzeit, in der Menschenwelt zu bleiben. Wir sollten sie nicht drängen. Ich arbeite daran, langsam ihr Vertrauen zurückzugewinnen.«

K'vrogs nickte. »Tut, was Ihr tun müsst, Fürst Cathal, und hoffen wir auf das Beste.«

Anschließend wurden noch einige unwichtige Themen besprochen, bevor sich die Menge allmählich auflöste und jeder seiner Wege ging.

Tadhg verließ die Halle der Kobolde mit gemischten Gefühlen und ließ sich alles genau durch den Kopf gehen. Wenn dieses Treffen eines gezeigt hatte, dann, dass die Unseelie noch nicht bereit dafür waren, die Seelie herauszufordern. Das dunkle Volk war zu zerrüttet und zweifelte, nicht zu Unrecht, die Loyalität ihrer einzigen wahren Waffe an. Abgesehen davon fiel die für die nächsten hundert Jahre sowieso weg. Tadhg traute dem Sluagh-Fürsten zudem nicht, er schien seine eigenen Ziele zu verfolgen.

Er würde sich etwas anderes überlegen müssen, um an seine Magie zu kommen. Vielleicht sollte er das Gefäß selbst einmal aufsuchen? Doch das würde der Sluagh-Fürst erfahren. Verflucht.

»Auf ein Wort, Crom Cruach?«

Am Ausgang des Berges, der Grenze zum Reich der Kobolde, drehte sich Tadhg nach der Stimme um. Prinz Uisdean näherte sich ihm, blieb jedoch in einem respektvollen Abstand vor ihm stehen und neigte seinen Kopf zu einer angedeuteten Verbeugung. Seine Brüder standen nahe genug, um zur Not eingreifen zu können, doch gleichzeitig so weit entfernt, dass sie nicht von einer Gefahr auszugehen schienen. Uisdean hatte ihn mit seinem Götternamen angesprochen. Er wollte vermutlich keinen Streit anfangen – aber bei den Prinzen wusste man nie.

»Prinz Uisdean, diesen Titel habe ich mit meiner Magie verloren. Heutzutage nennt man mich bei meinem Geburtsnamen.« Ihm fiel die Kette um Uisdeans Hals auf, an der ein hell leuchtender Lebensfreudenfunke hing. Er ähnelte einem Stern. Eine Trophäe?

Der Prinz neigte erneut den Kopf. »Wie Ihr wünscht, Lord Tadhg. Was haltet Ihr davon, wenn ich bei meiner Stiefmutter ein gutes Wort für Euch und Eure Magie einlegen würde?«

Mit einer höflichen Handbewegung forderte er den Prinzen dazu auf, neben ihm zu laufen. »Was wäre der Preis für einen solchen Gefallen, Prinz?«

»Etwas, das Ihr mir problemlos erfüllen könntet, mein Freund.« Uisdeans Grinsen wurde breiter, als es ohnehin schon war. »Doch ich brauche zunächst Euer Wort, dass Ihr die Angelegenheit äußerst vertraulich behandelt.«

Tadhg nickte. »Ihr habt mein Wort.«

»Es geht darum, jemanden zu eliminieren.«

»Ihr sprecht hoffentlich nicht vom Sluagh-Fürsten?«

»Nein.« Der Prinz sah ihm eindringlich in die Augen. »Es geht um einen Menschen, der noch lebt, obwohl er, oder vielmehr sie, nicht mehr leben dürfte. Keine Sorge«, fügte er rasch hinzu, »es geht auch nicht um das *Gefäß der Macht.* Dass die unantastbar ist, habe ich inzwischen auch kapiert. Es geht jedoch um eine Person, die dem Gefäß nahesteht. Ihr Name ist Emma. Das arme Ding ist faysüchtig geworden.«

»Von Euch?«

Uisdean leckte sich anzüglich über die Lefzen. »Worauf Ihr Euch verlassen könnt.«

Dieser elendige Prinz schien stolz auf seine Tat zu sein. Tadhg bezweifelte, dass Uisdeans Einfluss auf die Königin ausreichte, um ihm seine Magie zurückzubringen. Siobhánn konnte Tadhg buchstäblich auf den Tod nicht ausstehen. Doch das gäbe ihm einen guten Vorwand, Kontakt zu dem Gefäß aufzubauen, wenn sie mit diesem Menschen in Verbindung stand. Menschen faysüchtig zu machen, war kein Verbrechen, dennoch hatte er nie verstanden, worin der Reiz bestand, sich die Schwachen als Opfer auszusuchen. Er wusste, was es bedurfte, einen Menschen in die Faysucht zu treiben. Bereits die Faysüchtigen von Elfen durchlitten entsetzliche Qualen, doch mit Uisdean als Ursache musste ihr Zustand ein Ort der Verdammnis sein.

Das Mädchen zu töten, käme für sie einer Erlösung gleich.

»Abgemacht«, erwiderte er und nickte. »Nennt mir die Einzelheiten und was es sonst noch zu wissen gibt.«

8

Emma starrte auf den Monitor des Gerätes, an dem sie hing. Es gab ein regelmäßiges Piepen von sich. Neben ihrem Bett saß Nessi, die aussah, als wäre sie diejenige, die gerade einen Selbstmordversuch hinter sich hatte. Dunkle Schatten lagen unter den Augen ihrer Freundin, ihre Wangen waren eingefallen und die Haut bleich. Nessi war für gewöhnlich blass, aber heute wirkte sie einfach nur fertig. Vermutlich befand sich Emma selbst auch im Knapp-über-Zombie-Status, zumindest fühlte sie sich so.

»Es tut mir leid«, flüsterte Nessi mehr zu sich selbst als zu ihr. »Es tut mir so unendlich leid.«

Da sie nicht wusste, wie sie darauf reagieren sollte, sagte sie nichts und beobachtete weiter die blinkenden Lichter des Gerätes.

Piep. Pause. *Piep*. Pause. *Piep*. Ihr Puls klang schwach, sie hatte offenbar eine Menge Blut verloren. Der linke Unterarm war verbunden und in der Ellenbogenbeuge steckte eine Nadel, die mit einem Infusionsbeutel verbunden war.

Aber sie war frei. Sie lächelte.

Nessi schluchzte leise. »Das alles ist meine Schuld.«

Nun löste sie ihren Blick von den Monitoren, um Nessi anzusehen. »Was redest du denn da? Ohne dich wäre ich noch im Feenreich bei diesem Monster, wenn es mich nicht mittlerweile umgebracht hätte.« Vermutlich hätte es das nicht getan. Irgendwie hatte sie das Gefühl, dass es sie für sehr, sehr lange Zeit am Leben gehalten hätte. Ihr schauderte bei dem Gedanken. »Du hast mich gerettet, Nessi.«

Sie versuchte sich ein Lächeln abzuringen, doch es fühlte sich falsch an. Die zurückgewonnenen Erinnerungen waren noch zu frisch, zu beklemmend. Gott, wie viel Zeit war seitdem vergangen? Wochen? Monate? Ihr erschien alles wie im Nebel.

Nessi sah sie aus weit aufgerissenen, geröteten Augen an. »Wie hast du mich gerade genannt?«

»Nessi. Wie denn sonst?« In dem Moment fiel ihr etwas ein. »Oh, aber der Fay, den du immer dabei hattest, hat dich anders genannt.« Sie dachte kurz nach. »Nessya, glaube ich, oder? Mit einem y vor dem a. Kann das sein?«

Sie sah sich im Zimmer um, konnte ihn jedoch nirgendwo erblicken oder seine Anwesenheit spüren. Heute hatte er Nessi – oder Nessya – nicht begleitet. Ihre Freundin war zum Glück allein gekommen.

Nessya schüttelte verwirrt den Kopf. »Ja, aber … in den seltenen klaren Momenten, in denen du halbwegs zusammenhängend mit mir geredet hast, hast du mich immer …«

»… Schneewittchen genannt«, beendete sie leise den Satz. »Stimmt, ich erinnere mich.«

»Und … kannst du dich auch an deinen eigenen Namen erinnern?«

Sie lächelte, doch die Bewegung fühlte sich immer noch mühsam an. Verkrampft. »Emma. Ich heiße Emma.«

Plötzlich warf Nessya ihre Arme um sie und drückte sie fest. »Du bist zurück. Es hat geklappt, es hat endlich geklappt! Oh Emma …«

»Nessi … ich meine, Nessya«, sie keuchte, »du erdrückst mich.«

»Sorry.« Nessya ließ sie los und musterte überglücklich ihr Gesicht, bis ihr Lächeln in sich zusammenfiel und sie von ihr abrückte. »Du hast eben von Feenreich und Fay gesprochen. Woran genau kannst du dich denn erinnern?«

»An alles.« Sie leckte sich über trockene Lippen und schluckte schwer. »Wie lange war ich denn fort?«

»Ziemlich genau ein Jahr.«

»Ein Jahr …«, murmelte sie fassungslos. Wie viele Kurse hatte sie an der Uni verpasst? Könnte sie alle nachholen? War sie überhaupt noch eingeschrieben, oder hatte man sie aufgrund der Fehlzeiten exmatrikuliert? Ob sie sich die schon absolvierten Kurse bei einer neuen Immatrikulation würde anrechnen lassen können? Wollte sie Kommunikationswissenschaften überhaupt weiterstudieren? Seltsam, dass sie sich ausgerechnet darüber Gedanken machte. Die Uni war momentan wohl die kleinste ihrer Sorgen. Doch es trug im Durcheinander ihrer Gedanken zu etwas Normalität bei, etwas, das sie dringend benötigte.

»Und … und du weißt, was Cathal ist?«, fragte Nessya zögerlich und riss sie aus ihren Gedanken.

»Cathal? Ist das der Fay mit den Gargoyle-Flügeln?« Nessya zog zur Antwort die Augenbrauen überrascht nach oben. Das hieß wohl Ja. »Sagen wir mal so, mit den Schwingen, die fast bis zur Decke reichen, der hellen Haut und seinem silberfarbenen Haar hat er wohl ziemliche Schwierigkeiten, als Mensch durchzugehen. Und anhand der Dinge, die du mir während deiner Besuche hier erzählt hast, den Legenden unseres Landes und dem, was ich, ähm … erlebt habe, konnte ich mir den Rest zusammenreimen.«

Jetzt berührten Nessyas Augenbrauen fast ihren Haaransatz. »Du hast Cathal in seiner wahren Gestalt sehen können?«

»In seiner wahren Gestalt? Wie hätte ich ihn denn deiner Meinung nach sonst sehen sollen?«

»Menschlich.« Nessya zuckte mit den Schultern. »Er hatte eigentlich die ganze Zeit über seinen Blendzauber aktiviert, wenn er hier war. Wegen der Überwachungskameras und so. Kannst du dich an den Typ erinnern, mit dem du mich mal auf unserer Couch erwischt hast? Jada war auch dabei. Der Typ aus dem Starbucks?«

Sie musste tief in ihren Erinnerungen graben, doch schließlich erinnerte sie sich an die Situation. Das war vor dem Ereignis geschehen, das ihr Leben um hundertachtzig Grad gedreht hatte. Wie einfach damals alles noch gewesen war und sie so unwissend.

Sie sank in die Kissen zurück. »Ja, ich erinnere mich. Das fühlt sich an, als wäre es eine kleine Ewigkeit her. Wo ist Jada eigentlich?«

Nessya seufzte. »Sie saß fast die ganze Nacht mit mir hier, aber heute Morgen musste sie zur Arbeit und sie ist nur gegangen, weil ich versprochen habe, hierzubleiben und ihr zu texten, sobald du wach bist. Ich fürchte, dass du dir von Jada eine Standpauke wirst anhören müssen, wenn du dich weiter so schnell erholst.« Nessi lächelte, doch dieses Lächeln ließ sie nur trauriger aussehen. »Du hast uns allen einen ziemlichen Schrecken eingejagt.«

Sie wollte sich entschuldigen, doch es tat ihr nicht wirklich leid. Es war notwendig gewesen. Sie war jetzt frei. Ihr Leben hatte sich in zwei

Teile aufgesplittert. Vor dem Ereignis und nach dem Ereignis. Noch vor einem Jahr war es voller Freude und Unbekümmertheit gewesen. Ihre größten Herausforderungen hatten darin bestanden, sich auf die nächste Prüfung vorzubereiten oder was sie zur Semesterabschlussparty anziehen sollte. Jetzt war ihr Herz von Dunkelheit, Kummer und vor allem Angst erfüllt. Sie fürchtete sich vor der Nacht, vor den Albträumen, die sie heimsuchten, und vor jedem unbekannten Gesicht. Sie hatte sogar Angst davor, in einen Spiegel zu blicken.

Sie fürchtete die Fay.

Nessya wusste von dieser schrecklichen, gefährlichen Welt, hatte offenbar schon immer davon gewusst. Deshalb war sie immer so misstrauisch, nervös und introvertiert gewesen. Auf einmal ergab alles einen Sinn. Jedes Gespräch, das sie geführt, oder jede Situation, in der sie sich befunden hatten, sah sie auf einmal in einem ganz anderen Licht.

»Du hättest mir eher davon erzählen müssen«, sagte sie traurig und sah zu Nessya auf. »Weshalb hast du mir nicht vertraut? Ich habe immer gespürt, dass da mehr ist, dass du mir etwas verheimlichst, aber … ich konnte nie genau ausmachen, was es ist. Ich dachte, es hätte mit deiner Vergangenheit zu tun, mit deinen Eltern oder so. Aber ich habe nie geahnt, wie viel mehr dahintersteckt. Weiß Jada davon?«

Nessya schüttelte den Kopf. »Nein, ihr habe ich auch nie etwas erzählt.«

»Warum nicht? Wir hätten dir helfen oder … ich weiß auch nicht … beistehen können. Zumindest hätte ich dich und manche deiner Reaktionen besser verstanden.«

Ihre Freundin sah sie betreten an. »Hättest du mir eine solche Story geglaubt? Überleg doch mal, Emma. Stell dir vor, ich hätte dir erzählt, dass ich die Tochter einer Elfe bin, als Kind unter den Feenhügeln gelebt habe und mit fünfzehn fliehen musste, weil Mutter versucht hat, mich wegen meiner Magielosigkeit umzubringen. Hättest du mir das geglaubt?«

»Vermutlich nicht. Ich war dafür zu … oberflächlich.«

Nessya legte die Hand auf ihren Arm und drückte sanft. »Nicht oberflächlich. Das ist das falsche Wort. Nichtsahnend vielleicht. Und ich wollte, dass das so bleibt. Ich wollte, dass das auch meine Realität wird. Erstens wollte ich euch – dich und Jada – nicht in Gefahr bringen und zweitens wollte ich selbst mit meiner Vergangenheit abschließen, aber irgendwie hat sie mich wieder eingeholt.«

»War …«, sie schluckte schwer, unsicher, ob sie bereit war für die Antwort, »war das Monster, das mich entführt hat, deinetwegen da?«

»Nein«, erwiderte Nessya zu ihrer großen Erleichterung. »Das war reiner Zufall. Aber Cathal war meinetwegen da. Er hat mich in Dublin ausfindig gemacht, weil ich ihm … sagen wir mal … eine Antwort auf etwas schuldig war.«

»Aha«, sagte sie und seufzte. Und dann fiel es ihr plötzlich wie Schuppen von den Augen. Weshalb war ihr der Zusammenhang nicht vorher schon aufgefallen? »Nein! Der Typ aus dem Starbucks und das Monster mit den Schwingen sind ein und derselbe Typ?«

Nessya zuckte verlegen mit den Schultern. »Ihn ›Monster‹ zu nennen, ist möglicherweise etwas hart.«

»Aber … er ist doch ein Fay.«

»Ja.«

»Seid ihr … etwa zusammen?«

Wieder ein entschuldigendes Schulterzucken.

»Wie habt ihr euch kennengelernt? Traust du ihm?«, fragte sie leise.

Nessya seufzte. »Es ist alles etwas kompliziert. Aber … ja, ich traue ihm.«

Sie wollte weiter nachhaken, doch eine Bewegung hinter Nessya in der Tür erregte ihre Aufmerksamkeit. Sie sah auf und …

Ihr Herz begann zu rasen, als sie das furchtbare Geschöpf erblickte. Auch das monotone Piepen des Pulsmessgerätes stieg an, verräterisch, als würde es jedem im Raum mitteilen wollen, wie groß ihre Angst war.

Seine Haut war hell, nahezu weiß, wie Papier. Markant geschwungene, pechschwarze Augenbrauen und ebenso schwarzes Haar, das streng zusammengebunden als dicker geflochtener Zopf vorne über seine Schulter hing und bis zu seiner Hüfte reichte, unterstrichen die Andersartigkeit, die aus jeder einzelnen seiner Poren strömte. Sein Gesicht – Kinnlinie, Kiefer, Wangenknochen und Stirn – bestand aus scharfen, ausdrucksvollen Kanten. Als sich ihre Blicke trafen, blieb seine Miene ernst, kalt und Furcht einflößend. Selbst auf die Entfernung hin konnte sie die blutrote Farbe der Iriden seiner Augen erkennen, wie bei einem Dämon. Darin sah sie keinerlei Anzeichen für irgendein menschliches Gefühl. Das war kein Mensch, eindeutig. Allein die spitz zulaufenden Ohrmuscheln wiesen ihn als Fay aus. In seiner schwarzen Kleidung, über die er einen ledernen Schulterharnisch trug, der die kräftigen Schultern, die muskulöse Brust und die Oberarme bedeckte, sah er wie ein dämonischer Krieger aus. Die langen Beine steckten in engen schwarzen Hosen und schwarze lederne Beinschienen lagen über den Unterschenkeln. An der Schwelle zu ihrem Krankenzimmer stand ein gottverdammter Fay-Krieger. Was zum Teufel tat er hier? Wieso kam er zu ihr? Wieso jetzt? Was wollte er?

Das Pulsmessgerät klang, als würde es piepende Salven abfeuern und kurz vor einer Explosion stehen.

Nessya drehte sich nach dem Krieger um. »Ich bin gleich so weit, Herr Doktor. Einen Moment noch bitte.« Als Nessya sich ihr wieder zuwandte, zeichnete sich Besorgnis in den Zügen ihrer Freundin ab. »Was ist los? Weshalb hast du auf einmal so große Angst, Emma?«

Sie bekam keinen Ton heraus. In einem seltsamen Moment, in dem die Zeit stillzustehen schien, starrten sie einander an, bis Nessya offenbar merkte, dass etwas nicht stimmte. Ihre Augenbrauen zogen sich zusammen, sie blickte verwundert auf ihre Finger, kratzte sich die Handflächen und drehte sich dann wieder langsam zu dem Wesen um, das noch immer mit ausdrucksloser Miene an der Schwelle zu dem Zimmer stand.

»Fuck!«, rief Nessya und sprang auf. Wenn Emma gekonnt hätte, wäre sie ebenfalls aus dem Bett gesprungen und hätte sich mit ihrer Freundin zusammen im angrenzenden Badezimmer eingeschlossen.

Tja, und dann? Sie hasste es, so hilflos zu sein. Ans Bett gefesselt, während ein Fay einfach nur ins Zimmer zu spazieren brauchte. Sie hasste die Angst, die sie empfand, und sie hasste die Tatsache, dass sie ihm vollkommen ausgeliefert waren.

Sie hasste die Fay, bei Gott. Sie hasste sie. Sie hasste sie alle!

»Keine Sorge«, sagte Nessya, ohne den Fay-Krieger aus den Augen zu lassen. »Ich habe das Zimmer mit Schutzrunen gegen Unseelie geschützt. Er kann hier nicht rein.«

»Unseelie? Wie der Prinz?«, fragte sie verzweifelt. In dem Moment wurde ihr klar, wie überflüssig die Frage war. Was sollte er sonst sein?

Die Seelie waren den Beschreibungen nach wunderschön, hilfsbereit und sanftmütig – auch wenn Nessya das irgendwann einmal relativiert hatte –, doch dieses dämonenartige Geschöpf schien keine dieser Eigenschaften zu besitzen. Das Pulsmessgerät piepste noch immer wie verrückt. Verdammt, reiß dich zusammen, Emma! Nessya hatte gerade behauptet, dass er nicht ins Zimmer konnte, und da er bisher keine Anstalten gemacht hatte, die Schwelle zu übertreten, schien das zu stimmen. Allmählich beruhigte sie sich, was sich auch auf das Messgerät auswirkte. Das Piepen wurde langsamer und regelmäßiger.

Um nicht ganz so schwächlich zu wirken, richtete sie sich in ihrem Krankenbett auf.

»Was will er hier, weshalb ist er zu uns gekommen, Nessya?«

Nessya öffnete zur Antwort den Mund, doch der Fay-Krieger kam ihr zuvor. Er lehnte sich locker in den Rahmen und verschränkte die Arme vor seiner breiten Brust.

»Ihr seid also Nessya. Sehr gut, dann brauche ich nicht weiterzusuchen.« Nun sah er zu Emma, und beim Blick in seine kalten, blutroten Augen überzog Gänsehaut ihre Arme. »Uisdean, zweiter Anwärter auf den dunklen Thron, Unseelie-Prinz aus den Ländern des Westens, Zehrer der Freude, hat mich zu dir geschickt.«

Seine Stimme war genauso dunkel wie seine gesamte Erscheinung und vermittelte eine ebenso selbstsichere, machtvolle Ruhe. Aber es war nur eine Stimme. Sie sendete keine Magie, keine Manipulation, die sie zu einem besinnungslosen Tier werden ließ, das nichts weiter wollte, als ihm zu huldigen und zu dienen. Die Worte waren allerdings mindestens genauso verheerend, wie die zerstörerische Wirkung einer Fay-Stimme sein konnte. Ihr Prinz hatte ihn geschickt.

Sie schüttelte den Kopf. Nein, nicht *ihr* Prinz. Nicht mehr, nie wieder. Sie hatte gedacht, sie wäre frei von diesem Monster. Tränen schossen ihr in die Augen, als ihr bewusst wurde, dass das nichts weiter als ein verdammter Trugschluss war. Die alten Griechen glaubten, dass neben Arbeit, Krankheit und Tod die Hoffnung das größte aller Übel sei. Sie begann diese Ansicht zu verstehen, vor allem, wenn sie immer wieder zerplatzte.

Nessya stand in sicherer Entfernung, aber aufrecht und stolz vor dem Unseelie-Krieger und reckte das Kinn. »Traut sich dieses feige Arschloch etwa nicht selbst her?«

Der Krieger hob fragend eine Augenbraue. Emma bewunderte ihre Freundin für ihre Stärke und ihren Mut. Andererseits war sie sich nicht sicher, ob es schlau war, den Krieger – und gleichzeitig den Prinzen, der ihn geschickt hatte – dermaßen zu kränken. Doch statt sich von der tödlichen Ruhe des Kriegers beirren zu lassen, machte Nessya einfach weiter.

»Vermutlich hat er versäumt, dir zu erzählen, dass ich unter Cathals Schutz stehe und Emma steht unter meinem Schutz.« Sie holte ein kleines Fläschchen aus ihrer Hosentasche, das mit einer dunklen Flüssigkeit gefüllt war. »Wenn du nicht sofort verschwindest, rufe ich ihn und mit ihm das Wilde Heer.«

»Das möchtet Ihr nicht tun«, erwiderte der Krieger unbeeindruckt.

»Und wie ich das tun möchte«, gab Nessi zurück. Nach einer kurzen Pause fragte sie aber: »Wieso will ich das nicht tun?«

»Weil wir in einem Krankenhaus voller Menschen mit verletzten Seelen sind.«

»Na und?«

»Verletzte Seelen sind für die Sluaghs äußerst leichte Beute. Sie würden diesen Ort innerhalb kürzester Zeit dem Erdboden gleichmachen.«

»Ich … ich würde das Krankenhaus vorher mit den Runen sichern«, erwiderte Nessya, klang jedoch selbst nicht hundertprozentig überzeugt.

»Jedes Fenster und jede Tür?«

»Ja, wenn es sein muss.«

Der Krieger lächelte leicht. »Dazu müsstet Ihr den Raum verlassen und an mir vorbei.«

Nach dieser Aussage ließ Nessya die Hand mit dem Fläschchen wieder sinken. Emma hatte zwar keine Ahnung, worüber sie sprachen, doch Nessya schien es ihrem gequälten Gesichtsausdruck nach dafür umso besser zu verstehen.

»Außerdem«, fuhr der Krieger fort, »muss sich auch der Heerführer der Sluaghs an Síd-Gesetze halten, und die lauten, vor den Menschen den äußeren Schein zu wahren und unerkannt zu bleiben. Einen Haufen wild gewordener Sluaghs mitten am Tag in die Menschenwelt zu schicken, ist von ›äußeren Schein wahren‹ und ›unerkannt bleiben‹ weit entfernt. Glaubt mir, Nessya, *Gefäß der Macht*«, er machte eine kurze Pause und senkte bei ihrem Namen die Lider, was Emma bei einem Menschen als respektvolle Geste interpretiert hätte. Doch er war kein Mensch, er war ein Monster aus der Welt der Fay. »Der Sluagh-Fürst wird nicht den Zorn unserer geliebten Königin riskieren wollen.«

Emma bereitete sich mental darauf vor, etwas zu sagen, und allein das bereitete ihr Schweißausbrüche. Auch ihr Gerät piepste wieder schneller. Mit diesem Wesen zu reden, seine Aufmerksamkeit auf sich zu lenken, kostete sie all ihre Überwindung.

Er kann nicht ins Zimmer, er kann nicht ins Zimmer ... der Gedanke war eine tröstende Absicherung. Sie nahm all ihren Mut zusammen, setzte sich gerade auf und versuchte ihr heftig klopfendes Herz unter Kontrolle zu bringen.

»Wie hast du uns gefunden?« Sie sprach in normaler Lautstärke, doch das Zittern in der Stimme verriet sie.

Der Krieger sah sie an. »Der Prinz besitzt etwas von dir, Emma, wodurch er deinen genauen Standort kennt und weiß, wie es dir geht.«

Er kannte ihren Namen. Oh Gott, woher kannte er ihren Namen? Was für ein dummer Gedanke, er war von dem Prinzen hierhergeschickt worden, natürlich kannte er ihren Namen! Das machte wohl letztendlich auch keinen Unterschied mehr. Die anderen Informationen waren viel beunruhigender. Zwischen ihr und dem Prinzen bestand noch eine Verbindung. Aufgrund der Träume hatte sie so etwas angenommen, doch Gewissheit zu haben, war viel schlimmer als die bloße Vermutung. Der Krieger sah sie an, als blickte er mit diesen blutroten Augen direkt in die Tiefe ihres Herzens, zeigte aber ansonsten keine weiteren Anzeichen, sich zu erklären.

Nessya schnaubte. »Und was soll das bitte sein? Hat er ein Emma-GPS, oder was?«

»Deine Lebensfreude, Emma«, antwortete der Krieger ruhig, ohne auf Nessyas feindselige Art einzugehen.

Emma schlug die Decke zurück, stieg langsam aus dem Bett und ging ein paar Schritte auf ihn zu, bis der Schlauch des Infusionsbeutels an ihrem Arm zog. Es war egal, dass sie nichts weiter als ein mintgrünes Krankenhaushemd trug oder sich so fühlte, als wäre sie von einem Laster überrollt worden. Etwas in ihr machte klick. Und das, was sie zusammenhielt – was auch immer es war –, begann auseinanderzufallen.

»Er hat was?« Ihre Stimme klang besonnen und gefasst. Sie spiegelte das Vakuum wider, das sie in ihrem Innern spürte.

»Deine Lebensfreude. Normalerweise zehrt er selbst davon oder er verhökert sie an andere Fay, doch deine hat er aufgehoben und trägt sie als Trophäe um seinen Hals.«

Ohne einen weiteren Schritt auf ihn zuzumachen, streckte sich Nessya so weit sie konnte zur Tür vor.

»Monster!«, zischte sie wütend und knallte dem Krieger die Tür vor der Nase zu.

Emma wusste nicht, ob sie ohne ihre Freundin die Kraft aufgebracht hätte, diesen Moment durchzustehen. Nessya versicherte ihr, dass sie sich die Lebensfreude von dem Prinzen zurückholen würden, mit einem Plan, einer Strategie. Irgendwann.

»Wie geht es dir?«, fragte Nessya besorgt.

»Es geht mir gut«, antwortete sie kräftig nickend, als müsse sie sich selbst davon überzeugen. »Es geht mir gut.« Doch ihre Stimme bebte und ihre Knie gaben nach. Als sie zu Boden ging, zog der Schlauch des Infusionsbeutels an ihrem Arm, die Schmerzen bemerkte sie jedoch kaum. Sie wiederholte den Satz noch ein paar Mal, bevor er unter dem Schluchzen und Weinen nicht mehr zu verstehen war.

Wo blieben die Schwestern und Pfleger? Hätten die nicht längst hier sein müssen, nachdem die Geräte, mit denen sie verbunden war, verrücktgespielt hatten? Gemeinsam mit Nessya, die ihr tröstend über den Rücken strich, saß sie auf dem Boden ihres Krankenzimmers und heulte sich die Seele aus dem Leib.

Mit den Tränen ließ sie all die Schmerzen und die Trauer fließen, die sich während des letzten Jahres in ihrem Herzen angesammelt hatten.

9

Tadhg lief unruhig auf und ab. Die erste Begegnung mit dem *Gefäß der Macht* war ja nicht gerade von Erfolg gekrönt gewesen. Das Menschenmädchen war feengeküsst. Das änderte natürlich alles. Kein Wunder, dass der Prinz sie tot sehen wollte und sich nicht traute, das selbst zu übernehmen. Ein Blick in diese wilden grünen Augen hatte genügt, um ihn von ihrem Zustand zu überzeugen. Noch lagen Furcht und Unsicherheit in ihnen, doch sobald sie ausreichend Zeit hätte, sich geistig und körperlich zu erholen, könnte sie verdammt gefährlich werden. Irgendwie musste er an sie herankommen, am besten zusammen mit dem *Gefäß der Macht* und unvorbereitet, damit sie weder vor ihm fliehen konnten noch die Möglichkeit bekamen, den Heerführer und die Sluagh-Herde zu rufen.

Clíodhna räkelte sich auf den Fellen, die vor dem Kamin lagen, und spielte mit ihrer Kette, an der ein Anhänger in Form eines Vogels hing. Wenn ihn nicht alles täuschte, bestand der Anhänger aus einem einzelnen schwarzen Diamanten, der eigens für sie in Form ihres Wahrzeichens geschliffen worden war.

Er hasste oberflächliches Geplauder, doch sie lenkte die Aufmerksamkeit absichtlich auf das Schmuckstück, und es weiter zu ignorieren, wäre unhöflich. Manchmal nervte selbst ihn die Etikette der Fay.

»Ein außergewöhnliches Stück«, sagte er, weil ihm sonst nichts einfiel. Er war nicht gut darin, sinnloses Geplänkel auszutauschen. Er war ein Gott. Götter führten keinen Small Talk.

»Gefällt es dir?« Sie wandte sich ihm zu und strahlte über das ganze Gesicht. »Das ist ein Geschenk von Prinz Nassaïr.«

Falls sie versuchte, ihn mit dem ersten Erben des dunklen Throns eifersüchtig zu machen, funktionierte es nicht. Clíodhna liebte vor allem eines: sich selbst. An zweiter Stelle kam Macht und irgendwann, sehr viel weiter hinten auf ihrer Liste, standen andere.

»Weißt du, weshalb ich dich hergebeten habe, Clío?«

Mit langsamen, verführerischen Bewegungen machte sie eine Show daraus, von den Fellen aufzustehen. Hüftschwingend schritt sie auf ihn zu, stellte sich dicht vor ihn und fuhr mit den Fingern über die nackte Haut seines Bauches bis hoch zur Brust, wo sie mit dem Finger seine Brustwarze umkreiste. Ein teures Parfüm umspielte seine Nase.

»Weil du bezüglich uns beiden endlich zur Einsicht gekommen bist, Tadhg?«, hauchte sie gegen seine Lippen.

Clíodhna, Königin der Banshee, stand in der Hierarchie unter ihm, allerdings nicht sehr weit. Mit ihren feinen, orientalischen Zügen, der weichen bronzefarbenen Haut und dem vollen dunklen Haar, war sie von exquisiter Schönheit, und dessen war sie sich bewusst. Lediglich die rote Farbe der Iriden verriet ihre Unseelie-Abstammung, doch mit einem einfachen Blendzauber war das rasch kaschiert. Die spitzen Ohren versteckte sie meist unter ihrer dunklen Haarpracht. Menschen- wie Faymänner gleichermaßen hatte sie über die Jahrhunderte hinweg dem Untergang geweiht. Sie war außerdem eine Meisterin der Manipulation und dafür bekannt, sich menschliche Liebhaber zu nehmen, ohne sie in die Faysucht zu treiben. Der Grund, weshalb Königin Siobhánn ihren Zweitwohnsitz in der Menschenwelt duldete. Clíodhna brauchte ihre Magie nicht, um sich ihren Kick zu holen.

Er verschränkte die Arme vor der Brust, um sie auf Abstand zu halten, und sah ihr ungerührt in die Augen. »Weil es Zeit wird, deine Rechnung bei mir zu begleichen.«

Augenrollend ließ sie die erotische Energie von sich fallen wie ein schweres Tuch, trat zurück und schürzte die Lippen. »Du bist ein alter Langweiler, Tadhg.«

»Ich will den Gefallen einlösen, den du mir noch schuldest.«

»Bla, bla, bla.« Sie ging zu den Fellen zurück. Das unsichtbare Tuch – ihre erotische Aura – folgte ihr wie eine Schleppe. Er war zu alt und abgehärtet für solche Spielchen. Das konnte sie mit den Jüngeren machen. Dennoch war ihm klar, dass er sie mit der Abweisung zutiefst gekränkt hatte, deshalb ließ er ihr die kleine Respektlosigkeit durchgehen.

»Um was für einen Gefallen handelt es sich?«, fragte sie, während sie sich wieder auf die Felle setzte und ihre Aufmerksamkeit den Flammen im Kamin schenkte.

»Du kennst dich mit den modernen menschlichen Gesetzen aus wie kein anderer am Unseelie-Hof. Du sollst für mich einen Weg finden, einen Menschen vorzeitig aus einer geschlossenen psychiatrischen Klinik herauszuholen.«

»Warum?«

»Erwartet die Königin der Banshees von ihrem Gott, dass er sich vor ihr rechtfertigt?«, warnte er leise.

Nun wandte sie sich ihm zu, einen fragenden, abwägenden Blick auf den feinen Zügen. »Geh doch einfach so hin. Oder hast du deine Fähigkeit verloren, Blendzauber zu wirken? Die Königin der Banshees macht sich lediglich Sorgen um ihren Gott.«

Er kannte Clíodhna gut genug, um zu wissen, dass sie mitnichten besorgt war. Eher spielte sie gerade innerlich durch, ob es sich für sie weiterhin lohnte, Zeit für ihn aufzuwenden.

»Ihr Zimmer ist mit Schutzrunen gegen Unseelie versiegelt. Sie hat die Hilfe einer Seelie-Geborenen.«

Clíodhna verzog das Gesicht, gab einen uneleganten Würgelaut von sich und drehte sich wieder dem Kamin zu. Sie hatte es den Seelie nie verziehen, dass diese sie nach der großen Schlacht trotz ihrer Schönheit nicht für qualifiziert genug gehalten und an den dunklen Hof abgeschoben hatten. Wäre sie etwas aufmerksamer gewesen, hätte die Bezeichnung Seelie-Geborene sie stutzig gemacht, denn eine reine Seelie war das *Gefäß der Macht* nicht. Doch Clíodhnas Abscheu gegen die leuchtende Sippschaft bewahrte ihn vor ihrer lästigen Neugier. Er war ihr keinerlei Rechenschaft schuldig, doch Clío war wie ein Hai, wenn sie etwas witterte, und sie durfte nicht erfahren, dass sich das *Gefäß der Macht* in erreichbarer Nähe befand. Sie würde sich über die Androhungen des Sluagh-Fürsten hinwegsetzen und versuchen, das Gefäß für sich zu beanspruchen. Und das wäre vermutlich Clíodhnas Untergang. Sie war eine selbstsüchtige Schlange, doch die Unseelie respektierten und ehrten sie, wie jeden der Alten. Ihr Tod würde für Unruhen und Ungleichgewicht sorgen. Zudem würde er seine loyalste Dienerin und Vertraute verlieren.

»Weshalb sitzt sie in der Geschlossenen?«, fragte sie nach einem Moment. »Hat sie eine Straftat begangen?«

»Sie hat versucht, sich das Leben zu nehmen.«

»Ah. Dann dürfte das kein Problem sein. Ich muss nur den verantwortlichen Richter dazu bringen, eine entsprechende Verfügung zu erwirken. Am besten soll er dafür sorgen, dass sie relativ spontan und spätnachts entlassen wird, dann ist das Risiko kleiner, dass dir andere Menschen in die Quere kommen.« Sie drehte sich ihm zu. »Gib mir eine Woche, ich komme auf dich zurück, sobald es erledigt ist.«

Er nickte. »In Ordnung.«

Sie verengte ihre Augen zu Schlitzen und sah ihn misstrauisch an. »Und damit ist meine Schuld endgültig beglichen?«

Schulterzuckend nickte er. »Ja.«

Sie hatte allen Grund, sich darüber zu wundern. Nach ihren Informationen hatte er nach der großen Schlacht für sie gekämpft und sie vor dem Tod durch das Schwert *EaglaBás* bewahrt. Obwohl sie bereit gewesen war, aus dem Kelch des Vergessens zu trinken, hatte Siobhánn gedroht, sie zu töten. Den genauen Grund kannte Clío nicht, ahnte nicht, dass die Königin sie als Druckmittel benutzte. Sie wusste nur, dass Tadhg für ihr Überleben verantwortlich war.

Anstatt sich das Gehirn leer fegen zu lassen, hatte er wie so viele andere damals den Tod bevorzugt. Auch für ihn war es eine Überraschung gewesen, herauszufinden, dass er – ganz gleich, was Siobhánn versucht hatte – nicht sterben konnte.

Und er wusste noch alles.

Er wusste von der Verschwörung und dem Putsch Siobhánns an ihrem Mann, Aymon, Gott des Krieges, König des Síd. Er wusste, dass die Königin aus Zorn über die Untreue des Königs bei der ersten Gelegenheit eine Waffe hatte schmieden lassen, die Fay töten konnte, um den König damit umzubringen. Als alleinige Herrscherin hatte sie dafür gesorgt, dass sich niemand mehr an die Wahrheit erinnerte.

Bis auf ihn.

Niemand sonst wusste, dass der König tot war. Er galt als verschwunden. Für sein Stillschweigen durfte Clío leben. Sollte er es jemals brechen, würde die Königin Clío auf langsame und qualvolle

Weise töten. Siobhánn wusste, dass das seine Schwachstelle darstellte und er es nicht zulassen würde.

Clío betrachtete ihn misstrauisch. »Nach einem Selbstmordversuch werden Menschen meist innerhalb von sechs Monaten oder einem Jahr ohnehin entlassen.«

»Das weiß ich.«

»Weshalb ist es für dich so wichtig, sie umgehend dort herauszuholen? Was verheimlichst du mir, Tadhg?«

Er lächelte nur. Sie wusste, dass er sowieso nicht antworten würde.

10

Drei Tage nach dem versuchten Selbstmord war Emma so weit bei Kräften, dass sie auf dem Klinikgelände einen Spaziergang machen konnte. Nessya hatte sie überredet, das vor Unseelie gesicherte Zimmer zu verlassen und mit ihr an die frische Luft zu gehen. Ohne ihre Freundin hätte sie sich das nicht getraut, und außerdem verspürte sie sowieso kein Bedürfnis danach.

Nur ein Wunsch war stark genug, um ihre komplette Gleichgültigkeit zu durchbrechen: Sie wollte nach Hause. Hauptsächlich, weil sie sich dort sicherer fühlen würde als hier. Der Prinz wusste, wo sie sich befand, und hatte bereits einen Unseelie-Fay geschickt. Wie viele würden noch kommen? Weshalb der Krieger an der Schwelle ihres Zimmers aufgetaucht war, hatten sie nicht herausfinden können. Vermutlich, um sie zu dem Prinzen in den Síd zurückzubringen. Ihr lief es eiskalt den Rücken herunter. Allein den Anti-Unseelie-Runen war es zu verdanken, dass er das Zimmer nicht hatte betreten können.

Ja, zu Hause bei Nessya würde sie sich sicherer fühlen, viel sicherer. Ihre Freundin hatte ihr erzählt, dass sie sich aus finanziellen Gründen zwar immer wieder Untermieter genommen, das Zimmer jedoch nicht dauerhaft an jemanden vermietet hätte. Zurzeit war es leer. Sie könne jederzeit wieder einziehen. Doch nach dem Selbstmordversuch kam eine Entlassung aus der Klinik erst einmal nicht infrage.

Heute war einer dieser bitterkalten, klaren Novembertage, an denen eine tief stehende, hellgelbe Sonne von einem blassblauen Himmel schien, hell und freundlich. Doch für sie hätte es auch verregnet, grau und trist sein können. Es machte keinen Unterschied.

Ihr Lebensmut war fort. Sie hatte vergessen, wie sich Wärme anfühlte, konnte sich nicht an den Geschmack von Karamell erinnern und wusste nicht mehr, wie Rosen rochen. Und das Schlimmste war, dass sie diese Dinge nicht vermisste. Es war ihr völlig egal, ob sie all das je zurückbekäme. Im Moment konnte sie sich nicht einmal vorstellen, wie es wäre, zu lächeln und es auch so zu meinen. Gleichzeitig litt sie aber unter diesem Gefühl der Abgestumpftheit. Es war ein Teufelskreis.

Sauber gestutzte Grasflächen dominierten den Klinikpark, in dessen Mitte sich eine Wasserfontäne befand, die im Augenblick ausgeschaltet war. Im Frühling wäre es hier sicher erträglicher, vielleicht sollte sie anfangen, ein Tagebuch zu führen und ihre Eindrücke festzuhalten?

Nessya und sie liefen schweigend nebeneinander auf dem Weg, der im Kreis verlief und wieder zum Eingang führte, als sie in wenigen Metern Entfernung das silberne Wesen auf einer der Parkbänke entdeckte und abrupt stehen blieb.

Er hatte die Arme auf der Rückenlehne ausgebreitet, seine langen, in einer schwarzen, seitlich geschnürten Lederhose steckenden Beine weit von sich gestreckt und an den Knöcheln überkreuzt. Diese Pose zeugte von absoluter Überlegenheit und grenzenloser Arroganz.

Demütigende Erinnerungen überfluteten sie, wie sie vor nicht allzu langer Zeit bei seinem Anblick und dem Klang seiner Stimme nichts weiter hatte tun wollen, als ihm die wenigen Kleider, die er trug, vom Leib zu reißen und ihm sexuell hörig zu sein. Ein Heroinsüchtiger denkt auch nicht an den Horrortrip, der auf den Rausch folgt, wenn er sich die Spritze setzt. Er spürt nur, dass er das Mittel braucht, ebenso wie sie sich nach der Magie verzehrt hatte.

Jetzt spürte sie in seiner Anwesenheit jedoch glücklicherweise nichts dergleichen. Stattdessen fühlte sie Abneigung, Hass und Rachegelüste in sich aufsteigen. Solche radikalen Gefühle kannte sie sonst gar nicht von sich.

»Wie tötet man eigentlich einen Fay?«

Nessya starrte sie an. »Ähm … Fay sind nahezu unsterblich. Es gibt ein Schwert, mit dem man einen Fay töten kann, aber das befindet sich im Besitz der Seelie-Königin, ansonsten gibt es noch Wesen namens Sluaghs, die …«, sie schüttelte den Kopf, als müsse sie ihre Gedanken ordnen, und folgte Emmas Blick zu dem silbernen Wesen. »Wieso fragst du?«

»Weil ich vorbereitet sein möchte«, erwiderte sie gedankenverloren. »Für den Fall der Fälle. Ich habe keine Lust mehr auf Überraschungen, wenn es um diese Monster geht.«

Nessya legte die Hand auf ihren Arm. »Dieses ›Monster‹ dort ist auf unserer Seite. Vor ihm brauchst du keine Angst zu haben. Jedenfalls nicht, solange du ihm nicht drohst oder ihn kränkst. Am besten, du gibst ihm die Möglichkeit, dich erst einmal kennenzulernen, bevor du ihm von deinen Mordfantasien erzählst, okay?«

Sie war sich nicht sicher, ob Nessya gerade einen Witz gemacht hatte oder es ernst meinte. Vermutlich ein bisschen von beidem, doch sie wollte ihre Freundin nicht in die Situation bringen, sich zwischen ihr und ihm entscheiden zu müssen. Nessya hatte etwas mit diesem Fay laufen. Was genau, wusste sie noch nicht, aber es schien über eine platonische Beziehung hinauszugehen. Ihr schauderte bei der Vorstellung, doch Nessya wirkte nicht, als wäre sie ihm blind verfallen. Ihre Freundin vertraute ihm offenbar und sie vertraute Nessyas Urteil.

Sie sah Nessya an. »Normalerweise verabscheue ich jede Form von Gewalt, das weißt du. Ich will nur nie wieder einem von ihnen so ausgeliefert sein. Ich wollte damit aber nicht sagen, dass ich ihn … ich meine, dass ich denke, dass er … ach, Nessi, ich weiß auch nicht …«

»Gib ihm eine Chance, okay? Ich kann deine Abneigung und deine Ängste nachvollziehen, vermutlich besser als jeder andere, aber ohne ihn hätte ich dich nie retten können. Woher wusstest du eigentlich so schnell, wer er ist?«

Sie musterte Nessya ungläubig. Sollte das ein Witz sein? Dabei fragte sie sich eher, weshalb keiner der anderen Patienten schon längst Alarm geschlagen hatte.

»Ehrlich gesagt wundere ich mich, dass er sonst niemandem auffällt.«

»Du kannst ihn in seiner wahren Gestalt sehen?«, fragte Nessya.

»Du etwa nicht?«

»Doch, aber dafür muss ich mich konzentrieren. Es ist wie bei diesen Magic-Eye-Bildern. Wenn man es einmal hat, ist es leichter, aber man muss den richtigen Blick dafür entwickeln.«

Er saß in voller Montur dort. Silberweiße Haut, die aufgrund des nackten Oberkörpers nicht zu übersehen war, langes silbriges Haar, das aussah wie dünne Fäden des schimmernden Edelmetalls. Bei seinem Anblick musste sie unwillkürlich an ein kostbares Schmuckstück denken. In seiner Andersartigkeit sah er trotz allem schön aus. Gefährlich und zerstörerisch schön. Die grauen, dämonenartigen Flügel, die er gerade hinter der Rückenlehne ausgestreckt hatte, taten dem keinen Abbruch. Wir armen Menschen haben keine Chance, dachte sie bitter und spürte die Abscheu nur noch stärker in sich anwachsen.

Gemeinsam sahen sie zu dem Fay, der zu ihnen zurückschaute. Der Ausdruck auf seinem Gesicht schien nicht erfreut. Ob er Gedanken lesen konnte? Oder spürte er den Hass, den sie für ihn empfand?

Sie legte den Kopf schief und versuchte mit all ihrer Konzentration noch etwas anderes zu sehen. Es dauerte einen Moment, doch schließlich begann seine Erscheinung zu flimmern und wandelte sich nach und nach in etwas um, das erschreckend menschlich wirkte, bis sie ihn als jungen Mann mit verwuscheltem blondem Haar sah. Sogar die Illusion eines Hemdes erschien und die Flügel verschwanden.

»Unglaublich«, murmelte sie. »So könnte der als ganz normaler, harmloser Student durchgehen, und keiner würde etwas merken.«

»Jap«, erwiderte Nessya. »Normalerweise muss man sich konzentrieren, um durch den Blendzauber hindurchzusehen. Bei dir scheint es andersherum zu sein. Das verschafft dir einen unglaublichen Vorteil. Selbst für mich müssen sie in erreichbarer Nähe sein, damit ich ein bestimmtes Kribbeln spüre, das sie als Fay enttarnt, und auch dann muss ich mich etwas anstrengen, um den Zauber zu durchbrechen.«

»Er sieht wütend aus.«

Nessya räusperte sich. »Du siehst auch nicht gerade so aus, als wärst du begeistert, ihn zu sehen. Außerdem stehen wir jetzt seit ungefähr zehn Minuten hier herum und reden ziemlich offensichtlich über ihn. Fay sind sehr stolze Geschöpfe, Emma. Man sollte sie mit Respekt behandeln.«

Sie warf ihr einen vorwurfsvollen Blick zu.

»Sorry.« Nessya hob abwehrend die Hände. »Fay-Regeln. Nicht ich habe sie gemacht.«

»Was zum Teufel macht er überhaupt hier?«

»Ich habe ihn gerufen, damit wir mit ihm über den Unseelie sprechen können, der dir vorgestern einen Besuch abgestattet hat.«

Bei der Erinnerung an den Krieger lief es ihr wieder eiskalt den Rücken hinunter. »Kennt er ihn?«

»Keine Ahnung, aber wenn nicht, kann Cathal sicher schneller etwas über ihn herausfinden als wir. Auch darüber, was genau er von dir wollte. Er hat diese lästige Angewohnheit, immer alles über jeden wissen zu wollen, und kann es zu allem Überfluss auch noch spüren, wenn jemand ein Geheimnis verbirgt. Kann manchmal aber auch ganz praktisch sein.«

»Er ist so etwas wie … die NSA bei den Fay?«

»So ungefähr«, Nessi lachte, »nur dass er die Infos nicht für andere sammelt, sondern sie selbst nutzt.«

»Ein richtiger Sympathieträger also.«

»Wir sollten zu ihm rübergehen, er fängt langsam an, ernsthaft gestresst auszusehen.«

Mit den Worten gingen sie wieder gemeinsam los. Je näher sie ihm kamen, desto unwohler wurde ihr, als würde ein inneres Alarmsystem sie warnen und zum Umkehren bewegen wollen. Es erinnerte sie an den Fluchtreflex, den man verspürt, wenn man einem Raubtier gegenübersteht. Doch anders als bei einem Tiger, bei dem sie sich ihrer Unterlegenheit voll und ganz bewusst wäre, wuchs ein neues Gefühl in ihr heran. Eines, das sie dazu bringen würde, sich in Angriffsposition zu begeben, wenn eine Flucht unmöglich wäre.

Ja, sie würde versuchen, es mit ihm aufzunehmen. Vermutlich würde sie verlieren, aber sie würde zumindest nicht kampflos untergehen. Nie wieder würde sie das zulassen, was ihr angetan worden war. Nie wieder!

Als sie bei ihm ankamen, stand er auf. Himmel, war der groß. Sie musste richtig aufschauen, um ihm weiterhin in die Augen sehen zu können, und überdachte ihre Courage wieder. Ob es gefährlich werden konnte, einem Fay in die Augen zu sehen? Oder unhöflich? Sie hatte verdammt viel zu lernen.

Er stand stocksteif da, einen Arm hinter den Rücken haltend. »Guten Tag, Emma. Dir geht es besser, wie ich sehe«, grüßte er freundlich, doch sein Ausdruck sprach eine andere Sprache.

Zugegeben, seine Stimme hatte einen angenehmen Klang, mehr aber auch nicht. Sie atmete erleichtert durch.

»Könnten wir uns unter vier Augen miteinander unterhalten, *mo chroí?*«, fragte er Nessya.

Nessya wirkte etwas überrumpelt. »Ähm … vor Emma habe ich keine Geheimnisse mehr. Alles, was wir miteinander bereden, können wir auch vor ihr tun.« Nessya warf ihr einen Seitenblick zu. »Oder fast alles.«

Der Fay nickte einmal kurz, eine altertümliche, höfliche Geste. »Wie du wünschst, *mo chroí.* Wie ich sehe, ist sie genesen.«

Nessya strahlte. »Ja, ist das nicht fantastisch? Es hat endlich funktioniert. Ich war schon kurz vorm Verzweifeln.«

»Leider ist das alles andere als fantastisch. Das ist ein Problem.«

Nessyas Lächeln fiel in sich zusammen. »Wovon redest du? Das war doch unser Ziel. Wir haben das ganze letzte Jahr dafür aufgewendet, um …«

»Ich habe nie damit gerechnet, dass es funktionieren würde.« Er wandte sich Emma zu. »Nichts für ungut.«

Zur Antwort zuckte sie gleichgültig mit den Schultern.

»Wovon redest du?«, fragte Nessya fassungslos.

»Sie hat den sogenannten Feenkuss erhalten. Sie ist nun immun gegen jegliche Täuschungs- oder Manipulationsversuche. Magie hat auf sie keine Wirkung mehr.«

»Das ist doch gut.«

Der Fay holte tief Luft. »Lange vor meiner Geburt gab es einmal eine Seelie-Nobelfrau, die von einem Menschen besonders angetan war. Sie wollte ihn bei Verstand und nicht als gebrochenen Sklaven. Normalerweise verliert ein Mensch unter Faysucht den Verstand und begeht letztendlich – wenn die Fay ihn nicht länger beachten – Selbstmord. Deshalb war ich so überzeugt, dass du selbst niemals darunter gelitten hast, *mo chroí.*«

Er hielt inne und sah über ihre Köpfe hinweg auf etwas, das sich hinter ihnen befinden musste. Emma drehte sich um und sah zwei Leute auf sie zukommen. Ein älterer Mann, der quälend langsam mit einer Gehhilfe vorankam, und eine ältere Frau, die ihn begleitete. Sie lief geduldig, den Arm bei ihm untergehakt, neben ihm her und erzählte ihm etwas. Vermutlich seine Ehefrau. Aufgrund der Schläuche, die aus seinem Hals ragten, konnte er selbst nichts sagen, nur zuhören. Der Anblick brach Emma das Herz. Sie schienen jeden Moment miteinander auskosten zu wollen, da der Mann so aussah, als bliebe ihm nicht viel Zeit.

Es erinnerte sie daran, wie kostbar das Leben war. Außer ihnen befanden sich, soweit sie sehen konnte, noch zwei weitere Patienten im Park, doch die waren weit entfernt auf der anderen Seite.

Im Vorbeigehen nickten ihnen die beiden älteren Herrschaften zu. Nessya, sie und sogar der Fay nickten freundlich zurück. Sobald sie außer Hörweite waren, machte der Fay in seiner Geschichte dort weiter, wo er aufgehört hatte.

»Die Seelie-Nobeldame hat ihrem Menschen Heiler gesandt, die dafür sorgten, dass er von der Faysucht befreit wurde. Aber niemand ahnte, dass der Mensch, sobald er den Feenkuss erhalten hatte und damit genesen war, anfangen würde, Amok zu laufen. Bevor er niedergestreckt werden konnte, hatte er seine Herrin, die für seine Heilung gesorgt hatte, und fünf weitere Fay, während sie schliefen, mit seiner Streitaxt in kleine Stücke zerteilt. Fay sterben dadurch nicht, aber in dem Zustand befanden sie sich jenseits jeglicher Rettung. Die Legende besagt, dass das die Geburtsstunde des leuchtenden Schwertes der Seelie war. Ein Hexer wurde beauftragt, eine magische Waffe zu bauen, die einen Fay töten kann. Der Tod mithilfe des Schwertes war die einzige Erlösung, die man den zerstückelten Fay geben konnte. Gehen wir ein Stück?« Er machte eine auffordernde Geste nach vorn zum Weg hin.

Es war seltsam, mit diesem geflügelten Wesen im Klinikpark spazieren zu gehen, ohne dass einer der Patienten in Panik geriet. Sobald andere Menschen in der Nähe waren, beobachtete Emma die Reaktionen, doch niemand schien wirklich Notiz von ihm zu nehmen. Offenbar nahmen sie ihn als Menschen wahr.

Sie musste sich an diese ganzen Veränderungen gewöhnen, und zwar schnell. Sie konnte sich den Luxus, alles in Ruhe zu verarbeiten und sich in ihre kleine Welt einzukapseln, nicht länger leisten.

»Seither ist es den Heilern und Heilerinnen verboten, Menschen mit ihrer Magie zu pflegen. Und falls jemand dieses Verbot missachten sollte, gilt es, den Verantwortlichen zu exekutieren, bevor sich die Geschichte von damals wiederholt. Von selbst hat es ein Mensch bisher noch nie geschafft.« Er sah sie an. »Du bist feengeküsst, Emma, was dich nun gewissermaßen zum Staatsfeind Nummer eins des Síd macht. Ich weiß von diesem ersten Fall zwar nur vom Hörensagen, doch wenn ich deinen Blick von vorhin richtig interpretiert habe, kann ich die Paranoia der Fay vor feengeküssten Menschen gut verstehen.«

Sie räusperte sich verlegen. Dann war ihm ihre Abscheu also aufgefallen. Würde ihn Loyalität für sein Volk dazu zwingen, sie loszuwerden? War er trotz der Bindung zu Nessya eine Gefahr?

»Dafür wirkst du …«, sie hielt inne, »ich darf doch ›du‹ sagen? Oder spricht man einen Fay anders an?«

Der Fay lächelte höflich. »Es wäre mir eine Ehre, wenn du mich duzen und Cathal nennen würdest.«

Sie nickte. »Dafür wirkst du aber ziemlich entspannt. Ich meine, wenn diese Legende stimmt und ich … na ja, einem«, sie sah sich vorsichtshalber um, ob sich niemand in der Nähe befand, »Fay gefährlich werden kann, solltest du dann nicht besorgter sein?«

Cathal winkte ab. »Ich bin der Heerführer der Sluaghs, Fürst der *Wilden Jagd*. Bei allem Respekt, aber ich fürchte mich nicht vor einem feengeküssten Menschenmädchen.«

Nessya stieß Luft aus. »Aber ich verstehe es nicht. Du hast doch zugestimmt, Emma zu helfen.«

»Ich habe es damals nicht über mich gebracht, dir zu sagen, dass es, wie ich annahm, hoffnungslos ist.«

»Was?« Nessya wirkte fassungslos, während Emma merkwürdig unberührt blieb. Wahrscheinlich, weil Cathals Erklärung sie nicht weiter verwunderte. Sie ergab absolut Sinn und passte in das Bild, das sie sich bisher von der Welt der Fay gemacht hatte. An diese Monster hegte sie keinerlei Erwartungen. Anders als offenbar Nessya konnte er sie damit weder schockieren noch enttäuschen. Sie hatten das Ende des Weges fast erreicht und standen vor dem Eingang zur Klinik.

Mit verschränkten Armen blieb Nessya stehen. »Deshalb hast du mir vor dem Treffen mit Königin Siobhánn gesagt, ich solle Emma auf keinen Fall erwähnen. Abgesehen davon, dass ich das wahrscheinlich sowieso nicht getan hätte, weil ich denen nichts schulden will, wann hattest du denn vorgehabt, mir die Wahrheit zu sagen?«

»Ich wollte, dass du dich langsam an den Gedanken gewöhnst«, erwiderte Cathal. »Sobald du gemerkt hättest, dass – ganz gleich, wie viel Zeit vergeht – keine Besserung einsetzt, wäre ich für dich da gewesen. Aber vor einem Jahr hättest du nichts davon wissen wollen. Hoffnung, *mo chroí,* kann Berge versetzen, doch sie kann auch ebenso zerstörerisch sein.«

Dem konnte Emma leider nur zustimmen, doch sie traute Cathal nicht. »Steckst du meinetwegen in Schwierigkeiten?«

Er sah von Nessya zurück zu ihr. »Nein, wieso sollte ich?«

»Weil du eben gesagt hast, dass es verboten ist, einen Menschen zu heilen.«

»Ein Heiler, ich?« Mit einem belustigten Ausdruck schaute er auf sie herab. »Ich wurde schon vieles genannt, doch Heiler war bisher nicht unter den Bezeichnungen. Nein, Emma, ich habe dich nicht geheilt. Aus der Sucht bist du von ganz allein gekommen.« Sein Blick streifte kurz ihren verbundenen Arm. »Und wie bei jedem anderen Menschen ist die Sucht in einer Selbsttötung gegipfelt. Der einzige Grund, weshalb du noch lebst, ist, weil es heutzutage die medizinischen Möglichkeiten dafür gibt, du dich schon am richtigen Ort befunden hast und man dir schnell helfen konnte. Das stand den Menschen von früher nicht zur Verfügung. Glaub mir, du hast außerordentliches Glück gehabt. Übrigens, ist das der Grund, weshalb ihr mich herbestellt habt?«

Nessya fuhr sich durchs Haar und seufzte. »Nein. Ich hatte ja von alldem keine Ahnung. Ich habe dich gerufen, weil wir ein Problem – also, noch ein anderes – haben. Vorgestern ist ein Fay hierhergekommen.«

»Seelie oder Unseelie?«

»Unseelie«, erwiderte Nessya. »Eindeutig Unseelie.«

»Wie sah er oder sie aus?«

»Er«, stellte Nessya klar und beschrieb ihm dann detailliert das Aussehen des Kriegers. Je mehr sie erzählte, desto weiter verschloss sich Cathals Miene, sodass Emma nur schwer abschätzen konnte, was er darüber denken mochte.

Als Nessya ihre Ausführungen beendet hatte, stand Cathal mit ausdrucksloser Miene stocksteif vor ihnen und sagte nur: »Oh, oh.«

Nessya hatte ihr irgendwann während einer ihrer Besuche von Cathal, dem Heerführer der Sluaghs, erzählt. Er war Befehlshaber über das Wilde Heer, bekannt aus den Legenden der Seelenfresser. Es war eine Horde von Kreaturen, die selbst unter den Monstern in der Welt der Fay als Bestien galten. Wenn jemand, der mit dem ultimativen Bösen zu tun hat und sogar darüber herrscht, ›Oh, oh‹ sagt, kann das nichts Gutes heißen.

Auf einmal fröstelte ihr. »Was … was bedeutet ›Oh, oh‹?«

Seine Miene blieb weiterhin leer, höflich, nichtssagend. »Was haltet ihr davon, wenn wir hineingehen und uns bei einem heißen Getränk aufwärmen, hm?«

Nessya wirkte ebenfalls verängstigt. »Kennst du ihn etwa?«

»Ich denke wirklich, dass wir zunächst hineingehen sollten und …«

»Beantworte die verdammte Frage, Cathal!«, rief Nessya.

Bevor er antwortete, blies er langsam Luft aus und sah zwischen Nessya und ihr hin und her. »Ich kenne ihn nicht persönlich, doch die Beschreibung war eindeutig«, antwortete er schließlich. »Das kann nur Lord Tadhg gewesen sein. Besser bekannt unter seinem vorchristlichen Namen Crom Cruach, einstiger Gott des Todes und der Unterwelt.«

Emma schluckte schwer. »Gott des Todes?«, flüsterte sie.

»Einstiger Gott des Todes«, berichtigte er sie, als würde das einen Unterschied machen. »Seit er seine Magie nicht mehr besitzt, ist er das nicht mehr. Ich würde mich trotzdem nicht mit ihm anlegen wollen.«

Nessya sah sie an. »Ich glaube, ich brauche jetzt erst einmal einen Drink. Ihr habt in eurer Klinikkantine nicht zufällig auch Hochprozentiges, oder?«

Benommen schüttelte sie den Kopf. Nur ein Gedanke beherrschte ihren Verstand. An der Schwelle zu ihrem Krankenzimmer hatte, vom Prinzen gesandt, der Gott des Todes gestanden – ob einstig oder nicht, war ihr im Augenblick herzlich egal –, und nach dem, was Cathal ihnen erzählt hatte, war klar, weshalb er gekommen war. Man musste kein Genie sein, um eins und eins zusammenzuzählen. Da weiterhin eine Verbindung zwischen ihr und dem Prinzen bestand, musste er wissen, dass sie es geschafft hatte, clean – oder feengeküsst – zu werden.

Der Krieger war vermutlich nicht gekommen, um sie zu dem Prinzen zurückzubringen. Er war hier, um sie zu töten.

Ihr war speiübel.

11

14. November

Liebes Tagebuch,

Emma starrte auf die Begrüßung, strich sie wieder durch und fing neu an. Wer sagte denn, dass man ein Tagebuch unbedingt so beginnen musste?

14. November

~~*Liebes Tagebuch,*~~ *Hey,*

Nach außen hin wirke ich mittlerweile relativ normal, glaube ich. Aber manchmal möchte ich einfach nur weinen. Oder schreien. Es geht nicht. Ich will all die Gefühle rauslassen, aber sie stauen sich auf …

Ich dachte, ich wäre frei, aber in gewisser Weise bin ich noch immer gefangen.

Ich bin traurig.

Ich bin wütend.

Trauer, Abscheu und Hass, sie wechseln sich ab. Aber das lasse ich tief in mir vergraben. Ich funktioniere. Weil ich muss. Ich habe keine Zeit für einen Nervenzusammenbruch. Nicht, wenn ich überleben will. Ich fürchte mich vor dem Tag, an dem all das wie ein Vulkan ausbrechen wird, denn dann werde ich mich mit dem, was geschehen ist, auseinandersetzen müssen. Irgendwann.

Zum Glück weiß ich, dass Nessi die Wahrheit kennt. Sie ist für mich da, hilft mir, auch wenn – oder vielleicht gerade weil? – sie das Thema nicht direkt anspricht. Sie bedrängt mich nicht und doch spüre ich dieses stille Verständnis, das Wissen.

Es hilft.

Ein Jahr lang befand ich mich in einer Art Schockzustand. ›Faysüchtig‹ haben Nessi und dieser Cathal das genannt. Ein Jahr lang hatten die Wunden Zeit, zu heilen. Doch sie sind nicht verheilt, werden es nie tun. Die Wunden, die der Prinz gerissen hat, haben nur ihren Zustand verändert. Geblieben sind Narben. Härter, empfindungsloser. So fühle ich mich ebenfalls. Funktionieren. Nicht dran denken. Vergessen.

Vorhin habe ich erfahren, dass ich heute aus der Klinik entlassen werde. Das sollte mich freuen. Noch vor fast zwei Wochen meinten die Ärzte, dass ich nach einem Selbstmordversuch zu meiner eigenen Sicherheit mindestens ein halbes Jahr in der Geschlossenen bleiben müsste. Auf gerichtliche Anordnung hin. Mom und Dad haben mich die Woche besucht und Mom hat die ganze Zeit über geweint. Sie meinte aber auch, dass sie sich freuen würde, weil ich wieder ansprechbar wäre. Sie machen sich große Sorgen.

Ich habe das Gefühl, dass sie mit allem überfordert sind. Früher konnte ich mit ihnen über alles reden, aber jetzt kommen sie mir so fremd vor.

Die Wahrheit ist, dass ich mich verändert habe.

So viel habe ich seinetwegen verloren. Viel mehr als nur meine Unbekümmertheit, mein Selbstwertgefühl und, nicht zu vergessen, meine Lebensfreude.

Er hat mir mein Leben gestohlen.

Emma klopfte mit dem Ende des Bleistifts auf der Seite herum und starrte auf den letzten Satz, als ihr klar wurde, was damit nicht stimmte.

Nein, nicht mein Leben. Mein altes Leben.

Jetzt habe ich ein neues.

Durch den Selbstmord – ich war wohl dreißig Sekunden lang klinisch tot, meinten die Ärzte – habe ich einen Strich unter die Vergangenheit gezogen. Es gibt diesen bekannten Spruch: Heute ist der erste Tag vom Rest deines Lebens! Für mich war das der Tag, als ich vor zwei Wochen mit klarem Verstand aufgewacht bin.

Und jetzt soll ich plötzlich einfach so entlassen werden? Da kann doch was nicht stimmen!

Es ist nur ein Bauchgefühl, aber das schreit laut und deutlich, dass da etwas ganz gewaltig faul ist. Oder verliere ich am Ende doch noch meinen

Verstand? Seitdem der Krieger da war, ist es ruhig geblieben. Weder er noch ein anderer Fay ist aufgetaucht. Zu ruhig für meinen Geschmack.

Ich habe Angst …

Emma hörte auf zu schreiben. Letztendlich lief es darauf hinaus.

Sie hatte eine Scheißangst.

Das Holz des Stiftes wies lauter kleine Bissspuren auf, weil sie immer wieder darauf herumkaute. Ihre Sachen standen fertig gepackt neben ihren Füßen, während sie auf der Bettkante saß und wartete. Vor ungefähr einer Stunde hatte sie Nessi angerufen und sie gebeten, sie abzuholen. Sobald Nessi auftauchte, konnten sie gemeinsam die Klinik verlassen. Sie starrte auf die Wanduhr. Halb elf. Die Fahrt von Dublin bis hierher dauerte zirka fünfundvierzig Minuten, das hieß, dass Nessi jeden Augenblick hier auftauchen müsste.

Kurz hatte sie überlegt, ihre Eltern anzurufen, den Gedanken aber wieder verworfen. Erstens waren Mom und Dad mittlerweile wieder bei sich zu Hause, auf der anderen Seite der Insel, in ihrem 300 km entfernten Heimatort, und zweitens könnten sie ihr sowieso nicht helfen. Abgesehen davon schliefen sie bestimmt schon.

Ihr altes Ich hätte ihre Eltern, ohne Rücksicht darauf zu nehmen, trotzdem angerufen und mit ihnen so lange geredet, bis Nessi aufgetaucht wäre. Einfach nur, um die Stimme ihrer Mom zu hören und sich von ihrem Dad trösten zu lassen.

Aber die alte Emma war tot.

Seinetwegen!

Das Tagebuch lag noch geöffnet auf ihrem Schoß, und während sie die Zeilen überflog, fuhr ihr auf einmal ein Gedanke wie ein Blitz durch den Kopf.

Heute ist der erste Tag vom Rest deines Lebens!

Gleich an dem Tag, an dem sie die Faysucht überwunden hatte, hatte er jemanden beauftragt, sie zu töten. Und Cathal hatte erzählt, dass die Fay Angst vor Menschen haben, die die Sucht überwinden.

Er sah sie offenbar nicht mehr als Spielzeug an – ein Spielzeug muss man nicht aus der Welt schaffen. Man kann es links liegen lassen und vergessen, wie er es während des ganzen letzten Jahres getan hatte. Wozu sich die Arbeit machen, es zu zerstören? Es sei denn …

Er hatte Angst. Er fürchtete …

RACHE!

Lange starrte sie auf das Wort, das sie in Großbuchstaben über die gesamte Seite geschrieben hatte. Je länger sie es ansah, desto mehr weiteten sich ihre Lippen zu einem Lächeln. Nicht fröhlich. Kalt und berechnend.

Aber das Lächeln war seit Langem mal wieder echt.

Ein leises Klopfen ließ sie aufblicken.

»Hey.« Nessi stand in der geöffneten Tür. »Bereit?«

Sie klappte ihr Tagebuch zu, nickte und hob ihre Tasche vom Boden auf.

»Ja, das bin ich.« Und damit meinte sie mehr, als nur aufzubrechen.

Schweigend gingen sie zum Ausgang. Eine seltsame Stimmung lag in der Luft. Die Gänge der Klinik waren menschenleer und viel zu ruhig, als würden alle nur darauf warten, dass sie endlich verschwand. Dass um diese Uhrzeit keine Patienten mehr herumliefen, war normal, doch wo waren die Schwestern, die Ärzte?

Die Rezeptionistin sah kurz auf, winkte sie durch und widmete sich gleich darauf wieder ihrem Bildschirm, als wäre es das Normalste der Welt, dass eine Patientin, gemeinsam mit ihrer Freundin, so spät die Klinik verließ. Keine Fragen, keine Überprüfung. Das gesamte Krankenhauspersonal schien es kaum erwarten zu können, sie endlich los zu sein. Als Nessi und sie durch die großen Doppelschwingtüren hinaus ins Freie traten, traf sie ein schneidend kalter Wind, der wie tausend Nadeln durch ihre Kleidung stach. Sie war nicht mehr daran gewöhnt, draußen zu sein. Praktisch das gesamte letzte Jahr hatte sie drinnen verbracht.

»Ist das normal?«, fragte Nessi, während sie die Autoschlüssel aus ihrer Tasche kramte. »Dass sie dich einfach so gehen lassen, meine ich, ohne eine Unterschrift oder etwas anderes zu verlangen?«

»Keine Ahnung, ich werde heute zum ersten Mal aus einer Geschlossenen entlassen«, erwiderte sie und rieb sich die Oberarme.

Sie wollte nichts lieber als nach Hause, dennoch hätte sie die Klinik lieber tagsüber verlassen. Es war nicht so, dass Fay ihr nicht auch am Tage auflauern konnten – ihnen machte die Helligkeit offenbar nichts aus, das hatte das plötzliche Auftauchen des Kriegers eindrücklich bewiesen und auch Cathal war mit Nessi zu jeder Tages- und Nachtzeit aufgetaucht –, doch in der Dunkelheit fühlte sie sich noch ungeschützter. Zumal zu dieser Uhrzeit kaum noch Menschen unterwegs waren.

»Verstehe mich nicht falsch, ich freue mich, dass du endlich wieder nach Hause kommst«, sagte Nessi und riss sie aus ihren Gedanken, »aber haben dir die Ärzte eigentlich gesagt, wieso du so plötzlich entlassen wurdest?« Nessi schloss die Fahrertür ihres kleinen, nicht mehr ganz neuen Wagens auf. Von innen entriegelte sie die Beifahrerseite.

Sobald sie ihre Tasche auf den Rücksitz geworfen hatte, im Auto saß und die Tür schloss, fühlte sie sich etwas sicherer und entließ die angehaltene Luft aus ihren Lungen.

»Der Oberarzt war ziemlich kurz angebunden«, antwortete sie, während Nessi den Motor startete. Die Heizung blies kalte Luft ins Auto und sie schlang wieder die Arme um sich. »Er meinte nur, dass sie ein Platzproblem hätten.«

»Was ist denn das für eine blöde Erklärung?«

Sie zuckte mit den Schultern. »Ich habe sie gefragt, ob meine Entlassung nicht wenigstens bis morgen früh warten könnte, aber sie meinten Nein. Sie bräuchten das Zimmer wohl schon heute Nacht für jemanden, dem es schlechter ginge als mir. Danke, dass du so spät noch rausgefahren bist, um mich abzuholen.«

»Ist doch klar.« Nessi bog vom Parkplatz auf die Straße in Richtung Dublin.

Sie würde heute Nacht in ihrem alten Zimmer in ihrem eigenen Bett schlafen. Wie würde das sein, nach all der Zeit und nach allem, was in der Wohnung passiert war? War sie schon bereit dafür? Hatte sie eine Wahl?

Obwohl die Straße still vor ihnen lag und alles friedlich wirkte, erwartete sie, dass sich jeden Moment ein Loch vor ihnen auftat und sie samt dem Auto verschlang oder dass sich ein Monster aus der Finsternis schälte und sie angriff.

Aber vielleicht war sie auch einfach nur hypernervös.

Während sie aus dem Fenster schaute und nichts als Dunkelheit sah, dudelte Musik aus den Boxen. Melancholisch, hoffnungslos. Der sanfte Beat begleitete sie auf ihrer Fahrt durch die Nacht.

»Weißt du, wie der Song heißt?«, fragte sie.

»Äh … ich glaube Paradise Circus von Massive Attack.«

»Passt irgendwie zu meiner Stimmung.«

Nessi sah besorgt zu ihr herüber. »Wir werden deine Lebensfreude irgendwie wiederbekommen, Emma. Das verspreche ich.«

Sie wandte sich Nessi zu. »Hast du schon einen Plan?«

Als Antwort presste ihre Freundin die Lippen fest aufeinander und starrte nach vorn.

»Dann solltest du keine Versprechungen machen, Nessi. Sonst verlierst du am Ende noch deine Magie.«

Der kurze Blick, mit dem Nessi sie betrachtete, bevor sie ihre Augen wieder auf die Straße richtete, sprach Bände.

Emma lächelte. »Was, nur weil ich mich im Delirium befand, heißt das nicht, dass ich dir während des ganzen letzten Jahres nicht zugehört hätte.«

»Ach?«, erwiderte Nessi. »Dann wüsstest du aber auch, dass ich keine eigene Magie besitze, sondern sie nur von einem Ort zum anderen transportieren kann. Wie FedEx oder DHL. Ich bin sozusagen der Logistikpartner des Síd.«

»Der Begriff *Gefäß der Macht* macht aber viel mehr her.«

Nessi seufzte. »Zu viel, wenn du mich fragst. Eigentlich wollte ich mit alldem nichts mehr zu tun haben. Stattdessen habe ich jetzt die Aufmerksamkeit des gesamten Síd erregt. Ätzend.«

Emma musterte ihre Freundin und versuchte einen Blick auf ihre Ohren zu erhaschen, doch die dunkelbraunen Locken verdeckten sie. »Sind deine Eltern Fay?«

»Meine Mutter, ja«, antwortete Nessi, ohne ihre Aufmerksamkeit von der Straße zu lenken. »Eine Elfe, um genau zu sein. Mein Vater war ein Mensch.«

»War. Ist er tot?«

»Ich habe ihn nie kennengelernt, aber ich denke schon. Mutter sagt, dass er nach der Nacht mit ihr faysüchtig geworden ist und sie sich nicht weiter darum gekümmert hat. Sie hatte mit der Schande, eine magielose Tochter bekommen zu haben, schon genug zu tun.«

Nessis Tonfall klang neutral, doch ihr Kiefer spannte sich auf eine Weise an, die verriet, dass ihr das nicht so egal war, wie sie tat. Emma sah wieder nach vorn. Sie kannte Nessi jetzt seit – wenn man das letzte Jahr mitzählte – sechs Jahren. Aber richtig kennengelernt hatte sie ihre Freundin erst in den letzten zwei Wochen. Dieses Gefühl der Distanz, das sie früher immer gespürt hatte, aber nicht wirklich hatte zuordnen können, war nun verschwunden. Gott, war sie ahnungslos gewesen. Arme Nessi … so lange hatte sie mit all dem alleine fertig werden müssen. Sie würde durchdrehen, wenn sie niemanden zum Reden hätte.

»Herzlos«, flüsterte sie.

»Tja, was soll ich sagen? Mutter ist ein eiskaltes Biest. Ein wunderschönes, majestätisches, eiskaltes Biest.«

Einen Augenblick sah sie ihre Freundin wieder an und ballte die Hände, die auf ihrem Schoß lagen, zu Fäusten. »Ich will mehr als nur meine Lebensfreude wiederhaben, Nessi«, sagte sie dann mit dunkler Stimme, die sie selbst nicht von sich kannte. »Ich will Rache.«

Nessi grinste. »Amen, Schwester!«

Sie fuhren in Dublin ein. Trotz der späten Stunde ging es hier noch recht lebhaft zu. Busse und Autos fuhren auf den Straßen, Menschen waren unterwegs, Pubs und Bars geöffnet. Das ungute Gefühl verschwand nicht ganz, aber es wurde deutlich kleiner als auf der einsamen, dunklen Landstraße. Vor allem, als sie nahe des Temple Bar Distrikts am Fluss vorbeifuhren, pulsierte trotz des nasskalten Wetters das blühende Leben. Ein paar angetrunkene Mädchen torkelten bei Rot über die Straße. Nessi bremste. Emma beobachtete die kichernden und sich gegenseitig stützenden Mädchen, bis sie die Straße überquert hatten. Vor nicht allzu langer Zeit hätte sie das selbst sein können. Und doch kam es ihr so vor, als wäre es ein ganzes Leben lang her.

»Welchen Wochentag haben wir eigentlich?«, fragte sie.

Nessi fuhr wieder an und bog in Richtung Süden ab. »Freitag.«

In ihrem Viertel war es viel ruhiger und hinter den meisten Fenstern lag bereits Dunkelheit. Da sie vor der Haustür keinen Parkplatz fanden, mussten sie etwas herumfahren und den Rest zu Fuß gehen. Während Nessi den Wagen abschloss, hievte Emma ihre Tasche über die Schulter, dann machten sie sich gemeinsam auf den Weg.

Nessi räusperte sich verlegen. »Jada möchte übrigens für dich morgen eine ›Welcome home‹-Party schmeißen. Ich habe versucht, es ihr auszureden, aber du kennst Jada. Wenn sie sich einmal etwas in den Kopf gesetzt hat, ist es schwierig …«

Nessis restliche Worte verhallten in ihren Ohren zu undefinierbarem Rauschen, als sie den Krieger wartend vor ihrer Haustür entdeckte.

Durch den plötzlichen Adrenalinkick zitterte sie am ganzen Körper. Abrupt blieb sie stehen, ließ die Tasche fallen und griff nach Nessis Arm, unfähig, etwas zu sagen. Wegrennen. Nur wohin? Etwas musste sie tun. Doch was? Sie war wie gelähmt.

»Was ist, Emma?«, fragte Nessi, bevor sie ihrem Blick zur Haustür folgte. »Das ist doch nur ein … oh SHIT!«

»Guten Abend«, grüßte der Krieger und nickte höflich.

Obwohl Nessi und sie noch etliche Meter von ihm entfernt standen, war sein dunkler Bass klar und deutlich zu verstehen, als würden die Worte vom Wind getragen und direkt in ihr Ohr geflüstert werden. Ihr Herz hämmerte so stark gegen ihre Rippen, dass es im ganzen Körper widerzuhallen schien.

Nessi wühlte hastig in ihrer Hosentasche und versuchte etwas herauszufischen.

»Ich werde die Sluaghs rufen«, warnte sie mit zittriger Stimme. »Hier ist es einsam, hierher werden sie kommen, ohne eure bescheuerten Gesetze zu brechen.«

»Ich will nur reden«, erwiderte der Krieger. »Ich werde keiner von euch heute Nacht etwas zuleide tun.«

Sobald er den Satz ausgesprochen hatte, konnte Emma wieder atmen. Fay können nicht lügen, das hatte Nessi ihr irgendwann erzählt. Es ging offenbar einfach nicht. Doch Nessi wirkte weiterhin äußerst angespannt. Was hatte sie aus den Worten herausgehört?

»Definiere heute Nacht«, verlangte sie. »Endet die Nacht mit Mitternacht oder mit der Morgendämmerung?«

Der Krieger lächelte. Überlegen. Amüsiert. Und obwohl Nessi gefragt hatte, durchbohrte er nicht sie mit seinem Blick. Emma spürte die Intensität dieser Augen wie ein schweres Gewicht auf sich lasten. »Mitternacht wäre in fünf Minuten.«

»Eben«, erwiderte Nessi.

»Nicht sehr viel Zeit, um zu reden, oder?«

»Das ist keine Antwort auf meine Frage«, sagte Nessi so routiniert, dass Emma das Gefühl bekam, ihre Freundin wäre einen solchen Gesprächsablauf bereits gewohnt.

»Morgendämmerung«, antwortete der Krieger. »Bis zur Morgendämmerung habt ihr von mir nichts zu befürchten.«

»Schwöre es.«

Der Krieger nickte knapp. »Hiermit schwöre ich, bei den Mächten des Síd, unserer Königin von Licht und Illusion und der Finsternis der Nacht, dass ich Euch, Lady Nessya, *Gefäß der Macht,* Tochter der Lady Sadirà, und dir, Emma, Feengeküsste des Uisdean, Unseelie-Prinz aus den Ländern des Westens, Zehrer der Freude, bis zur Morgendämmerung kein Leid zufügen werde.«

Ihr war nicht entgangen, dass Nessi bei der Erwähnung des Namens ihrer Mutter ebenso zusammengezuckt war wie sie selbst bei der Nennung des Prinzen. Dennoch nahm ihre Freundin nun eine entspannte Pose ein. Dieser Schwur schien ein gewisses Gewicht zu haben.

In der Klinikkantine hatte Cathal ihnen verraten, dass der Krieger kein Mann der vielen Worte war und – anders als die meisten anderen Fay – gewöhnlich keine Spielchen spielte. Er sagte, was er meinte, und meinte, was er sagte.

»Gut«, erwiderte Nessi. »Reden wir.«

Der Krieger kam langsam auf sie zu, die Bewegungen ruhig und bedacht. Er versuchte ihnen wohl keine Angst einzujagen. Es gelang ihm nicht. Emmas Herz raste. Auch wenn er nicht gekommen war, um sie zu fressen, bewegte er sich dennoch mit der lauernden Eleganz eines Raubtiers. Stärke und Selbstsicherheit schienen über die Zeit so zu einem Teil von ihm geworden zu sein, dass er sich seiner beängstigenden Wirkung offenbar nicht einmal mehr bewusst war.

Er hatte gesagt, dass bis zur Morgendämmerung keine Gefahr vor ihm drohte, doch während er näher kam, entflammten alle Überlebensinstinkte in ihr. Er war einer der Monster aus dem Síd, das vom Aussehen her den Beschreibungen eines biblischen Dämons oder Vampirs erschreckend nahe kam. Kein gekrümmtes hässliches Wesen, sondern ein machtvolles, erhabenes Geschöpf. Nicht schön, doch auf männliche, beängstigende Weise attraktiv. Ein Gott der Unterwelt, und er schritt auf sie zu wie der leibhaftige Tod.

In dem Moment hatte sie keinerlei Schwierigkeiten, sich vorzustellen, dass Menschen einst vor ihm in die Knie gegangen waren, um ihn anzubeten.

»Hier?«, fragte er, als er vor ihnen stand. »Ich würde einen privateren Ort bevorzugen, an dem wir nicht riskieren, belauscht zu werden.«

Es verlangte alles von Emma ab, stehen zu bleiben und nicht wegzurennen, um sich irgendwo weit, weit weg zu verkriechen. Er stand so nahe, dass sie trotz der Dunkelheit die ungewöhnliche dunkelrote Farbe seiner Iriden erkennen konnte. Wie zwei funkelnde, scharfkantige Rubine.

Nessi seufzte. »Der nächste Pub, der um die Uhrzeit noch geöffnet hat, ist zirka dreißig Minuten Fußweg von hier entfernt. Mit dem Auto könnten wir …«

»Nein. Kein Pub. Immer noch zu öffentlich.«

»Gut, was schlagt Ihr vor, Crom Cruach?«

Seine Miene blieb undurchdringlich, doch endlich löste er seinen Blick von ihr und wandte sich Nessi zu. »Woher habt Ihr diesen Namen?«

»Cathal hat uns verraten, mit wem wir es zu tun haben, nachdem wir ihm dein Aussehen beschrieben haben.«

»Der Sluagh-Fürst.«

»Ja«, erwiderte Nessi.

»So werde ich schon seit sehr Langem nicht mehr genannt.«

Emma war sich nicht zu hundert Prozent sicher, meinte aber, so etwas wie Wehmut aus diesem Satz herausgehört zu haben. Sie wollte ihn aber nicht als jemanden sehen, der Gefühle hatte, wollte nicht in sein Innerstes dringen. Das würde die Grenzen verwischen und alles verkomplizieren. Er war ein Monster. Punkt. Der Adrenalinrausch war vorüber und eine Welle der Gleichgültigkeit schwappte nun durch sie hindurch. Vielleicht brachte sie deshalb den Mut auf, den Fokus wieder auf sich zu ziehen.

»Er hat uns noch einen anderen Namen genannt«, sagte sie. »Aber das ging im anschließenden ›Gott-des-Todes‹-Gerede unter. Wie sollen wir dich nennen?«

Er schwenkte den Blick zu ihr. »Tadhg.«

»Ich würde ja sagen ›sehr erfreut, Tadhg‹, aber …«, sie stieß hart Luft aus, »was willst du?«

Die Worte klangen barsch, der Tonfall war zornig. Aus dem Augenwinkel sah sie, dass Nessi zusammenzuckte. Verdammt, sie fror, war müde und wollte eigentlich nur noch nach oben gehen. Sie wollte heiß duschen und danach ins Bett fallen und nicht hier in der Kälte der Nacht herumstehen und mit ihrem Auftragskiller ein Pläuschchen halten.

»Meine Magie«, erwiderte er kaum hörbar.

Die Antwort überraschte sie. »Und was haben wir damit zu tun?«

Er schenkte ihr ein winziges Lächeln. »Genau darüber wollte ich mit euch reden. Ich habe Informationen für euch, die ihr hören solltet. Wir können entweder in eurer Wohnung darüber sprechen«, mit dem Finger deutete er nach oben, was bedeutete, dass er sowieso schon wusste, wo sie wohnten, »oder zu mir gehen.«

Die Hand schloss sich zu einer Faust und mit dem Daumen zeigte er hinter sich. Er meinte jedoch nicht das hinter ihm gelegene Gebäude, sondern zeigte in Richtung einer Stelle, wo sich eine Pforte zum Síd auftat, einige Hundert Meter von ihrem Standort entfernt, in der Nähe der Geburtsklinik. Emma wusste genau, wo sich dieser Eingang befand, spürte ihn, als könne sie ihn mit ihren Augen sehen. Es war schwer zu beschreiben, da ihr das zum ersten Mal bewusst widerfuhr. Als hätte sie zu ihren fünf Sinnen einen neuen dazubekommen, einen sechsten Sinn, der für Fay und den Síd funktionierte. Oh Gott.

Entschieden schüttelte sie den Kopf und verschränkte die Arme vor der Brust. »Ich gehe nicht ins Feenreich, auf keinen Fall.«

Jedenfalls nicht, solange sie nicht genügend über diese Welt wusste, die Tücken und Tricks der Bewohner kannte, einen Plan und am besten noch Möglichkeiten hatte, um sich gegen die Fay zur Wehr zu setzen. Vielleicht – und das war ein verdammt großes vielleicht – würde sie mit Waffen, die einen Fay aus der Ferne töten konnten, den Síd wieder betreten. Irgendwann. Und dann auch nur, um sich auf die Suche nach dem Prinzen zu begeben.

Nessi seufzte wieder und fuhr sich mit der Hand durch ihre Locken. Ihre Ohrmuschel war rund.

»Okay, ich müsste erst ein paar Anti-Unseelie-Runen zerstören, aber ansonsten können wir gerne zu uns hochgehen, wenn Emma nichts dagegen hat. Allerdings nur unter der Bedingung, dass ich erst die anderen Räume mit Unseelie-Schutzrunen versiegeln kann und du versprichst, dass du spätestens eine Stunde vor der Morgendämmerung die Wohnung wieder verlässt. Denn wenn nicht, schwöre ich bei Gott, dass ich die Sluaghs rufen werde. Es wäre nicht das erste Mal!«

Er nickte. »Einverstanden. Ich hoffe, dass unser Gespräch nicht so lange dauern wird.«

Diese Hoffnung hatte Emma ebenfalls.

12

Während sie in ihr altes Zimmer trat, hantierte Nessi hinter ihr im Rahmen der Tür herum und malte dort irgendwelche Zeichen hinein, bevor sie sich den anderen Räumen widmete. Der Krieger stand noch draußen und konnte nicht in die Wohnung, bis Nessi die Runen zerstörte, die sie irgendwann in der Wohnungstür angebracht hatte.

Emma stand in der Mitte ihres Zimmers, ließ die Tasche zu Boden sinken und sah sich um. Das Bett war frisch bezogen, ansonsten wirkte es im Augenblick nicht besonders wohnlich. Ihre restlichen Sachen befanden sich verpackt in zwei Umzugskartons, die neben dem leeren Schrank standen. Mehr hatte Nessi aufgrund des spontanen Rauswurfs aus der Klinik nicht vorbereiten können, aber das war okay. Sie würde ihr Zimmer morgen in Ruhe einrichten.

Die Wände waren – so wie sie sie vor einem Jahr hinterlassen hatte – in einem pastellfarbenen Rosa gestrichen, die Kommode und der Schrank bestanden aus einem hellen Holzimitat. Ihr Schreibtisch war weiß, die Platte vorne abgerundet. Auf dem hellen Laminatboden hatte sie irgendwann einen flauschigen weißen Teppich ausgebreitet, der fast die Hälfte des Fußbodens einnahm.

Trotz der Rollos hatte sie sich beim Einzug zusätzlich leichte pinke Gardinen gekauft. Auf ihrem Bett befand sich eine kleine Armee von Teddybären, die auf einem Haufen lila und rosa Kissen saßen. Sie hatte die mädchenhaften Farben immer gemocht. Jetzt aber hatte sie das Gefühl, im Innern einer riesigen Pralinenschachtel zu stehen. Sie passte hier nicht mehr rein.

Seufzend verließ sie ihr Zimmer, um sich im Bad die Hände zu waschen. Eine automatische Angewohnheit, wenn sie nach Hause kam.

Doch vor der geöffneten Badezimmertür blieb sie stehen und schaffte es nicht, den Fuß über die Schwelle zu setzen.

»Ich lasse ihn jetzt rein, okay?«, hörte sie Nessi hinter sich fragen, bekam das aber kaum mit. Geistesabwesend nickte sie, doch die Aufgabe, die vor ihr lag, nahm ihre gesamte Konzentration in Anspruch. Sie führte ihre Hand langsam zu dem Lichtschalter, der sich innen neben der Tür befand, legte ihn um und zog ihren Arm gleich wieder zurück. Obwohl das Badezimmer jetzt hell erleuchtet war, wirkte es noch genauso bedrohlich wie eben.

Von ihrer Position aus konnte sie den neuen Spiegel über dem Waschbecken sehen, aufgrund des schrägen Winkels warf er ihre Reflexion jedoch nicht zurück. Das Badezimmer war nicht sehr groß. Zu zweit hatte man kaum genug Platz, um gleichzeitig vor dem Spiegel zu stehen und sich zu schminken. Normalerweise hatte immer eine von ihnen auf dem geschlossenen Toilettendeckel gesessen und gewartet. Gemeinsam hatten sie gequatscht und gelacht, bevor sie ausgegangen waren.

Damals.

Die Einbauwanne befand sich gegenüber der Toilette auf der rechten Seite des Waschbeckens. Für einen Schrank blieb überhaupt kein Platz. Putzmittel waren unter dem Waschbecken und ihre Zahnputz- und Schminksachen darüber in dem Schränkchen mit den Spiegeltüren verstaut.

Und wegen dieser Spiegeltüren stand sie jetzt wie gelähmt vor der Tür und traute sich nicht hinein.

Neben ihr erklang eine tiefe, männliche Stimme. »Ich kann den Spiegel auf magische Schwingungen überprüfen, wenn dir das recht ist.«

Sie zuckte zusammen und schaffte es gerade noch, keinen spitzen Schrei auszustoßen. Die Stimme des Kriegers hatte neutral geklungen. Angenehm sogar. Tief und ruhig. Dennoch raste ihr Herz wie wild. Wie lange stand er schon hinter ihr? Mit verschränkten Armen lehnte er locker gegen die Wand und sah am Rahmen, den Nessi nicht gerunt hatte – falls man das so nannte –, vorbei ins Bad.

Solange er leise sprach, hatte seine Stimme etwas Beruhigendes, doch sie war überzeugt, dass sie einem sicher ebenso gut durch Mark und Bein gehen konnte, wenn er wütend wurde.

»Wo ist Nessi?«, fragte sie.

Er sah sie verwundert an. »Um ehrlich zu sein, habe ich ihn das letzte Mal vor ein paar Hundert Jahren gesehen.«

»Ihn? Vor ein paar Hundert Jahren?« Sie brauchte einen Augenblick, um zu begreifen, dass er vermutlich das Seeungeheuer meinte. Existierte es tatsächlich? Gott, einfach nicht zu viel darüber nachdenken, damit konnte sie sich jetzt nicht befassen. Sie kniff die Augen zu und schüttelte den Kopf. »Ich meinte Nessya.«

»Das *Gefäß der Macht* hat nichts dagegen, dass du sie Nessi nennst?«

»Sie ist ein … ein …«

Sie hatte eine bissige Bemerkung machen wollen, dass Nessi ein Mensch wäre, kein Gefäß oder als was auch immer diese Fay sie sahen. Als Nächstes hätte sie ihn angepflaumt, verdammt noch mal auf Abstand zu gehen. Doch schon das Wort ›Mensch‹ kam ihr nicht über die Lippen. Es blieb ihr buchstäblich im Halse stecken, und je mehr sie versuchte, es zu erzwingen, desto anstrengender wurde es, bis sie fast in Atemnot geriet. Was zum …? Der Krieger sah sie abwartend an. Hatte er etwas damit zu tun? Er wirkte jedoch nicht so, als würde er Magie gegen sie anwenden, er stand nur da und wartete geduldig. Schließlich entschied sie sich dazu, den Satz anders zu beenden.

»Sie ist meine Freundin. Das ist nur ein Spitzname, wieso sollte sie etwas dagegen haben?«

»Die Seelie sind für gewöhnlich sehr eitel.«

»Sie ist aber keine Seelie.«

Er dachte kurz darüber nach. »Stimmt. Sie ist in der Küche und bereitet Tee vor. Soll ich das Badezimmer nun überprüfen oder nicht?«

Eigentlich wollte sie keinen Gefallen von dieser Kreatur annehmen. Eigentlich. Aber wenn er schon einmal da war, wieso nicht? Früher oder später musste sie ja ins Bad. Sie nickte und er betrat es.

»Alles sauber«, entschied er, nachdem er die Finger auf die Spiegelfläche gelegt hatte.

»Das war's? Einfach so?«

»Was wäre denn deiner Meinung nach angebrachter? Fanfaren und Glitzerstaub?«

Einen Moment lang sahen sie einander schweigend an, da sie nicht mit einem sarkastischen Kommentar gerechnet hatte. Das gab ihm etwas Persönliches, Menschliches. Von einem Monster würde sie eher kalte, humorlose, einsilbige Antworten erwarten. ›Ja‹, ›Nein‹, ›stell weiter dumme Fragen und ich töte dich‹ oder so etwas in der Art.

Schließlich betrat sie zögerlich den Raum. Damit sie ans Waschbecken konnte, machte er für sie Platz und setzte sich auf den Rand der Badewanne. Er wurde ganz still, fast als wäre er nicht da, während sie den Hahn öffnete, etwas Seife aus dem Spender nahm und tunlichst den Blick in den Spiegel vermied. Sie wusch sich die Hände länger, als nötig gewesen wäre, stellte das Wasser ab und … sah dann auf. Ihr Herz schlug ihr bis zum Hals.

Wer auch immer die Person war, die aus dem Spiegel zu ihr zurückstarrte, sie war das nicht. Nicht, wie sie sich in Erinnerung hatte. Das Einzige, was ihr vertraut vorkam, war der kleine silberne Anhänger in Form einer Schneeflocke, der an einer Kette um ihren Hals hing. Sie hatte ihn von ihrer Großmutter geerbt und nahm ihn nie ab.

Ihr Stufenschnitt war herausgewachsen. Keine Ahnung, weshalb ihr das auffiel. Die leicht gewellten kupferroten Haare waren zwar gekämmt, fielen aber wild und ungebändigt um ihre Schultern. Ihre Haut war hell, der sonst rosige Schimmer verschwunden. Sie sah unterernährt, müde und irgendwie blutleer aus, aber all das war weder ungewöhnlich noch ließ es sie so extrem anders aussehen als früher. Gutes Essen, ein paar Tage ausschlafen und vielleicht ein wenig Sonne würden die Spuren des letzten Jahres zumindest äußerlich größtenteils wegradieren.

Doch es war ihr Gesichtsausdruck, der sie erschreckte. Ihre Lippen waren fest aufeinandergepresst, als wären sie versiegelt, die Linien um ihren Mund herum hart und Augen, die sie kaum als ihre eigenen wiedererkannte, starrten zornig aus dem Spiegel zu ihr zurück. Hellgrün, wie immer, trotzdem waren das nicht ihre Augen. Dieser Blick stammte von jemand anderem.

»Kämpfer, die in einer großen Schlacht gekämpft haben«, sagte der Krieger in die Stille hinein, »und schreckliche Dinge erlebt und gesehen haben, fühlen sich oft deplatziert und verwirrt. Als Selbstschutzmechanismus schaltet der Kopf ab und alles wirkt wie in einem Albtraum. Das ist völlig normal.«

»Woher willst du als Fay denn wissen, wie man sich als Mensch nach einem traumatischen Erlebnis fühlt?«

»Ich bin der Gott des Todes«, antwortete er, als würde das alles erklären. Nachdem sie ihn wortlos anstarrte, fügte er hinzu: »Das macht mich zum obersten Befehlshaber der Banshees.«

Wieder sahen sie einander nur an. »Es tut mir leid, aber ich verstehe es noch immer nicht«, gab sie schließlich zu.

»Du weißt, was Banshees sind?«, fragte er geduldig.

»Ja. Sie sind Geister der Anderswelt und kündigen den Tod eines Familienmitglieds an. Der, der sterben wird, kann ihre Schreie nicht hören, nur die anderen Familienmitglieder.« Den nächsten Satz flüsterte sie. »Sie sind gruselig und böse.«

»Ah. Du kennst die Behauptungen, die die Seelie über uns aufgestellt haben.«

Sie wartete darauf, dass er weitersprechen würde. Nachdem er das nicht tat, fragte sie vorsichtig: »Stimmt das denn nicht?«

»Nicht ganz. Wir sind – wie du an mir sehen kannst – keine Geister. Böse und gruselig … nun, darüber lässt sich je nach Blickwinkel womöglich streiten. Es ist nie schön, jemanden, den man liebt, zu verlieren und viele gaben uns in ihrer Trauer und Verzweiflung die Schuld für den Tod. Die Menschen dachten, wir würden ihnen ihre Lieben stehlen. Dabei kamen wir nur, wenn derjenige bereits seinen Lebensatem ausgehaucht hatte. Für das Dahinscheiden selbst waren wir nicht verantwortlich. Doch wir bescherten den Toten einen friedlichen Übergang in die nächste Ebene. Wir beruhigten sie, gaben ihnen einen Halt und zeigten ihnen den Weg.«

Sie sah ihn kurz verwundert an und schaute dann wieder in den Spiegel, durch den sie vor über einem Jahr in das Feenreich gezogen worden war. Plötzlich begann sie am ganzen Körper zu zittern. Er hatte kein Recht, so etwas wie Verständnis oder Mitleid für sie aufzubringen, und sie wollte nicht, dass er wusste, was in ihr vorging. Er war ein Fay, der gekommen war, um sie zu töten, stattdessen saß er jetzt hier herum und war nett zu ihr.

»Wie ich mich fühle, geht dich aber nichts an.«

Er stand auf. »Du hast recht. Es geht mich nichts an.« Dann verließ er das Badezimmer. Einfach so.

Einige Minuten lang atmete sie, aufgestützt auf das Waschbecken und mit geschlossenen Augen, tief durch, bevor sie sich etwas Wasser ins Gesicht spritzte und das Bad ebenfalls verließ. Beim Rausgehen knipste sie das Licht aus und schloss die Tür hinter sich. Die Feuertaufe Badezimmerspiegel hatte sie schon mal überstanden und sie musste sich eingestehen, dass das ohne die Hilfe des Kriegers vermutlich nicht so reibungslos verlaufen wäre.

Verdammt!

Nessi und er saßen im Wohnzimmer und warteten auf sie. In Nessis Gesichtsausdruck zeigte sich eine Mischung aus Besorgnis und Unsicherheit. Sie würde ihrer Freundin später erklären, was passiert war.

»Du sagtest, dass du Informationen für uns hast, Todesgott?«, fragte sie ohne Umschweife, während sie sich zu Nessi auf das Sofa setzte. Er hatte im Sessel gegenüber Platz genommen. Nessi goss Tee in ihre Tasse, stellte die Kanne ab und lehnte sich wieder zurück. Die Tasse war schwarz, in weißen Lettern stand drauf ›Der frühe Vogel kann mich mal‹, und daneben war die Zeichnung eines kleinen Vogels, der auf dem Rücken lag und anstatt eines Auges ein kleines Kreuz an der Stelle hatte. Vor dem Fay stand auch eine Tasse, aus der dampfende Schwaden emporstiegen. Er hatte die grüne Weihnachtstasse bekommen, auf der ein Schweinchen mit Nikolauskapuze abgebildet war. ›Merry Pigmas‹ stand über dem Bild. Bei ihrer war sie sich nicht so sicher gewesen – Nessi hatte manchmal einen schrägen Sinn für Humor –, doch unmöglich konnte sie ihm mit Absicht diese Tasse hingestellt haben.

Er nickte einmal kurz. »Uisdean, zweiter Anwärter auf den dunklen Thron, Prinz des Westens, Zehrer der …«

»Gehört dieser ganze Rattenschwanz an Titeln eigentlich immer dazu?«, fragte Emma genervt.

Nessi stieß sie sanft mit dem Ellenbogen an.

»Was?«, wollte sie wissen und erntete als Antwort einen warnenden Blick von ihrer Freundin. An dem Gesichtsausdruck des Fay konnte sie jedoch nicht ablesen, ob sie gerade den Mords-Fauxpas begangen hatte oder nicht. Seine Miene blieb unergründlich.

Stattdessen setzte er neu an. »Der Prinz hat mir versprochen, bei Königin Siobhánn ein gutes Wort für mich einzulegen und sie zu bitten, mir meine Magie wiederzugeben, wenn ich dich töte, Emma.«

Dass er gekommen war, um sie zu töten, hatte sie sich selbst schon zusammengereimt, es jedoch noch mal aus seinem Mund zu hören, bewirkte einen erneuten Adrenalinausstoß.

Sie schluckte schwer. »Ist … ist das der Part, an dem du mir sagst, dass es nichts Persönliches ist, sondern nur Business?«

»Nein. Das ist der Part, an dem ich sage, dass ich denke, Prinz Uisdean überschätzt den Einfluss, den er auf unsere Königin hat, und unterschätzt ihre Abneigung mir gegenüber. Für mich hätte es jedoch keinen großen Unterschied gemacht, da der Tod für eine Faysüchtige einer Erlösung gleichkäme. Ihr müsst verstehen, ich greife nach jeder Möglichkeit, die sich mir bietet, meine Magie wiederzubekommen, so aussichtslos sie auch sein mag. Aber du bist jetzt feengeküsst und du stehst in Verbindung mit dem *Gefäß der Macht.* Dadurch ändern sich die Dinge.«

Da war es wieder, dieses Wort. Feengeküsst. Das klang so … harmlos. Als wäre Tinkerbell vorbeigeflattert und hätte ihr einen Schmatzer auf die Wange gedrückt.

»Inwiefern?«, fragte Nessi. »Cathal hat gesagt, dass gerade dieser Umstand Emma zu einer, ähm … Todgeweihten macht. Nicht, dass ich dich dazu bringen möchte, deine Meinung zu überdenken, aber wir brauchen eine Erklärung.«

»Der Sluagh-Fürst hat recht«, bestätigte er. »Fay fürchten die Feengeküssten, mir persönlich sind sie jedoch gleich. Und um ehrlich zu sein, bezweifle ich, dass der Prinz unsere geliebte Königin dazu bringen kann, meine Magie herauszurücken, wie für die Gwrachs letztes Jahr.«

Emma griff sich an die Nasenwurzel, ihr schwirrte der Kopf. »Königin? Gwrachs?«

Nessi sah sie an. »Der Síd ist in zwei Höfe unterteilt, in den Seelie-Hof – dort, wo ich aufgewachsen bin – und in den Unseelie-Hof. Nach irgend so einer großen Schlacht vor mehreren Hundert Jahren …«

»Vor tausendfünfhundertsiebenundzwanzig Jahren«, unterbrach der Fay und nickte Nessi dann zu. »Bitte fahrt fort.«

»Ähm«, Nessi blinzelte perplex, »also, seit dieser Schlacht jedenfalls herrscht die Seelie-Königin über beide Höfe, da der Unseelie-König verschwunden ist und …«

»Nicht ganz«, unterbrach er sie wieder. »Sie herrscht über die Seelie und unterdrückt die Unseelie. Zudem ist König Aymon nicht verschwunden.«

Nessi trank einen Schluck Tee, stellte die Tasse zurück auf den Tisch und sah ihn an. »Wenn er nicht verschwunden ist, wo ist er dann?«

»Das, Lady Nessya, gehört zu den Geheimnissen meines Volkes. Und je weniger Ihr darüber wisst, desto besser.«

»Aha.« Nessi hob argwöhnisch die Augenbrauen, bevor sie sich wieder ihr zudrehte. »Ich erzähle dir das alles irgendwann einmal genauer, Emma. Bei den Gwrachs handelt es sich um die Spiegelwesen. Das Geschöpf, das dich ins Feenreich entführt hat, war ein Gwrach.«

Tadhg nickte. »Prinz Uisdean konnte den Hals wie üblich nicht voll genug bekommen und er hat immer mehr von Siobhánn gefordert. Für die zwei Gwrachs konnte er damals noch Magie aushandeln, doch für mich wird das nicht funktionieren. Die Gwrachs sind, im Gegensatz zu mir, nur niedere Fay, deren Magie harmlos ist. Ich fürchte, ich muss mich selbst darum kümmern.«

Ihr fiel auf, dass er bei der Königin den Titel dieses Mal weggelassen hatte, als hätten beide eine Geschichte miteinander. So, wie er sonst über sie sprach, wahrscheinlich keine gute.

»Harmlos?«, fragte sie und blickte in sein ernstes Gesicht. »Ist das ein schlechter Scherz?«

»Streiche und Schabernacke, mehr tun sie normalerweise nicht«, antwortete er und machte eine wegwischende Geste, als bedeutete es nichts. »Sie holen Menschen über Spiegel in den Síd, das ist alles. Die Menschen müssen nur zusehen, dass sie von selbst wieder herausfinden.«

Nessi schnaubte. »Und genau daran scheitert es meistens. Woher soll man als normaler Mensch wissen, wie man den Síd wieder verlassen kann?«

Auf seinem Gesicht erschien ein winziges Lächeln. »Ihr wärt überrascht, Lady Nessya, wozu Menschen in Extremsituationen fähig sind. Als wir unsere Magie noch hatten, haben die Gwrachs zu unserer Belustigung regelmäßig Menschen hinter die Spiegel geholt. Es war nur ein kleiner Scherz. Ihnen dabei zuzuschauen, wie sie sich befreiten, erfreute sich großer Beliebtheit. Es wurden Wetten über Schnelligkeit und Kreativität abgeschlossen. Bei den meisten war ein Eingreifen nicht einmal nötig, sie haben es von alleine geschafft.«

»Während hier Jahre oder womöglich Jahrzehnte vergangen sind«, sagte Nessi. »Die Zeit hinter den Spiegeln verläuft bisweilen anders. Langsamer, manchmal altert man nicht. Alle, die sie je kannten, können in der Zeit, die sie brauchten, um sich zu befreien, möglicherweise alt geworden oder gestorben sein.«

»Manchmal. Manchmal auch nicht. Die Spiegel sind unberechenbar. Wenn das vorgekommen ist, war das für den Menschen natürlich bedauerlich. Aber ganze Jahrzehnte sind selten vergangen. Meist handelte es sich nur um wenige Jahre. Das Wiedersehen war emotional und oft sogar recht herzergreifend. Auch das zu beobachten, war für viele unterhaltsam.« Seine Miene bekam jenen gelangweilten Ausdruck eines Mannes, der von seiner Freundin gezwungen wird, mit ihr zusammen einen Liebesfilm zu schauen. Fehlte nur noch, dass er gähnte.

Emma schüttelte entsetzt den Kopf. »Unterhaltsam? Für euch ist das also nichts weiter als ein Spiel? Oder … oder eine Soap? Ihr quält Menschen, zerstört deren Leben, nur um kurz der Langeweile eurer endlosen, tausendjährigen Existenz zu entkommen?«

»Endlos und tausendjährig sind sich widersprechende Bezeichnungen«, erwiderte er trocken.

Eine Mischung aus Wut, Trauer und Fassungslosigkeit brandeten durch sie hindurch. Seine Haarspalterei bezüglich der Worte überging sie.

»Dann sind wir für euch nichts weiter als Laborratten, denen ihr dabei zuseht, wie sie Aufgaben lösen.« Ihre Stimme wurde immer leiser. »Mein Leben wurde für … für kurzzeitige Zerstreuung und Entertainment zerstört?«

»Nein, Emma, in deinem Fall war es kein öffentliches Spektakel. Uisdean hatte dich geheim gehalten, nur er hatte seine Freude an dir.« Er zuckte mit den Schultern. »Ihr Menschen kommt und geht wie die Jahreszeiten, es spielt keine große Rolle.«

So ein arroganter Mistkerl. Sie biss die Zähne aufeinander und schluckte die Tränen hinunter, die sich in ihren Augen sammelten. »Für mich hat es eine Rolle gespielt«, zischte sie.

»Und für die Eintagsfliege spielt das kurze Leben, das sie hat, ebenfalls eine große Rolle, aber du beachtest dieses Geschöpf kaum und wirst nie einen Gedanken an sie verschwenden. Hab ich recht? Ich verstehe nicht, weshalb du dich dermaßen darüber aufregst. Ich nenne lediglich Tatsachen.«

Sie wollte etwas entgegnen, ihn anschreien, mit der vollen Tasse nach ihm werfen, stattdessen starrte sie ihn nur fassungslos an. Ihr blieben die Worte im Halse stecken.

Sie spürte Nessis Hand auf ihrer Schulter. »Keine Sorge, Emma«, sagte sie sanft. »Die Spiegelwesen haben beide dafür bezahlt.«

Sie schaute zu ihrer Freundin. »Wie?«

»Der, der dich erwischt hat, wurde von einem Sluagh getötet. Er hat dessen Seele gefressen, von dem ist also nichts mehr übrig. Gar nichts, null, nada. Und der, der versucht hat, mich hinter die Spiegel zu bringen, wurde von Königin Siobhánn bestraft.«

Tadhg legte den Fuß des einen Beines mit dem Knöchel auf das Knie des anderen ab. »Ja, das bedauernswerte Geschöpf wurde von der Königin zum Sündenbock erklärt und musste für Uisdeans Handlungen büßen. Sie hat an ihm ein Exempel statuiert und ihn öffentlich gefoltert, damit jeder im Síd daran erinnert wird, wie es ist, der Gnade der Königin ausgesetzt zu sein. Anschließend wurde er von dem Scharfrichter getötet. Die Unseelie fürchten Königin Siobhánn mehr denn je, nachdem sie gesehen haben, was mit dem Gwrach passiert ist.«

Emma betrachtete ihn mit kühlem Blick. »Dieses Spiegelwesen musste also richtig leiden, ja?«

Tadhg nickte. »Aye.«

»Gut.«

Ihr Tonfall war bissig, und das war auch so beabsichtigt. Von dem Gefühlschaos, das in ihr tobte, war hauptsächlich Wut übrig geblieben.

»Vorsicht, Feengeküsste«, warnte Tadhg leise, während er das Bein von seinem Knie herunternahm und sich vorbeugte. Seine Stimme klang sanft, unheilvoll. Aus ihr hörte sie den messerscharfen Stahl, der bisher unter der Ruhe verborgen geblieben war. »Wenn du überleben möchtest, solltest du den Hass, den du uns gegenüber empfindest, besser verstecken.«

Nessi räusperte sich und lenkte seine Aufmerksamkeit zurück auf sich. »Apropos überleben. Vorhin habt Ihr angedeutet, dass Ihr nicht glaubt, Uisdean könne Euch helfen, Eure Magie wiederzubekommen, und dass Ihr Euch selbst darum kümmern müsst. Was genau bedeutet das?«

Er lehnte sich wieder zurück, faltete die Hände über seinem Schoß und nickte knapp. »Ihr seid das *Gefäß der Macht* und ich kann mir vorstellen, dass die Seelie um Eure Gunst buhlen, seit sie von Euch erfahren haben, richtig?«

Emma bemerkte, dass Nessi ganz still wurde. »Ja?«, fragte ihre Freundin unsicher.

»Ihr habt die Königin auch schon getroffen?« Er schien die Antwort auf diese Frage bereits zu kennen.

»Ja, das habe ich«, antwortete Nessi, und Emma fiel auf, wie ein Schaudern durch ihre Freundin hindurchging. »Allerdings nur ganz kurz, als ich ihr vor einem Jahr das Schwert zurückgebracht habe. Das wusstet Ihr aber längst, nicht wahr?«

Der ehemalige Gott des Todes legte die Finger dachförmig aneinander, sah Nessi mit diesen roten Augen aufmerksam an und nickte langsam. »Und wie ich Siobhánn kenne, weiß ich außerdem, dass sie Euch jederzeit mit offenen Armen empfangen würde.«

Nessi schloss die Augen. »Und jetzt kommt der Moment, an dem Ihr uns einen Deal anbietet, richtig?«

»Richtig.« Er lächelte und entblößte dabei eine Reihe strahlend weißer Zähne. »Wenn Ihr versprecht, bei der ersten Gelegenheit, die sich Euch bietet, meine Magie einzusammeln, mich umgehend zu kontaktieren und sie mir zu überlassen, werde ich davon absehen, den Auftrag des Prinzen auszuführen.«

»Weiß er schon, dass Ihr plant, seinem Wunsch möglicherweise nicht nachzukommen?«

»Nein.«

»Wird ihn das nicht wütend machen, wenn er es erfährt?«

»Natürlich wird ihn das wütend machen, und wenn schon.« Der Fay winkte ab. »Soll er doch von mir aus toben.«

»Und das macht Euch keine Angst?«

»Jeder Geringere hätte allen Grund, besorgt zu sein, Lady Nessya. Uisdean ist ein jähzorniges Großmaul, das sich von seinen Emotionen leiten lässt und unberechenbar ist, doch ich fürchte ihn nicht.« Er richtete sich kerzengerade auf, schwellte die Brust und ballte die Hände zu Fäusten. »Ich bin ein Gott.«

Emma griff nach ihrem Tee. »Exgott«, nuschelte sie in die Tasse, bevor sie einen Schluck trank. Seiner Mimik nach hatte er sie genau gehört. Aus dem Augenwinkel sah sie, dass auch Nessi sie entsetzt ansah. Aber sie hatte es sich nicht verkneifen können, außerdem entsprach es der Wahrheit.

»Wie es scheint«, sagte er leise, »ist dein Todeswunsch noch nicht ganz abgeklungen, Feengeküsste.«

Wie in Samt gewickelte Klingen. Kalt. Tödlich. Über den Rand der Tasse hinweg sah sie ihm in die Augen. Und, bei Gott, sie hielt seinem Blick stand. Nie wieder würde sie vor einem dieser Wesen zu Kreuze kriechen. Je länger sie ihm in die Augen sah, desto mehr begann ihre Courage jedoch zu wackeln.

Nessi räusperte sich und durchbrach die Stille, die im Raum inzwischen vibrierte wie ein bis zum Äußersten gespanntes Drahtseil.

»Wenn ich zustimme und Ihr Emma nicht tötet, wird der Prinz dann jemand anderes schicken?«

Es dauerte eine kleine Ewigkeit, bevor der Fay seine blutroten Augen abwandte, um Nessi anzusehen. »Davon ist auszugehen.«

Ihre Freundin stieß Luft aus und nickte, als hätte sie mit der Antwort gerechnet. »Okay, dann möchte ich, dass Ihr Emma nicht nur verschont, sondern sie auch vor jedem anderen, der geschickt wird, beschützt. Allerdings – und das möchte ich nur vorsichtshalber klarstellen, weil ich den freien Umgang von euch mit dem Thema kenne – spreche ich nur von Schutz, keine Extras.«

»Extras?«, fragte er und zog eine klar begrenzte schwarze Augenbraue hoch. Pechschwarz auf Weiß.

»Verführungsmagie, Betörungsspielchen«, erklärte Nessi, ohne mit der Wimper zu zucken. »Sex.«

Seine Miene verschloss sich, wurde unergründlich und arrogant. »Mit Verlaub, haltet Ihr mich für einen Seelie, Gefäß? Ich spiele grundsätzlich keine Spielchen, wenn es um Sex geht.«

»Ich wollte Euch nicht kränken, sondern es nur von vornherein klarstellen«, erwiderte Nessi vorsichtig.

»Das wäre nicht nötig gewesen. Ich hatte noch nie etwas für eine menschliche Geliebte übrig und ich habe nicht vor, das in absehbarer Zeit zu ändern. Menschen sind zu zart und fragil.«

»Gut«, sagte Nessi. »Dann wären die Bedingungen geklärt.«

»Mitnichten«, gab er zurück. »Schutz war nicht Teil meines Vorschlages. Ich erwarte nicht, dass Ihr für mich einen Deal mit Königin Siobhánn für meine Magie aushandelt, sondern nur, dass Ihr sie heimlich entwendet, wenn sich Euch eine Gelegenheit bietet. Es könnte Jahre oder Jahrzehnte dauern, bevor es so weit ist. Mein Angebot ist, den Umständen entsprechend, mehr als großzügig, Lady Nessya.«

Sie schüttelte den Kopf. »Dann bleiben nur noch … wie viele? Ein paar Tausend Unseelie, die kommen könnten. Bei allem Respekt, aber Euer Angebot bringt uns nichts, wenn Emma in ein paar Tagen von einem anderen Unseelie heimgesucht wird und …«

»Ich will seinen Schutz nicht!«

Nessi drehte sich ihr zu, sah sie an und legte die Hand auf ihren Arm. »Emma …«, flehte sie sanft.

Doch sie verschränkte die Arme vor der Brust und blieb standhaft. »Wir brauchen seine Hilfe nicht. Du kannst diese Runen zeichnen oder … was auch immer. Wir finden schon einen Weg, Nessi.«

Der Feen-Krieger schnalzte. »Mach dich nicht lächerlich, Feengeküsste.«

»Ich habe einen Namen«, zischte sie.

Er beugte sich vor und sah ihr tief in die Augen. »Mach dich nicht lächerlich, Emma. Du kannst dich nicht ewig hinter den Runen verstecken, und irgendwann musst du die Wohnung verlassen. Wenn Uisdean jemand anderes schickt, überlebst du keine zwei Sekunden.«

»Na und?«, giftete sie zurück. »Ich gehe dieses Risiko lieber ein, als auf die Hilfe von einem wie dir angewiesen zu sein.«

Zorn flackerte in diesen roten Augen auf. »Hast du auch nur die leiseste Vorstellung, welche Wesen am Unseelie-Hof hausen und was sie alles tun würden, um ihre Magie wiederzubekommen? Die meisten sind nicht so intelligent wie ich und würden Uisdean glauben, wenn er ihnen verspricht, ihre Mächte von seiner Stiefmutter wiederzubeschaffen.«

»Ich weiß im Moment nur, dass ich müde bin und will, dass du verschwindest.«

»Wie du willst.«

Er stand auf, begab sich in eine aufrechte, stolze Pose und blickte buchstäblich von oben auf sie herab. »Umso besser. So muss ich wenigstens nicht den Babysitter für einen feengeküssten Menschen spielen.«

Nessi stand ebenfalls auf. »Ich kann Euch keine Versprechungen machen, allein für die Tatsache, dass Ihr Emma nichts tut, Lord Tadhg. Das ist zu wenig.« Ihre Stimme bekam einen flehenden Tonfall. »Bitte.«

Seine Miene wurde noch undurchdringlicher, noch härter und kälter. Überheblichkeit zeichnete sich deutlich in seinen männlichen Zügen ab. »In dem Fall habt Ihr Euch soeben einen mächtigen Feind gemacht.«

Ihre Freundin rieb sich die Schläfen. »Wir sind alle müde und erschöpft, und die Gemüter sind erhitzt. Lasst uns bitte keine vorschnellen Entscheidungen treffen. Ich … wir haben Euer Angebot nicht abgelehnt.«

Tadhg zuckte in einer eleganten Bewegung, die sie ihm bei seiner Statur nicht zugetraut hätte, die Schultern. »Wie Ihr meint. Im Gegensatz zu gewissen anderen hier, habe ich Zeit. Betrachtet es als Galgenfrist und kommt mit einer Antwort auf mich zurück, sobald Ihr eine Entscheidung getroffen habt.«

»In Ordnung, das klingt fair.« Nessi brachte ihn zur Tür und tauschte noch ein paar Worte mit ihm aus, bevor er die Wohnung verließ, sie die Tür hinter ihm schloss und die Runen am Rahmen erneuerte.

Dann wirbelte sie zu ihr herum. »War es unbedingt nötig, ihn zu kränken, Emma?«, rief sie und warf die Hände in die Luft. »Exgott? Ernsthaft? Das war nicht gerade schlau.«

»Er ist ein Unseelie! Ich will mit denen nie wieder etwas zu tun haben. Wieso hast du ihn überhaupt plötzlich geihrzt?«

»Weil er mich geihrzt und mit einem Titel angesprochen hat«, erklärte sie. »Ihn zu duzen und ihm die höfliche Anrede zu verweigern, nachdem er sie mir zugestanden hat, wäre extrem unhöflich gewesen. Und davon abgesehen wirst du, ob du willst oder nicht, sehr bald wieder etwas mit Unseelie zu tun haben, und zwar wenn dieser sadistische Prinz Heerscharen schickt, um dich umbringen zu lassen.« Sie kam auf sie zu, legte die Hände auf ihre Schultern und schüttelte sie sanft. »Ich weiß, wie schwer es für dich sein muss, glaub mir, ich weiß es. Aber jeder Unseelie, der auf unserer Seite steht, ist einer weniger, um den wir uns Sorgen machen müssen. Und sei es aufgrund von irgendwelchen bescheuerten Abkommen. News-Flash, Emma, wir brauchen jede Verstärkung, die wir kriegen können. So läuft das in der Welt der Fay ab. Als schwächere Partei schließt man Bündnisse, um zu überleben. Meist wird als Gegenleistung Blut oder Sex oder beides gefordert. Sei froh, dass er an keinem der zwei Interesse zu haben scheint.«

Sie hatte weiterhin die Arme vor der Brust verschränkt und sah zur Seite, während Nessi auf sie einredete wie eine Mutter auf ein trotziges Kind. »Hast du nicht bei dieser Seelie-Königin ein Stein im Brett?«

Nessi ließ sie los und erschauerte. »Wir wollen die Königin um keinen Gefallen bitten.« Emma konnte den Horror aus ihrer Stimme heraushören. »Cathal hat es – als ich ihr das Schwert gebracht habe – gerade so geschafft, zu verhindern, dass sie mich als ›Gast‹ dabehält. Die Grenze von Gast zu Gefangenem kann bei den Fay sehr schnell verwischen. Am besten, wir halten uns von der Königin so fern wie möglich.«

»Ist sie wirklich so furchtbar? Sie ist doch eine Seelie.«

Nessi lachte bitter. »Das gesamte Feenreich steht unter ihrer Fuchtel. Was denkst du denn?«

Nun sah sie ihre Freundin ungläubig an. »Schlimmer als der Gott – oder Exgott – des Todes?«

»Er will ja auch was von uns. Es wäre ein Tausch, kein Gefallen.«

Sie seufzte. Das ergab Sinn. Und dennoch. »Ich will nicht, Nessi.«

Nessi nickte. »Lass uns noch mal eine Nacht drüber schlafen, okay? Vielleicht ergeben sich noch andere Möglichkeiten.«

Mit den Worten ließ sie sie stehen und ging ins Bad. Während sie hörte, wie Nessi die Dusche anstellte, kaute sie auf ihrer Unterlippe herum und starrte geistesabwesend zum Tisch, auf dem die drei Tassen standen. Nessis und ihre waren halb leer, die des Kriegers noch voll. Er hatte den Tee nicht angerührt.

Was und ob das überhaupt etwas bedeutete, wusste sie nicht.

13

Gerade eine Nacht zu Hause und schon war am nächsten Tag volles Programm angesagt. Früher hatte sie sich immer Geld zur Seite gelegt, für ›später mal‹, aber jetzt erschien ihr das irgendwie überflüssig. Wozu weiter das Geld auf der hohen Kante haben? Ihr Sparkonto war gut gefüllt – zumal sie während des letzten Jahres praktisch keine Ausgaben gehabt hatte –, Zeit, es etwas zu plündern. Erst fuhren Nessi und sie gemeinsam zu IKEA, um neue Möbel zu kaufen, dann in den Baumarkt für neue Farbe – sie wollte dieses furchtbare Pastellrosa unbedingt überstreichen – und für den späten Nachmittag hatte Jada angekündigt, sie abzuholen und zu einer Überraschungslocation zu bringen. Ihr stand ein intensiver Girls Day mit ihren Freundinnen bevor. Absolut alltägliche, zu hundert Prozent unmagische, menschliche Dinge tun. Mit Menschen. Keine geflügelte, silberne Wesen, keine Krieger aus dem Totenreich. Sie hatte das so nötig.

Der einzige Mann, den sie heute aus der Nähe zu Gesicht bekam, war Jadas aktueller Übergangsfreund, der sie am Nachmittag in ein Wellness-Spa – die von Jada angekündigte Überraschungslocation – fuhr und sie später wieder abholen würde. Jada hatte für alle drei das Sekt-Komplett-Programm gebucht.

Nach einem Jahr ohne Rasur oder sonstige Körperpflege – außer duschen –, ging sie als allererstes zum Waxing. Mit den rötlichen Härchen, die ihre Beine, Achseln und sonstige Stellen bewucherten, würde sie sich auf keinen Fall vor anderen Menschen ausziehen. Obwohl sie von Natur aus keine sehr dichte Körperbehaarung hatte und die Härchen fein waren, fühlte sie sich wie ein kleiner Orang-Utan und fürchtete schon, dass sich die Dame im Waxing-Raum vor ihr ekeln würde, doch die rabiate, Warmwachskartuschen schwingende Frau schien Schlimmeres gewohnt zu sein und verwandelte sie innerhalb von dreißig Minuten unter fröhlichem, behaglichem Geschnatter zurück in einen Menschen.

Nach dieser Prozedur begab sie sich zu ihren Freundinnen, die im Dampfbad auf sie warteten. Der Raum war orientalisch gehalten, in sanftes Kerzenlicht getaucht und riesengroß. Überall auf warmen Steinbänken neben kleinen Becken, aus denen unaufhörlich Wasser floss, saßen Frauen auf Handtüchern und entspannten sich. Nackt.

Auch Jada und Nessi hatten sich komplett ausgezogen und unterhielten sich miteinander, bis sie Emma bemerkten und zu sich herwinkten.

Sie schluckte schwer. Konnte sie das? Sich vor allen anderen komplett nackt zeigen? Früher hatte sie mit Nacktheit keine Probleme gehabt. Oft war sie im Sommer, auch gemeinsam mit Jungs, nackt in einen See gesprungen. Es hatte nichts bedeutet. Doch jetzt? Nach allem, was passiert war? Seit dieser Sache schämte sie sich so furchtbar. Sie wollte sich nicht nackt zeigen. Vor niemandem.

Zögerlich ging sie auf ihre Freundinnen zu und setzte sich zu ihnen auf den warmen Stein, hielt das Handtuch jedoch an Ort und Stelle.

»Muss man nackt sein?«, fragte sie leise.

Jada lächelte. »Man muss hier gar nichts, Emmalein. Das ist ein Ort des Wohlfühlens und der Entspannung. Du kannst das tun, was du willst.«

»Jada, du klingst wie eine Werbebroschüre«, sagte Nessi lachend.

Jada zuckte mit ihren schmalen, grazilen Schultern und lehnte sich mit geschlossenen Augen gegen die Wand. »Ich liebe dieses Spa eben. Nach einem Tag hier fühlt man sich, als hätte man eine Woche Urlaub gehabt.«

Erleichtert setzte Emma sich neben ihre Freundinnen und hielt das Handtuch um ihren Körper drapiert. Doch nach einigen Minuten wurde es wirklich warm. Sie sah sich unsicher um. Nessi und Jada genossen mit geschlossenen Augen die nach Lavendel duftenden Dampfschwaden. Andere Frauen, von jedem Alter, jeder Nationalität und Figur, liefen wie selbstverständlich herum, begossen sich zur Abkühlung mit dem Wasser aus den Becken und unterhielten sich leise miteinander.

Eine verdrängte Erinnerung kehrte zurück, wie ein Flashback, und auf einmal verstand sie, wo ihr Problem lag. Während der Prinz sie in die Mangel genommen hatte – anders wagte sie noch nicht darüber zu denken –, hatten sich ihr Geist und ihr Körper voneinander gelöst. Es wurde an der Zeit, dass sie wieder zueinanderfanden. Mit einem Seufzen legte sie das Handtuch unter sich auf einen Stein und setzte sich drauf.

Niemand starrte sie an.

Niemand zeigte mit dem Finger auf sie.

Niemand interessierte sich auch nur die Bohne für sie. Nach einiger Zeit schaffte sie es sogar, die Augen zu schließen und sich ein bisschen zu entspannen.

Jadas Stimme riss sie aus dem Schlummer. »Ich gehe kurz mal in den Nebenraum, da ist es etwas heißer. Will jemand mit?«

Emma öffnete schläfrig ihre Lider. »Nein, ich fühle mich hier eigentlich gerade ganz wohl.« Es entsprach der Wahrheit.

Nessi schüttelte ebenfalls den Kopf.

»Okay«, sagte Jada. »Wir können danach vielleicht zusammen in den Aufenthaltsraum gehen und einen Sekt trinken, was meint ihr? Allerdings sollten wir uns da ein Kleid oder einen Morgenmantel überwerfen. Dort sitzen manchmal Männer, die ihre Frauen abholen.«

Mit den Worten ging Jada zu einer Tür am Ende des Raumes und öffnete sie. Kleine Wasserperlen bedeckten ihre braune Haut und ihr schwarzes gelocktes Haar sah aus, als wäre es voller winziger Diamanten. Während sich Jada in dem Saunaraum kochen ließ, wartete eine weitere Überraschung auf Emma. Nessi schlug vor, dass sie sich einseifen ließen, doch wenn sie nicht wollte, musste sie diesen Service nicht in Anspruch nehmen. Ihre Neugierde siegte jedoch.

Beim Einseifen lag sie – nur mit Bikinihöschen bekleidet – auf einem warmen Steintisch, während eine ältere Frau sie einschäumte, massierte, Finger- und Zehengelenke lang zog und knacken ließ und überhaupt sie von Kopf bis Fuß mütterlich verhätschelte.

Und irgendwann während dieser halben Stunde machte etwas in ihrem Innern klick. Seele und Körper fanden wieder zueinander und wurden sanft zu einer Einheit.

Sie hatte ihr Körpergefühl wieder. Sie fühlte sich vollkommen und nicht mehr so, als würde ihre Seele eine fremde Hülle bewohnen. Sie fühlte sich sauber.

Es war, als würde dieser Tag im türkischen Dampfbad ihren Körper reinwaschen und als hätte die orientalische Mama die letzten Spuren des Prinzen mit warmem Wasser, Seife und Peeling-Schwämmen abgerieben und fortgespült. Zumindest von außen, von ihrem Körper. Um das Chaos in ihrer Seele musste sie sich noch kümmern. Doch ihr Körper war wieder ihr eigener. Es fühlte sich gut an. In gewisser Weise hatte dieser normale Tag unter normalen Menschen doch etwas Magisches.

Später ließen sie sich, leicht beschwipst, wohl duftend und mit seidig zarter Haut von Jadas Freund wieder abholen und nach Hause fahren.

»So!«, kündigte Jada im Auto an. »Jetzt kann unser Frauenabend richtig beginnen.«

Es klang fast nach einer Drohung. Nachdem Jadas Freund sie zu Hause abgesetzt hatte – Jada wohnte in der Wohnung nebenan, und den heutigen Abend würden sie bei ihr verbringen –, verabschiedete sich ihr Freund mit einem Küsschen und einem »Viel Spaß euch dreien!« von ihnen. Er schien ein netter Kerl zu sein und vermutlich genau deshalb nicht ihr Mann fürs Leben zu werden. Gemeinsam kochten sie und schauten anschließend Liebesschnulzen.

Während des ersten Films hatte Emma die ganze Zeit das Gefühl, dass eine seltsame Stimmung in der Luft lag. Als würde sich dieser Abend eigentlich um etwas anderes als um Liebesfilme und Schokolade drehen. Sie spürte eine gewisse Anspannung, die von Jada ausging. Ihre Freundin schien mit ihr über das sprechen zu wollen, was geschehen war, wusste jedoch offenbar nicht, wie sie das Thema anschneiden sollte. Da sie keine Ahnung hatte, was sie ihr erzählen sollte – die Wahrheit konnte sie ihr wohl kaum sagen –, schwieg sie sich ebenfalls aus.

Nach »Die Frau des Zeitreisenden« standen »P. S. Ich liebe dich« und »Pretty Woman« zur Auswahl, aber eigentlich war ihr ziemlich egal, was sie schauten. Früher war sie auf diese Filme abgefahren. Sie konnte, bewaffnet mit einem Eiscremebecher in der einen und Taschentüchern in der anderen Hand, richtig mitfiebern, weinen, lachen und schmachten. Jetzt erschienen ihr die Geschichten leer, platt und seelenlos.

»Komm schon, Emma«, sagte Jada, während sie beide DVD-Hüllen hochhielt, »du entscheidest dieses Mal. Wir machen das doch für dich. Ich hasse Schmachtfetzen.« Den letzten Satz sagte Jada mit einem Lachen.

Sie zuckte mit den Schultern. »Pretty Woman dann. Der geht eigentlich immer.«

Jada ließ die Arme wieder sinken. »Ach, Süße, wo ist nur deine Lebensfreude hin?«

»Im Feenreich bei einem Prinzen«, antwortete sie trocken.

Die meisten Leute hätten es für einen sarkastischen Witz gehalten und das Thema fallen lassen. Nur deshalb hatte sie so geradeheraus die Wahrheit gesagt. Sie rechnete nicht damit, dass Jada einen zweiten Gedanken daran verschwenden würde. Doch statt mit den Augen zu rollen und genervt abzuwinken, sah Jada sie ernst an.

»Was hast du gerade gesagt, Emma?«

»Das sollte doch nur … das war doch nur …«, stotterte sie. Sie räusperte sich, keuchte, hustete, weil sie es nicht schaffte, das Wort auszusprechen. »Das sollte nur ein … nur ein …« Es kam ihr einfach nicht über die Lippen, als würde es ihr im Halse stecken bleiben. »Verdammt!«, rief sie.

Ein Scherz! Nur ein Scherz hatte sie sagen wollen, doch sie schaffte es nicht und geriet wieder in Atemnot, genauso wie gestern Nacht, als sie sich im Bad mit dem Todesgott unterhalten hatte. Dann hatte er definitiv nichts damit zu tun gehabt. Was war nur los mit ihr?

Jadas Augenbrauen berührten fast ihren Haaransatz und auch Nessi blickte sie besorgt an.

»Ich bringe mal eben das Geschirr in die Küche«, sagte Nessi. »Emma, hilfst du mir bitte mit dem Nachtisch?«

Sie nickte, stand auf und ließ eine ziemlich verdatterte Jada im Wohnzimmer zurück, als sie Nessi in die Küche folgte.

Bevor Nessi sie fragen konnte, was eben los gewesen war – sie hatte ja selbst keine Antwort darauf –, ergriff sie rasch das Wort.

»Was genau hast du Jada erzählt?«, fragte sie, sobald sie alleine waren.

»Das Gleiche wie deinen Eltern«, antwortete sie, während sie das Geschirr in die Spülmaschine räumte. »Dass du von einem psychisch gestörten Typ ein paar Tage lang gefangen gehalten wurdest und er dich in der Zeit …« Nessi stockte, schien nach einem Wort zu suchen.

»… gequält hat«, beendete sie den Satz. »Aber weißt du, was das Schlimmste ist? Er hat mich dazu gebracht, zu denken, es zu wollen. Ich habe selbst Schwierigkeiten, das auseinanderzuhalten. Jetzt sagt mir mein Verstand, dass ich es nicht wollte, aber meine Erinnerung an damals …«

»Ich weiß. Du weißt aber hoffentlich, dass dich keine Schuld trifft, oder?« Nessi sah ihr direkt in die Augen. »Oder?«

Sie zuckte mit den Schultern. »Ich denke schon. Schätze ich. Keine Ahnung.«

»Er hat Magie gegen dich benutzt«, erwiderte Nessi sanft. Mit dem Fuß stieß sie die Tür der Spülmaschine zu. »Du trägst keine Verantwortung für das, was passiert ist.«

Nachdenklich öffnete Emma die Packung des inzwischen aufgetauten Tiefkühlkuchens. »Meinst du, wir sollten Jada die Wahrheit sagen?«, fragte sie, während sie drei Stücke auf die Teller verteilte. »Ich meine, allein um sie zu schützen. Denkst du nicht, sie sollte wissen, was da draußen los ist?«

Nessi öffnete den Mund, kam jedoch nicht mehr zum Antworten. Ihre Freundin blickte an ihr vorbei, und in dem Moment hörte sie, wie Jada die Küche betrat.

»Was sollte ich wissen?« Jada stand mit verschränkten Armen in der Tür und schaute zwischen Nessi und ihr hin und her.

Nessi seufzte. »Du hast recht, Emma.«

Es schien Nessi nicht leichtzufallen, doch wie es aussah, würde sie nun zum ersten Mal in ihrem Leben Menschen in ihre wahre Vergangenheit einweihen.

Nessi erzählte, und zwar alles. Von den Feenhügeln – dem Síd –, von ihrer Kindheit bei den Elfen, ihrem echten Namen, Nessya, dem Anschlag ihrer Mutter auf ihr Leben und der anschließenden Flucht in die Menschenwelt. Manches wusste Emma schon, manches aber noch nicht. Zum Beispiel, dass Nessi mit fünfzehn in einen Elf namens Tuor verliebt gewesen war, der Idiot sie jedoch nach der ersten gemeinsamen Nacht, die wohl Teil eines magischen Rituals gewesen war, hatte fallen lassen, nachdem keine Magie bei ihr erwacht war.

Sie berichtete von dem Prinzen, was mit den Spiegelwesen passiert war, Emmas geklauter Lebensfreude, ihrer neuen Rolle als transformiertes Síd-Heiligtum und dem Pakt, den sie mit Cathal geschlossen hatte. Obwohl es nach einer vertraglichen Übereinkunft klang, sah sie das Leuchten in Nessis Augen, als sie von Cathal sprach. Eine Beziehung auf reiner Geschäftsbasis schien das für sie wohl nicht zu sein.

Abgesehen von einigen Zwischenfragen hier und da, hörte Jada die ganze Zeit über schweigend zu. Die Küchenuhr schlug gerade zwei Uhr morgens, als Nessi mit der ganzen Geschichte fertig wurde.

Mit der Gabel kratzte Jada den letzten Rest Schokolade vom Teller und las ein paar Krümel auf, sagte aber nichts.

»Und?«, fragte Nessi nach einem Moment erwartungsvoll.

Jada sah von ihrem Teller auf. »Was und? Keine Ahnung, ich muss das erst einmal verarbeiten, denke ich. Ich meine … wow!«

»Wow?«, fragte Emma. »Hätte man mir so etwas noch vor einem Jahr erzählt, hätte mich das ziemlich aus der Bahn geworfen. Ich hätte vermutlich gedacht, dass bei demjenigen ordentlich ein paar Sicherungen durchgebrannt wären, du aber scheinst dich nicht wirklich zu wundern.«

»Angesichts der Geschichte dieses Landes, sind Geschichten über Feen und die Feenhügel keine wirkliche Überraschung, oder?«

Nessi und Emma warfen Jada einen skeptischen Blick zu, dem sie nicht lange standhielt.

»Seht mich nicht so an. Mit Feen hatte ich wirklich noch nie etwas zu tun.« Sie starrten Jada weiter schweigend an. »Kommt schon, Leute …«

Nessi tippelte mit den Fingern auf der Platte herum. »Aber du wusstest davon. Dass es sie gibt und sie real sind, meine ich. Nicht nur, dass sie in Legenden und dem lokalen Aberglauben vorkommen.«

»Na ja, ich …«, der Konflikt auf Jadas Zügen wurde immer deutlicher, »… ach, Mann. Okay, okay, ihr wart mir gegenüber ehrlich, dann kann ich es euch gegenüber wohl auch sein.« Sie atmete tief durch. »Fuck, Leute, meine Tante bringt mich um. Okay, was auch immer. Passt auf …«

Mit den Worten stand Jada auf, ging zur Spüle und füllte ein Glas mit Wasser. Aufmerksam beobachteten sie sie, doch Emma war verwirrt. Was sollte das werden?

Als Jada das Wasser mit einer kräftigen Handbewegung aus dem Glas heraus über ihren Köpfen nach oben schleuderte, zuckte Emma automatisch zusammen und schloss die Augen. Doch der erwartete Wasserschwall, der sie durchnässen würde, blieb aus.

»Oh! Mein! Gott!«, hörte sie Nessi sagen und öffnete wieder die Augen.

Das Wasser schwebte wie eine riesige geisterhafte Seifenblase in der Luft, die von tausend kleinen Tröpfchen umzingelt wurde. In den Tropfen brach sich das Licht der Deckenlampe und ließ sie funkeln.

Nessi verfolgte fasziniert das Schauspiel, das sich über ihren Köpfen zutrug, und begann dann zu lachen. Sie selbst konnte es ebenfalls kaum glauben.

Jada seufzte. »Ich bin eine Hexe.«

14

Als Gott war er einst verehrt worden.

Als Gott!

Menschen hatten ihm Opfergaben dargebracht, waren auf die Knie gefallen und hatten ihn angebetet. Und dieses Menschenmädchen wagte es, ihn fortzuschicken?

Wenn er sich früher dazu herabgelassen hatte, die Sterblichen aufzusuchen, waren sie vor Bewunderung, Respekt und Ehrfurcht außer sich gewesen. Einmal hatte sich eine Schar seiner Anhänger vor Ehrerbietung die Köpfe an den Steinen zu seinen Füßen blutig geschlagen. Er seufzte. Wo waren nur die guten alten Zeiten hin?

Er hatte sich ohnehin nicht mit dieser Feengeküssten abgeben wollen, doch das hätte seine Entscheidung sein sollen, nicht ihre. Als hätte sie aufgrund ihres Zustandes nicht genug Probleme. Der Prinz würde andere schicken.

Wenn Tadhg tötete, ging das schnell und schmerzlos. Es gab jedoch genügend Wesen am Unseelie-Hof, die die Jagd genossen und den Tod ihrer Opfer möglichst lange auskosteten. Und wenn diese paranoiden Seelie erst erfuhren, dass dort draußen eine Feengeküsste herumrannte … nicht auszudenken, was sie mit ihr anstellen würden. Sie war eine fleischgewordene Zielscheibe, eine wandelnde Tote. Es war nur eine Frage der Zeit. Mit dem *Gefäß der Macht* auf seiner Seite stünden die Chancen, seine magischen Fähigkeiten zurückzubekommen, um einiges besser. Doch zumindest war das Angebot des Prinzen besser als nichts.

Niemand komplimentierte ihn hinaus. Niemand!

Er rieb sich die Schläfen. Emma konnte sich nicht ewig hinter den Runen verschanzen, irgendwann musste sie die Wohnung verlassen, und dann würde er zur Stelle sein.

Er trat an das Becken des Rufes, das neben seinem Bett stand. Mit einem kleinen Dolch schnitt er sich in die Handfläche, schloss die Hand zu einer Faust und hielt sie über die kristallklare Flüssigkeit. Bevor die Wunde wieder verheilte, fielen drei Tropfen seines Blutes ins Becken und zogen durch die Reinheit des Wassers pinke Schlieren.

»Mit Blut die Brücke ich erschuf, Clíodhna, so höre meinen Ruf«, sprach er dreimal.

Magie baute sich wie ein Kraftfeld auf, und wenn er sie nicht rasch nutzte, drohte sein Trommelfell zu platzen, weil der Druck im Raum ins Unermessliche anstieg. Er öffnete die Hand und fuhr mit den Fingern sanft über die Wasseroberfläche, die sich unter seiner Berührung zu kräuseln begann. Der Druck sank wieder etwas ab. Je länger er sie streichelte, desto fester wurde das Wasser. Zunächst dickflüssig wie Klebstoff, dann wie Schlamm, bis die Oberfläche schließlich hart wie Eis wurde. Auf der glatten Spiegelfläche bildete sich eine Schicht aus Raureif und ließ das Eis milchig werden. Sobald der hauchzarte Schnee geschmolzen war, spiegelte das Glas nicht mehr ihn auf der Oberfläche, sondern zeigte in einen Raum, als stünde er vor einem Fenster. Clíodhna trat auf der anderen Seite vor den Spiegel des Schlafzimmers ihrer Zweitwohnung und verdeckte so das Bett und den darin liegenden schlafenden Mann hinter sich.

»Ihr habt gerufen, Sire?«

Er hatte sie gestört. Nur wenn sie genervt oder wütend war, nutzte sie die höfliche Anrede und sprach ihn mit irgendeinem Titel an.

»Ich muss mit dir reden, Clío.«

»Jetzt?« Sie hatte tatsächlich den Nerv, ihn skeptisch anzusehen.

»Nein, irgendwann in diesem Jahrhundert.« Er umfasste mit beiden Händen das Becken und beugte sich darüber. »Natürlich jetzt!«

»Moment«, sagte sie leise, drehte sich um und schaute hinter sich. »Ich gehe ins Bad.« Mit einer wischenden Handbewegung war die Verbindung unterbrochen, wurde jedoch gleich darauf wieder aufgebaut. Dieses Mal stand sie in einem Badezimmer. »In Ordnung, was gibt's?«

»Die Menschen«, er dachte über eine passende Formulierung für seine Frage nach, »welche Götter verehren sie heutzutage? Haben sie überhaupt noch welche?«

Wieder dieser Blick, eine Mischung aus Skepsis und genervt sein. »Du rufst mich, um mit mir eine philosophische Grundsatzdiskussion zu führen?«

»Weiß Prinz Nassaïr, wo du gerade steckst und vor allem mit wem?«

Sie kniff sich in die Nasenwurzel. »In Ordnung, mal sehen ... Rockstars, schätze ich. Oder Ärzte. Zumindest werden Letztere Götter in Weiß genannt, doch ich glaube, dass Rock- oder Filmstars einen höheren Status genießen. Kauf dir eine Gala oder Cosmopolitan – das sind Frauenmagazine –, dann weißt du mehr. Ist das alles?»

»Nein. Ich möchte wie du ein Domizil in der Menschenwelt beziehen. Kannst du das für mich organisieren?«

Sie sah ihn verwundert an. »Du? In der Welt der Menschen?«

»Clíodhna ...«, warnte er leise.

Abwehrend hob sie die Hände. »Schon gut, schon gut. Etwas außerhalb der Stadt findet man die schönsten ...«

»Nein. In Dublin.« Er nannte ihr die Straße. »Im 2. Stock.«

»Aber das ist in einem der miesesten Viertel der Stadt.«

»Das macht nichts. Ich will so schnell wie möglich dort einziehen. Was macht man, wenn die Wohnung bereits von jemandem bewohnt wird und man denjenigen loswerden will, ohne ihn umzubringen?«

Nicht, dass er sich sonderlich um irgendeinen Menschen scherte, solange der Zweck die Mittel heiligte. Doch irgendwie hatte er das Gefühl, dass das unter Menschen lebende *Gefäß der Macht* es nicht begrüßen würde, wenn er ihren Nachbarn aus reiner Bequemlichkeit tötete.

»Oh, ich denke, am schnellsten geht es, indem du die Wohnung kaufst und Eigenbedarf anmeldest, doch selbst dann könnte es noch ...«

»Sorge dafür, dass ich sofort einziehen kann.«

»Sofort?« Ihre schmalen, geschwungenen Augenbrauen kletterten auf ihrer Stirn ein paar Zentimeter höher. »Ich weiß nicht, ob das ...«

»Bekommst du das hin oder nicht?«

Sie seufzte. »Doch, sicher, aber ...«

»Gut.«

Im Hintergrund vernahm er ein Geräusch, woraufhin sich Clíodhna umdrehte. »Wäre das nun alles, mein Herr und Gebieter?«, fragte sie spitz, als sie wieder in den Spiegel blickte.

»Im Moment schon.«

Sollte sie doch wütend sein, solange sie ihre Aufgabe erfüllte. Und das würde sie. Clíodhna war ihm treu ergeben.

»Wunderbar«, sagte sie und senkte höflich die Lider. »Dann wünsche ich meinem Meister eine geruhsame Nacht.«

Er lächelte. »Und dir, Clíodhna, wünsche ich noch viel Spaß.«

Bevor er die Unterhaltung mit einem Wischen und dem Zusammenbrechen der Magie beendete, sah er, wie sie die Augen verdrehte, und lachte leise in sich hinein.

15

18. November
Hello Tagebuch …

Jada, eine Hexe. Wer hätte das gedacht? Auf der anderen Seite kann sie manchmal schon etwas kratzbürstig sein.

Emma konnte nicht anders, sie musste darüber lächeln.

Okay, okay, das sind jetzt bestimmt Vorurteile. Es gibt sicher auch nette Hexen. Haha. Oh Gott, sie darf dieses Tagebuch niemals in die Hand bekommen, sonst verwandelt sie mich am Ende noch in eine Kröte. Aber vielleicht auch nicht. Sie meinte, dass sie dem ganzen Hexenkram, sehr zum Missfallen ihrer Tante, früh den Rücken gekehrt hatte. Als sie herausgefunden hatte, welche Fähigkeiten in ihr stecken (mit siebzehn hatte sie aus Versehen das Auto ihres Kurz-darauf-Ex durch reine Gedankenkraft in Brand gesetzt), hatte sie sich dermaßen erschrocken, dass sie mit dem ganzen magischen Mist (ihre Worte) nichts mehr zu tun haben wollte. Ich finde ja, dass das zu unserer kleinen Drama-Queen passt. Andere zerkratzen den Autolack mit einem Schlüssel, wenn ihr Freund sie betrügt, sie schmilzt gleich das ganze Fahrzeug zusammen. Als ich ihr das gesagt habe, hat sie Jada-typisch mit der Zunge geschnalzt, mich böse angesehen und gefragt, ob mir der Prinz zum Tausch für meine Lebensfreude eine Extraportion Sarkasmus dagelassen hätte. Es hat ihr gleich leidgetan, aber mir ist es lieber, wenn das Thema nicht totgeschwiegen wird oder mich alle behandeln, als wäre ich aus Zucker. Ma hat mich neulich am Telefon gefragt, ob ich nicht einfach alles vergessen und wieder wie früher sein könne. Es sei ja jetzt alles vorbei und so. Einfach alles vergessen? Wieder wie früher sein? Vorbei? Ich weiß, dass Ma es nur lieb meint, aber damit hilft sie mir überhaupt nicht weiter, im Gegenteil. Nessi und Jada auf der anderen Seite hören mir zu und nehmen mich in den Arm, wenn mir nach Heulen ist. Oder sie gehen mit mir die Einzelheiten meiner Rachefantasien durch, wenn ich nicht weiß, wohin mit der ganzen Wut.

Ich finde, wir sollten einen Club gründen. Den ›Wir haben auf den ganzen magischen Scheiß keine Lust‹-Club. Mit Premium Gold Card.

Jetzt verstehe ich wenigstens, wieso Jada mit Nessis Geheimniskrämerei immer viel mehr Geduld hatte als ich. Sie hatte selbst ihre Leiche im Keller. Oder sollte ich eher sagen, ihre Krötenlaiche. Haha.

Als Emma hörte, dass Nessi aus der Dusche kam, klappte sie das Tagebuch zu und verstaute es in ihrer neuen Kommode aus dunklem Kirschholzimitat. Neben der Kommode stand eine Vase, in der Sonnenblumen steckten. Das war Nessis Idee gewesen – zur Aufheiterung oder so. Ihr war es im Moment ziemlich egal, aber vielleicht würde ihr der Anblick der Blumen Freude machen, sobald sie ihre Lebensfreude wiederhätte.

Sonnenblumen waren früher ihre Lieblingsblumen gewesen, jetzt sah sie darin nichts weiter als gelbe Staubfänger, die bald welken würden. Dennoch gefiel ihr insgesamt die neue Einrichtung. Das Rosa der Wand hatten sie vorgestern mit einem hellen Beige überstrichen und gestern die neuen Möbel aufgebaut. Der schwarze Metallrahmen des Bettes war ein Meter sechzig breit und die neue Bettwäsche in grauschwarzen geometrischen Formen gemustert. All die Bärchen und unzähligen pinken Kissen hatte sie hinausgeworfen, bis auf zwei burgunderrote Kissen. Auch die pinken Gardinen waren weg. In einem kleinen Ramschladen hatte sie einen Kunstdruck entdeckt, der sie aufgrund der harmonischen Farben und melancholischen Stimmung gleich angesprochen hatte.

›Blue Morpho Butterfly‹ von Martin Johnson Heade.

Er hing unter Glas an der Wand gegenüber von ihrem Bett, als einziges Bild im Zimmer.

Geistesabwesend rieb sie mit dem Daumen über die Narbe an ihrem linken Unterarm. Von dem Schnitt war eine hellrote Linie übrig geblieben, die innerhalb des nächsten Jahres verblassen würde, hatten die

Ärzte gesagt. Wenn sie auf die Narbe schaute, spürte sie keine Scham. Gleichzeitig hasste sie es, dass sie diesen Schritt hatte gehen müssen.

Dieser gottverdammte Prinz würde dafür büßen. Sie wusste noch nicht genau wie und leider rannte ihr die Zeit davon. Solange er am Leben war und ihren Tod wollte, könnte jeder Tag ihr letzter sein. Das musste sie mit allen Mitteln verhindern. Er oder sie. Sie weigerte sich, den Gedanken zuzulassen, dass er gewinnen könnte.

Gewinnen. Als wäre es ein Spiel, wie ein Gladiatorenkampf im alten Rom. Sie seufzte.

In dem Moment steckte Nessi, schon mit Jacke bekleidet, den Kopf in ihr Zimmer. »Wollen wir?«

Emma nickte, sah kurz zum Fenster hinaus und beschloss, bei diesem trüben, nasskalten Wetter den Daunenmantel anzuziehen. Vor der Wohnungstür schlüpfte sie in ihre warmen Stiefel und bemerkte dabei die Umzugskisten im Gang. Die Tür von dem Appartement gegenüber stand offen. Sie konnte sich nicht daran erinnern, je mehr als ein mürrisches »Hallo« von ihrem Nachbarn gehört zu haben, doch der introvertierte Typ hatte dort gewohnt, solange sie denken konnte.

»Selbst der zieht weg«, kommentierte sie beiläufig. »Irgendwie schade, der hat schon fast zum Inventar gehört.«

Nessi lachte, zuckte mit den Schultern und zog sich ihre Schuhe an, bevor sie sich gemeinsam auf den Weg zum Trinity College begaben. Nessi hatte die Idee gehabt, in der kleinen Bibliothek des Celtic Studies Departements die Bücher nach Hinweisen zu durchforsten. Irgendetwas musste es doch in den alten Schriften geben, das einen Hinweis darauf lieferte, wie man mit Fay fertig werden konnte. Schließlich hatten die Menschen früher sicher auch irgendwelche Methoden gehabt. Je mehr sie über die Fay wusste – und vor allem darüber, wie man sie vernichtete –, desto besser.

Die Busfahrt bekam sie kaum mit. Alles wirkte Grau. Das Wetter, die Straßen, die Menschen. Grau in Grau. Sie funktionierte, wie ein Roboter.

Wenigstens strahlte die Bibliothek Behaglichkeit aus, als sie sie betraten. Außerdem war es hier drinnen warm. Und es roch nach Büchern.

Nach zwei Stunden Recherche – inzwischen waren Nessi und sie nur noch zu zweit, der letzte Student hatte die kleine Bib gegen halb zehn verlassen – waren sie nicht sehr viel weiter als vorher.

»Wann müssen wir eigentlich hier raus?«, fragte sie, während sie die Seiten eines Buches querlas.

»Wir können so lange bleiben, wie wir wollen«, erwiderte Nessi. »Ich arbeite hier dreimal die Woche als HiWi und habe einen Schlüssel.«

»Okay, gut … bisher habe ich nämlich kaum etwas gefunden, das uns weiterhelfen könnte.«

Die Methoden gegen Fay schienen ebenso vielfältig zu sein wie die einzelnen Fayarten selbst. Banshees – Geister oder Todesboten – konnte man angeblich mit Salz oder einem roten Faden vertreiben. Doch nirgendwo stand erklärt, wie genau das funktionierte. Bewarf man sie mit einer Prise oder einem roten Garn, wenn sie vor einem auftauchten? Verbrannten sie dadurch? Oder lösten sie sich wie die Geister aus der Serie Supernatural auf? Unwillkürlich musste sie an den Krieger denken und seufzte entmutigt.

Dann gab es ein Feenwesen, das offenbar so hässlich war, dass es johlend davonrannte, wenn man ihm einen Spiegel vor die Nase hielt. Doch woher wüsste sie, welches Wesen das sein sollte? Es gab sicher so einige hässliche Fay und überhaupt lag Hässlichkeit im Auge des Betrachters. Was genau hieß hässlich? Irgendwie hatte sie die Befürchtung, dass es etwas zu spät wäre, diese Dinge erst in der entsprechenden Situation herauszufinden.

Der Prinz war hässlich. Aber ob der beim Blick in einen Spiegel davonrennen würde, wagte sie stark zu bezweifeln.

Relativ ähnlich und einheitlich schienen die Meinungen zum Thema Eisen zu sein, das mochten die Fay wohl nicht besonders. Nessi hatte aber mal erzählt, dass ein Schmuckkreuz aus Edelstahl sie in einer brenzligen Situation im Stich gelassen hatte.

Seufzend schlug sie das Buch zu, packte es zu den anderen auf den ›Gelesen-Stapel‹ und nahm sich das nächste vor. Nach ein paar Seiten stieß sie auf einen Artikel über die *Wilde Jagd* und deren Anführer.

»Schau mal, Nessi, hier steht etwas über deinen, äh … Freund?«

Nessi sah mit fragendem Blick von ihrer eigenen Lektüre auf. »Hä?«

Emma sah wieder in die Seiten und las vor: »*Wildes Heer, das.* Auch: *Wilde Jagd, die.* Das Wilde Heer setzt sich aus einer Vielzahl von Sluaghs zusammen. Manche glauben, dass die Herde aus den Seelen von so bösen Sündern besteht, dass sie weder im Himmel noch in der Hölle willkommen waren und stattdessen in das Feenreich verbannt wurden. Andere meinen stattdessen, dass es sich um besonders dunkle, vogelähnliche Fay handelt, die als Schwarm durch den Nachthimmel fliegen, auf der Suche nach verirrten Wanderern, um deren Seelen zu rauben und sie zu zwingen, sich fortan der immer rastlosen Herde anzuschließen. Wenn man das Wilde Heer erblickt, so heißt es, ist man verdammt. Es kündigt Unheil, Gewalt, Qualen und Schrecken an.«

Emma hob den Kopf und sah Nessi verstört an, doch die Miene ihrer Freundin blieb neutral, also las sie weiter.

»Die Herde gehorcht ihrem Anführer, dem sogenannten Heerführer der *Wilden Jagd,* und ist ihm treu ergeben.« Wieder sah sie von dem Buch hoch. »Ist das alles wahr?«

»So halb, halb. Ich habe einem Sluagh schon mal direkt ins Gesicht gesehen und bin, glaube ich, nicht verdammt.« Nessi lächelte leicht. »Wobei das das eine oder andere erklären würde, wenn ich es mir recht überlege. Die Wahrheit ist aber, dass die Sluaghs Seelen fressen, von Menschen und Fay gleichermaßen.« Nessi dachte kurz nach. »Ich würde sie nicht als vogelartig, sondern eher als drachenartig vom Aussehen her bezeichnen. Sie haben eine schwarze Haut, die alles Licht zu absorbieren scheint. Im Nachthimmel sind sie nahezu unsichtbar.«

»Aus wie vielen Sluaghs besteht diese Herde denn?« Sie überflog den Artikel und fuhr mit den Fingern rasch über die Zeilen, doch über die Größe der Herde stand darin nichts. Woanders hatte sie gelesen, dass es sich um zahllose Kreaturen handeln würde. Ein unbezwingbares Heer.

»Fünf«, antwortete Nessi.

»Nur fünf? Und trotzdem verbreiten sie dermaßen viel Angst und Schrecken?«

Nessi faltete die Hände über dem Buch und lächelte. »Bist du schon mal einem von ihnen begegnet?«

Sie schüttelte den Kopf. »Abgesehen von deinem Freund noch keinem.«

»Cathal ist kein richtiger Sluagh, er ist es nur zur Hälfte. Richtige Sluaghs sind mehr mit wilden Tieren zu vergleichen, nicht wirklich böse, jedenfalls nicht böser als ein Weißer Hai oder ein Tiger. Aber sie sind verdammt gefährlich. Übrigens sind sie ihm auch nicht bedingungslos treu ergeben. Für sie ist es bloß praktisch, bei ihm zu bleiben, weil er sie mit Seelen versorgt.«

Die Gelassenheit, mit der ihre Freundin das sagte, entsetzte sie. »Und damit hast du keine Probleme?«

Nessi zuckte mit den Schultern. »So sind die Dinge seit ein paar Hundert Jahren. Ich werde daran nichts mehr ändern können.«

Sie konnte nicht glauben, dass Nessi dermaßen naiv oder dumm oder beides war. »Du könntest … hm, mal sehen … oh ja, dich von diesem Serienkiller von einem Fay-Liebhaber trennen. Wie wär's zum Beispiel damit? Ist aber nur eine spontane Idee, so ganz ins Blaue gedacht.«

Für einen Moment starrte Nessi sie perplex an, bevor sie ihre Augen zu schmalen Schlitzen verengte. »Wage es nicht, über mich zu urteilen, Emma. Ich wurde mein Leben lang genug von anderen verurteilt und klein gehalten. Von dir kann ich das nicht auch noch gebrauchen. Abgesehen davon kann ich mich nicht einfach so von ihm trennen. Das verbietet mir der Pakt, den ich mit ihm schließen musste, um … hm, mal sehen«, imitierte Nessi sie, »jemanden zu retten, der von einem gewissen Prinzen ins Feenreich entführt worden ist.«

»Ach, dann ist es also meine Schuld, dass du mit diesem Monster zusammen sein musst? Ist es das?«

»Das sage ich doch überhaupt nicht«, gab Nessi wütend zurück. »Und er ist kein Monster. Er ist ein Halbwesen, das in keiner Welt wirklich zu Hause ist, genauso wie ich. Er versteht, was in mir vorgeht, wie ich mich fühle, weil er ebenso fühlt.«

»Weißt du was, Ness-*y*-a?« Sie betonte den Fay-Namen extra stark und stand auf. »Vergiss es einfach, okay? Vergiss, dass ich mir um dich Sorgen mache und Angst habe, dass du irgendwann in den moralischen Abgrund fällst und selbst zu einem Monster wirst, wenn du länger mit denen abhängst.«

Nessya stand ebenfalls auf und stützte ihre Hände auf den Tisch. »Cathal. Ist. Kein. Monster!«

»Früher hättest du nie Entschuldigungen für jemanden gefunden, der … der«, die aufgestaute Wut ließ sie zittern, »der Seelen klaut, um sie an Fay-Viecher zu verfüttern. Das macht ihn sogar zu einem viel schlimmeren Monster als die Sluaghs, die bloß wie Tiere handeln.«

»Wolltest du nicht nach weiteren Büchern suchen, Emma?«, zischte Nessi verärgert. »Auf der anderen Seite der Bib sind ein paar Regale, die wir noch nicht durchforstet haben. Und wenn du schon dabei bist, kannst du dein erhitztes Gemüt gleich etwas abkühlen.«

Nessi wollte sie loswerden? Gut, sie hatte gerade auch keine Lust auf sie.

»Fein!«, zischte sie.

»Fein!«, erwiderte Nessi.

Wutentbrannt stampfte sie davon und ging durch die menschenleeren, teils dunklen Regalreihen bis ans andere Ende der kleinen Bib. Mit dem Finger fuhr sie die Buchtitel ab, doch in Gedanken war sie noch immer bei dem Streit. Die Titel auf den Buchrücken las sie gar nicht richtig. Je länger sie Zeit zum Nachdenken hatte, desto mehr wurde ihr klar, dass sie möglicherweise mit ihrer Freundin etwas zu hart ins Gericht gegangen war.

Gott, nicht nur möglicherweise. Sie fühlte sich mies, wollte aber auch nicht die gesamte Schuld auf sich nehmen, da das, was dieser Cathal machte, trotzdem unverzeihlich war. Aber Nessi hatte es nicht verdient, zur Zielscheibe ihres aufgestauten Zorns zu werden. Verdammt.

Sie seufzte laut, blinzelte und starrte auf das Buch, das sie unbewusst aus dem Regal gezogen hatte. Ohne sich anzusehen, um welchen Titel es sich handelte, stellte sie es in die Lücke zurück. Sie war gerade im Begriff, sich umzudrehen und zu Nessi zurückzugehen, als eine Bewegung am Ende des dunklen Ganges ihre Aufmerksamkeit erregte. In der Dunkelheit hatte sich irgendetwas bewegt.

»Hallo?«, fragte sie unsicher. »Ist da jemand?«

Als Antwort erhielt sie ein leises Knurren. Aus den Schatten schälte sich ein schwarzer, zotteliger Wolf, der die Zähne fletschte und leise grollte. Fuck. Der sah ganz genauso aus wie der Wolf Gmork aus ›Die unendliche Geschichte‹, vor dem sie sich als Kind immer so gefürchtet hatte. Wo kam der auf einmal her? Jetzt nur keine hastigen Bewegungen machen. Ihr Herz hämmerte in ihrer Brust, dennoch zwang sie sich dazu, Ruhe zu bewahren. Abgesehen davon, dass das Vieh die Zähne fletschte und knurrte, stimmte noch etwas anderes mit ihm nicht. Es schien, je näher es kam, seine Form zu verändern. Plötzlich lief es auf den Hinterläufen, die sich in menschliche Beine umformten.

Wegrennen, du solltest wegrennen, flüsterte eine Stimme in ihrem Kopf, doch sie war zu erstarrt, konnte nicht reagieren. Nach und nach wandelte sich der Wolf in ein menschliches Wesen um. Ein Werwolf? Dann erkannte sie, zu was er sich verwandelte.

Kein Mensch.

Ihr Herz setzte einen Schlag lang aus, um dann doppelt so schnell zu rasen. Sie leckte sich über die Oberlippe, schmeckte den salzigen Schweiß, der sich als dünner Film darüber gebildet hatte, und begann am ganzen Körper zu zittern. Sie vermochte sich nicht von der Stelle zu rühren. Sie konnte nichts weiter tun, als den Prinzen – ihren Prinzen – anzustarren.

Komm schon, Emma, flehte die Stimme in ihrem Kopf. *Komm schon, beweg dich!* Sie schaffte es nicht.

Sein kräftiger, unbehaarter Körper war inzwischen voll ausgebildet. Fahle, wachsartige Haut überzog die stahlharten Muskeln. Milchige Augen starrten sie mit diabolischem Vergnügen an und die Säbelzähne, so lang, dass er die dünnen, schwarzen Lefzen nicht um sie herum schließen konnte, verliehen ihm sein monströses Dauergrinsen.

Der Prinz hatte sie gefunden, und er war persönlich hergekommen.

Er stand jetzt direkt vor ihr. Sein fauliger Atem stieg in ihre Nase, als er sich vorbeugte und sanft eine Strähne zur Seite strich. Ihr Magen revoltierte bei dem Geruch. Ein Gestank, der furchtbare Erinnerungen auslöste. Sie würde ihm vor die Füße kotzen.

»Emma«, flüsterte er in ihr Ohr. »Ich habe dich vermisst.«

Ein eiskalter Schauer fuhr ihre Wirbelsäule hinab. Mit geschlossenen Augen und angehaltenem Atem sandte sie ein Stoßgebet zum Himmel und hoffte, dass das nur einer ihrer Albträume war. Das durfte nicht passieren. Nicht schon wieder. *Wach auf, wach auf!* Doch sie spürte seine Hände über ihren Körper streichen und wusste in dem Moment mit schmerzlicher Gewissheit, dass es sich um bittere Realität handelte.

Endlich erwachte sie aus ihrer Schockstarre und wollte schreien, doch er schloss seine widerliche, stinkende Hand über ihren Mund und zog sie gemeinsam mit sich auf den Boden.

»Sch-sch, meine Süße«, sagte er sanft. »Wehr dich nicht, du weißt, dass du gegen mich keine Chance hast.«

Tränen liefen ihr über die Wangen, ihr Atem stockte und ihr Herz raste. Er drängte sich zwischen ihre Beine, hielt sie in einem eisernen Griff. Er schnupperte an ihrem Hals und leckte mit seiner fleischigen Zunge feucht über ihre Wange. Wieder kroch Galle ihren Rachen hoch. Unter seiner Hand gab sie gedämpfte Laute von sich. Ihre Angst schien ihn zu erregen. Mit aller Kraft versuchte sie ihn abzuwehren und zu verhindern, dass er an ihre Hose gelangte, doch er schob mühelos ihre Hand zur Seite, öffnete Knopf und Reißverschluss und zog die Hose ein Stück über ihre Beine. Doch den Slip rührte er nicht an. Sie kämpfte einen erbitterten Todeskampf. Wenn er sie wieder vergewaltigte, würde sie das nicht überleben. Kein zweites Mal.

Mit seinem Gewicht hielt er sie am Boden gedrückt, während er ihr mit einer Hand den Mund zuhielt und mit der anderen an seiner eigenen Hose herumfummelte.

Sie zappelte, kratzte, schlug und trat ihn, wo auch immer sie ihn erwischte, doch er blieb davon absolut unbeeindruckt. Er hatte recht. Sie hatte keine Chance gegen ihn. Innerlich bereitete sie sich auf das Unvermeidliche vor. Woanders sein. Sich von ihrem Körper loslösen. Könnte sie Körper und Seele ein zweites Mal vereinen? Die Antwort lautete Nein. Wenn er sie vergewaltigte, wäre sie wahrhaft gebrochen.

Es dauerte ewig, er kostete das ›Vorspiel‹ voll und ganz aus, grunzte neben ihrem Ohr, streichelte sie am ganzen Körper und leckte mit seiner Zunge über ihre Lippen und die Nasenspitze. Das war viel schlimmer, als wenn er einfach zur Sache gekommen wäre. Noch drang er nicht ein, er rieb nur seine Erektion durch den Stoff seiner Hose gegen sie. Sie würgte. Während er ihre Brüste knetete, lockerte er den Griff um ihren Mund.

»NESSIIIIII!«, kreischte sie mit all der Kraft, die ihre Lungen hergaben. Neuer Lebenswillen schwappte durch sie hindurch. Rasch hielt er ihr wieder den Mund zu, doch es war zu spät. Sie hörte, dass Nessi zwischen den Regalreihen angerannt kam. Es würde gut werden, es würde gut werden. Dieser Gedanke hielt sie über Wasser.

»Emma, wo …«, rief Nessi und blieb wie erstarrt stehen, als sie sie entdeckte. Jegliche Farbe wich aus Nessis Zügen. Schockiert starrte sie auf den Prinzen hinab, dessen Aussehen sich abermals änderte. Er verwandelte sich in eine wunderschöne, anmutige Frau. Was zum …?

Seine fahle Haut bekam einen rosigen Schimmer, langes goldenes Haar wuchs wie im Zeitraffer aus seinem Kopf. Die seitlichen Strähnen waren zu Zöpfen geflochten und am Hinterkopf zusammengesteckt, sodass sie die Sicht auf eine spitze Ohrmuschel freigaben. Statt dünner schwarzer Lefzen wurden die Lippen zu rosigen, vollen Bögen. Die Gesichtszüge der Frau waren fein, geradezu filigran, und statt eines Muskelprotzes lag nun ein zarter, weiblicher Körper mit kleinen Brüsten und sanft gerundeten Hüften auf ihr.

Emma hatte sich nie für Frauen interessiert, doch die blonde Schönheit, die zwischen ihren Beinen lag, könnte mit ihrem Aussehen ganze Königreiche zu Fall bringen. Sie hatte keine Angst mehr. Sicher, es war etwas … befremdlich und merkwürdig intim, unter der Frau zu liegen, zumal die kleine, zarte Hand noch immer ihre Brust knetete, doch Angst empfand sie definitiv keine mehr.

Mit großen mitternachtsblauen Augen sah die Frau zu Nessi hoch. »Oh, Nessya«, sagte sie mit glockenklarer Stimme, doch schneidend scharf. »Wie siehst du nur aus? In dem Aufzug wagst du es, mir unter die Augen zu treten? Du solltest dich schämen.«

Nessis Hände zitterten. »Mutter … ich … ich …«

Mit einem schnalzenden Laut brachte die Frau Nessi zum Schweigen. Sie erhob sich, strich sich das feine hellblaue Gewand glatt und musterte Nessi mit abfälligem Blick von Kopf bis Fuß. »Hose und T-Shirt, ts-ts. Wie gewöhnlich. Und dein Haar. Was hast du nur mit deinem Haar gemacht?«

»Die … die Locken kommen schöner raus, wenn ich sie schulterlang und stufig schneiden lasse«, verteidigte sich Nessi kleinlaut.

Die Frau schüttelte wieder tadelnd den Kopf. »Und du glaubst, dass du deine Erscheinung damit aufwerten kannst?«

Nessi schaute zu Boden. »Ich … ich dachte …«

»Du *dachtest?*« Sie spie das Wort förmlich aus. »Das, meine Liebe, bezweifle ich. Du beschämst mich.«

»Es … es tut mir leid, Mutter.«

»Was tut dir leid?«

Als Tränen über Nessis Wangen rollten, zog Emma ihre Hose hoch, rappelte sich vom Boden auf und wollte etwas sagen, doch Nessis Mutter fuhr einfach fort.

»Was tut dir leid, Nessya? Dass du so gewöhnlich bist? So menschlich? Oder dass du mit dem Heerführer der Sluaghs ins Bett gehst?«

Mit geröteten, wässrigen Augen sah Nessi schockiert zu ihrer Mutter auf.

»Oh, ja«, sagte ihre Mutter. »Du hast ja dafür gesorgt, dass der gesamte Hof davon erfährt, und jeder über mich lacht. Ist es das, was du wolltest? Mich mit deinen Eskapaden vor allen blamieren? Als hättest du durch deine Geburt nicht schon genug Unheil angerichtet.«

»Nein, Mutter, ich schwöre, das war nie meine Absicht. Ich …«

»Sei still.« Mit einer Handbewegung brachte sie Nessi zum Schweigen und musterte sie erneut mit eiskaltem Blick. »Meine Tochter, ein Sluagh-Flittchen. Ja, so nennt man dich bei Hofe. Sluagh-Flittchen. Ich bin von dir enttäuscht. Du bist nicht länger meine Tochter.«

Nessi schlug die Hände vors Gesicht und schluchzte so heftig, dass die gestammelte Entschuldigung an ihre Mutter kaum zu verstehen war.

»Ich hätte dir einen Dolch ins Herz rammen sollen, statt es mit Gift zu versuchen. Das wäre sehr viel sicherer …«

Emma wurde es zu viel. »Jetzt reicht es aber mal, Lady«, zischte sie die Frau an und wandte sich an ihre Freundin. »Nessi, wieso zum Teufel sind der Prinz und deine Mutter ein und dieselbe Person?«

Nessi sah mit geröteten Augen zu ihr auf. »Was?«

»Wieso hat sich der Prinz in deine Mutter verwandelt?«

Im ersten Moment wirkte Nessi verwirrt, doch dann schien etwas in ihrem Kopf klick zu machen. »Natürlich! Weshalb bin ich nicht selbst darauf gekommen«, sagte sie und streckte die Hand nach der Frau aus. »Du bist nicht meine Mutter.«

Nessis Mutter – oder was auch immer zum Teufel dieses Ding war – betrachtete skeptisch Nessis ausgestreckte Hand, bewegte sich jedoch nicht. Bis Nessi sie berührte und sie zurücksprang, als hätte Nessi ihr einen Stromschlag von zehntausend Volt verpasst.

Noch bevor sie mit den Füßen wieder den Boden berührte, hatte sie ihre Erscheinung erneut verändert. Einzig die langen blonden Haare erinnerten noch an die alte Gestalt, doch so glatt und geordnet sie bei Nessis Mutter gewesen waren, so wild und zerwühlt erschienen sie bei diesem Wesen.

Es kauerte am Boden, männlich, wie es schien, mit heller Haut und riesigen Flügeln. Es sah zu ihnen auf und fauchte.

Seltsam. Dabei dachte Emma, dass sie Fay immer in ihrer normalen Gestalt sehen könne und sich extra auf die Blendzauber konzentrieren müsse. Sie versuchte den schrecklichen Prinzen unter der Illusion zu erspähen, doch da war nichts. Es schien sich um die wahre Gestalt des Wesens zu handeln. Das war weder Nessis Mutter noch der Prinz.

Seine Augen waren eisblau, die Pupillen elliptisch geformt wie bei einer Katze, doch die Flügel waren die eines Engels. Im Moment waren sie zu einer Drohgebärde um ihn herum ausgebreitet und gaben die Sicht auf wunderschöne weiße Federn frei, die am Rand eine goldene Musterung aufwiesen.

Emma hatte als Kind mal einen Habicht beobachtet, der einen kleinen Vogel gerissen und am Boden gefressen hatte. Sie hatte hingehen wollen, um sich das stolze Raubtier aus der Nähe anzusehen, doch der Habicht hatte einen Buckel gemacht, die Flügel ausgebreitet und sie angefaucht. Das hatte genügt, um sie auf Abstand zu halten.

Genauso verhielt sich jetzt auch dieses Geschöpf.

Wäre der Rest von ihm nicht so andersartig gewesen, hätte sie schwören können, vor einem biblischen Engel zu stehen. Doch seine Füße und Hände wirkten wie eine Mischung aus menschlichen Gliedmaßen und Vogelgreife. Mit einem letzten warnenden Fauchen sprang er zum geöffneten Fenster hinauf und entschwand in die Nacht.

»Was war denn das?«, fragte sie.

»Ich habe keine Ahnung, Emma. Der Prinz war das jedenfalls nicht – auch nicht meine Mutter –, denn die Blendzauber beeinflussen nur die Sinne. Nur mit Illusionen von Flügeln hätte er nicht wirklich fliegen können.«

Trotz der sachlichen Worte klang die Stimme ihrer Freundin merkwürdig hohl und monoton, sodass sie sich nach ihr umdrehte. »Alles okay, Nessi?«

Nessis Augen waren noch immer etwas geschwollen und rot. Sie zuckte mit den Schultern und nickte. »Ich weiß es nicht. Ich denke schon.« Sie wischte sich mit dem Handrücken Feuchtigkeit von der Wange. »Es wird schon, denke ich. Aber was ist mit dir?«

»Ich …« Sie schluckte schwer.

Die Wahrheit war, dass es ihr beschissen ging, Nessi sah allerdings selbst ziemlich mitgenommen aus. »Um ehrlich zu sein, könnte ich jetzt einen Muffin und einen Kaffee vertragen.«

Nessi stieß ein Lachen aus. Es klang etwas hysterisch. »Weißt du was? Lass uns zusammenpacken und zu meinem alten Starbucks gehen. Der hat noch auf. Ich gebe eine Runde Muffins und Kaffee aus. Was hältst du davon?«

Davon hielt sie verdammt viel, also packten sie alles zusammen, schlossen die Bib ab und begaben sich auf den Weg in die Westmoreland Street. Sie liefen eine Weile schweigend nebeneinander, bis Nessi sie aus ihren Gedanken riss.

»Natürlich habe ich irgendwie ein Problem damit«, sagte Nessi leise, und sie begriff sofort, dass das die Antwort auf ihre Frage von früher an diesem Abend war, bevor sie sich gestritten hatten. »Seelen zu rauben ist schrecklich, keine Frage. Aber manchmal … manchmal bin ich mir da auch wieder nicht so sicher. Ich weiß manchmal nicht mehr, was richtig und was falsch ist, Emma.«

»Was meinst du damit?«

Nessi sah sie an. »Ein Mann, der neue Lebensgefährte einer Frau, hat ihr neun Monate altes Baby mit einer Haarbürste missbraucht …«

»Oh Gott«, flüsterte sie.

Nessi fuhr fort. »Das Baby musste operiert werden und einen künstlichen Darmausgang bekommen. Es wird niemals ein normales Leben haben und normal aufwachsen können. Die Ärzte werden diese OP, bis es erwachsen ist, regelmäßig wiederholen müssen. Der Mann hat acht Jahre bekommen, aber nach fünf Jahren war er wegen guter Führung wieder draußen. Fünf Jahre verglichen mit dem zerstörten Leben eines unschuldigen Menschen. Irgendwie stimmt die Rechnung nicht.«

Als sie bei Starbucks angekommen waren, gingen sie nicht gleich hinein. Stattdessen sah sie Nessi an. Sie fühlte sich etwas schlecht.

»Und wo ist dieser Mann jetzt?«, fragte sie leise.

»Tot. Cathal hat seine Seele an die Sluaghs verfüttert«, antwortete Nessi. »Die Antwort ist: Ich weiß es nicht, Emma. Ich weiß nicht, wie ich fühlen oder darüber denken soll. Bin ich froh, dass der Typ weg ist? Dass er einem Kind oder einem Erwachsenen nie wieder etwas Schreckliches antun kann und – falls es so etwas wie Reinkarnation gibt – dass seine dunkle Seele vom Angesicht dieser Erde gefegt ist? Ja.« Ihre Freundin lachte schmerzlich auf. »Halte ich es für richtig, dass Cathal es sich herausnimmt, über diese Dinge zu entscheiden wie ein Gott?« Nessi zuckte etwas hilflos mit den Schultern.

Emma kaute auf ihrer Unterlippe, stieß Luft aus und nickte, bevor sie die Tür zu Starbucks öffnete.

»Doch«, sagte sie schließlich. »In dem Fall ist es richtig!«

Gemeinsam betraten sie das Café, und während sie an der Theke auf ihre Bestellung warteten, rief Nessi Cathal an, um mit ihm zu besprechen, wer oder was zum Teufel das gefederte Vieh war, das sie heute Abend angegriffen hatte.

Cathal mochte ein Fay sein, doch innerlich hatte Emma ihren Frieden mit ihm gemacht.

16

Das gefederte Vieh hieß Krystal, war der jüngere Halbbruder des Prinzen – also ebenfalls ein Unseelie-Prinz – und nahm die Form derer an, die seine Opfer am meisten fürchteten. Er hüllte sich in keine Illusion, er wurde zur Angst, daher hatte Emma auch nicht durch einen Blendzauber hindurchblicken können. Blöd für ihn, dass er durch Nessis Berührung mit seiner eigenen Angst konfrontiert worden war. Cathal hatte erzählt, dass es so gut wie nichts gab, was die Fay mehr fürchteten als die vier Heiligtümer: das Schwert, das Gefäß, ein Becher des Vergessens und ein Speer – die beiden Letzteren waren noch immer verschollen.

Den jungen Prinzen, wie Krystal genannt wurde, sah man nur selten in seiner wahren Form, meist trat er in der Angst von irgendjemandem auf. Nessi und sie dürften sich also geehrt fühlen. Sie wusste ja nicht, wie Nessi darüber dachte, aber wenn man sie fragte, würde sie sagen: Scheiß auf die Ehre. Auf den Horrortrip hätte sie gern verzichtet.

Nessi stand mit Rucksack über der Schulter und Jacke bekleidet ›ready-to-go‹ im Flur und sah sie besorgt an.

»Und du bist sicher, dass du alleine klarkommst?«

Sie lehnte sich in den Rahmen der Küchentür und nippte an ihrem zweiten Kaffee. Und dabei war es noch nicht mal acht Uhr morgens.

»Ich werde es überleben.«

Sie ließ es ungezwungen klingen. Eigentlich hatte sie sagen wollen: *Klar, mach dir keine Sorgen* oder so etwas in der Art, aber das wäre gelogen und es war ihr mal wieder nicht über die Lippen gekommen. Fay konnten auch nicht lügen. Inzwischen befürchtete sie, dass diese ganze Feenkuss-Sache mit Nebenwirkungen verbunden war. Was, wenn Fay-Eigenschaften auf sie abgefärbt hatten? Was könnte sich noch verändern? Würde sie irgendwann mit zusätzlichen Gliedmaßen oder in veränderter Form aufwachen? Schreckliche Bilder von Kafkas ›Die Verwandlung‹ huschten durch ihren Kopf. Sie als Megakäfer, hilflos auf dem Rücken liegend und zappelnd mit sechs dünnen Beinchen. Ihr schauderte.

»Bist du sicher?«, fragte Nessi. »Ich kann die Uni auch ausfallen lassen. Schade, dass Jada heute früh in den Flieger musste. Eigentlich hätte sie freigehabt, aber eine Kollegin ist krank geworden und …«

»Nein, nein, geh nur. Ich brauche keinen Babysitter.«

Zum Glück hatte sie wenigstens das sagen können, ohne in Atemnot zu geraten. Dennoch wechselte sie lieber schnell das Thema. Musste schließlich nicht jeder mitbekommen, dass sie nicht mehr lügen konnte. Sie zog es vor, das noch etwas für sich zu behalten.

»Ich verstehe es aber nicht so ganz, Jada hat doch mal einen Kurs als Rettungsassistentin gemacht. Außerdem hat sie drei Uni-Abschlüsse.«

»Ja. In Philosophie, Afrikanistik und Ethnologie.«

»Genau, aber wieso hat sie im letzten Jahr dann noch eine Ausbildung zur Flugbegleiterin gemacht?«

»Öhm«, Nessi lächelte breit, »weil sie Abschlüsse in Philosophie, Afrikanistik und Ethnologie hat? Als Rettungsassistentin wollte sie nicht mehr arbeiten, weil sie mit den hierarchischen Krankenhausstrukturen nicht zurechtkam. Immerhin hat sie jetzt wieder einen Job.«

»Stimmt auch wieder. Wann bist du denn heute zurück?«

Nessi öffnete den Mund zur Antwort, wurde jedoch von der scheppernden Türklingel unterbrochen.

»Erwartest du Post?«

Als sie mit dem Kopf schüttelte, ging Nessi zur Tür, spähte durch den Spion und fuhr dann wieder zu ihr herum.

»Ich sehe nur einen älteren Mann«, flüsterte sie. »Aber meine Haut fühlt sich an, als würden Ameisen rüberlaufen.«

»Was bedeutet das?«

»Fay«, erwiderte Nessi.

Ihr Herz sank ein paar Etagen tiefer. »Welcher?«

»Keine Ahnung, er oder sie hat sich in einen Blendzauber gehüllt, ich kann nur spüren, dass es einer ist. Cathal ist es nicht, der wählt immer eine attraktive Erscheinung.«

Es klopfte. Nessi fuhr zusammen.

»Wenn er oder sie ein Unseelie ist, kann er oder sie nicht rein«, flüsterte sie. »Und ich denke nicht, dass der Unseelie-Prinz einen Seelie beauftragen kann. Sollen wir uns trotzdem tot stellen?«

Noch während sie abwog und diese Möglichkeit ernsthaft in Betracht zog, hörte sie eine dunkle Stimme durch die Tür hindurch.

»Ich kann hören, dass ihr da seid.«

»Mist«, zischte Nessi, drehte sich wieder um und legte die Hand auf die Klinke. Nessi warf ihr über die Schulter einen raschen, entschuldigenden Blick zu, bevor sie mit ausreichend Abstand die Tür öffnete.

Der Exgott des Todes, Tadhg, stand davor und nickte höflich. Die Illusion des alten Mannes sah sie nicht, aber bei ihr standen die Dinge ohnehin auf dem Kopf. Als Feengeküsste war sie angeblich immun gegen Magie. Doch warum hatte Krystal sie gestern dennoch eiskalt erwischen können? Und warum konnte Tadhg überhaupt Blendzauber wirken? Hatte er nicht erzählt, dass diese Königin ihm seine Magie irgendwann einmal weggenommen hatte?

»Ich bin froh, Euch anzutreffen, Lady Nessya«, sagte er. »Wir haben einige Dinge zu besprechen.«

Nessi machte einen vorsichtigen Schritt vor, streckte den Arm so weit sie konnte aus und legte die Hand auf seinen Oberarm. Außer dass Tadhg etwas irritiert wirkte und ihre Hand skeptisch beäugte, reagierte er nicht weiter auf diese seltsame Aktion.

Nessi zog die Hand wieder zurück. »Entschuldigt, ich wollte nur sichergehen, dass Ihr auch der Richtige seid.«

»Gibt es denn einen Falschen?«

»So ähnlich. Ihr hättet einer der Prinzen sein können.«

Seine Augenbrauen hoben sich. Er verschränkte die Arme vor der Brust und betrachtete Nessi, als hätte sie nicht mehr alle Tassen im Schrank.

»Wir wurden gestern Nacht von einem der Prinzen angegriffen«, erklärte sie.

»Ah.« Sein Blick wurde etwas neutraler, aber nur etwas. »Sicher nicht Uisdean und Nassaïr bestimmt auch nicht. Krystal?«

Nessi nickte. »Genau. Woher wusstet Ihr das?«

»Uisdean wird einen Teufel tun und seine Feengeküsste selbst aufsuchen, und weil ihr beiden, zumindest aber eine von euch, nicht mehr leben würde, wenn ihr auf Nassaïr getroffen wärt. Krystal tötet nicht, er terrorisiert nur. Das allerdings meist so lange, bis seine Opfer sich selbst das Leben nehmen. Außerdem ist es einfacher, Krystal zu überzeugen, etwas für einen zu tun, zudem ist er umgänglicher. Ich könnte mir vorstellen, dass Uisdean erst Krystal um einen Gefallen bitten würde, bevor er sich an Nassaïr wendet. Nichtsdestotrotz bin ich überrascht, wie schnell Uisdean jemand anderes für die Aufgabe beauftragt hat. Ich wusste, dass er schnell einen Ersatz für mich suchen würde, so schnell hätte ich jedoch nicht gedacht. Doch ich habe den Eindruck, Euch aufzuhalten. Wart ihr gerade im Begriff zu gehen?«

»Ähm«, Nessi checkte ihr Handy, »ja, ich fürchte, ich muss gleich los. Wenn Ihr grob umreißen könntet, worum es geht, oder mit anderen Worten: Seid Ihr gekommen, um Emma zu töten?«

»Nein. Ich bin gekommen, um Euch mitzuteilen, dass ich Eure Bedingungen akzeptiere.«

Er hatte seine mittelalterlich wirkende schwere Feenrüstung gegen bequeme schwarze Jeans und ein edles schwarzes Hemd getauscht. Mit seinem pechschwarzen Haar und der weißen Haut bildete er in dieser Kombination eine äußerst interessante und – auch wenn Emma es nur ungern zugab – recht attraktive Erscheinung, wenn doch nur diese roten Augen nicht wären. Sein Gesicht bestand aus lauter Ecken und Kanten. Seine Nase war schmal und vollkommen gerade, wie im Origamistil gefaltet. Ihr fiel auf, dass er einen guten Dracula abgeben könnte, komplett mit transsilvanischem Akzent und so, der auf charmante Weise Frauen verführte, um ihnen den tödlichen Kuss zu geben und sie bis zum letzten Tropfen auszusaugen.

Nessi wandte sich ihr zu. »Hey, das sind doch mal gute Neuigkeiten, nicht wahr, Emma? Er …«

»Ich habe gesagt, dass ich ihn nicht in der Nähe haben will«, fauchte sie scharf und umklammerte mit beiden Händen ihre Tasse. »Ich will seine Hilfe nicht, das meine ich auch so!«

»Emma, sei vernünftig. Je mehr Allianzen wir schließen, desto …«

»Ich habe Nein gesagt!«

Ja, es war kindisch, aber sie stampfte mit dem Fuß auf. In dem Moment merkte sie, dass Tadhg sie langsam von unten bis oben musterte. Er begann bei ihren Füßen, die in bunten Ringelsocken steckten, fuhr mit dem Blick langsam über ihre nackten Beine und die hellblauen Nikki-Hotpants bis hoch zu dem dazu passenden Sweater, auf dem quer über die Brust mit Glitzersteinchen ›Princess‹ stand – ihr alter Schlafanzug. Er schaute sie nicht anzüglich oder lüstern an, eher verächtlich und abfällig.

So wie er sie betrachtete, hätte sie genauso gut wie Peggy Bundy aussehen können. Im fleckigen Morgenmantel, Lockenwickler im Haar und einer Fluppe im Mundwinkel, statt frisch geduscht in dem Nikki-Ensemble.

»Du bekommst meine Hilfe, ob du sie willst oder nicht«, sagte er streng.

Das brachte etwas in ihr zum Explodieren. Hatte sie sich nicht geschworen, sich nie wieder von einem dieser verdammten Fay herumschubsen zu lassen?

Auf dem Weg von der Küche durch das Wohnzimmer kam sie an dem kleinen antiquarischen Beistelltisch vorbei, der ihrer Oma gehört hatte. Darauf warfen sie immer Briefe, Schlüssel und anderen Kram. Auch der antike Brieföffner von Omi lag dort. Im Vorbeigehen stellte sie die Kaffeetasse drauf ab, griff nach dem Brieföffner und ging geradewegs auf den Fay zu.

Mal sehen, ob die Legenden bezüglich des Eisens stimmten. Ihre Wut ließ sie nur noch handeln, nicht mehr klar denken. Sie sah, dass Nessi die Waffe in ihrer Hand bemerkte und die Augen aufriss, doch da hatte sie sie schon zur Seite gestoßen und ausgeholt. Sie zielte auf sein Herz.

In ihrer Vorstellung war die Sache bereits vollbracht. Da rammte sie ihm den Brieföffner in die Brust, woraufhin er röchelnd und sterbend zu Boden ging. Sie wäre Siegerin. Die Töterin ihres ersten Fay.

Wie naiv diese Gedanken waren, begriff sie nur wenige Momente später.

Blitzschnell griff er nach ihrem Handgelenk, wirbelte sie herum und presste ihren Rücken an seine breite Brust, ihre Hände in einem eisernen Griff haltend. Das war so schnell gegangen, dass sie innerhalb von zwei Herzschlägen vom Angreifer zur Gefangenen geworden war. Er hielt sie fest, als steckte sie in einer Zwangsjacke.

Schlimmer noch, sobald sich der Nebel in ihrem Kopf lichtete und ihr Verstand langsam den Betrieb wiederaufnahm, bemerkte sie ihre verdrehte Hand, die den Brieföffner nun mit der Spitze voran über ihr eigenes Herz hielt.

»Nicht«, rief Nessi zur selben Zeit. Er hätte ihr Handgelenk nur mit einem kräftigen Stoß nach vorne bewegen brauchen und sie hätte sich praktisch selbst erstochen.

Eine Sekunde lang schien die Welt stillzustehen, eingefroren, die Spitze des Brieföffners vor ihrer Brust schwebend. Dann lockerte er seinen Griff, ließ sie jedoch nicht los. Während des Angriffs hatte er sie zu sich in den Flur gezogen, außerhalb der mit Anti-Unseelie-Runen geschützten Wohnung, während Nessi sie von der anderen Seite der Türschwelle aus schockiert anstarrte.

Sie spürte die Vibrationen seiner tiefen Stimme an ihrem Rücken, als er leise sprach. »Was hast du dir davon erhofft, wenn ich fragen darf?«

Sollte sie ihm die Wahrheit sagen? Machte es noch einen Unterschied?

»Ich wollte dich töten«, zischte sie und kämpfte gegen seinen Griff an.

Er lachte. Der Mistkerl lachte sie doch tatsächlich aus. Wütend versuchte sie sich zu befreien. Doch da war nichts zu machen.

»Hör auf, Emma, du tust dir nur selbst weh.« Er wirbelte sie zu sich herum und hielt sie, die Handgelenke fest umklammert, an sich gepresst, sodass sie nun gezwungen war, ihm ins Gesicht zu sehen. »Du magst die Faysucht besiegt haben, doch das war ein Kampf auf einer geistigen Ebene. Gegen mich und jeden anderen Fay bist du körperlich unterlegen. Gegen Uisdean«, bei dem Namen des Prinzen zuckte sie unwillkürlich zusammen, »hast du keine Chance. Nicht so, wie du eben vorgegangen bist. Vergiss das niemals.«

Bevor sie es verhindern konnte, stiegen ihr Tränen in die Augen, die sie angestrengt unterdrückte. Doch so nah vor ihm sah er es mit Sicherheit trotzdem.

»Ich verstehe deine Wut«, fuhr er mit tödlicher Ruhe fort. »Deshalb lasse ich dir das dieses eine Mal durchgehen. Aber greife mich noch ein einziges Mal an, und du wirst es bereuen. Hast du mich verstanden?«

Sein besonnener Tonfall erzeugte in ihrem Nacken eine Gänsehaut. Gegen seinen Körper gepresst, mit seinen Händen, die sie wie in einem

Schraubstock hielten, fühlte sie sich hilflos und ihm ausgeliefert. Sie wagte nicht einmal zu atmen und blieb vollkommen reglos.

»Hast du mich verstanden?«, wiederholte er leise.

Ihr Herz raste. Sie schluckte schwer und nickte. Erst dann ließ er sie los, jedoch nicht, ohne ihr vorher den Brieföffner abzunehmen. Mit dem Griff voran hielt er ihn ihr entgegen. Der Ausdruck auf seinem Gesicht war eiskalt und genervt. Er vermittelte klar und deutlich, dass er gerade eine riesengroße Ausnahme für sie gemacht hatte und jeden anderen im Normalfall nicht so einfach hätte davonkommen lassen. Zögerlich nahm sie ihm den Brieföffner ab.

Obwohl er ihr Angst machte, würde sie nicht klein beigeben und sich entschuldigen.

Ohne sie weiter zu beachten, wandte er sich an Nessi, die noch immer wie erstarrt hinter ihr in der Tür stand und die Szene mit weit aufgerissenen Augen beobachtet hatte.

»Wann können wir das Abkommen offiziell besiegeln, Lady Nessya?«

Emma war fassungslos. »Was? Nein, auf keinen Fall lasse ich zu, dass …«

»Schweig, Menschenmädchen. Deine Meinung in dieser Sache ist irrelevant.«

Ihre Faust schloss sich fester um den Griff des Brieföffners, doch was sollte sie machen? Sie warf ihrer Freundin einen flehenden Blick zu, den diese mit einem entschuldigenden Schulterzucken erwiderte.

»Sorry, Emma«, sagte Nessi kopfschüttelnd.

»Wenn du das tust«, presste sie durch zusammengebissene Zähne hindurch und zeigte mit vor Wut zitternder Hand auf den Fay, »wenn du auf den Deal eingehst, obwohl ich klar gesagt habe, dass ich das nicht will, dann … dann …« Sie wollte sagen, ›dann werde ich dir das niemals verzeihen‹, aber es klappte nicht. Also versuchte sie es mit ›dann sind wir die längste Zeit Freundinnen gewesen‹, aber auch das wollte ihr nicht über die Lippen kommen. Also entschied sie sich für: »… dann werde ich für den Rest des Tages kein Wort mehr mit dir reden, Nessi!«

Nessi stieß hörbar Luft aus. »Emma, ich hasse es, dich zu übergehen, aber was bringt es uns, wenn du deinen Willen bekommst und tot bist? Ich bin diejenige, die mit der Schuld zurückbleibt, weil ich eigentlich etwas hätte tun können. Nein, Emma«, Nessi schüttelte den Kopf, »das kann ich nicht zulassen. Wenn du deswegen sauer auf mich sein willst, bitte.« An Tadhg gerichtet sagte sie: »Ich hätte gerne Cathal dabei, wenn wir den Deal offiziell machen. Heute habe ich keine Zeit, aber wenn es Euch recht ist, komme ich morgen Abend kurz in den Síd ins Sluagh-Territorium.«

Was immer die beiden danach besprachen, bekam Emma nicht mehr mit, weil sie in die Wohnung zurückstampfte und sich mit einem lauten Knall in ihr Zimmer einschloss. Sie vergrub das Gesicht in ein Kissen und schrie ihren ganzen Frust hinein.

Danach ging es ihr ein klein wenig besser.

17

Später am Nachmittag ging sie ins Bad, um sich etwas zurechtzumachen. Seit über einem Jahr war sie nicht mehr alleine draußen unter normalen Menschen gewesen. Einerseits hatte sie das Gefühl, dass ihr hier die Decke auf den Kopf fiel, andererseits war sie sich nicht sicher, ob sie sich schon allein hinaustraute. Daher verbrachte sie über eine Stunde damit, sich zu schminken und die Haare zu glätten.

Bei dem dichten Nebel, der draußen herrschte, eigentlich für die Katz. Nach spätestens fünf Minuten würden ihre Haare sowieso wieder so aussehen, als wäre sie zwei Wochen in der Wildnis verschollen gewesen. Aber so konnte sie sich Zeit geben, um sich innerlich auf ihr Vorhaben vorzubereiten.

Eine Stunde später ging sie in ihr Zimmer und zog sich um, dann schlüpfte sie in ihren warmen Daunenmantel, nahm die Schlüssel und knipste das Licht aus, bevor sie vorsichtig in den Flur spähte. Leer. Weit und breit keine Todesgötter oder sonstige Fay zu sehen. Sie zog ihre Stiefel an und verließ das Haus.

Okay, es war jenseits von nebelig. Man sah kaum die eigene Hand vor Augen. Nebel hatte sie nie gemocht, das hatte sich bei der neuen, ernsteren Version von ihr auch nicht geändert. Bei dem Wetter wirkte alles grau, verwahrlost und trist. Dieselbe freundliche Wiese, auf der Insekten unter Sonnenschein ihren Frühlingstanz aufführten, konnte im Nebel unheilvoll und bedrohlich aussehen. Wenigstens war die Nacht noch nicht hereingebrochen, als sie auf dem dreißigminütigen Fußmarsch zum nächsten Pub durch das Viertel lief. Auf ihrem Weg war sie bisher drei anderen Leuten begegnet, die mit ins Gesicht gezogener Kapuze an ihr vorbeigehuscht waren, um kurz darauf wieder von dem Nebel verschluckt zu werden.

Vielleicht war es doch keine so gute Idee gewesen, ausgerechnet heute die Wohnung zu verlassen. Allein. Sie musste sich jetzt ungefähr auf der Mitte zwischen Wohnung und Pub befinden. Entweder lief sie zurück oder sie führte ihr Vorhaben bis zum Ende durch. *Komm schon*, redete sie sich selbst gut zu, *du schaffst das, du bist nicht mehr das Weichei von früher!* Herrgott, es handelte sich doch nur darum, in einen Pub zu gehen und etwas zu trinken. Seufzend setzte sie ihren Weg fort. Wie erwartet, kräuselte sich aufgrund der Feuchtigkeit die oberste Schicht ihrer Haare und schwebte wie eine Wolke um ihren Kopf.

Trotz des Wetters war es für einen Wochentag ungewöhnlich still und einsam. Ein merkwürdiges Gefühl breitete sich in ihrer Magengegend aus. Mehrmals musste sie das Bedürfnis unterdrücken, zurückzurennen. Sie wusste, dass sie nicht im besten Viertel Dublins wohnte, dass hier Gangs herumliefen und Geschäfte wegen der miesen Bedingungen entweder irgendwann weiterzogen oder Bankrott machten. Doch während sie das menschenleere Viertel durchquerte, wuchs eine böse Vorahnung in ihr heran. Es handelte sich nicht nur um die typische Trostlosigkeit des Dolphin's Barn, noch etwas anderes lag in der Luft. Es war verlassener, ruhiger als sonst. Möglicherweise lag es am dichten Dunst, dass außer dem Echo ihrer Schritte kein weiteres Geräusch zu hören war, aber so richtig glaubte sie nicht daran. Nein, etwas anderes war hier ganz gewaltig faul und damit meinte sie nicht den Müllgestank, der aus den Nebenstraßen drang.

Die Gegend fühlte sich an wie … sie. Wie die Leere und Bitterkeit in ihrem Herzen. Düster und freudlos. Das Viertel fühlte sich an, als wäre ihm jegliches Glück entzogen worden. Jedenfalls das wenige, das es besessen hatte.

Sie blieb stehen, atmete mehrmals tief durch, damit sich ihr hämmerndes Herz beruhigte, und entließ die Luft langsam aus ihren Lungen. Kondenswölkchen bildeten sich vor ihrem Mund und machten ihre Lippen und die Nasenspitze noch klammer. Mit dem Rücken prallte sie auf einmal gegen etwas, das sich wie eine Stahlwand anfühlte. Eine große Hand schloss sich über ihren Mund und erstickte ihren Schrei. Ihr Herz raste wie verrückt los.

»Keine Angst, ich bin's«, raunte eine dunkle Stimme neben ihrem Ohr, bevor er die Hand gleich wieder von ihrem Mund löste. Sie brauchte einen Moment, um zu realisieren, wer ›ich bin's‹ war. Der Todesgott.

»Gott, du hast mich zu Tode erschreckt.« Ihr Herz schlug in ihrer Brust wie ein Presslufthammer.

Inzwischen stand er neben ihr, um seine Mundwinkel ein leichtes Lächeln. Er sah aus, als amüsierte er sich über einen Witz, der ihr entging. Was immer es war, er behielt es für sich.

»Ich nehme an, dass du nicht zufällig hier bist?«

»Deine Annahme ist korrekt. Ich …« Irgendetwas schien seine Aufmerksamkeit zu erregen. Während er schräg nach oben zum Himmel sah, packte er sie plötzlich grob am Arm und zog sie an sich. Obwohl seine Hand nun auf ihrer Hüfte lag, fühlte sich die Berührung nicht innig oder vertraut an, mehr, als wollte er sie beschützen. Dennoch empfand sie es als zu nah und stemmte sich automatisch gegen ihn, bevor sie seinem Blick folgte. Im Dunst erspähte sie eine Silhouette auf einem der Dächer.

Um besser sehen zu können, kniff sie die Augen zusammen, doch sie erkannte erst richtig, um wen es sich handelte, als er vom Dach sprang und mit ausgebreiteten weißgoldenen Engelsflügeln vor ihnen auf der Straße landete. Er federte sich geschmeidig ab und stand dann aus der Hocke auf, bevor er sie mit seinen eisblauen Katzenaugen fixierte.

Jeder Muskel in ihrem Körper spannte sich an, machte sie bereit für die Flucht. Doch statt zu rennen, schmiegte sie sich an Tadhgs Körper. Sie machte sich nichts vor, einem geflügelten Fay könnte sie niemals entkommen und sie musste sich eingestehen, dass er ihr … ja, Sicherheit gab.

»Keine Angst, Emma«, sagte Tadhg sanft. »Ich habe geschworen, dich zu beschützen.«

»Aber das Abkommen ist doch noch gar nicht offiziell«, wisperte sie.

»Ich halte meine Versprechen und bin überzeugt, dass das Gefäß das ihre ebenfalls ehrt.«

Krystal hatte jedoch bereits begonnen, sich in ihre Angst zu verwandeln. Ganz gleich, welche Versprechen Tadhg ihr gab, sie prallten an ihr ab. Panik beherrschte ihren Verstand. Sobald die Transformation abgeschlossen war und Prinz Uisdean sie angrinste, vergrub sie das

Gesicht an Tadhgs Brust und krallte die Finger fester in den Muskel seines Armes.

Das stehst du durch, das stehst du durch! Langsam ein- und ausatmen …

Das Mädchen zitterte wie eine junge Braut vor der Hochzeitsnacht. Tadhg blickte auf Emmas roten Schopf und versuchte sie zu beruhigen, doch mit dem Gesicht an seiner Brust vergraben, murmelte sie unverständliches Zeug vor sich hin und schien ihn nicht länger wahrzunehmen.

Seitdem sich Krystal in seinen eigenen Halbbruder verwandelt hatte, klammerte sie sich an ihm fest, als hinge ihr Leben davon ab. Ihn überraschte ihr Verhalten. Er hatte sich darauf eingestellt, sie wie ein in Panik geratenes Huhn in Schach halten zu müssen, und das hätte Krystals Macht nur weiter angeschürt. Doch sie versuchte ihre Angst zu kontrollieren, statt von ihr beherrscht zu werden. Ihm war beim ersten Treffen bereits aufgefallen, dass in ihrer Brust das Herz einer Löwin schlug. Stark, voller Zorn und Aggressivität, angeheizt durch den Frust und die Qualen, die sie hatte durchstehen müssen. Gestärkt durch den Sieg aus der Faysucht.

Doch während sie sich an ihn drückte, fiel ihm zum ersten Mal ihre Zartheit und Zerbrechlichkeit auf. Ihr Gesicht glich dem einer Porzellanpuppe, während ihr Körper alles andere als kindlich wirkte. Kein Wunder, dass Uisdean auf sie aufmerksam geworden war. Viel erstaunlicher fand er, dass sie nicht viel früher das Interesse eines Fay erregt hatte. Die weichen Rundungen ihrer Hüften und vollen Brüste waren die einer erwachsenen, sinnlichen Frau, wie er heute Morgen kaum hatte übersehen können. Selbst Seelie könnten sich für einen Menschen von ihrem Schlag begeistern, und die erwählten nur die schönsten und hervorstechendsten unter ihnen.

Er selbst hatte jedoch nie viel für den Typus ›zarte Blume‹ übrig gehabt. Seine Gefährtinnen waren stets Kriegerinnen gewesen. Dennoch war auch er nicht unempfänglich dafür, wenn sich ein so zartes Wesen an ihn schmiegte und seine Hilfe benötigte.

»Das ist nicht echt, Emma«, sagte er, während Krystal als Uisdean auf sie zugeschlendert kam. Die Hand des Prinzen steckte in seiner Hose, während er sich selbst massierte. Allein dafür wollte er ihm die grinsende Fresse polieren, doch solange der Prinz nicht handgreiflich wurde, rechtfertigte nichts einen Angriff gegen ihn. Er projizierte lediglich Emmas größte Angst.

»Emma.« Er packte sie an den Schultern und schüttelte sie sanft. Was für ein zartes Geschöpf sie doch war. »Das ist nicht echt, hörst du, das befindet sich nur in deinem Kopf.«

Zwei weitere Male musste er die Worte wiederholen, bevor sie verwirrt zu ihm hochblinzelte.

»Was?« Mit ihren riesigen grünen Augen starrte sie ihn an. Die Iriden bestanden aus zwei Ringen. Einem breiten, helleren um die Pupille herum und einem schmalen, dunkleren am Rand. Er hatte keinen Schimmer, weshalb ihm das gerade jetzt auffiel, vielleicht, weil in dem Moment ein Verständnisfunke in ihren Augen aufblitzte. Er hatte es geschafft, durch den Schleier der Angst in ihren Verstand zu dringen und sie aus der Schockstarre zu befreien.

Sie versteifte sich, sog scharf Luft ein und stemmte sich von ihm weg, als sie ihn richtig ansah. Offenbar hatte sie gerade realisiert, an wen sie sich klammerte. Ihre ablehnende Reaktion störte ihn mehr, als sie sollte. Die rosige Farbe ihres Gesichtes war völlig verschwunden, ihre Haut wirkte farblos, geradezu durchscheinend. Selbst aus ihren Lippen war jegliche Farbe gewichen.

Krystal, in Uisdeans Erscheinung, stand inzwischen direkt vor ihnen und beobachtete sie. Ansonsten tat er nichts. Das war typisch für ihn. Er wartete ab, ließ sich auf seine Opfer ein, um ihre tiefsten Ängste aus ihren Köpfen pflücken zu können. Ihn schien zu verwirren, dass sich Emma nicht nur vor Uisdean, sondern generell allen Fay zu fürchten schien. Dass sie sich sogar vor Tadhg fürchtete, während sie sich gleichzeitig absichernd an ihm festhielt.

Emma wandte sich von ihm ab, drehte sich langsam dem Prinzen zu und murmelte: »Du bist nicht echt, du bist nicht echt …«

Mit ihren kleinen Fingern umklammerte sie weiterhin sein Handgelenk. Noch ein paar Mal wiederholte sie den Satz, bevor sich Krystal in seine ursprüngliche Form zurückverwandelte. Die Kleine hatte es geschafft.

Zu behaupten, dass Krystal anders tickte, wäre die Untertreibung der Epoche gewesen. Wer wusste schon, was in seinen verqueren Gehirnwindungen vor sich ging? Doch als der Prinz seinen Blick von Emma abwandte und stattdessen ihn ansah, meinte er so etwas wie Frust in seinen Zügen erkennen zu können. Mit einem lauten Schlag breitete Krystal die Flügel zu ihrer Gesamtspannweite aus und funkelte ihn zornig an. Verdammter Angeber. Versuchte er ihn vor dem Menschenmädchen herauszufordern? Ihn, den Gott des Todes?

Dann begriff er, wofür diese Aktion gut war. Der Prinz hatte ihn abgelenkt und dazu gebracht, seine geistigen Schilde herunterzulassen. Als ihm das bewusst wurde, war es zu spät.

Er stand weit oben auf einem schmalen Bergvorsprung. Mit dem Rücken drückte er sich gegen die Steinwand des Berges und sah in den Abgrund, der sich vor ihm auftat. Die Bäume am Boden erschienen nicht größer als grüne Stecknadelköpfe, so tief ging es hinab. Stürmischer Wind pfiff ihm um die Ohren. Wenn er nicht achtgab, könnte ihn ein Stoß vom Wegesrand in die Tiefe fegen. Er tastete die Wand nach irgendetwas zum Greifen ab. Aus dem Stein wachsendes Gras oder Vorsprünge in der Wand, doch unter seinen Fingern bröckelten nur lose Steinchen und rieselten hinab. Der schmale Weg, auf dem er und das Mädchen standen, war kaum breiter als die Länge seiner eigenen Füße. Krystal schwebte mit seinen ausgebreiteten Flügeln vor ihnen über dem Abgrund und wirkte zufrieden mit der Welt. Elendiger Prinz.

Ausgerechnet an diesen Ort hatte er ihn verfrachten müssen. Theoretisch wusste er, dass es sich nicht um die Wirklichkeit handeln konnte. Krystal beherrschte nicht die Fähigkeit zur Teleportation, er manipulierte nur den Verstand seiner Opfer.

Oder vielleicht doch?

Während er sich auf den Abgrund konzentriert hatte, hatte er seinen Schützling vollkommen vergessen.

Verdammt, sei ein Mann!

Er blickte zu Emma, die, weil sie kleiner und schmaler war als er, viel bequemer auf dem Weg stehen konnte. Im Gegensatz zu ihm wirkte die zarte Menschenfrau jedoch ganz und gar nicht so, als würde sie Höllenqualen durchstehen.

Ihm fiel ihr Gesichtsausdruck auf. »Was ist so lustig?«, zischte er.

»Oh. Mein. Gott«, stellte sie amüsiert fest. »Du hast Höhenangst.«

»Ich habe vor gar nichts Angst«, fuhr er sie an. »Vor nichts und niemandem!«

»Ach?«

Aus dem Augenwinkel sah er sie lächeln, während er den Abgrund kritisch beäugte.

»Ich bin möglicherwiese ein klein wenig Höhenskeptisch.«

»Aha«, erwiderte sie, klang jedoch nicht überzeugt. Ihre roten Strähnen wirbelten in dem Wind wild umher und sahen aus, als würden sie um ihren Kopf herum einen Flammentanz aufführen. Sie lehnte sich vor und spähte hinab.

Sein Herz rutschte ein paar Etagen tiefer. »Bei den Mächten des Síd, Emma. Tu das nicht.« Es kostete ihn all seine Kraft und Überwindung, die Hand von der Wand zu nehmen, um sie zurückzuziehen. Er würde es nicht aushalten, hilflos mit ansehen zu müssen, wie sie in die Tiefe stürzte. Im Gegensatz zu ihm damals würde sie den Sturz nicht überleben.

Der elendige Prinz würde ihr nicht helfen. Er würde dem fallenden Mädchen vermutlich mit demselben gleichgültigen Blick hinterhersehen, den er jetzt aufgesetzt hatte. Absolut unbewegt schwebte er vor ihnen, schien das Schauspiel jedoch zu genießen.

»Du weißt, dass das nicht echt ist, oder?«, fragte sie. »Dass das hier nicht Realität ist, sondern ein Bild aus deinem Kopf. Das hast du mir eben selbst noch erklärt. Wo sind wir hier überhaupt?«

Ein starker Windstoß erwischte ihn seitlich, sodass er fast das Gleichgewicht verlor. Er schloss die Augen und schluckte schwer.

»Im Síd. Auf der Unseelie-Seite, auf dem Berg des Verderbens.«

»Ihr habt einen Berg, der Berg des Verderbens heißt? Klingt aber nicht sehr einladend.«

»Ich nenne ihn so.« Er atmete tief durch und öffnete wieder die Augen. »Eigentlich sind das die unendlichen Highlands.«

»Aha.«

Wie kam es nur, dass das Mädchen so gelassen blieb? Viel gelassener als er, dabei war er der Mann, der Beschützer. Der Gott!

Und sie nur eine zarte Menschenfrau.

Sie lehnte sich wieder etwas vor. Den passiven, vor ihr schwebenden Prinzen ignorierte sie völlig, während dieser den Kopf schräg legte und sie interessiert beobachtete.

»Was ist das da hinten, das wie Barbies Traumhaus aussieht?«

»Seelie-Territorium. Das Reich der Sylphen.«

Von hier aus hatte man eine gute Aussicht auf den Síd, der sich wie eine Landkarte vor ihnen erstreckte. Zudem war die Luft klar. Nebel, wie in der Menschenwelt, kam nur selten vor. Ganz im Westen, abgetrennt von der Bergkette des Berges Holn, in dem die Kobolde hausten, bei den Kalksteinhöhlen, lebten die Sluaghs. Zwei kreisten gerade wie Drachen territorial über ihrem Gebiet, als würden sie einen Kontrollflug machen. In regelmäßigem Abstand trug der Wind das schwere, dumpfe Schlagen ihrer Schwingen zu ihnen herüber. Auf der anderen Seite der Berge erstreckten sich die Dark Woods, in dem die Unseelie- und Seelie-Territorien ineinander übergingen. Das Reich der Sylphen schloss direkt am Rand des Waldes an. Als Emma nachfragte, beschrieb er ihr das Gebiet.

»In diesen Wäldern musst du aufpassen. Abgesehen von den Einhörnern, leben dort die niederen und mittleren Fay-Kasten – Seelie wie Unseelie – und für einen Menschen, der die Regeln nicht kennt, kann es schnell gefährlich werden und meist tödlich enden.«

»Auch bei den Seelie?«, fragte sie nach.

»Natürlich auch bei den Seelie. Einige der hinterlistigsten Kreaturen, die ich je kennengelernt habe, hausen dort.«

Sie zuckte mit den Schultern. »Ich dachte, dass das die netten, uns wohlgesonnenen Fay sind.«

Er warf ihr einen Seitenblick zu und seufzte. »Königin Siobhánns Image-Kampagne scheint selbst Jahrhunderte später noch Erfolg zu haben.«

Sie musterte ihn skeptisch und schien nachhaken zu wollen, entschied sich dann aber offenbar für eine andere Frage.

Mit dem Finger zeigte sie nach Osten, zu dem Tal, das hinter den Diamanthügeln lag und streng bewacht wurde. Ohne Runen vermochte man die Schlucht nicht zu betreten und selbst in dem Waldstück der Dark Woods – der einzigen Stelle, an der das Gebiet der Elfen frei zugänglich gewesen wäre – waren bis an die Zähne bewaffnete Wachen aufgestellt. »Und das da hinten?«

»Dort leben die Elfen.«

Sie seufzte. »Es sieht traumhaft aus.«

Dazu sagte er nichts. Dass der äußere Schein trügen konnte, musste er einem feengeküssten Menschen nicht erklären. Den Tunnel des Vor-Síd, der einen entweder ins Seelie- oder Unseelie-Gebiet brachte, sah er im Moment nicht, doch der wanderte ohnehin ständig umher.

Sie knabberte auf ihrer Unterlippe herum. Ihre Lippen bestanden aus sinnlichen, gerundeten Bögen. »Und … und wo befinden sich diese Spiegel?«

Die Traurigkeit in ihrer Stimme lenkte ihn wieder von ihren Lippen ab. »In einigen der Anwesen sind welche. Die meisten befinden sich in Häusern hinter den Toren der Elfen, in dem Tal dort drüben. Auch im Prinzenpalast – der dunkle Turm dort hinten – sind welche, wie du selbst weißt.«

»Nein. Das heißt, ich kann mich kaum erinnern. Und wo wohnst du?«

Auf dem schmalen Weg trat er einen Schritt vor und zeigte direkt nach unten. Im Banshee-Gebiet standen lauter Villen und Anwesen, die von dekorativen Parkanlagen umgeben waren. Hauptsächlich Gärten mit Fontänen, Arkaden und Rosenranken. Sein Anwesen war etwas schlichter gehalten, dennoch war es aufgrund der erhöhten Lage selbst von hier oben gut zu sehen. Während er Emma alles erklärte, flaute der Wind ab. Zumindest musste er nicht mehr fürchten, von einer Böe erwischt und in die Tiefe gefegt zu werden.

»Dort.«

»Du machst Witze!«, erwiderte sie beeindruckt. »Das sieht ein bisschen so aus wie die Hollywood Hills.«

»Du klingst etwas überrascht.«

»Na ja«, erwiderte sie verlegen. »Ich hatte mir die Feenhügel etwas, wie soll ich sagen, mittelalterlicher vorgestellt. Aber vielleicht bin ich auch zu sehr von den ›Herr der Ringe‹-Filmen beeinflusst.«

Trotz der unangenehmen Situation musste er lächeln. »Das waren sie einst. Im Mittelalter, um genau zu sein. Die Menschen haben sich schon immer gerne von unserer Bauweise inspirieren lassen.«

Wieder knabberte sie auf ihrer Unterlippe, bevor sie die nächste Frage stellte. Es schien sich um eine nervöse Eigenart zu handeln. »Hast auch du Spiegel in deinem Haus? Welche, die den Zugang in meine Welt ermöglichen, meine ich«, wisperte sie.

»Nein.«

Mit ihren großen grünen Augen musterte sie ihn einen Moment lang. »Warum nicht?«

Bevor er antwortete, musterte auch er ihr Gesicht, um keine ihrer Gefühlsregungen zu verpassen. Sie war schön, zart, verunsichert. Und doch so unglaublich tapfer. »Weil ich für derartige Spielchen nichts übrig habe«, erwiderte er schließlich.

Das kleine Lächeln, das sie ihm daraufhin schenkte, erwärmte sein Herz. Nach und nach, wie ein Mosaikbild, verschwand der Síd, und unter ihren Füßen erschien wieder die gepflasterte Straße. Sie waren nie fort gewesen. Krystal hatte tatsächlich nur seine Erinnerung aus seinem Kopf gepflückt und ihn damit gequält.

Nachdem Tadhgs Vater herausgefunden hatte, dass nicht er, sondern ein anderer Mann sein Vater war, brachte er ihn im Alter von zwölf auf diesen Berg und stieß ihn herunter. Er erfuhr erst sehr viel später den Grund dafür. Ein Fay stirbt dadurch nicht, doch nach so einem Sturz zerplatzt man trotzdem wie ein rohes Ei. Über ein Jahr hatte er gebraucht, um zu heilen, zumal in dem zarten Alter seine Magie noch nicht erwacht war. Den unendlich langen Moment des Fallens, in dem er hilflos hatte mit ansehen müssen, wie der Boden näher kam und nichts weiter gehört hatte als das Rauschen des Windes, würde er niemals vergessen. Nein, von Höhen war er tatsächlich nicht sehr angetan.

Nachdem seine Magie erwacht war, rächte er sich an seinem Stiefvater. Hätte der geahnt, dass der Síd ihm ausgerechnet die Fähigkeit des Tötens schenken würde, hätte er ihn wohl nicht auf diesen Berg gebracht.

Sie standen wieder auf der nebeligen Straße im Dolphin's Barn. Der kleine Ausflug in den Síd hatte sie nicht gestört, war schließlich nicht echt gewesen. Der Prinz starrte sie mit diesen geschlitzten Pupillen an, als wäre sie für ein mieses Poker-Spiel und den Verlust mehrerer Millionen verantwortlich.

Die Transformation in den anderen Prinzen erfolgte dieses Mal nicht langsam und übergehend. Plötzlich stand wieder das Ungeheuer mit den säbelartigen Fangzähnen vor ihr und stieß sie zu Boden. Sie schrie, trat und kämpfte, doch er hielt sie an den Händen fest und drückte sie gegen die kalten Pflastersteine. Mit der dicken Zunge leckte er über ihre Wange. Stinkender Speichel tropfte auf sie herab. Wie bei der ersten Begegnung in der Bibliothek, wiederholte sich alles wieder. Mit Horror stellte sie fest, dass sie vollkommen nackt war.

»Emma!« Ein weit entfernter Ruf, wie ein Echo. »Emma, wach auf!«

Der Prinz zog sanft mit dem langen, spitzen Nagel seines Zeigefingers eine Linie über ihren Bauch bis zu ihrem Nabel und grinste zufrieden. Würde er den Druck erhöhen, würde die scharfe Kralle sie der Länge nach aufschlitzen.

»Emma!« Die Stimme klang näher. »Wach auf, es handelt nur um eine Illusion …«

Ihr Verstand driftete davon. »Nur eine Illusion«, murmelte sie. »Nur … eine Illusion?«

Schlagartig schlug sie die Augen auf und keuchte. Nichts hatte sich verändert. Der geflügelte Prinz stand noch immer an derselben Stelle wie eben. Sie lag nicht nackt am Boden, sondern war komplett angezogen und befand sich weiterhin an Tadhgs Seite, der sie ansah und erleichtert durchatmete.

Dieser gottverlassene Bastard von einem Unseelie-Prinzen hatte mit ihrem Verstand sein perfides Spiel gespielt und seinem Gesichtsausdruck nach es auch noch genossen. Schon wieder.

Er zehrte also von der Angst anderer, ja? Daraus holte er sich seinen Kick? Sie kochte innerlich vor Wut. *Wollen wir doch mal sehen, wie sehr du genießen wirst, was ich jetzt tun werde …*

Mit dem, was sie vorhatte, würde er im Leben nicht rechnen, davon war sie überzeugt. Sie ging auf ihn zu, schlang zärtlich die Arme um seinen Hals und vergrub ihre Hand in seine langen blonden Haare. Wie erwartet, wandelte sich der Ausdruck von selbstgefällig zu irritiert.

Die schmalen Schlitze seiner Pupillen wurden etwas breiter, wie bei einer Katze, deren Augen sich an die Dunkelheit anpassten. Dann küsste sie ihn.

Im ersten Moment versteifte er sich wie ein pubertierender Junge, der zum ersten Mal auf ein Mädchen trifft. Es dauerte jedoch nicht lange, bis er sich entspannte, in ihre Umarmung sank und den Kuss erwiderte.

Sie löste sich von ihm und sah ihm tief in die Augen, denn sie wollte seine Reaktion auf keinen Fall verpassen. Er atmete schwer, der Blick mild und – wenn sie sich nicht täuschte – fast glückselig.

Dann stieß sie ihm mit voller Wucht das Knie zwischen die Beine. Hinter sich hörte sie Tadhg laut lachen, während die alienhaften Katzenaugen des Prinzen in die Höhlen rollten und er sich mit schmerzverzerrtem Gesicht die Hände zwischen die Beine hielt. Er brach lautlos zu Boden, den Mund zu einem stummen Schrei geöffnet. Seine Flügel standen in einem seltsamen Winkel von seinem Rücken ab. Der eine kerzengerade und zu seiner vollen Weite ausgebreitet, der andere am Gelenk zusammengeknickt. Aufgrund der Schmerzen schien er seine Gliedmaße nicht mehr so gut unter Kontrolle zu haben. Leider schrie er nicht, sie hätte ihn so gerne schreien hören.

»Weshalb schreit er nicht?«, fragte sie.

»Krystal ist stumm. Er kommuniziert über Gedankenkraft. Normalerweise. Genauso, wie er die Ängste aus dem Verstand von jemandem ziehen kann, kann er demjenigen auch so seine eigenen Gedanken mitteilen.«

»Schade.«

Tadhg lachte wieder, bevor er eine tiefe, formvollendete Verbeugung vollführte. »Mit tiefster Bewunderung muss ich zugeben, Emma, Feengeküsste des Uisdean, zweiter Anwärter auf den dunklen Thron, dass ich dir das nicht zugetraut hätte.«

Sie lächelte. »Ich muss zugeben, dass ich mir das auch nicht zugetraut hätte. Auf jeden Fall brauche ich jetzt dringend einen Drink.«

Er wies ihr galant den Weg. »Nach dir.«

Als sie sich gemeinsam zum Pub begaben, ließen sie den sich am Boden krümmenden Prinzen einfach so auf der Straße zurück.

18

Niemand zeigte mit dem Finger auf Tadhg und rief: »Rette sich wer kann! Ein Dämon hat das Lokal betreten!« oder so etwas in der Art, als sie ins spärlich besuchte Bleeding Horse traten.

Es handelte sich um eine urige Kneipe, ein altes Fabrikgebäude aus dem 17. oder 18. Jahrhundert, in der es viele private und schummrige Ecken gab. Mit dem Charme einer Piratenspelunke, jedenfalls so, wie sie sich das seit dem Film ›Fluch der Karibik‹ vorstellte.

Backsteinwände und Balustraden aus Holz, ein alter Heizofen und kupferbeschlagene Zapfhähne stachen einem gleich ins Auge. Auch ein altes geschmiedetes Eisentor als Deko und ein an der Wand hängendes Pfluggeschirr sowie moderne Bilder von Jazzmusikern waren vorhanden und vermittelten rustikale Gemütlichkeit. Es roch nach schalem Guinness. Diese Atmosphäre war im Moment genau das Richtige.

Eigentlich hatte sie allein sein wollen, aber im Grunde war es gar nicht schlecht, dass Tadhg dabei war. Mit ihm stand sie nicht mehr so stark unter Strom, zumindest war es unwahrscheinlich, von einem weiteren Fay behelligt zu werden, wenn der Tod höchstpersönlich an ihrer Seite stand. Und er selbst hatte sich bisher zurückhaltend und zuvorkommend benommen.

Sie gingen über eine knarzende Holztreppe, die so alt war, dass sich über die Jahre in der Mitte der Stufen abgelaufene Vertiefungen gebildet hatten, hinauf in den ersten Stock. Gemeinsam begaben sie sich in eine abgelegene Ecke, in der sie nicht gestört werden würden. Die wenigen Leute, die sich im Pub befanden, beachteten sie überhaupt nicht.

»Wie kommt es eigentlich, dass hier niemand in Panik gerät bei deinem Aussehen?«, fragte sie, als sie sich auf die abgewetzte dunkelrote

Lederpolsterung der Bank setzte. Ihren Mantel und ihre Tasche legte sie neben sich.

»Sehe ich für Menschen so schrecklich aus?«

Sie blickte auf. Schrecklich wie Uisdean sah er nicht aus. Aber finster, achtungsgebietend und Respekt einflößend. Auf dunkle Weise anziehend.

»Wie ein harmloser Kobold siehst du jedenfalls nicht gerade aus.«

»Ich hülle mich in einen Blendzauber. Ich dachte, den würdest du sehen.«

Er nahm gegenüber von ihr an dem runden Tischchen Platz, faltete die Hände auf der Platte und beobachtete aufmerksam die Umgebung, ohne ihr das Gefühl zu geben, sie zu ignorieren. Es schien sich um eine unbewusste, automatisierte Angewohnheit zu handeln.

Im Zug hatte sie mal einem Polizisten gegenübergesessen, der seiner Uniform nach irgendeiner Spezialeinheit angehört haben musste. Alle paar Sekunden hatte er – anscheinend ohne sich dessen bewusst zu sein – von seiner Tageszeitung aufgesehen und mit den Augen alle anderen Mitfahrer sowie den Gang abgescannt. Eine Eigenart, die vermutlich mit dem Job kam. Tadhgs beiläufig wachsames Verhalten erinnerte sie an diesen Polizisten.

»Ich muss mich konzentrieren, um die Blendzauber zu sehen, und darauf habe ich gerade keine Lust. Aber ich dachte, dass euch eure *geliebte* Königin alle Magie weggenommen hat.«

Er schenkte ihr ein winziges Lächeln und lehnte sich vor. Ihr Herz schlug etwas schneller. Dieser Typ konnte einen allein durch seinen Blick einschüchtern.

»Ich muss in deiner Gegenwart offenbar etwas vorsichtiger sein, wie ich die Dinge ausdrücke. Mir war nicht bewusst, dass du die Ironie bezüglich meiner Königin aus meinen Worten herausgehört hattest.« Er lehnte sich wieder zurück und sprach mit normalem, weniger unheilvollem Tonfall weiter. »Fast jeder kann in diesem Land heutzutage lesen und schreiben, richtig? Ihr lernt es in der Schule.«

Sie wusste nicht, was dieser plötzliche Themenwechsel sollte, aber allein die Tatsache, nicht mehr im Mittelpunkt seiner Aufmerksamkeit zu stehen, erleichterte sie. Außerdem klang es so, als wollte er auf irgendetwas hinaus, also ging sie drauf ein.

»Klar«, antwortete sie.

»Wie viele von euch können Geige spielen?«

Sie zuckte mit den Schultern. »Keine Ahnung. Es gibt sicher ein paar, die …«

»So gut, dass sie von Auftritten leben können?«

»Das weiß ich nicht. Weltweit gesehen nicht so viele, schätze ich.«

Er nickte und sprach erst einmal nicht weiter, da die Bedienung an ihren Tisch kam, um die Bestellungen aufzunehmen. Nachdem sie zwei Guinness bestellt hatten, verschwand die Kellnerin wieder. Emma checkte ihre Brieftasche. Für ein Bier würde es auf jeden Fall reichen, aber so langsam fing auch ihr Magen an zu knurren.

»Das geht auf mich«, sagte Tadhg.

»Ich möchte nachher eventuell auch etwas essen und …«

»Das geht auf mich«, wiederholte er in einem Tonfall, der keinen Widerspruch zuließ.

»Wie du meinst.« Die Brieftasche packte sie in die Tasche zurück. In dem Fall würde sie sich heute vielleicht noch einen Cocktail gönnen. Oder zwei. Wenn er ihr schon seinen Schutz aufdrängte, obwohl sie entschieden Nein gesagt hatte, sollte er auch die Konsequenzen spüren.

»Was denken denn die anderen hier, wie du aussiehst?«

»Wie ein junger Mann in deinem Alter.«

»Hm.« Nachdenklich knabberte sie an ihrer Unterlippe. »Aber wozu brauchst du dann noch Nessis Hilfe, wenn du doch offensichtlich deine Magie hast?«

Er starrte sie wieder mit diesem Blick an, den sie nicht einordnen konnte. Doch dieses Mal sah er ihr nicht direkt in die Augen, sondern auf den Mund. Einen kurzen Moment wartete sie ab, doch er schien mit den Gedanken woanders. Unsicher knabberte sie wieder an der Unterlippe. Sein Schweigen zermürbte sie. Allmählich wurde sie nervös.

»Habe ich etwas Falsches gesagt?«, fragte sie leise.

Langsam hob er den Blick und sah ihr in die Augen. Inzwischen hatte sie sich an die blutrote Farbe seiner Iriden gewöhnt. Es verlieh ihm ein beängstigendes, aber gleichzeitig auch äußerst faszinierendes Aussehen. Heißes Prickeln breitete sich in ihrem Nacken aus. Sie war sich nicht sicher, ob Faszination oder Furcht überwogen.

»Nein, du hast nichts Falsches gesagt«, antwortete er und sah sie nicht mehr ganz so durchdringend an. »Ich war kurz abgelenkt, das ist alles. Um auf deine Frage zurückzukommen: Jeder von uns, vor allem die Fay aus den höheren Kasten, können einfache Magie wirken. Blendzauber sind nichts weiter als simple Tricks, kleine Manipulationen der menschlichen Sinne. Auch mit Hilfsmitteln, magischen Objekten oder bestimmten Runen können wir Magie weiterhin nutzen. Aber bei der Magie, die uns genommen wurde und manchmal als Magische Hand bezeichnet wird, handelt es sich um ein individuelles Talent, um wahre Magie, die bei jedem einzigartig ist. Die Königin hat den Unseelie nach der großen Schlacht des Síd die Magischen Hände genommen. Bei denen, die danach geboren wurden, ist sie nie erwacht. Nehmen wir beispielsweise Krystal und seine Magische Hand. Er kann überzeugende Trugbilder hervorrufen, wie den Síd vorhin auf der Straße oder den Angriff auf dich, den er nur simuliert hat. Solange sich alles in deiner Vorstellung befunden hat, durfte ich nicht eingreifen, das wusste er. Doch seine Magie kann sich auch zur Wirklichkeit manifestieren. Er ist stumm. Wenn er sich jedoch in deine Angst verwandelt, kann er sprechen, da er sich nicht einfach nur in einen Blendzauber hüllt, der wie Uisdean aussieht, sondern sich in Uisdean verwandelt. Zumindest äußerlich. Er wird zu einer Kopie, keine Illusion. Verstehst du?«

Sie schluckte schwer und nickte. Wie lange würde es dauern, bis sie nicht mehr zusammenzuckte, bis der Knoten in ihrem Magen verschwand, sobald jemand den Namen des Prinzen erwähnte?

»Ich denke schon«, erwiderte sie leise.

Die Kellnerin kam mit den beiden Guinness und stellte sie auf den Tisch. Emma bestellte sich noch einen Cheeseburger mit Pommes frites und überreichte Tadhg die Karte, doch der wollte nichts essen. Aß er überhaupt? Wovon ernährte er sich? Ein Schaudern durchlief sie. Blut? Knochenmark? Rohes Fleisch? Gehirn?

Sobald sie wieder alleine waren, fuhr er fort. »Stell dir vor, dem Violinisten, von dem wir vorhin gesprochen haben, wurde die einzigartige Fähigkeit genommen, seine Violine zu spielen. All das Talent, die harte Arbeit und Stunden der Übung, die er sich über Jahre angeeignet hat, sind von einem Tag auf den anderen verschwunden. Er kann zwar noch lesen und schreiben wie jeder andere auch, doch seine Existenzgrundlage ist fort.«

»Hm. Ja, das ist scheiße.«

Auf seinem Gesicht erschien dieses angedeutete Lächeln. »Besser hätte ich es nicht ausdrücken können.«

Sie hob ihr Glas, um ihm zuzuprosten, doch die Geste schien ihm nicht geläufig zu sein, da er nicht darauf reagierte. Er rührte auch sein Bier nicht an. Also doch Blut oder Gehirn? Wollte sie das so genau wissen? Sie trank ein paar tiefe Schlucke, merkte, wie durstig sie war und leerte fast das ganze Pint auf einmal. Er schob ihr sein Glas zu.

»Mit anderen Worten: Ihr könnt zwar alle noch lesen und schreiben, aber das, was euch besonders macht, was euch von der Masse abhebt, wurde euch genommen.«

»Schlimmer noch. Magische Hände sind meist wie Waffen. Sie hat uns die Fähigkeit genommen, uns zu verteidigen. Doch gleichzeitig natürlich auch, den Seelie-Hof anzugreifen.«

»Ich verstehe.« Sie drehte ihr leeres Glas zwischen den Händen. »Und jetzt hoffst du, dass dir Nessi durch den Deal deine Magie oder besser gesagt deine Magische Hand wiederbeschaffen kann.«

»Ja.«

Sie sah auf. Schweiß brach ihr im Nacken aus wegen der Frage, die sie im Begriff war zu stellen.

»Weshalb denkst du, dass Nessi bessere Chancen hat, als … als …«, Gott, der Name kam ihr einfach nicht über die Lippen, »… als der Prinz, der dir versprochen hat, bei der Königin für dich vorzusprechen und der seine eigene Magische Hand besitzt? Weshalb sollten wir dir vertrauen?«

»Ich habe euch, dir und dem Gefäß …«

»Nessi.«

Ein angedeutetes Nicken. »… dir und Lady Nessya mein Wort gegeben.«

»Na und? Worte sind nur Schall und Rauch. Ein Wort kann man schnell brechen.«

Er legte die Hände flach auf den Tisch, beugte sich vor und fixierte sie mit hartem, eiskaltem Blick. »Stellst du gerade meine Ehre infrage, Emma?«

Sie musste sich mit der Kultur der Fay nicht auskennen, um zu erkennen, dass die falsche Antwort auf so eine Frage den Unterschied zwischen Leben und Tod bedeuten konnte. So ruhig er die Frage auch gestellt haben mochte, der warnende Unterton war nicht zu überhören gewesen. Seine Stimme klang sanft, leise. Und äußerst tödlich. Ihr Herz schlug etwas schneller, Gänsehaut zog über ihren Rücken und die Härchen auf ihren Armen standen senkrecht. Doch sie hielt seinem Blick stand, so schwer es ihr auch fiel. Wie sollte sie darauf nur diplomatisch antworten, nachdem sie nicht mehr lügen konnte? Dann fiel ihr ein, wie Nessi reagiert hatte, als er bei ihrem ersten Aufeinandertreffen eine Frage mit einer Gegenfrage beantwortet hatte.

»Das war keine Antwort«, erwiderte sie leise und rieb sich nervös den Schweiß aus dem Nacken.

»Gut erkannt«, bestätigte er trocken. »Noch mal: Stellst du meine Loyalität und Ehre infrage, Emma?«

Verdammt. Nessi bekam das irgendwie besser hin. Unruhig rutschte sie auf der Bank herum und zog sich den Cardigan aus. Auf einmal war ihr heiß. Erleichtert bemerkte sie die Kellnerin, die mit dem Burger die Stufen hochkam. Wenn sie dachte, dass Tadhg dadurch eine entspannte Miene aufsetzen würde, um den Schein zu wahren, hatte sie sich geschnitten.

Die Kellnerin stellte den Burger ab und sah fragend hin und her. Die Stimmung zwischen ihnen war so gespannt, dass man meinte, in einem magnetischen Kraftfeld zu stehen. »Alles in Ordnung hier?«

»Ja«, erwiderte Tadhg scharf. »Das wäre dann alles.«

Die Kellnerin schaute unsicher zu Emma. Die arme Frau hatte es nicht verdient, in den Mist hineingezogen zu werden, daher nickte auch sie und murmelte, dass alles okay wäre.

Mit einem letzten abfälligen Blick zu Tadhg wünschte ihr die Kellnerin einen guten Appetit und ging wieder hinunter. Während der ganzen Zeit hatte Tadhg kein einziges Mal seine Augen abgewandt. Ihr war der Appetit vergangen.

»Hör zu, mein Start mit euch war nicht gerade der Hammer. Ich muss mir einfach sicher sein. Dieser … dieser Prinz … nicht der mit den Flügeln, sondern der andere … du weißt schon wer …«

Ihr versagte die Stimme, sie atmete schwer und musste auf einmal mit den Tränen kämpfen.

Sein Blick und seine Stimme wurden milder, der tödliche Unterton war verschwunden. »Uisdean.«

»Ja, der.« Sie schluckte die Tränen hinunter. Das Zittern der Stimme konnte sie aber nicht länger vor ihm verstecken. Sie starrte auf den Tisch. »Er hat mich gefressen, heruntergeschluckt und dann wieder ausgekotzt. Er hat mich gebrochen. Ich will einfach nur wissen, wieso ich dir vertrauen sollte.«

Es dauerte eine Weile, bevor er antwortete. Hätten sich seine auf dem Tisch liegenden Hände nicht in ihrem Sichtfeld befunden, hätte sie aufsehen müssen, um zu überprüfen, ob er überhaupt noch dort saß.

»Siehst du dich so?«, fragte er auf einmal.

Nun sah sie doch auf. Er hatte wieder diesen kompromisslosen, beängstigenden Ausdruck aufgesetzt und sah auf ihre Brust. Aber er stierte ihr nicht auf den Busen, sondern betrachtete den Schriftzug des Shirts.

Auf dem grau melierten Stoff stand in pinkfarbenem Samt: *I'm a butterfly. Don't break my wings.* Dahinter befand sich der Aufdruck eines großen Schmetterlings. Das Shirt war uralt, sie hatte es heute Nachmittag, ohne weiter darüber nachzudenken, aus dem Schrank gezogen.

»Das bist du nicht, Emma. Du bist kein Schmetterling. Du hast das Herz einer Kriegerin.« Das sagte er so voller Überzeugung, dass sie ihm fast glaubte. »Uisdean hat dich nicht gebrochen. Glaub mir, hätte er dich gebrochen, würde er sich nicht so anstrengen, um dich loszuwerden. Ich war überrascht, wie schnell er für Ersatz gesorgt hat, nachdem ich ihm mitgeteilt habe, dass ich den Job nicht erledigen würde. Der Kerl hat Angst und die sollte er auch haben.«

»Vor mir?«, fragte sie ungläubig. Sie nahm eine Pommes, tunkte sie in Ketchup und knabberte daran herum.

»Und ob. Er hat Krystal sogar in dein Viertel begleitet, doch hast du Uisdean irgendwo persönlich gesehen?«

Sie verschluckte sich fast an der Pommes. »Er war da? In der Nähe?«

»Ich nehme an, dass er alles beobachtet hat. Allerdings aus einem sicheren Versteck heraus.«

»Wie kommst du darauf?« Grausige Vorstellung. Zum Glück teilte er ihr das erst jetzt mit und nicht schon dort. Sonst hätte sie den jüngeren Prinzenbruder nie so abgebrüht in den Griff kriegen können.

»Hast du gespürt, wie trostlos sich das Viertel angefühlt hat? Wie einsam und verlassen es war, als wäre jegliche Hoffnung aus ihm herausgeschwemmt worden?«

Sie nickte.

»Uisdean war da. Hundertprozentig.«

Nachdenklich aß sie noch ein paar weitere Pommes, bevor sie in den Burger biss. Er schmeckte besser als erwartet. Seit dieser Sache mit dem Prinzen, seit er ihr die Lebensfreude geraubt hatte, schmeckte das Essen nach nichts. Doch jetzt genoss sie es zum ersten Mal seit all der Zeit wieder. Es lag sicher nicht an den kulinarischen Künsten der Köche im Bleeding Horse. Das Fett schmeckte etwas ranzig, das Fleisch war leicht angebrannt. Und dennoch … trotz ihrer dunklen Stimmung fühlte sie sich durch Tadhgs Worte ein wenig besser. Sie, mit dem Herzen einer Kriegerin? Was, wenn ein Funke Wahrheit in dieser Aussage steckte?

Sie trank einen tiefen Schluck aus dem zweiten Guinnessglas und warf ihm über den Rand hinweg einen verstohlenen Blick zu. Unwillkürlich fragte sie sich, wie er wohl mit offenen Haaren aussehen mochte. Wahrscheinlich noch Dracula-artiger. Ob sich sein Haar so weich anfühlte, wie es aussah?

»Darf ich erfahren, woran du gerade denkst?«, fragte er und riss sie aus ihren Gedanken.

Oh Gott.

»Ähm … ich …«, stammelte sie. Als sie das Glas wieder ansetzte und auch das fast leerte – eigentlich nur, um sich Zeit zu verschaffen –, gab Tadhg der Kellnerin, die gerade wieder im ersten Stock ihre Runde drehte, ein Zeichen. Die beiden Guinness fingen an, ihre Wirkung zu entfalten, aber nach allem, was passiert war, wollte sie sich das Gefühl der Taubheit gönnen. Nach einem raschen Blick in die Karte bestellte sie bei der Kellnerin einen Cosmopolitan. Wennschon, dennschon!

»Also?«, fragte er erwartungsvoll, sobald die Kellnerin sie wieder alleine ließ. »Woran hast du gerade gedacht?«

Sie beschloss, die Frage geschickt zu umgehen. »Ich wollte mich noch bei dir bedanken, wegen vorhin auf der Straße. Hättest du mich nicht …«

»Ein Tipp, Emma«, unterbrach er sie. »Bedanke dich niemals bei einem Fay. Es kommt einer ungeheuren Kränkung gleich.«

»Wieso das denn?« Was war denn das für eine seltsame Kultur, in der ein Danke als kränkend empfunden wurde?

Er lehnte sich lässig in seinen Stuhl zurück. »Weil es den Eindruck erweckt, dass du versuchst, dich aus einer Verpflichtung herauszustehlen. Wenn jemand etwas für dich getan hat, bist du ihm im Gegenzug etwas schuldig. Bedankst du dich jedoch, tust du so, als wäre es mit diesem einfachen Wort abgegolten. Das kommt bei uns nicht sehr gut an.«

Sie schaute auf die Reste ihres Burgers. Das ergab erschreckend viel Sinn. »Bedeutet das, dass ich dir für die Hilfe etwas schuldig bin?«

»Nein, erstens mache ich den Deal mit dem *Gefäß der Macht* – Nessya –, und zweitens hast du mir ebenfalls aus Krystals Psycho-Spielchen geholfen. Wir sind quitt.«

»Gut.« Sie steckte sich das letzte Stück Burger in den Mund, kaute und spülte ihn mit dem Rest Guinness runter. »Ich wäre jemandem wie dir nur ungern etwas schuldig.«

»Das kann ich verstehen. Ich wäre jemandem wie mir auch nur ungern etwas schuldig.«

Da sie sich nicht sicher war, ob das seine Form von trockenem Humor war oder er es todernst meinte, ging sie nicht näher darauf ein.

»Weshalb hat die Taube eigentlich auch dich geärgert?«

»Die Taube?«, fragte er amüsiert.

Sie senkte den Blick. »Krystal.«

»Ja, ich weiß, wen du meinst.«

Aus dem Augenwinkel sah sie ihn lächeln. Wenn er lächelte, sah er zwar noch immer wie Dracula aus, aber zumindest wie ein umgänglicher Dracula.

»Das *Gefäß der Macht* nennst du wie das Monster aus dem Loch. Krystal, Prinz der Furcht, eine Taube. Jetzt sag mir, Rotschopf, hast du auch für mich einen Spitznamen?«

Sie schaute wieder auf und lächelte ihn breit an. »Für dich habe ich sogar drei!«

»Drei.« Das Lächeln verschwand. »Und wie lauten die?«

»Beantwortest du meine Fragen? Nein. Wieso sollte ich dir irgendetwas verraten?« Mit gespieltem Desinteresse betrachtete sie ihre Fingernägel.

Nach kurzem Schweigen atmete er geräuschvoll aus. »Der Grund, weshalb du mir vertrauen kannst: Siobhánn und ich kennen uns seit sehr Langem und sie hält nicht besonders viel von mir. Da kann Uisdean noch so viele gute Worte für mich einlegen – wobei sich seine Bemühungen ohnehin in Grenzen gehalten hätten –, das würde an Siobhánns Abneigung mir gegenüber nichts ändern.«

Unwillkürlich fragte sie sich, was zwischen den beiden gelaufen war. Es musste sehr viel mehr dahinterstecken als bloß das Wegnehmen seiner Macht, denn das hatte sie mit jedem anderen Unseelie ebenfalls getan. Doch mit ihm schien das eine äußerst persönliche Note zu haben. Da er ihr die Frage aber wahrscheinlich sowieso nicht beantworten würde, ließ sie ihn weiterreden und verschob das auf ein andermal.

»Wenn das *Gefäß der Macht* jedoch in einem günstigen Moment meine Magie in die Finger bekommt, sind die Chancen für mich sehr viel größer. Sie, und nur sie, hat die Fähigkeit, mir meine Macht wiederzugeben. Deshalb setze ich auf Lady Nessya, nicht auf Prinz Uisdean. Zufrieden?«

Sie nickte. »Krieger, Dämon und Dracula. Wobei ich am ehesten zu Dracula tendiere.«

»Dracula? Wie der rumänische Fürst?«

Lächelnd nickte sie wieder.

»Na, wenigstens schmeichelhafter als Taube. Der hat sich übrigens deshalb an mir gerächt, weil er sich darüber geärgert hat, dass ich dir geholfen und ihm somit die Tour vermiest habe. Über deine Hilfe hat er sich auch geärgert, daher der zweite Angriff. Selbst für seine Verhältnisse war der Tagtraum, den er dir eingepflanzt hat, ziemlich übel.«

»Ein schlechter Verlierer, hm?«

Die Kellnerin brachte ihren Cosmopolitan. »Darf es für dich noch etwas sein?«, fragte sie Tadhg.

Er warf einen raschen Blick in die Karte. »Sex on the Beach«, wählte er. Mit einem Nicken räumte die Bedienung das leere Geschirr ab und begab sich wieder nach unten.

Emma nippte an ihrem Cosmopolitan und schob ihm das Glas zu. »Magst du probieren?«

Sie wusste auch nicht, weshalb sie diese freundschaftliche Geste machte. Vermutlich, weil sie schon etwas beschwipst war.

Eine seiner Augenbrauen hob sich, während er den Drink kritisch beäugte. »Das Getränk ist pink und ich bin ein Mann.« Er schob den Drink zu ihr zurück. »Ich verzichte.«

Augenrollend trank sie einen kräftigen Schluck. »Haha, aber selbst einen Sex on the Beach bestellen!« Jup, sie war definitiv angeheitert.

»Ich habe keine Ahnung, was das ist.« Er beugte sich vor und sah ihr tief in die Augen. »Mich hat nur der Name angesprochen.«

Seine Stimme hatte sich um einige Nuancen gesenkt und war ganz dunkel und süß geworden, wie ein kleiner Mokka mit fünf Würfeln Zucker.

Auf einmal wurde ihr heiß und ihr Herz hämmerte gegen ihren Brustkorb.

»Höhenangst also«, sagte sie rasch, um das Thema zu wechseln. Es wirkte. Das Knistern flaute ab und der Ausdruck auf seinem Gesicht verlor den Hunger nach süßen, sündigen Dingen, den er eindeutig aufgesetzt hatte, um sie nervös zu machen.

»Höhenskepsis, Rotschopf. Das ist ein Unterschied.«

»Was immer du sagst.« Sie zuckte mit den Schultern und kippte den Rest des Cocktails. Mittlerweile spürte sie den Alkohol sowohl in den kribbelnden Fingern als auch im Kopf deutlich. »Es gibt Methoden zu lernen, solche Ängste oder Skepsisismusse«, sie war sich ziemlich sicher, dass es das Wort nicht gab, »zu überwinden.«

Irgendwann – sie hatte nicht richtig mitbekommen, wann genau – war die Kellnerin wieder da gewesen und hatte den Sex on the Beach gebracht. Da ihr Glas leer war, machte sie sich jetzt über den her.

Er verschränkte die Arme vor der Brust. »Und das von jemandem, der sich nicht einmal traut, den Namen seiner eigenen Angst auszusprechen.«

»Hey.« Sie zeigte mit dem Finger auf ihn. »Das war fies. Du hast vorhin selbst gesagt, dass du mich für eine Kriegerin hältst.«

Ein dunkles Lachen entsprang seiner Kehle. »Ich habe gesagt, dass du das Herz einer Kriegerin hast. Nicht die Fähigkeiten. Dein halb garer Angriff mit dem Brieföffner auf mich war jedenfalls mehr als dilettantisch.«

»Kann ja nicht jeder aus so einer Masse an Muskeln bestehen und so Furcht einflößend aussehen«, murmelte sie in ihr Glas, bevor sie einen Schluck trank.

»Gerade deshalb solltest du einen Angriff geschickter und hinterlistiger ausführen. Wenn du willst, kann ich dir beibringen, wie.«

Interessiert sah sie auf. Ihre Sicht verschwamm, doch sie versuchte sich darauf zu konzentrieren, klar zu sehen und zu sprechen.

»Hast du keine Angst, dass ich dieses Wissen irgendwann gegen dich einsetzen könnte?«

Er warf den Kopf in den Nacken und lachte schallend. Auch eine Form zu antworten. Arroganter Bastard.

»Also, was ist?«, fragte er mit einem Funkeln in den Augen. »Interesse?«

»Sicher. Ich wäre ja blöd, wenn nicht.«

Er hielt ihr die Hand entgegen. »Dann willigst du ein, dich bei mir zu Hause und mit meinen Methoden unterrichten zu lassen?«

»Jup.«

»Gut. Dann werden wir noch vor dem Ende dieser Woche mit dem Training beginnen.«

Ohne weiter drüber nachzudenken, ergriff sie seine Hand. Zu spät fielen ihr Nessis Warnungen ein, wie gefährlich es werden konnte, sich auf irgendwelche Deals mit Fay einzulassen. Doch der Handschlag war bereits vollzogen und es fühlte sich an, als würde sich ein unsichtbares Band um ihre Hände wickeln.

Der Druck im Raum veränderte sich. Geräusche drangen wie durch Watte an ihr Ohr. Sie hörte ein leises Pfeifen, bevor die Umgebungslaute allmählich zurückkehrten. Das Gefühl des Bandes verschwand, und alles wurde so wie vorher. Das hatte nichts mit dem Alkohol zu tun. Sie wusste zwar nicht, was zum Teufel gerade passiert war, doch es war definitiv von magischer Bedeutung. Sie starrte auf die ineinander verschlungenen Hände, mit denen der Deal besiegelt worden war, und fragte sich, welche Konsequenzen das nach sich ziehen würde.

Schockiert entriss sie ihm ihre Hand und sprang auf. »Du hast mich ausgetrickst.«

Er fing sie gerade noch auf, bevor sie das Gleichgewicht verlor und stürzte. Verdammt. Sie wusste, dass sie eine Menge intus hatte, doch dass sie so betrunken war, hätte sie nicht gedacht.

»Komm, Rotschopf«, sagte er, während er sie stützte und ihr die Stufen hinunterhalf. »Zeit, nach Hause zu gehen.«

Nur am Rande bekam sie mit, wie er bezahlte, bevor ihr die kühle Nachtluft ins Gesicht schlug. Sie torkelte schon in irgendeine Richtung los, als er sie zurückhielt.

»Die Dame im Pub war so freundlich, ein Taxi zu rufen. Wenn dir zu kalt ist, können wir auch drinnen warten, doch ich dachte, etwas frische Luft täte dir ganz gut.«

»Taxi«, murmelte sie und musste sich an ihm abstützen, da sie sonst gefallen wäre. »Gute Idee.«

Als er sie festhielt, lehnte sie sich in seine Umarmung und vergrub das Gesicht an seiner Brust. Deutlich spürte sie die Härte seiner Muskeln an ihrer Wange. Sie atmete tief ein. Er roch nach einer Mischung aus Seife und seinem eigenen männlichen Duft. Mit dem Finger spielte sie an seinem Zopf und bekam die Antwort auf die Frage, die sie sich früher an diesem Abend gestellt hatte: Ja, die pechschwarzen Haare waren so weich, wie sie aussahen. Wie dunkler Samt. Wegen irgendetwas war sie sauer auf ihn gewesen, doch sie hatte vergessen, weswegen.

Ein Taxi fuhr in die Straße ein und hielt vor ihnen. Er half ihr auf die Rückbank, schloss die Tür und stieg von der anderen Seite aus ein. Während er dem Fahrer die Adresse mitteilte, zog er sie wieder an sich. Dankbar kuschelte sie sich in seine Umarmung.

»Versuch ja nicht, die Situation auszunutzen«, nuschelte sie mit geschlossenen Augen an seine Brust.

Er schnaubte. »Keine Sorge. So nötig habe ich es auch wieder nicht.« Sein dunkler Bass erzeugte Vibrationen an ihrer Wange. Er sprach so leise, dass der Fahrer ihn vorne unmöglich hören könnte. »Auch wenn ich der Gott des Todes bin, bevorzuge ich meine Frauen etwas lebendiger, als du gerade bist.«

»Exgott«, murmelte sie schläfrig.

Jetzt wollte sie nur noch in ein warmes, kuschliges Bett. Als er überhaupt nicht reagierte, sah sie zu ihm auf. Mit angespanntem Kiefer starrte er nach vorn. Er schaffte es, gleichzeitig sehr zornig und unglaublich sexy auszusehen. Sie kicherte und vergrub ihr Gesicht wieder an seiner Brust. So eitel, der Gute.

»Klappt jedes Mal, dich damit zu ärgern.«

»Bei den Mächten des Síd, Emma. Du musst sturzbetrunken sein. Und dann wunderst du dich, wenn ich nichts Unbekanntes trinken oder essen will.«

»Ich wusste doch genau, was in den Drinks war.«

»Du wusstest, was mit dir passieren würde, und hast es trotzdem getrunken? Ihr Menschen seid seltsam.«

»War doch Sinn der Sache …«

Sie wusste nicht, ob sie eingenickt war oder ob sie sich einfach nur nicht mehr an das Ende der Fahrt erinnern konnte. Doch das Nächste, was sie mitbekam, war, wie er sie die Stufen in ihre Wohnung hochtrug. Mit ihrem Schlüssel öffnete er die Wohnungstür, stieß sie mit der Schulter auf und hob sie vorsichtig über die Schwelle.

»Tam-tam-ta-taa, tam-tam-ta-taa …«, lallte sie den Hochzeitsmarsch und kicherte wieder.

Während Tadhg sie auf die Füße stellte und festhielt, hörte sie Nessis Stimme.

»Emma! Wo warst du, wieso bist du alleine rausgegangen? Ich habe mir solche Sorgen gemacht.« Eine kurze Pause. »Hast du etwa getrunken?«

»Siehst du.« Das klang nach Cathals Stimme. »Ich habe dir doch gesagt, dass bestimmt alles in Ordnung ist und der Gott sie begleitet hat, nachdem seine Wohnung ebenfalls leer war.«

Sie schlug die Augen auf und blinzelte gegen das grelle Licht der Deckenlampe. Nessi und Cathal standen im Wohnzimmer und blickten sie an. Cathal mit verschränkten Armen und gelangweiltem Blick, Nessi hingegen besorgt oder schockiert oder eine Mischung aus beidem. Bevor sie ihr antwortete, wandte sie sich Tadhg zu, der sie noch festhielt, und tippte ihm auf die Brust.

»Ist es noch vor oder schon nach Mitternacht?«

»Vor Mitternacht.«

»In dem Fall kann ich nicht mit Nessi sprechen«, lallte sie. »Heute Mittag habe ich nämlich geschworen, für den Rest des Tages nicht mehr mit ihr zu reden, wenn ihr beide«, sie ließ ihren Finger vor seiner Nase kreisen, »euren kleinen Deal macht, und seit dieser Feenkuss-Sache kann ich nicht mehr lügen. Aber richte ihr doch bitte aus, dass ich einfach das Bedürfnis hatte, die Wohnung zu verlassen, ja? Und dass ich nicht mehr böse mit ihr bin.«

Tadhgs Augenbraue hob sich. »Du kannst nicht mehr lügen?«

Hatte sie das verraten wollen? Egal, sie wollte jetzt ins Bett. Nessi übernahm für Tadhg und stützte sie, während sie in ihr Schlafzimmer torkelte.

»Da Cathal jetzt schon mal hier ist«, sagte Nessi über ihre Schulter hinweg, »können wir das Abkommen heute Abend schon besiegeln, dann muss ich morgen nicht in den Síd. Ich bringe Emma ins Bett und komme dann gleich.«

Jemand zog ihr die Straßenklamotten aus, als sie auf ihrem Bett lag. Was immer danach passierte, bekam sie nicht mit, da sie in einen komatösen Tiefschlaf fiel.

19

Sie wachte mit verschmiertem Make-up, belegter Zunge und einem widerlichen Geschmack im Mund auf. Wenigstens hielt sich ihr Kater in Grenzen.

Nachdem sie die Bettdecke zurückgeschlagen hatte, stellte sie fest, dass sie nichts weiter als einen Slip und ein Shirt trug. Keinen BH. Sie wusste nicht mehr viel, doch sie konnte sich vage daran erinnern, dass Tadhg sie nach Hause gebracht hatte. Sie versteifte sich. Hatte er sie etwa auch ins Bett gelegt und ausgezogen? Gott, hoffentlich nicht.

Aus der Küche hörte sie Nessis und Jadas Stimmen und roch frisch gebrühten Kaffee, doch zunächst musste sie sich auf Vordermann bringen. Langsam schlurfte sie ins Badezimmer, duschte heiß, wusch sich die Haare und das Gesicht gründlich, putzte sich anschließend die Zähne und schrubbte sich die Zunge, bevor sie den Mund mit Mundwasser ausspülte. Danach fühlte sie sich schon viel besser und ging ins Zimmer zurück, um sich ein frisches Shirt und eine Hose anzuziehen. Die handtuchtrockenen Haare band sie zu einem Zopf zusammen.

Als sie die Küche betrat, lehnte Nessi mit einer Tasse Kaffee in der Hand gegen den Herd, während Jada entspannt am Küchentisch saß. Jadas Bein ruhte auf der Tischplatte. Wenigstens hing ihr Fuß, der in einem mit mörderischem Absatz und hohem Plateau ausgestatteten Lack-Stiletto steckte, über der Platte hinaus und lag nicht ebenfalls auf dem Esstisch. Jada konnte nie normal sitzen, sie musste ihre langen Gazellenbeine immer irgendwo ablegen, aufstützen oder unter sich ziehen.

»Guten Morgen, Schnapsdrossel«, grüßte sie in ihrer gewohnt charmanten Art. Am Platz neben Jada standen ein großes Glas Wasser und auf einem Teller eine einzelne Aspirin bereit.

»Ihr seid großartig«, murmelte sie, setzte sich und schielte auf die Wanduhr. Halb zwölf Uhr mittags.

Nessi überreichte ihr lächelnd eine dampfende Kaffeetasse. »Willst du etwas essen? Es gibt Rührei mit Toast und gebackene Bohnen.«

»Oh ja!« Sie warf die Aspirintablette ein, spülte sie erst mit dem Wasser hinunter und trank dann einen großen Schluck Kaffee, während Nessi einen Teller für sie richtete.

Jada beobachtete sie amüsiert von der Seite. »Sag mal, wie viel hast du denn gestern gesoffen?«

Daran konnte sie sich erinnern. »Zwei Guinness, einen Cosmo und einen halben Sex on the Beach.«

»Nur?« Jada grinste. »Früher warst du trinkfester. Na, die Mischung macht's wohl.«

»Hey! Mein Körper ist das nicht mehr gewohnt. Immerhin habe ich das ganze letzte Jahr abstinent gelebt, während ich die Schizo-Nummer geschoben habe.«

Nessi stellte einen Teller mit Rührei, Toast, Bohnen und zwei Streifen Speck vor sie. »Du hast keine Schizo-Nummer geschoben, du warst faysüchtig.« Sie klang ungewöhnlich ernst. »Wäre übrigens nett, wenn du mir nächstes Mal wenigstens einen Zettel dalässt. Bin vor Sorge fast gestorben.«

»Ja, Mutti.«

Nessi ignorierte das. »Zum Glück nimmt wenigstens Lord Tadhg seinen Schwur ernst.«

»Apropos, ich kann mich nicht mehr an so vieles erinnern … ich bin im Slip und ohne BH aufgewacht, hat … ähm, er …«

»Nein, keine Sorge«, antwortete Nessi zu ihrer großen Erleichterung und goss sich Kaffee aus der Kanne nach. »Das war ich, hoffe, das war okay. Er hat sich wie der perfekte Gentleman benommen, außerdem kann er sowieso nicht in dein Zimmer. Das ist doch gegen Unseelie gerunt. Die Wohnung hatte ich vorher wegen Cathal entrunt.«

Richtig, im Nebel ihrer Gedanken erinnerte sie sich dunkel an den geflügelten silbernen Fay.

»Tadhg hat dich übrigens auch davor bewahrt, bei Cathal unten durch zu sein«, fügte Nessi grinsend hinzu. »Kannst von Glück sagen, dass er da war und die Wogen geglättet hat.«

Langsam schaute sie von ihrem Teller auf. »Wieso, was habe ich denn getan?«

»Du hast ihn eine überdimensionierte Fledermaus genannt, das Ganze mit einem gelallten ›Peace, Alter!‹ und den Versuch eines High Five abgerundet und bist dabei gegen ihn gestoßen.«

Jada lachte.

So angestrengt sie auch nachdachte, Emma konnte sich daran nicht erinnern.

Nessi wirkte im Vergleich zu Jada weniger amüsiert. »Er ist ein Fay und die sind verdammt stolz. Er fand es jedenfalls gar nicht lustig, aber Tadhg meinte, er solle sich nicht so anstellen, dass du jedem einen Spitznamen verpasst und es ihn noch halbwegs gut getroffen hätte. Tadhg hättest du sogar drei gegeben. Er hat sie uns nicht verraten, aber sie wären ihm männlich genug, dass er sich nicht weiter darüber aufregt, meinte er. Ach ja, und außerdem hast du versucht, Cathal am Schwanz zu packen.«

Emma verschluckte sich an ihrem Kaffee. »Was?«, rief sie und hustete, während ihr Kaffee am Kinn hinunterrann.

Jada reichte ihr gackernd eine Serviette und klopfte auf ihren Rücken, während Nessi missbilligend den Kopf schüttelte. Verständlich, immerhin hatte sie versucht, ihrem Lover an den …

Oh Gott! Das verstieß nicht nur gegen den Beste-Freundinnen-und-Hände-weg-von-allen-Fay-Code, sondern gegen so ziemlich jedes andere ungeschriebene Gesetz. Sie wollte vor Scham im Boden versinken.

»Nur an den rückwärtigen«, stellte Nessi klar, was das Ganze nur bedingt besser machte. Nessi senkte den Blick und scharte verlegen mit dem Fuß. Auf ihren Wangen bildete sich ein rosiger Schimmer. »Aber … auch da hat er ein paar erogene Zonen. Ist nicht schlimm, du warst ja betrunken und hattest keine Ahnung. Ich sag das nur, damit du es für die Zukunft weißt.«

»Woah«, Jada zwinkerte Nessi zu, »dein Freund hat zwei Schwänze? Kinky.«

Nessi schaute mit aufgerissenen Augen hoch und wurde noch roter. »Der eine ist doch kein richtiger, ich meine … der andere … also … der hintere ist ein Wirbelsäulenfortsatz, wie bei Tieren mehr oder weniger. Herrgott, Jada, so ist es doch nicht!«

»Und warum wirst du dann so rot?«, konterte Jada.

»Du bist doof!« Nessi bewarf sie mit einem zerknüllten Stück Küchenrollenpapier, dem Jada lachend auswich.

Nessi setzte sich zu ihnen an den Tisch und wechselte rasch das Thema. »Weshalb hast du dir eigentlich dermaßen die Kante gegeben, Emma?«

Sie schob sich eine Gabel Rührei in den Mund und zuckte mit den Schultern. »War nicht geplant, ich wollte eigentlich nur etwas raus, allein sein und dann, auf dem Weg in den Pub … tja, dann stand plötzlich der Prinz vor mir.«

»Was?«, rief Nessi schockiert, und in dem Moment wurde ihr klar, dass Nessi dachte, sie würde nicht von Krystal, sondern von dem anderen sprechen.

»Nein, nein«, beruhigte sie rasch ihre Freundin. »Nicht der, dessen Namen ich nicht sagen kann … also, nicht Du-weißt-schon-wer. Der andere.«

Jada blickte ein paar Mal irritiert zwischen ihnen hin und her. »Ihr klingt, als hätte Emma Lord Voldemort getroffen.«

Nessi schüttelte den Kopf. »Emma meint den, der … ähm … sie vor einem Jahr in den Síd entführt hat.«

Jada nahm den Fuß vom Tisch, wandte sich ihnen zu und faltete die Hände auf dem Tisch. »Ihr meint das Schwein, das sie brutal vergewaltigt und für ein ganzes Jahr zu einem seelischen Krüppel gemacht hat.«

»Jada!«, rief Nessi entrüstet.

»Was denn?«, verteidigte sich Jada. »Nennen wir das Kind doch zur Abwechslung mal beim Namen, statt immer nur drum herumzureden.«

Jetzt war ihr der wenige Appetit vollends vergangen.

Jada sprach zu Nessi, deutete mit der Hand aber auf Emma. »Ich habe es ehrlich gesagt satt, dass immer irgendwelche harmlosen Worte für die schreckliche Sache, die Emma widerfahren ist, benutzt werden. Wir helfen ihr nicht, indem wir das hübsch umschreiben, mit pinkfarbenem Zuckerguss begießen und Minimarshmallows obendrauf streuen. So wird sie sich nie mit dem, was passiert ist, auseinandersetzen können.« Sie schlug mit der Faust auf den Tisch. »Verdammte Scheiße, ich bin wütend! Ich bin wütend auf den Kerl und ich will, dass er leidet für das, was er ihr angetan hat!«

Nessi seufzte laut. »Das will ich auch, aber meinst du nicht, dass etwas mehr Sensibilität Emma gegenüber angebracht wäre?«

Emma ließ die Gabel sinken. »Uisdean«, murmelte sie leise, wurde jedoch offenbar von keinem der beiden gehört. Da stellte sie sich ihrer größten Angst und keiner bekam es mit.

»Wozu?«, rief Jada. »Damit sie denkt, dass es nicht okay wäre, wütend zu sein? Damit sie sich auch ja weiterhin wie ein Opfer verhält, weil sie denkt, dass alle das so von ihr erwarten? Ich will diesen Scheißkerl für seine Tat büßen lassen, aber noch mehr will ich, dass Emma es tut!«

»Ja«, erwiderte Nessi. »Ich stimme dir absolut zu. Aber wie wäre es, wenn wir das Emma entscheiden lassen und ihr etwas Zeit geben?«

»Uisdean«, wiederholte sie lauter, woraufhin ihre beiden Freundinnen sie schweigend anstarrten, statt weiterzustreiten. »Sein Name ist Uisdean. Prinz Uisdean, zweiter Anwärter auf den dunklen Thron und so weiter und so fort.«

Es war raus. Sie hatte es gesagt, und die Welt war nicht untergegangen. Jedenfalls nicht heute. Ihre Welt war an dem Tag untergegangen, als er, Uisdean, sie durch den Spiegel gezogen hatte. Wie dumm zu glauben, die bloße Erwähnung seines Namens könne das toppen. Jada hatte recht. Sie war wütend. Sie hatte so eine verfluchte Wut im Bauch, dass sie nicht wusste, wohin mit all dem Frust, der Verbitterung und dem Hass. Und sie hatte verdammt noch mal ein Recht darauf, wütend und aufgewühlt und von Rachegedanken zerfressen zu sein.

Entschieden türmte sie Ei, Bohnen und etwas Speck zu einem Häufchen auf den Toast, biss ab und kaute genüsslich. Jetzt schmeckte das Essen besser. Es war der süße Geschmack von Rache, der sich in ihrem Mund ausbreitete.

»Sein Name ist Uisdean«, wiederholte sie, »und ich werde mich an ihm rächen. Ich weiß noch nicht wann, ich weiß noch nicht wie oder wo, aber ich werde es irgendwann tun!«

Allein die Worte auszusprechen, bescherte ihr einen wahren Rausch. Sie war kein Opfer, bei Gott!

Jada gab ihr ein High Five. »Das ist mein Mädchen!«, sagte sie und auch Nessis Lippen umspielte ein Lächeln, wenn auch ein leicht besorgtes.

»Ach, übrigens«, Nessi lehnte sich vor, »was genau ist das für eine Nummer, von wegen nicht mehr lügen können?«

Oh, Mist. Dann hatte sie das gestern wirklich ausgeplaudert. Rasch trank sie einen Schluck Kaffee. Während sie Zeit schindete, weihte Nessi Jada in die Einzelheiten ein. Von den Fay und deren Unfähigkeit zu lügen und was sie gestern Nacht in die Runde posaunt hatte.

»Emmaaa …«, flötete Jada, sobald Nessi fertig war. »Was hältst du von meiner neuen Frisu-hur?« Früher hatte Jada diese grausigen Fake-Perücken getragen. Im letzten Jahr hatte sie damit aufgehört und angefangen, ihr kurzes Haar natürlich zu stylen. Inzwischen waren sie zu einem Afro gewachsen, der wild um ihren Kopf stand. Die Spitzen waren blondiert. Es gefiel ihr echt gut.

»Sieht super aus«, antwortete sie hundertprozentig wahrheitsgemäß.

»Und meine neuen Schuhe?«

Sie schaute unter den Tisch, um noch mal einen genauen Blick auf die neongrünen Lack-High Heels aus der Hölle werfen zu können.

»Die sehen aus, als hättest du sie einem Clown gestohlen, der nebenher als Nutte arbeitet.«

Jada schnalzte unzufrieden. »Ich kann keinen Unterschied zur alten Emma erkennen.«

Nessi lachte. »Ich denke, wir werden das bei Gelegenheit noch früh genug auskosten können, Jada. Blöd nur, dass Cathal und Tadhg das auch mitbekommen haben, Emma. Du wirst verdammt aufpassen müssen, wie du Dinge in Zukunft vor ihnen ausdrückst.«

Dabei fiel ihr brühheiß wieder etwas ein. »Ähm, übrigens, ich habe gestern möglicherweise eine klitzekleine Dummheit begangen.«

Nessi winkte ab. »Ach, was könnte schlimmer sein, als den Sluagh-Fürsten eine überdimensionierte Fledermaus zu nennen? Schieß los, was hast du getan?«

Sie knabberte unsicher an ihrer Unterlippe. »Mit dem Gott des Todes einen Deal abgeschlossen?«

Sie konnte förmlich dabei zusehen, wie ihrer Freundin das Blut aus dem Gesicht wich. Wie bei einem Klecks Tinte, den man mit Löschpapier von einer glatten, weißen Fläche sog.

»Du hast was?«, flüsterte Nessi.

Auch Jada betrachtete sie mit erhobener Augenbraue. »Hab ich mich verhört oder hast du gerade wirklich ›Gott des Todes‹ gesagt? Wow, Emma, du hast aber auch ein Talent, mit zweihundert Sachen auf den Highway to Hell abzubiegen! Immer wenn man denkt, dass es nicht schlimmer geht, toppst du es mit dem nächsten Knaller.«

Nessis Hände zitterten. »Du hast *was?*«, wiederholte sie hysterisch.

Sie wusste ja, dass es nicht gerade Kanone von ihr gewesen war, doch Nessis Reaktion erschien ihr ein wenig übertrieben. »Entspann dich, Nessi, so schlimm ist es nicht.«

»Mich entspannen? Was denkt ihr, weshalb ich Cathal gestern dabeihaben wollte? Der genaue Wortlaut ist verflucht wichtig, wenn man Deals mit Fay eingeht. Am besten, man schließt erst gar keine, aber wenn, dann muss man sich gegen jede noch so kleine Eventualität absichern, denn wenn man sich nicht auskennt, kann man ganz schnell in irgendwelche Fallen tappen.«

Jada rieb sich das Kinn. »Die würden prima Anwälte abgeben.«

»Ich habe doch nur zugestimmt, mich von ihm im Nahkampf unterrichten zu lassen, mehr nicht«, stellte sie klar.

Nessi betrachtete sie konzentriert und trommelte mit den Fingern nervös auf dem Tisch. »Okay, das ist jetzt ganz wichtig: Kannst du dich erinnern, was genau ihr vereinbart habt? Hat er irgendetwas davon gesagt, dass du in der Zeit des Trainings mit Leib und Seele ihm gehörst, damit er dich angemessen unterrichten kann, oder so etwas in der Art?«

»Natürlich nicht, dann hätte ich ja niemals zugestimmt. Ich bin doch nicht bescheuert.«

»Ich bin sicher, dass er das weiß, daher wird er es nicht so eindeutig formuliert haben. Mehr mit Worten wie ›voll und ganz‹ oder ›absolut‹ oder Ähnliches?«

Sie dachte kurz nach und schüttelte den Kopf. »Es ging wirklich nur darum, mir zu zeigen, wie ich einen Angriff besser umsetze.«

»Und dafür wollte er keine Gegenleistung?«, fragte Nessi skeptisch.

»Er sagte, mein Angriff auf ihn sei dilettantisch gewesen und dass ich lernen müsse, mich besser zu verteidigen, glaube ich.« Sie war sich allerdings nicht mehr sicher, ob er das genauso gesagt hatte oder ob sie das nur in seine Absichten hineininterpretierte. Aber wenn sie es hatte aussprechen können, musste es doch stimmen. Oder galt etwas nicht als Lüge, wenn man selbst davon überzeugt war?

Nessi entließ einen tiefen Atemzug, während sich ihre angespannten Schultern wieder etwas lockerten. »Okay, möglicherweise will er dir das wirklich nur zeigen, damit sein Abkommen mit mir nicht gefährdet wird. Wenn du dich besser verteidigen kannst, kommt auch ihm das zugute, schätze ich.«

»Blöd ist nur, dass ich dafür zu ihm in den Síd muss«, sagte sie und biss ein Stück Toast ab. »Aber ich werde es schon überleben. Ist vielleicht gar nicht schlecht, mich meinen Ängsten zu …« Ihr fiel Nessis eingefrorener Gesichtsausdruck auf. »Alles okay, Nessi?«

»In den Síd?«, wisperte ihre Freundin und starrte sie mit weit aufgerissenen Augen an.

»Warum?« Sie wurde nervös. »Ist … ist das schlecht?«

»Ihr habt aber keinen genauen Zeitpunkt ausgemacht, oder?« Nessi packte sie am Unterarm. Ihre Finger fühlten sich eiskalt an und ihre Stimme bekam wieder diese hysterische Färbung. »Bitte sag mir, dass ihr keinen genauen Zeitpunkt ausgemacht habt.«

»Doch. Ich glaube, irgendwann diese Woche. Aber beschwören könnte ich es nicht.«

»Habt ihr ausgemacht, für wie lange du bei ihm im Síd bleiben musst?«

Sie schüttelte den Kopf. So langsam ahnte sie, worauf Nessi hinauswollte. »Nein«, flüsterte sie.

Nessi ließ den Kopf auf den Tisch sinken und schlug die Hände über sich zusammen. »Oh, Emma!«, murmelte sie gegen die Platte.

»Verdammt, Nessi, du machst mir Angst«, sagte Jada. »Du machst uns beiden Angst. Was ist denn daran so schlimm?«

Nessi hob wieder langsam den Kopf und starrte geistesabwesend nach vorne. »Emma hat zugestimmt, freiwillig mit ihm in den Síd zu gehen.«

»So weit waren wir schon«, erwiderte Jada ungeduldig.

»Aber sie haben nicht spezifiziert, für wie lange«, fuhr Nessi fort. »Das heißt, dass er sie dabehalten kann, so lange er will. Niemand kann ihn daran hindern. Auch nicht, wenn er sie nie wieder gehen lassen und für immer dabehalten will.«

Bei Nessis Worten wich jegliche Wärme aus ihrem Körper, ihr wurde furchtbar kalt.

»Stopp«, Jada machte mit den Händen die Time-out-Geste, »wenn er so eine Nummer abzieht, holen wir uns Emma einfach wieder.«

»Einfach wieder.«, echote Nessi und stieß ein bitteres Lachen aus. »Er ist der verfluchte Gott des Todes. Wenn er sie nicht herausrücken will, wird er Möglichkeiten haben, uns davon abzuhalten. Habt ihr mal gesehen, wie er ohne Blendzauber aussieht?«

»Nö«, antwortete Jada. »Ich habe ihn generell noch nie gesehen.«

Sie hingegen hatte ihn durchaus schon ohne Blendzauber gesehen. Sie sah ihn ständig ohne Blendzauber und wusste genau, was Nessi damit sagen wollte.

»Aber«, sie schluckte schwer, »er ist doch auf dich angewiesen, Nessi. Droh damit, ihm seine Mächte einfach nicht wiederzubeschaffen, wenn er das macht.«

Nessi schüttelte betreten den Kopf. »Zu spät. Das hätten wir vereinbaren sollen, bevor wir den Deal gestern besiegelt haben. Er soll dich beschützen. Er könnte argumentieren, dass du nirgendwo sicherer bist als bei ihm im Síd. Abmachung erfüllt.«

»Fuck!«, kommentierte Jada. »Und dein Freund? Der Typ mit den zwei Schwänzen. Der ist doch auch von einem gewissen Kaliber, oder?«

»Ja, aber Cathal hätte keine Veranlassung, Emma da herauszuholen. Sie hat ja selbst einen Deal mit dem Todesgott geschlossen. Nach Fay-Gesetzen ist das eine völlig legitime Abmachung.«

»Und dass sie betrunken und unzurechnungsfähig war, zählt nicht?«, fragte Jada entrüstet.

»Nein«, erwiderte Nessi.

Emma zitterte am ganzen Körper und versuchte es mit Vernunft. Irgendwie musste sie aus der Nummer wieder herauskommen können.

»Aber weshalb sollte er mich dabehalten wollen?«, wisperte sie.

Nessi rieb sich die Stirn. »Weshalb tun Fay, was sie tun? Ich weiß es nicht, Emma. Vielleicht plant er, einen Doppel-Deal klarzumachen. Von mir hat er die Zusicherung, dass ich seine Macht in einem guten Moment stehle, und mit Uisdean geht er den Ursprungsdeal mit einigen Modifikationen ein. Statt dich umzubringen, hält er dich bis zu deinem Tod bei sich gefangen oder so. Somit hätte er beide Abmachungen erfüllt. Oder er behält dich aus Spaß, als menschlichen Sklaven oder als seine Mätresse.« Sie vergrub die Hände in ihre braunen Locken. »Mist, Mist, Mist!«

Ein eiskalter Schauer rann ihre Wirbelsäule entlang. Das hatte sie nicht bedacht.

»A-Aber hattest du mit ihm nicht ausgemacht, dass es keine ›Extras‹ gibt?«

»Doch. Immerhin«, seufzte Nessi.

Die Berührung von Jadas Hand auf ihrem Arm ließ sie zusammenzucken.

»Hey, wir finden schon einen Weg«, beruhigte diese sie. »Zur Not stürmen wir seine Gruft oder wo auch immer der Tod wohnt, und ich lasse mich von meiner Tante eben doch zur Voodoo-Queen ausbilden. Das kriegen wir hin, Süße!«

Sie sah zu Jada auf. »Wolltest du nicht aus dem ganzen Hexenmist herausgehalten werden?«

Jada schnalzte mit der Zunge. »Mädchen, mit euch als Freundinnen stecke ich schon bis zur Kinnlade in diesem Hexenmist.« Sie zwinkerte ihr zu. »Und zwischen einer Feengeküssten oder wie auch immer der Fachausdruck für dich ist, und einem uralten Gefäß-der-Macht-Síd-Relikt komme ich mir ja schon fast langweilig vor.«

In einem Anflug von Sentimentalität warf sie sich erst Jada, dann Nessi um den Hals und teilte ihnen unter Tränen mit, dass sie die besten Freundinnen der Welt wären.

Nach diesem Taschentuch-Moment steckten sie die Köpfe zusammen, gingen alle möglichen verschiedenen Szenarien hypothetisch durch und schmiedeten Pläne. Von Flugzeugentführungen in den Síd hinein – Jada saß als Stewardess jetzt praktisch an der Quelle – über Voodoo-Magie bis hin zu der Idee, dass Emma den Gott des Todes einfach so lange nerven würde, bis er sie freiwillig rauswarf. Selbst Nessi konnte am Ende wieder lachen, obwohl sie sich mit den brutalen Machenschaften der Fay am besten auskannte.

»Ach, bevor ich es vergesse«, sagte Nessi, stand auf und holte einen unfrankierten Karton von der Küchenzeile, den sie auf den Tisch stellte. »Das stand heute Morgen im Flur vor der Wohnungstür.«

Lediglich ›Für Emma‹ stand mit schwarzem Edding oben drauf. Von ihren Eltern? Aber die hätten es ja wohl per DHL geschickt oder mal geklingelt, wenn sie es persönlich vorbeigebracht hätten. Außerdem erkannte sie nicht die graziös geschwungene Schrift auf dem Karton.

Jada trommelte mit den Fingern auf den Tisch. »Ach ja, richtig. Ich warte schon den ganzen Morgen darauf, dass du es öffnest.«

Mit einem mulmigen Gefühl stand sie auf und faltete vorsichtig den Pappdeckel auseinander. Sie mochte es nicht, ein Paket zu bekommen, wenn sie nichts erwartete oder bestellt hatte.

Sie erinnerte sich daran, als Jada mal einen Brief von der Polizei bekommen hatte, weil sie, ohne es zu merken, ein parkendes Auto geschrammt hatte und weggefahren war. Jemand musste sie dabei beobachtet und Anzeige erstattet haben. Seitdem bekam Jada bei unerwarteten, offiziell aussehenden Briefen Schweißausbrüche. Nessi und sie nannten es das Kätzchen-auf-dem-Herd-Prinzip. Wenn sich eine Katze einmal an einem heißen Herd verbrannt hat, wird sie sich nie wieder auf eine Herdplatte setzen, selbst wenn diese völlig kalt ist.

Früher wäre sie bei einem unbekannten Paket neugierig geworden, aber inzwischen war sie selbst das Kätzchen auf dem Herd. Murphys Gesetz war zu ihrem persönlichen Motto geworden: Alles, was schiefgehen kann, wird auch schiefgehen.

In dem Karton befand sich eine antik aussehende simple Holzkiste mit einem verrosteten Schnappverschluss. Nessi und Jada halfen ihr, die Kiste aus dem Karton zu befreien, indem sie die Pappe unten festhielten. Sie entriegelte den Verschluss. Bevor sie den Deckel öffnete, sah sie zu ihren Freundinnen.

»Weiß eigentlich einer von euch, wie die Büchse der Pandora genau aussieht?«

»Nun übertreib nicht gleich«, entgegnete Jada. »Na, los, öffne das Teil!«

Als sie den Deckel hob, entwichen nicht die Laster der Menschheit und überfluteten ihre Küche mit Tod, Krankheit und Übel.

Vor ihnen offenbarten sich ein blutiger Fleischklumpen – der bei genauem Hinsehen wie ein Herz aussah – und daneben eine einzelne, blutbesprenkelte weiße Feder mit dünnem Goldrand.

Mit zittrigen Händen nahm sie die Feder aus der Kiste und starrte sie an, als wäre sie Dornröschens vergiftete Spindel, während Nessi und Jada ihre Blicke nicht von dem Herzen abwenden konnten. Es lag am Boden der Kiste und schlug seinen gleichmäßigen Takt, wie so ein verdammter Halloween-Scherzartikel.

Aber das Herz war eindeutig echt.

20

Nur äußerst widerwillig war Tadhg auf Clíodhnas Drängen hin in den Síd gekommen.

Emma befand sich mit Lady Nessya in der vor Unseelie geschützten Wohnung. Krystal könnte nicht zu ihr durch, und bei seiner Angst vor dem *Gefäß der Macht* bezweifelte er ohnehin, dass der junge Prinz es wagen würde. Das Risiko, dass Emma etwas zustieß, war somit eher gering. Wie er sie einschätzte, würde sie es dennoch irgendwie schaffen, in Schwierigkeiten zu geraten. Das Mädchen war leichtsinnig, vorlaut und ein wahrer Magnet für Probleme.

Doch sie imponierte ihm, und das schafften nicht viele. Als er sie das erste Mal in ihrem Krankenbett gesehen hatte, hätte er niemals vermutet, dass unter dieser zarten, zerbrechlich wirkenden Oberfläche so viel Kraft steckte, und diese Kraft schien täglich zu wachsen. Offenbar war sie sich dessen nicht einmal bewusst. Er konnte es kaum erwarten, mit ihrer Ausbildung zu beginnen und sie an ihre Grenzen zu treiben. Am Anfang würde sie ihn für seine Methoden sicher hassen, doch letztendlich wäre sie ihm dankbar. Er kannte Leute von ihrem Schlag. Dabei zuzusehen, wie sie ihre Grenzen überwand, über sich hinauswuchs und schließlich zu einer wahren Kriegerin wurde, würde Spaß machen. Zugegebenermaßen war das jedoch nicht der einzige Grund, weshalb er sie zu sich in den Síd holen wollte.

Ihm hatte sehr gefallen, als sich im Taxi dieser zarte Körper an ihn geschmiegt hatte. Und das, obwohl er sich in dem Auto mit all dem Metall um ihn herum besonders stark auf die Aufrechterhaltung des Blendzaubers hatte konzentrieren müssen. Zum Glück war sie zu betrunken gewesen, um seine Reaktion auf sie zu bemerken.

In ihrem Zustand hätte er die Lage nicht ausgenutzt, dennoch war er froh, dass das Gefäß und der Heerführer anwesend waren, als er sie in ihrem Zuhause ablieferte. Einerseits.

Doch andererseits …

Nein, er verbot sich solche Gedanken. Das Mädchen war feengeküsst und er wusste, was passieren musste, damit ein Mensch diesen Zustand erreichte. Zum einen hatte sie bereits genug durchgemacht und zum anderen hielt sie von Fay nicht sehr viel.

»Tadhg!« Clíodhna riss ihn aus seinen Gedanken. »Hörst du mir überhaupt zu?«

Er räusperte sich. »Nassaïr plant, durch eine List Königin Siobhánn dazu zu zwingen, dem Unseelie-Hof die Magie zurückzugeben.«

Er wiederholte lediglich die Worte, die in seinen Ohren gelandet waren, ohne Zeit gehabt zu haben, sie zu verarbeiten. Jetzt, da er es laut ausgesprochen hatte, wurde ihm klar, welch ungeheuerliche Neuigkeit das darstellte. Solange er sich in der Menschenwelt einquartiert hatte, versorgte Clío ihn mit den neuesten Informationen. Statt sich heute lasziv vor dem Kamin auf den Fellen zu räkeln, saß sie geschäftsmäßig auf der anderen Seite seines Tischs. Die Lage schien ernst zu sein.

Sie sah ihn, vermutlich wegen der gleichgültig vorgetragenen Zusammenfassung, erstaunt an.

»Die aufgeheizte Stimmung bei dem Treffen der Kobolde muss den Weg geebnet haben«, ergänzte sie. »Der Prinz meint, dass es keinen geeigneteren Zeitpunkt gäbe.«

Nur Nassaïr war mit der Tollkühnheit und dem nötigen Größenwahn ausgestattet, ein solch waghalsiges Unternehmen voranzutreiben. Uisdean mochte zwar mit dem Ego einer Galaxie ausgestattet sein und genoss die Anerkennung und den Einfluss, doch er war kein Visionär. Anders als sein großer Bruder strebte er nicht danach, über das Volk der Unseelie zu herrschen. Ihm reichte die Anerkennung, die er fürs Verhökern der Lebensfreude der Menschen genoss. Den Konsumenten versprach er einen Rausch von einigen Minuten bis zu mehreren Stunden – je nachdem, wie konzentriert die Lebensfreude, das heißt wie glücklich der Mensch gewesen war. Manche Unseelie waren bereits so süchtig danach, dass Uisdean einiges an Kontrolle über sie besaß. Auf solche Dinge stand er, aber nicht auf die Verantwortung für ein gesamtes Volk und schon gar nicht darauf, den Seelie entgegenzutreten. Ebenso Krystal. Der lebte in seiner eigenen Realität und hatte kein Bestreben danach, das Unseelie-Volk zu führen. Nassaïr auf der anderen Seite war machthungrig und wahnsinnig genug, um einen Aufstand gegen die Seelie zu planen.

Clíos Augen funkelten aufgeregt. »Er verspricht uns und allen anderen Unseelie einen Weg aus der Unterjochung. Oh, Tadhg, wäre das nicht wunderbar?«

»Und lass mich raten: Dafür verlangt er nichts Geringeres, als zum König der Unseelie ernannt zu werden.«

Sie hob grazil die Schultern. Für sie schien diese unbedeutende Nebensächlichkeit keine große Rolle zu spielen. Clío ließ sich sowieso von niemandem etwas sagen. Außer von ihm. Manchmal.

»Als erstgeborener Sohn stünde ihm die Position ohnehin zu, solange der König vermisst bleibt. Und falls Königin Siobhánn abdanken sollte.«

»Wen hat Prinz Nassaïr bereits auf seiner Seite?«, fragte er.

»Die Oger. Wobei es bei deren IQ nicht schwer gewesen sein dürfte, sie zu überzeugen.«

Das stimmte, sobald die Oger Gelegenheit bekamen, Randale zu veranstalten, waren sie dabei.

»Dann hat er noch die meisten niederen Unseelie und etliche aus den mittleren Kasten für sich gewinnen können. Auch ein paar hochranginge, wie die Lady der Spiegel, die sieben Nixen und Mac-Néamh.«

»Was ist mit Mac-Néamhs Schatten?«

»Das weiß ich nicht. Oh«, ihr schien etwas einzufallen, »und das Volk der Kobolde natürlich.«

Das waren allerdings gewichtige Neuigkeiten. »K'vrogs hat ihm die Unterstützung seines Volkes zugesagt?«

Seit jeher hatten die Kobolde die Schlachten für die Unseelie ausgefochten. Sie waren das Fußvolk, die Schläger, der Pöbel. Aber vor allem waren sie viele. Mit den Kobolden auf seiner Seite würde es sich nur noch um eine Frage der Zeit handeln, bis der Rest nachzog und Nassaïr seinen Plan in die Tat umsetzen konnte.

»So ist es, und nun fragt er, ob sich das Volk der Banshees ihm ebenfalls anschließen wird.«

»Und? Was hältst du davon?«

Sie schloss die Augen und atmete tief durch. »Ich weiß es nicht, Tadhg. Sein Plan ist so simpel wie verheerend und könnte sogar funktionieren.«

»Doch …?«

»Doch zu welchem Preis?«

Genau für diesen kühlen, rationalen Kopf hatte er Clíodhna immer geschätzt. Sie war nicht der Typ Frau, die unbedingt ihrem Liebhaber gefallen wollte, bis zu dem Punkt, an dem sie sich selbst aufgab. Sie blieb sich treu. Für Clíodhna stand nur eine einzige Person an erster Stelle, und das war Clíodhna. Sie würde niemals jemanden mehr lieben als sich selbst. Nicht einmal einen einflussreichen Unseelie-Prinzen, wenn der Schaden in ihren Augen den Nutzen überstieg.

Die Banshees waren eitle Geschöpfe. Früher waren sie von den Menschen geächtet worden, doch nach Jahrhunderten an Aufwand und Bemühungen hatten sie es geschafft, in einem besseren Licht dazustehen und nicht mehr gefürchtet zu werden. Stattdessen wurden sie manchmal sogar als sanft und tröstend beschrieben, die die Seelen am Übergang ins Totenreich willkommen hießen. Sie mochten diesen Ruf, der sich aufgrund von Siobhánns Propaganda leider nur langsam verbreitete. Mittlerweile – nachdem die Seelie ihre Magie gestohlen hatten – waren sie, wie alle anderen auch, nichts weiter als Erinnerungen und Sagengestalten.

Sollte Nassaïr seinen Plan durchziehen, wäre es damit vorbei. All die Kreaturen, vor denen sich die Menschen einst gefürchtet hatten, kämen aus der Welt der Legenden wieder herausgekrochen und würden zur Realität. Der noch sehr fragile gute Ruf der Banshees, den sie sich durch mühsame Aufklärungsarbeit über mehrere Jahrhunderte hinweg erarbeitet hatten, wäre erst einmal dahin. Und die Erfolgsaussichten von Nassaïrs Plan waren eher mäßig.

Er rieb sich nachdenklich das Kinn. »Nassaïr hofft also – indem er die Unseelie ohne Blendzauber wildernd und wütend auf die Menschen loslässt und die Fay somit outet –, dass den Seelie nichts anderes übrig bleiben würde, als den Unseelie die Magie zurückzugeben?«

»Das ist sein Plan.«

»Ein äußerst wackeliger Plan. Ist ihm, abgesehen davon, klar, dass er an zwei Fronten kämpfen wird? Wenn ich eines über Menschen weiß, dann, dass sie eine äußerst aggressive und reizbare Rasse sind. Sobald der erste Schock überwunden ist – und das geht bei denen meist sehr schnell –, werden sie mit voller Wucht zurückschlagen. Sie mögen sterblich sein, doch sie sind inzwischen sieben Milliarden und haben Waffen, die selbst für Fay gefährlich werden können. Die Seelie werden den Verstoß gegen die Geheimhaltungsklausel unserer Art auch nicht einfach so hinnehmen. Viele werden umkommen. Auf allen Seiten.«

Sie nickte. »Das ist Nassaïr bewusst. Er sagt, keine Revolution ohne Opfer.«

»Er ist ein Idiot.«

»Tadhg, überleg doch mal«, sie beugte sich über den Tisch und sah ihm eindringlich in die Augen, »du hättest deine Magie wieder. Sobald das der Fall ist, würde die Magie ins Reich der Banshees zurückkehren. Wir alle besäßen unsere Magie wieder. Unsere Bestimmung. Es steht und fällt mir dir, da du unser Anführer, unser Gebieter bist.«

Dessen war er sich bewusst, die Magie folgte einer hierarchischen Ordnung. Ihm kam ein Gedanke. »Hat er den Heerführer der Sluaghs schon gefragt?«

»Ja, doch den bindet ein eigenes Abkommen mit Siobhánn daran, das Heer aus Streitigkeiten gegen Seelie herauszuhalten. Er hat abgelehnt.«

Das war mit Sicherheit nicht der Grund für die Absage. Das Abkommen des Sluagh-Fürsten bezog sich darauf, keinen Krieg gegen die Seelie anzufangen. Die Möglichkeit, dass die Unseelie über die Menschen herfallen könnten, hatte Siobhánn offenbar nicht in Betracht gezogen. Vermutlich konnte sie sich in ihrer grenzenlosen Arroganz einen solchen Ungehorsam nicht einmal vorstellen.

Er schüttelte den Kopf. »Wenn einmal das Chaos ausbricht, werden sich die Sluaghs dem anschließen. Ohne Kontrolle bei den Menschen wüten zu dürfen, ist für die wie ein All-you-can-eat-Büffet. Dagegen wird selbst der Heerführer nichts unternehmen können.«

»Wie schrecklich. Die vielen armen Seelen.«

»Ja«, stimmte er Clío nachdenklich zu. Man konnte über die Banshees sagen, was man wollte. Doch sie waren äußerst empathische Geschöpfe, denen das Seelenheil der Menschen am Herzen lag.

Clíodhna öffnete den Mund, um etwas zu sagen, als ein Ruf durchs Zimmer flüsterte. Es klang, als würden Geister simultan seinen Namen rufen. Die geisterhaften Stimmen teilte ihm außerdem mit, von wem der Ruf stammte. Von hier aus konnte er sehen, wie die Oberfläche des Wassers in dem Becken neben dem Bett vibrierte und von der Mitte zum Rand hin ringförmig Wellen schlug, als hätte jemand ein Steinchen hineingeworfen.

»Wenn man vom Heerführer spricht …«, murmelte er.

In diesem Fall konnte die Redensart wörtlich genommen werden. Während der letzten zwei Jahrhunderte hatten sich einige wenig schmeichelhafte Floskeln um den Heerführer der Sluaghs herum etabliert.

Er war es auch, der ihn jetzt rief.

27

Bevor Nessi Cathal herbat, schickten sie Jada in ihre Wohnung zurück. Menschen durften nichts von der Existenz der Fay wissen, und sie zogen es alle drei vor, Jada nicht unnötig in Gefahr zu bringen.

Für Jada könnten sie sicher eine Ausnahme aushandeln – zumal sie ja sowieso eine Hexe war –, aber das musste nicht unbedingt zu einem Zeitpunkt geschehen, an dem ihnen noch eine Trillion anderer Probleme im Nacken saßen. Im Augenblick hatten sie genügend Baustellen, mit denen sie sich befassen mussten.

Sobald Cathal da war, bestand der wiederum auf der Anwesenheit des Extotengottes, da Emma nun in Tadhgs Verantwortungsbereich fiel. Nach Fay-Etikette wäre es wohl unhöflich und respektlos, ihn nicht zu involvieren. Bei denen schien es recht bürokratisch abzulaufen. Innerlich stöhnte sie genervt. Nach der Nummer von gestern hatte sie so was von keine Lust, ihn zu sehen, aber in Anbetracht der Umstände blieb ihr nichts anderes übrig.

Nessi schlug allerdings vor, Tadhg erst einmal nicht mit dem Deal, den sie miteinander geschlossen hatten, zu konfrontieren. Sie kannten bisher seine genauen Absichten nicht, und es wäre dumm, ihm möglicherweise irgendwelche Ideen zu geben, die er ursprünglich gar nicht geplant hatte. Auch diese Brücke würden sie überqueren, sobald sie vor ihr standen.

Cathal schien sich über die Tatsache, dass der Gott des Todes sie im betrunkenen Zustand zu einem Deal bequatscht hatte, furchtbar zu amüsieren. Verdammte Fay!

Zumindest wusste sie jetzt, dass sie in deren Anwesenheit noch vorsichtiger sein musste. Man konnte ihnen nicht trauen. Je mehr sie über diese neue, aber eigentlich uralte Welt erfuhr, desto mehr verstand sie, weshalb sich Nessi in der Vergangenheit immer so misstrauisch verhalten hatte. Für jemanden, der scheinbar magielos – wie früher alle geglaubt hatten – dort aufgewachsen war, mussten ihr Argwohn, ihre ständige Befürchtung, getäuscht zu werden, und die Angst vor diesen Geschöpfen ins Blut übergegangen sein. Von Kindesbeinen an war das ihre Realität gewesen. Arme Nessi.

Tadhg traf am späten Nachmittag ein, nachdem Cathal ihn mithilfe einer Wasserschale, eines Tropfens seines Blutes und eines bestimmten Spruchs gerufen hatte. Sobald er ankam und sie alle beisammen waren, holte Nessi ohne weitere Umschweife die Kiste hervor und übergab sie Cathal.

»Bereit?«, fragte sie.

Sie standen in der Küche um den Tisch herum, als er sie öffnete und hineinsah. Einen Moment lang blieb er völlig regungslos, bis seine Augenbrauen auf seiner Stirn ein paar Zentimeter höher wanderten. Was dieser Gesichtsausdruck bedeutete, wusste sie nicht, dafür kannte sie ihn nicht gut genug.

Während er ruhig blieb, steigerte sich Nessi dafür umso mehr in ihren Frust hinein.

»Was zum Teufel ist das jetzt wieder für eine kranke Nummer, hm? Soll das irgendeine beknackte Warnung im Stile der Mafia sein? Oder will uns dieser Prinz einfach nur Angst einjagen? Oder zu Tode ekeln? Wessen Herz ist das überhaupt und wieso schlägt es noch? Ich hoffe für ihn, dass es nur ein Schweineherz ist, das mit Magie animiert wird oder so. Der soll mir mal zwischen die Finger kommen, dem sauge ich die Magie bis zum letzten Tropfen aus dem Körper. Verflucht!«

Cathal räusperte sich, auf seinem Gesicht ein winziges Lächeln, bevor er wortlos den Deckel schloss und Tadhg die Kiste überreichte. Tadhg nahm sie entgegen, öffnete sie und sah hinein. Im Gegensatz zu Cathals amüsierter Miene verdunkelten sich seine Züge. In seinem Kiefer zuckte ein Muskel und die Haut seines Gesichts spannte sich straff über die Wangenknochen, während seine Augen zornig funkelten. Ansonsten blieb er still.

Unheimlich still.

Je länger er hineinsah, desto finsterer schien seine Stimmung zu werden. Irgendwie breitete sich in ihr das Gefühl aus, dass es unter dieser ruhigen Fassade gerade ganz gewaltig brodelte. Aber warum?

Mit langsamen, überlegten Bewegungen stellte er die Kiste auf den Tisch, nahm die Feder heraus und studierte sie eingehend, als hätte er noch nie in seinem Leben eine goldgeränderte Feder gesehen. Ohne Vorwarnung zerdrückte er sie plötzlich in der Hand und ließ die geknickten Überreste auf den Tisch fallen. Es handelte sich nur um eine Feder, dennoch lief es ihr eiskalt den Rücken hinunter.

»Und?«, fragte sie vorsichtig. »Was bedeutet das?«

Nessis Blick nach zu urteilen, schien sie von Tadhgs Aktion ebenso schockiert zu sein.

Cathals unbekümmerter Tonfall milderte die Anspannung im Raum wieder etwas ab. »Es gibt eine gute und eine schlechte Neuigkeit. Welche zuerst?«

Er stand mit verschränkten Armen gegen die Arbeitsplatte gelehnt, ein Flügel zusammengeknickt hinter seinem Rücken, den anderen seitlich etwas ausgebreitet. Als sich Nessi neben ihn stellte, legte er ihn wie einen Arm um ihre Schulter. Sie schmiegte sich automatisch hinein, und während er Nessi näherzog und sanft über ihren Arm strich, sah er sie so zärtlich an, dass sich Emma unwillkürlich fragte, ob ihre grundsätzlich negative Einstellung den Fay gegenüber gerechtfertigt war.

Denn eines wurde ihr in dem Augenblick bewusst: Er liebte Nessi. Es war eine kleine, beiläufige Geste, der sich beide offenbar nicht einmal bewusst waren. Es gab ihr Hoffnung.

Sie schloss die Augen und rieb sich die Stirn, um sich wieder aufs Hier und Jetzt zu konzentrieren.

»Zuerst die gute Nachricht bitte«, sagte sie und schaute auf.

Cathal nickte. »Es handelt sich weder um eine weitere Todesdrohung noch um eine Warnung.«

Nessi schnaubte. »Dann ist das also ein echt geschmackloser Scherz?«

»Nein«, Cathal schüttelte entschieden den Kopf, »kein Scherz, definitiv kein Scherz. Ich fürchte, dass es Krystal damit todernst ist. Das schlagende Herz in der Kiste ist seins.«

Sie traute ihren Ohren kaum. »Der Fay-Prinz hat mir sein eigenes Herz geschickt?«

Cathal nickte.

»Aber warum?«

Cathal holte Luft, doch es war Tadhg, der antwortete. »Das ist die schlechte Nachricht«, sagte er dunkel, ohne den Blick von der auf dem Tisch liegenden zerstörten Feder zu nehmen. »Krystal macht dir den Hof.«

»Was?«, schrillte sie. Alles, nur das nicht. Das Letzte, was sie gebrauchen konnte, war ein weiterer Prinz, der ein Interesse an ihr entwickelte.

Cathal lachte. »Was hast du nur mit dem armen Jungen gemacht, dass er sich Hals über Kopf in dich verliebt hat?«

»Verliebt? Den Hof machen? Gar nichts, um Gottes willen. Ich habe gar nichts gemacht.« Verzweifelt schaute sie ihre Freundin an. »Ich hab ihm in die Eier getreten, das habe ich gemacht.«

»Du hast ihn geküsst«, ergänzte Tadhg ruhig, »bevor du ihm zwischen die Beine getreten hast.«

Im Geiste schlug sie sich mit der Hand gegen die Stirn. Richtig, das hatte sie völlig vergessen. »Aber doch nur, um ihn abzulenken.«

Nessi sah sie mit aufgerissenen Augen an und versuchte ein Lächeln zu unterdrücken. Wie schön, dass hier alle offenbar auf ihre Kosten kamen. Außer Tadhg natürlich, der wirkte ziemlich angepisst. Sie verstand nicht, was ihn so wütend machte. Schlimmer als der Angriff gestern auf der Straße fand sie das Paket mit dem geschmacklosen Inhalt jedenfalls nicht. Sicher, es war nicht gerade etwas, was man sich als Frau wünschte. Blumen und Pralinen kamen für gewöhnlich besser an, aber solange sich keine Bombe, Rauchgas oder Gift in dem Karton befand, konnte sie damit leben. Ihrer Meinung nach war jeder Tag, an dem niemand versuchte, sie zu töten, ein guter Tag, und der heutige war bereits zur Hälfte vorbei, ohne dass jemand einen Anschlag auf sie verübt hatte.

Himmel, wie ihre Ansprüche gesunken waren …

»Du hast ihn geküsst?«, fragte Nessi grinsend.

»Herrgott! Damit er nicht mit dem Tritt rechnet. Das ist doch der älteste Trick der Welt.«

Nessi tarnte ihr Lachen in einem Husten. Cathal hingegen war nicht so höflich. Er warf den Kopf in den Nacken und lachte laut.

Sie verschränkte die Arme vor der Brust. »Statt mich auslachen – so lustig ist das nämlich nicht –, könntet ihr vielleicht versuchen, etwas Konstruktives zu der Situation beizusteuern.«

»Entschuldige, Emma«, sagte Nessi lächelnd, löste sich aus Cathals Flügel und legte die Hand auf ihre Schulter. »Aber du musst zugeben, dass das auf eine äußerst tragische Weise irgendwie komisch ist.«

»Jaja, wie auch immer …«, erwiderte sie augenrollend und wandte sich an Cathal. »Wenn er mir, wie ihr behauptet, den Hof macht, wieso schenkt er mir dann überhaupt sein Herz? Habt ihr Fay nicht das Memo bekommen, in dem steht, dass das nur eine Redensart ist?«

Tadhgs ernster Tonfall lenkte ihre Aufmerksamkeit zurück zu ihm. »Indem er dir sein Herz schickt, macht er sich sehr verwundbar«, erklärte er geduldig. »Vor dir, aber auch, solange kein Herz in seiner Brust schlägt, vor anderen. Bei uns ist das die höchste Form von Hingabe, Wertschätzung und Vertrauen.«

Sie zuckte mit den Schultern. »Bei uns ist es so ziemlich das Krankste und Freakigste, das man tun kann.«

Nessi schüttelte amüsiert den Kopf. »Sieht nach einem klassischen Fall von kulturellem Missverständnis aus.«

»Und jetzt?«, fragte sie trotzig. »Ich will sein Herz nicht.«

Inzwischen wirkte Tadhgs Miene wieder neutral und unbekümmert, geradezu gleichgültig. Der kurze Anflug von Wut schien verflogen zu sein.

»Ob du es willst oder nicht, doch wenn du Krystal nicht kränken möchtest – wovon ich dir dringend abraten würde –, musst du in irgendeiner Form auf diesen … Liebesbeweis reagieren.«

Die Pause, bevor er eine Beschreibung für diese eklige Zusendung gefunden hatte, war ihr nicht entgangen. Sie war sich nicht ganz sicher, meinte jedoch, so etwas wie Zynismus herausgehört zu haben. War seine Wut möglicherweise doch nicht verflogen? Versteckte er sie nur besser?

Aber für einen angepissten Todesgott hatte sie jetzt keine Zeit. Erst die Situation mit dem liebeskranken Prinzen, dann das angekratzte – warum auch immer – Ego des Gottes.

»Wie?«, wollte sie wissen.

Dieses Mal antwortete Cathal. »Bei uns ist es Brauch, dass sich Liebende gegenseitig ihre Herzen schenken. Normalerweise gibt man seiner Angebeteten etwas Zeit, damit sie eine Entscheidung treffen kann. Im besten Fall nimmt sie das Angebot natürlich an, schneidet sich ihr eigenes Herz heraus, tauscht es aus und überlässt es dem Antragsteller. So schlägt fortan das Herz des jeweils anderen in der eigenen Brust.«

»Wie romantisch. Igitt«, kommentierte Nessi trocken. »Du hast mir dein Herz aber nicht geschenkt. Nicht, dass ich es – also, das Organ – wollen würde …«

»Ich habe mir schon gedacht, dass du nicht gerade mit Jubelgeschrei darauf reagiert hättest. Schließlich bin ich von der Welt der Menschen nicht ganz so abgekoppelt wie unser soziopathischer Prinz. Abgesehen davon ist es durchaus romantisch, du *Mensch.*«

Sie wirkten wie ein altes Ehepaar. Nessi rollte mit den Augen. »Dir ist schon klar, dass unser Prinz bei all der Romantik eine klitzekleine Kleinigkeit nicht bedacht hat, oder?«

»Und was wäre das?«, fragte Cathal.

»Emma ist ein *auch* ein *Mensch*. Eine solche Prozedur würde sie umbringen.«

»Stimmt. Ich denke, dass Krystal nicht so weit gedacht hat«, nahm er den Prinzen in Schutz. »Er lebt in seiner eigenen kleinen Welt, die mit der Realität wenig zu tun hat. Außerdem verlässt er den Síd nur selten und kennt sich wie gesagt mit Menschen nicht besonders gut aus.«

Unsicher schlang sie die Arme um sich. »Welche Optionen habe ich denn?«

Cathal dachte kurz nach. »Wenn du grundlos ablehnst, wird er das vermutlich nicht akzeptieren, Emma. Krystal ist einer der Prinzen und die sind ein Nein nicht gewohnt.«

»Ja, die Erfahrung habe ich schon einmal gemacht.«

»Er wird dir wahrscheinlich so lange den Hof machen, inklusive spezieller Geschenke, bis du einlenkst oder einen wirklich triftigen Grund vorweisen kannst, weshalb du ihn nicht zu deinem Geliebten nehmen willst oder kannst.«

Ihr wurde ganz schlecht. Sie wollte weder den Prinzen als Geliebten haben noch für den Rest ihres Lebens morgens irgendwelche seltsamen Körperteile oder wer weiß was vorfinden. Fay schienen ziemlich kreativ werden zu können, was das betraf.

»Und was wäre ein solcher Grund?«, fragte Nessi.

Cathal lächelte breit. »Wollt Ihr es ihr sagen, Tadhg, oder soll ich?«

Sie schaute zu Tadhg, der sich bisher zurückgehalten und eine nichtssagende Miene aufgesetzt hatte. Doch jetzt schimmerte durch diese roten Augen wieder Hitze hindurch, als bestünden sie aus glühender Kohle.

»Ihr amüsiert Euch gerade prächtig, Heerführer der Sluaghs, richtig?«

»In der Tat«, erwiderte Cathal mit diesem blasierten Lächeln auf dem Gesicht. Dieser Schlagabtausch bekam eine sehr persönliche Note. Sie hatte das Gefühl, dass sich die beiden zwar respektierten, die obligatorischen Machtspielchen aber trotzdem zur Tagesordnung gehörten.

»Ich habe keine Ahnung, was ihr beide jetzt für ein Problem miteinander habt, aber ehrlich gesagt ist es mir auch egal. Was soll Tadhg mir sagen?«

Tadhg räusperte sich, und als er sie ansah, verschwand die Hitze aus seinen Augen, stattdessen wurde sein Blick mild. »Das Einzige, das Krystal vermutlich als triftigen Grund akzeptieren würde, ist, wenn du dir einen anderen, ihm ebenbürtigen Geliebten nimmst.«

Sie schluckte schwer. »Ihm … ihm ebenbürtig?«, fragte sie leise.

»Einen ranghohen Fay«, half Cathal. »Ein Gott würde sich für die Rolle zum Beispiel durchaus qualifizieren, selbst wenn er derzeit keine Magie hätte. Ist aber nur ein hypothetischer Vorschlag, ich habe gerade niemand Bestimmten im Kopf.«

Sie seufzte tief. »N-Nichts für ungut, Tadhg, aber ich … ich will keinen Fay-Geliebten.«

»Gut, denn ich will keine menschliche Geliebte.« Tadhgs Miene blieb so ausdruckslos wie sein Tonfall nichtssagend war. Trotzdem wurde sie das Gefühl nicht los, ihn gerade unheimlich gekränkt zu haben.

Cathal räusperte sich. »Dann viel Spaß damit, das Krystal zu erklären, Emma.«

Nessi versetzte ihm einen Schlag gegen die Rippen und sah ihn missbilligend an, was ihn jedoch nicht wirklich zu beeindrucken schien.

Mit geschlossenen Augen rieb sich Emma die Schläfen. »Was ist mit einem Menschen? Könnte ich nicht einen menschlichen Alibi-Freund haben?«

»Sicher«, erwiderte Cathal. »Das wird Krystal jedoch nicht daran hindern, dir weiterhin den Hof zu machen.«

Ihr kam ein schrecklicher Gedanke. »Würde das jeden, der sich je für mich interessiert, in Gefahr bringen?«

Er dachte kurz nach. »Ich denke nicht. Einen Menschen wird Krystal nicht als Konkurrenz ansehen. Vermutlich würde er die Existenz dieses Liebhabers nicht einmal anerkennen. Für ihn wäre es so, als wärst du weiterhin ungebunden. Ich nehme an, dass ein menschlicher Geliebter komplett durch sein Radar fallen würde.«

Sie wusste sowieso schon nicht, wann sie wieder dazu bereit wäre, eine Beziehung mit jemandem einzugehen. Wann sie genügend Vertrauen fassen könnte, um sich voll und ganz fallen zu lassen. Vor allem intim. Irgendwann, wenn dieser ganze Mist hier vorbei wäre und der Alltag sie eingeholt hätte, würde sie sich bestimmt wieder verlieben und eine normale Beziehung führen können. Mit einem Menschen. Sie würde irgendwann heiraten und Kinder bekommen.

Nur, wie sollte der Alltag einkehren, wenn ein Fay-Prinz sie stalkte? Nach allem, was passiert war, konnte sie sich doch nicht an einen anderen Fay binden.

»Die Frage ist nun«, sagte Cathal und riss sie aus ihren Gedanken, »wen Uisdean als Nächstes schickt. Ich denke, dass er beim dritten Kandidaten kein Risiko mehr eingeht und jemanden wählt, der den Job in jedem Fall erledigen wird. Möglicherweise sogar Nassaïr.«

»Möglicherweise«, bestätigte Tadhg, bevor er die Worte aussprach, vor denen sie sich am meisten gefürchtet hatte. »Doch wir werden es nie herausfinden, da ich Emma zu mir in den Síd holen werde. Nicht einmal Nassaïr wird es wagen, meine Wohnstätte zu überfallen.«

22

Sie hatte sich kooperativ gegeben, ihm gesagt, sie müsse nur eben ein paar Sachen zusammenpacken, und war in ihr gegen Unseelie geruntes Zimmer verschwunden. Und seither nicht mehr herausgekommen. Die Tür stand offen, sodass sie von ihrer Position aus noch alle sehen und mit allen reden konnte. Nessi und Cathal befanden sich im Wohnzimmer, Tadhg stand an der Schwelle zu ihrer Tür. Er konnte aber nicht zu ihr hinein.

»Du kannst dich nicht ewig darin verschanzen«, meinte er, locker gegen den Rahmen gelehnt, die Daumen in die Taschen seiner schwarzen Jeans gehakt. »Früher oder später musst du herauskommen. Und für den Fall, dass du es vergessen haben solltest: Ich bin unsterblich und habe viel Zeit.«

»Fahr zur Hölle! Ich gehe nicht mit dir in den Síd.« Jetzt konnte sie, im geschützten Zimmer, mutig sein, doch er hatte recht. Früher oder später müsste sie hinaus.

Eher früher, ihre Blase drückte. Emma ging ihre Optionen durch. Eine davon wäre, aus dem Fenster zu klettern und sich an der Hauswand zum Badezimmer entlangzuhangeln. Das Bad war ebenfalls gerunt, und Nessi würde das Fenster sicher für sie von innen öffnen. Aber eigentlich war das eine Schnapsidee. Sie war keine Catwoman. Nach allem, was sie schon überstanden hatte, wäre das ein wirklich blöder Tod. Vor ihrem geistigen Auge sah sie die Inschrift des Grabsteins:

Hier ruht Emma Hawkes. Sie starb, weil sie aufs Klo musste.

Abgesehen davon, dass sie ausrutschen und fallen konnte, drehten fünf Seelenfresser wie gehorsame Haustiere ihre Runden im dunklen Himmel über dem Haus und warteten darauf, dass ihr Boss hier fertig wurde, um mit ihnen in den Síd zurückzukehren.

Seinem Gesichtsausdruck nach schien sich Tadhg über sie zu amüsieren. »Ich erwarte nicht, dass wir heute aufbrechen. Zunächst solltest du dem jungen Prinzen das Herz zurückgeben. Doch danach werde ich dich mit zu mir nehmen, Ende der Diskussion.«

»Wo wäre es sicherer als im Síd, beim Gott des Todes?«, mischte sich Cathal vom Wohnzimmer aus ein.

Elendiger Verräter. Erstens klang das für sich schon paradox und zweitens war sowieso klar, dass die Fay-Kerle zusammenhielten.

»Exgott«, berichtigte sie ihn bissig.

»Nur zu, Rotschopf«, erwiderte Tadhg ruhig, »kränke mich, so viel du willst. Das wird mir den Moment, wenn ich dich zwischen die Finger bekomme, nur versüßen.«

Sie schluckte schwer. Meinte er das ernst? Anhand seiner Miene konnte sie nicht erkennen, ob es sich um einen Scherz handelte oder nicht. Im Gegensatz zu vorhin, als er Krystals … äh, Liebesbotschaft mit wutentbranntem Blick angestarrt hatte, wirkte er jetzt aber nicht wütend. Was natürlich nichts an der Tatsache änderte, dass er groß, muskulös und souverän aussah. Ein uralter Fay, der schon Schlachten ausgefochten hatte, als der Glauben der Menschen noch polytheistisch gewesen war und sie ihn als einen der keltischen Götter angesehen hatten. Als Gott des Todes und der Unterwelt.

Und dieser Gott verschränkte nun die Arme vor der breiten Brust, fixierte sie mit seinen blutroten Augen und wartete darauf, dass sie einen Fuß über die Schwelle setzte, um sie – wie er sagte – zwischen die Finger zu bekommen. Sie erschauderte.

»Wir haben einen Pakt, Emma, Feengeküsste des Uisdean. Vergiss das nicht. Du hast gestern zugestimmt, freiwillig zu mir zu kommen.« Er klang wie ein Dämon, dem sie ihre Seele verkauft hatte.

»Ich war betrunken.«

»Nicht mein Problem. Ich habe dich weder gezwungen, so viel zu trinken, noch, dich in diesem Zustand auf einen Handel mit mir einzulassen.«

Das stimmte leider. »Okay, aber wir haben ausgemacht, dass ich irgendwann nächste Woche mit dir in den Síd gehe.«

»Falsch. Wir haben ausgemacht, dass du noch vor dem Ende *dieser* Woche mitkommst, damit ich dich trainieren kann. Das dient zu deiner eigenen Sicherheit, Emma. Ich will nicht riskieren, die Erfüllung meines eigenen Abkommens mit dem Gefäß«, mit dem Kopf deutete er zu Nessi, »zu gefährden, weil du nicht fähig bist, dich selbst zu schützen. Dir Kampf- und Verteidigungstechniken beizubringen, ist demnach praktisch Teil des Pakts, den ich mit ihr habe.«

Sie verengte die Augen zu Schlitzen. »Für wie lange?«

»Für so lange wie nötig.« Eine solch unspezifische Antwort hatte sie befürchtet. »Doch wenn du es genau wissen willst: Du darfst wieder gehen, sobald es dir gelingt, mir eine für einen Menschen tödliche Verletzung zuzufügen. Um das zu erreichen, musst du es schaffen, selbst unter starker Anspannung und Angst einen kühlen Kopf zu bewahren. Daher schlage ich ausnahmsweise eine Zusatzkondition vor, durch die du die Möglichkeit bekommst, aus deinem gestern mit mir geschlossenem Abkommen wieder herauszukommen.«

»Welche?«, fragte sie misstrauisch.

Er stieß sich von dem Türrahmen ab und baute sich kerzengerade in der Tür auf. »Ich, Tadhg, einstiger Crom Cruach, Gott des Todes und der Unterwelt, fordere Euch, Emma, Feengeküsste des Uisdean, zu einem Duell heraus.«

Nessi riss die Augen auf. »Nicht zustimmen«, rief sie, während sich Cathal lachend in den Sessel fallen ließ. Keine der beiden Reaktionen war ihr geheuer. Der Sluagh-Fürst sah aus, als bereite er sich auf eine interessante Show vor. Fehlten nur noch das Popcorn in der einen, und die Cola in der anderen Hand.

»Das klingt nach etwas verdammt Offiziellem«, sagte sie zu Tadhg.

»In der Tat«, erwiderte er lächelnd.

Nessi sah Tadhg schockiert an. »Das könnt Ihr nicht machen.«

Er wandte sich ihr zu. »Wir werden im Vorfeld selbstverständlich die genauen Bedingungen besprechen.«

Bevor sie das weiter vertieften, wollte sie unbedingt etwas anderes klarstellen. »Weshalb nennst du mich eigentlich immer Feengeküsste des Uisdean? Ich will mit diesem Scheusal nichts zu tun haben und in keiner Verbindung zu ihm stehen.«

Sie hatte es schon das erste Mal nicht gemocht, als er sie so nannte, und daran hatte sich nichts geändert. Im Gegenteil. Ihr Hass gegen dieses Monster wuchs von Minute zu Minute exponentiell an.

Er wandte sich von Nessi zurück zu ihr. »Das ist dein offizieller Titel, Emma, der deine Stellung beschreibt und dir viel Respekt einbringt. Natürlich sollte man gleichzeitig nicht damit hausieren gehen, da es einem Todeszertifikat gleichkäme, sollten die Seelie davon erfahren. Feengeküsst zu sein bedeutet, die Faysucht überwunden zu haben. Die Magie von einem der Prinzen zu bezwingen, ist – wenn ich das so ausdrücken darf – verdammt bemerkenswert.« Er vollführte eine tiefe, höfliche Verbeugung. »Wärst du Feengeküsste einer Brownie oder Pixie, würde dir das nicht halb so viel Respekt verschaffen.«

»Die Pixies sind garstige kleine Viecher«, sagte Cathal von dem Sessel aus.

Tadhg drehte sich nach ihm um. »Da habt Ihr recht. Doch der Zauber der Winzlinge ist dennoch nicht mit der tödlichen Magie der hohen Fay vergleichbar. Sie werden, anders als die Brownies, nur deshalb nicht von den restlichen Fay schikaniert, weil die Magie fest mit ihnen verbunden ist. Sie mögen wild und ungezähmt sein, der Inbegriff dessen, was die Magie des Síd ausmacht. Es heißt, dass alles mit dem kleinen Volk begonnen hat und alles mit ihm enden wird. Die Feenhügel folgen den Pixies, wohin auch immer sie gehen. Sollte das kleine Volk aussterben, wird die Feenwelt und mit ihr all ihre Bewohner vergehen. Das gibt ihnen eine gewisse Stellung, eine gesonderte Funktion als Kollektiv. Nichtsdestotrotz ist die Magie eines Einzelnen nicht besonders eindrucksvoll.«

Cathal rutschte auf dem Sessel bis zur Kante vor und stützte die Ellenbogen auf die Knie. Irgendwie schaffte er es, seine Flügel so hinter seinen Rücken zu drapieren, dass er nicht auf ihnen saß, sie aber auch nicht im Weg waren. Von seinem rückwärtigen Schwanz ganz zu schweigen. Jahrelange Übung vermutlich.

»Woher wollt Ihr so viel über die Dynamik zwischen den Pixies oder Brownies zu den anderen Fay wissen? Sie verlassen ihr Gebiet nie und ich habe noch nie gehört, dass Ihr einen Fuß ins Seelie-Territorium gesetzt hättet.« In dem Moment schien Cathal etwas bewusst zu werden. »Warum eigentlich nicht, Tadhg? Nur die Elfen bewachen ihre Stadt, die anderen Orte sind frei zugänglich.«

Tadhgs Gesichtsausdruck verschloss sich, wurde unergründlich und distanziert. »Ich gehe nicht zu den Seelie, dort gibt es nichts, was für mich von Interesse wäre.« Wieder bekam sie den Eindruck, dass sich hinter diesen unterkühlten Worten eine sehr persönliche Vorgeschichte zu verbergen schien. »Ich bin jedoch sehr alt und auch die Pixies sind Geschöpfe aus alter Zeit. Uns gab es schon, bevor der Síd in den Seelie- und den Unseelie-Hof unterteilt wurde.«

»Ach?«, fragte Nessi. »Es gab eine Zeit, in der es zwischen Seelie und Unseelie keinen Unterschied gab?«

»So ist es«, antwortete Tadhg. »Früher waren die Feenhügel eins. Wir waren einfach nur Fay. Wenngleich es unter uns kaum noch welche gibt, die sich daran erinnern.« Er dachte kurz nach. »Wobei das so nicht ganz richtig ist. Es gab die Fay und es gab die Sluaghs, die schon immer ihre besonderen Sitten, Bräuche und eine eigene Form der Macht besaßen. Auch sie verfügen über wilde, rohe und ungezähmte Magie, die ihnen nicht einmal Siobhánn hatte wegnehmen können.«

Cathal nickte. »Das, was Ihr gerade über die Pixies behauptet habt, behaupten einige über die Sluaghs. Die Unseelie dulden sie vor den Toren ihres Hofes, da sie fürchten, der Síd würde sich mit ihrem Verschwinden ebenfalls in Luft auflösen.«

Tadhg lächelte. »Es sind nicht wir, die die Sluaghs dulden, Fürst. Die Sluaghs dulden uns. Sie waren vor uns da und als Königin Siobhánn den Síd und seine Bewohner in Seelie und Unseelie unterteilt hat, haben wir uns den Sluaghs angeschlossen, nicht umgekehrt. Man könnte sogar behaupten, dass die Sluaghs bereits Unseelie waren, bevor wir überhaupt diese Bezeichnung hatten.«

Nessi ging zum Sofa und setzte sich neben Cathal. »Weshalb hat die Königin den Síd in erster Linie aufgeteilt, wenn er früher vereint war?«

Für den Bruchteil einer Sekunde zögerte Tadhg, bevor er antwortete. Er schien zunächst seine Gedanken zu ordnen. Es erinnerte Emma an ihr eigenes Verhalten, seit sie nicht mehr lügen konnte. Nur dass er es sehr viel besser verbarg. Hätte sie sich in letzter Zeit nicht so eingehend mit diesem Phänomen bei sich beschäftigt und stünde sie ihm nicht so nahe, wäre es ihr vermutlich gar nicht aufgefallen.

»Königin Siobhánn begründet ihre Entscheidung damit, dass es aus – wie würdet ihr es heute nennen? – Imagegründen nötig war. Das Aussehen und die Magie der jetzigen Unseelie haben die Menschen verängstigt und verstört. Die Königin fürchtete, dass sie sich gegen die Fay zusammenrotten oder, schlimmer noch, von ihnen abwenden könnten. Wir Fay – vor allem die höheren und ganz besonders die Königin – haben jedoch eine Schwäche für Anerkennung und Verehrung.« Er lächelte leicht. »Und Menschen … nun, sagen wir einfach, dass sie die perfekten Anhänger sind. Die meisten wollen zu jemandem aufschauen und ihm folgen. Sie wollen, dass jemand Entscheidungen für sie trifft, sie führt und den sie in Notlagen um Hilfe bitten können. Wir wiederum mögen es, vergöttert zu werden. Würden sich die Menschen jedoch vollkommen von der magischen Welt abwenden, was im Zuge der Christianisierung bereits zum Teil geschehen ist, weil unsere Gepflogenheiten ihnen wohl zu grausam wurden«, er zuckte galant mit den Schultern, »gäbe es niemanden mehr, der uns Aufmerksamkeit schenken würde. Das konnte und wollte Siobhánn nicht zulassen, daher hat sie die hässlichen, missgestalteten oder in anderer Form Angst und Schrecken verbreitenden Kreaturen von den schönen, sanftmütigen und vertrauenserweckenden getrennt und dem verbannten Teil die Magie genommen. Der Síd hat sich für dieses Ungleichgewicht gerächt. Die Heiligtümer, die sie für ihren Komplott genutzt hat, sind daraufhin alle verschollen.«

»Fast alle«, berichtigte Cathal. »Das Schwert befindet sich noch in ihrem Besitz.«

»Das Schwert ist kein richtiges Heiligtum, Fürst. Es kam im Nachhinein hinzu und wurde von Königin Siobhánn, nicht vom Síd, zum Heiligtum erklärt. Im Grunde ist es jedoch nichts weiter als eine äußerst mächtige Waffe. Ihr seid selbstverständlich zu jung, um das zu wissen. Ursprünglich gab es nur drei Fay-Heiligtümer. Das *Gefäß der Macht,* den Speer *Póg-ar-sióg* und den Kelch des Vergessens, *Coirí de forgetfulness.*«

Cathal stand auf und breitete seine Flügel etwas aus. Sie wirkten wie zwei halb offene Zelte, und wegen der Lampe, die hinter ihm stand, konnte sie erkennen, dass die Haut der Schwingen nach außen hin dünner wurde und feine Adern hindurchschimmerten. Silberweißes Haar fiel ihm über die Schultern und mischte sich mit der Farbe seiner hellen Haut, deren Weiß nur um eine Nuance wärmer war als seine Haare.

»Habt Ihr mich gerade belehrt und behauptet, ich würde aufgrund meines Alters die Geschichte unserer Welt nicht kennen?« Sein Tonfall war so kalt wie sein Aussehen.

»Ich habe lediglich Tatsachen genannt. Wenn Ihr es als Belehrung empfunden habt, liegt das an Euren eigenen Defiziten, was die Bildungslücken bezüglich unserer Geschichte betrifft«, erwiderte Tadhg.

In der Übersetzung hieß das: Ja.

Die Stimmung im Zimmer sank um mindestens gefühlte tausend Grad Celsius und Tadhg trug mit seiner undiplomatischen Antwort nicht gerade dazu bei, sie wieder auf normale Temperatur zu erwärmen.

Cathal öffnete seine Schwingen noch etwas weiter, eindeutig eine Drohgebärde. »Es ist stets von den *vier* Heiligtümern die Rede, nicht von den *drei* Heiligtümern plus einem. Noch nie zuvor habe ich gehört, dass es ursprünglich nur drei waren und das vierte im Nachhinein hinzukam.«

»Das weiß auch kaum jemand.«

»Oder Ihr seid es, der Ereignisse durcheinanderwirft. Nach all der Zeit.«

»Was wollt Ihr andeuten, Sluagh-Fürst?«

»Ich deute überhaupt nichts an. Ich sage ganz deutlich, dass durchaus die Möglichkeit besteht, dass Ihr nach all den Jahrhunderten Dinge durcheinandergebracht oder vergessen haben könntet. Ihr seid ein Relikt, ein vergessener Gott. Eure glanzvollen Tage sind lange passé.«

Zorn verhärtete Tadhgs Gesicht. »Man hat mich nicht vergessen.«

»Nicht? Wo sind sie dann, Eure Heerscharen von Anhängern?«

»Vorsicht, Fürst«, knurrte Tadhg, »sonst …«

»Sonst was? Bringt Ihr mich mit einer Berührung um? Oh, ich vergaß. Das geht nicht, da Ihr Eure Magie verloren habt.«

»Ich habe sie nicht verloren. Sie wurde mir *gestohlen!*«

In der kurzen Zeit, in der sie Tadhg bisher kennenlernen durfte, hatte er sich noch nie dermaßen aus der Ruhe bringen lassen. Bevor sich der Streit weiter verschärfte oder womöglich handgreiflich wurde, musste sie sich etwas einfallen lassen und zwar rasch. Eine Ohnmacht vortäuschen erschien ihr etwas altmodisch, außerdem könnte sowieso keiner der beiden zu ihr ins Zimmer.

»Nessi?«, fragte sie Hilfe suchend. »Ist das normal?«

Nessi seufzte. »Willkommen im Albtraum meiner Kindheit. Seelie sind noch schlimmer, aber da meiner Halb-Seelie ist, bekommst du gerade einen guten Vorgeschmack.«

»Was soll das denn bitte bedeuten?«, fragte Cathal pikiert, klappte aber immerhin seine Flügel wieder zusammen.

Emma konnte sich ein Schmunzeln nicht verkneifen. »Meinst du, sie sind jetzt fertig und packen ihre Schwänze wieder ein? Wenn die weiter so viel Testosteron versprühen, wächst mir noch ein Bart.«

»Keine Ahnung«, erwiderte Nessi und grinste.

»Normalerweise würde ich jetzt einen Scherz machen und behaupten, meiner wäre zu lang zum Einpacken«, grummelte Cathal und ließ sich in den Sessel fallen. »Doch dann wird mir am Ende von euch noch unterstellt, ich müsse irgendetwas überkompensieren.«

Tadhg wandte sich Emma zu. »Ein kleines Kräftemessen unter Fay, nichts weiter. Kein Grund zur Sorge, mein kleiner, menschlicher Schützling.«

Statt sich von seiner Überheblichkeit ihr gegenüber provozieren zu lassen, sah ihm Emma fest in die blutroten Augen. »Vorhin hast du gesagt, dass Königin Siobhánn ihre Entscheidung mit dem Image begründet hat.«

»Korrekt.«

»Und was ist der wahre Grund?«

Cathal, der bis eben beleidigt im Sessel gesessen hatte, richtete sich wieder auf und auch Nessi schaute interessiert, während sich Tadhgs Haltung versteifte.

»Sieh an, sieh an! So langsam verstehe ich die Paranoia vor den Feengeküssten. Ich werde Uisdean mitteilen, dass er seine Opfer in Zukunft lieber gleich umzubringen sollte, statt sie nur links liegen zu lassen.«

»Netter Versuch, Dracula«, konterte sie kühl. Bei seinen Worten fühlte sie einen scharfen Stich in der Herzgegend. Doch genau das beabsichtigte er, um sie aus der Fassung zu bringen. Die Rechnung hatte er ohne sie gemacht, denn so leicht ließ sie sich nicht ablenken. »Aber das war keine Antwort auf meine Frage.«

»Korrekt«, gab er noch kühler zurück.

»Dann beantworte sie.«

Obwohl sie noch in ihrem Zimmer stand und der Unseelie-Schutzwall sie sicherte, standen sie praktisch Nase an Nase voreinander.

»Wenn ich dir diese Frage beantworte, brächte ich nicht nur dich und jeden anderen hier in Lebensgefahr, Emma, sondern noch jemand anderen, den ich äußerst schätze. Ich würde einen Schwur brechen. Mein Ehrenwort verbietet es mir.«

In seinem Kiefer zuckte ein Muskel und der Blick seiner glutroten Dämonenaugen bohrte sich in sie. Durch die angespannten Züge wirkte sein Gesicht noch markanter, die Kinn- und Wangenkanten noch ausgeprägter. Ihr wurde klar, dass sie eine Grenze überschritten und ihn verärgert hatte. Nicht mit einer kleinen Stichelei wie der Erinnerung daran, dass er nur ein Exgott war. Davon war er zwar nicht unbedingt begeistert, schien jedoch darüber hinwegsehen zu können. Doch jetzt wirkte er richtig zornig. Verdammt.

In einer altertümlichen, galanten Bewegung hielt er ihr seine Hand hin. »Es wird Zeit, Emma«, sagte er, als wolle er mit ihr den Gang zum Schafott beschreiten.

Gänsehaut überzog ihren Körper. »Zeit wofür?«

»Für das Duell. Deine Chance, aus dem Vertrag auszusteigen.«

Cathal erhob sich. »Ihr wollt das Mädchen doch nicht ernsthaft zu einem magischen Duell herausfordern, Tadhg?«

Ohne sich Cathal zuzuwenden, antwortete er: »Nein, von wollen kann keine Rede mehr sein, denn ich denke, dass sie mein Angebot nicht verdient hat. Doch vorhin hatte ich diese Möglichkeit vorgeschlagen, und ich stehe zu meinem Wort.«

Nun drehte er sich zu Cathal um. Sobald sein zorniger Blick sie nicht länger durchbohrte, ließ sie die angehaltene Luft aus ihren Lungen.

»Sollte sie es nicht schaffen, mir eine für Menschen tödliche Verletzung zuzufügen, kommt sie mit mir. Sie darf selbstverständlich eine oder mehrere Waffen ihrer Wahl benutzen. Ich selbst werde mich nur verteidigen und ihr keinen Schaden zufügen, weder magischer noch sonstiger Natur.« Er klang sehr formell und autoritär. Ein kalter Schauer lief ihr über die Wirbelsäule und breitete sich sternförmig über den gesamten Rücken aus. »Denn das verbietet mir das Abkommen mit dem Gefäß.«

Nessi räusperte sich. »Sorry, aber ein Duell? Das … das ist doch völlig verrückt.«

Cathals Ausdruck wirkte entsetzt, dennoch machte er eine tiefe Verbeugung. »Es ist ein großzügiges Angebot.«

»Was?«, fragte Nessi schrill.

»Er muss ihr keinen Ausweg anbieten, da das Abkommen rechtschaffen abgeschlossen wurde. Dennoch gibt er ihr eine Möglichkeit auszusteigen, zudem droht ihr keine Gefahr. Sie hat nichts zu verlieren. Das ist äußerst großzügig von ihm«, erklärte Cathal. »Ich hätte ihr ein solches Angebot nicht gemacht.«

Himmel, sie verstand noch viel zu wenig von dieser Feenwelt und wie die Dinge abliefen. Nessi sah ebenfalls aus, als wäre ihr schlecht.

Wenig später stand sie mit Nessi auf der Seite des Wohnzimmers, die zur Küche führte, während sich Tadhg auf der anderen Seite, vor der Wohnungstür, befand. Ihre Waffen der Wahl waren ihr Pfeffergas und das große, geschärfte Küchenmesser, das sie zum Zwiebelschneiden benutzten. Etwas Besseres besaßen sie nicht.

Nessi umfasste ihre Schultern und redete ihr gut zu. »Ich weiß, es kostet Überwindung, aber er kann sowieso nicht sterben. Ziele auf den Hals oder das Herz und zögere nicht, okay? Das ist deine beste Chance, Emma.«

Nessis Worte klangen vernünftig, ergaben in ihren Ohren aber kaum Sinn. Sie musste sich konzentrieren, um sie richtig wahrzunehmen. Das Adrenalin, das durch ihre Adern pumpte, verpasste ihrem Herzen einen Kickstart. Der bittere Geschmack von rostigem Eisen breitete sich in ihrem Mund aus, ihre Hände zitterten und ihr Puls flatterte. Ihr war übel.

»Und vergiss nicht«, flüsterte Nessi, »selbst wenn das hier nicht funktioniert, werden wir uns Gedanken machen, okay?«

Sie nickte knapp. Nessi meinte die Strategien, die sie sich heute Morgen gemeinsam mit Jada überlegt hatten. Nach diesem Pep-Talk klopfte sie ihr auf die Schulter und überließ sie ihrem Schicksal. Sie drehte sich dem Gott des Todes zu, der entspannt darauf wartete, bis sie so weit war. Am liebsten hätte sie sich ihre verschwitzten Handflächen irgendwo abgewischt, doch in einer Hand befand sich das Pfeffergas und in der anderen das Messer.

Sie atmete tief durch, ließ ihren Kopf über den Schultern kreisen und sprach sich innerlich selbst gut zu. *Komm schon, Emma. Das schaffst du!* Dann hob sie den Blick und sah dem Tod buchstäblich ins Gesicht.

Ließe ihn das nicht schwach aussehen, hätte Tadhg die Sache abgeblasen. Das Mädchen war noch nicht so weit, würde es vermutlich nie sein. Er hatte ihr eine schier unlösbare Aufgabe gegeben. Gegen ihn hätte sie im Kampf niemals eine Chance. Er war ein Krieger mit mehreren tausend Jahren Erfahrung im Kampf. Doch statt es gar nicht erst zu versuchen und gleich aufzugeben, zog sie es durch. Weil sie Hoffnung hatte. Weil in ihrer Brust das Herz einer Kriegerin schlug, die Kapitulation nicht zuließ. Wie gern würde er auch die äußere Schale zu einer Kriegerin formen. Im Augenblick war sie noch zart und weich, doch mit seiner Hilfe könnte sie stark und unbeugsam werden.

Obwohl sie vor Angst zitterte, hatte sie sich vor ihm in Position begeben. Mit dem Abwehrgas und dem Küchenmesser in den Händen hätte sie lächerlich wirken können, dennoch schaffte sie es, ein erstaunliches Ausmaß an Durchsetzungsvermögen darzubieten. Allein das beeindruckte ihn und hob sie von jedem anderen ab, den er je getroffen hatte – ob Mensch oder Fay.

Wie wunderschön sie war, obschon ihr dreieckiges Gesicht im Moment vor allem von ihren großen, vor Angst geweiteten Augen beherrscht wurde. Er wollte nicht, dass sie ihn fürchtete, und gleichzeitig war es das Klügste, das sie tun konnte.

Da sie schwer atmete, war ihr Mund leicht geöffnet und ihre Brust hob und senkte sich stark. Er begann sie als etwas anderes zu sehen, als einen kleinen Menschen, den es zu beschützen galt. Er sah sie als ihm ebenbürtig. Das erlaubte ihm, sie in einem anderen Licht zu betrachten, als nur die gebrochene Feengeküsste des Prinzen.

Ihre Lippen sahen aus wie eine reife Frucht. Dunkelrosa, prall und feucht glänzend, als würden sie regelrecht dazu einladen, dass man von ihnen kostete. Noch vor Kurzem wären ihm solche Gedanken niemals in den Sinn gekommen, da er sich wie ein Schänder vorgekommen wäre. Jetzt jedoch nicht mehr. Sie war stark, sie könnte das aushalten.

Sie könnte ihn aushalten.

Äußerlich sah sie aus wie ein kleines, verletzliches Tier, doch es war die Löwin in ihr, die den Kopf über den Schultern kreisen ließ und den Mut aufbrachte, mit gezückten Waffen vorsichtig näher zu kommen.

So wurde das nie etwas, das erkannte er auf Anhieb. Sie wirkte verunsichert und schien nicht so recht zu wissen, wie sie anfangen sollte.

Ihre Bewegungen waren zu zögernd, das Vertrauen in ihr Können zu gering. Als sie zum Angriff ausholte, sah er jeden ihrer weiteren Schritte voraus.

Ein einfaches Ausweichmanöver genügte, um dem dünnen Strahl ihres Pfeffergases zu entgehen, während er nach der Hand griff, die das Messer hielt. Durch eine geschickte Verdrehung des Gelenks, die etwas wehtun, sie jedoch nicht verletzen würde, sorgte er dafür, dass sie die Klinge fallen ließ. Mit einer einzigen geschmeidigen Bewegung schlang er den Arm um ihre Taille und drückte sie fest an sich. Das alles hatte keine zwei Herzschläge lang gedauert.

Er hielt sie etwas zu fest gegen sich gepresst. Auf einmal wurde er sich ihrer weichen Rundungen gewahr, die sich an seinen Körper schmiegten. Trotz ihrer zierlichen Form spürte er das Gewicht des Busens auf seinem Arm lasten. Unterhalb seines Gürtels regte sich Verlangen.

Ein verflucht unpassender Zeitpunkt dafür.

Anhand ihrer Reaktion vermochte er jedoch nicht abzuschätzen, ob sie etwas davon mitbekam. Seit er sie festhielt, war sie in seinen Armen einfach erstarrt. Der Duft von Himbeer-Shampoo stieg in seine Nase, gemischt mit dem angenehmen Duft ihrer Haut.

Er sah auf und blickte dem *Gefäß der Macht* direkt ins Gesicht, die wütend zu ihm zurücksah. Es war ein unfairer, doch legitimer Kampf gewesen, das war jedem hier klar.

Jetzt gehörte Emma ihm und niemand – nicht einmal das *Gefäß der Macht* oder der Sluagh-Fürst – könnten sie ihm wieder wegnehmen.

23

Bevor Tadhg die Wohnung verließ, gab er ihr den Befehl, dass sie für den Aufenthalt im Síd eine Tasche mit Dingen, die sie benötigte, zusammenpacken sollte. Er käme am Tage des Neubeginns, wenn die Nacht am dunkelsten und die Magie am friedlichsten wäre, um sie mit in den Síd zu nehmen.

Mit anderen Worten, wie Nessi erklärte, nachdem er weg war: übermorgen. Die ganzen mystischen Umschreibungen standen eigentlich nur für den Neumond in zwei Nächten.

Das hatte sie wirklich großartig hinbekommen. Nun war sie der Gnade eines ehemaligen Gottes ausgesetzt, der stinksauer auf sie war. Sich für die Fragerei zu entschuldigen, war nicht drin, das empfand er als ein Sich-aus-der-Verantwortung-Stehlen, und ganz unrecht hatte er damit nicht. Gott, wäre sie doch bloß nicht so furchtbar neugierig gewesen. Wo war Hermines Zeitumkehrer, wenn man ihn brauchte?

Damit Nessi und sie dem geflügelten Prinzen dennoch nicht schutzlos ausgeliefert waren, wenn sie ihn herriefen, leistete Cathal ihnen weiterhin Gesellschaft. Wobei man sich die Frage hätte stellen können, ob Krystal nicht viel größere Angst vor Nessi hatte, als sie vor dem Prinzen.

Tadhg verzichtete wohl hauptsächlich deshalb darauf zu bleiben, da es nach Fay-Etikette undiplomatisch rübergekommen wäre, wenn ihr offizieller Beschützer anwesend gewesen wäre. Krystal schien ein außergewöhnliches Maß an Vertrauen bewiesen zu haben – indem er sein Herz herausgeschnitten und ihr geschenkt hatte (örgs!) – und verdiente nichts Geringeres zurück.

Verstand einer die Fay.

Cathal wirkte ungewöhnlich ruhig und nachdenklich, seit Tadhg gegangen war. Er saß auf der Kante des Sessels, die Ellenbogen auf die Knie gestützt, und starrte geistesabwesend vor sich hin.

»Alles in Ordnung?«, fragte Nessi und legte ihre Hand auf seine Schulter. Er blinzelte, als würde er aus einem Tagtraum erwachen, nahm ihre Hand und küsste sie.

»Ja.« Er stand auf, sodass Nessi zu ihm hochschauen musste.

Zum ersten Mal sah Emma ihn sich bewusst an und musste zugeben, dass er ein eindrucksvoller Mann war. Sicher über ein Meter neunzig, dazu die helle, silbrige Haut, die imposanten Flügel und das lange Haar, das wie Neuschnee glitzernd um seine Schultern fiel. Im Blendzauber-Modus war er immer normal gekleidet, doch sie sah Fay grundsätzlich ohne Blendzauber, und in seiner wahren Erscheinung trug er, aus praktischen Gründen wegen der Schwingen, nichts weiter als eine tief sitzende, seitlich geschnürte Lederhose. Er war etwas schmaler und drahtiger gebaut als Tadhg, doch sein Körper sah aus, als hätte er aus einem einzigen Stück Marmor gemeißelt sein können.

»Es ist nur … als Emma vorhin wegen Königin Siobhánns sogenannter Image-Strategie nachgehakt hat, da habe ich ein sehr seltsames Gefühl bekommen. Als würde sehr viel mehr dahinterstecken und als würde die Aufdeckung Grundlegendes verändern. Was beim Síd weiß der Kerl?«

»Klingt nach Verschwörungstheorie«, meinte Nessi.

»Oh, *mo chroí, d*u hast ja keine Ahnung. Davon kursieren im Síd so einige. Auch über meine Eltern.«

Emma setzte sich auf die Armlehne des Sofas und verschränkte die Arme vor der Brust. »Was ist mit deinen Eltern?«

»Sie sind seit meiner Geburt verschwunden. Doch niemand verschwindet einfach von der Bildfläche, oder? Daher wird vermutet, dass sie getötet wurden, wenngleich es einem Ding der Unmöglichkeit gleichkommt, einen Sluagh zu töten. Nur der Königin traut man das zu. Dieses hartnäckige Gerücht verhilft ihr zu noch mehr Ehrfurcht und Respekt. Aber … nein, ich glaube das nicht. Ich habe sie bereits persönlich getroffen und keine Schwingungen bei ihr wahrgenommen, die diese Annahme bestätigen würden.«

»Kannst du Gedankenlesen?«, fragte Emma.

Cathal schüttelte den Kopf. »Es handelt sich mehr um eine Intuition. Ich kann die Verfassung einer Seele spüren, ob sie glücklich, aufgewühlt oder betrübt ist. Mit Gedankenlesen hat das nichts zu tun, doch hätte die Königin etwas mit dem Verschwinden meiner Eltern zu tun, hätte ich während des Treffens etwas an ihrer Gemütsverfassung aufschnappen müssen.«

»Was denkst du, was passiert ist?«

Er zuckte mit den Schultern. »Vielleicht sind sie gemeinsam in den Sonnenuntergang geflogen.«

Offenbar versuchte er so zu tun, als juckte ihn das nicht weiter. Doch sie spürte, wie sehr das Verlassen seiner Eltern ihn zu verletzen schien und dass in ihm eine Wunde klaffte, die sich nicht schließen würde, bis er eine konkrete Antwort bekam. Es ließ sie Mitleid für den Sluagh-Fürsten, das ultimative Síd-Monster, empfinden.

»Tut mir sehr leid.«

»Wir haben alle unsere Schatten aus der Vergangenheit, die uns verfolgen.« Lächelnd sah er ihr in die Augen. »Doch wem sage ich das?«

Sie lächelte zurück. Irgendwie spürte sie zu ihm eine wachsende Verbundenheit, auch wenn sie sich nicht erklären konnte, woher das Gefühl stammte. Sollte sie je einen der Fay als Freund bezeichnen, wäre er es.

»Lasst uns den jungen Prinzen rufen und ihm sein Herz wiedergeben, hm?« Offenbar wollte er das Thema nicht weiter vertiefen. Während Nessi in die Küche ging, um eine Schale mit Wasser zu holen, räumte Emma den Kaffeetisch frei. Kurz darauf kehrte Nessi mit der Wasserschale ins Zimmer zurück, stellte sie auf den frei geräumten Kaffeetisch und platzierte noch ein paar Teelichter hinzu.

»Fertig?«, fragte ihre Freundin in die Runde, während sie die Kerzen anzündete.

Emma seufzte. »Kann man je darauf vorbereitet sein, einen der Unseelie-Prinzen zu treffen?«

Den magischen Ruf konnte Emma als reiner Mensch wohl nicht ausführen, doch Nessis Fähigkeiten reichten, seit sich das Gefäß in ihr manifestiert hatte offenbar, da bereits in der Wortabfolge und der dreimaligen Wiederholung eine gewisse Magie steckte. Man musste das Ritual und die richtige Kombination kennen.

Allerdings war es ihr Blut, nicht Nessis, das dafür benötigt wurde. Als Cathal mit seinem Dolch in ihre Fingerkuppe stach, zischte sie. Der Schmerz hielt nur kurz, sodass sie gleich ein paar Tropfen Blut ins Wasser drücken konnte. Es zog Schlieren bis zum Boden der Schale. Dort, wo es auf die Oberfläche getroffen war, breitete es sich aus wie ein dünner roter Teppich.

Nessi sah sie an und wartete auf ihr Okay. Nachdem sie ihr zugenickt hatte, begann ihre Freundin. »Mit Blut die Brücke wir erschufen, Krystal, so höre Emmas Rufen, mit Blut die Brücke wir erschufen, Krystal, so höre Emmas Rufen, mit Blut die Brücke wir erschufen …«

Auf einmal packte sie Nessi am Arm, die daraufhin innehielt.

Die Situation erinnerte sie an ein Halloween vor vielen Jahren, als sie mit Freundinnen versucht hatte, Bloody Mary vor dem Badezimmerspiegel herbeizubeschwören. Sie hatten sich nicht getraut, den Namen das dritte Mal auszusprechen. Damals waren sie sich lächerlich vorgekommen, aber mit dem Wissen von heute war es vielleicht gar nicht so schlecht, dass sie sich nicht getraut hatten. Und jetzt? Sollten sie oder sollten sie nicht? Ach, zur Hölle damit! Sie sah Nessi an und nickte ihr wieder auffordernd zu.

Nessi drückte ihre Hand. »… Krystal, so höre Emmas Rufen.«

Das Wasser bildete von der Mitte zum Rand hin ringförmig Wellen, als hätte jemand ein Steinchen in die Schale geworfen, doch statt natürlich weiterzuschwappen, erstarrte es gleich nach der ersten Welle zu einer festen Oberfläche. Auf der spiegelglatten Fläche erschien ein Bild. Ein düsteres, kalt wirkendes Zimmer oder vielmehr eine Halle, die aus dunklen Steinen, wie in einem alten Schloss, gemauert war. Viele Möbel gab es dort nicht, der Raum wurde hauptsächlich von einem XXXL-King-Size-Bett dominiert. So ein riesiges Bett hatte sie noch nie zuvor gesehen. Darauf könnten mindestens zehn Erwachsene schlafen, ohne sich gegenseitig zu berühren. Der Raum kam ihr bekannt vor. Dorthin hatte Uisdean sie verschleppt oder zumindest in ein ähnliches Zimmer. Bei der Erinnerung lief ihr ein eiskaltes Schaudern über den Rücken

Cathals Stimme riss sie unsanft aus ihren Gedanken. »Das sind die Gemächer des jungen Prinzen, doch er scheint bereits aufgebrochen zu sein. Deinen Ruf hat er bekommen, sonst hätte sich keine Verbindung aufbauen können, doch da der Raum leer ist, befindet er sich offenbar schon auf dem Weg zu dir. Er scheint keine Zeit verlieren zu wollen.«

Den letzten Satz sagte er mit Belustigung in der Stimme, während ihr übel wurde. Zu sagen, dass sie nervös war, wäre eine maßlose Untertreibung gewesen. Ihr schlotterten vor Angst die Knie. Unseelie-Prinzen konnten solche Reaktionen hervorrufen, zumal sie ihm keine guten Neuigkeiten würde geben können.

Es dauerte nicht einmal eine halbe Stunde, bis vor dem Fenster ein wunderschönes, beängstigendes, fremdartiges Geschöpf erschien und an die Scheibe klopfte. Riesige weiße Flügel mit feinem Goldrand an jeder einzelnen Feder nahmen die gesamte Sicht des Fensters ein.

Er sah unwirklich aus. Eine Mischung aus Engel, Greifvogel und Dämon.

»Möchtest du ihn nicht hereinlassen?«, fragte Cathal.

»Ich überlege noch.«

Er räusperte sich. »Emma?«

»Okay, okay.« Seufzend stand sie auf, ging zum Fenster und öffnete es. Rasch trat sie ein paar Schritte nach hinten, um auf Abstand zum Prinzen zu gehen.

Langes goldenes Haar, das vom Flug ein wenig zerzaust aussah, umwehte ihn, als er vom Sims in das Zimmer sprang. Er behielt seine wahre Erscheinung bei, doch auch die war einschüchternd genug. Ein Fay ist nun einmal ein Fay, ist ein Fay, ist ein Fay. In aufrechter Haltung schlenderte er auf sie zu, jeder Schritt kraftstrotzend, gebieterisch. Ein wahrer Prinz.

Wie Cathal trug auch er kein Hemd. Musste aus praktischen Gründen mit den Flügeln zusammenhängen. Oder die geflügelten Geschöpfe nutzten das als Vorwand, um ihre gestählten Oberkörper zu präsentieren. Ob geflügelte Kerle mit einer Hühnerbrust wohl Hemden trugen? Krystal jedenfalls hatte keine Hühnerbrust, sondern athletisch geformte Muskeln, die er stolz darbot. Er trug lediglich eine Hose aus einem feinen silbern schimmernden Stoff. Etwas gröberer Seidentaft oder Ähnliches, dennoch schaffte er es, darin männlich auszusehen. Während er Schritt für Schritt näher kam, fixierte er sie wie ein Raubtier. Dieser Eindruck wurde durch die fremdartigen eisblauen Augen mit den geschlitzten Pupillen verstärkt. Seine Hände und Füße sahen fast wie Raubvogelgreife aus, doch zumindest die Hände schienen so beweglich wie die von Menschen zu sein.

Als er in all seiner männlichen Pracht vor ihr stehen blieb und wie ein gefallener Engel aus der Hölle die Flügel ausbreitete, rutschte ihr Blick zu seiner nackten Brust. Auf Höhe des Herzens prangte eine frische längliche Schnittwunde.

Emma …

Das Wort wehte durch ihren Verstand. Unwillkürlich kniff sie die Augen zu und rieb sich den Schädel, da es sich so anfühlte, als würde eine Nadel in ihr Gehirn stechen, ein piksender Fremdkörper, bis ihr klar wurde, dass der Prinz das gewesen war.

Sie sah zu ihm auf. »Was tust du? Hör auf damit.«

Diese eiskalten Raubtieraugen starrten sie an, er legte den Kopf schief. Weder Fassungsvermögen noch Verständnis erkannte sie darin. Ob er ihre Worte überhaupt kapierte? Oder sprachen sie womöglich nicht einmal die gleiche Sprache?

Hinter ihr erklang Cathals Stimme. »Krystal hat keine Stimmbänder. Er kann Laute von sich geben, jedoch nicht sprechen. Er kommuniziert über Gedankenaustausch.«

Sie schaffte es kaum, ihren Blick von seinen Augen abzuwenden, da sie so fremd und zugleich faszinierend wirkten. Da er auch die tiefsten Ängste aus den Köpfen seiner Opfer ziehen konnte, ergab es Sinn, dass er ihnen zur Kommunikation einfach Worte einflößte.

»Aber er kann uns verstehen?«

Krystal neigte leicht den Kopf. *Ich verstehe jedes deiner lieblichen Worte, meine Blume.*

Wieder das leichte Piksen oder Kribbeln im Gehirn. Es tat nicht weh, doch das Gefühl war so anders, fremd und bizarr, dass sie eine Weile brauchen würde, um sich daran zu gewöhnen.

Wie ich sehe, hast du bereits Zeugen herbestellt, mein Engel. Ich grüße Euch, Nessya, Gefäß der Macht, Tochter der Sadirà, und Euch, Heerführer Cathal, Sluagh-Fürst. Möget ihr bleiben, wo ihr seid, und nicht näher kommen. Dann fixierte er wieder sie mit seinen gänsehautverursachenden Augen. *Die Stimmen haben sich nicht eindeutig geäußert. Darf ich aufgrund der Anwesenheit der Zeugen jedoch auf eine positive Entscheidung hoffen?*

Die Stimmen? Himmel, das konnte ja noch lustig werden. Nervös rieb sie sich den Nacken.

»Ähm … Nessi, ich meine, Nessya ist eigentlich nur hier, weil wir zusammenwohnen, und der Sluagh-Fürst, weil er ihr Freund ist. Außerdem hätte ich dich ohne die Hilfe der beiden nicht herrufen können.«

Die stolz geweiteten Flügel senkten sich hinter ihm etwas, während er wieder den Kopf schief legte. Dieses Mal erschien auf seinem Gesicht ein fragender Ausdruck. Um die ganze Sache schnell hinter sich bringen zu können, hatte sie die Holzkiste mit dem Herzen vorher bereits auf dem Beistelltisch neben der Küchentür bereitgestellt und holte sie nun. Wieder bei ihm, hielt sie ihm die Kiste hin. An ihren Handflächen spürte sie durch die Wände der Kiste die dumpfen Vibrationen des Herzschlages. Sie war froh, das Teil endlich loszuwerden.

Da ihr niemand gesagt hatte, wie die politisch korrekte Abfuhr gegenüber einem Fay-Prinzen lautete, überreichte sie ihm sein Herz einfach mit den Worten: »Ich kann es leider nicht annehmen. Sorry.«

Die Flügel senkten sich nun komplett zu Boden. Zögerlich nahm er die Kiste entgegen und hielt sie an seine Brust gedrückt wie ein Kind seinen Teddybär. Seine Flügel hingen hinter ihm hinab und erinnerten sie an einen traurigen Hund, der seine Schlappohren hängen ließ. Das Bild, das er abgab, war herzzerreißend. All der Stolz und die Überlegenheit waren fort.

Herrgott, der Kerl war einer der Unseelie-Prinzen. Der Inbegriff der Angst. Erst gestern auf der Straße hatte er sie auf brutale Weise psychisch gequält. Es gab keinen Grund für sie, sich schuldig zu fühlen.

Seufzend schlang sie die Arme um ihren Körper und blickte in sein enttäuschtes Gesicht. Gott, wie sie so etwas hasste.

»Wenn ich mir mein Herz herausschneiden würde, würde ich das nicht überleben, Krystal. Es würde mich umbringen. Bitte versteh das.«

Weshalb versuchte sie überhaupt, ihn zu trösten? Je länger sie sich unbeholfen gegenüberstanden, desto klarer wurde ihr, weshalb. Weil er wie ein begossener Welpe aussah.

Mich doch auch, mein Spätzchen. Ich bin bereit, diesen Preis zu bezahlen. Für dich, mein Stern.

»Was redest du denn da? Offenbar bringt dich diese … äh, Prozedur nicht um, sonst könntest du wohl kaum hier stehen.«

Dein Herz, mein Herz, hörte sie durch ihren Kopf wehen. *Es würde mich meine Unsterblichkeit kosten. Das haben mir die Stimmen gesagt. Doch das bedeutet mir nichts, denn was wäre eine Ewigkeit ohne dich?*

»Du kennst mich doch überhaupt nicht. Meinst du nicht, dass es etwas verfrüht ist, von Ewigkeit und so zu reden?«

Nein.

Sie warf die Hände in die Luft. »Du hast mir Angst gemacht.«

Habe ich das?

»Ja. Gestern. Schon vergessen?«

Er schwellte die Brust. *Dann sollst du eine Nachtigall bekommen.*

»Eine Nachtigall? Warum das denn?«

Bevor er antwortete, musterte er sie. Falls sie seinen Gesichtsausdruck richtig interpretierte, schien er sich gerade zu fragen, ob sie wohl ein bisschen dumm war.

Weil ich kein Erdengeschöpf kenne, das lieblicher singt. Oder würdest du einen Kanarienvogel bevorzugen? Er verzog das Gesicht. *Die sind jedoch so grell und gelb.*

Eine Nachtigall also. Warum nicht? Himmel, der Kerl schien wirklich auf einem anderen Planeten zu leben.

Sie stieß Luft aus. »Tut mir leid, aber ich fürchte, dass wir komplett verschieden ticken. Mit uns, das kann nichts werden und überhaupt, was meintest du mit ›dein Herz, mein Herz‹ würde dich deine Unsterblichkeit kosten?«

Hinter ihr mischte sich Nessi ein. »Ich glaube, dass ›mein Herz‹ ein Kosewort für dich sein sollte und mit ›dein Herz‹ ist wohl dein Organ gemeint.« Nessi machte eine kurze Denkpause. »Wenn ich es richtig verstanden habe.«

Sie drehte sich zu ihrer Freundin um und sah, dass Cathal bestätigend nickte. »So habe ich es ebenfalls verstanden. Dennoch verstehe ich nicht, weshalb dein Herz ihn umbringen würde.«

Sie wandte sich wieder Krystal zu. »Weshalb würde dich mein Herz umbringen?«

Seine eisblauen Katzenaugen sahen sie auf verstörende Weise sanft an. *Weil es dein Herz ist.*

»Ich verstehe noch immer nicht.«

Es ist so, weil es dein Herz ist. Doch das ist in Ordnung. Weil es dein Herz ist.

»Liebe Güte …« Sie rieb sich die Stirn. Mitleid oder nicht, so langsam wurde sie ungeduldig. Der Typ hatte ordentlich einen an der Waffel, und das fand sie viel schlimmer als die Tatsache, dass er einer der Unseelie-Prinzen war. Wenn sie ihn nicht loswurde, könnte er sehr schnell ziemlich anstrengend werden, und so etwas konnte sie gerade nicht auch noch verkraften.

»Was auch immer irgendwelche Stimmen dir erzählen, es spielt keine Rolle. Ich bin ein Mensch, und ohne Herz könnte ich nicht überleben, ich würde auf der Stelle sterben. Wenn du also das nächste Mal auf die glorreiche Idee kommst, mir irgendeinen Fay-Antrag zu machen, dann informier dich ein bisschen über menschliche Eigenschaften, statt zu denken, die ganze Welt wäre wie ihr Fay.«

Früher wäre sie nie so taktlos gewesen, aber verdammt, es ging hier um einen Unseelie-Prinzen. Schlimmer noch, um den gottverdammten Bruder ihres Vergewaltigers, und selbst wenn er für die Taten seines Bruders nichts konnte, war er jemand, der sie zu Tode erschreckt hatte, indem er sich äußerlich in ihren Peiniger verwandelt hatte. Zweimal. Sie hatte eine Stinkwut im Bauch, und ihrer Meinung nach zu Recht.

Er sah sie an, als würden in seinem Kopf Zahnräder ineinandergreifen, während er versuchte, ihren Standpunkt zu verarbeiten. Zumindest hoffte sie das und nicht, dass ihre Worte gegen eine innere Barriere prallten.

Auf einmal hob er den Kopf und starrte vor sich hin, als würde er Dinge hören, die außerhalb ihrer wahrnehmbaren Frequenz lagen. Enttäuschung und Trauer waren aus seinen Zügen wie fortgewaschen. Dann straffte er die Flügel, ging zum Fenster und sprang mitsamt der Kiste, in der sein Herz steckte, ohne ein weiteres Wort des Abschieds hinaus. Ihr sollte es recht sein, solange sie ihn endlich los war. Der Typ war irre. *Irre!*

»Nun«, hörte sie Cathal sagen, »das war – wie soll ich es beschreiben? – recht interessant.«

Wenn man sie fragte, würde sie diese Begegnung eher als skurril einstufen. Aber vielleicht stumpfte sie langsam auch einfach nur ab.

»Dass er zu keiner von unseren Ängsten geworden ist, ist aber schon mal ein gutes Zeichen, oder?«, fragte sie, nachdem sie das Fenster geschlossen und sich zu Nessi und Cathal an den Couchtisch gesetzt hatte.

»Ich denke schon«, erwiderte Cathal.

»Meinst du, er hat es kapiert?«, fragte Nessi.

Cathal lachte. »Das bezweifle ich. Entweder hat er Emmas Abweisung schon längst wieder vergessen oder er hat irgendetwas anderes in ihre Worte hineininterpretiert.«

Emma vergrub das Gesicht in ihre Hände. »Na, klasse!«

Cathal sah sie belustigt an. »Ich fürchte, die Zukunft wird dir das noch früh genug beantworten.«

Das fürchtete sie allerdings auch.

24

Seit der Entführung oder besser gesagt seit sie im Krankenhaus mit klarem Verstand erwacht war, litt sie unter einem leichten Schlaf und wachte mehrmals pro Nacht auf. An die Zeit der Faysucht konnte sie sich kaum erinnern, die erschien ihr im Nachhinein wie in einem Nebel oder als wäre es ein endlos anhaltender Albtraum gewesen. Seit sie die Sucht aber überwunden hatte, konnte sie keine einzige Nacht richtig durchschlafen, da jedes noch so kleine Geräusch sie weckte.

Heute Nacht lag es an dem Rascheln der Gardinen, die vor dem offenen Fenster durch einen leichten Wind ins Zimmer wehten. Von einem Moment auf den nächsten war sie hellwach. Als sie ins Bett gegangen war, waren die Fenster geschlossen gewesen, das wusste sie genau.

Mit zitternden Fingern tastete sie nach dem Lichtschalter der Nachtischlampe und knipste sie an. Eine Weile saß sie mit klopfendem Herzen im Bett und starrte zu den wehenden Gardinen. Obwohl niemand zu sehen war, quälte ihre lebhafte Phantasie sie mit allen möglichen Horrorszenarien. Eine geisterhafte Spiegelung in der Fensterscheibe, eine Hand, die von draußen nach ihr greifen könnte, ein Dämon, der hinter ihr vorbeihuschte, sobald sie das Bett verließ.

Bevor sie die Decke zurückschlug und aufstand, atmete sie tief durch, um sich zu beruhigen. Dann ging sie mit einem mulmigen Gefühl zum Fenster und sah hinaus. Aufgrund des bevorstehenden Neumonds lag eine stockdunkle Straße vor ihr, doch das wenige Licht, das die Straßenlaterne spendete, zeigte zumindest, dass die Straße verlassen war.

Seufzend schloss sie das Fenster, zog die Gardine wieder zu und wollte zurück ins Bett.

Als sie sich umdrehte, trat eine Gestalt aus den Schatten neben dem Schrank und stellte sich vor ihr Bett.

Kreischend stolperte sie zurück. Vor Schreck griff sie nach der Gardine, die durch den Ruck mitsamt der Stange scheppernd zu Boden ging. Sie verhedderte sich in den Stoffbahnen. Rasch versuchte sie sich zu befreien, um nicht wie ein hilfloser Käfer am Boden zu liegen, während der fremde Kerl sie anstarrte. Er stand auf der anderen Seite des Bettes, machte aber sonst nichts. Selbst wenn sie aufspringen und zur Tür rennen könnte, müsste sie erst an ihm vorbei.

Nachdem der erste Adrenalinrausch abgeflaut war und ihren Verstand nicht länger lähmte, erkannte sie, wer neben ihrem Bett stand. Sie rappelte sich auf.

»Robert Pattinson?«, fragte sie fassungslos. Er legte den Kopf schief und betrachtete sie noch immer, ohne ein Wort zu sagen. Doch etwas an ihm war seltsam. Mit seinen leuchtend gelben Augen und der kreidebleichen Haut sah er unwirklich aus. Wie … Edward Cullen.

In dem Moment riss Nessi die Tür auf und stürmte ins Zimmer. »Emma, warum hast du geschrien, was …?« Sie erstarrte, als sie Robert/Edward entdeckte, der haargenau wie auf den Twilight-Postern geschminkt war. Robert/Edward riss bei Nessis Anblick die Augen auf, rannte panisch quer über das Bett in Emmas Richtung und packte sie von hinten an den Schultern, bevor sie reagieren konnte. Sie versteifte in seinem Griff, ihr stockte der Atem und das Herz schlug ihr bis zum Hals.

Einige Sekunden lang passierte nichts, vor Schreck war sie wie gelähmt.

Nessi fing sich als Erste wieder. »Was zum …? Ist das Robert Pattinson, der sich an dich klammert?«

»Ich … ich bin mir nicht sicher.«

»Er sieht jedenfalls aus wie«, skeptisch musterte sie ihn, »Edward.«

Husch, wehte ein Wort durch ihren Kopf. Unangenehmes Kribbeln zwickte ihr Gehirn. *Hinfort mit dir, du garstiges Gefäß. Weg! Verschwinde!*

Die Stimme und die ungewöhnliche Empfindung in ihrem Kopf kamen Emma bekannt vor.

»K-Krystal?«, fragte sie Robert/Edward, der sich hinter ihr versteckte und sie wie in einer Schraubzwinge umklammerte.

Ja, mein Stern?

Es war tatsächlich der Unseelie-Prinz. »Du … du zerdrückst mich.«

Er lockerte den Todesgriff etwas, kam jedoch nicht hinter ihr hervor. *Ich vergaß, ihr Menschen seid so zerbrechlich. Bitte schick das Gefäß fort, mein Herz, bitte. Es ist böse.*

Ihn ignorierend, wandte sie sich an Nessi. »Nessi, hast du Angst vor Vampiren? Und wenn ja, ich meine, bei Nosferatu oder Dracula könnte ich es noch verstehen, aber … Edward?«

Nachdem sie Krystal mit dem Ellenbogen in die Rippen geschlagen hatte, gab er ein dumpfes Schnaufen von sich.

»Nicht dass du das als Aufforderung missverstehst, deine Gestalt in Nosferatu zu ändern, hörst du?«

Nessi zuckte mit den Schultern. »Wieso denn ich? Ist er nicht deinetwegen hier?«

»Stimmt. Aber eigentlich habe ich vor Edward auch keine Angst. Seltsam.«

Ich bin doch nicht hier, um dir Angst zu machen, mein Herz. Ich verspreche, dass ich mich anständig benehmen werde. Ich werde dir nichts zuleide tun, nur bitte, mein Herz, ich flehe dich an, schick das Gefäß fort.

Er schien sich vor Nessi wirklich zu fürchten, doch das war sein Problem, nicht ihres. Sie befreite sich aus seinen Armen, drehte sich zu ihm herum und seufzte tief.

»Krystal«, sagte sie entschieden. »Ich kann Nessi nicht fortschicken, sie wohnt hier. Außerdem fühle ich mich deutlich wohler, wenn sie hierbleibt. Ich traue dir nicht, du bist die personifizierte Angst! Du brichst nachts in mein Schlafzimmer ein – im Edward-Look auch noch – und verpasst mir den Schock des Jahrhunderts. Das … das ist einfach ultra-creepy!«

Während sie gesprochen hatte, waren seine goldenen Edward-Augen immer größer und sein Ausdruck immer zerknirschter geworden. Sein Hundeblick brach ihr fast das Herz, doch sie würde sich nicht erweichen lassen. Er war ein verfluchter Unseelie-Prinz, das durfte sie nie vergessen.

Mochtest du die Geschichte zwischen dem Vampir und dem Menschenmädchen denn nicht?, fragte er bedrückt.

Twilight gehörte zweifellos zu ihren Lieblingsbüchern. »Doch, aber …«

In dem Buch sitzt der Vampir jede Nacht an dem Bett seiner Angebeteten und sieht ihr beim Schlafen zu.

»Ja, aber …«

Und dem Mädchen gefällt es.

»Herrgott!«, rief sie. »Es ist doch nur eine Geschichte, Krystal! Eine Geschichte. Im wahren Leben träumt keine Frau von einem Freak, der ihr nachts im Schlafzimmer auflauert und sie beobachtet.«

Freak?

Das eine Wort hallte in ihrem Kopf nach, und in Kombination mit seinen traurigen Augen fühlte sie sich auf einmal schäbig. Nessi setzte sich auf die Bettkante und sah ebenfalls so aus, als hätte sie Mitleid mit ihm. Dadurch fühlte sie sich noch mieser. Es lag sicher nur daran, dass er halbwegs menschlich aussah, mit normalen Augen statt den raubtierkatzenartigen und mit normalen Händen statt den Vogelgreifen.

Oder?

Seufzend setzte sie sich ebenfalls aufs Bett. »Ehrlich gesagt hätte ich nie vermutet, dass ausgerechnet du Twilight kennst. Ich hätte nicht gedacht, dass das Buch selbst im Síd bekannt ist.«

Ist es nicht. Ich … ich habe mich informiert, so, wie du es von mir verlangt hast. Ich habe nachgeforscht, was menschliche Frauen mögen. Schokolade und etwas, das sich Twilight nennt, sagten die Stimmen. Sie nannten eine weitere Lektüre zu Recherchezwecken. Fifty Shades of Grey. Menschliche Frauen wären ganz verzückt nach dem Buch, teilten sie mir mit, doch sie empfahlen mir, es nicht als Vorbild zu nehmen, sondern stattdessen das Buch mit dem Vampir. Also habe ich es mir besorgt und eingehend studiert.

Eingehend studiert hatte er Twilight. Sie lächelte leicht. »Wer auch immer diese Stimmen sind, erinnere mich daran, mich bei ihnen zu bedanken.«

Fifty Shades of Grey befand sich natürlich auch in ihrem Bücherregal, doch im Gegensatz zu den Biss-Büchern hatte sie die Story furchtbar gefunden. Wäre Krystal Peitschen schwingend als Christian Grey erschienen, wäre sie durchgedreht. Da war ihr Edward allemal lieber.

Ich wollte dir Schmuck und andere schöne Geschenke besorgen. Wie Edward seiner Bella, doch, er schaute zu Boden, *dafür hat heute die Zeit nicht mehr gereicht.* Als er wieder aufsah, hörte sie seine Stimme nunmehr als Flüstern in ihrem Kopf. *Ich verspreche, dass ich das nachholen werde.*

»Krystal.« Sie seufzte. »Du musst doch nicht jemand anderen oder eine fiktive Geschichte kopieren. Sei einfach du selbst.«

Ich war ich selbst, doch das hat dir nicht gefallen.

Sie zog die Augenbrauen fragend hoch.

Du hast gesagt, dass ich mich über menschliche Bedürfnisse informieren solle. Stolz richtete er sich auf und straffte die Schultern. *Und das habe ich getan.*

»Awww.« Der tröstende Laut kam von Nessi – der alten Verräterin, denn jetzt fühlte sie sich richtig mies.

»Du hast recht, Krystal. Das hast du getan. Aber …« Sie wusste nicht, wie sie es in Worte fassen sollte. »Ich meinte damit nicht, dass du zu jemand anderem werden sollst. Es ist völlig egal, in wen du dich verwandelst, da man Freundschaft oder Liebe nicht erzwingen kann. So etwas entwickelt sich langsam, durch Vertrauen oder wenn ein gewisser Funke überspringt. Wenn die Chemie zwischen zwei Personen stimmt, verstehst du? Liebe kann man nicht durch Äußerlichkeiten beeinflussen.«

Ich liebe dich nicht, stellte er klar.

»Oh?« Sie runzelte die Stirn. Wie peinlich, einfach davon auszugehen.

Ich begehre dich. Er lächelte.

Nach einem Moment bemerkte sie, dass ihr Mund offen stand. »Also … ich kann das aber nicht voneinander trennen, Liebe und Begehren.«

Er seufzte und legte den Kopf wieder schief. *Ach, ihr Menschen …*

Sein Lächeln war mild und nachgiebig, als wäre sie ein kleines Kind, das gerade herausgefunden hatte, dass es Einhörner doch nicht gab. Wobei sie selbst dafür ihre Hand nicht mehr ins Feuer legen würde.

Sie hörte, dass Nessi ein Lachen unterdrücken musste. »Das darfst du nicht persönlich nehmen, Emma. Bei den Fay stehen Begierde und sexuelle Anziehung höher im Kurs als Liebe.«

»Aha«, erwiderte sie resigniert. Blöderweise war sie eine hoffnungslose Romantikerin.

Ich habe die Sterne nach dir benannt, sagte er, während sich seine Edward-Gestalt in sein eigentliches Aussehen zurückverwandelte.

Nach und nach veränderte sich die Form seines Körpers. Er wurde größer und muskulöser, hinter ihm bildeten sich die riesigen weißen, goldgeränderten Flügel, die er zusammengeklappt hielt. Wo vorher ein Hemd gewesen war, blieb sein athletischer Oberkörper nun nackt und die längliche Wunde war narbenlos verschwunden. Die makellose Haut ließ nicht vermuten, dass er sich je das Herz herausgeschnitten hatte. Er besaß feine, drahtige Muskeln. Schultern, Arme und eine Brust, die dazu gemacht waren, sein Gewicht im Flug tragen zu können. Die kurzen, whiskyfarbenen Haare verlängerten sich und wurden weizenblond, und die goldenen Augen waren nun hellblau mit senkrecht geschlitzten Pupillen.

Sie musste zugeben, so gefiel er ihr besser. Es war authentischer und passte zu dieser geisterhaften Stimme, die ohne Umwege im Hirn zu landen schien. Dabei fiel ihr auf, dass er in der anderen Gestalt, als Robert Pattinson, doch Stimmbänder hätte haben müssen. Weshalb hatte er nicht normal reden können?

Allerdings, fuhr er nachdenklich fort und sah an die Zimmerdecke, *heißen jetzt alle über hundert Trilliarden Sterne im Himmel Emma, und unter ihnen herrscht ein heilloses Durcheinander. Ich fürchte, sie sind etwas verwirrt.*

Nessi lachte. »Gib ihnen doch zusätzlich eine Zahl, um sie besser auseinanderzuhalten.«

Krystals Augen leuchteten, bevor er wieder zur Zimmerdecke emporblickte. *Emma1, Emma2, Emma3, Emma4 …*

»Das wird ihn eine Weile beschäftigen«, sagte Nessi amüsiert. »Tee? Ich kann gerade eh nicht mehr schlafen.«

»Warum nicht? Nachdem du dafür gesorgt hast, dass er in *meinem* Schlafzimmer eine Weile beschäftigt sein wird.«

Während sie gemeinsam in die Küche gingen, lachte Nessi wieder leise.

… Emma17, Emma18, Emma19 …, hallte es in ihrem Kopf bis ins Wohnzimmer nach.

In der Küche stellte Nessi einen vollen Wasserkessel auf den Herd und holte zwei Tassen und die Box mit den verschiedenen Teesorten aus dem Schrank. Nessi nahm einen Earl Grey, sie selbst wählte einen Kräutertee.

Ihre Freundin setzte sich neben sie an den Tisch. »Das haben diese Stimmen, die er hört, aber ziemlich simplifiziert«, sagte Nessi Augen rollend. »Schokolade und Twilight. Ts-ts. Als wären wir Frauen so einfach gestrickt.«

»Erschreckenderweise haben seine Stimmen, wer oder was immer sie sind, damit aber nicht ganz unrecht.«

»Auch wieder wahr.«

Als der Kessel pfiff, stand Nessi auf und goss heißes Wasser in die Tassen. Aus den Teebeuteln trieben braune Schlieren wie frisches Blut aus einer Wunde an die Oberfläche.

»Übrigens ...« Nessi stellte ein kleines Glasfläschchen mit einer dunklen Flüssigkeit auf den Tisch. Auf den inneren Rändern lag ein dunkelroter Film. »Cathal hat mir das mal für Notsituationen gegeben. Wenn du das Gläschen zerbrichst, rufst du das Heer. Ich dachte, wenn du vom Tod in den Síd verschleppt wirst, könntest du es gut gebrauchen. Als Absicherung.«

Sie nahm das Fläschchen in die Hand und drehte es einmal herum. Wollte sie wissen, um was es sich bei der roten Flüssigkeit handelte? Eigentlich nicht, aber sie hatte da so eine Ahnung. »Danke.«

»Aber du darfst es wirklich nur in absoluter Lebensgefahr anwenden und auch nur, wenn du dich selbst irgendwie in Sicherheit bringen kannst. Die Sluaghs machen keinen Unterschied zwischen Freund und Feind. Sie sind wie wilde, gefährliche Raubtiere, für die sind alle gleich.«

Sie pustete in ihre Tasse und nickte. »Okay.«

Der Himmel begann auszubleichen und die einzelnen Sterne verschwanden nach und nach wie Kerzenflammen im Wind. Die Sonne ging auf und ein neuer Tag brach an. Ein Tag, der ebenso trist und trostlos schien wie all die Tage zuvor, seit sie im Krankenhaus aufgewacht war. Auf einmal versperrten riesige Flügel die Sicht nach draußen. Krystal klopfte von außen an die Scheibe.

Nachdem sie aufgestanden war und ihn hereingelassen hatte, setzte er sich wie selbstverständlich zu ihnen an den Tisch – allerdings so weit von Nessi entfernt, wie er konnte.

Nessi warf ihm einen skeptischen Blick zu. »Wolltest du nicht die Sterne umbenennen?«, fragte sie.

Sterne?

»Ja. Du hattest sie nach Emma benannt, konntest sie aber nicht mehr auseinanderhalten und wolltest jedem von ihnen zur Unterscheidung zusätzlich eine Nummer verpassen. Schon vergessen?«

Er schaute zum Fenster hinaus. *Sterne? Was denn für Sterne?*

Er klang ehrlich ratlos, während er den blassblauen Himmel abzusuchen schien.

»Wow«, sagte Nessi. »Und ich dachte immer, ich hätte eine kurze Konzentrationsspanne. Tee?«

Er schüttelte den Kopf. *Ich trinke nur Blütennektar.*

»Blütennektar.« Nessi rollte mit den Augen. »Was sonst?«

Ihre Freundin trank den letzten Schluck, stand auf und gähnte herzhaft, bevor sie sich an sie wandte.

»Erinnere mich bitte daran, irgendwann heute auch die ganzen Fensterrahmen gegen Unseelie zu runen. Bei geflügelten Wesen ist es irgendwie witzlos, nur die Türen zu sichern.«

Deshalb hatte er also in ihr Zimmer kommen können. Sie hatte sich schon gewundert. »Mach ich.«

Nessi gähnte wieder. »Gute Nacht. Ich gehe wieder ins Bett und versuche noch ein paar Stunden zu schlafen.« Bevor sie die Küche verließ, breitete sie die Arme weit aus und ging auf Krystal zu. »Lass mich dich zum Abschied umarmen, du niedlicher Prinz, du.«

Innerhalb eines Wimpernschlages war Krystal aufgesprungen. So schnell konnte sie gar nicht schauen, wie er sich wieder hinter ihr verschanzt hatte und verängstigt an ihr vorbei zu ihrer Freundin blickte.

Nessi lachte. »War nur ein Scherz. Du bist überhaupt nicht niedlich.« Dann verließ sie die Küche.

Sobald Emma mit dem Prinzen allein war, setzte er sich wieder neben sie an den Tisch und musterte sie eingehend. Sie leerte ihre Tasse und versuchte ihn zu ignorieren, was aber gar nicht so einfach war, solange er sie intensiv von der Seite anstarrte.

Möchtest du lieber Diamanten oder ein … wie hieß das schnelle Fortbewegungsmittel in dem Buch doch gleich?, fragte er auf einmal.

»Auto?«

Genau. Auf einmal wirkte er wie in Gedanken verloren. *Muss grausam sein, immerzu am Boden bleiben zu müssen. Die Königin hat mir einmal, als ich noch sehr jung war, die Flügel gestutzt.*

»Wir sind ohne Flügel geboren. Für uns ist das normal. Weshalb hat sie dir die Flügel gestutzt?«

Er betrachtete sie. *Das habe ich vergessen. Sie war wütend, doch ich habe vergessen weshalb. Ich vergesse viel. Doch manchmal erzählen mir die Vögelchen im Schlaf, was passiert ist oder passieren wird. Sie erzählen von den Zeiten vor der Schlacht. Diamanten oder ein Auto?*

Irritiert blinzelte sie. »Was haben Diamanten und Autos mit der großen Schlacht des Síd zu tun?«

Nichts, ich möchte nur wissen, was ich dir schenken soll.

»Ach so. Ganz ehrlich? Keines von beidem. Was mir wirklich Freude machen würde – buchstäblich –, wäre, wenn ich meine Lebensfreude wiederbekäme. Aber die befindet sich noch bei deinem Bruder.«

Er stützte sein Kinn auf die Hand und legte den Kopf schief. Die Bewegung erinnerte sie an einen Raben, der sich auf etwas Bestimmtes konzentrierte.

»Krystal?«

Ja, mein Herz?

»Weißt du, was mir dein Bruder angetan hat?«

Mit aufgestütztem Kinn schüttelte er den Kopf. *Nein, doch es muss schlimm genug gewesen sein, um ihn umzubringen.*

Sie seufzte und sah in ihre leere Tasse. »Wem sagst du das?«, murmelte sie mehr zu sich selbst.

In naher Zukunft werden dich Fragen quälen. Doch wenn es so weit ist, wirst du mich nicht mehr fragen können. Deshalb werde ich dir jetzt antworten. Die Antworten lauten: nein, niemals. Und nein, ich weiß es nicht, aber ich bin sehr gerührt, dass ihr mich retten wollt.

Verwundert schaute sie zu ihm auf und entdeckte in seinen Augen für einen kurzen Moment Klarheit und Verständnis. Er mochte seine Spleens haben und in einer etwas anderen Welt leben, doch irgendwie hatte sie das Gefühl, dass er in diesem Moment absolut klar war. Das zeigte, dass er doch nicht so verrückt war, wie alle zu glauben schienen.

Lächelnd schüttelte sie den Kopf. »Ich habe keine Ahnung, wovon du sprichst.«

Sie legte ihre Hand auf seine vogelgreifähnlichen Finger. Mit dem Blick folgte er der Bewegung, versteifte sich und sog scharf Luft ein.

»Er hat mir sehr wehgetan, Krystal. Dein Bruder hat mir sehr wehgetan. Er ist dein Bruder und ich weiß, dass Blut dicker ist als Wasser. Ich weiß, dass man seine Familie – auch wenn man nicht immer derselben Meinung ist – liebt und für sie da ist, deshalb will ich ehrlich zu dir sein: Ich hasse ihn. Aus tiefstem Herzen. Und ich werde mich irgendwann einmal für die Dinge, die er mir angetan hat, an ihm rächen. Ich will nur, dass du das weißt, okay?«

Er nickte. *Ich weiß.*

Sie stieß verzweifelt Luft aus. »Ich denke nicht, dass du wirklich verstehst, was ich meine. Ich will, dass er tot ist. So sehr hasse ich ihn. Hast du eine Ahnung, was das bedeutet?«

Ja, denn du hast es mir bereits erzählt. Nicht du, wie du jetzt bist, sondern du, wie du sein wirst. Und ich verstehe. Es ist in Ordnung, mein Herz. Ich verzeihe dir. Erinnere dich an meine Worte. Er lächelte und das wenige Verständnis, der kurze Moment der Verbundenheit, schwand aus diesen fremdartigen Augen. *Der Mond hat mich zu dir geführt. Er hat mir zugeflüstert, dass du uns ins nächste Zeitalter führen wirst.*

»Tatsächlich?« Spätestens jetzt war ihr klar, dass er sich wieder in seiner eigenen Wirklichkeit befand. Sie versuchte erst gar nicht, einen Sinn in seinen Worten zu erkennen.

Er drehte ihre Hand herum und strich mit dem Daumen über die dünne Narbe an ihrem Handgelenk, die von dem Selbstmordversuch stammte.

Ich muss mich beeilen, Prinzessin. Ich muss mich beeilen, bevor du Prinzessin bist. Du liebst den Tod und dann wird die Hoffnung auf eine gemeinsame Nacht für immer verloren sein.

»Quatsch. Ich liebe den Tod nicht«, stellte sie klar, während er weiterhin sanft über ihre Narbe strich. »Das war bloß die einzige Möglichkeit, mich aus der psychischen Manipulation deines Bruders zu befreien. Ich habe nicht vor zu versuchen, mich umzubringen. Keine Sorge.«

Er ignorierte ihre Worte. *Wir werden für immer miteinander verbunden sein, als Geschwister. Nicht durch Blut, doch durch Magie.* Dann blickte er zum Fenster hinaus. *Guten Morgen, Sonnenschein. Die Welten begrüßen einen neuen Tag.*

»Ja«, murmelte sie. »Ein neuer Tag …«

Doch was spielte es für eine Rolle? Er wäre ebenso trist und hoffnungslos wie all die Tage zuvor.

Und vorerst vermutlich der letzte, den sie zu Hause verbringen würde, denn heute Nacht würde der Tod kommen, um sie in sein Reich mitzunehmen.

25

Ihre Erinnerungen an die erzwungene Verfrachtung in den Síd waren von Panik, Atemnot und Verwirrung geprägt. Deshalb hatte sie vor einigen Tagen auf der Straße keine Angst verspürt, als Krystal den Síd um Tadhg und sie herum aufgebaut hatte – ihr war klar gewesen, dass es sich nur um eine Illusion gehandelt hatte, da der Übergang fließend und unspektakulär verlaufen war.

Vor über einem Jahr hingegen war es unangenehm und beklemmend gewesen. Es hatte sich ein wenig wie … sterben angefühlt. Genau genommen war der Vergleich, im Nachhinein betrachtet, gar nicht so abwegig, auch wenn sie sich des kompletten Ausmaßes, als sie sich in dem düsteren Raum wiedergefunden hatte, nicht bewusst gewesen war. Am Ende war sie gestorben, schließlich war sie dreißig Sekunden lang klinisch tot gewesen. Dieses Mal geschah es zum Glück anders. Der Übergang von der Realität in die surreale Welt der Feenhügel erfolgte sanft.

Aber die Feenhügel waren eigentlich ebenso real wie die Menschenwelt, das wusste sie. Dennoch hatte sie Schwierigkeiten, sich den Síd als eine Art Paralleldimension vorzustellen. Sie wusste nicht, wie sie die Welt der Feenhügel in ihrem Kopf einordnen sollte. Als Mensch dachte sie nun einmal in Schubladen, sie brauchte etwas Bekanntes, an dem sie sich entlanghangeln konnte.

Der Síd hingegen war in seiner Gesamtheit fremdartig. Nichts, was sie mit irgendetwas vergleichen konnte. Wie ein Computerspiel oder der Kaninchenbau aus Alice im Wunderland. Der Síd war praktisch überall und allgegenwärtig. Er ließ sich wie durch eine Tür betreten. Man benötigte nur den richtigen Schlüssel – sprich das nötige magische Gespür dafür.

Oder man hatte Pech, die Tür stand zufällig offen und man betrat ihn unabsichtlich, wie in den Nächten zum 1. November, an Samhain, oder an einigen anderen bestimmten Tagen, an denen die Grenzen verschwammen.

Wenn man es, wie sie, so richtig beschissen erwischt hatte, wurde man von einem Feenwesen hineingezogen.

Inzwischen besaß sie diesen magischen Schlüssel zu der anderen Welt – ob sie wollte oder nicht –, und sie betrat den Síd wie einen Raum. Nur dass es kein Raum, sondern eine eigene Welt war, die sich mit der Menschenwelt mischte, mit ihr verschlungen war und eine Einheit bildete. Nun hatte sie den Blick dafür, den sie vorher nicht besessen hatte.

Sie betraten die Feenhügel in der Nähe der Geburtsklinik. Der Eingang befand sich genau vor einer Häuserwand, und sie spürte das magische Kribbeln, als sie darauf zugingen. Statt gegen die Wand zu laufen, war es, als würde sich ein Vorhang zur Seite schieben, hinter dem sich nicht länger das Haus, sondern eine Art Höhle oder Stollen befand. Der Vorhang fiel hinter ihr zu und Dunkelheit breitete sich um sie herum aus. Sie benötigte einen Moment, bis sich ihre Augen an die Finsternis gewöhnt hatten. Es roch nach trockener Erde, alten Wurzeln und dem scharfen Duft toter Blätter. Der Geruch erinnerte sie an einen Wald im Spätherbst, wenn die letzten Spuren des Sommers von tagelang andauernden, kalten Regenschauern endgültig fortgewaschen wurden und die Natur sich auf den Winter vorbereitete. Kalt und unerbittlich.

Tadhg hatte, seit er am späten Abend eingetroffen war, kein Wort mit ihr gesprochen, im Gegenteil. Er benahm sich verschlossen und distanziert, und sie vermutete, dass er noch immer wütend auf sie war. Abgesehen von Nessis guten Ratschlägen – möglichst nichts in der Feenwelt zu trinken und zu essen, ihre eigenen Wasserflaschen nie unbeaufsichtigt zu lassen, nicht auf Erkundungstour zu gehen, die Wälder zu meiden, andere Fay zu ignorieren, keine Deals, so attraktiv sie auch erscheinen mochten, abzuschließen et cetera, et cetera –, hatte sie ihre Tasche in bedrückender Stille gepackt. Tadhg bestand darauf, ihren Treckingrucksack zu tragen, das war aber auch alles, was er von sich gab. Nessi versprach, regelmäßig vorbeizuschauen und sie mit

Lebensmitteln zu versorgen. Das Fläschchen, um das Heer zu rufen, befand sich sicher verstaut in ihrer Hosentasche.

Heute Morgen war sie irgendwann am Frühstückstisch eingenickt. Als sie wieder aufgewacht war, war das Fenster offen und Krystal verschwunden gewesen. ›Bis bald‹, hatte er mit Tee, der bis zu ihrem Erwachen getrocknet war, auf die weiße Tischplatte geschrieben. Er hatte sogar tatsächlich ein Herzchen dahinter gezeichnet. Auf seine eigene unbeholfene Weise war er irgendwie liebenswert.

Inzwischen hatten sich ihre Augen an die Dunkelheit gewöhnt, sodass sie einen Stollen erkannte, wie sie ihn sich in alten Bergwerken vorstellte. Holzbalken stützten Wände und die Decke. Sie waren von fester Erde umgeben, aus der feine Wurzeln ragten. Befanden sie sich etwa unter Tage? Sie erschauderte bei der Vorstellung, dass sich über ihren Köpfen Massen an Gestein befinden konnten. Tadhg wirkte jedoch halbwegs entspannt – abgesehen von dieser verbissenen, undurchdringlichen Miene –, aber demnach schien hier alles der Normalität zu entsprechen.

Es würde gut gehen. Ganz sicher. Irgendwie fände sie wieder einen Weg heraus. Doch bis dahin war sie Tadhgs Gefangene. Wenn sie nicht bald eine Möglichkeit fand, die unangenehme Stimmung zu verbessern, würde die Zeit bei ihm noch unerträglicher werden. Als wäre die Tatsache, ihre Freiheit aufgeben müssen, nicht schlimm genug.

»Soll ich dir mal was sagen?« Ohne eine Antwort abzuwarten, fuhr sie fort. »Ich kann es, Achtung Wortspiel: auf den Tod nicht ausstehen, wenn jemand mit zweierlei Maß misst.«

»Mit zweierlei Maß?« Er bedachte sie mit einem kühlen Blick. Aber immerhin redete er mit ihr.

»Das bedeutet, wenn jemand unterschiedliche Urteile fällt, je nachdem, für wen oder was.«

»Ich weiß, was es bedeutet. Hättest du die Güte, mir zu erklären, was du damit meinst?«

»Mir ist klar, dass ich dich mit meiner Implikation, gelogen zu haben, gekränkt habe. Aber was du gemacht hast – dieses komische Alibi-Entgegenkommen, das gar keins war –, war auch nicht gerade fair. Ich hatte nie eine Chance gegen dich, du … du ehrloses Feenwesen.«

»Vorsicht, Emma. Du brauchst deine Leben auf.« Seine Stimme klang gefährlich ruhig.

Schön, auch sie war wütend. Wütend, weil er es ausgenutzt hatte, als sie betrunken gewesen war. Wütend, weil er so getan hatte, als würde er ihr eine Chance geben, obwohl von Anfang an klar gewesen war, dass sie ihn niemals besiegen könnte. Wütend wegen … ach, wegen allem. Wegen des ganzen verfluchten Mists und weil er sie noch tiefer in diese Welt hineinzog. Sogar wegen Dingen, für die er überhaupt nichts konnte, war sie wütend.

»Vorsicht wovor?«, erwiderte sie bissig. »Vor dir? Was willst du machen, hm? Was könntest du mir schon antun, das nicht deinen kleinen, schicken Deal mit dem *Gefäß der Macht* gefährden würde?«

»So vieles, Emma. Möchtest du es gerne herausfinden? Ich bin über tausend Jahre alt und kann sehr kreativ werden. Ich lasse dir bereits eine Menge Unverschämtheiten durchgehen. Wesentlich mehr als jedem anderen, doch treib es nicht zu weit. Selbst meine Geduld kennt Grenzen.«

Trotz der Dunkelheit in dem Stollen konnte sie in seinem weißen Gesicht erkennen, wie er sie mit einer hochgezogenen, pechschwarzen Augenbraue von der Seite betrachtete. Eiskalt. Tödlich. Diese Stimmung – das wusste sie inzwischen – war weitaus gefährlicher, als wenn er seinen Zorn offen zeigte.

»Nur zu, werde von mir aus so kreativ, wie du willst. Ich bin gespannt, wie du das, was Uisdean getan hat, toppen möchtest.«

Tadhg blieb stehen, doch das bekam sie kaum mit. Auf einmal fühlte sie sich ausgelaugt und leer. Jegliche Streitsucht war unter anderen Gefühlen fortgewaschen. Ohnmacht? Trauer? Niedergeschlagenheit?

Sie wusste es nicht, sie wusste nur, dass es all ihre Kraft raubte. Sobald sie merkte, dass er sich nicht mehr neben ihr befand, blieb sie ebenfalls stehen und drehte sich zu ihm um. Trotz allem hatte er einen Schwur geleistet, sie zu beschützen, und darauf konnte sie sich verlassen. So groß war ihr Stolz nun auch wieder nicht, dass sie es riskieren wollte, hier irgendeinem anderen Fay in die Hände oder Schlimmeres zu fallen.

Er legte seinen Kopf schief und beobachtete sie. An sein Aussehen hatte sie sich inzwischen gewöhnt und empfand es, trotz der roten Augen, pechschwarzen Haare und weißen Haut, nicht mehr als fremdartig und dämonenhaft. Sobald man diese Dinge nicht mehr bewusst wahrnahm, konnte man sich auf anderes konzentrieren. Auf die attraktiven Züge und den maskulinen Körper. Selbst in der dunklen Jeans und dem vornehmen schwarzen Hemd wirkte er wie ein Krieger, wild und kampferprobt, der nur kurz seine Rüstung abgelegt hatte. Ihren Treckingrucksack trug er über eine Schulter gehievt, und das alte, unansehnliche Teil wirkte bei ihm fehl am Platz, fast wie eine Beleidigung bei all seiner dunklen Herrlichkeit und männlichen Pracht.

»Gerade eben warst du noch wütend. Voller Feuer und Kampfgeist. Jetzt auf einmal nicht mehr. Warum?«

»Ich bin müde.«

»Müde?« Er machte eine Frage daraus, als glaubte er ihr nicht.

Sie zuckte mit den Schultern. »Ich mache dich für Dinge verantwortlich, für die du nichts kannst. Ich will jemandem die Schuld geben und gebe sie dir, weil du ein Fay und gerade in Reichweite bist. Aber es ist nicht deine Schuld.«

»Was ist nicht meine Schuld?«

Sie sah auf und lächelte. Es fühlte sich erzwungen an. Ja, sie war müde und fühlte sich furchtbar ausgelaugt. »Nicht du bist derjenige, der mich entführt hat. Du hättest es auch nicht verhindern können, wir kannten uns damals schließlich nicht einmal.« Sie verschluckte einige Worte und musste sich räuspern. Hoffentlich merkte er das nicht. »Es ist nicht deine Schuld.«

»Emma«, erwiderte er sanft. Er hatte es bemerkt.

»Bitte kein Mitleid«, flüsterte sie.

Er kam auf sie zu. »Nein, kein Mitleid. Nur die Wahrheit. Was Uisdean dir angetan hat, war eine grässliche Gräueltat. Ich weiß, dass du in dem Moment geglaubt haben musst, es zu wollen, und dich nicht dagegen gewehrt hast. Das passiert bei der Faysucht mit Menschen. Doch du hast nichts falsch gemacht. Es gibt nichts, das du dir vorwerfen müsstest. Du hättest es nicht verhindern können.«

Oh Gott! Das war der Punkt. Bisher war ihr das nicht bewusst gewesen, doch plötzlich fiel es ihr wie Schuppen von den Augen und sie begriff: Insgeheim gab sie sich selbst die Schuld an allem.

Hätte sie mit Mitte zwanzig nicht weniger dumm und naiv sein müssen? Hätte sie sich nicht wehren sollen? Wenigstens ein bisschen Widerstand leisten oder kämpfen? Selbst wenn sie bei dem Versuch umgekommen wäre, zumindest hätte sie alles gegeben, was in ihrer Macht stand. Es wäre besser gewesen als das, was passiert war. Sie hätte diese Welt als vollständige Person mit Rückgrat verlassen und wäre nicht dieses Häufchen Elend, das vor sich hin vegetierte.

Sie lachte, und selbst in ihren Ohren klang es schmerzlich, wie ein ersticktes Schluchzen. »Hast du einen Abschluss in Psychologie?«

»Nein. Ich bin einfach nur sehr, sehr alt und habe viel Erfahrung.«

Sie drehte ihr Gesicht zur Seite, damit er nicht die Tränen sah, die ihr über die Wangen rollten.

»Du brauchst dich vor mir nicht zu fürchten. Ich werde dich nie zu Dingen zwingen, die du nicht möchtest.« Einen Moment schien er über seine Worte nachzudenken. »Lass mich den ersten Teil dieser Aussage umformulieren. Du brauchst dich vor mir nicht zu fürchten, solange du dich mir gegenüber respektvoll benimmst.«

Trotz allem brachte sie das zum Lachen und sie gab diesen verräterischen Laut von sich, der ihm eindeutig verriet, dass sie weinte.

»Das meinte ich eigentlich vollkommen ernst.«

»Ja, ich weiß.« Sie stand ihm so nahe, dass sie mit der Stirn seine Brust streifte, wenn sie sich etwas zu ihm lehnte. Er roch angenehm, nach Seife und etwas anderem, Dunklem. Sein ganz persönlicher eigener Geruch. »Allerdings frage ich mich wie du es schaffst, diese Aussage zu treffen. Du zwingst mich gerade dazu, mit dir in den Síd zu gehen.«

»Du wolltest mit«, erwiderte er leise. »Du hast selbst zugestimmt. Schon vergessen?«

»Ich war betrunken.«

»Und Betrunkene sagen stets die Wahrheit, habe ich mir mal sagen lassen.«

Sie sah zu ihm auf. »Betrunkene und kleine Kinder. In deinen über tausend Jahre alten Augen müsste ja beides auf mich zutreffen.«

Auf Tadhgs Gesicht erschien dieses winzige Lächeln. Er lächelte nicht oft, und wenn er es tat, dann nur ganz leicht. Es ließ ihn jedoch nicht minder gefährlich aussehen. »Nein, nicht wirklich.«

Ein Impuls in ihr wollte sich an ihn lehnen, sich an ihn kuscheln und gehalten werden, doch ihr Verstand hielt sie zurück. Er war ein Fay, ein Unseelie noch dazu. Der Gott des Todes und der Unterwelt, und er war kein Mann, dem man in die Arme fiel, ohne sich bewusst zu sein, dass einen das in die Verdammnis führen konnte. Also blieb sie nur vor ihm stehen und genoss den Duft, der sie umwehte, ohne ihn zu berühren.

»Ich weiß nicht, ob ich es je wieder schaffen kann, mich normal zu fühlen. Oder ob die Erinnerungen an das, was passiert ist …«, ihre Stimme erstarb, »… ich weiß nicht, wie ich es abstellen soll, ständig Angst zu haben.«

»Angst vor Uisdean?«

Sie wollte Ja sagen, dachte aber über die Frage nach. »Ja und Nein. Ich habe mehr Angst davor, meine – ich weiß nicht, wie ich es ausdrücken soll – Persönlichkeit zu verlieren.«

»Du meinst, weil man, je öfter man der Gnade einer anderen Person ausgeliefert ist und von ihr gedemütigt wird, desto mehr von seiner Seele verliert?«

»Ich glaube … ja, das ist es.«

»Hast du das Gefühl, *mir* ausgeliefert zu sein?«

»Ja.«

»Denkst du, dass ich vorhabe, dich zu demütigen?«

Sie senkte den Blick und flüsterte: »Ich weiß es nicht. Vielleicht.«

Nachdem er still blieb, wagte sie einen vorsichtigen Blick zu ihm auf. Die Arme waren vor der breiten Brust verschränkt und seine Miene blieb verschlossen. Undurchdringlich.

»Nichts läge mir ferner«, erwiderte er schließlich in einem sachlichen, fast gefühllosen Tonfall.

Fay können nicht lügen, also spielte es keine Rolle, dass sie ihn absolut nicht zu durchschauen vermochte. Sie brauchte nicht zu versuchen, ihn zu interpretieren, sie musste einfach nur genau auf seine Worte hören. Wenn er eines nicht war, dann ein Schaumschläger. Er sagte, was er meinte, und meinte, was er sagte.

Die Atmosphäre in der Höhle veränderte sich, wurde wärmer und trockener. Angenehmer. Ein wohliges Lüftchen umwehte sie und trug den stickigen Geruch der feuchten Erde davon. Von irgendwoher drang ein Lichtschein ein, diffus wie von einem Kaminfeuer, das um die nächste Ecke flackerte, obwohl sie sich noch in dem Stollen befanden. Die Umgebung wirkte einladender, nicht mehr so kalt. Sie roch plötzlich den Duft von ... war das Lavendel?

Sie räusperte sich und leckte sich über die Lippen. Das Rot seiner Augen verdunkelte sich, der Blick wurde finsterer, heißer. Wie flüssige Lava.

»Wie ... wie wahrscheinlich ist es eigentlich, dass wir hier im Síd auf Uisdean treffen?«, fragte sie mit heiserer Stimme.

»Ich hoffe darauf, dass wir ihm begegnen. Doch ich fürchte, den Gefallen wird er uns nicht machen.«

»Weshalb in drei Gottes Namen hoffst du, ihn zu treffen?«

»Um ihn endlich zwischen die Finger zu bekommen.« Er öffnete die Verschränkung und krümmte seine Finger, als würde er einen unsichtbaren Hals würgen. Der Ausdruck in seinen Augen war wild und roh. Er schien es aufgegeben zu haben, seine Gefühle verbergen zu wollen, oder es war ihm inzwischen einfach egal.

Sie wich automatisch zurück, bis sie die Wand des Stollens im Rücken spürte. Ihr Herz hämmerte, aber seltsamerweise nicht vor Angst.

»Ich habe einen Eid geleistet, dich zu beschützen. Das nehme ich sehr ernst«, sagte er und kam näher. Nun stand sie zwischen ihm und der trockenen Erde gefangen. Sie standen sich so nahe, dass sie sich bei jedem ihrer schweren Atemzüge berührten.

»Aber ...«

Er legte ihr einen Finger auf die Lippen. »Genug von Uisdean.« Sein Tonfall duldete keinen Widerspruch.

Die Berührungen sendeten kleine elektrische Stöße durch ihren Körper. Um ihm in die Augen zu sehen, hätte sie ihren Kopf in den Nacken legen müssen, doch dazu fehlte ihr die Kraft, daher nickte sie nur. »Okay«, hauchte sie.

Auch er atmete schwer. Sie lehnte sich etwas vor, sank gegen seinen Oberkörper und spürte den dicken Zopf an ihrer Wange. Unwillkürlich fuhr sie mit der Hand über den Strang. Sein Haar fühlte sich selbst eng geflochten unglaublich weich an, und Bilder zuckten durch ihren Verstand, wie sie sein schwarzes Haar öffnete und es sich wie ein Tuch um seine Schultern herum ausbreitete.

Sein Atem strömte in einem langen Seufzen aus ihm heraus, sodass sie doch zu ihm aufsah. Im selben Moment blickte er hinab und diese Bewegung brachte ihre Gesichter so nahe zueinander, dass sich zwischen ihren Lippen kaum noch Abstand befand. Fast spürte sie den Hauch seines Atems über ihren Mund kitzeln.

In einem kurzen Moment absoluter Klarheit studierte sie sein Gesicht, prägte sich seine Züge genau ein, den angespannten Kiefer, den fiebrigen Blick.

Für ihn schien dies Aufforderung genug zu sein. Er betrachtete sie ebenfalls eingehend, bevor er die Augen schloss, sich hinabbeugte und die Lücke zwischen ihren Lippen schloss.

Er küsste Emma sanft, vorsichtig. Er streifte ihre vollen, weichen Lippen beinahe zu zart, um von einem Kuss zu sprechen. Emma blieb unter der Berührung reglos, wie versteinert, sodass er fürchtete, zu weit gegangen zu sein. Sie hasste Fay und wer könnte es ihr verübeln? Das Letzte, was er wollte, war, eine Feengeküsste zu bedrängen.

Er lehnte sich wieder zurück, um ihr mehr Platz einzuräumen, als sie plötzlich ihre Hand an seinen Hinterkopf führte und die Finger zu einer Faust um seinen Zopf krallte. Nachdem sie ihn kurz mit fiebrigem Blick gemustert hatte, zog sie seinen Kopf wieder zu ihrem Mund herunter. Das rasende Pochen ihres Herzens, das an seiner Brust vibrierte, reflektierte seinen eigenen Herzschlag. Ihre Lippen pressten sich auf seinen Mund. Viel elektrisierender, als er es sich je ausgemalt hätte. Es raubte ihm den Verstand. Emma schmeckte süß und zart und sündig zugleich. Wie eine verbotene Frucht.

Mit dem Körper drückte er sie fest gegen die Wand des Stollens. Erde rieselte aus der Wand zu Boden. Unter dem festen Druck seines Mundes öffnete sie die Lippen und ließ ihre kleine Zunge vorschnellen, fuhr eine winzige feuchte Linie über seine Oberlippe.

Das war zu viel, länger würde er es nicht mehr aushalten. In einer einzigen Bewegung hob er sie hoch, drückte sie an sich und presste seinen Unterleib gegen ihren, während sie ihre langen Beine um seine Taille schlang. Ihre Lippen blieben dabei die ganze Zeit über miteinander verbunden. Sie küsste ihn, als wollte sie von ihm trinken. Er drängte sich stärker zwischen ihre Beine. Sie biss sanft zu. Eine kleine Warnung, nicht die Kontrolle zu verlieren. Offenbar beherrschte sie die Kunst, diese feine Linie zwischen sinnlichen Schmerzen und ernüchternder Verletzung. Sie gab einen kleinen Laut von sich, tief aus ihrer Kehle. Jenes sanfte Stöhnen, eine unausgesprochene Aufforderung, die einem Mann die Besinnung raubte und ihn dazu ermutigte, den nächsten Schritt zu wagen.

Mit den Händen umfasste er ihren Hintern, damit sie genügend Halt fand, während er sie an die Wand drückte. Der Platz in seiner Hose war inzwischen deutlich zu eng geworden.

Sie riss sich von seinen Lippen los, um nach Luft zu schnappen und tief durchzuatmen, doch er konnte nicht genug von ihr bekommen. So hatte er noch nie auf einen Menschen reagiert.

Beim Síd, er konnte sich nicht einmal daran erinnern, wann er das letzte Mal so heftig auf ein weibliches Geschöpf reagiert hatte. Ihre Haut duftete blumig und fühlte sich unter seinen Fingern fiebrig an. Fast so heiß, dass er sich die Lippen an ihr verbrannte, eine prickelnd scharfe Hitze. Mit den Lippen fuhr er an ihrem Hals entlang, bedeckte ihn mit Küssen, den Nacken, bis hinab zu ihrem Schlüsselbein. Durch den Stollen zog ein angenehmer lauer Wind, der über ihre erhitzten Körper strich, sie umspielte und liebkoste.

Moment … was passierte hier? Er löste seinen Mund von ihren warmen Lippen und sah an sich herab. Ihre Körper waren fest miteinander verschlungen. Trügen sie keine Kleidung, würden sie eine Einheit miteinander bilden. Wie beim Síd hatte *das* geschehen können?

Beim Síd …

Eine plötzliche Erkenntnis durchzuckte seinen Verstand und ließ ihn erstarren. Ein Kübel Eiswasser hätte nicht effektiver sein können.

Emma schien sich in dem Augenblick ihrer körperlichen Position ebenfalls bewusst zu werden und sah aus, als würde sie aus einem bösen Traum erwachen. Sein eigenes Entsetzen spiegelte sich in ihren Zügen wider. Während sie einander schockiert anstarrten, flaute der Wind ab und die Zeit blieb stehen. Für die Dauer eines Herzschlages.

Dann brach die Magie wie ein kosmischer Orkan über sie herein.

Der magische Zusammenprall traf sie nur kurz, denn der Bann bildete eine geisterhafte Wand um sie herum, umschloss sie wie ein

Wirbelsturm, während sie wie im Auge eines Orkans standen. Es war, als hielte die Welt den Atem an, als hörten die Zeit und jegliche Magie darin auf zu existieren, während die Magie jenseits dieser imaginären Wand, die sie umgab, tobte und stürmte. Doch hier waren kein Geräusch, nicht einmal ihre eigenen Atemzüge, zu hören.

In dieser Stille wisperte Magie zu ihm.

Wie lang hatte er sich nach dieser Botschaft gesehnt, bis er es vor vielen Hundert Jahren irgendwann aufgegeben hatte, weiter darauf zu hoffen?

Und nun erwählte das Schicksal ausgerechnet eine Sterbliche für ihn.

Emma starrte ihn weiterhin an, die Augen vor Angst geweitet, doch er wusste, dass sie nicht hörte, was ihm die Magie ins Ohr flüsterte. Sie war ein Mensch und unempfänglich für diese Art von Zauber.

Emma wusste nicht, was zum Teufel eben passiert war, doch eines wusste sie genau. Es handelte sich um etwas Magisches. Sie befand sich noch in Tadhgs Armen, als wieder Normalität einkehrte. Der Duft nach Lavendel verflog, ebenso die angenehme Wärme.

»Du hast doch versprochen, mich nicht demütigen zu wollen.«

Ruckartig löste er sich von ihr und trat zurück, als hätte er sich an ihr verbrannt. Sie landete unsanft auf ihren Füße und hätte fast das Gleichgewicht verloren.

Er schüttelte nur den Kopf, wirkte aber ebenso schockiert wie sie.

»Das warst doch du, oder?«, fragte sie, obwohl sie langsam befürchtete, dass auch er keine Ahnung hatte. So wütend es sie auch machen würde, inzwischen hoffte sie, dass er dafür verantwortlich war. Alles andere hieße, dass sie es mit etwas Fremdem zu tun hatten. Und was die Feenhügel betraf, wollte sie jegliche Überraschungen vermeiden. »Ich weiß nicht, was das war, aber da war definitiv Magie am Werk. Bitte sag, dass du das warst.«

Sein Entsetzen hielt nicht lange. Rasch gewann er seine Fassung wieder und strahlte Sicherheit und Selbstbewusstsein aus.

»Das war nicht meine Magie.« Nur eine klitzekleine Unsicherheit im seinem Tonfall verriet, dass die undurchdringliche Miene nur eine Fassade war.

»Was für Magie war es denn dann?«

Er räusperte sich und richtete sich gerade auf. »Fruchtbarkeitsmagie.«

Ein eiskalter Schauer lief ihr die Wirbelsäule hinunter. »Wessen? Wer ist außer uns sonst noch hier?«, fragte sie und sah sich panisch um. Welcher verfluchte Fay spielte jetzt seine Schabernacke mit ihr?

»Der Síd.«

Langsam wandte sie sich ihm wieder zu. »Der … der Síd? Aber ich dachte, der Síd ist ein Ort?«

»Ist er.« Er räusperte sich. »Ein sehr alter magischer Ort. Manche Dinge pflegen mit der Zeit eine Art Eigenleben zu entwickeln.«

Sie stieß einen frustrierten Schrei aus. »Zum Teufel mit dem Síd und dem ganzen Feenkram«, zischte sie und hob drohend die Fäuste zur Decke des Stollens. Nicht dass sie sich erhoffte, damit irgendjemanden beeindrucken zu können. Durch die Gänge des Stollens ging ein Brummen, als würde irgendwo ein lauter Generator laufen, der die Wände erzittern ließ. Sie zuckte zusammen.

»Schhh, Emma. Ganz ruhig«, sagte Tadhg leise. »Lass uns einfach so tun, als wäre nie etwas vorgefallen.«

»Das war's. Ich will wieder nach Hause«, sagte sie und verschränkte trotzig die Arme vor der Brust.

»Ich fürchte, dass das nicht geht. Komm«, erwiderte Tadhg, als er sich umdrehte und in Richtung Ausgang ging. Da er ihren Rucksack trug und sie sich nicht allein in den dunklen Schlund des Stollens, der sich hinter ihr befand, zurücktraute, folgte sie ihm zähneknirschend.

Es war erst in diesem Augenblick, dass ihr die Veränderung der Umgebung auffiel. Wo sich vorher noch der Stollen als langer, dunkler, erdiger Schlauch vor ihnen erstreckt hatte, befand sich nun in Sichtweite die Öffnung, hinter der grasbewachsene Hügel lagen, die in der Ferne von der Dunkelheit verschluckt wurden.

26

Sie befanden sich offenbar in dem Gebiet, das von oben aus ein wenig wie die Hollywood Hills ausgesehen hatte. Eine bepflanzte Hügellandschaft, in der sich einzeln verstreut große Anwesen mit riesigen Parkanlagen befanden. Im sanften Schein der Nacht wirkten die Hügel wie mit Samt bezogen.

Trotz der Kälte und Dunkelheit schien hier das blühende Leben zu pulsieren. In den Gärten saßen Feenwesen beisammen, die miteinander redeten und lachten, als wäre es ein lauer Sommerabend, den man mit Freunden verbrachte, statt einer kalten Spätherbstnacht. Auch die Straßen oder vielmehr Wege, die sich durch die Gegend schlängelten, waren gut belebt. Hunderte von Glühwürmchen sorgten für Licht und eine mystische Atmosphäre. Temperaturempfindlich schienen die Fay hier nicht zu sein.

Ab und zu wagte sie es, sie verstohlen anzusehen. Eine Gemeinsamkeit der Bewohner dieser Síd-Hills stach schnell heraus. Wie Tadhg hatten sie alle schwarzes Haar und – wenn sie sich aufgrund der Dunkelheit nicht täuschte – rote Augen. Mit ihren grünen Augen, roten Haaren und runden Ohren musste sie hier wie ein bunter Hund herausstechen. Sie öffnete ihren Pferdeschwanz, um wenigstens die Ohren, die sie als ›eindeutig menschlich‹ entlarvten, zu verstecken. Aber einen großen Unterschied machte das nicht. Anhand der Blicke, die ihr die vorbeilaufenden Was-auch-immer-für-Feenwesen-das-waren zuwarfen, war klar, dass sie hier nicht hineinpasste. Einmal hatte sie eine Reise nach Japan unternommen, dort war sie ebenso angestarrt worden. Mit einer Mischung aus Neugierde und Faszination, aber nicht abfällig. Offenbar galt es unter Fay nicht als unhöflich, jemanden offen anzustarren.

Immer wenn sie an einem Grüppchen vorbeikamen, wurde Tadhg von männlichen wie weiblichen rotäugigen Feenwesen mit ›Guten Abend, Gebieter‹ oder ›Willkommen zurück, Herr und Meister‹ oder Ähnlichem gegrüßt, bevor sie Emma unverhohlen musterten. Er nickte als Antwort in den meisten Fällen nur knapp zurück. Selten grüßte er, indem er den- oder diejenige persönlich mit Namen ansprach, und niemals ging er auf die unausgesprochenen Fragen oder die neugierigen Blicke ein.

Kein Wunder, dass sich der Kerl für eine Gottheit hielt.

Er war wieder dazu übergegangen, sie mit höflicher Kälte zu behandeln. Um nicht wie ein geschlagener Welpe hinter ihm herzutrotten, holte sie zu ihm auf. Der hatte aber auch einen Laufschritt drauf, was bei seinen langen Beinen nicht weiter verwunderlich war. Und das, obwohl er ihren schweren Rucksack trug. Zu allem Überfluss ging es auch noch bergauf.

»Mach mal langsam, Road Runner. Ich komme ja kaum mit«, keuchte sie, als sie versuchte, mit ihm Schritt zu halten. Er reagierte zwar nicht auf den neuen Spitznamen, reduzierte aber immerhin das Tempo ein wenig. »Weshalb werde ich eigentlich von allen Seiten angestarrt?«

»Weil ich mich normalerweise nicht mit Sterblichen abgebe.«

Okay, jetzt war sie also nur noch eine Sterbliche. Auch gut. Himmel, hatte der plötzlich eine Laune.

»Und sie sprechen dich mit Gebieter an, weil …?«

»Ich ihr Gebieter bin.«

»Aha.«

Allmählich wurde sie seine unterkühlte Distanziertheit leid. Vorhin, im Stollen, hatte er für einen kleinen Moment hinter die Fassade blicken lassen. Als auch er sich offenbar gefragt hatte, was zum Teufel gerade vorgefallen war. Ein kleiner Moment der Aufrichtigkeit. Es hatte ihr gefallen, hatte es doch seine unnahbare Erscheinung etwas bröckeln lassen. Jetzt war wieder alles beim Alten.

»Und wer sind sie? Ich meine, gehören sie irgendeiner bestimmten Fay-Art an?«

»Banshees.« Er würdigte sie keines Blickes. Der Berg wurde etwas steiler und hier trafen sie nicht mehr auf ganz so viele Fay-Wesen. Banshees, die Todesboten. Mit den schwarzen Haaren, roten Augen und dem Gott des Todes als Boss hätte sie darauf eigentlich selbst kommen können. Zumal er ihr das bereits erzählt hatte, nachdem er sie nach ihrer Entlassung aus der Klinik aufgesucht hatte.

»Ich hatte sie mir immer etwas anders vorgestellt.«

»Ich weiß. Deine Vorstellungen waren nicht positiver Natur.«

»Nicht wirklich.«

»Ich erinnere mich an deine Ansicht uns gegenüber.«

›Süß‹ war nun wirklich das falsche Wort, aber irgendwie war er das, wenn er sie eigentlich zu ignorieren versuchte, dafür aber zu höflich war. Das Ergebnis zeigte sich in diesem pikierten, förmlichen Tonfall.

»In den Legenden und Gutenachtgeschichten gelten sie als grausame Spukgestalten mit verzerrten Gesichtern und abgrundtief böse. Aber sie wirken eher so … weiß nicht … so neugierig und überhaupt nicht böse. Und dich hätte ich mir als Gott des Todes im Übrigen auch etwas bösartiger vorgestellt. Es ist geradezu enttäuschend, wie nett du bist.«

»Nett?«, fragte er. Sein Tonfall klang, als stünden hinter dem Wort mindestens zehn Fragezeichen.

»Ich dachte, du wärst so ein richtiger Bad-ass, der Leute aus reiner Lust an der Freude kaltblütig abmurkst.«

Endlich sah er sie an. »Die Königin hat dafür gesorgt, dass wir unter den Menschen einen sehr schlechten Ruf genießen und sie uns – alle Unseelie – fürchten. Indem sie uns abgewertet hat, hat sie die Seelie gleichzeitig aufgewertet und blendet die Menschen mit der Illusion, freundliche und sanftmütige Feenwesen zu sein. Dabei gibt es neben den Brownies kaum friedsamere Geschöpfe als die Banshees – ihr Gott selbstverständlich ausgeschlossen – und sie leiden sehr unter dem Ruf, den die Königin uns verpasst hat. Für die Aufgabe, die Toten in die andere Welt hinüberzugleiten, muss man vertrauenswürdig und äußerst empathisch sein.«

»Wer macht eigentlich euren Job, seit ihr eure Magie nicht mehr habt?«, fragte sie stirnrunzelnd.

»Niemand. Die Seelen der Toten müssen irgendwie alleine hinüberfinden, und das ist für viele verwirrend und verängstigend. Wir haben sie früher in Empfang genommen, sie beruhigt und ihnen den Weg gewiesen. Jetzt sind sie auf sich alleine gestellt.«

»Und was passiert, wenn sie den Weg alleine nicht finden?«

»Schon mal was von Koma-Patienten, Polter- und Rachegeistern oder generell Plätzen, an denen es spukt, gehört?«

»Ja. Macht Sinn«, antwortete sie knapp.

An der Kuppe des Hügels erreichten sie ein modernes Anwesen. Sie wusste nicht, was genau sie sich für den Gott des Todes vorgestellt hatte – keine Gruft auf einem Friedhof, wie Jada vorgeschlagen hatte –, doch eher so etwas wie eine Art altes, transsilvanisches Schloss. Dieses Haus erinnerte sie mehr an moderne Bauten, die sie aus dem Süden Europas kannte. Spanien oder Griechenland. Weiße Fassade, flaches Dach, Säulen im Eingangsbereich. Ohne Schlüssel öffnete er die Tür und ließ sie ein.

»Schließt du nicht ab? So kann ja jeder rein, wenn du nicht da bist.«

»Weshalb sollte jemand während meiner Abwesenheit mein Haus betreten?«

Direkt hinter dem Eingangstor befand sich ein kleiner minimalistisch gehaltener Vorgarten, der mit Bambus bepflanzt war. Der Boden war mit weißem Kies bedeckt, und über weiße Steinplatten gelangte man ins eigentliche Haus.

»Um Sachen zu klauen?«

»Jeder weiß, wer hier wohnt.« Mehr Erklärung brauchte es nicht. Doch selbst wenn sich noch weitere Fragen in ihrem Kopf befunden hätten, wären sie von den Eindrücken, die über sie hereinbrachen, fortgewaschen worden.

»Wow«, murmelte sie, während sie sich umsah.

Die zweite Tür bestand aus Glas, sodass man gleich einen Blick auf das große Bücherzimmer mit Parkettboden, den gemütlichen Sitzecken und der offenen Küche, in die das Zimmer überging, bekommen konnte. Links und rechts gingen L-förmig Flure ab, die zu anderen Zimmern führen mussten. An das große Zimmer grenzte hinter einer weiteren Glasfront ein komplett verglaster Poolbereich an. Sie lief durchs Bücherzimmer vorbei an dem Kochbereich und sah durch die Scheibe. Selbst die Decke bestand dort aus Glas, sodass man auch im Winter im Warmen schwimmen und dabei die Sterne beobachten könnte. Helle Fliesen führten zu einem langen Infinity Pool, hinter dem sich Dunkelheit oder die Síd-Skyline erstreckte – auch wenn es keine wirkliche Skyline, sondern mehr vereinzelte Lichter in der Ferne waren. Links und rechts vor dem Pool standen quadratische Kübel, in denen jeweils ein Feuer brannte. Das Licht spiegelte sich warm in der Glasfront hinter dem Becken. Hätte es die Spiegelung nicht gegeben, hätte es so ausgesehen, als befände sich der Pool direkt am Abgrund.

Als sie sich wieder umdrehte, stand Tadhg weiterhin mit ihrem Rucksack über der Schulter im Eingangsbereich. Die gesamte Einrichtung war in minimalistischen, klaren Tönen und Formen gehalten. Ein typisches Männerhaus. Eine Frau wohnte hier definitiv nicht, die hätte etwas Buntes, wie mit Blumen bestückte Vasen oder Kissen, hinterlassen. Nur eines schien zu fehlen, das in Häusern von Menschen nicht wegzudenken gewesen wäre: technische Geräte. Sie sah weder einen Herd noch eine Mikrowelle oder Fernseh- und Stereoanlage. Mit Elektrosmog hatte man hier sicher keine Probleme.

Wände und Decke waren weiß, die dunklen, fast schwarzen Ebenholzmöbel bildeten dazu einen klaren Kontrast, und die einzigen Farbkleckse stellten die rot gepolsterten Stühle im Essbereich und die rot verglaste Arbeitsplatte der Küche dar.

Sie ließ die Einrichtung auf sich wirken, sah ihn an und musste auf einmal kichern. »Du passt zum Inventar.«

Er schaute sich um, als würde er die Umgebung zum ersten Mal seit Langem wieder bewusst wahrnehmen, und hob dann elegant die Schultern. »Ich mag einen klaren Stil.«

Mit ihren wilden roten Locken, die sie – seit vorhin – auch noch aus dem Pferdeschwanz gelöst hatte, ihren farbigen Klamotten und den Sportschuhen schien sie in diesen klaren Stil irgendwie überhaupt nicht hineinzupassen. Sie schlang die Arme im ihren Körper. Ihr Haar, das farblich wie eine Mischung aus Zimt und Kupfer aussah, biss sich mit dem leuchtenden Blutrot der Küche. Auf einmal fühlte sie sich hier unwohl.

»Ich komme mir hier ein bisschen wie ein Störenfried vor.«

»Du störst nicht«, sagte er und betrachtete sie auf eine Weise, die bei ihr eine Gänsehaut verursachte. »Absolut nicht.«

»Ich habe das Gefühl, deine Einrichtung zu verhunzen.«

Er lächelte. In diesem Lächeln blitzte etwas Dunkles auf. »Falls das ein subtiler Versuch sein sollte, mich dazu zu bringen, dich zurückzuschicken, spar dir die Mühe, Emma. Du bist jetzt mein … *Gast.* Komm. Ich möchte dir dein Schlafzimmer zeigen. Wir werden morgen mit dem Training beginnen und dafür solltest du ausgeruht sein.«

Mit diesen Worten bog er nach links um die Ecke. Sie folgte ihm unsicher durch den weiten Flur. Weshalb hatte er das Wort ›Gast‹ so betont, als wollte er eigentlich ›Gefangene‹ sagen?

Auf die erste Tür deutend, teilte er ihr mit, dass sich dahinter der Trainingsraum befand. Als sie daran vorbeilief, erschauerte sie, als würde unter dem Türschlitz kalte Luft hindurchziehen, die eine unheilvolle Präsenz mit sich trug. Das reduzierte die Motivation ziemlich, mit dem Training zu beginnen.

Hinter der zweiten Tür am Ende des Flurs lag das Gästeschlafzimmer, an das ein Bad angrenzte. Auch dieses Zimmer war von minimalistischer Einfachheit, dennoch wunderschön. Eine Kommode, ein Schreibtisch und ein Futon. Das Bett befand sich ebenfalls vor einer Glasfront, hinter der sich die Weite der Feenhügel erstreckte, als würde eine Wand fehlen. Er zeigte ihr, wie sie das Glas abdecken könnte, doch so weit hoch kämen nur geflügelte Geschöpfe, und geflügelt oder nicht, die meisten Fay mieden ihn, den Tod, ohnehin.

»Wie lief eigentlich das Treffen mit dem jungen Prinzen?«, fragte er. Rechts vom Bett befand sich ein kleiner verglaster, geschlossener Kamin, der der zweckmäßigen Einrichtung Wärme verlieh. Wie sollte sie seine Frage nur beantworten?

»Tja, also … ich habe ihm sein Herz wiedergegeben und er hat es angenommen.«

»Keine Zwischenfälle?«

Sie hörte auf, das Zimmer zu bewundern, drehte sich zu ihm um und sah ihn an. »Sagen wir mal so: Er scheint ziemlich hartnäckig zu sein. Ich glaube nicht, dass er wirklich verstanden hat, was ich versucht habe, ihm zu vermitteln.«

»Was wolltest du ihm denn vermitteln?«

»Na ja, dass man Liebe nicht erzwingen kann, sie muss sich entwickeln. Aber er liebt mich sowieso nicht. Er begehrt mich nur, meinte er.«

Tadhg nickte, als hätte er das sowieso schon vermutet.

»Abgesehen davon habe ich ihn darüber informiert, dass es mich umbringen würde, wenn ich mir das Herz herausschneide.« Sie ging zum

Kamin, hockte sich davor und wärmte die Hände vor dem Glas. Hatte das Feuer während seiner Abwesenheit die ganze Zeit gebrannt? Oder entzündete es sich von selbst, sobald er sein Haus betrat? »Aber das schien für ihn kein wirklich ausschlaggebender Grund zu sein, da er meinte, mein Herz würde ihn ebenfalls umbringen. Was immer das heißen soll.«

»Er hat gesagt, dass dein Herz ihn umbringen würde?«

Tadhgs Tonfall ließ sie aufhorchen. Er klang überrascht, doch nicht über die Tatsache selbst, sondern vielmehr darüber, dass Krystal so etwas gesagt hatte.

Aus der Hocke drehte sie sich wieder herum und sah zu ihm auf. Er stand ein wenig entfernt beim Bett.

»Ja. Warum? Weißt du, was er damit gemeint haben könnte?«

Der überraschte Ausdruck verschwand aus seinem Gesicht und wurde wieder neutral. Etwas zu neutral. »Hat er gesagt, wie er darauf kommt?«, fragte er, statt ihre Frage zu beantworten.

»Er meinte, irgendwelche Stimmen, die er hört, hätten ihm das gesagt.«

»Interessant«, erwiderte er nachdenklich. »Gute Nacht, Emma.«

Er legte ihren Rucksack neben dem Bett ab, verließ das Zimmer und schloss leise die Tür. Der Raum fühlte sich auf einmal leer an, leerer als eben. Plagte sie jetzt schon Heimweh? Eigentlich nicht. Auch drüben gab es nichts für sie. Ihr Leben war dermaßen aus den Fugen geraten, dass sie sich nirgendwo mehr richtig zu Hause fühlte.

Heimat ist dort, wo das Herz ist. Leider war ihr Herz tot.

Seufzend ließ sich aufs Bett fallen.

Hier fühlte sie sich wenigstens sicher und nicht, als müsste sie in ständiger Alarmbereitschaft stehen. Wenn sie auf eines vertrauen konnte, dann, dass Tadhg kein Leid an ihr zulassen würde.

Vertrauen.

Das war das Schlüsselwort. Dass sie seinem Wort vertrauen konnte, war klar. Aber konnte sie auch ihm vertrauen? Manchmal hatte sie das Gefühl, dass er sehr viel mehr wusste, als er preisgab. Wie gerade eben, wenn sie den kurzen Diskurs im Kopf nochmal Revue passieren ließ. Was verheimlichte er vor der Welt?

Nachdem sie beschlossen hatte, diese Fragen fürs Erste auf ein andermal zu verschieben, inspizierte sie alles. Sie öffnete jede

Schublade, packte ihren Rucksack aus und genoss dann die wunderbare Sicht.

Auch das Badezimmer wurde einem eingehenden Check unterzogen. Glücklicherweise unterschieden sich die sanitären Einrichtungen bei den Fay nicht sonderlich von denen der Menschen, zumindest hier nicht. In einem Extrazimmerchen befand sich die Toilette, daneben, im großen Badezimmer, eine frei stehende Wanne, die neben einer Glasfront stand, vor der als Sichtschutz hohe Sträucher wuchsen. Nach der Badbesichtigung beschloss sie, eine kleine Erkundungstour durchs Haus zu machen. Zum Schlafen war sie viel zu aufgekratzt. Da das Haus wie ein U aufgebaut war, musste sie wieder den Flur hinunter, an dem großen Wohn- und Essbereich vorbei, bevor sie sich den rechten Flügel ansehen konnte. Doch so weit kam sie nicht.

Der Poolbereich, der mit seinen großen Fenstern einem Wintergarten ähnelte, leuchtete sanft von kleinen Irrlichtern, die am Boden schwebten. In dem langen Pool zog Tadhg seine Runden. Eine Glastür war zurückgeschoben, sodass das sanfte Plätschern des Wassers an ihre Ohren drang. Vorsichtig schlich sie näher und versuchte dabei so leise wie möglich zu bleiben. Doch Tadhg hatte sie bemerkt und schwamm zum Beckenrand, wo Stufen aus dem Wasser hinausführten.

»Du solltest versuchen, ein bisschen zu schlafen, Emma«, sagte er, während er Stufe für Stufe aus dem Wasser trat.

Wassertropfen perlten sich auf seinen muskulösen Schultern und der breiten Brust und zogen als dünne Rinnsale eine Linie über die Muskeln seines flachen Bauches.

Obwohl sie ihn nicht so offensichtlich anstarren wollte, vermochte sie nicht, ihre Augen von ihm abzuwenden. Sein Haar war am Oberkopf zu einem Knoten gebunden – vermutlich, damit es nicht nass wurde –, sodass nichts von seinen strengen, markanten Zügen ablenkte. Selbst ohne Kleidung umgab ihn die dunkle Aura eines erfahrenen Kriegers. Im sanften Schein der Flammen leuchtete seine helle Haut, als wäre jemand mit einem Weichzeichner drübergefahren.

Er wirkte sicher einen leichten Blendzauber, anders konnte sie sich diese Vollkommenheit nicht erklären. Fast schon ätherisch, wie ein aus Licht und Dunkelheit gemeißeltes Wesen. Auf einmal fiel ihr die Vorstellung, dass Menschen einst zu seinen Füßen niedergekniet waren und ihn angebetet hatten, überhaupt nicht schwer.

Etwas anderes fiel ihr auf, nachdem er komplett aus dem Wasser gestiegen war und auf sie zuschritt. Er war nackt.

»Oh Gott!« Automatisch hielt sie die Hand vor ihre Augen und fuhr herum. Leider brachte sie ihre Schüchternheit dadurch in die Lage, dass er sich nun in ihrem Rücken befand.

Hinter ihr ertönte ein dunkles Lachen. Immerhin verriet ihr das, dass er sich noch einige Schritte von ihr entfernt befand. »Nicht ›Oh Exgott‹? Du scheinst doch dazuzulernen.«

»Sehr witzig. Zieh dir bitte was an oder wickle ein Handtuch um dich.«

»Ich habe vergessen, wie befangen ihr Menschen seid.« Er kam näher. »Ich bin nur nackt, Emma, und aus Sicht eines Menschen nicht einmal beängstigend gebaut.«

»Ha! Nicht beängstigend? Das ist ja wohl eine Sache der Definition.« Wenn auch nur kurz, so hatte sie dennoch einen Blick auf ihn – also *ihn* – werfen können, bevor sie sich rasch abgewandt hatte.

»Inwiefern?«, fragte er.

»Muss ich das ernsthaft erklären?«

Einen Moment blieb es hinter ihr still. »Er ist weder bezahnt noch mit einem Stachel ausgestattet«, sagte er schließlich.

Die Nähe seiner Stimme verriet, dass er inzwischen direkt hinter ihr stand. Seltsamerweise beunruhigte sie das nicht. Ihr gegenüber benahm er sich immer reserviert und höflich, nie war er in irgendeiner Form anzüglich oder aufdringlich geworden.

Und vorhin im Stollen waren sie beide das Opfer von der Magie geworden. Das zählte nicht. Ihn schien das ebenso verstört zu haben wie sie. Das gab ihr Sicherheit, außerdem war er ihr offizieller Beschützer. Inzwischen konnte sie sich sogar vorstellen, ihn so etwas wie einen Freund zu nennen. So mehr oder weniger. Auf jeden Fall fühlte sie sich sicher bei ihm. Er wusste, was vorgefallen war. Mit ihm konnte sie reden. Und er verstand, was in ihr vorging.

Leider war sie für ihn nichts weiter als Mittel zum Zweck, um seine Magie zurückzubekommen, daher ermahnte sie sich selbst, nicht zu vertraute Gefühle zu entwickeln. Aber sie erlaubte sich, ihre ständige Alarmbereitschaft in seiner Gegenwart etwas fallen zu lassen.

Was jedoch seine letzte Äußerung betraf: Darauf ging sie erst gar nicht ein. Sie wollte nicht wissen, ob es entsprechende Feenwesen mit bezahnten oder stacheligen Geschlechtsteilen gab. Mit Sicherheit, sonst hätte er es nicht erwähnt.

»Kann ich mich umdrehen?«

»Sicher«, erwiderte er.

Sie drehte sich um. Natürlich hatte er sich nichts übergeworfen und war noch nackt. Konzentriert schaute sie ihm in die Augen. Ihr Gesicht glühte, sie musste knallrot sein. Ihn schien das zu amüsieren, ein leichtes Lächeln umspielte seine Lippen. In all seiner männlichen Schönheit wirkte er jedoch ganz natürlich und gab ihr nicht das Gefühl von Befangenheit. Dennoch hämmerte ihr Herz spürbar gegen ihre Rippen und ihr Mund wurde auf einmal trocken. Mit der Zunge befeuchtete sie ihre Lippen.

»Spürst du das?«, fragte er leise, bevor er nach oben griff, vorsichtig das Haarband öffnete und sein Haar nach unten fallen ließ. Er tat es, als würde er wissen, dass sie ihn die ganze Zeit schon mit offenen Haaren hatte sehen wollen. Oder sie war einfach nicht die einzige Frau, die bei dem Anblick weiche Knie bekam. Sie trat einen weiteren Schritt auf ihn zu, bis sie direkt voreinander standen.

Noch immer hielten sie den Blickkontakt zueinander, und das machte die Situation noch intensiver und intimer, als sie ohnehin bereits war. Über ihren Köpfen funkelten Tausende von Sternen wie Juwelen auf schwarzem Samt in dieser klirrend kalten Herbstnacht. Doch im verglasten Poolhaus war es angenehm warm. Sie fühlte sich entspannt, wohlig, geborgen. Ihr Puls flatterte wie ein gefangener Schmetterling in ihrer Kehle. Unverwandt sah er ihr in die Augen. Er schien keine einzige ihrer Empfindungen verpassen zu wollen.

»Darf ich?«, fragte sie auf sein Haar deutend.

Als er wortlos nickte, langte sie mit beiden Händen nach oben, griff in sein volles Haar, das wie schwarze Seide durch ihre Finger glitt, und breitete es um seine Schultern herum aus. Ihre Hände zitterten. Sie stellte sich vor, wie es sich anfühlen würde, wenn all diese weiche, wundervolle Haarpracht über ihren Körper streichen würde, und erschauerte.

»Versuchst du … mich zu verführen?«, fragte sie und schluckte schwer.

»Dann spürst du es auch«, erwiderte er. »Das bin nicht ich. Ich denke, der Síd versucht es wieder. Uns beide.«

Sie ließ seine Strähnen fallen, trat einen Schritt zurück und schlang die Arme um sich. Auf einmal fühlte sich das wohlige Gefühl nicht mehr wirklich echt an. »Wie vorhin?«

»Nicht so aggressiv. Subtiler. Ich habe den Eindruck, der Síd versucht die richtige Atmosphäre zu erschaffen, um uns dazu zu bringen, zueinander zu finden.«

»Aber … weshalb sollte der Síd uns verkuppeln wollen?«

»Glaub mir, diese Frage geht mir seit vorhin auch unaufhörlich durch den Kopf.« Während er zu einer der Liegen ging und sich ein Handtuch um die Hüften schlang, fuhr er fort: »Du bist ein zauberhaftes Geschöpf, Emma, und ich bewundere deinen Mut und deine Stärke. Doch nichtsdestotrotz bist du nur eine Sterbliche und ich bin ein Fay. Das passt nicht zusammen.«

Nachdem seine untere Körperhälfte bedeckt war, kam er wieder auf sie zu. Als er vor ihr stand, lächelte er leicht, legte seine Hand auf ihre Wange und strich mit dem Daumen darüber. Dann umfasste er sanft ihr Kinn.

»Nichts für ungut«, sagte er leise.

Sowohl seine Worte als auch die Berührung wirkten leicht herablassend. Die Geste vermittelte, dass sie in seinen Augen bestenfalls eine Schülerin war und immer bleiben würde. Er hatte über tausend Jahre Vorsprung und das ließ er sie spüren. Es war fast tröstlich.

Das Lächeln auf seinem Gesicht verschwand. Er zog die Hand zurück, ballte sie neben seinem Körper zu einer Faust und trat einen Schritt zurück, während er sie mit einer Mischung aus Misstrauen und Bedauern betrachtete. Unglücklich schüttelte er den Kopf.

»Ich sollte mich von dir fernhalten.«

Der Satz überraschte sie. Nicht nur ließ er ungewöhnlich tief blicken, er passte so gar nicht zu dem, was er eben gesagt hatte.

Verwirrt blinzelte sie. »Um ehrlich zu sein, hast du mir bisher sowieso nicht das Gefühl gegeben, mich zu bedrängen. Ich meine abgesehen davon, dass du ein Fay bist und ich die Fay abgrundtief hasse und du mich dazu gezwungen hast, mit dir unter die Feenhügel zu kommen. Aber trotz allem bist du ein ehrenhafter Mann. Du hältst dein Wort, das weiß ich.«

»Offenbar hasst du mich nicht abgrundtief genug«, erwiderte er, streckte die Arme aus und deutete auf das Funkeln.

Mit dem Blick folgte sie der Geste, öffnete den Mund, um etwas zu erwidern, und schloss ihn wieder. Nein, sie hasste ihn nicht. Absolut nicht. Bisher war sie noch nicht dazu gekommen, sich bei ihm für alles, was er für sie getan hatte – ganz gleich aus welchem Grund –, zu bedanken. Doch wie bedankte man sich bei jemandem, für den ein ›Danke‹ einer Kränkung gleichkam?

Ohne weiter darüber nachzudenken, überbrückte sie die kurze Distanz zu ihm und schlang die Arme um ihn, um es ihm einfach zu zeigen.

Im ersten Moment erstarrte er, legte dann aber die Arme um sie und drückte sie fester an sich. Sie genoss die Wärme seiner Haut und seine Stärke, mit der er sie vor allem schützen konnte.

»Danke«, murmelte sie gegen seine Brust. »Und damit versuche ich mich nicht aus einer Verantwortung zu stehlen. Ich meine es so. Wirklich.«

»Gern geschehen, Emma«, säuselte er neben ihrem Ohr, »ich bin für dich da. Immer.«

Sie glaubte ihm. In seinen Armen konnte sie sich tatsächlich vorstellen, dass der Schmerz in ihrem Herzen irgendwann vergehen könnte. Vielleicht nicht jetzt gleich, vielleicht nicht morgen. Aber irgendwann. Was machte er nur mit ihr, dass sie sich so fühlte?

»Bitte hör auf damit«, sagte sie.

Durch seinen Körper ging ein Schaudern, während er ein tiefes Seufzen entließ. »Womit?«

Sie rückte ab und sah zu ihm auf. »Du, ähm … du wirkst doch einen Zauber, oder?«

Sein Lächeln war nun nicht länger eine Andeutung, sondern dehnte sich so weit aus, dass die ganze Reihe seiner weißen Zähne zum Vorschein kam. Langsam schüttelte er den Kopf.

»Das … das hier ist kein Trick?«

Wieder ein Kopfschütteln. Mit dem Finger fuhr er eine Linie entlang ihres Kiefers und strich sanft über ihren Nacken, was ein angenehmes, warmes Beben in ihr verursachte.

»Du bist feengeküsst, Emma«, flüsterte er in ihr Ohr, als er sich zu ihr hinabbeugte. Mit geschlossenen Augen genoss sie das Kitzeln seines Atems auf ihrer Haut. »Selbst wenn ich wollte, könnte ich dich nicht mit Magie betören.«

»Nein?« Mit den Lippen streifte sie seine Wange, was sich wie kleine elektrische Stromstöße anfühlte. Da ihre Augen geschlossen waren, spürte sie jede Berührung intensiver.

»Nein«, flüsterte er.

Ein Hauch seiner Lippen über den ihren. Ihr gesamter Körper schien in Flammen zu stehen. Hitze breitete sich von ihrer Mitte bis in die Fingerspitzen aus, steckte sie innerlich in Brand. Ihre Knochen schienen zu schmelzen. Nachdem sie eine Handvoll seines Haares gegriffen hatte, zog sie ihn daran wieder etwas zu sich hinab und küsste ihn sanft auf die Oberlippe.

»Emma, nein …«, stöhnte er. Widerwillig legte er seine Hände auf ihre Schulter und schob sie sanft von sich. Sie schlug die Augen auf. Sein Gesicht hatte einen gequälten Ausdruck.

»Weißt du, was vorhin im Stollen passiert ist?«

»Irgendetwas Magisches.« Unsicher sah sie zu ihm auf. »Wie jetzt auch, nehme ich an. Sonst würden wir nicht so aufeinander reagieren. Oder?«

Er lächelte traurig und schüttelte den Kopf. »Früher oder später würden wir so aufeinander reagieren. Die Magie des Síd manipuliert unsere Gefühle nicht. Sie beschleunigt alles nur und lässt uns Hemmungen vergessen, die uns hindern. Du hast deine Gründe und ich habe meine Gründe, weshalb wir versuchen, uns davon zu überzeugen, dass wir beide nicht zusammen sein sollten. Doch unsere Seelen haben längst entschieden und der Síd versucht lediglich, uns die Augen zu öffnen und uns nicht von den rein vernunftorientierten Gründen beeinflussen zu lassen.«

»Ich verstehe nicht«, gab sie zu.

»Wie du dir vorstellen kannst, wäre der Síd schnell übervölkert, wenn sich unsterbliche Fay ebenso rasant vermehren würden wie Menschen. Ich weiß nicht, nach welchen Eigenschaften gewählt wird und ob es überhaupt nach bestimmten Kriterien geht, doch nicht jeder Fay ist mit dem anderen kompatibel – um einen modernen Begriff zu benutzen. In der Tat kommt nur sehr selten eine Konstellation vor, in der ein Kind aus einer Verbindung hervorgeht. Die meisten Verbindungen bleiben jedoch, wie du dir vorstellen kannst, kinderlos. Doch wenn sich zwei finden, sendet der Síd oder das Schicksal oder wie auch immer du es nennen möchtest, untrügliche Zeichen.«

»Und …?«

»Und genau das ist vorhin passiert. Ich bin weit über tausend Jahre alt und noch nie hat es sich so angefühlt, wenn ich mit einem weiblichen Geschöpf zusammen war. Ich hatte schon gedacht, es würde niemals passieren und dann geschieht es ausgerechnet mit einer Sterblichen.«

Allmählich begriff sie, worauf das hinausführte. »Einen Moment. Willst du damit sagen, dass … dass wir für einander bestimmt sind, in den Augen des Síd?«

»Ich fürchte ja.«

»Aber … du bist ein Fay«, erwiderte sie leicht panisch. »Ein ehemaliger Gott. Des Todes! Und ich bin …«

»Sterblich«, unterbrach er sie. »Mir ist das Dilemma bewusst.«

Ihre Beine fühlten sich auf einmal wackelig an. Sie ging zu einer der Liegen und setzte sich.

Nicht, dass sie ihn nicht attraktiv fand. Im Gegenteil. Doch … mit einem Fay? Nein, das konnte und wollte sie nicht.

Er setzte sich neben sie. »Emma, nach allem, was passiert ist, denkst du, dass du irgendwann – wenn das alles vorbei ist – wieder unter Menschen leben und ein normales menschliches Leben führen kannst?«

Diese Frage traf sie wie ein Schlag ins Gesicht, denn genau das hatte sie sich auch schon gefragt. Könnte sie?

Zu Ende Studieren. Einen Job. Ehemann. Kinder. Ein Haus mit Garten … es war eine so schöne, friedliche Vorstellung. Aber könnte sie?

Nachdem sie nicht antwortete, betrachtete er sie von der Seite und fuhr fort: »Normalerweise wäre es etwas Wunderbares, doch wenn man einmal seinen Partner gefunden und die Verbindung besiegelt hat, besteht das Band für immer. Und wenn ich für immer sage, meine ich für immer. Das ist für den, der zurückbleibt, besonders tragisch, wenn der andere stirbt.«

»Und dieses Band besiegelt man wie?«

»Indem man sich miteinander vereinigt.«

»Sex hat.«

»Ja.«

Sie wandte sich ihm zu und sah in seine leuchtend roten Augen. »Na, das werden wir doch gerade noch so hinbekommen, oder? Keinen Sex miteinander zu haben, meine ich«, sagte sie und lachte unsicher.

Er räusperte sich. »Am sichersten ist es, wenn ich mich von dir fernhalte, Emma. Ich werde dich trainieren und meine Pflicht erfüllen. Doch sobald ich mich darauf verlassen kann, dass keine Gefahr mehr für dich besteht, werde ich dich in deine Welt, zu den Menschen zurückschicken. Ich werde auch dort weiterhin über dich wachen, solange es nötig ist. Allerdings aus der Ferne.«

Seine Worte trafen sie wie eine Abrissbirne. Nessi und Jada brauchten sich keine Gedanken mehr über eine Befreiungsaktion zu machen, er würde sie von sich aus wieder gehen lassen. Hätte sie das nicht erleichtern müssen?

Aber weshalb tat es dann so weh?

27

Nachdem sie die ganze Nacht über kein Auge zugemacht hatte, wachte sie – nach dem Stand der tiefen Sonne zu urteilen – irgendwann gegen vier oder fünf Uhr nachmittags auf. Seine Drohung, sie zur Morgendämmerung fürs Training zu wecken, hatte Tadhg glücklicherweise nicht wahr gemacht. Nach einer ausgiebigen Dusche ging sie mit ihrem Instant-Cappuccino-Pulver und einer Flasche Wasser in den großen Wohnbereich. Wie sie ohne Herd den Cappuccino zubereiten sollte, war ihr noch ein Rätsel. Vielleicht über einer der Flammen beim Pool?

Schon im Flur hörte sie Stimmen, die aus dem Wohnzimmer drangen. Als sie den Raum betrat, stand Tadhg vor der Glasfront des Poolbereichs und schaute hinaus. Sein Haar war wieder zu einem strengen Zopf zusammengebunden und hing wie ein dickes Tau über seinen Rücken, wodurch die spitzen Ohren selbst von hinten gut zu erkennen waren. Auf einer der Récamieren vor dem Kamin hatte es sich ein weiblicher Fay – dem Aussehen nach eine Banshee – gemütlich gemacht.

Die Frau hatte wie er leuchtend rote Augen und tiefschwarze Haare. Wenn sie aufstand, mussten sie ihr bis zur Taille reichen. Doch im Gegensatz zu Tadhgs schneeweißer Haut, war ihre von einer dunklen Tönung. Sie sah aus, als hätte jemand Bronze-, Kupfer- und Goldstaub in einer Lotion zu einer einheitlichen Masse verrührt und gleichmäßig auf ihren Körper aufgetragen. Ihre hochgewachsene weibliche Figur steckte in einer langen schwarzen Seidenrobe mit kleinen Fledermausärmeln, die eher an ein Negligé als an ein Kleid erinnerte. Sie gehörte zu dem Typ Frau, neben der man sich schnell klein und durchschnittlich fühlen konnte, wenn man nicht so groß und extravagant gekleidet war wie beispielsweise Jada. Eine Frau, die durch eine Bar schritt und gleich alle Blicke der Männer auf sich zog.

Die Banshee richtete sich aus ihrer lasziven Pose auf und musterte Emma von Kopf bis Fuß. »Dann stimmen die Gerüchte, die seit gestern Nacht die Runde machen«, sagte sie mit einer dunklen, sinnlichen Stimme, die Emma an die rauchenden und Whiskey trinkenden Femmes fatales aus den alten Filmen erinnerte. »Dann wollen wir doch mal sehen …«

Ihr Tonfall klang süß und gehässig. Wie warmer, flüssiger, mit Arsen versetzter Honig. Die Banshee stand auf, kam mit ihren hochhackigen Schuhen durch das Zimmer auf sie zu und umrundete sie wie ein Raubtier seine Beute.

Es fiel ihr nicht leicht, doch sie widerstand dem Bedürfnis, sich mitzudrehen, um die Fay nicht im Rücken zu haben. Jeder Schritt mit den Pfennigabsätzen verursachte ein aggressives Klacken auf dem Holzfußboden. Als die Banshee ihr schließlich gegenüberstand, strich sie ihr einige noch von der Dusche feuchten Strähnen aus dem Gesicht, fuhr ihr mit dem Zeigefinger über die Wange und packte schließlich grob ihr Kinn. Sie sträubte sich zwar, doch dieses rotäugige Biest hatte eine irre Kraft in den Händen und hielt sie wie in einem Schraubstock fest.

Die Banshee drehte ihr Gesicht grob nach links und rechts, als würde sie auf dem Markt ein Stück Fleisch begutachten, bevor sich Emma mit einer ruckartigen Kopfbewegung aus dem Griff befreien konnte.

»Wirklich außergewöhnlich«, kommentierte die Banshee. »Ein niedliches kleines Spielzeug, das du dir aus der Welt der Menschen mitgebracht hast, Tadhg.«

»Ich bin kein Spielzeug«, erwiderte sie wütend, doch weil sie nicht wusste, wie viel Tadhg von ihrem Verhältnis zueinander preisgeben konnte oder wollte, beließ sie es dabei.

»Niemand hat dir die Erlaubnis erteilt zu reden, *Mensch.*« Das letzte Wort spie sie auf eine Weise aus, dass sie ebenso gut auch *Wurm* oder *Kakerlake* hätte sagen können.

»Clíodhna«, warnte Tadhg leise.

Einerseits wollte sie sich nie wieder von irgendeinem Fay so herumschubsen lassen, andererseits wusste sie nicht, wie gefährlich die

Banshee werden konnte, also beschloss sie, erst einmal die Klappe zu halten.

Clíodhna musterte sie erneut von Kopf bis Fuß. »Sie sieht aus wie ein Porzellanpüppchen. Zart und zerbrechlich. Nach dem ersten Mal wirst du sie entsorgen müssen oder du musst so vorsichtig mit ihr umgehen, dass du keinen Spaß haben wirst, Tadhg. Glaub mir, ich kenne mich mit Menschen aus. Du verschwendest deine Zeit mit ihr.«

Zart und zerbrechlich? Nach dem ersten Mal entsorgen? Okay, neuer Plan: Die Klappe nicht halten. »Na toll, und das erzählst du dem Alten jetzt erst? Wo warst du vor zwei Wochen, als ich noch keine Lust auf den ganzen Mist hier hatte?«

»Dem Alten?« Die Banshee funkelte sie zornig an. »Hast du unseren Herrscher gerade ›den Alten‹ genannt? Schweig, Mensch, wenn sich übergeordnete Wesen miteinander unterhalten.«

»Mach ich. Wenn ich welchen begegne.«

Clíodhna holte zu einer schallenden Ohrfeige aus.

»Clíodhna«, knurrte Tadhg, durchquerte den Raum und packte ihr Handgelenk. »Das Menschenmädchen steht unter meinem Schutz.«

Menschenmädchen?

»Warum?«, stieß Clíodhna aus, schien jedoch im selben Moment ihren Fehltritt zu bemerken. Sie neigte rasch den Kopf und senkte die Lider. »Verzeiht mir, mein Gebieter. Es steht mir nicht zu, Eure Entscheidungen infrage zu stellen.«

Er ließ sie so abrupt los, dass sie auf ihren hochhackigen Schuhen gefährlich nach hinten stolperte. Sie fing sich gerade noch rechtzeitig, bevor sie stürzte, doch es war knapp. In dem Blick, den Clíodhna ihr zuwarf, steckten tiefste Verachtung und dumpfer Zorn. Als wäre es ihre Schuld, dass ihr Herr und Meister sie zurechtgewiesen hatte.

»Wo waren wir?«, fragte Tadhg knapp, während er ihnen wieder den Rücken zuwandte und zum Fenster ging.

Clíodhna fixierte Emma skeptisch. »Es ging um Nassaïrs Plan, doch …«

»Richtig«, bestätigte er. »Ich war gerade dabei, dir meine Entscheidung mitzuteilen.«

»Nun …« Clíodhna strich ihr aalglattes Seidenkleid in einer Übersprunghandlung noch glatter. Dann straffte sie die Schultern und folgte ihm zum Fenster. »Da hatte ich noch angenommen, wir wären allein.« Clíodhna redete zwar mit ihm, doch ihr hasserfüllter Blick richtete sich auf Emma.

Auch Tadhg drehte sich nach ihr um. »Sei unbesorgt. Vor Emma können wir offen sprechen.«

»Emma? Du nennst dieses Ding beim Namen?«

»Vorsicht, Clío.«

Die Banshee lehnte sich nah an ihn heran. »Verzeiht, Gebieter«, hauchte sie wieder dicht an seinem Ohr, ohne Emma aus den Augen zu lassen. »Ihr scheint etwas Besonderes in diesem Menschen zu sehen. Ich möchte versuchen, das zu akzeptieren.«

»Nicht nur versuchen, Clío. Du *wirst* es akzeptieren«, erwiderte er sanft, aber in seiner Miene zeigte sich kein Fünkchen von einem Gefühl. Nichts.

»Sehr wohl«, erwiderte sie respektvoll und kalt zugleich.

Trotz des merkwürdigen Vibes, den sie versprühten, wirkten sie irgendwie … harmonisch miteinander, eine bessere Umschreibung gab es einfach nicht. Man merkte, dass sie bereits jahrelang – wenn nicht jahrhundertelang – zusammenarbeiteten, die Bedürfnisse des anderen gut kannten und darin geübt zu sein schienen, Grenzen auszutesten und Machtspielchen miteinander auszufechten. Auf eine bestimmte Weise passten sie zueinander.

Das Bild, das sie gemeinsam abgaben, war stark und machtvoll und die Verbindung zwischen ihnen deutlich spürbar. Es handelte sich nicht um Liebe. Liebe konnte auch zwischen zwei grundverschiedenen Charakteren bestehen, konnte wild und verrückt sein. Bei Tadhg und Clíodhna wirkte es mehr wie eine professionelle, loyale, langjährige Geschäftsbeziehung. Wie der Zusammenschluss zweier Großkonzerne, inklusive des Armdrückens.

Sie sah an sich herunter, bemerkte die feuchten Flecken, die ihre handtuchtrockenen Haare auf dem Shirt hinterlassen hatten, und ihre nackten Füße mit dem pinken Glitzernagellack auf den Zehennägeln. In den Händen hielt sie noch ihre PET-Wasserflasche und das Instant-Cappuccino-Pulver und wieder fühlte sie sich wie der chaotische Farbkleks, der die Geradlinigkeit der Einrichtung verschandelte, wie der Störenfried, der hier in etwas hereingeplatzt war, das ihn eigentlich nichts anging.

»Wer ist denn dieser Nassaïr?«, fragte sie dennoch.

»Der älteste der drei Prinzen«, erwiderte Tadhg knapp, was Clíodhna ganz und gar nicht zu gefallen schien.

»Ach ja, du hattest ihn mal erwähnt.« Selbst sie hörte die Verzweiflung aus ihrer Stimme heraus. »Er könnte der Nächste sein, der es auf mich abgesehen hat, nicht wahr?«

Er nickte. »Bei den Prinzen handelt es sich um drei Brüder. Uisdean und Krystal kennst du bereits, und was Nassaïr betrifft, so hoffe ich, dass du niemals das Vergnügen haben wirst.«

»Schon was Uisdean betrifft, hätte ich gerne auf dieses ›Vergnügen‹ verzichtet«, erwiderte sie scharf. »Schlimmer als Uisdean wird er wohl kaum sein.«

Darauf stieß Tadhg ein bitteres Lachen aus, das Bände sprach. Mit anderen Worten: Der dritte war schlimmer. Großartig! Seufzend ging sie zur knallroten, penibel sauberen Arbeitsplatte im Küchenbereich, stellte die Flasche und den Cappuccino darauf ab und suchte nach etwas, womit sie sich Wasser aufkochen könnte. Im Schrank fand sie immerhin einen Topf und Tassen. Und jetzt?

Tadhg richtete das Wort wieder an Clíodhna und setzte offenbar die Konversation fort, die die beiden vor ihrem Eintreffen geführt hatten.

»Wenn wir uns seiner Bewegung anschließen, wenn wir ohne Blendzauber die Feenhügel verlassen und uns vor den Menschen in unserer wahren Gestalt zeigen, wenn es dort zu Ausschreitungen, Gewalt und Terror kommt, bestätigen wir genau das Bild, das Königin Siobhánn seit jeher über uns verbreitet. Die alten Legenden und Ängste der Menschen werden zur Wirklichkeit werden. Sicher wird sie gezwungen sein, einzuschreiten, doch die Königin ist gerissen. Sie wird einen Weg finden, aus der Katastrophe einen Vorteil für sich und ihr Volk zu ziehen. Richte Nassaïr aus, dass wir uns seiner Bewegung nicht anschließen werden.«

Clíodhna atmete tief durch und rieb sich die Schläfen. Es wirkte geschauspielert, wie eine dramatische Einlage. »Ohne die Unterstützung des Sluagh-Fürsten sind bereits viele verunsichert. Doch der hat ohnehin nie wahrlich dazugehört. Die Operation kann nur funktionieren, wenn alle an einem Strang ziehen und genügend Sicherheit besteht. Wir, als zweitgrößtes, einheitliches Volk mit dem letzten existierenden Unseelie-Gott, sollten uns Nassaïr anschließen, sonst steht sein gesamtes Vorhaben auf wackeligen Beinen.«

»Das ist das Problem des Prinzen«, erwiderte Tadhg. »Nicht unseres.«

»Es ist unser Problem, Tadhg«, redete sie eindringlich auf ihn ein. »Sollte es funktionieren, sollte Nassaïrs Plan aufgehen, werden uns die anderen als Deserteure, als Verräter oder, noch schlimmer, als Schwächlinge ansehen. Und wenn sie ihre Magie wiederhaben, wir jedoch nicht, werden wir in der Nahrungskette ganz unten stehen. Wäre ich, wie bei den anderen Völkern, bei denen sich die Götter ins Nichts aufgelöst haben, die höchste Instanz, hinge die Magie meines Volkes von mir ab, mir wäre jedes Mittel recht, meinem Volk die Magie wiederzubeschaffen, doch durch dich …« Sie sah ihm fest in die Augen, ohne den Satz zu beenden.

Das war auch nicht nötig, denn selbst Emma hörte den versteckten Vorwurf heraus, die Andeutung eines … sie runzelte die Stirn … Putschs? Hatte Clíodhna gerade angedeutet, dass es besser wäre, wenn Tadhg abdanken würde? Konnte ein Gott gestürzt werden? Ihr wurde ganz schwindelig. Sie wurde ruhig, versuchte für die beiden unsichtbar zu werden.

»Dein Volk, Clíodhna?«, fragte Tadhg leise. Eine geflüsterte Drohung, eiskalt. Sie hatte ihn früher schon leise und kalt sprechen hören, doch noch nie so. Über ihren Rücken zog eine Gänsehaut und dabei richtete sich sein Zorn nicht einmal gegen sie.

»Hieltest du es für besser, alleinige Herrscherin zu sein, ohne mir gegenüber Rechenschaft ablegen zu müssen? Forderst du mich zum Duell heraus?«

»Nein«, erwiderte Clíodhna rasch und machte einen Kniefall zu Boden, hielt den Kopf gesenkt. »Ich versuche dich lediglich für die Dringlichkeit der Lage zu sensibilisieren.«

»Ich bevorzuge es, wenn meine Untergebenen mich respektieren, ohne mich zu fürchten. Doch lass dir eines gesagt sein, Clío, ich schrecke nicht davor zurück, mir Respekt durch eine Gewaltherrschaft zu verschaffen.«

»Ich weiß, Gebieter«, erwiderte sie, weiterhin mit gesenktem Haupt. »Auch wenn ich mich an die Zeiten, in denen Ihr zum Gott aufgestiegen seid, nicht mehr erinnern kann, so ist doch jedem bewusst, was es dazu braucht.«

Emmas Herz raste wie wild in der Brust. Sein ruhiger, eisiger Tonfall und die Andeutungen der beiden über vergangene Zeiten zeigten ihr eine Seite von ihm, deren Existenz sie bisher verdrängt hatte. Sein ganzer Körper war angespannt, in kampfbereiter Pose. Was musste man tun, um zu einem Todesgott emporzusteigen?

»Was also deutest du an, Clío?«

»Wollt Ihr denn überhaupt nicht Eure Magie zurückhaben, Gebieter? Unsere Magie?«, fragte sie verzweifelt und sah zu ihm auf. Wie bisher alle Fay, die sie kennengelernt hatte, hielt auch Clíodhna ihre inneren Empfindungen im Zaum und wollte keine Schwäche zeigen, doch ein leichtes Zittern ihrer Stimme und eine Verhärtung der Mundlinien verrieten sie.

Er lächelte und schaute zu Emma. »Doch. Ich verfolge bereits einen eigenen Plan.«

Da Emma seiner derzeitigen Stimmung nicht traute, versuchte sie sich noch kleiner zu machen.

Die Banshee folgte seinem Blick. »Was hat der Mensch mit unserer Magie zu tun?«

»Was fällt dir an ihr auf?«, fragte er. »Ist etwas anders als bei anderen Menschen?«

»Darf ich mich erheben?«

»Sicher.« Die tödliche Aura löste sich langsam um ihn herum auf, und er wurde wieder zu seinem üblichen Selbst. Respekt einflößend und gefährlich, aber immerhin nicht so, als bereitete er sich innerlich auf ein Blutbad vor.

Sie atmete tief durch und auch Clíodhna wirkte erleichtert, als sie aufstand, und musterte sie eingehend. »Sie wirkt – wie soll ich es beschreiben? – abgestumpft. Weniger ehrfurchtsvoll als andere Menschen, so, als hätte sie für ihr junges Alter bereits zu viel gesehen und erlebt. Ihre Augen … etwas stimmt mit ihnen nicht.«

Nachdem sie kurz nachgedacht hatte, schnipste sie mit den Fingern. »Ich hab's. Sie sind tot. Ihr Blick ist dumpf und leer, als hätte ihr jemand den Lebensfunken geraubt.« Dann rollte sie plötzlich genervt mit den Augen und stakste zu ihr herüber. »Bei der Göttin! Ihr Magielosen seid im Síd ohne eure naturvernichtende Atomenergie immer so hilflos.«

Sie wedelte mit ihren Händen in der Luft, woraufhin das Wasser in der Plastikflasche zu brodeln begann. »Da!«, zischte sie. »Es ist heiß. Jetzt kannst du dir dein Gesöff zubereiten.«

»Wie … wie hast du …?«

»Energieadern«, antwortete die Banshee. »Man kann sie einfach anzapfen und nutzen. Natürlich nur, wenn man eine Affinität zur Magie hat. Keine Sorge, ich erwarte nicht, dass du das kapierst, Mensch.«

»Energieadern«, wiederholte sie tonlos, war mit den Gedanken jedoch woanders.

Auf ihre blubbernde Wasserflasche starrend, schluckte sie schwer. Waren ihre Augen wirklich tot, war es so schlimm? Sicher, sie fühlte sich noch unvollständig, solange Uisdean ihre Lebensfreude hatte, doch dass man es ihr dermaßen ansehen konnte, hatte sie nicht gewusst.

Tadhg nickte und wandte sich Clíodhna zu. »Sie ist die Feengeküsste des zweiten Anwärters auf den dunklen Thron, Prinz Uisdean, Zehrer der Freude. Ihre Lebensfreude befindet sich noch in seinem Besitz.«

Die Banshee sah sie mit einem Blick an, in dem sehr viel mehr Anerkennung steckte als noch Augenblicke zuvor. »Oh«, hauchte sie nur. Dann wich sie plötzlich vor ihr zurück. »Oh! Bei der Göttin! Weiß die Königin von ihr?«

»Ob die Neuigkeit bereits zu Siobhánn vorgedrungen ist, vermag ich nicht zu sagen, doch falls dem so ist, dann weiß sie auch, dass sie sich unter meinem Schutz befindet. Es würde mich wundern, wenn sich die Seelie deswegen mit mir anlegen würden.«

Die Banshee sah ihn mit angstgeweiteten Augen an. »Ist das denn klug, Tadhg?«

»Was genau meinst du, Clío?«

Ein rascher Seitenblick zu ihr. »Es heißt, dass feengeküsste Menschen zu verrückten, Fay-hassenden Psychopathen werden«, flüsterte sie, als könne Emma sie dadurch nicht hören. »Ist es klug, sie hier, bei dir, wohnen zu lassen? Ich weiß, dass du wahrhaft unsterblich bist, doch wozu ein unnötiges Risiko eingehen?«

Emma räusperte sich. »Ich, äh, stehe direkt neben dir. Wenn er dich hören kann, kann ich das auch. Außerdem habe ich nicht das Gefühl, verrückt zu werden.« Sie sah zu Tadhg. »Oder?«

Er schmunzelte. »Das ist das Bild, das Siobhánn über die Feengeküssten in die Welt gesetzt hat.«

Wieder wuchs in ihr das Gefühl heran, dass er weitaus mehr wusste, als er zugab. Zumal er wieder eine dieser schwammigen Antworten gegeben hatte, die eigentlich keine richtigen Antworten waren. Während er Clíodhna von dem Deal mit Nessi, dem *Gefäß der Macht,* berichtete, schüttete sie sich etwas Pulver in die Tasse und kippte vorsichtig das heiße Wasser dazu. Obwohl es nur Instantpulver war, genoss sie den Duft, der daraufhin den Raum erfüllte. Genüsslich trank sie einen Schluck, nachdem sich das Pulver gelöst hatte. Er beendete seine Ausführungen damit, dass ihre Sicherheit von größter Bedeutung wäre und sie deshalb lernen müsse, sich besser zu verteidigen. Über das, was ihnen im Stollen widerfahren war, verlor er kein Wort. Anscheinend wollte er dieses Ereignis für sich behalten.

»Clíodhna, würdest du meinem Schützling und mir bitte einen Augenblick geben?«, fragte er, nachdem er fertig war.

Die Banshee vollführte eine tiefe Verbeugung, murmelte ein ergebenes ›Gebieter‹ und verließ anschließend den Raum. Emma sah ihr fragend hinterher, bis sie auf einmal bemerkte, dass Tadhg direkt vor ihr stand. Als sie zu ihm aufsah, richteten sich unwillkürlich ihre Nackenhaare auf. Seine Kiefermuskeln schienen angespannt zu sein, die Linien um seine Lippen herum hart.

»Das war das letzte Mal, dass du dich in Anwesenheit eines anderen Fay mir gegenüber respektlos verhalten hast. Hast du verstanden?«

»Was … was habe ich denn jetzt schon wieder falsch gemacht?«, fragte sie.

»Ich denke, du weißt, was ich meine.«

So ruhig seine Stimme auch klingen mochte, in seinem Tonfall steckte eine unterschwellige Autorität, die Schweißausbrüche in ihrem Nacken erzeugte.

Verlegen senkte sie den Blick und scharrte mit den Füßen am Boden. »Du meinst, wegen ›dem Alten‹? Das war nicht gegen dich gemeint, sondern gegen sie. Sie hat mich in dem Moment so geärgert und ich wollte nicht, dass …«

»Ganz gleich weswegen, Emma. Mach so etwas noch ein einziges Mal und du wirst es bereuen. Habe ich mich klar ausgedrückt?«

Schwer schluckend sah sie auf und nickte. »Glasklar.«

»Gut. Clíodhna?«

Als hätte die Banshee auf ihr Stichwort gewartet, betrat sie wieder den Raum, auf ihren Zügen ein schadenfrohes Lächeln. Dieses verdammte Biest.

Die Spannungen zwischen der Banshee und ihr ignorierend, fuhr Tadhg damit fort, ihnen seine Strategie mitzuteilen, um Emma zu helfen, sich besser in der Feenwelt zurechtzufinden: Die erste, einfachere Hälfte seines Trainingsplans umfasste die Verbesserungen körperlicher Fertigkeiten. Die zweite, anspruchsvollere Hälfte enthielt eine Ausbildung auf psychischer Ebene. Was auch immer er damit meinte.

Emma verschluckte sich an ihrem Fertig-Cappuccino, als er Clíodhna auftrug, den Teil der körperlichen Ertüchtigung zu übernehmen.

Die Banshee schien ebenso begeistert, nahm den Auftrag jedoch – gewissenhaft wie sie war – von ihrem Herrn und Meister ohne Widerspruch an.

Der Blick, den sie ihr anschließend zuwarf, versprach Schmerzen und Qualen.

28

Clíodhna versuchte sie umzubringen.

Anders konnte sie sich die harte, erbarmungslose, lebensgefährliche Folter, die sie durchstehen musste, nicht erklären. Die Banshee jagte sie über Stock und Stein durch das gesamte Unseelie-Territorium, ließ sie durch die Wälder, vor denen Tadhg sie gewarnt hatte und in denen wer weiß was für Kreaturen hausten, rennen und trieb sie die Hügel und Berge hinauf und wieder herunter. Gleich am ersten Tag hätte sie sich vor Erschöpfung übergeben, wenn sie vorher nicht ohnmächtig geworden wäre. Statt verschnaufen zu dürfen, kippte ihr die Banshee kaltes Wasser ins Gesicht und brüllte sie an.

Da sie im Nahkampf gegen Uisdean oder andere Fay, die ihre Magie wiederhatten und versuchen könnten, einen Anschlag auf sie zu verüben, ohnehin keine Chance hätte, übten sie Bogenschießen und Dolchwerfen. Bis ihre Fingerkuppen bluteten, Knöchel aufplatzten und Nägel einrissen. Trotz des üblen Muskelkaters, der ihr einen Vorgeschmack darauf gab, wie man sich als hundertdreißigjährige Oma fühlen musste, bekam sie keinen einzigen Tag Auszeit. Nach einer Woche wollte sie alles hinschmeißen, verfluchte und beschimpfte diese sadistische Todesfee und unternahm ihren ersten Versuch, aus dem Síd zu fliehen. Sie schaffte es fast aus dem Banshee-Territorium.

Wahrscheinlich ließ Tadhg sie nur deshalb so weit kommen, um sie vor den Augen der gesamten Todesboten-Belegschaft, über seine Schulter geworfen, zurückzutragen – was nicht nur entmutigend, sondern obendrein furchtbar demütigend war.

Noch dazu drohte Clíodhna damit, ein Rendezvous mit Prinz Uisdean für sie zu organisieren, sollte sie erneut versuchen zu fliehen. Also riss sie sich zusammen und ließ sich weiter durch eiskalte, reißende Flüsse und auf hohe Gipfel treiben.

Das ›Date‹ mit Uisdean war unumgänglich. Sobald sie bereit war. Doch das war sie noch nicht. Ob die Banshee ihre Drohung wahr gemacht hätte, wusste sie nicht, aber sie war nicht scharf darauf, es herauszufinden. Zugetraut hätte sie ihr das allemal.

Während der zweiten Woche stellte sie allmählich Fortschritte fest. Ihre Kondition verbesserte sich, zudem zitterten ihre Arme beim Bogenschießen kaum noch. Sie schaffte es sogar, die Pfeile in geraden Linien abzuschießen, statt sie durch die Luft eiern zu lassen.

Doch was ihr wirklich Spaß machte, war das Dolchwerfen. Selbst Clíodhna gab zu, dass sie darin ein Naturtalent zu sein schien, daher ließ die Banshee sie das bis zum Umfallen üben.

Irgendwann hatte sie den Überblick über die Tage hier im Síd verloren. Alles verschwamm zu einzelnen Blöcken aus Training, Essen, Schlafen, *repeat,* Training, Essen, Schlafen, *repeat*, und so weiter und so fort.

Als sie – nachdem sie wieder mal eine Nacht lang durchtrainiert hatte und kurz vor dem Umfallen stand – den Dolchwurf übte, fragte sie sich, ob es das alles überhaupt wert war. Dann dachte sie an den Fay-Prinzen und wie sie ihm den Dolch direkt ins Herz warf und das spornte sie an.

Sie standen auf einem der weiten Hügel. Die Luft war so kalt, dass die Haut an ihren Knöcheln aufgeplatzt und das Gras unter ihren Füßen verdorrt und gelb geworden war. Vor hier aus konnte man das Anwesen sehen und sie wünschte sich in dem Moment nichts sehnlicher, als dorthin zu gehen und in ihr warmes, weiches Bett zu fallen. Inzwischen dämmerte es. Vor Müdigkeit verschwamm ihre Sicht. Sie versuchte sich zu konzentrieren, zielte und warf den Dolch sicher mehrere Meter an dem Ziel vorbei. Und bekam gleich darauf eine schmerzhafte Kopfnuss.

»Du würdest nicht einmal einen Höhlentroll treffen«, fauchte Clíodhna sie an.

Müde rieb sie sich den Hinterkopf. »Ich versuche doch mein Bestes«, murmelte sie und gähnte.

»Was hast du gesagt?«, zischte die Banshee. »Hast du es nach dieser miserablen Leistung etwa gewagt, mich mit dem Geräusch deiner

Stimme zu belästigen, *Mensch?* Du redest nur, wenn du angesprochen wirst. Ist das klar?«

Da sie es schon länger aufgegeben hatte, sich auf ein verbales Kräftemessen mit der Banshee einzulassen, zog sie es vor zu schweigen. Das schonte eindeutig ihre Nerven. Und Muskeln. Denn je mehr Kontra sie gab, desto härter fiel das Training aus.

Noch eine Kopfnuss. »Ich habe dich etwas gefragt, *Mensch.* Antworte!«

Trotz ihres Vorhabens, der Banshee so wenig Angriffsfläche wie möglich zu bieten, war auch für sie irgendwann Schluss. »Soll ich schweigen oder soll ich dir antworten?«, fauchte sie zurück. »Entscheide dich mal!«

»Oh, kleiner Mensch«, flötete Clíodhna boshaft, »*das* wirst du bereuen.«

Und wie sie es bereute. Statt sie um den Sonnenaufgang herum zu entlassen, ließ die Banshee sie Dolche werfen, bis sie buchstäblich im Stehen einschlief.

29

27. November

Hallo Tagebuch!

Ich bin total fertig und kann kaum den Stift halten, aber heute ist ein besonderer Tag. Auf den Tag genau ist es ein Jahr her, seit Nessi mich aus dem Síd, vor diesem Monster, gerettet hat. In letzter Zeit muss ich oft an ein Gedicht denken, das wir früher in der Schule behandelt haben. Damals war ich noch ein naiver, ahnungsloser, unbeschwerter Teenager. Oh, gute alte Zeit.

In der Wüste,
Sah ich ein Geschöpf, nackt, bestialisch,
Welches, am Boden kauernd,
Sein Herz in Händen hielt,
Und davon aß.
Ich sagte, »Ist es gut, Freund?«
»Es ist bitter-bitter«, antwortete es;
»Aber ich mag es,
Weil es bitter ist,
Und weil es mein Herz ist.«

Stephen Crane, irgendwann vor dem 05. Juni 1900

Früher, in der Schule, habe ich nie kapiert, was dieses Gedicht bedeuten sollte. Jetzt verstehe ich es besser, als mir lieb ist.

Ich bin diese nackte, kauernde Bestie, und es ist mein Herz, das bitter ist.

Aber ich mag es. Weil es bitter ist.

Und weil es mein Herz ist.

Was mir Uisdean angetan hat, hat mich zweifellos verändert. Er hat mich vor einen Abgrund geführt und hinuntergestoßen.

Selbst wenn ich irgendwann meine Lebensfreude wiederfinden sollte, fühle ich genau, dass ich nie wieder so unbeschwert und fröhlich sein werde wie früher. Seinetwegen ist meine Seele von einer dunklen Aura umgeben, für immer. Er hat mich gebrochen.

Mein Herz ist dunkel und bitter.

Aber all das hat mich auch zu dem gemacht, was ich jetzt bin. Und ich mag die Person, zu der ich geworden bin.

Ich mag mich.

Ich bin stark, ich bestimme über mich und über mein Leben und ich sehe alles viel klarer.

Ich behaupte natürlich nicht, dass mich die Vergewaltigung stark gemacht hat, denn das ist unmöglich. Eine Vergewaltigung stärkt nicht. Sie reißt tiefe Wunden, die lange nachbluten und irgendwann zu schmerzempfindlichen Narben werden. So ein Erlebnis zerstört einen, macht einen kaputt.

Was mich gestärkt hat, sind meine Freundinnen, die mich aufgefangen haben. Dafür bin ich unendlich dankbar und diese positiven, warmen Gefühle sind das gesunde Gegengewicht zu der Bitterkeit in meinem Herzen. Doch das eine kann es ohne das andere nicht geben – jedenfalls nicht so intensiv. Was stärkt, ist das Wissen, dass es Menschen oder Halb-Menschen und sogar Fay gibt, auf die ich mich verlassen kann, die immer für mich da sind.

Nessi und Jada saßen ein Jahr lang fast täglich an meinem Bett, während ich mich in die Leere meines gebrochenen, trostlosen Verstandes geflüchtet hatte. Cathal, Sluagh-Fürst und Heerführer über die Wilde Jagd – Monster des Síd schlechthin –, hat geholfen, mich gegen Magie zu immunisieren, trotz der Gefahren, die von Feengeküssten ausgehen.

Sie alle haben mich niemals aufgegeben.

Und Tadhg, Gott des Todes und der Unterwelt (eigentlich Exgott), hat mir seinen Schutz geschworen.

Das stärkt und das sind die Dinge, die im Gedächtnis bleiben.

Für immer.

30

Einen Vorteil hatte das harte Training. Sie war abends und nachts viel zu beschäftigt und tagsüber zu erschöpft, um sich über die verzwickte Situation mit Tadhg Gedanken zu machen. Anders als Menschen sind Fay eher dämmerungs- und nachtaktiv und schlafen, wenn die Sonne hoch am Himmel steht. Obwohl sie bei Tadhg wohnte, bekam sie ihn kaum zu Gesicht.

Wie kompliziert die Situation tatsächlich war, bemerkte sie, als sie in den frühen Morgenstunden, nach dem üblichen Konditionstraining und Dolchwerf-Sessions, auf dem Weg zum Badezimmer mit ihm im Flur zusammenstieß.

Er war aus dem Raum gekommen, den er ›Trainingsraum‹ genannt und den sie bisher noch nie betreten hatte. Über dem Oberkörper trug er etwas, das wie ein einseitiger Schulter- und Brustharnisch aus Leder mit Metallschnallen zur Befestigung aussah. Aufgrund der breiten Schultern und kräftigen Brust schnitten die Lederriemen in die gewölbten Muskeln ein, darunter lag sein definiertes Sixpack. Die langen Beine steckten in einer engen schwarzen Hose, über die er lederne Beinschienen gezogen hatte. Auch die Unterarme wurden durch Schienen aus Leder geschützt. In der Aufmachung und mit den spitzen Ohren sah er wie die Mischung aus Dracula und einem dunklen Elfenkrieger aus, der einem Herr-der-Ringe-Filmset entsprungen war. Nur dass dieses Outfit im Gegensatz zu der schlichten Kleidung, die er immer außerhalb der Feenhügel getragen hatte, bei ihm authentisch wirkte. Als wären die Jeans und das schlichte Hemd eine Verkleidung gewesen.

Sie ließ ihren Blick auf den robusten, doch athletischen Linien seines Körpers verweilen, bevor sie ihn hob und in sein Gesicht sah.

Ihr Herzschlag machte einen Kickstart und hämmerte von innen so stark gegen ihren Brustkorb, dass er es ebenfalls hören musste.

Auf seinem Gesicht lag ein äußerst selbstzufriedener Ausdruck. »Ich habe dich auch vermisst«, sagte er leise.

»Woher willst du wissen, dass ich dich vermisst habe?« Sie versuchte sowohl den ausdruckslosen Tonfall als auch die gelangweilte Miene der Fay zu imitieren, wenn diese keine Gefühle preisgeben wollten.

Indem er näher auf sie zukam, trieb er sie zurück, bis sie mit dem Rücken gegen die Wand stieß. Er legte eine Hand neben ihren Kopf, sodass sie zwischen der Wand und seinem Körper gefangen war. Neben ihrem Gesicht ließ er die Muskeln in seinem Oberarm spielen. Seine breite Brust befand sich direkt vor ihrer Nase, wodurch sie sich seiner männlichen Anziehungskraft sehr bewusst wurde. Sie konzentrierte sich darauf, gleichmäßig ein- und auszuatmen, doch ihr bebender Brustkorb verriet sie. Blutrote Augen hielten ihren Blick, ein wissendes Lächeln umspielte seine Lippen.

»Das mit der gespielten Gleichgültigkeit üben wir besser noch mal.«

»Das sind ganz miese Tricks, die du anwendest. Den Bizeps zucken lassen und so. Das wäre so, als wenn ich meine Bluse aufreißen und mit meinen Brüsten wackeln würde.«

Er beugte sich weiter vor. Seine Lippen streiften ihre Ohrmuschel. »Was hält dich davon ab?«

Die Härchen in ihrem Nacken stellten sich auf, über ihre Arme zog sich eine Gänsehaut. Das angenehme Prickeln breitete sich über dem ganzen Körper aus. Sie schloss die Augen und entließ in einem tiefen Seufzen die Luft aus ihren Lungen, während die Anspannung von ihr abfiel. Sein Geruch umspielte ihre Nase. Sie genoss den Duft und hätte sich am liebsten vorgebeugt, um seine warme Haut zu küssen. Doch sie waren zu der Übereinkunft gekommen, keine Spielchen miteinander zu spielen, da sie Schäkereien nicht hätten zu Ende führen können, ohne dieses schicksalhafte Fay-Band zu besiegeln.

Ein kühler Lufthauch ließ sie die Augen wieder aufschlagen. Er hatte sich aufgerichtet und die Hand von der Wand genommen. Ohne die Wärme seines Körpers, die auf sie abstrahlte, und den Duft, der ihr Gehirn vernebelte, fiel es ihr leichter zu denken.

Tadhg griff nach seinem Zopf, zog ihn nach vorne und löste das Band. Er öffnete das Haar und ließ es wie schwarze Seide über seine Schultern fallen. Dieser Anblick ließ ihr Herz wieder schneller schlagen.

»Was genau soll das werden, wenn es fertig ist, Ex *Crom Cruach,* Extodesgott und Exherrscher über die Unterwelt. Und Noch-Gebieter, aber wer weiß, wie lange noch, über die Banshees …«, hauchte sie atemlos, was die Wirkung ihres Witzes irgendwie etwas zunichtemachte.

Wieder der Anflug eines Lächelns. »Das mit den Titeln üben wir irgendwann auch noch mal. Gefällt es dir?«

»Was?«

»Wenn ich mein Haar offen trage.«

»Du hast mich bisher noch nie nach meiner Meinung gefragt«, bemerkte sie. *Oder sonst irgendwen,* fügte sie in Gedanken hinzu.

»Jetzt frage ich«, erwiderte er und zog eine Augenbraue skeptisch hoch.

Inzwischen glaubte sie, dass er sich hinter dieser Mischung aus überheblicher Herablassung und völliger Ausdruckslosigkeit zu schützen versuchte. Schien so ein Fay-Ding zu sein. Aber er öffnete sich gerade wieder vor ihr und sie begriff, dass sie behutsam sein musste, um ihn nicht zu kränken. Daher beschloss sie absolut ehrlich zu antworten, statt gespielt gleichgültig zu tun.

Sie musterte ihn ausgiebig, sog seine gesamte männliche, elektrisierende Präsenz mit ihrem Blick auf und lächelte. »Ja, es gefällt mir«, antwortete sie leise, »sehr sogar.«

Etwas glitt über sein Gesicht. Eine Emotion, die sie nicht deuten konnte. Unglaube oder Verwunderung oder eine Mischung aus beidem oder vielleicht etwas ganz anderes. Sie vermochte es nicht genau zu sagen, da die Emotion so schnell verschwand, wie sie gekommen war. Aber auf jeden Fall war der arrogante Ausdruck verschwunden. Stattdessen entspannte sich seine Miene und in sein Gesicht stahl sich ein freudiger Ausdruck.

»Clíodhna sagt, dass du große Fortschritte machst«, sagte er. »Das bedeutet, dass wir bald zum zweiten Teil der Ausbildung übergehen können.«

»Oh, bitte nicht von diesem sadistischen Biest reden, für heute habe ich Feierabend. Sie hasst mich.«

Er lächelte. So breit und herzlich, dass um seine Augen herum sogar kleine Fältchen entstanden. Nie zuvor hatte sie ihn so ehrlich lächeln sehen. Ob sie wollte oder nicht, doch das verursachte ein warmes Gefühl in ihrer Herzgegend.

»Ich denke, Clío hasst hauptsächlich die Tatsache, dass sie ihre Zeit für jemand anderen als sich selbst aufwenden muss. Sie ist recht«, er dachte kurz nach, »von sich eingenommen.«

Sie seufzte. »So kann man es natürlich auch ausdrücken. Darf ich dich etwas Persönliches fragen, Mr Todesgott?«

»Sicher«, erwiderte er noch immer erheitert.

»Läuft zwischen euch eigentlich etwas? Ich meine, nicht dass es mich etwas angeht oder eine Rolle spielt«, fügte sie hastig hinzu, »aber ich versuche nur einige Dinge zu verstehen.«

Das heitere Funkeln verschwand aus seinen Augen und er wurde ernst. »Warum fragst du, Emma?«

Sie verschränkte die Hände hinter dem Rücken und lehnte sich locker gegen die Wand. »Ich habe den Eindruck, dass es mehr ist als die bloße Tatsache, ihre Zeit mit mir verschwenden zu müssen. Ich habe das Gefühl, dass es viel persönlicher ist. So, als wäre sie … eifersüchtig vielleicht?«

Er schüttelte den Kopf. »Dafür gibt es keine Veranlassung. Clío und mich verbindet eine tiefe, intensive Freundschaft, mehr jedoch nicht. Wir kennen uns schon sehr lange und geben auf einander acht.«

»Das heißt, dass sie mich eher als eine Art Bedrohung empfindet und versucht, dich vor mir zu beschützen?«

Er lächelte, als fände er diese Vorstellung ebenso abwegig wie witzig. Dennoch antwortete er: »Du bist feengeküsst, deshalb denke ich, dass das eine mögliche Erklärung für ihr Benehmen sein könnte.«

»Hast du ihr von der Magie im Stollen erzählt?«

Das Lächeln verschwand. »Nein. Du?«

Verneinend schüttelte sie mit dem Kopf. »Wie lange kennt ihr euch schon?«

»Seit über tausend Jahren. Ich erteile die Befehle und sie sorgt dafür, dass sie ausgeführt werden. Das macht sie sehr effektiv.«

»Ich verstehe. Und weshalb hast du ihr dann nichts von dieser magischen Feenbandsache erzählt?«

Er verengte seine Augen zu Schlitzen und musterte sie skeptisch. Verdammt! Sie benahm sich selbst wie jemand, der ein bisschen eifersüchtig war.

»Sollte ich?«, fragte er mit samtweicher Stimme.

Rasch senkte sie den Blick, um von ihren Gefühlen nicht noch mehr preiszugeben. »Ich meine, nur, damit sie sich mir gegenüber vielleicht etwas respektvoller benimmt. Wenn sie wüsste, dass der Síd uns füreinander erwählt hat, würde sie mich eventuell nicht mehr so schikanieren. Vielleicht wäre sie mir gegenüber etwas respektvoller oder … ach, ich weiß doch auch nicht.«

»Ist das der einzige Grund, weshalb du möchtest, dass ich ihr davon erzähle?«, flüsterte er mit gefährlich dunklem, sündigen Tonfall und trat einen Schritt auf sie zu. »Sieh mich an, Emma. Sieh mir in die Augen und antworte mir.«

Ihr Gesicht glühte, daher würde sie einen Teufel tun und seinem Blick begegnen. »D-Du willst mir doch nicht erzählen, dass in den tausend Jahren nie-niemals-nie etwas zwischen euch lief?«

»Warum nicht?«

Jetzt wagte sie doch aufzusehen und warf ihm einen skeptischen Blick zu. »Du musst zugeben, dass sie sehr attraktiv ist.«

»Ja, da hast du recht.« Er trat einen weiteren Schritt auf sie zu und lehnte sich so weit vor, dass seine Lippen ihren Nacken streiften. »Ich habe euch beobachtet. Ihr scheint euch in letzter Zeit näher gekommen zu sein und jetzt werde ich langsam eifersüchtig. Läuft da womöglich etwas zwischen Clío und dir?«

»Um Gottes willen! Eher gefriert die Hölle zu.«

»Sie ist nicht mein Typ«, flüsterte Tadhg neben ihrem Ohr.

»Meiner auch nicht.« Sie hatte versucht einen Witz zu machen, doch dafür stand er ihr zu nah und ihre Stimme versagte kläglich. Ihr Herz schlug ihr bis zum Hals, sodass sie kaum Luft bekam. Ihre Haut kribbelte überall, und in ihre Stimme hatte sich ein verräterisches Zittern geschlichen. »Was ist dein Typ?«

»Kriegerinnen«, antwortete er, während er ihren Nacken mit Küssen bedeckte. Sie schloss die Augen und entließ einen bebenden Atemzug.

»Starke, furchtlose Frauen, die aus mehr bestehen als nur einer schönen, leeren Hülle.«

Der letzte Satz fühlte sich wie das Eiswasser an, mit dem Clíodhna sie immer brutal geweckt hatte, wenn sie mal wieder ohnmächtig geworden war. Sie schlug die Lider auf und drückte ihn an den Schultern so weit von sich, dass sie ihm tief in die roten Augen blicken konnte.

»Und dann erwählt das Schicksal ausgerechnet jemanden wie mich für dich«, sagte sie und lachte. Doch das Lachen war nicht freudig, es klang bitter, das hörte selbst sie. »Das weggeworfene Spielzeug eines Unseelie-Prinzen. Eine leere, gebrochene Hülle. Du musst der größte Pechvogel auf Erden und unter den Hügeln sein.«

Er umschloss ihr Gesicht mit beiden Händen in einem festen Griff. Es war nicht schmerzhaft, noch nicht. Doch viel fehlte dazu nicht mehr.

»Du bist kein weggeworfenes Spielzeug«, grollte er. In seiner Stimme lag ein tödlicher Ton, eine unbändige Wut und seine Augen blitzten auf wie leuchtende Rubine. »Und schon gar keine leere, gebrochene Hülle. Du bist feengeküsst. Du hast dich allein, ganz ohne magische Hilfe aus der Faysucht befreit. Sag mir, Emma, was könnte stärker sein als das? Du willst dich deinem Peiniger stellen, was könnte furchtloser sein als das?« Er lockerte seinen Griff, sodass seine Hände nur noch als tröstende, warme Berührung um ihr Gesicht lagen.

An ihrer Lippe knabbernd, schaute sie zu Boden. »So habe ich es nicht betrachtet«, sagte sie leise.

»Oh Emma. Weshalb quälst du mich so?« Mit dem Daumen fuhr er über ihre Unterlippe, sodass sie wieder aufsah. Seine Augen wirkten düsterer, wie dunkles Blut. Wieder begann ihr Herz zu rasen. Seine Berührung hinterließ auf ihrer Lippe eine kribbelnde Empfindung, als würden tausend kleine, sanfte Stromschläge die empfindliche Haut reizen. Sie befeuchtete sie mit der Zunge.

Ohne Vorwarnung packte er auf einmal ihre Handgelenke, hob sie über ihren Kopf und drückte sie gegen die Wand. Mit den Hüften presste er sich gegen sie, sodass sie keine Chance gehabt hätte zu entkommen, wenn sie gewollt hätte. Sie wollte nicht. Sie spürte seine Lippen auf ihren. Leise stöhnend öffnete sie diese und fühlte, wie sich seine Zunge einen Weg in ihren Mund bahnte.

Sie erwiderte den Kuss, neckte ihn mit der Zunge und ein wenig mit den Zähnen. Tadhg stöhnte, drängte sich stärker gegen sie und umschloss ihre Handgelenke mit einer Hand, damit er die andere an ihren Hinterkopf legen konnte, vergraben in ihrem Haar. Sie spürte seine Erektion durch den Stoff hindurch gegen ihren Bauch drücken. Seine Hand rutschte tiefer, umfasste sanft ihre Brust, während er sie weiterhin mit seinem Gewicht gegen die Wand drückte. Wie hatte die Situation auf einmal nur dermaßen aus den Fugen geraten können?

Widerwillig löste sie sich von seinen Lippen, atmete tief durch und wisperte: »Nicht.«

Er war stärker als sie. Wenn er gewollt hätte, hätte er einfach weitermachen können, doch er ließ sie über die Situation bestimmen und sah sie mit fiebrigem Blick an.

»Soll ich es langsamer angehen lassen?«, flüsterte er atemlos.

»Nein«, erwiderte sie ebenso außer Atem und kaum hatte sie das Wort ausgesprochen, pinnte er sie wieder gegen die Wand und verschloss ihre Lippen mit seinem Mund. Gott, wie gern würde auch sie einfach weitermachen, doch …

Sie befreite sich aus seinem Griff. »Tadhg«, sagte sie und schob ihn von sich. »Was ist mit diesem Fay-Band? Sagtest du nicht, dass du für alle Ewigkeit an mich gebunden wärst, wenn wir, ähm …«

»Miteinander Sex hätten?«

Ihr Gesicht wurde heiß, dennoch sah sie ihm fest in die Augen und nickte wortlos. Weshalb wurde sie in seiner Gegenwart nur so nervös?

»Das Band wird nur besiegelt, wenn sich mein Samen in dich ergießt. Alles andere ist erlaubt.« Sein Tonfall war neckend, spielerisch. Über die archaische, leicht chauvinistisch klingende Ausdrucksweise, die er benutzt hatte, sah sie daher großzügig hinweg.

»Alles andere?«

Er beugte sich wieder hinab und sprach leise dicht neben ihrem Ohr. »Triff mich auf der Veranda.«

Damit meinte er den Pool, doch nach zehn Stunden Training müsste sie sich erst Schweiß und Blut von der Haut waschen.

»Darf ich vorher duschen?« Sie atmete vor Aufregung so schwer, dass sich ihre Brust sichtbar hob und senkte.

»Du darfst«, erwiderte er großzügigerweise, ließ sie abrupt los und ging den Gang Richtung Wohnbereich hinunter.

37

Als sie nach einer wohltuenden Dusche den verglasten Poolbereich in ihrem pinken Flauschbademantel betrat – den hatte Nessi neulich bei einem ihrer Besuche von zu Hause mitgebracht –, traute sie ihren Augen kaum. Unzählige schwebende violette Funken und hellrote Flammen, die sich in der Luft des Raumes verteilten, spendeten sanftes Licht und wohlige Wärme. Woher die magischen Funken stammten, wusste sie nicht. Womöglich hatten diese Energieadern, die quer durch den Síd verliefen und für ihre Sinne normalerweise unsichtbar blieben, etwas damit zu tun.

In beiden Kübeln vor dem langen Pool flackerten ebenfalls Feuer. Von Weitem musste der Wintergarten so aussehen, als hätten sich die Glühwürmchen dieser Welt zu einem großen Meeting zusammengefunden. Zum Glück wohnte Tadhg oben auf einem Hügel, sodass sich niemand hierher verirrte, der nicht tatsächlich zum Tod wollte – und wer wollte das schon? Außerdem lag der Pool ohnehin an einer Klippe, die steil in die Tiefe führte.

Sie wären absolut ungestört, solange nicht irgendein geflügeltes Wesen von dem Licht angelockt wurde. Ein geflügeltes Wesen wie …

Sie schüttelte den Kopf, wischte den Gedanken an Krystal fort und betrat durch die schmale Öffnung der Schiebtür die verglaste Veranda. Die Funken wichen ihr automatisch aus wie wohlerzogene Geister.

Tadhg wartete bereits auf sie. Brustharnisch, Bein- und Armschienen hatte er abgelegt und trug nur noch die schwarze Hose. Er hatte es sich halb sitzend auf einer der Liegen gemütlich gemacht, ein Bein ausgestreckt, das andere lässig auf dem Boden aufgestellt, und musterte sie eingehend mit dunklem, verlangendem Blick. Noch nie zuvor war sie von einem Mann so angesehen worden. Als wäre er ein Verhungernder und sie ein Fünf-Gänge-Menü. Unwillkürlich führte sie ihre Hand zu der Stelle über ihrer Brust, wo der Bademantel etwas auseinanderklaffte, krallte ihre Finger in den Stoff und hielt ihn zu.

»Nein, Kriegerin …«, sagte er sanft. »Ich will dich sehen. Zieh dich aus.«

Er erteilte den Befehl mit solch einer Selbstverständlichkeit, dass sich ihre Bauchmuskeln zusammenzogen. Unter der Dusche hatte ihre Haut vor Aufregung und gespannter Erwartung gekribbelt, doch jetzt bekam sie kalte Füße. Sie trug nichts weiter als einen Mikro-Spitzenslip, vielleicht hätte sie sich doch ihren Schlafanzug anziehen sollen. Könnte sie das durchziehen?

Er strotzte vor Selbstsicherheit und Macht, dennoch gab er ihr kein Gefühl von Unterlegenheit. Im Gegenteil. Von Anfang an hatte er klargestellt, was er in ihr sah. Er betrachtete sie als Kriegerin. Stark, bestimmend, schön.

Frei.

Da sie sowieso schon am Rande des Abgrunds lebte, warum dann nicht einfach komplett über die Klippe treten und sich fallen lassen?

Sie entspannte den Griff ihrer Finger und lockerte den Gürtel des Bademantels. Ohne ihn ganz zu öffnen, ließ sie ihn gemächlich über ihre Schultern gleiten, bis er über ihre Hüften zu Boden rutschte. In seinen Augen flackerte blutrotes Leuchten auf, zwei lebendige Rubine.

Langsam schritt sie auf ihn zu. »Hände hinter den Rücken«, forderte sie. Er zog eine Augenbraue skeptisch nach oben, kam ihrer Aufforderung aber zu ihrer großen Verwunderung nach. Das gefiel ihr und sie spürte, wie sich auf ihrem Gesicht ein kleines Lächeln formte. Sie stieg auf die Liege und kniete sich rittlings über seinen Schoß, ohne den Blickkontakt zu ihm zu unterbrechen.

Dies war kein Spiel mehr mit dem Feuer. Es war ein Spiel mit dem Tod – und sie war bereit, sich darauf einzulassen.

Er sah nicht so aus, als würde es ihn besonders stören, von dieser Position aus zu ihr aufsehen zu müssen. Als er sich vorbeugte, küsste er die Stelle auf ihrem Bauch, die sich direkt über ihrem Nabel befand, und schaute wieder zu ihr hoch.

Sie schnappte nach Luft. Gänsehaut überzog ihren gesamten Körper. Sie beugte sich herunter, umfasste sein Gesicht mit den Händen und küsste ihn auf die Oberlippe. Sanft drängte sie mit der Zunge seine Lippen auseinander und schob sie ihm in den Mund. Erregendes Prickeln zog über ihren Nacken und wanderte tiefer, ließ Stellen in ihr erbeben, die Hände niemals würden erreichen können. Für einen oder zwei Herzschläge blieb er passiv und überließ ihr seinen Mund, bevor er anfing, den Kuss zu erwidern. Erst zögerlich, dann presste er seine Lippen fest auf ihre, legte seine Hände auf ihren Rücken und drückte sie an sich. Seine Finger tanzten über ihre Schultern, strichen sinnlich über die nackte Haut.

»Ah, ah«, tadelte sie. Ruckartig befreite sie sich aus seinem Griff und sah ihn streng an. »Hände hinter den Rücken, habe ich gesagt.« Er gab ein unzufriedenes Grummeln von sich, fügte sich aber ihrer Anweisung.

»Nur, dass du Bescheid weißt, Feengeküsste«, sagte er mit rauer Stimme, »nie zuvor habe ich einer Frau erlaubt, im Bett so bestimmend zu sein.«

Sie vergrub ihre Finger in sein weiches, pechschwarzes Haar und beugte sich so weit herunter, dass ihre nackten Brüste gegen seinen Oberkörper drückten. An ihrem Oberschenkel spürte sie, wie die harte Beule in seiner Hose zuckte und noch fester wurde.

»Dann ist ja gut, dass wir nicht in einem Bett sind«, flüsterte sie in sein Ohr, legte ihre Hand auf seine Erektion und streichelte sie durch den Stoff hindurch.

Er stöhnte auf. »Lass das bitte«, sagte er außer Atem. »Emma …«

Vorsichtig öffnete sie die Hose und klappte sie vorne auseinander. Er hob seinen Hintern leicht an, damit sie die Hose herunterziehen konnte.

Er war ebenso ebenmäßig und vollkommen wie der Rest von ihm, wie aus einem Stein gemeißelt. Sie küsste die Spitze und sein Penis zuckte unwillkürlich hoch, ihrem Mund entgegen.

Tadhg richtete sich auf, legte die Hände auf ihre Schultern und schob sie von sich. »Ich weiß nicht, wie lange ich mich unter Kontrolle halten kann«, sagte er leise. »Es ist zu gefährlich.«

Sie lächelte, beugte sich wieder herunter und leckte über die Spitze. Durch Tadhgs Körper ging ein Beben. Er warf den Kopf zurück und schnappte nach Luft.

»Emma …«, wiederholte er in einem Tonfall, den sie nicht deuten konnte. Zornig, ängstlich, erregt. »Wenn du nicht sofort aufhörst, so schwöre ich beim Síd, werde ich dich in die Besinnungslosigkeit vögeln. Und das wird unser beider Verderben sein.« In seinem Blick lag eine Mischung aus fiebriger Hitze und roher Kraft.

Sie lehnte sich zurück. Seine Worte sollten ihr Angst machen, stattdessen ließen sie ihr Herz schneller schlagen. Auf eine dunkle, verbotene Weise war die Vorstellung, er würde seine Warnung in die Tat umsetzen, sehr erregend.

»Nur dein Verderben«, sagte sie mit zitternder Stimme. »Mir kann nichts passieren. Ich bin bereits feengeküsst und immun gegen jegliche Art von Magie.«

»Oh kleine Kriegerin, du hast keine Vorstellung von den Dingen, die ich mit dir tun werde, sollten wir diesen Weg beschreiten. Du hast recht«, seine Augen funkelten gefährlich, »du bist feengeküsst. Ich müsste keinerlei Rücksicht nehmen.«

Sie schluckte schwer. Möglicherweise hatte sie das Spiel doch etwas zu weit getrieben. Einen Moment lang sahen sie einander an, gefangen an der Schwelle zum Point-of-no-return. Sie fürchtete, dass jede noch so kleine Bewegung ihn die Fassung verlieren lassen könnte, daher blieb sie vollkommen still und beobachtete ihn, hoffte, dass das furchterregende Funkeln in seinen Augen wieder abflaute.

Nach einem scheinbar endlos langen Moment schloss er schließlich die Augen und atmete tief durch. »Du siehst mich an, als wäre ich ein tollwütiges Tier«, sagte er.

»Ein tollwütiges Tier?«

Das waren nicht ganz ihre Gedanken gewesen. Dass er ihr dennoch ein wenig Angst gemacht hatte, behielt sie für sich. Schließlich hatte sie sich selbst in diese Situation manövriert. Doch sie vertraute ihm. Sie wusste, dass er niemals etwas gegen ihren Willen tun würde. Wem sie nicht vertraute, war sich selbst. Wollte sie aufhören? Oder wollte sie nicht viel lieber die Augen schließen, ihre Arme weit ausbreiten und sich in den Abgrund stürzen?

Mit einem leichten Lächeln sah er sie an. Der beängstigende Ausdruck war weitestgehend verschwunden, das Lächeln wirkte traurig.

»Du hast mich angesehen, als hättest du gedacht: ›Bloß keine abrupte Bewegung machen, aber vielleicht fällt er so oder so über mich her‹.«

»Sind meine Gefühle dermaßen offensichtlich?«

Sie lächelte vorsichtig und hätte fast an ihrer Unterlippe herumgeknabbert. Im letzten Moment stoppte sie sich aber. Das machte sie meist, ohne darüber nachzudenken, doch ihr war aufgefallen, wie er darauf reagierte.

»Ich bin zu weit gegangen. Mir würde nichts passieren aber für dich … du kannst es nicht zu Ende bringen. Es tut mir leid.«

Mit den Worten kletterte sie von ihm herunter, ging zu dem Bademantel zurück, der auf dem Boden vor der Liege lag, und wollte ihn sich wieder anziehen. Große, warme Hände schlossen sich von hinten um ihre Schultern und hielten sie davon ab.

»Entschuldigungen bedeuten mir nichts, das weißt du«, flüsterte er an ihrem Nacken. Sein warmer Atem strich über ihren Hals und erzeugte wohlige Schauer. »Deshalb fürchte ich, dass ich Vergeltung einfordern muss.«

Seine Küsse bedeckten ihren Nacken. Sündig, heiß. Sie neigte ihren Kopf zur Seite und legte ihre Hand an seinen Hinterkopf, drückte ihn an sich. Sein langes Haar fiel nach vorne und strich über ihre aufgeheizte nackte Haut. Sie genoss die kühle Empfindung, fuhr mit den Fingern durch die schwarzen Strähnen. Sie fühlten sich an wie schwerer Samt. Mit den Händen strich er über ihren Bauch und umschloss ihre Brüste. Seine Finger spielten an ihren Brustwarzen. Unter den Liebkosungen zogen sie sich zusammen. Seufzend biss sie sich auf die Unterlippe. Er ließ von ihren Brüsten ab, legte eine Hand an ihren Kiefer und drehte ihn zu sich. Seine Lippen auf ihren, fordernd, warm. Die andere Hand rutschte nach unten und spielte mit dem Bund ihres Slips. Nach einem schwindelerregenden Kuss löste sie sich aus seiner Umarmung, schritt zum Pool und überprüfte mit der Zehenspitze die Wassertemperatur.

Bevor sie ins Wasser ging, warf sie einen Blick über die Schulter, hakte ihre Daumen in das Gummiband des Slips und zog ihn langsam nach unten. Dann machte sie einen Kopfsprung und schwamm bis zur Mitte des Pools. Als sie wieder auftauchte, strich sie ihr Haar nach hinten und rieb sich Wasser aus den Augen.

Tadhg setzte sich an den Rand und ließ die Beine ins Wasser hängen. Die Hose hatte er wieder hochgezogen und den Knopf geschlossen.

Sanftes Plätschern erfüllte den Raum. Die Wellen, die sie beim Schwimmen erzeugte, schwappten gegen seine Beine.

Mit einem kräftigen Stoß schwamm sie zurück zum Beckenrand, wo sie auf einer breiten Stufe im Wasser stehen konnte. Er öffnete die Beine etwas, damit sie zwischen ihnen Platz fand und sich links und rechts an seinen Oberschenkeln festhalten konnte.

Lächelnd sah sie zu ihm auf. »Ich fühle mich wie eine Sirene, die versucht, ihren armen, menschlichen Geliebten in die Fluten zu locken.«

Darauf warf er den Kopf zurück und lachte laut. Tadhg lachte. Noch nie zuvor hatte sie ihn lachen hören, meist beließ er es bei einem höflichen Lächeln. Doch jetzt kam das Lachen tief aus seinem Bauch und klang wie das Grollen eines weit entfernten Donners. Es war ein gutes, ein freies Lachen. Unbeschwert. Es hallte von den Glaswänden wider und ließ die bunten Funken in der Luft tanzen.

»Lachst du mich etwa aus?«, fragte sie, nachdem sein Gelächter verstummte. In seinen Augen lag noch erheitertes Leuchten.

»Ein wenig. Auch wenn der Vergleich gar nicht so abwegig ist«, erwiderte er breit lächelnd und ließ sich vom Rand ins Wasser gleiten. Das trieb sie automatisch etwas zurück, sodass sie nicht mehr auf der Stufe stehen konnte. Während sie ihre Arme um seinen Nacken schlang, hob er ihre Beine um seine Taille und umfasste mit den Händen ihren Hintern. Ihre Gesichter waren nah voreinander, sie lehnte die Stirn gegen seine und schloss die Augen.

»Jetzt bin ich dran, dich zu quälen«, flüsterte er. Seine Hand rutschte über ihren Bauch nach unten und kniff sie sanft.

Heiße Lava zog durch ihre Venen, alle Muskeln spannten sich zur Mitte hin an, Hitze erfüllte ihren gesamten Körper. Sie klammerte sich an ihn, die Fingernägel in seine Schultern gekrallt. Mit einer Hand massierte er ihre Brust, die andere streichelte sie zwischen den Beinen. Als die erste Welle der Lust wie sengende Hitze durch sie hindurchrauschte, wurden die Bewegungen seiner Hände schneller und intensiver.

»Genug«, flüsterte sie, »bitte …«

Er hörte auf. Nur, um zwei Finger tief in sie hineingleiten zu lassen und sie sanft zu massieren. Er fand den perfekten Rhythmus, massierte sie sanft mit den Fingern und dem Daumen. Sie warf den Kopf nach hinten und gab einen spitzen Schrei von sich.

Der Orgasmus strömte in einer gewaltigen Explosion durch ihren Körper. Sie zuckte und verkrampfte in seinen Armen, sodass die feine Linie zwischen Lust und Qual fast überschritten wurde.

»Wow«, hauchte sie, sobald die letzten Nachbeben abflauten. Sie klammerte sich fest an ihn, weil sie fürchtete, dass ihre Gliedmaßen sie nicht über Wasser halten würden. Ihr ganzer Körper fühlte sich an, als bestünde er aus Gummi.

32

Nachdem er Emma zu einer der Liegen getragen, sie ausgiebig mit seinem Mund verwöhnt und ein weiteres Mal zum Höhepunkt gebracht hatte, lag sie eng umschlungen in seinen Armen und spielte mit einer Strähne seines noch feuchten Haares. Nach und nach waren die Funken und schwebenden Flämmchen erloschen. Der Síd hatte sich mächtig ins Zeug gelegt, um eine romantische Stimmung zu erzeugen. Verräterische Feenhügel.

Die Flammen in den Kübeln brannten noch, doch die stammten nicht vom Síd. Die hatte er entzündet. Dennoch hatte sich Emma wieder diesen lächerlichen pinken Morgenmantel angezogen, damit ihr nicht kalt wurde. Darin sah sie wie ein riesiger rosa Hase aus. Nie hatte er etwas Bezauberndere s gesehen.

Wäre ein kurzes menschliches Leben das Glück wert, um den Rest der Ewigkeit in Trauer und Schmerzen zu verbringen? Er wusste von Fay, die sich den Sluaghs zum Fraße vorgeworfen oder Siobhánn um Erlösung gebeten hatten, nachdem ihr Partner verstorben war. Wenn die Bindung einmal vollzogen war, wäre sie für immer. Und er konnte nicht sterben. Das wusste er genau, seitdem er sich geweigert hatte, aus dem Kelch des Vergessens zu trinken und Siobhánn sein Herz, wie bei allen anderen Verweigerern, mit *EaglaBás* durchbohrt hatte. Mehrmals. Mit dem Unterschied, dass er, im Gegensatz zu den anderen, zurückgekommen war. Immer und immer wieder.

Daher erpresste sie ihn damit, Clíodhna zu töten – obwohl Clío aus dem Kelch getrunken hatte –, sollte er je die Intrigen und Komplotte ausplaudern, an die er sich als nahezu Einziger erinnern konnte. Abgesehen von ihm, kannten nur Siobhánn sowie ihr engster Kreis von Vertrauten die Wahrheit. Eigene Kinder hatte Siobhánn nicht. Nassaïr, Uisdean und Krystal waren Söhne, die der König mit Mätressen gezeugt hatte. Bei Nassaïr hatte sie noch weggeschaut, bei Uisdean war sie wütend geworden und die Geburt von Krystal hatte das Fass schließlich zum Überlaufen gebracht. Bewiesen die Söhne des Königs doch eindeutig, dass die Kinderlosigkeit an ihr lag, statt an ihm. Noch dazu war der König ein Tyrann gewesen – weitaus mächtiger als Siobhánn. Tadhg erinnerte sich gut an Aymon den Schrecklichen, Gott des Krieges. Dennoch hatte sie es geschafft, ihn umzubringen.

Um den Mord an ihm und den Mätressen zu verschleiern, teilte sie den Síd unter einer fadenscheinigen Ausrede in Seelie – die Schönen und Sanften – und Unseelie – die Hässlichen, Grausamen oder Andersartigen – auf und nahm den Unseelie die Magie. Angeblich, weil sich die Menschen ansonsten von der Welt der Fay abgewandt und aufgehört hätten, die Fay zu verehren.

Wenn man bedachte, dass es zu dieser riesigen Lüge des Síd nur aufgrund einer zufälligen Entdeckung hatte kommen können. Wer hätte je gedacht, dass das Blut eines feengeküssten Menschen Fay mit Sterblichkeit infizierte?

Seufzend schaute er auf die Feengeküsste in seinen Armen, die lediglich zur falschen Zeit am falschen Ort gewesen und zwischen die Fronten geraten war. Sie hatte nicht die geringste Ahnung, welche Gefahr sie für die Welt der Fay darstellte. Dass sie von den Seelie nicht längst gejagt und getötet worden war, lag einzig daran, dass er sie unter seinen Schutz genommen hatte. Nicht einmal Siobhánn würde es wagen, seinen Zorn zu riskieren.

Wie ironisch – in gewisser Weise hatte es Emma Uisdean zu verdanken, noch am Leben zu sein. Wäre er nicht als Erstes auf ihn zugekommen, um ihm den Mordauftrag zu erteilen, wäre Emma längst tot. Auf der anderen Seite war sie wegen Uisdean erst in diese Lage geraten. Ohne es zu ahnen, war Uisdean für die Entstehung einer der mächtigsten Waffen verantwortlich, die einen Fay vernichten konnte.

Als Siobhánn damals zum ersten Mal, nachdem ein Mensch von einer Seelie-Lady feengeküsst worden war, von der verheerenden Wirkung des Blutes erfahren hatte, ließ sie es mithilfe eines Hexers an eine Klinge binden.

Die Geburtsstunde von *EaglaBás*. Sie tötete ihren Gemahl, sorgte für die Ausrottung aller Hexen und Hexer und verhängte die Todesstrafe für jeden Fay, der einem Menschen den magischen Kuss zugestand. Anschließend sorgte sie dafür, dass sich niemand mehr an all das erinnern konnte. Nur Siobhánn und er kannten das Geheimnis um das Blut der Feengeküssten und dass es einer Hexe – ein magisches Wesen, das jedoch kein Fay war – bedurfte, um den Zauber auszuführen.

All das, weil der König sie betrogen und öffentlich gedemütigt hatte, indem er drei Söhne mit anderen Frauen gezeugt hatte. Das Prinzip der Rachsucht hatte Siobhánn perfektioniert, das musste er ihr lassen. Die Hölle kennt keine Wut wie die einer verschmähten Frau. An dem Spruch der Menschen war etwas dran.

Emma stellte eine einmalige Ausnahme dar – noch nie war es einem Menschen von selbst, ohne die Hilfe eines Fay, gelungen, die Faysucht zu besiegen.

Erst im feengeküssten Zustand wurden Menschen gefährlich, da die Magie in ihr Blut überging und sie zu einem Bindeglied zwischen der magischen und der sterblichen Welt machte. Daraus resultierte vermutlich ihre Immunität gegen jegliche Art von Magie. Aus diesem Grund drohte Siobhánn damit, jeden, der einem Menschen aus der Faysucht half, zu exekutieren, mitsamt dem feengeküssten Menschen.

Er sollte sich von Emma fernhalten. Wie lange lebten Menschen schon? Siebzig Jahre? Achtzig? Solange könnte er sie aus der Ferne beschützen, um das Abkommen mit dem Gefäß zu erfüllen. Die Zeit würde wie im Nu vergehen. Und danach könnte er sie vergessen.

Er vergrub die Nase in ihr Haar und sog tief den wunderbaren Duft ein. So sehr er es auch versuchte, er konnte sich von ihr nicht fernhalten. Er wollte sie für immer in den Armen halten. Oder wenigstens für siebzig bis achtzig Jahre.

Wäre die kurze Zeit des Glücks die anschließenden unsäglichen Schmerzen wert?

»Mmmmm«, brummte sie gegen seine Brust. »So ernst? Woran denkst du gerade?«

Als er nicht antwortete, hob sie den Kopf und beobachtete ihn aufmerksam. Verdammt, er hatte vergessen, dass er bei ihr achtsamer sein musste. Sie schien einen sechsten Sinn für feinste Gemütsschwankungen zu besitzen.

»Ich frage mich, wie sehr du mich wohl hassen wirst, sobald wir mit meinem Teil des Trainings beginnen«, antwortete er ausweichend. Keine Lüge. Dieser Gedanke verfolgte ihn tatsächlich unentwegt.

Offenbar kaufte sie ihm die Erklärung ab. Sie kuschelte sich wieder an ihn. »Schlimmer als Clíodhnas Tortur kann es kaum sein, oder?«

Dazu schwieg er lieber. Er wollte sich den Augenblick mit ihr nicht verderben.

Sie versteifte sich in seinen Armen. »Oder?«

»Es ist … anders«, erwiderte er schließlich. »Um gegen Fay zu bestehen, wird dir körperliche Kraft nichts nutzen. Das Training mit Clío zur Verbesserung deiner Kondition und Wendigkeit war wichtig, auch die Handhabung mit Waffen, doch das sind Dinge, die dir nur Zeit verschaffen, dich jedoch nicht retten werden, falls du angegriffen wirst. Meine Ausbildung wird dich dahingehend trainieren, in Stresssituationen ruhig zu bleiben und auf deinen Verstand zugreifen zu können. Ich habe viele fallen sehen, weil sie im Angesicht der Gefahr vor Furcht wie gelähmt waren. Panik ist dein Feind. List, Tücke und Hinterhältigkeit sind deine Verbündete.«

»Aha.« Sie entspannte sich wieder. »Ist das nicht unehrenhaft?«

»Vergiss die Ehre, Kleines. Komm lebend zurück. Darum geht es und um nichts anderes.«

In einem langen Seufzer stieß sie Atem aus. »Macht Sinn. Nessi meinte übrigens, als sie mich vor einigen Tagen besucht hat, dass ein Bündnis mit Krystal möglicherweise gar nicht so dumm wäre. Weil er einer der Prinzen ist und seine Magie noch hat und so.« Sie schaute auf. »Und weil er der Bruder meines Erzfeindes ist … da könnte es ziemlich sinnvoll sein, ihn auf unserer Seite zu haben, oder? Was meinst du?«

Unwillkürlich verspannten sich seine Muskeln. Was er dazu meinte, fragte sie mit diesen riesigen, unschuldigen grünen Augen. Er hatte ihr gegenüber kein Recht auf Besitzansprüche, er hatte sich gegen die Bindung entschieden. Sie war frei und konnte tun und lassen, was sie wollte und mit wem sie wollte.

Bevor er antwortete, atmete er tief durch, um die aufkeimende Wut in Schach zu halten. Als er sich sicher war, dass der Tonfall seiner

Stimme seine Gefühle nicht verraten würde, fragte er: »Ein Bündnis welcher Natur?«

»Keine Ahnung, so weit waren wir noch nicht«, antwortete sie im selben unbekümmerten Tonfall wie zuvor. Das hieß, sie merkte nichts von seinem Zorn und dass er bei der Vorstellung, sie ließe sich auf Krystal ein, die gesamte Einrichtung kurz und klein schlagen würde.

»Nessi meinte dazu nur, dass ich mir schon mal überlegen könnte, was ich zu tun bereit wäre. Bevor man sich auf solche Bündnisse einlässt, sollte man vorher für sich klare Grenzen definieren.«

»Die Währungen des Unseelie-Hofes sind Blut und Sex.« Er räusperte sich. Selbst er hatte herausgehört, dass seine Stimme rau und gepresst klang.

Sie erhob sich in eine sitzende Position und sah ihn an. »Und die des Seelie-Hofes?«

Er dachte kurz nach. »Sex. Blut seltener, doch manchmal auch das, wenn es sich um mächtiges Blut handelt.«

Sie durchbohrte ihn förmlich mit ihrem Blick. Eine Porzellanpuppe mit den Augen eines Falken. Seit Längerem schon hatte er es aufgegeben, das Phänomen Emma zu verstehen oder zu versuchen, ihre Gedanken vorherzusagen. Sie scherte sich nicht um die Gesetze der Natur. Allein ihr feengeküsster Zustand bewies das.

»Also?«, fragte sie schließlich. »Was meinst du dazu?«

Er hielt ihrem Blick stand, atmete tief durch und setzte eine nichtssagende Miene auf. »Ich halte ein Bündnis mit dem jungen Prinzen für sinnvoll …«

Erwartungsvoll betrachtete sie ihn. Nachdem er jedoch schwieg, sagte sie: »Das klingt ganz danach, als würde noch ein ›aber‹ folgen.«

»Aber wenn du mit ihm schläfst, reiße ich ihm jede einzelne Feder aus. Das könnte sich auf seine Stimmung möglicherweise negativ auswirken und jegliche diplomatischen Bemühungen zunichtemachen.«

Einen Moment lang sah sie ihn mit hochgezogenen Augenbrauen an und schien sich zu fragen, ob er das ernst meinte. Todernst, Kleines, todernst!

Schließlich blinzelte sie. »Ich will doch nicht mit ihm schlafen, du Honk!«

»Was ist ein Honk?«

»Das weiß ich selbst nicht so genau. Nichts Positives jedenfalls.« Sie schloss die Augen und schüttelte den Kopf, als versuchte sie ihre Gedanken zu ordnen. »Ich hatte mehr an einen Blutpakt gedacht.« Nun blickte sie wieder auf. »Aber das geht mir irgendwie zu sehr in die Richtung, einem Dämon die Seele zu verkaufen. Außerdem kenne ich mich mit diesen Dingen überhaupt nicht aus. Wie viel muss man abgeben? Den symbolischen Tropfen? Einen halben Liter? Einen ganzen? Ich habe keine Ahnung, deshalb wollte ich das vorher mit dir besprechen. Irgendwelche Ideen?«

Er durfte Emma nichts von der Macht ihres Blutes verraten, da er ansonsten sein Wort gegenüber der Königin brechen und Clíodhna dem endgültigen Tode durch *EaglaBás'* Klinge weihen würde. Doch vielleicht musste er das gar nicht, vielleicht gab es einen anderen Weg, ihr einen Hinweis zu geben. Hatte Krystal ihr nicht bei der Rückgabe des Herzens gesagt, dass der Tausch ihrer Herzen ihn umbringen würde? Der Prinz wusste irgendetwas. Zumindest schien er eine vage Ahnung zu haben, selbst wenn er es sich nicht erklären konnte, wie Krystal an diese Informationen gelangt war. Doch das spielte keine Rolle, solange der junge Prinz sie besaß und an Emma weitergab.

Emma verengte die Augen zu schmalen Schlitzen und beobachtete ihn misstrauisch. »Mir gefällt dein selbstgefälliger Gesichtsausdruck nicht. Was heckst du aus?«

Zufrieden lächelnd richtete er sich auf. »Weshalb bietest du dem Prinzen nicht einfach einen Blutpakt an und wartest ab, wie er auf das Angebot reagiert?«

»Ist das nicht etwas risikoreich? Ich meine, was, wenn ich mich auf irgendetwas einlasse, dessen Folgen ich nicht abschätzen kann?«

»Zunächst einmal ohne auf Details einzugehen. Achte einfach darauf, wie seine Reaktion ausfällt. Über alles andere kannst du dir später Sorgen machen und Lady Nessya und mich dazuholen, sollte der Prinz zustimmen und Einzelheiten besprechen wollen.« *Was Krystal ohnehin auf keinen Fall tun wird, falls er Bescheid weiß,* fügte er in Gedanken hinzu. »Aber tauscht auf keinen Fall Blut miteinander, solange wir nicht anwesend sind, in Ordnung?«

Falls der junge Prinz doch unwissender sein sollte als vermutet, wäre es höchst fahrlässig von Tadhg, Krystal dem Risiko der Sterblichkeit auszusetzen.

Emma wirkte noch immer nicht überzeugt, zuckte aber schließlich mit den Schultern.

»Wie du meinst«, sagte sie und gähnte herzhaft. »Ich sollte langsam ins Bett gehen. Ich habe so eine Ahnung, dass ich für dein Training besser fit sein sollte.«

»Das wäre ratsam«, erwiderte er.

Während er sie dabei beobachtete, wie sie in dem rosa Flauschungetüm um die Ecke zu ihrem Schlafzimmer abbog, legte er die Hände hinter den Kopf und streckte sich aus.

Falls alles nach Plan verlief, hätte er mehrere Fliegen mit einer Klappe geschlagen. Und das, ganz ohne sein Wort zu brechen.

33

Am nächsten Abend betrat Emma zum ersten Mal den rechten Flügel des Hauses – Tadhgs Schlafzimmer, in das man direkt gelangte, ohne vorher durch eine Tür treten zu müssen.

Sie versuchte sich einzureden, dass sie bis jetzt einfach nicht dazu gekommen war. Die Wahrheit war jedoch, dass sie sich wegen ihrer zwiespältigen Gefühle Tadhg gegenüber, dieser magischen Fay-Verbindung und diverser anderer Gründe nicht getraut hatte. Zum Beispiel wegen der Tatsache, dass sie allen Fay grundsätzlich misstraute. Doch jetzt empfand sie eine enge Verbundenheit zu ihm und wusste, dass sie sich auf ihn verlassen konnte. Himmel, er hatte es geschafft, dass sie sich wieder als vollständige Frau fühlte, die keine Angst mehr vor Intimität hatte. Durch ihn war es wieder ›okay‹, und dafür war sie ihm unendlich dankbar.

Aber gleich für immer und ewig? Konnten sie es nicht erst einmal langsam angehen lassen und dann schauen, was passierte? Nicht, dass sie es von vornherein ausschloss, für immer bei ihm zu bleiben, doch im Augenblick brauchte sie zumindest das Gefühl der Wahl. Der Freiheit. Es ging ihr einfach zu schnell. So weit war sie noch nicht.

Ganz abgesehen von der Tatsache, dass es sich um den über tausend Jahre alten Gott des Todes handelte. War es zu viel verlangt, ihn erst einmal etwas besser kennenlernen zu wollen? Weshalb konnte ihr der verdammte Síd keine kleinen Schritte zugestehen? Zumal Tadhg selbst auch keinen Bock auf diese hirnverbrannte ›Für-immer-Verbindung‹ hatte. Der Síd war echt ein Spielverderber.

Jetzt befand sie sich nur deshalb in seinem Schlafzimmer, damit sie Krystal mithilfe dieser Spiegel-Anruf-Magie rufen konnten. Nachdem

Tadhg den Spruch dreimal aufgesagt hatte, tat sich jedoch nichts. Die Oberfläche blieb klar.

»Was bedeutet das?«, fragte sie.

Er betrachtete die scheinbar vereiste Wasserschale, doch es war kein Eis, es handelte sich um Magie.

»Das bedeutet lediglich, dass er sich weder in seinem Schlafgemach noch in der Nähe einer anderen spiegelnden Fläche befindet. Wenn wir Glück haben, läuft oder fliegt er innerhalb der nächsten paar Sekunden an einem Teich oder Ähnlichem vorbei und hört den Ruf, aber die Wahrscheinlichkeit ist gering.«

Gemeinsam starrten sie auf die spiegelnde Oberfläche. Nachdem sich weiterhin nichts tat, rief Tadhg Clíodhna an, zu der eine Verbindung aufgebaut werden konnte.

»Mein Gebieter?«, erwiderte Clíodhna den Ruf gelangweilt, sobald ihr Gesicht in der Schale erschien wie vor einem Fenster.

»Störe ich? Soll ich es später noch einmal versuchen?«

Seufzend rollte Emma mit den Augen. Die beiden spielten mal wieder ihre Machtspielchen miteinander, das konnte sich ziehen. Suchend blickte sie sich um, fand aber nur das Bett, auf das sie sich setzen konnte. Vor dem Kamin lagen noch ein paar sehr gemütlich aussehende Felle, doch die Symbolik wäre ähnlich sexuell aufgeladen, wenn nicht sogar noch mehr. Daher beschloss sie stehen zu bleiben.

»Selbstverständlich stört Ihr nicht, mein Herr und Meister«, säuselte Clíodhna durch die spiegelnde Fläche. »Ihr ruft immer zum exakt passenden Zeitpunkt an. In der Tat würde ich mich zutiefst langweilen, riefet Ihr nicht regelmäßig nach mir.«

»Das freut mich ungemein zu hören, Clío, denn ich habe eine Aufgabe für dich.«

»Mein Herz springt vor Freude und meine Ohren warten mit gespannter Aufregung darauf, Euren Befehlen zu lauschen.«

»Liebe Güte«, murmelte Emma kopfschüttelnd vor sich hin.

Tadhg umfasste beide Seiten der Schale mit den Händen und beugte sich über die Oberfläche. Er schien ebenfalls etwas genervt zu sein.

»Kontaktiere Krystal und richte ihm aus, dass Emma ihn zu sprechen wünscht.«

»Emma? Wer oder was ist ein Emma?«

Diese garstige Banshee wusste natürlich verdammt genau, wer sie war, schließlich hatte Clíodhna es die letzten drei Wochen genossen, sie mit ihrem Training zu foltern.

»Clíodhna …«, warnte Tadhg leise.

»Ooooh …« Die Banshee klang, als wäre es ihr gerade wieder eingefallen. »Emma, jaja. Rote Haare, feengeküsst, bla, bla. Ich fürchte nur, dass ich dieses Mal deiner Aufforderung nicht werde nachkommen können. Der Mensch soll den Prinzen selbst kontaktieren.«

Das war der Moment, als Tadhg die Augen schloss, tief durchatmete und sich seine Arme anspannten. In seinem Kiefer zuckte ein Muskel und die Ader an seinem Hals pulsierte gefährlich.

»Meine Geduld kennt Grenzen, Clíodhna. Ich würde dir empfehlen, sie nicht auszureizen.«

Emma zog sich vorsichtig zurück und setzte sich doch auf die Bettkannte. Wenn er explodierte, wollte sie sich nicht in seiner unmittelbaren Nähe befinden. Der Satz ›Meine Geduld kennt Grenzen‹ kündigte einen Ausbruch für gewöhnlich recht zuverlässig an.

»Tadhg«, erwiderte Clíodhna mit fester Stimme. »Ich bitte dich inständig, mich nicht zu Krystal zu schicken. Seine Magie ist grausam und ich kann mich nicht vor ihm verteidigen.«

Dann war die Banshee ebenfalls schon in den Genuss gekommen, von Krystal mit ihren tiefsten Ängsten tyrannisiert zu werden. Fast tat Clíodhna ihr leid. Fast.

Tadhg entspannte sich wieder. »Weshalb bittest du nicht Nassaïr darum, seinem Bruder aufzutragen, sich zu benehmen?«

»Nassaïr und ich treffen uns nicht mehr, seitdem ich ihm mitgeteilt habe, dass sich die Banshees seiner Revolution nicht anschließen werden.« Ihr Tonfall klang bedauernd, jedoch nicht, als wäre Herzschmerz der Grund.

»Was du nicht sagst«, erwiderte Tadhg.

»Wenn du mir die Bemerkung gestattest, ich halte es weiterhin für unklug, alles auf den Pakt mit dem Gefäß zu setzen und …«

»Ich gestatte dir die Bemerkung nicht.«

»Tadhg. Sei vernünftig.«

»Kontaktiere Krystal und richte ihm aus, dass Emma ihn zu sprechen wünscht. Sofort.« Dann beendete er den Kontakt zu Clíodhna und wandte sich ihr zu. »Bist du so weit?«

Nickend stand sie auf und hakte sich bei ihm unter, als er ihr den Arm darbot. Inzwischen hatte sie sich an diese altmodischen Anwandlungen gewöhnt und hinterfragte sie nicht mehr.

»Was erwartet mich bei deinem Training?«, fragte sie, während sie gemeinsam durch den Flur zur anderen Seite des Hauses gingen.

»Den Raum haben seinerzeit die Alben errichtet, als sie ihre Magie noch besaßen. Glücklicherweise wusste Siobhánn nichts von der Existenz des Zimmers.«

»Sagtest du gerade ›Alben‹?«

»Ja. Von ihnen stammt übrigens euer Begriff ›Albtraum‹ ab.«

Sie blieb stehen. »Bedeutet es das, von dem ich denke, dass es das bedeutet?«

»Du hast sicher von den Legenden gehört, in denen sich kleine, garstige Feenwesen schlafenden Menschen auf die Brust setzen und ihnen Albträume einflößen?«

»Hmm-mm«, erwiderte sie.

Darauf nickte er nur bestätigend.

»Sind sie Seelie?«

»Sie sind klein, niederträchtig und in den Augen der Menschen äußerst hässlich. Was denkst du denn?«

»Das heißt, wenn sie zu den Unseelie gehören, wurde auch ihnen die Magie geraubt, oder?«

»Selbstverständlich.«

»Aber … es gibt doch immer noch Albträume?«

Er winkte ab. »Sicher, das übliche Zeug, das Menschen vor sich hin träumen. Es ist weniger intensiv als ein von einem Albtraum eingepflanzter Traum, nicht so real. Echte Albträume können mitunter recht furchtbar sein. Oft ist man den Rest des Tages zu nichts mehr zu gebrauchen oder erleidet einen irreparablen psychischen Schaden. So ist das bei der abgeschwächten Variante der Menschen nicht.«

Gemeinsam setzten sie ihren Weg wieder fort.

»Was mein Zimmer betrifft: Die Alben haben auch nach der großen Schlacht dicht gehalten, sodass die Magie bestehen bleiben konnte.

Inzwischen haben sie ebenfalls vergessen, dass es diesen Raum gibt. Wie alles andere, das sich vor der Schlacht ereignet hat.« Als sie vor der Tür des Zimmers standen, blieb er stehen. »Über die Jahrhunderte hinweg habe ich mein Domizil verändert, renoviert und dem Zeitgeist angepasst, doch das Zimmer ist unverändert geblieben. Ich habe mein Haus praktisch um dieses Zimmer herum immer wieder neu errichten lassen.«

Sie schaute auf die modern aussehende Tür. »Und was erwartet mich da drin?«

Er zog seinen Arm unter ihrer Hand zurück und verschränkte ihn in einer formellen Geste hinter dem Rücken. »Du wirst lernen müssen, in Extremsituationen die Ruhe zu bewahren. Es gibt zwei Möglichkeiten, diesen Raum wieder zu verlassen. Erstens: Du besiegst die Furcht und findest von allein einen Ausweg.«

Sie wartete auf mehr, doch er sah sie nur mit zusammengepressten Lippen an. »Und zweitens?«, fragte sie nach einem Moment.

Sein Blick senkte sich zu Boden. »Du wirst besiegt. Das bedeutet, du stirbst, doch da man im Traum nicht sterben kann, erwachst du wieder. Ich werde auf dich warten.«

Sie schluckte schwer. Sein Gesichtsausdruck gefiel ihr nicht. Er schien genau zu wissen, was sie dort drin erwartete, und seinem Blick nach zu urteilen, nichts Angenehmes. Räuspernd wischte sie sich die feuchten Handflächen an der Jeans ab. Ihr Mund fühlte sich trocken an und ihr Herz raste wie wild in ihrer Brust. Sie hatte den verdammten Raum noch nicht einmal betreten und bereits eine Scheißangst.

»Was muss ich tun, wenn ich drin bin?«

Er lächelte, doch das Lächeln erreichte seine Augen nicht. »Schlafen. Ich werde auf dich warten«, wiederholte er. »Viel Erfolg, Emma und … verzage nicht. Das erste Mal ist immer am schwierigsten.«

Mit diesen unglaublich ermutigenden Worten öffnete er die Tür und wies sie an einzutreten. Zögerlich setzte sie ihren Fuß über die Schwelle.

Es war, als würde man durch ein Zeitportal in die Vergangenheit treten. Die Wände des Zimmers waren unverputzt und bestanden aus groben, grauen Steinen, ebenso der Boden. Durch ein kleines vergittertes Fenster drang gerade genügend Licht, damit sie sich nicht vollkommen blind vorwärtstasten musste. Allmählich konnte sie Schemen ausmachen.

Sobald sich ihre Augen der Dunkelheit anpassten, erkannte sie einen Hocker, der an der Wand stand. Mehr nicht. Der kleine Raum erinnerte sie an ein Verlies in mittelalterlichen Burgen. Kein Wunder, dass man hier drin Albträume bekam. Nicht einmal zwei Sekunden hier drin und schon bekam sie Beklemmungen und spürte Panik in sich aufsteigen.

Das konnte Tadhg vergessen. Sie würde ihm sagen, dass sie die Kontrolle ihrer Furcht irgendwie anders trainieren würde. Mit Krystal zum Beispiel. Der konnte sie schließlich auch mit ihren Ängsten konfrontieren.

Vorsichtig klopfte sie gegen das schwere Holz.

»Tadhg?« Ihr Herz hämmerte wild gegen ihre Rippen. Schon früher hatte sie enge Räume, wie Fahrstühle oder kleine Zimmer, nicht gemocht. Seit ihrer Entführung in den Síd kam sie mit der Vorstellung, irgendwo gefangen zu sein, aber überhaupt nicht mehr klar. Als keine Antwort kam, legte sie ihre schweißnasse Hand auf den Riegel und drückte ihn herunter. Die Tür öffnete sich einen Spalt. Erleichtert atmet sie durch. Er hatte sie nicht eingesperrt.

»Tadhg? Todesgottheit?«, fragte sie und spähte hinaus. Doch sie konnte ihn nirgends erblicken. Vielleicht drehte er im Pool wieder seine Runden.

Sollte sie sich die Blöße geben und zugeben, dass sie aufgegeben hatte? Zu fallen stellte keine Schande dar, hatte er ihr versichert, solange man wieder aufstand und es immer weiter versuchte. Bis zum letzten Atemzug, wenn nötig. Doch sobald man aufgab, hatte man versagt. Sie wandte sich um und blickte wieder in dieses kleine Verlies.

»Ach, verflucht«, murmelte sie, trat in den Flur und schloss die Tür hinter sich. Als sie durch den Gang in Richtung Wohnzimmer ging, hörte sie hinter sich ein Knarzen der Holzdielen.

Sie drehte sich nach dem Geräusch um. »Tadhg?«

Doch der Flur hinter ihr war leer.

Schulterzuckend setzte sie ihren Weg fort, als wieder ein Knarzen erklang.

Mit rasendem Herzen fuhr sie herum. »Wer ist da?«

Zwei Leute kicherten. Ein Mann und eine Frau. Es klang weit entfernt und schlecht ortbar, wie ein Echo. Doch sie sah noch immer niemanden. Der Flur war definitiv leer.

Oder?

Dann änderte sich die Umgebung. Wie das Trugbild eines Fay, das sie nur dann sah, wenn sie sich konzentrierte. Jetzt brauchte sie keine Konzentration. Das Haus veränderte sich von ganz alleine.

Neben ihr formte sich ein altes, schäbiges Stoffsofa. Der rote Samt war an den Armlehnen und den Sitzflächen zerfranst und abgewetzt. Genau vor ihr bildete sich Stufe für Stufe eine riesige Wendeltreppe, die zu einem weiteren Zimmer im ersten Stock zu führen schien. Aus dem modernen Haus wurde nach und nach eine verwahrloste Ruine im Jugendstil, mit hohen Decken, abblätternder Tapete und durchgelaufenen Stufen. Das Holz des Geländers war von den unzähligen Händen, die über Jahre oder sogar Jahrzehnte drübergefahren waren, abgewetzt und dunkel verfärbt.

Wieder das Kichern. Es klang näher und irgendwie klarer. Oben auf dem Flur neben der Zimmertür stand ein fein gekleideter Mann, der sich am Geländer abstützte und zu ihr heruntersah. Erst dann bemerkte sie den Strick, der an dem einen Ende am Geländer festgeknotet war und am anderen Ende als Schlaufe um seinen Hals lag. Er trat auf das Geländer und sprang.

Emma hörte sein Genick knacken. Bewegungslos baumelte er in der Luft hin und her.

Sie hielt sich die Hand vor den Mund, um nicht vor Entsetzen laut zu schreien. Das glockenklare Lachen der Frau lenkte ihre Aufmerksamkeit zu ihr.

Sie trug ein biederes, schwarzes, hochgeschlossenes Kleid mit aufgebauschten Puffärmeln im Stil des 19. Jahrhunderts. Ihre roten Locken waren dazu passend streng aus dem Gesicht frisiert und am Hinterkopf zusammengesteckt. Sie sah aus wie eine altmodische Version ihrer selbst. Die Frau hielt ihr mit den Handflächen nach oben gerichtet ihre Arme entgegen und zeigte ihr die aufgeschlitzten Handgelenke.

Emma rannte auf die Tür zu, die aus dem Zimmer führte. Sie rüttelte am Knauf, doch die Tür schien verschlossen zu sein. Hinter ihr spürte sie, dass die beiden Gestalten näher kamen.

Schreiend rüttelte sie mit aller Kraft, schlug gegen das alte Holz und rief um Hilfe, als auf einmal kalte Hände nach ihr griffen und sie festhielten. Kreischend versucht sie, sich zu wehren. Jemand packte sie am Kiefer und bog ihren Hals zurück. Dann spürte sie eine harte Klinge an ihrer Kehle. Das Messer biss in ihren Hals, schnitt durch ihre Haut. Ihre Schreie wurden zu einem nassen Gurgeln.

Dunkelheit legte sich über ihre Sicht.

Keuchend schlug sie die Augen auf. Dunkelheit um sie herum. Sie spürte Hände, die ihre Arme umschlossen. Panisch trat sie um sich und schrie wie am Spieß.

»Emma«, hörte sie eine vertraute Stimme sagen. »Emma, es ist vorbei.«

Tadhg hielt sie fest, sie blickte auf und erkannte in der Dunkelheit schemenhaft seine Gestalt. Der Boden unter ihren Händen fühlte sich weich an. Sie rang nach Luft, schien jedoch kaum atmen zu können.

Wenn sie noch eine Sekunde länger hierblieb, würde sie ersticken. Hastig rappelte sie sich auf und stürzte aus dem kleinen Zimmer. Gleißendes Licht nahm ihr die Sicht. Nach und nach erkannte sie, dass das Licht nicht gleißend, sondern normal hell war und wo sie sich befand. Im Flur, der zu ihrem Schlafzimmer führte. Tadhgs Haus.

Sie war nie fortgewesen. Tadhg tauchte neben ihr auf, nachdem er die Tür zum Albtraumzimmer geschlossen hatte, berührte sie jedoch nicht.

»Du hast es überstanden. Komm, ich mache dir etwas zu essen.«

Es war vorbei. Es war nur ein Albtraum gewesen. Zittrig folgte sie ihm in die Küche und setzte sich an den Esstisch. Ihre Mutter stand weiter hinten am Herd und kochte, während sie im Hochstuhl saß und ihre Beine baumeln ließ. Sie war drei Jahre alt und unter dem Tisch befand sich ein Rudel Wölfe. Mäuler mit scharfen Zähnen schnappten nach ihren Beinen. Doch sie war zu klein, um sich aus dem Stuhl zu befreien, ihre Eltern zu weit weg, um ihr zu helfen. Sie hatte Angst. Eine panische Angst. Und war doch so hilflos.

Einer der Wölfe biss ihr ins Bein. Panik erfüllte sie. Die Wölfe rissen sie zu Boden. Sie weinte. Zähne sanken in ihr Fleisch. Sie fraßen sie bei lebendigem Leib auf. Sie schrie. Doch niemand half. Man hatte sie vergessen und allein gelassen.

Schweißgebadet erwachte sie. Hastig tastete sie ihren Körper ab. Doch es war nur ein Traum. Nur ein Traum.

»Verdammt!«, fluchte sie atemlos. Mit wackeligen Knien stand sie auf, ging zur Tür und trat in den Flur hinaus. Doch statt des Flures schien sie sich plötzlich in einem Keller zu befinden. Ein Fenster, das unterhalb der Decke eingelassen war, lag ebenerdig zur Straße. Genau vor ihren Augen traf ein Mensch mit voller Wucht auf den Asphalt auf, als wäre er aus großer Höhe gefallen. Blut spritzte durch den Aufprall gegen die Scheibe. Sie erkannte, dass die Tote ihr verdammt ähnlich sah.

Nein. Sie sah ihr nicht nur ähnlich. Das war *sie.*

Dunkelheit.

Zwei warme Hände umschlossen ihre Arme. Panisch trat sie um sich und versuchte sich aus dem Griff zu befreien.

»Emma.« Tadhgs Stimme. »Emma, es ist vorbei.«

»Nein!«, kreischte sie. Das hatte sie schon einmal durchgemacht. Sie war in diesem Horror gefangen wie in einer Endlosschleife.

Obwohl sie um sich schlug, schaffte er es, sie sich über seine Schulter zu werfen und aus dem Zimmer zu tragen. Im Flur setzte er sie auf den Boden ab und schloss die Tür zum Albtraumzimmer. Sie blieb dort stehen, beugte sich vornüber und stützte die Hände auf die Knie, während sie schwer atmete.

»Emma ...«

»Sprich mich nicht an«, zischte sie. Sie konnte sich nicht erklären, wie oder warum, doch sie *wusste,* dass es sich jetzt um die Realität handelte. Der Unterschied zu den Träumen war zu eindeutig.

In den Träumen hatte sie die Realität nicht hinterfragt. Sie hatte einfach akzeptiert, dass alles wahr war.

Wie das funktionierte, weshalb man im Traum den Unterschied nicht wahrnehmen konnte, in der Wirklichkeit aber schon, konnte sie sich nicht erklären. Sie wusste nur, dass es so war.

Ihre Wangen brannten noch von den salzigen Tränen, die inzwischen getrocknet waren. Als die Symptome der Angst allmählich abflauten, richtete sie sich wieder auf.

»Realitätsverlust? Meinen eigenen Tod? Immer und immer wieder?«, fauchte sie ihn an. »Ernsthaft?«

»Emma, ich weiß nicht, was du geträumt hast. Das Zimmer erweckt Ängste, die sich in deinem Unterbewusstsein befinden.«

Er streckte die Hand nach ihr aus, doch als sie zurückzuckte, ließ er sie wieder sinken.

»Wie konntest du mir das antun?«, schrie sie ihn an und drehte sich um, bevor er antworten konnte. Sie musste hier dringend raus. Die Angst steckte ihr noch tief in den Knochen.

Sie wusste nicht, wie viel Zeit sie draußen vor dem Haus verbrachte und in die Ferne schaute, als Tadhg sich zu ihr gesellte. Doch auf jeden Fall genug, um sich wieder zu fassen und alles rationaler betrachten zu können.

Die Sonne ging unter, der Anblick beruhigte sie. »Nur ein Traum, hm?«, fragte sie, nachdem er sich schweigend neben sie gesetzt hatte.

»Albträume«, erwiderte er.

Sie sah ihn von der Seite an. Wie immer ließ sein perfektes Profil sie unwillkürlich nach Luft schnappen und ihr Herz schneller schlagen.

»Wie habe ich mich gemacht?«

Weiter nach vorne sehend, faltete er die Hände über dem Schoß zusammen. »Die Länge des Traumes gibt einen Hinweis darauf, wie gut man seinen Verstand unter Kontrolle hat«, erwiderte er ausweichend. »Je länger man in seiner Traumwelt bleibt, desto mehr lenkt der Verstand das Geschehen, statt das Unterbewusstsein.«

»Und wie lange hat mein Traum gedauert?«

Nun sah er sie an. »Zwei Minuten.«

»*Zwei Minuten?*« Sie sprang auf. »Es hat sich wie Stunden angefühlt.«

»Für das erste Mal sind zwei Minuten sehr gut, Emma«, erwiderte er ungerührt und sah zu ihr auf. »Du kannst durchaus stolz sein, doch natürlich es gibt es noch Luft nach oben. Wenn du zurückdenkst, gab es Momente, die du hättest besser machen können, bevor du besiegt wurdest?«

Kurz dachte sie über die Frage nach, als ihr auffiel, dass sie sehr oft viel früher die Manipulationen hätte durchschauen müssen. Während der ersten Sequenz hatte sie Dielen knarzen gehört. Doch die Böden in Tadhgs Haus waren durchgehend alle gefliest. In der zweiten Sequenz war sie zu einem kleinen Kind geworden. Statt diese Tatsache einfach so anzunehmen, hätte sie das stutzig machen müssen und in der dritten war sie aus dem Raum direkt in einem Keller gelandet.

Auch das war völliger Quatsch. Wäre sie bei klarem Verstand gewesen, hätte sie das erkannt. Und … und … und …

Seufzend setzte sie sich wieder. »Ich glaube, ich verstehe, worauf du hinauswillst. Darf ich eigentlich wenigstens für Weihnachten den Síd kurz verlassen? Meine Familie wundert sich sowieso schon, weshalb ich wieder untergetaucht bin, meine Eltern machen sich Sorgen. Nessi hat ihnen zwar mal wieder eine plausible Geschichte aufgetischt, aber zu Weihnachten sollte ich schon kurz zurück.«

»Du kennst die Abmachung. Wenn du es bis dahin schaffst, mir eine für Menschen tödliche Wunde zuzufügen oder zumindest deine Panik in dem Albtraumzimmer überwindest, darfst du zurück. Mir geht es lediglich darum, dass du lernst, List und Tücke im Kampf anzuwenden. Mehr verlange ich nicht.«

»Na, wenn es weiter nichts ist …«, erwiderte sie ironisch.

Wenn das mal keine Motivation war.

34

Gegen die Erfahrungen, die sie im Albtraumzimmer machte, kamen ihr Clíodhnas Trainingssessions mittlerweile wie ein gemütlicher Spaziergang durch den Wald vor. Na ja, nicht ganz, aber jetzt freute sie sich regelrecht auf die Tage und Nächte mit der Banshee, weil das hieß, dass sie in der Zeit nicht ins Verlies musste. So nannte sie das Zimmer: das Verlies.

Nachdem sie den Rest der Nacht Dolchwerfen geübt hatte – inzwischen war sie richtig treffsicher –, duschte sie in den frühen Morgenstunden ausgiebig und begab sich anschließend ziemlich erschlagen in ihr Schlafzimmer. Ihr Rhythmus hatte sich schneller als gedacht an den der Fay angepasst, aber vielleicht lag das daran, weil es sich nicht um einen Unterschied zwischen Tag und Nacht handelte, sondern sich die Stunden bloß etwas verschoben. Von Abenddämmerung zur Morgendämmerung. Geschlafen wurde in den Mittags- bis in die frühen Abendstunden hinein. Bis Mittag wären es noch ein paar Stunden und sie könnte etwas lesen, einen Tagebucheintrag machen oder – sie konnte es kaum fassen – entspannen. Dazu hatte sie seit Langem schon keine Gelegenheit mehr gehabt.

Nachdem sie die Tür zu ihrem Zimmer geöffnet hatte, blieb sie wie versteinert auf der Schwelle stehen. Im ersten Moment sah sie nur weiße, goldgeränderte Flügel, die sich über ihrem Bett drapierten. Dann erst entdeckte sie den Rest von Krystal, der in der Masse seiner eigenen Federn fast unterzugehen schien. Sobald sie ihn jedoch wahrnahm, sah sie mehr von ihm, als ihr lieb war. Ein Bein hatte er angewinkelt, das andere war lang ausgestreckt, sodass nichts die freie Sicht auf sein Gemächt verdeckte. Krystal lag dort, als wäre es das Normalste der Welt. Sie versuchte seine Nacktheit zu ignorieren, doch ihr Blick war bereits kurz zu der gewissen Stelle gewandert. Bei der Größe war es auch kaum zu übersehen.

Als sie kurz zur Glasfront schaute, erkannte sie, wie er hereingekommen war. Eine Hälfte konnte zum Lüften des Zimmers wie eine Schiebetür zur Seite geschoben werden. Irgendwie musste er dahintergekommen sein, wie sich der Mechanismus von außen bedienen ließ. Tadhg würde darüber sicher begeistert sein.

Ich grüße dich, meine Mohnblume, wehte seine geisterhafte Stimme durch ihren Kopf. *Die Königin der Todesboten sagte, du wolltest mich sprechen?*

Mit verschränkten Armen lehnte sie sich in den Rahmen. »Ja, aber ich kann mich nicht daran erinnern, dass ich um einen nackten Prinzen gebeten hätte.«

Gefalle ich dir?, fragte er neckisch. *Ich nahm an, du würdest möglicherweise gerne alles sehen, bevor du eine endgültige Entscheidung triffst.*

»Krystal …«, begann sie, trat ins Zimmer und schloss die Tür hinter sich.

Tadhg würde durchdrehen, wenn er erführe, dass der Prinz in sein Haus eingebrochen war. Und sollte er je herausfinden, dass er nackt auf ihrem Bett lag, würde er ihm das Genick brechen oder die Federn ausreißen. Oder etwas ganz anderes abreißen.

»Es kommt doch nicht nur darauf an, wie ein Mann gebaut ist, ob man mit ihm schlafen möchte oder nicht. Andere Kriterien spielen ebenfalls eine Rolle.«

Das ist mir selbstverständlich bewusst.

Erleichtert nickte sie. Dann schienen sie doch auf einer Wellenlänge zu sein.

Fertigkeiten und Geschick sind von größter Bedeutung, doch ich kann dir versichern, dass ich auch die bestens beherrsche.

Also doch nicht die gleiche Wellenlänge. In Gedanken schlug sie sich die flache Hand gegen die Stirn. Auf jeden Fall schien der Junge über ein gesundes Selbstbewusstsein zu verfügen.

Laut sagte sie: »Das war eigentlich nicht das, was ich meinte.«

In einer geschmeidigen Bewegung erhob er sich und stellte sich hoch erhobenen Hauptes vor sie. Die Flügel waren nicht zu ihrer gesamten Spannweite ausgebreitet, da er ansonsten diverse Dinge umgeworfen hätte, dennoch schaffte er es, sie ein wenig zu präsentieren. Er war wie ein Triathlon-Sportler gebaut und sah in seiner Gesamtheit wie eine Figur aus einem Air-Brush-Fantasy-Graphic-Novel aus.

Bevor sie es verhindern konnte, streckte sie die Hand aus und fuhr mit den Fingern über den äußeren Rand der Flügel, strich über die weichen weißen Federn. Es machte ein raschelndes, trockenes Geräusch. Als würde man mit den Fingern durch die mit Seide überzogenen Blätter eines Buches fahren.

Fast rechnete sie damit, dass ein dünner goldener Glitzerfilm auf ihren Fingern zurückblieb, so fein wirkte die Musterung. Doch nichts staubte auf ihre Finger ab. Irgendwie störte sie seine Nacktheit nicht, sie wirkte weder bedrohlich noch anzüglich. Zumal er nicht einmal erregt war. Bei Krystal wirkte es natürlich, wie bei einem naturverbundenen Öko, der sich nur von Bioprodukten ernährte. Wobei ihr der Vergleich zugegebenermaßen recht gewagt erschien.

Krystal lächelte, wodurch seine stolze Fassade ein wenig bröckelte und etwas Echtes durchschimmerte.

Ich habe dir ein Geschenk mitgebracht, wehten seine Worte durch ihren Kopf. Erst jetzt bemerkte sie den kleinen Samtbeutel in seinen Händen. Skeptisch trat sie wieder einen Schritt zurück. Für ein Herz war es zu klein, doch Augen oder andere abgeschnittene Körperteile hätten darin genug Platz. Eine schnelle Musterung seiner Erscheinung verriet aber, dass Krystal vollständig zu sein schien.

»Erstens: Bitte bedecke dich zuerst. Zweitens: Was ist es denn?«

Er hielt es ihr entgegen. *Öffne es, mein Morgenstern, und finde es heraus.*

»Habe ich schon mal erwähnt, dass ich Überraschungen seit Neuestem hasse?«, murmelte sie leise in sich hinein.

Zögerlich nahm sie den Beutel entgegen, während er sich eines der Laken um die Hüften wickelte. Der Beutel fühlte sich trocken und warm an. Ein gutes Zeichen so weit. Sie ging damit zum Bett, setzte sich auf die Kante und öffnete ihn. Den Inhalt ließ sie auf die Decken fallen.

Gleißendes Licht, als wäre ein Stern vom Himmel direkt in ihr Zimmer gefallen, erhellte den Raum. Automatisch hob sie den Arm und schloss die Augen, da sich das Licht ansonsten womöglich durch ihre Netzhaut gebrannt hätte.

Bevor sie ihre Augen abgeschirmt hatte, hatte sich Krystal hinter seinen Flügeln ebenfalls vor dem hellen Schein geschützt. Offenbar glomm dieses Ding nur im ersten Augenblick so stark. Sobald die Helligkeit nachließ und sie davon überzeugt war, dass es ungefährlich war, nahm sie den Arm wieder herunter und öffnete die Augen. Auf ihrem Bett lag etwas, das wie ein heller pulsierender Funke aussah, der in einem kleinen, runden Käfig schwebte. Als wäre die Sonne auf die Größe einer Murmel geschrumpft, jedoch ohne ihre Leuchtkraft zu verlieren.

Der Käfig hing an einer silbernen Kette. Vorsichtig berührte sie das Gitter, doch statt wie erwartet brennend heiß zu sein, fühlte es sich normal an. An der Kette hob sie den gefangenen Funken hoch und vermochte kaum ihren Blick davon abzuwenden. Je nachdem, von welcher Seite sie draufschaute, schimmerte er in den verschiedenen Farben des Spektrums. Wie ein geschliffener, lupenreiner Diamant im Licht.

»Ist die Kette aus Silber?«, fragte sie. Ihre Stimme klang merkwürdig hohl. Sie war wie hypnotisiert von dem Objekt, doch nicht auf schlechte Weise. Vielmehr ging von dem Funken eine starke Anziehung aus, er sang zu ihr in der schönsten Melodie, die sie je vernommen hatte und die nur für ihre Ohren bestimmt zu sein schien. Um ihr Herz herum breitete sich das warme Gefühl von Glück aus.

Glücklich sein … so lange schon war sie das nicht mehr gewesen, dass sie bereits vergessen hatte, wie es sich anfühlte. Jetzt wurde sie von der Empfindung überwältigt und konnte die Tränen nicht zurückhalten. Ungeniert weinte sie. Vor Freude, vor Glück und weil sie gerade mit all dem überfordert war.

Ich dachte, du würdest dich über das Geschenk freuen, durchbrach Krystal in Gedanken ihre Benommenheit. Seine telepathische Stimme klang geknickt.

»Oh, ich freue mich«, erwiderte sie und sah zu ihm hoch. »Ich habe zwar keine Ahnung, was das ist, aber ich freue mich mehr, als du dir vorstellen kannst.« Tränen liefen über ihre Wangen. »Und dabei weiß ich nicht einmal, weshalb.«

Auf seinem Gesicht erschien wieder dieses jungenhafte Lächeln. *Ich habe es meinem Bruder stibitzt, als er es kurz abgelegt hat,* erwiderte er stolz.

Schockiert ließ sie das wunderschöne Schmuckstück fallen. »Das gehört Uisdean?«

Es landete auf den weichen Decken und trotz des Wissens, das es von Uisdean war, ging noch immer ein Sog von dem Funken aus. Wie konnte dieses Monster nur etwas so Schönes besitzen? Krystal setzte sich neben sie. Der Funke leuchtete zwischen ihnen wie eine Barriere aus Licht.

Es ist deine Lebensfreude. Er hat sie sich nur von dir geliehen. Das macht er ständig, sich die Lebensfreude von anderen leihen. Seine Miene wirkte neutral, unschuldig. *Meist sterben die Besitzer und er kann sie zu seiner freien Verfügung benutzen. Doch du lebst, daher dachte ich, du würdest dich darüber freuen.*

»Meine Lebensfreude?« Während sie Krystal anblickte, schwebte ihre Hand wie von selbst über dem Funken. Er strahlte warm ab, nicht heiß, sondern angenehm warm. Dann fiel sie ihm ohne Vorwarnung um den Hals. »Danke.«

Krystal zuckte zusammen, doch er legte seine Arme auch um sie. *Das* fühlt sich sehr schön an. *Hmmm, und gut riechen tust du auch.*

Sie löste sich wieder von ihm. »Du wirst nicht oft umarmt, oder?«

Lächelnd schüttelte er den Kopf.

Als sie die Kette wieder aufhob und sie sich über den Kopf um ihren Hals legte – lang genug dafür war sie –, betrachtete sie den im Käfig gefangenen Funken. »Und wie bekommen wir ihn da jetzt wieder raus?«

Er zuckte mit den Schultern. *Es ist die Magie meines Bruders, nicht meine.*

»Können wir nicht einfach das Silber aufbiegen?«

Das ist Nupuritum aus den vergessenen Bergen. Leichter als Flaum, doch robuster als, er dachte kurz nach, *ein Twilight-Vampir.*

Trotz der schlechten Neuigkeit musste sie bei dem Vergleich lachen. »Du meinst damit also, dass es sich um ein sehr hartes Material handelt?«

Unzerstörbar.

Sie seufzte. »Ich weiß gar nicht, wie ich dir dafür danken soll.«

Er strahlte. *Mir würde etwas einfallen …*

»Schieß los. Solange es kein Sex ist.«

Er sah sie mit diesen eisblauen Augen an und blinzelte. Die geschlitzten Pupillen passten sich bei jedem Wimpernschlag den Lichtverhältnissen neu an.

Das war das Einzige, das mir eingefallen war.

In dem Moment fiel ihr der Grund ein, weshalb sie ihn überhaupt hatte sprechen wollen.

»Wie wäre es mit«, wie drückte man das nur aus, ohne dass es völlig freaky klang? »… einer Art Blutsbündnis zwischen uns?«

Auf einmal wirkte er wie versteinert und starrte sie wortlos an. Gerade als sie sich fragte, ob sie sich den Ultra-Fehltritt geleistet hatte, wurde ihr klar, dass er sich gedanklich wohl mal wieder woanders befand.

Jeden Tag begrüßen mich die Stimmen, sagte er schließlich. *Sie sagen: Guten Abend, Krystal, wie geht es Euch zu dieser Dämmerungsstunde? Und ich sage: Guten Abend, Stimmen, ich fühle mich gut heute. Jetzt sagen die Stimmen: Guten Morgen, Krystal, was hast du getan, dass die Feengeküsste dich umbringen will? Und ich sage: Ich weiß es nicht. Was könnte ich getan haben, dass du mich umbringen möchtest?*

Als er sie nach seinem kurzen Monolog wieder wortlos anstarrte, begriff sie, dass die Frage direkt an sie gerichtet war.

Sie schüttelte überrascht den Kopf. »Ich … ich will dich doch nicht umbringen, ich habe nur ein Bündnis zwischen uns vorgeschlagen. Ein – keine Ahnung – ein Blutsbündnis oder wie auch immer man es nennt. Krystal, ich kenne mich mit diesen Dingen nicht aus. Ich habe nur gehört, dass Blut die Währung des Unseelie-Hofes ist.« Sie zuckte hilflos mit den Schultern. »Deshalb.«

Das erleichtert mich ungemein zu hören. Ich bin mir nicht sicher, ob ich die neue oder die alte Emma bevorzuge. Beide Versionen haben Vor- und Nachteile. Er lächelte. Und wieder einmal hatte sie keinen Plan, was er damit meinte.

»Du kennst die alte Emma doch überhaupt nicht.«

Du bist die alte Emma.

Jetzt lächelte sie. »Nein, ich bin die neue.«

Die neue Emma ist meine Schwester.

Hieß das, er hatte vor, auf den Blutpakt einzugehen? »Meinst du damit deine Blutsschwester?«

Nein, damit meine ich meine magische Schwester. Blut ist wertvoll. Mächtiges Blut ist sehr teuer. Dein Blut, meine Mohnblume, ist unbezahlbar. Doch für körperliche Zuneigung wäre ich bereit, ein Bündnis mit dir zu schließen. Wenigstens einen Kuss.

»Einen Kuss?«, fragte sie gespielt vorwurfsvoll. »Netter Versuch, ich würde vorher aber gerne erst den genauen Ort klären, an dem du geküsst werden möchtest, bevor ich zustimme.«

Dieses Mal lächelte er nicht, sein Blick wirkte eher traurig und … etwas verzweifelt. Offenbar scherzte er nicht, es schien ihm ernst zu sein.

Wenn er keine Revolution haben kann, wird er sich mit Rache begnügen.

Bei diesen seltsamen, scheinbar aus der Luft gegriffenen Worten lief es ihr eiskalt den Rücken herunter. Eine böse Vorahnung machte sich in ihr breit. Was redete er nur immer für ein wirres Zeug?

»Krystal …« Sie schüttelte den Kopf. »Magische Schwester. Revolution. Wer ist *er?* Ich verstehe nicht, wovon du da redest.«

Ich bin verrückt, verstehst du?, erwiderte er. *Alle sagen es, du brauchst nur zu fragen, und sie werden dir sagen: Krystal? Der ist verrückt. Hör ihm zu, wenn er redet, doch renne fort, wenn er handelt. Küss mich und unser Bündnis ist besiegelt.*

Statt zu versuchen, zu verstehen, wovon er sprach, konzentrierte sie sich erst einmal auf das Wesentliche.

»Das ist alles? Nur ein Kuss auf die Lippen und du schwörst mir bedingungslose Loyalität und Treue?«

Sie drückte es absichtlich so aus. Nessi hatte gesagt, man müsse die Konditionen klar definieren. Bedingungslose Loyalität und Treue klangen für den Anfang schon mal gar nicht so schlecht.

Zu ihrer großen Überraschung stimmte er sogar nickend zu. *Küss mich jetzt, Emma. Ich fürchte, dass ich meinen Kuss ansonsten nicht mehr bekommen werde. Der Tod ist nah. Nicht nur der Gott. Wir haben nicht mehr viel Zeit.*

Und in dem Moment wurde ihr klar, dass er mitnichten so verrückt sein konnte, wie alle behaupteten. Es war nur ein Gefühl, eine Ahnung, doch das eine Wort, ihr Name, war für sie der Beweis. Krystal war nicht verrückt, er sah und hörte nur Dinge, deren Informationsgehalt ihn zu überfordern schien.

»Du hast mich noch nie mit meinem Namen angesprochen«, sagte sie und stand auf. Sex wäre auf keinen Fall drin gewesen, aber einen Kuss bekäme sie für solch ein Bündnis hin. Mit ihm hätte sie einen machtvollen Alliierten. Sie stellte sich auf die Zehenspitzen, stützte sich mit den Händen an seiner nackten Brust ab, schloss die Augen und küsste ihn auf die Lippen.

Als sie wieder fest auf dem Boden stand, sah sie zu ihm auf, doch sein Blick brach ihr fast das Herz. Seine Flügel hingen schlaff hinter ihm, vom vorher dagewesenen Stolz keine Spur mehr.

Nicht, als wäre ich Ich, huschte es durch ihren Kopf. *Küss mich, als wäre ich dein Tod.*

Nun schluckte sie schwer. Irgendwie mochte sie Krystal. Wie einen guten Freund oder einen … etwas durchgeknallten Bruder. Ihn so zu küssen, wie sie Tadhg küsste, stellte eine größere Herausforderung dar. Gefühle konnte man nicht faken. Doch sie brauchte ihn auf ihrer Seite. Es wäre dumm, diese Gelegenheit nicht zu nutzen.

Mit geschlossenen Augen atmete sie einmal tief durch und trat wieder nah an ihn heran. Früher wäre sie nie dazu fähig gewesen, doch die Umstände hatten sie härter und auch etwas kompromissloser gemacht. Sie hatte noch immer ein schlechtes Gewissen, doch das würde sie zunächst einmal zur Seite schieben und sich später damit befassen.

Krystal war zudem selbst klar, dass sie für ihn nie mehr fühlen würde als Freundschaft. Sonst hatte er sie nicht gebeten, sich vorzustellen, er wäre Tadhg.

Sie umfasste sein Gesicht mit den Händen und zog ihn zu sich herunter. Seine Züge waren etwas schmaler und spitzer als die von Tadhg, sein Haar war leicht gewellt und fühlte sich unter ihren Fingern rauer an. Sie stellte sich vor, wie ihre Hände Tadhgs Gesicht umfassten, dass es seine Haare zwischen ihren Fingern waren. Sie erinnerte sich daran, wie wohl sie sich in Tadhgs Armen fühlte und dass sie durch ihn wieder fähig dazu war, Vertrauen zu fassen. Zu anderen, vor allem aber zu sich selbst.

All das ließ sie in diesen Kuss einfließen. Ihre Lippen wurden weich und schmiegten sich auf die von Krystal, bevor er den Mund etwas öffnete und den Kuss erwiderte. Krystal küsste so, wie er sich benahm.

Zurückhaltend, höflich, etwas neckend. Als würde er vorher über alles nachdenken und gegeneinander abwägen, bevor er sich dazu entschloss, es in Gedanken mit anderen zu teilen. Seine Finger waren in ihrem Haar vergraben, wanderten aber nicht weiter hinunter. Dass er die Situation nicht ausnutzte, rechnete sie ihm hoch an.

Als sie sich von dem Kuss löste, schlug sie die Augen auf und schaute direkt in seine katzenartigen Iriden. Der verzweifelte Ausdruck war aus seinem Blick verschwunden, stattdessen befand sich an seiner Stelle etwas Ruhiges, Friedliches.

In einem langen Seufzen stieß er Luft aus und küsste ihre Nasenspitze.

Das war wundervoll, hauchte seine Stimme durch ihren Kopf. *Nun bin ich dein.*

Nachdem er das Laken abgenommen hatte, zwinkerte er ihr unbekümmert zu und nahm dann Anlauf zum offenen Fenster. Er sprang und verschwand aus ihrem Sichtfeld, als wäre er abgestürzt, nur um etliche Meter weiter entfernt wieder im Himmel aufzutauchen und wegzufliegen.

In sich hineinschmunzelnd schüttelte sie den Kopf. Allein der Ausdruck auf seinem Gesicht war es wert gewesen. Und sie schienen zu der stillen Übereinkunft gekommen zu sein, bei diesem Kuss die Grenze zu ziehen. Sie hatte eine Entscheidung getroffen, die er akzeptieren konnte, ohne sein Gesicht zu verlieren.

Ihr fiel ein, dass im Badezimmer noch ihre Kette mit der Schneeflocke liegen musste. Zum Duschen nahm sie sie immer ab, aber ansonsten trug sie sie Tag und Nacht. Ohne die Kette mit dem kleinen Anhänger, den sie von ihrer Oma bekommen hatte, fühlte sie sich richtig nackt. Ihre Lebensfreude hing bereits um ihren Hals und leuchtete wie ein mit Atomenergie betriebenes Glühwürmchen. Die Schneeflocke würde gut dazu passen.

Sie trat aus dem Zimmer und fand Tadhg direkt neben der Tür im Flur stehen. Seine Augen waren geschlossen. Mit dem Rücken lehnte er an der Wand, der Kopf etwas nach oben gerichtet, sodass auch sein Hinterkopf an der Wand ruhte. Etwas an seiner ganzen Haltung beunruhigte sie. Er hatte sich wieder in diesen Tod verheißenden Ruhemodus begeben.

»Wie lange stehst du schon hier?«, fragte sie vorsichtig.

Durch ein halb geöffnetes Auge spähte er zu ihr hinab. »Eine Weile.« Seine Stimme klang rau und dunkler als sonst.

»Dann hast du mitbekommen, dass, ähm … Krystal da war?«

Er schloss die Augen wieder und nickte langsam.

Sie schlang ihre Arme um den Körper. »Ich konnte einen Deal mit ihm klarmachen.«

»Auch das habe ich mitbekommen.« Neben seinem Körper ballten sich die Hände zu Fäusten. Seine Kiefermuskeln mahlten angespannt. So langsam fühlte sie sich von seinem Verhalten in die Defensive gedrängt.

»Tadhg. Ich brauche Verbündete. Wenn ich auch nur eine kleine Chance haben will, heil aus dieser Geschichte rauszukommen, muss ich anfangen, pragmatische Entscheidungen zu treffen und Bündnisse zu schließen. Das trichtern du und Nessi mir seit Wochen ein.«

Er nickte wieder. »Ich weiß.«

»Wo ist dann das Problem?«

Plötzlich schlug er seine Lider auf, der Blick seiner rubinroten Augen bohrte sich in sie. »Magst du den jungen Prinzen?«

Ihr blieb der Mund offen stehen, doch bevor sie zu einer Antwort ansetzen konnte, schüttelte er bereits den Kopf.

»Nein. Du bist mir keine Rechenschaft schuldig. Du hast genau das getan, worum ich dich gebeten habe.« Mit dem Finger tippte er sich gegen die Schläfe. »Du setzt deinen Verstand ein und kämpfst mit den Waffen, die dir zur Verfügung stehen. Das ist gut.«

»Aber …?«

»Aber ich will diesen geflügelten Bastard trotzdem umbringen«, erwiderte er mit einer Grabesstimme. »Doch ich habe kein Recht dazu, da ich nicht einmal bereit bin, mich dir zur ewigen Treue zu verpflichten.«

»Manchmal klingst du echt altmodisch.« Sie lächelte. »Würdest du dich besser fühlen, wenn ich dir sage, dass der Kuss mir nichts bedeutet hat?«

»Nein. Ich würde mich besser fühlen, wenn ich ihn töte. Bei den Göttern! Mit bloßen Händen will ich ihn erwürgen. Und ich will ihm in diese katzenartigen Augen sehen, wenn sein Lebensfunke langsam erlischt.«

»Wow. Wozu ein Albtraumzimmer, wenn man sich kurz vor dem Schlafengehen mit dir unterhalten kann? Hilft es vielleicht, dass ich mir vorgestellt habe, er wäre du, als wir geknutscht haben?«

Er zog eine pechschwarze Augenbraue nach oben. »Geknutscht? Nicht hilfreich, Emma.« Obwohl ihm die Ausdrucksweise nicht zu gefallen schien, dachte er kurz über die Frage nach. »Ich denke, das ist eine kleine Entschädigung für meinen verletzten Stolz.«

Inzwischen wirkte er wieder etwas entspannter, sein Ausdruck war jedenfalls nicht mehr so, als befände er sich mitten in einem Massaker.

Er deutete auf den Anhänger. »Ist es das, von dem ich denke, was es ist?«

Sie betrachtete den Funken, der um ihren Hals hing. »Wenn du denkst, dass es meine Lebensfreude ist, schon. Aber ich weiß nicht, wie ich sie da herausbekommen soll.« Sie sah zu ihm auf. »So nah und doch so fern, was?«

»Immerhin befindet sie sich wieder in deinem Besitz.«

»Das stimmt. Dank des Prinzen übrigens. Also hör auf, so einen Hass auf ihn zu schieben.« Dann wurde sie wieder ernster. »Im Grunde ist Krystal ganz in Ordnung, ich denke nur, dass er sehr einsam ist.«

Tadhg stieß sich von der Wand ab, verschränkte die Hände hinter dem Rücken und beugte sich leicht zu ihr vor. »Könnte womöglich daran liegen, dass er aus purer Freude jeden erst einmal mit seinen tiefsten Ängsten konfrontiert.«

Er stand ihr wieder so nahe, dass ihr Herz unwillkürlich zu flattern begann und ihr ein prickelnder Schauer über die Wirbelsäule lief. Rote Augen, die ihren Blick hielten. Lang, intensiv. Sie befeuchtete ihre trockenen Lippen.

»Küss mich, Emma«, sagte er in einer merkwürdig gehauchten Stimme. Dann begriff sie, dass das eine Imitation von Krystals telepathischer Kommunikation darstellen sollte. »Küss mich, als wäre ich Ich.«

»Du spinnst«, erwiderte sie lachend und kam seiner Aufforderung nach.

35

19. Dezember – sechs Tage vor Weihnachten

Liebes Tagebuch (habe mich doch wieder für die klassische Anrede entschieden – das andere war mir irgendwie zu blöd),

ich brauche eine Pause. Ich kann einfach nicht mehr.

Seit Wochen mache ich nichts anderes als das Training in dem Albtraumzimmer oder die körperlichen Übungen – wobei die, verglichen mit dem Psycho-Terror, mittlerweile richtig entspannend sind.

Aber die Übungen mit meinen Ängsten machen mich fertig, zumal ich am Ende immer verliere. Das wäre am Anfang normal, meinte Tadhg. Da bekommt die Redewendung ›Tausend Tode sterben‹ eine ganz neue Bedeutung.

Bisher bin ich schon ganz klassisch gefallen; musste dabei zusehen, wie Leute, die mir wichtig sind, sterben; wurde von einem Motorsäge schwingenden, vermummten Typen verfolgt (und kam dabei natürlich selbst nicht von der Stelle); bin Zombies in mehreren Albtraum-Variationen begegnet (Randanmerkung an mich: Nie wieder ›The Walking Dead‹ schauen); war eingesperrt und bin erstickt oder wahlweise ertrunken und traf sogar auf einen Horror-Clown. Ich meine, ein verfluchter Horror-Clown! Bis zu diesem Traum hatte ich nie Angst vor Clowns.

Vielen Dank, ihr Alben. Wer auch immer ihr seid.

Ach, und natürlich nicht zu vergessen die Albträume mit Uisdean. Jedes einzige Mal hat er es bisher geschafft, mich zu überwältigen. In den ersten paar Träumen begann es immer mit einer Vergewaltigung, bevor er mich in eine Zelle sperrte und dort sterben ließ – sein ursprünglicher Plan, hätte Nessi mich nicht gerettet. Später veränderten sich die Träume dahingehend, dass er mich nach der Vergewaltigung aktiv umbrachte, indem er mich erdrosselte, die Kehle aufschlitzte oder mir mit einem Dolch das Herz durchbohrte. Mittlerweile geht er in den Träumen gleich dazu über mich zu töten, ohne mich vorher zu vergewaltigen. Ich finde, das ist ein gewaltiger Fortschritt. Aber trotzdem werde ich immer noch zu einem kauernden, nutzlosen Häufchen Elend, sobald er auftaucht. Und wenn ich aus solch einem Traum aufwache, brauche ich fast den Rest der Nacht, um wieder herunterzukommen.

Als ich Tadhg erzählt habe, wie stolz ich bin, dass Uisdean mich inzwischen einfach nur noch umbringt, hat er mich einen Moment lang mit einer Mischung aus Entsetzen und Mitgefühl angesehen. Dann hat er mich in eine feste Umarmung gezogen, aus der er mich für mindestens eine halbe Stunde nicht mehr entlassen hat. Dabei murmelte er unentwegt, wie leid es ihm täte, was Uisdean mir angetan hat. Mir nicht, habe ich ihm geantwortet, andernfalls hätte ich ihn, Tadhg, nie kennengelernt.

Seitdem mir das klar geworden ist, komme ich mit den Uisdean-Begegnungen in meinen Albträumen etwas besser zurecht. Ich werde bei seinem Auftauchen noch immer zu einem Häufchen Elend, aber so langsam gehe ich ein bisschen souveräner damit um. Irgendwann werde ich es sicher schaffen, ihn zu überwältigen. Darauf freue ich mich schon.

Tadhg meinte, dass es nicht gut wäre, so oft hintereinander in den Albtraum-Trainingsraum zu gehen. Er selbst würde es einmal, höchstens zweimal pro Monat aufsuchen, nicht täglich.

Aber der hat leicht reden. Der hat schließlich kein Datum im Nacken, bis wann er es schaffen muss, seine Panik zu überwinden. Außerdem hatte er tausend Jahre mehr Zeit, um zu üben. Und er hätte noch weitere tausend Jahre. Ich nicht. Ich muss es irgendwie in den nächsten sechs Tagen schaffen, denn dann ist Weihnachten. Ich kann es meinen Eltern nicht antun, einfach wegzubleiben, ohne ihnen zu sagen, wo ich stecke und wie es mir geht. Schon wieder. Wenigstens zu Weihnachten muss ich kurz zurück.

Außerdem habe ich mir diese Deadline gesetzt. Ich will es schaffen!

Früher habe ich mir darüber nie nähere Gedanken gemacht, aber jetzt denke ich viel über Ende und Neubeginn nach. Bald endet dieses verdammte Jahr. Es wird an der Zeit, das Kapitel endlich zu schließen und ein neues aufzuschlagen.

Ich brauche diesen Neubeginn. Einen klaren Schlussstrich.

Alternativ zu einem Erfolg im Albtraumzimmer könnte ich versuchen, Tadhg zu überwältigen (haha), damit er mich gehen lässt. Obwohl wir uns sowieso kaum sehen, ist es mittlerweile unerträglich geworden, wenn wir uns mal treffen. Er benimmt sich höflich distanziert, vermeidet jede noch so kleine Berührung und bleibt bei den seltenen Gesprächen sachlich und kurz angebunden. Das liegt daran, dass er es ansonsten nicht schafft, sich konsequent von mir fernzuhalten. Unter der lockeren Zwischenlösung, wie wir es vorher gehandhabt haben, würde er zu sehr leiden. Ich versuche mir einzureden, dass es das Beste ist. So kann ich irgendwann wirklich alle Brücken hinter mir abbrechen, die Feenwelt komplett hinter mir lassen und ein normales, sterbliches Menschenleben führen.

Ja, das wäre das Beste!

Ihn könnte ich vergessen, zumindest würden die Erinnerungen an ihn irgendwann bestimmt verblassen. Aus den Augen, aus dem Sinn.

Aber solange ich ihn ständig sehen muss, tut es verflucht weh. Mein Herz blutet und meine Seele schreit. Weshalb musste ich Hohlkopf ausgerechnet für einen Fay Gefühle entwickeln? Warum? Ich muss hier dringend raus!

Es gibt allerdings auch gute Neuigkeiten: Nessi ist neulich eine Idee gekommen, wie wir meine Lebensfreude befreien könnten. Es ist ein ziemlich gewagter Plan, aber ich bin zu allem bereit, um wieder vollständig zu sein. Den Funken um meinen Hals hängen zu haben, gibt mir nur einen Vorgeschmack dessen, wie es wäre, wirklich wieder mit meiner Lebensfreude vereint zu sein.

Um es kurz zu machen: Wir wollen bei Uisdean einbrechen, Nessi will schauen, ob Fragmente seiner Magie in seinem Zimmer herumschwirren oder so, die irgendwie aufsaugen und über meinen Funken wieder rauslassen. Ob das klappt? Keine Ahnung, ich weiß nicht mal, ob ich den Vorgang richtig kapiert habe. Aber das ist egal. Nachdem ich im ersten Moment absolut dagegen gewesen war, erscheint mir der Plan inzwischen recht verlockend. Je mehr Zeit ich habe, darüber nachzudenken, desto überzeugter bin ich davon, das durchzuziehen.

Um wieder glücklich zu sein, würde ich ALLES tun!!!

Krystal würde uns vorher mitteilen, wann sein Bruder weg ist, damit wir ungestört in seinem Zimmer herumschnüffeln können. Das habe ich schon mit ihm besprochen.

Das ist unser glorreicher Plan. Was soll da noch schiefgehen?

36

»Du musst wirklich nicht mitkommen, wenn du nicht willst«, sagte Nessi zum wiederholten Male, als sie sich an der Grenze zum Sluagh-Territorium trafen.

Eine unwirtliche, kalte Berglandschaft. Das sanfte Schimmern der Abenddämmerung legte sich wie ein marineblauer Chiffonschal über die weißen Kalksteine, über ihren Köpfen standen bereits der silberne Halbmond und ein besonders hell leuchtender Stern am Himmel. Die Luft war knackig frisch, kälter als in den Banshee-Hollywood-Hills, und sie war froh, dass sie ihren Daunenmantel trug, den Nessi mitgebracht hatte. Ihre Lebensfreude hatte sie unter dem Shirt versteckt, damit der gleißende Schein sie nicht wie ein Flutlicht ankündigte, falls sie den Mantel ausziehen musste. Der Funke wärmte ihr Herz.

Unglaublich, dass zwischen hier und dem Banshee-Territorium gerade mal dreißig Minuten Fußweg lagen. Es war, als würden sie sich in zwei geografisch völlig unterschiedlichen Gegenden befinden. Der Prinzenpalast lag im Herzen des Unseelie-Areals und bestand aus einem hohen schmalen Turm, der sie an einen New Yorker Wolkenkratzer erinnerte, nur düsterer und gotischer. Von hier aus konnte man ins Tal blicken und bekam eine gute Sicht auf den Turm. Ob Krystal das durchgesetzt hatte, um gute Abflug- und Landebahnen zu haben?

Nessi holte sie wieder aus ihren Gedanken. »Ich würde es verstehen, wenn du bei den Banshees auf mich warten möchtest …«

Stirnrunzelnd sah sie zu Nessi. Mit der reinen Haut, den vollen, glänzenden Locken und mitternachtsblauen Augen passte sie wunderbar in diese Feenwelt. Weshalb war ihr das früher nie aufgefallen?

»Natürlich komme ich mit, das ziehen wir zusammen durch. Erstens lasse ich dich nicht allein in die Höhle des Löwen gehen, und zweitens kriegt Krystal einen Herzkoller, wenn du da plötzlich auftauchst. Schließlich stellst du als magieraubendes Gefäß seine ultimative Urangst dar.« Emma sah zu Boden und kickte ein Steinchen aus dem Weg. Es sprang an den Wegesrand und stürzte in den Abgrund. »Außerdem muss ich mich meinen eigenen Ängsten stellen. Wie nennt man das in der Psychologie? Konfrontationstherapie, nicht wahr? In sein Zimmer zu gehen, könnte vielleicht helfen.« Es war klar, dass sie von Uisdean sprach, nicht von Krystal. »Er ist ja die nächsten paar Stunden mit seinem anderen Bruder weg. Meinte jedenfalls Krystal.«

Neben ihr schmunzelte Nessi leise in sich hinein. »Ich kann es immer noch kaum fassen …«

»Hm?«

»Na ja, ich dachte, ich wäre schon krass mit meinem Sluagh-Fürsten, aber du hast mich noch übertroffen, Emmalein. Abgesehen von dem Gott, was ja für sich schon ultra-derb von dir ist, hast du dir dazu noch einen der Prinzen geangelt. Selbst bei den Seelie spricht man mittlerweile von der rothaarigen Feengeküssten. Das mit dem Unauffällig-bleiben und Sich-bedeckt-Halten ist irgendwie schiefgegangen.«

Für ihren zweifelhaften Ruhm war sicher die Banshee-Queen verantwortlich, das alte Klatschweib.

In gespielter Empörung stemmte sie die Hände in die Hüften und blieb stehen. »Okay, erstens: Exgott. Und zweitens: Das war alles überhaupt nicht geplant.« Sie holte zu Nessi auf, die ein paar Schritte weiter mit einem breiten Grinsen auf sie wartete. »Außerdem habe ich mir keinen von beiden geangelt. Das ist ja das Problem.«

Nessi wurde wieder ernst. »Was genau läuft denn zwischen dir und Tadhg? Ich meine, jedes Mal, wenn ich da war, habe ich mich gefühlt, als würden wir in einem elektrischen Kraftfeld stehen, so sehr hat es geknistert.«

Sie seufzte. »Tja, was soll ich sagen? Könntest du vielleicht, wenn du wieder zu Hause bist, auf meiner Facebook-Seite ein ›Es ist kompliziert‹ für mich anklicken?«

»Du hast deine Facebook-Seite irgendwann deaktiviert. Ich weiß gar nicht, ob sie inzwischen nicht sogar gelöscht wurde.«

»Kannst du eine neue erstellen und dann auf ›Es ist kompliziert‹ klicken?«

Nessi lachte. »Klingt, als wäre ein Eiscreme-Freundinnen-Filmeabend überfällig.«

»Aber so was von«, erwiderte sie seufzend. »Wie geht's eigentlich Jada?«

»Ganz gut. Sie ist sehr beschäftigt, weil sie wieder Kontakt zu ihrer Tante aufgenommen hat und die sie in die Voodoo-Praktiken einführt.«

Diese unbeschwerten Momente mit Nessi, in denen sie über ganz normalen Alltagskram sprachen – von Worten wie Voodoo-Praktiken mal abgesehen –, taten ihr gut. Sie holten sie zwischen Todesgöttern, Albträumen und Unseelie-Prinzen in die Normalität zurück und halfen, alles in ihrem Verstand irgendwie einzuordnen.

Schweigend liefen sie über den steinigen Weg bergab, bis die Straße abrupt im Gras endete. Wieder sah es so aus, als müssten sich eigentlich Kilometer zwischen dem einen Landstrich und dem anderen befinden. Zu Hause, also in der Menschenwelt, gingen die Landschaften langsam ineinander über. Im Síd, den Feenhügeln, waren die Veränderungen plötzlich. Als wäre es dem Síd lästig, seine Besucher langsam an neue Umstände zu gewöhnen und ihnen Zeit zu geben, sich an den Wechsel anzupassen.

Manchmal war es hier sehr angenehm. Wohlriechende Düfte schwebten durch die Luft und sanfte Melodien erklangen wie aus dem Nichts. Das Licht schien an manchen Tagen warm und diffus, wie an einem späten Sommertag, obwohl es Ende Dezember war. Doch manchmal war es, als würde der Síd alles tun, damit man sich unwillkommen fühlte. Sie verstand die Launen des Síd nicht.

Vor Nessi und ihr lag nichts als Gras. Mindestens hüfthoch. Und aus all diesem Gras ragte in der Ferne der dunkle Turm auf. Sobald sie einen Fuß auf die wild wuchernde Wiese setzten, änderte sich das Licht, als würden sich über ihren Köpfen dunkle Gewitterwolken zusammenbrauen.

»Sehr subtil, Síd«, murmelte sie leise zu sich selbst, während sie sich durch das hohe Gestrüpp kämpfte.

Sie schaute in den kobaltblauen Himmel, doch kein Wölkchen war zu sehen. Ein leichter Wind blies durch die Halme wie Finger, die das Gras zur Seite drängten. Mühsam bahnten sich Nessi und sie einen Weg zum Turm. Trotz des trockenen Raschelns der Wiese konnte sie eine Melodie vernehmen. Sie war zu schwach, um sie erkennen oder nachsummen zu können, doch sie war sich sicher, dass die Töne da waren und durch die Abenddämmerung zu ihnen getragen wurden. Traurig und unheilvoll, so klang die Phantommusik.

»Hörst du das auch?«, fragte sie Nessi.

»Was denn?«, fragte Nessi zurück, bevor sie mit der flachen Hand frustriert gegen die Halme schlug. »Ach, verdammt. Es ist, als würden wir überhaupt nicht vorankommen.«

Diesen Eindruck hatte sie ebenfalls. Sie sah sich um und stellte fest, dass sie inmitten der Graslandschaft standen. Der Sluagh-Berg schien weit entfernt hinter ihnen zu liegen, ebenso der Turm vor ihnen. In der Tat hatte sie sogar das Gefühl, dass der Turm immer weiter nach hinten wanderte, je angestrengter sie versuchten, dorthin zu gelangen.

Sie blieb stehen und packte Nessi beim Arm. »Ich glaube, so wird das nichts. Je mehr wir uns durch das Gras kämpfen, desto weiter entfernt sich der Turm.«

Nessi starrte in die Ferne. »Meinst du?«

»Hast du nicht auch das Gefühl, dass die Gegend uns mitteilen will, dass wir hier nichts zu suchen haben?«

»Doch.« Nessi sah sie an. »Seit wir ins Gras getreten sind, kriecht die Macht über meine Haut wie eine Kolonie roter, giftiger Ameisen. Schon als wir nur davorstanden, ist sie aus den langen Halmen gequollen wie das Meer bei Flut. Es fühlt sich nach alter, zerstörerischer Magie an, die jede Alarmglocke in mir zum Schrillen bringt.« Nessi blickte wieder zum Turm. »Aber wir befinden uns auf dem Weg zu den Unseelie-Prinzen. Dem Räuber der Lebensenergie, dem Zehrer der Freude und der Angst in Person. Ich nahm an, das wäre normal.«

»Hast du Cathal eigentlich darüber informiert, was wir tun?«

»Nein. Und du Tadhg?«

»Nein«, erwiderte sie kopfschüttelnd und schaute Nessi in die Augen. »Ich … ich muss zugeben, dass ich etwas kalte Füße bekomme.«

»Was soll das heißen?«, fragte Nessi. »Was willst du tun?«

Ihr Blick wanderte wieder zum Turm. »Weiß nicht … lass uns vielleicht lieber zurückgehen«, schlug sie vor. »Oder?«

»Sicher? Was ist mit deiner Lebensfreude?«

Alles in ihr wehrte sich dagegen, jetzt einfach so klein beizugeben. Sie wollte nicht aufgeben, doch andererseits waren die Zeichen zu eindeutig, um sie zu ignorieren.

»Bist du denn sicher, dass dein Plan überhaupt funktioniert?«, fragte sie Nessi.

»Ehrlich gesagt nicht«, erwiderte Nessi.

Sie nickte mutlos. »Okay, dann lass uns umkehren. Das mit der Lebensfreude kriegen wir sicher auch irgendwie anders hin.«

Nessi legte ihre Hand tröstend auf ihre Schulter und drehte sich dann zu den Sluagh-Bergen um. Sie machte einen Schritt nach vorn, bewegte sich aber nicht von der Stelle.

»Mist, wir stecken fest.« Panisch warf Nessi ihr einen Blick zu. »Hast du die Phiole noch, die ich dir gegeben habe, bevor du in den Síd gegangen bist? Die mit Cathals Blut, zum Herbeirufen des Heeres?«

Obwohl sie es sich zur Gewohnheit gemacht hatte, das Fläschchen immer in die Hosentasche zu stecken, bevor sie Tadhgs Haus verließ, tastete sie vorsichtshalber noch mal nach.

»Ja«, erwiderte sie, sobald sie die vertraute Form in der Tasche erfühlte. »Aber sagtest du nicht, das wäre gefährlich? Vor allem, wenn wir keine Möglichkeiten haben, uns irgendwo zu verstecken?« Inzwischen war die Nacht über sie hereingebrochen und die Finsternis wirkte dichter. Wenigstens schien der Halbmond hell über ihren Köpfen und sorgte dafür, dass sie sich nicht vollkommen blind vorwärtstasten mussten. »Kommt es dir eigentlich nicht seltsam vor, dass sich die Abstände, seit wir in dieser Wiese stehen, nie verändern? Als würde alles, wenn wir einen Schritt nach vorne machen, mitrücken.«

»Ja, da könnte etwas dran sein.« Nessi schien sich ihre Worte durch den Kopf gehen zu lassen. »Weißt du was? Lass uns rückwärtsgehen.«

»Rückwärts. Warum?«

Nessi zuckte mit den Schultern. »Ich bin im Síd aufgewachsen und wenn ich eines weiß, dann zum einen, dass die Feenhügel unberechenbar sind, und zum anderen, dass die Magie ihrer eigenen Logik folgt. Wenn wir einem Objekt nicht näher kommen, weil wir darauf zulaufen, dann lass es zu uns kommen, indem wir uns von ihm wegbewegen. Wenn wir uns aber umdrehen und versuchen, zum Sluagh-Gebiet zu gehen, versuchen wir wieder, auf etwas zuzulaufen. Also lass uns rückwärtsgehen.«

Sie starrte Nessi einen Moment lang ungläubig an. »Oh Mann. Das macht tatsächlich Sinn.«

Sie setzten Nessis Vorschlag in die Tat um und begangen rückwärtszulaufen. Selbst wenn es nicht klappte, ein Versuch war es auf jeden Fall wert. Sie steckten so oder so fest.

Es dauerte aber nicht lange, bis sie eine Veränderung feststellten. Je weiter sie zurückgingen, desto näher kam der Turm, als würde er zu ihnen herangezoomt werden. Bis sie sich schließlich vor den Mauern des schwarzen Ungetüms befanden und mit dem letzten Schritt nach hinten aus dem Gras traten. Ab da schien wieder alles normal zu verlaufen.

Sie ließ ihren Blick entlang der Fassade bis zum Himmel hinaufwandern. Er schien endlos in die Höhe zu steigen und mit dem dunkeln Nachthimmel zu verschmelzen. Allein vom Hochschauen wurde ihr schwindelig. »Das war ja vielleicht gruselig.«

Nessi nickte zustimmend. »Wobei ich befürchte, dass das erst der Anfang war. Bereit?«

Sie wollte Ja sagen, doch ihre Hände zitterten, und kalter Schweiß brach unter dem Daunenmantel aus. Ihr Herz raste, ihre Kehle wurde trocken, der bittere Geschmack der Angst breitete sich in ihrem Mund aus.

»Nessi?« Ihre Stimme klang wie die eines kleinen Kindes, das sich nachts unter die Bettdecke verkriecht, weil es sich vor dem Monster im Schrank fürchtet. »Hättest du was dagegen, meine Hand zu halten?«

Nessi lächelte aufmunternd, doch ihr eigener Blick schimmerte ebenfalls unsicher. »Gute Idee.«

Ineinander eingehakt liefen sie an der Fassade entlang, bis sie auf Tore trafen, die mindestens zehn Meter in die Höhe ragen mussten. Am Fuße des Tores stand eine wunderschöne Frau mit langem blondem Haar vor einem vollen Bottich und hielt etwas unter Wasser. Im ersten Moment dachte sie bei dem zappelnden Wesen an ein Kätzchen oder einen Welpen, der um sein Leben kämpfte. Doch dann erkannte sie, dass es sich um ein Baby handelte und die Frau gerade dabei war, es zu ertränken.

Nessi blieb abrupt stehen, jegliche Farbe wich aus ihrem Gesicht. In dem Moment erinnerte sie sich, woher ihr die blonde Elfe so bekannt vorkam. Nessis Mutter.

»Krystal«, mahnte sie. »Lass das. Was du da tust, ist … ähm … sehr unhöflich.«

Bottich und zappelndes Baby lösten sich in Luft auf und die wunderschöne Elfenfrau verwandelte sich in den Prinzen zurück.

Verzeiht. Er hob grazil die Schultern. *Die Gewohnheit …*

Nessi brauchte einen kurzen Moment, um sich wieder zu fassen. »Mach das noch einmal«, drohte sie verärgert, »und ich nehme dir deine Magie weg, klar?«

Krystal riss die Augen vor Schreck auf, wies jedoch trotzdem den Weg ins Innere des Turmes und achtete auf gebührenden Abstand zu Nessi.

Hier entlang bitte.

Emma klammerte sich fest an Nessis Hand und lehnte sich zu ihr herüber. »Weshalb hast du Angst davor, dass deine Mutter dich ertränkt?«, flüsterte sie ihr zu. »Du bist doch jetzt erwachsen.«

»Ja«, flüsterte Nessi zurück. »Aber ich habe Angst, dass Mutter es bereut, es nicht getan zu haben, als ich noch ein Baby war.«

Der Palast der Prinzen war so dunkel, hart und kalt wie die Fay, die ihn bewohnten. Abgesehen von Krystal. Und den dritten kannte sie zugegebenermaßen nicht. Dennoch fand sie, dass der schwarze, glatte Marmor gut zu den Unseelie-Prinzen passte.

Boden, Wände, Decke, Säulen und Treppe bestanden aus dem edlen, dunklen Gestein. Es gab keine Teppiche oder Möbel, die die Räume wohnlicher gestaltet hätten. Nicht einmal Fenster lockerten die düstere Atmosphäre auf. Einzig schwebende Irrlichter, die grünlich schimmerten und durch ihre Farbe noch mehr Kälte verströmten, sorgten für trübes Leuchten. Sie waren ganz anders als die romantischen Funken, die sie bei Tadhg gesehen hatte. Irgendwie deprimierender. Sie wirkten halbherzig, als hätten sie überhaupt keine Lust, Helligkeit zu verbreiten, wurden aber dazu gezwungen. Das alles erzeugte einen plötzlichen Flashback, eine diffuse Erinnerung. Wenn sie nicht sowieso schon gewusst hätte, dass Uisdean hier wohnte, spätestens jetzt wäre es ihr klar geworden. Dieser Ort war durch und durch freudlos.

Beklemmung engte ihre Brust ein. Obwohl sie sich kaum daran erinnern konnte, spürte sie instinktiv, dass sie schon einmal hier gewesen war und an diesem Ort Schreckliches mit ihr passiert war. Ihr wurde übel und alles in ihr schrie danach, auf dem Absatz kehrt zu machen und abzuhauen.

Trotzdem folgte sie Krystal über eine riesige Treppe nach oben, die sich auf einem Plateau in drei Richtungen aufgabelte. Nach links, nach rechts und weiter geradeaus.

Auf jeder zweiten Marmorstufe stand an den äußeren Rändern der Treppe jeweils eine Skulptur aus hellem Marmor. Sie erinnerten an eine gruselige Variante griechischer Statuen.

Während die Menschen der Renaissance jedoch meist entspannte Figuren mit ruhigen oder lächelnden Gesichtern dargestellt hatten, wie die Davidskulptur von Michelangelo oder die Aphrodite, zeichnete sich auf den Gesichtern dieser Statuen Angst und Schrecken ab. Einige streckten die Hände abwehrend nach vorne und hatten einen verzweifelten Gesichtsausdruck. Als blickten sie dem Tod direkt ins Gesicht in dem Wissen, ihn nicht mehr abwenden zu können. Andere befanden sich in einer knienden Position und schauten flehend zur Decke empor. Und dann gab es wiederum welche, die in irgendeiner alltäglichen Bewegung festgefroren zu sein schienen.

Auf dem Plateau blieb Krystal stehen und holte sie ins Hier und Jetzt zurück, indem er hinter sich deutete.

Dort geht es zu meinen Gemächern hinauf. Es sind 1783 Stufen. Er lächelte stolz. *Die habe ich mal gezählt, als mir langweilig war. Während der letzten paar Jahrhunderte war mir oft langweilig. Zu fliegen geht schneller und ist weniger anstrengend.*

Nessi warf ihm einen skeptischen Blick zu. »Danke für die interessanten Infos, aber eigentlich sind wir hier, um uns kurz mal in Uisdeans Zimmer umzuschauen.«

Richtig. Ich vergaß. Mit dem linken Flügel deutete er links hinauf.

»Sehr gut«, erwiderte Nessi, lief die Stufen hoch und murmelte etwas von »Je schneller wir damit durch sind, desto schneller können wir wieder abhauen.«

Statt Nessi gleich zu folgen, wandte sich Emma kurz Krystal zu. »Wie viel Zeit haben wir?«

Er zuckte mit den Schultern. *Wenn du möchtest, könnte ich das Gras beobachten und dir Bescheid geben, wenn sie zurückkehren.*

Sie nickte. »Das wäre toll.«

Ohne ein weiteres Wort zu sagen, breitete er die Flügel zu ihrer Gesamtspannweite aus und flog mit einem kräftigen Schlag nach oben, um dann über ihrem Kopf hinweg in Richtung Eingang zu fliegen. Genug Platz bot die riesige Eingangshalle des Palastes dafür. Sie sah ihm noch einen Augenblick hinterher, während sie sich wunderte, weshalb Krystal überhaupt nicht hinterfragte, dass sie bei seinem Bruder herumschnüffeln wollten. Andererseits handelte es sich um Krystal. Sie war noch nicht ganz dahintergekommen, was ihn motivierte oder welche Dinge ihn antrieben.

Als sie wieder nach vorne sah und Nessi hinauffolgen wollte, erregte eine Statue ihre Aufmerksamkeit, die sich zuvor hinter Krystal befunden hatte und von ihm verdeckt worden war. Sie unterschied sich von den anderen Skulpturen, weil sie detaillierter und aufwendiger aussah mit zwei nebeneinander stehenden Objekten.

Neben einer hochgewachsenen, anmutig wirkenden Elfe hockte ein Sluagh. Messerscharfe, spitze Reißzähne säumten das schmale, weit aufgerissene Maul, in dem sich eine gegabelte Zunge befand. Der Seelenfresser wirkte bedrohlich, als wolle er gerade angreifen. Die Elfe schien jedoch keine Angst vor dem Schrecken des Síd zu haben. Ihre Hand ruhte auf dem Kopf des Sluagh, als tätschelte sie ihn beruhigend.

Würden diese Skulpturen in einer Kunstgalerie stehen, hätte diese hier sicher einen Titel wie ›Gegensätze‹ oder ›Die Vereinigung von Gut und Böse‹.

Mit einem letzten Blick kehrte sie dem Marmorbildnis den Rücken und folgte Nessi hinauf.

An der Schwelle zu Uisdeans Zimmer, dort, wo der Sog der Hoffnungslosigkeit und des verlorenen Lebensmutes am stärksten war, blieb sie wie angewurzelt stehen. Ihr Herz stockte. Es sah genauso aus wie das Zimmer hinter dem Spiegel damals. Der Raum ihrer Albträume. Sie fand Nessi auf dem Boden hockend mitten im Raum.

»Nessi, alles okay?«, fragte sie. Dann erst hörte sie das leise Schluchzen und stürzte rasch zu ihrer Freundin. Nessi schien unter der trostlosen Stimmung mehr zu leiden als sie. Offenbar hatte sie sich an das

Gefühl inzwischen so gewöhnt, dass sie dagegen abgestumpft war. Oder es hatte mit ihrer Immunität gegen Magie zu tun. Woran immer es lag, sie spürte zwar, dass dieses Zimmer alle Freude aus der Welt sog, doch auf sie hatte es keinen Effekt.

Sie packte Nessi bei den Schultern und schüttelte sie. »Es ist alles okay, das ist nicht echt, Süße. Versuche es zu ignorieren.«

Nessi sah mit feuchten, blutunterlaufenen Augen zu ihr auf. »Ich weiß«, erwiderte sie weinend. »Ich meine, ich sollte es besser wissen. Es tut mir leid …«

»Schon okay. Hier …« Sie öffnete ihren Mantel und holte ihren Lebensfreudefunken aus dem Shirt.

Sogleich wurde das dunkle Zimmer bis in den letzten Winkel hinein erhellt. Das Leuchten schien die Schatten der Trauer zu vertreiben. Nessi atmete hörbar durch, ihre Tränen versiegten. Wie gebannt schaute sie auf das sanfte Glimmen des Funkens. Obwohl er hell genug war, um das gesamte Zimmer auszuleuchten, schmerzte die Helligkeit nicht in den Augen, wenn man ihn ansah. Gemeinsam hockten sie auf dem Boden und sahen einander an. Wie ein Hoffnungsschimmer schwebte der Funke trotz des Käfigs, in dem er gefangen war, zwischen ihnen.

Nessi wieder lächeln zu sehen, entschädigte fast für den ganzen Mist, den sie hier an diesem verfluchten Ort ausstehen mussten.

Hinter ihnen erklang eine Männerstimme, die ihr das Blut in den Adern gefrieren ließ. Erst jetzt hörte sie Krystals warnende Rufe in ihrem Kopf, sie hatte sich vorher zu sehr darauf konzentriert, Nessi zu helfen.

»Na, ist das nicht rührend?«, sagte Uisdean, der in der Tür zu seinem Zimmer stand.

37

Sie hockte mit Nessi am Boden und blickte zu ihm auf. *Steh auf, steh auf,* ermahnte sie sich selbst, doch es ging nicht. So oft hatte sie sich das Wiedersehen mit Uisdean ausgemalt. Ihre Phantasien endeten immer mit seinem abgeschnittenen Kopf in ihren Händen. Jetzt schaffte sie es aber nicht einmal zu atmen. Sie war wie gelähmt.

Kein Traum. Keine Illusion. Kein verwandelter Krystal. Uisdean stand leibhaftig vor ihr. Wie der Teufel.

Nessi zog sie an den Schultern auf die Füße und stützte sie. Ohne die Hilfe ihrer Freundin hätten ihre Knie wieder nachgegeben, und sie hätte sich nicht aufrecht halten können.

Uisdean sah genau so aus, wie sie ihn in Erinnerung hatte. Manche Dinge fressen sich wie ein Brandzeichen ins Gehirn.

Er trug eine tief sitzende Lederhose, ein mit Spikes versehenes Lederband um den Hals und dazu passende Lederarmbänder, auf denen ebenfalls Nieten und Stacheln prangten. Bis auf einen langen ledernen Mantel war der Rest seines Oberkörpers unbedeckt, sodass unter der fahlen, gelblichen Haut die Muskeln deutlich hervortraten. In den Brustwarzen und an einem Ohr über den gesamten Knorpelrand der spitzen Ohrmuschel blitzten Piercings. Er sah wie die Fay-Version eines Punks aus, nur ohne Iro. Uisdean war anders als die meisten Fay glatzköpfig, die spitzen Fay-Ohren waren deutlich zu sehen. Er starrte sie mit demselben grauenhaften Dauergrinsen und denselben toten, milchigen Augen an wie damals. Sie besaßen keine Pupille, und die Iriden unterschieden sich farblich kaum vom Weiß der Augäpfel, was seine Augen wie die einer Leiche aussehen ließ.

Er war nicht allein. Neben ihm stand ein weiterer Fay, der im Gegensatz zu Uisdean lange grünliche Haare hatte und einen langen

Bart trug. Beim genaueren Hinsehen bemerkte sie jedoch, dass seine Kopf- und Gesichtsbehaarung nicht aus Haar, sondern dünnen Schlangen bestand, die schlaff herunterhingen. Wie eine männliche Medusa. Seine grünliche Haut war am Nacken, an den Schultern und Unterarmen von schillernden Schuppen bedeckt. Auch vom Haaransatz zogen sich kleine Schuppen auf die Stirn und die Wangen, bevor sie in normale Haut übergingen. Den Rest seines Körpers sah sie nicht, da er mehr trug als seine beiden Brüder. Etwas, das an einen ärmellosen Waffenrock aus dunkelgrünem Wildleder erinnerte, und dazu passende Hosen.

»Welch unerwarteter Glanz in unserem Palast«, sagte die männliche Medusa. Seine Stimme klang wie ein trockenes Zischeln. Sie hätte wetten können, dass seine Zunge vorne gespalten war und er giftige Fangzähne hatte. »Das *Gefäß der Macht* und die Feengeküsste meines Bruders. Wie aufmerksam von euch, herzukommen. So kann ich diesen bedauerlichen Fehler meines Bruders«, er deutete auf Emma, »endlich ausbügeln, ohne mich auf die anstrengende Suche nach ihr zu begeben.«

Nessi stellte sich schützend vor sie und schirmte sie vor den Blicken der beiden Prinzen ab. »Prinz Nassaïr, Räuber der Lebensenergie und erster Thronfolger des dunklen Throns«, sagte sie, jedoch ohne sich vor ihm zu verbeugen. »Bei allem Respekt, doch hier wird überhaupt nichts ausgebügelt.«

»Und wer sollte mich daran hindern, edles Gefäß? Was sollte mich davon abhalten, die Feengeküsste umzubringen und Euch davon zu überzeugen, in Eurer Funktion als Heiligtum in meine Dienste zu treten, wie es seit jeher die Aufgabe der Heiligtümer war?«

Uisdean lachte. Es handelte sich um jenes Lachen, das dafür gesorgt hatte, das letzte Jahr zu ihrer persönlichen Hölle zu machen.

Während Nessi relativ ruhig wirkte, stellten sich bei ihr die Kopfhaare auf. Kalter Angstschweiß brach unter ihren Achseln aus. Trotz des dicken Mantels stieg ihr der unangenehm stechende Geruch ihrer Furcht in die Nase. Ihr Herz pochte wild gegen ihre Rippen. Unsicher tastete sie nach der Phiole in ihrer Hosentasche, holte das Fläschchen heraus und versteckte es in ihrer schweißnassen Hand. Sie musste versuchen, Ruhe zu bewahren, und Nessi machen lassen.

Ihre Freundin kannte sich mit der Kultur der Fay sehr viel besser aus und schien sich mit diesem politischen Kräftemessen ganz gut auszukennen. Nessi hatte ihr damals gesagt, dass das Fläschchen nur als allerletzte Notlösung verwendet werden durfte.

»Die Frage möchte ich Euch gerne beantworten«, erwiderte Nessi selbstbewusst. »Und zwar indem ich Euch das Gleiche mitteile wie Königin Siobhánn vor über einem Jahr, als ich ihr das Schwert zurückgebracht habe und sie ebenfalls versucht hat, mich als *Gast* dazubehalten: Ich bin per Eid an Cathal, Heerführer der *Wilden Jagd*, Sammler dunkler Geheimnisse, Sluagh-Fürst, gebunden und stehe unter seinem Schutz. Emma, Feengeküsste des Uisdean, steht unter Tadhgs Schutz, dem einstigen Gott des Todes und der Unterwelt. Falls es keine weiteren Unklarheiten gibt, würde ich Euch höflich bitten, zur Seite zu treten und uns gehen zu lassen.«

»Niemand geht!«, brüllte der Schlangenprinz und trat einen Schritt auf sie zu. Vor Schreck zitterte Emma am ganzen Leib und auch Nessi zuckte zusammen, versuchte sich aber offenbar nichts anmerken zu lassen. Die Zeit des kultivierten Geplänkels schien vorbei zu sein.

»Ihr seid unbefugt in unseren Palast eingedrungen«, rief er. »Somit habt Ihr unsere Gesetze verletzt. In dem Fall entfällt Eure Immunität, und uns steht es frei, Euch nach unserem eigenem Ermessen zu bestrafen.«

»Wir haben überhaupt keine Gesetze verletzt«, zischte Nessi zurück. »Wir haben Krystal besucht, wollten auf die Toilette und haben uns verlaufen, das ist alles.«

Nessis Unverfrorenheit imponierte ihr. Im Gegensatz zu ihr konnte Nessi – aus welchen Gründen auch immer – lügen. Sie sandte ein Stoßgebet gen Himmel, dass die Prinzen das nicht wussten. Ihr Flehen richtete sich an das Universum, von ihr aus auch an die Mächte des Síd, doch an einen allmächtigen, biblischen Gott glaubte sie schon lange nicht mehr. Falls es so etwas gab, schien er sich sowieso nicht sonderlich für sie zu interessieren.

»Zu zweit?«, fragte Nassaïr skeptisch.

»Natürlich zu zweit!«, erwiderte Nessi. »Frauen gehen immer zu zweit, das weiß doch jeder!«

Nassaïr musterte Emma misstrauisch. Uisdeans Blick richtete sich ebenfalls auf sie und nur auf sie. Seit die beiden Prinzen aufgetaucht waren, beobachtete er sie wie eine Krähe, die sich darauf freut, ihr die Augen herauszupicken. Bisher hatte sie es vermieden, ihn direkt anzusehen, doch als sie hochsah, trafen sich ihre Blicke für einen kurzen Moment.

»Emma, meine Süße«, sagte er liebevoll und trat vor. »Ich habe dich sehr vermisst.«

Vorher hatte sie die junge Frau, die sich an sein Bein klammerte, nicht gesehen. Sie war hinter seinem langen Mantel verborgen geblieben. Als er jetzt aber nach vorne trat, schleifte er sie regelrecht mit sich.

Sie war rothaarig.

Ihre Augen wirkten starr nach vorne gerichtet und stumpf. Wie ein kleines Kind klammerte sie sich an Uisdeans Bein, schien sich jedoch, ihrem leeren Blick nach zu urteilen, woanders zu befinden. In ihrer eigenen, persönlichen Hölle.

Das Mädchen war faysüchtig.

»Ah«, sagte Uisdean wissend, der ihren entsetzten Gesichtsausdruck richtig zu deuten schien. »Darf ich dir deine Nachfolgerin vorstellen? Sie ist die fünfte. Ihr Menschen geht leider immer so schnell kaputt. Da du schon mal hier bist, erlaube mir, dir meine kleine Sammlung zu zeigen.«

Er deutete durchs Zimmer, in dem an verschiedenen Stellen verteilt vier dieser gruseligen Marmorstatuen standen. Sie waren in unterschiedlichen sexuellen Posen eingefroren, doch bei jeder einzelnen wirkte der Gesichtsausdruck neutral, teilnahmslos, entrückt. Die Stellungen, in denen sich die jungen Frauen befanden, waren erniedrigend.

In ihrem Hals bildete sich ein Kloß, ihr wurde speiübel. Sobald sie wieder zu Uisdean schaute, trat sie hinter Nessi hervor. Neben ihrem Körper ballten sich ihre Hände zu Fäusten. Sie musste aufpassen, das Fläschchen, das sie weiterhin fest umklammert hielt, nicht aus Versehen zu zerbrechen.

Sie zitterte wieder, dieses Mal jedoch vor Wut. Uisdean grinste – zu einem anderen Ausdruck war er aufgrund seiner Säbelzähne anatomisch nicht fähig –, dennoch schaffte er es, selbstzufriedener auszusehen als eben. Es hatte mit dem tückischen Blitzen in seinen milchig weißen Augen zu tun.

Sie spürte Nessis Hand auf ihrer Schulter. Der Griff fühlte sich nicht tröstend an, vielmehr so, als würde sie sie festhalten, weil ihre Freundin fürchtete, dass sie kurz davor stand, eine riesengroße Dummheit zu begehen.

»Emma, ganz ruhig«, sagte Nessi mit einer Stimme, als versuchte sie einen Selbstmordattentäter davon zu überzeugen, die Bombe nicht zu zünden, die er sich um den Bauch geschnallt hatte.

Um sich zu beruhigen, schloss Emma die Augen und atmete tief durch. Dann ging sie in die Hocke und versuchte Blickkontakt zu dem Mädchen aufzunehmen, statt sich weiter auf die beiden Prinzen zu konzentrieren.

»Wie heißt du?« Ihre Stimme klang ruhig und gefasst, geradezu normal, während sie eigentlich brüllen, mit Sachen um sich werfen und ein Massaker veranstalten wollte. Sie wollte die Wände mit dem Blut der beiden Prinzen neu streichen. Doch diese Gefühle und Gedanken verschob sie auf später, jetzt ging es darum, zu dem faysüchtigen Mädchen durchzudringen.

Uisdean legte die Hand auf den Schopf des Mädchens. Mit den langen, krallenartigen Nägeln strich er ihr liebevoll durchs rote Haar.

»Grace«, antwortete er für sie. »Sie würde dich ja begrüßen, doch ich fürchte, dass sie geistig dazu nicht mehr imstande ist. Mir fehlt in meiner Sammlung noch der – wie nennt ihr Menschen es? – Doggystyle. Dafür wäre Grace doch geeignet, meinst du nicht? Du wärst mir zwar lieber gewesen, Emma, meine Süße, doch es ist besser als nichts.«

Bis auf ein unmerkliches Zucken reagierte Grace kaum auf seine Worte und starrte weiter teilnahmslos geradeaus.

Von der Hocke aus sah Emma zu Uisdean auf. Er musste all den Hass und die Wut in ihren Augen sehen, denn das überlegene Funkeln verschwand aus seinen Augen. Stattdessen trat an dessen Stelle ein Ausdruck, der ihre Feindseligkeit widerspiegelte.

Er besaß keine Macht mehr über sie.

Seit sie sich selbst aus seinem zerstörerischen Einfluss befreit und die Sucht überwunden hatte, war sie frei. Sie wusste das und jetzt schien ihm das ebenfalls bewusst geworden zu sein.

Obwohl sie sich am Boden befand und hochschauen musste, fühlte sie sich ihm gegenüber weder schwach noch unterlegen. Sie hatte keine Angst mehr.

In dem Moment gab es nur eine einzige Wahrheit: Sie würde ihn jagen und umbringen. Vielleicht nicht hier, vielleicht nicht heute. Doch der Tag würde kommen. Und er wusste das. Sie würde seine hässliche Fresse vom Angesicht dieser Welt fegen, und sie wollte, dass er ihr dabei in die Augen sah. Er sollte wissen, dass sie es war, die ihn tötete.

Je länger sie sich ihren Rachephantasien hingab, desto mehr verstärkte sich das Leuchten ihres Funkens, bis aus dem schwachen Glimmen wieder ein heller Stern wurde, der das gesamte Zimmer ausleuchtete.

Auf einmal regte sich etwas in Graces Gesicht. Auch wenn sie sich nicht von Uisdeans Bein wegbewegte, blickte sie auf und streckte die Hand nach dem Licht aus.

Nessis Stimme hinter ihr klang eindringlich. »Emma, lass uns gehen.«

»Nicht ohne Grace«, erwiderte sie. »Grace kommt mit.«

Nassaïr trat vor, packte Emma grob am Oberarm und zog sie zurück auf die Beine.

»Niemand geht«, grollte er. »Ihr seid bei uns eingebrochen und dafür werdet ihr bestraft.« Sie entriss ihm den Arm und trat an Nessis Seite zurück. Nessi blieb standhaft. Ihre Freundin war ihr unverrückbarer Fels, der ihr Sicherheit gab, denn Nessi ließ sich nicht einschüchtern. Das Ganze hatte eine eigene Dynamik entwickelt, eine Verschiebung der Macht von den Prinzen zu ihnen. Zumindest begegneten sie einander nun auf Augenhöhe.

»Wir sind nicht eingebrochen«, wiederholte Nessi. »Das habe ich Euch bereits mitgeteilt, Prinz Nassaïr. Wir wurden von Eurem Bruder eingeladen. Ihr habt kein Recht, uns hier festzuhalten, oder wollt Ihr den Zorn des Sluagh-Fürsten und den des Todesgotts riskieren?«

Nassaïr verengte die Augen zu schmalen Schlitzen, drehte sich zur Tür und brüllte Krystals Namen in die Halle hinaus. Es dauerte nicht lange, bis Krystal vor dem Zimmer landete und sich an seinen Brüdern vorbei ins Zimmer schob. Seine Schultern waren in sich zusammengefallen, der Oberkörper leicht nach vorne gebeugt und die Flügel hingen kraftlos herunter. Nachdem sich ihre Blicke kurz begegnet waren, sah er zu Boden. Er vermied es, seine Brüder direkt anzusehen. Sie war sich nicht sicher, doch sie hatte den Eindruck, dass Krystal verunsichert oder eingeschüchtert wirkte. Als Nassaïr neben ihm den Arm ausstreckte, um auf Nessi und sie zu deuten, zuckte Krystal zusammen. Sein Verhalten erinnerte sie an das eines Hundes, der regelmäßig misshandelt wird.

»Die beiden sagen, dass du sie in den Palast gelassen hast«, sagte Nassaïr ruhig. »Stimmt das?«

Mit gesenktem Kopf nickte Krystal.

»Sie behaupten, dass sie dich besuchen wollten und sich dann verlaufen hätten. Ist auch das wahr?«

Sie hielt den Atem an. Anders als Nessi konnte Krystal nicht lügen. Jetzt saßen sie in der Falle.

Krystal schaute von seinem Bruder panisch zu ihr, die eisblauen Augen geweitet, die geschlitzten Pupillen fast vollkommen rund. Er sah aus, als wäre er mit der Situation komplett überfordert.

»Sieh nicht sie an!«, brüllte Nassaïr und verpasste ihm eine Kopfnuss, woraufhin Krystal zusammenzuckte. »Brauchst du erst ihre Erlaubnis? Was ist los mit dir? Du bist unser Bruder. Unser Blut, Krystal. Antworte mir!«

Gerade als sie überzeugt war, Krystal würde dem Druck nicht länger standhalten, änderte sich auf einmal seine ganze Haltung. Er straffte die Flügel, richtete sich gerade auf und sah seinen Brüdern fest in die Augen.

Geht ein Thunfisch in ein Sushi-Restaurant …, wehte seine Stimme durch den Raum, … *und sagt zum Koch: »Du hast meinen Vater getötet!« »Damit verdiene ich mein Geld, Fisch«, antwortet der Koch dem Thunfisch. Darüber denkt der Thunfisch einen Moment nach und sagt dann: »In dem Fall fordere ich dich heraus, mit mir Schach zu spielen. Wenn ich gewinne, hängst du deinen Beruf für immer an den Nagel.« »Und wenn ich gewinne?«, fragt der Koch. »Dann kannst du mich zu Sushi verarbeiten«, antwortet der Fisch. Mit der Lösung einverstanden, stimmt der Koch zu und beide setzen sich, um miteinander Schach zu spielen. Da Thunfische, wie jeder weiß, Schach lieben, besiegt der Thunfisch den Koch nach wenigen Spielzügen. »Schachmatt!«, sagt der Thunfisch. »Sieht aus, als hätte ich gewonnen.« Der Koch nickt und stößt sein Messer in den Bauch des*

Thunfisches. »Aber ich habe doch gewonnen«, sagt der Thunfisch, während er fühlt, wie das Messer durch seine Eingeweide schneidet. »Ebenso wie dein Vater«, erwidert der Koch.

Zufrieden lächelnd nickte Krystal und signalisierte so, dass er seine Geschichte beendet hatte.

Seine beiden Brüder sahen einander ratlos an.

»Sollte das nun Ja oder Nein heißen?«, fragte Uisdean.

»Was weiß denn ich?«, zischte Nassaïr. »Vielleicht bedeutet das einfach nur, dass er Lust auf Fischsuppe hat. Du bist manchmal so nützlich wie ein Regenschauer über dem Ozean, Krystal!« Dann wandte er sich wieder Nessi und Emma zu. Bei seinem Blick lief es ihr eiskalt den Rücken hinunter. »Und ihr beiden verschwindet jetzt. Sofort! Bevor ich es mir wieder anders überlege.«

Nessi packte ihr Handgelenk. »Komm schon, Emma.«

Sie entriss sich ihrer Freundin wieder. Würden sie jetzt gehen, würde es sie für den Rest ihres Lebens verfolgen, Grace zurückgelassen zu haben. Sie konnten das Mädchen retten, das hatte sie in ihren Augen gesehen, als Grace auf ihren Funken gestarrt hatte.

Sie konnten Grace retten.

Wie sie gerettet worden war.

»Nicht ohne Grace«, beharrte sie mit fester Stimme.

»Emma!«, rief Nessi.

»Du hast mich damals auch nicht aufgegeben!«

Uisdean lachte schallend. »Wie herzallerliebst.«

Sie ignorierte den Mistkerl. Nessi schien in einem inneren Konflikt zu stecken. Einen Augenblick lang rieb sie sich die Schläfen und versuchte offenbar innerhalb von Zehntelsekunden abzuwägen, welche die richtige Entscheidung war.

»In Ordnung.« Sie schaute zu Nassaïr auf. »Grace ist ein Mensch. Somit fällt sie in unseren Verantwortungsbereich. Gebt sie frei.«

Nassaïr legte den Kopf schief und lächelte. Ihr gefiel dieses Lächeln nicht.

»Ihr wollt sie mitnehmen?«, fragte er. »Sicher, warum nicht? Nehmt sie ruhig mit, wenn ihr sie tragen könnt. Grace?« Er schnipste mit dem Finger. Als Grace zu ihm aufsah, erwachten seine Schlangen plötzlich zu Leben und züngelten wild um seinen Kopf. Die Augen aller Schlangen öffneten sich synchron und leuchteten Nassaïrs eigenen Augen gleich wie grüne Laserpointer auf.

In der kauernden Position, in der sich Grace befand, erstarrte sie zu Stein.

Jemand schrie. Weit entfernt. Erst als der Schrei verstummte, Nessi sie tröstend in den Armen wog und beruhigend auf sie einredete, merkte sie, dass sie selbst geschrien hatte. Ihre Schreie wurden zu verzweifeltem Schluchzen.

»Du hattest recht«, sagte Nassaïr zu Uisdean. »Sie ist tatsächlich unterhaltsam. Vielleicht helfe ich dir doch, sie zurückzubekommen.«

Durch all das Chaos in ihrem Kopf redete Nessi leise auf sie ein. »Wir können ihr nicht mehr helfen, Emma. Lass uns gehen, komm schon.«

Die Statue befand sich in greifbarer Nähe, und als sie über ihre Wange strich, fühlte sich der Stein warm an. Ihre Hand wanderte über den Hals und dort, ganz schwach, fühlte sie ... einen Puls.

»Sie ... sie lebt noch«, flüsterte sie.

»Natürlich lebt sie noch«, erwiderte Nassaïr gelangweilt.

Unwillkürlich blickte sie von Grace zu ihm auf. Seine Schlangen hingen wieder schlafend an ihm herab. »In drei bis vier Tagen dürfte sie jedoch aufgrund des Flüssigkeitsmangels tot sein. Bei euch Menschen geht das immer verdammt schnell ...«

Uisdean lachte, als wäre das alles ein riesengroßer Spaß. »Musste das sein, Bruder? Jetzt muss ich mir jemand Neues zum Spielen suchen.« Er schaute zu Emma. »Wenn ich es mir recht überlege: Mit dir hätte ich das Problem mit dem schnellen Verschleiß nicht mehr.«

Sie ignorierte ihn weiterhin, jetzt ging es um Wichtigeres. »Mach es rückgängig«, zischte sie Nassaïr an und deutete auf Grace. *»Mach es verdammt noch mal rückgängig!«*, kreischte sie.

»So leidenschaftlich«, spottete Nassaïr. »Du willst, dass ich sie erlöse, Feengeküsste?« Er machte eine höfliche Verbeugung. »Dein Wunsch ist mir Befehl.«

Mit diesen Worten trat er so fest gegen die Statue, dass sie stürzte und auf dem Steinfußboden in etliche Teile zerbrach. Aus den Bruchkanten sickerte Blut.

Ihr Herz setzte vor Erschütterung einen Schlag lang aus. Rasch versuchte sie die Stückchen wieder zusammenzufügen. Ihre Fingerkuppen verfärbten sich von all dem Blut rot. Vor Verzweiflung und Hilflosigkeit konnte sie nicht mehr aufhören zu weinen und heulte unaufhörlich, während Uisdean laut lachte. Er lachte, bis er sich den Bauch halten musste und ihm Tränen in die Augen traten.

Doch für Grace kam jede Hilfe zu spät. Der steinerne Kopf lag abgetrennt vom Rest des Körpers. Grace war tot.

Ihre Familie würde niemals erfahren, was mit ihr passiert war, und niemand würde ihren Tod rächen. Genauso wie bei den vier anderen Mädchen, die in demütigenden Positionen zu Stein erstarrt waren und so qualvoll hatten sterben müssen. In ihrer Hand spürte sie etwas. Sie starrte das Fläschchen an, als würde sie es zum ersten Mal sehen.

Nessi schrie: »Emma, nicht!« Doch sie hatte die Phiole bereits aus ihrer geöffneten Handfläche zu Boden gleiten lassen. Wäre es ein normales Fläschchen gewesen, wäre aus der Höhe nichts passiert. Doch es handelte sich um Magie. Die Phiole zerplatzte auf dem Fußboden. Der Inhalt spritzte über die Steine und mischte sich mit der Blutlache, die sich aus Graces Trümmern gebildet hatte.

Wutentbrannt starrte Nassaïr auf die Flüssigkeit, die langsam über den Stein floss. »Sie hat das Heer gerufen. Deine Schlampe hat das verdammte Herr gerufen, Uisdean.«

Doch während sie vor den Stücken der zerbrochenen Statue hockte, erschien ihr alles – die Rufe und Aufregung um sie herum – wie im Nebel. Drei unendlich lange Herzschläge blieb es ruhig. Dann krachte etwas mit solcher Wucht von außen gegen den Turm, dass die Wände zu erzittern schienen. Chaos brach aus.

Ohrenbetäubendes Kreischen raubte ihr die Sinne, Schreie, die von keinem Erdentier stammen konnten. Die Schreie der Sluaghs. Sie beugte sich vornüber und verlor die Orientierung, obwohl sie sich bereits am Boden befand. Mit zusammengekniffenen Augen hielt sie sich die Hände über die Ohren und spürte warme Flüssigkeit aus ihnen herauslaufen. Als sie auf ihre Finger starrte, waren sie mit frischem Blut besudelt. Ein dünner Pfeifton überlagerte die restlichen Laute, die dumpf und weit entfernt zu sein schienen.

Inzwischen erklangen die dünnen Schreie näher, innerhalb des Palastes, statt von außen. Die Sluaghs waren offenbar ins Innere gelangt.

Sie schlug die Augen auf und sah einen der Sluaghs bereits an der Schwelle zur Tür stehen. Die Prinzen mussten irgendwann im Tumult abgehauen sein, auch von Nessi fehlte jede Spur.

Mit einem ohrenbetäubenden Schreien sprang der Seelenfresser auf sie zu. Ihr blieb keine Zeit zum Aufstehen, geschweige denn wegzurennen. Alles, was sie noch tun konnte, war, den Sluagh dabei zu beobachten, wie er scheinbar in Zeitlupe auf sie zusprang. Das Ganze dauerte nicht länger als einen Atemzug, doch es war, als würde sie Hunderte, Tausende von Bildern pro Sekunde sehen und sich ihr Leben vor ihrem inneren Auge wie ein Film abspielen.

Innerlich hatte sie längst abgeschlossen, als sie auf einmal von hinten gepackt und in die Höhe gerissen wurde.

Der Sluagh folgte ihnen, doch Krystal, der sie fest umklammert hielt und mit einem schwindelerregenden Tempo durch die schmalen Windungen des Turms flog, war schneller und wendiger. Sobald sie wieder genug Atem holen konnte, schrie sie sich die Seele aus dem Leib.

Jedes Mal, wenn sie überzeugt war, gegen eine der Turmwände zu krachen, schlug Krystal im Flug einen Haken und manövrierte sie geschickt an den Biegungen vorbei bis ganz nach oben, wo er durch eine Öffnung ins Freie preschte. Die frische Luft traf sie wie ein Faustschlag ins Gesicht.

Auf einmal befand sich der sternenübersäte Nachthimmel über ihnen. Es hätte wunderschön sein können, wenn ihr nicht speiübel gewesen wäre. Sobald der erste Schock vorüber war und sie wieder klar denken konnte, fiel ihr Nessi ein.

»Was ist mit Nessi?«, schrie sie panisch. »Du musst umkehren, Krystal. Wir können sie nicht zurücklassen!«

Doch Krystal hörte sie entweder nicht oder er ignorierte sie. In der dichten Finsternis der Nacht konnte sie kaum etwas erkennen. Die Schreie der Sluaghs klangen jedoch näher, als sie hätten sein sollen.

Ein ratschender Laut durchschnitt die Luft, als würde man nasse Laken auseinanderreißen. Gleich darauf strauchelte Krystal und sackte meterweit ab.

Dann befand sie sich im freien Fall, über ihr gleißendes Licht, in dem drei Sluaghs wie aus dem Nichts klar und deutlich zu sehen waren und wie Vampire vor der Sonne kreischend in die Dunkelheit zurückwichen. Krystal musste zu dem Licht geworden sein. Er leuchtete nicht einfach nur, er hatte sich in Licht verwandelt. Sluaghs fürchteten nichts mehr als die Helligkeit. Bevor ihr diese Erkenntnis richtig klar wurde, war es wieder dunkel und Krystal fing sie im Sturzflug aus der Luft auf.

Einer seiner Flügel schien verletzt zu sein. Wie eine kaputte Propellermaschine trudelte er durch die Luft, konnte sie beide kaum halten. In der Ferne erkannte sie Lichter.

Gemeinsam stürzten sie ab. Das Letzte, das sie mitbekam, war, wie Krystal mit dem Rücken voran durch ein Glasdach krachte, seine Arme und Flügel wie eine schützende Barriere um sie herumgewickelt, bevor sie hart auf Wasser aufschlugen. Glassplitter flogen um sie herum. Der Aufprall ins eiskalte Nass raubten ihr die Luft und das Bewusstsein.

Um sie herum breitete sich Dunkelheit aus.

38

Emma stand vor dem mannshohen Spiegel des Badezimmers. Ihre von der Dusche noch nassen Haare klebten wie rotbrauner Seetang auf der blassen Haut.

Nessi und Cathal waren kurz nach ihr heil bei Tadhg eingetroffen. Cathal kam unverletzt aus der Sache heraus, seine Landung war dementsprechend sauberer verlaufen. Krystal hingegen hatte es nur mit letzter Kraft zu Tadhg geschafft und war über seinem Wintergarten abgestürzt. Als sie das Bewusstsein wiedererlangte, lag sie in Tadhgs Armen und hustete sich die Seele und mit ihr ein paar Liter Flüssigkeit aus dem Leib. Das Wasser im Pool war von Krystals aufgeschlitztem Flügel hellrot. Die Verletzung stammte von den Klauen eines Sluaghs und würde eine Weile brauchen, bis sie verheilte.

Ihre Brust und ihr Hals brannten noch immer, als stünden sie in Flammen. Bis auf ein paar kleine Schnittwunden an den Armen und im Gesicht, die von den herabfallenden Glasscherben stammen mussten, hatte sie jedoch nichts weiter abbekommen.

Ihr Körper war mehr oder weniger unversehrt.

Doch tief in ihr drin, dort, wo sich ihre Seele befinden sollte, fühlte sie sich betäubt. Sie war nackt – bis auf die beiden Ketten, die um ihren Hals hingen – und fühlte nichts. Keine Kälte, keine Angst, keine Erleichterung. Sie stand nur da, starrte sich an und fragte sich, wer diese Frau war, die aus dem Spiegel zu ihr zurückstarrte. Ihr Blick war dumpf und fragend, ein verblüffter Ausdruck, als könne sie es kaum fassen, hier zu stehen.

Grace hatte dieses Glück nicht. Doch beim Gedanken an das Mädchen fühlte sie ebenfalls nichts. Vielleicht würde sie irgendwann wieder Mitleid oder Trauer für sie empfinden können. Vielleicht aber auch nicht. Manchmal muss man sich innerlich von allem abschotten, um nicht den Verstand zu verlieren.

Hinter ihr tauchte Nessi im Spiegel auf. »Emma, mein Gott. Du frierst dich doch zu Tode.« Sie legte ihr einen Morgenmantel um die Schultern.

Nessi hatte ihr kurz erzählt, was passiert war, doch sie kriegte den genauen Ablauf der Geschehnisse nicht mehr zusammen.

»Die Männer warten im Wohnzimmer auf dich«, fuhr Nessi fort. »Sie fragen, wann du herauskommst.«

»Herauskommen?« Ihre Stimme klang ebenso leer, wie ihre Augen aussahen.

»Emma, was du getan hast, war unüberlegt und«, Nessi zögerte, »… politisch ungeschickt. Wir stecken mitten in einer Krise und müssen überlegen, wie wir den größten Schaden abwenden und die Wogen wieder glätten können.«

»Krise?«

»Du hast die Prinzen in ihrem eigenen Palast angegriffen, nachdem sie bereit gewesen waren, uns gehen zu lassen. Der Angriff war unmotiviert und in deren Augen völlig grundlos. Ja, Emma, Krise.«

Langsam drehte sie den Kopf, um von ihrem Spiegelbild weg- und Nessi anzusehen.

»Unmotiviert und grundlos?«, fragte sie. Sie musste sich darauf konzentrieren, ruhig zu bleiben, denn wenn sie jetzt anfing zu schreien, würde sie sehr lange nicht mehr damit aufhören.

»Das sind *Fay.*« Sie betonte das Wort, als gäbe es kaum eine schlimmere Beleidigung. »Und für einen Fay gab es dafür keine Veranlassung. Wir Menschen sind im Síd nichts wert. Bestenfalls Spielzeuge, solange man, wie wir beide, keine Sonderstellung genießt. Ich weiß, dass es hart ist. Glaub mir, ich weiß, wie du dich fühlen musst. Aber wir müssen versuchen, uns noch ein bisschen länger zusammenzureißen. Wir stehen das durch. Gemeinsam. Okay?«

Das Bedürfnis zu schreien verschwand so schnell, wie es gekommen war. Was sie wollte, war, sich unter Decken zu verkriechen und zu schlafen. Falls die Bilder in ihrem Kopf sie jemals wieder ließen.

»Ich bin müde, Nessi«, sagte sie leise. »Ich bin so unendlich müde.«

»Ich weiß.«

Auf einmal zitterte sie am ganzen Leib. Kälte breitete sich von innen wie ein bösartiges Geschwür aus. Nessi drückte sie fest an sich, rieb über den Frotteemantel ihren Rücken und hielt sie minutenlang geduldig im Arm, bis das Zittern nachließ. Doch sie fror noch immer. In der Mitte ihres Körpers schien sich ein Kern aus Eis zu befinden, der verhinderte, dass sie wieder aufwärmte.

»Alles wird gut«, tröstete Nessi sie, während sie wieder von ihr abließ. »Komm. Cathal und Tadhg warten auf uns.«

»Was ist mit Krystal?«

»Der schläft wie ein Stein. Cathal meinte, nach einem Angriff durch einen Sluagh wäre das normal. Er hat sich wohl in einen heilenden Schlafmodus begeben, aus dem er so schnell nicht mehr aufwachen wird. Aber er wird durchkommen.«

Als Nessi das Bad verlassen wollte, hielt sie ihre Freundin noch mal kurz auf. »Wie machst du das?«

Nessi drehte sich vor der Tür nach ihr um. »Wie mache ich was?«

»So ruhig zu bleiben bei all dem … Mist?«

Nessi dachte kurz nach. »Ich bin im Síd aufgewachsen. Unter Elfen. Ich habe erst nach meiner Flucht gelernt, dass man auch als Mensch wertvoll ist und Rechte hat. Ich habe schon Dinge gesehen und erlebt, die …«, sie hielt inne, »sagen wir einfach, irgendwann schafft man es, diese Dinge schneller abzuhaken. Man stumpft nicht direkt ab, sie beschäftigen einen noch immer für lange Zeit, aber irgendwann hat man sich im Kopf Schubladen geschaffen, in die man diese Dinge fürs Erste ablegt. Kommst du nun?«

Resigniert nickte sie. »Ich würde mir gerne erst etwas anderes anziehen, aber ich komme gleich nach.«

Nessi presste die Lippen aufeinander. Sie wirkte besorgt, nickte aber, bevor sie die Tür von außen hinter sich schloss.

Während sie in ihrem Zimmer Kleidung zusammensuchte, dachte sie über Nessis Worte nach. Es klang nach einer guten Strategie, die Dinge auf später zu verschieben. Sie wollte nicht zu einem abgestumpften Sonderling werden, aber wenn sie jetzt zu viel darüber nachdachte, würde sie wahrscheinlich daran zerbrechen.

Als sie ins Bad gegangen war, hatte sich eine Traube Banshees bei Tadhg versammelt. Der Lärm hatte sie angelockt und sie wollten sehen, was passiert war. Einen Menschen, der mit einem Unseelie-Prinzen durch das Dach ihres Bosses stürzte, sah man wohl nicht alle Tage, nicht einmal im Síd.

Jetzt war das Wohnzimmer bis auf Tadhg, Nessi und Cathal wieder leer. Nessi lag auf einer der Récamieren und schaute in den brennenden Kamin, Tadhg saß wartend am Tisch und Cathal stand, mit dem Rücken zu ihr gerichtet, vor der Glasfront und blickte zum Horizont hinaus.

In der Ferne erhellte ein dünner silberner Streifen die Dunkelheit und bleichte den Himmel langsam aus. Die ersten Strahlen der aufgehenden Sonne machten das Ausmaß der Verwüstung erst richtig deutlich. Das wunderschöne Poolhaus glich einem Schlachtfeld.

Cathals Tonfall klang gereizt. »Hättest du die Güte, mir zu erklären, welcher Höllenhund dich geritten hat, *mein* Heer zu rufen?«

»Ich wollte, dass die Seelenfresser die beiden Prinzen in Fetzen reißen. Sehr viel weiter habe ich in dem Moment ehrlich gesagt nicht gedacht.«

Nun drehte er sich um, ein zorniges Funkeln in den Augen. »Du wolltest, dass meine Sluaghs die Prinzen in Fetzen reißen«, wiederholte er ihre Worte gepresst. »Genau deshalb ist es untersagt, Menschen feenzuküssen. Ihr seid streitsüchtige, impulsive, von Hass getriebene Kreaturen, die …«

»Sei nicht so hart, Cathal«, unterbrach Nessi ihn müde seufzend.

Er blickte Nessi ärgerlich an. »Mein Blut war für dich bestimmt. Für *dich!* Ich habe dir nie gestattet, es weiterzureichen. Der erste feengeküsste Mensch in der Geschichte des Síd hat seine Herrin und all ihre Bediensteten in Stücke gehauen, sodass sie von der Königin erlöst werden mussten. Die zweite«, er deutete auf Emma, »ruft das Heer, als wäre es ihr persönlicher Schlägertrupp!«

Tadhg stand von dem Stuhl auf. »Genau genommen hat es andere Gründe, weshalb es verboten ist, Menschen feenzuküssen.«

Cathal verschränkte die Arme vor der Brust. »Und welche Gründe wären das?«

»Die gleichen, weshalb die Königin dafür gesorgt hat, dass alle Hexen ausgerottet wurden. Doch mehr darf ich dazu nicht sagen.«

»Aha. Dann danke ich für diese detaillierte Auskunft, Gott des Todes und der Unterwelt.«

Tadhg seufzte. »Lasst es gut sein, Fürst.«

Nessi und sie warfen sich einen Blick zu. Nessi schwang ihre Beine über die Récamiere und setzte sich auf.

»Königin Siobhánn ist für die Ausrottung der Hexen verantwortlich? Wie denn das?«

»Schon mal etwas von der Inquisition gehört?«, erwiderte Tadhg. »Die Königin hat den Menschen über Jahrhunderte hinweg Gift in die Ohren geflüstert, bis die letzte europäische Hexe verbrannt war.«

»Und mit ihnen unzählige unschuldige Menschen …«, murmelte Nessi leise vor sich hin, schien jedoch in Gedanken woanders zu sein.

Nessi dachte sicher an das Gleiche wie sie: Jada. Zum Glück hatten sie dafür gesorgt, die Fay von Jada fernzuhalten. Es hatte sich nur um ein Gefühl, eine Intuition von Nessi und ihr gehandelt, doch offenbar hatten sie mit ihrem Gefühl genau ins Schwarze getroffen. Die europäischen Hexen waren von den Fay ausgerottet worden, doch Jada stammte ursprünglich aus Kenia, bevor ihre Eltern nach England gezogen waren.

Cathal trat vom Fenster zu Tadhg. »Dass Ihr und die Königin einander nicht leiden könnt und durch Andeutungen ständig versucht, den Ruf des anderen zu schädigen, ist kein Geheimnis, Tadhg. Doch Eure persönliche Vendetta ist im Augenblick irrelevant. Was auch immer der Grund war, mit ihrem Verhalten hat Emma nicht nur sich, sondern auch Nessya in größte Gefahr gebracht. Ihr unüberlegtes Handeln war riskant und leichtsinnig. Das Heer ruft man nicht grundlos, nur um jemandem einen Denkzettel zu verpassen, so sehr Uisdean den auch verdient haben mag.«

»Das ist mir doch bewusst, Heerführer«, erwiderte Tadhg.

Da war es wieder, dieses Wort.

Grundlos.

»Es war nicht grundlos«, sagte sie leise. »Sie hatten ein Mädchen bei sich, das sie …«

»Ein Mädchen?«, unterbrach Cathal. »Einen Menschen?«

»Ja«, zischte sie, blickte zu ihm auf und erwiderte seinen eiskalten silberfarbenen Blick. »Einen Menschen. Wir mussten etwas tun, denn sie haben sie nicht nur über Monate hinweg gefoltert und misshandelt, sondern sie auch noch vor unseren Augen umgebracht. Verstehst du? Vor unseren Augen.«

Cathal kniff sich in den Nasenrücken. »Geht diese Diskussion schon wieder los!«

»Was soll das denn jetzt heißen?«

Er klang äußerst zornig. »Ich weiß, dass ihr beiden das nicht gerne hört, doch die Gesetze des Síd gelten nicht für Menschen. Uisdean wollte dich provozieren. Er wollte, dass du ihn auf seinem Grund und Boden angreifst, und du bist voll in seine Falle getappt. Was du getan hast, kommt einer Kriegserklärung gleich, Emma. *Einer Kriegserklärung!*«

»Jemand musste etwas tun!« Vor Wut zitterte sie am ganzen Körper. »Ich sehe ein, dass es nicht gerade schlau war. Aber in dem Moment hatte ich eine Kurzschlussreaktion.«

»Nicht gerade schlau?«, erwiderte Cathal entrüstet. »Nicht gerade schlau? Das ist ja wohl eine Untertreibung von epochalem Ausmaß!«

»Ich habe Mist gebaut, ich habe überreagiert. Es tut mir leid, okay?«

»Es tut dir …«, begann er und brach den Satz ab. Er klang, als würde er an den Worten ersticken. »Und was denkst du, wird nun passieren, hm? Dass sich Prinz Uisdean mit erhobenem Zeigefinger vor dich hinstellt, ein böses, böses Mädchen nennt und damit ist wieder alles in Ordnung? Ich fürchte, so einfach ist es nicht, Feengeküsste.«

Tadhgs besonnene Stimme durchschnitt die angespannte Atmosphäre. »Entschuldigungen sind wertlos, Emma. Das habe ich dir bereits mehrfach gesagt.« Sein Blick sandte kalte Schauer über ihre Wirbelsäule.

»Ich musste etwas tun«, verteidigte sie sich. »Wenn sich an diesem gottverlassenen Ort sonst niemand für einen *wertlosen* Menschen verantwortlich fühlt, musste eben ich handeln.«

»Und was hat es gebracht?«, grollte Tadhg. »Sie ist tot, oder nicht? Hättest du nachgedacht und deinen Verstand eingesetzt, wie ich es dir seit Wochen versuche zu vermitteln, hättet ihr sie vermutlich retten können.«

Seine Worte machten sie fassungslos. Vor Wut traten Tränen in ihre Augen. »Dann ist es meine Schuld, dass sie tot ist? Ist es das?«

»Nein. Getötet wurde sie von Nassaïr. Doch wenn du deinen Kopf eingesetzt hättest, statt dich von deinen Emotionen leiten zu lassen, hättest du dir eine Strategie überlegen können. Wir hätten gemeinsam über einen Plan nachdenken können, Emma, und möglicherweise wäre sie innerhalb weniger Tage frei gewesen.«

»Dir ist das Schicksal eines Menschen doch völlig egal«, fuhr sie ihn an.

Er trat dicht an sie heran und durchbohrte sie mit dem Blick seiner blutroten Augen, die wie Flammen in seinem Gesicht loderten. »*Du* bist mir nicht egal. Für *dich* hätte ich es gemacht, wenn dir so viel daran gelegen hätte.« Auf einmal schloss er die Augen und legte die Stirn in Falten. »Augenblick«, sagte er etwas ruhiger. »Ich bekomme gerade einen Ruf.«

Als er sich auf den Weg in sein Schlafzimmer begab, vernahm sie ein ganz leises geisterhaftes Flüstern. Doch vielleicht handelte es sich nur um das Knistern der Magie in der Luft.

»Und jetzt?«, fragte Nessi. »Was sollen wir tun?«

Cathal atmete hörbar aus. Seine Flügel schmiegten sich eng an den Körper und berührten fast die Decke. Drachenartige Sluagh-Flügel. Das stand im Widerspruch zum Rest seines Aussehens. Ohne Flügel und den rückwärtigen Drachenschwanz hätte er glatt wie eine Elfe aussehen können. Wären die Farben seiner Haare und Haut etwas menschlicher gewesen. Dennoch … er vereinte den Schrecken der Unseelie und die absolute Reinheit der Seelie in einer Person. Kein Wunder, dass die Seelie damit nicht konfrontiert werden wollten.

»Möglicherweise werden die Prinzen Entschädigungen einfordern«, antwortete er. »Zum Glück seid ihr beide bereits per Bündnisse und Eide an Tadhg und mich gebunden. Das bedeutet, dass die Möglichkeiten der Prinzen recht begrenzt sind. Wie ich sie kenne, werden sie sich trotzdem etwas Besonderes einfallen lassen.«

»Verdammt.« Seufzend rieb sich Nessi das Gesicht. »Wenn ich eines immer wusste, dann, dass man für die Königshäuser möglichst unsichtbar bleiben sollte, egal von welchem Hof. Und jetzt sind wir bei beiden auf dem Radar.«

Plötzlich fiel Emma bei Cathals Anblick wieder etwas ein. Die Vereinigung von Gut und Böse.

»Sag mal«, fragte sie ihn, »kann es sein, dass das Heer mal aus sechs Sluaghs bestanden hat, statt nur aus fünf?«

Er wandte sich ihr überrascht zu. »Ja. Doch einer ist verschwunden, als ich noch sehr klein war. Woher weißt du das?«

Sie öffnete den Mund zur Antwort, doch in dem Moment kehrte Tadhg zurück. Seine Miene wirkte undurchdringlich und passiv. Nichtssagend, als versuchte er, andere Gefühle vor ihnen zu verbergen. Doch unter seine weiße Haut hatte sich ein gräulicher Schimmer geschlichen. Seine Art zu erblassen.

Cathal schien die feinen Anzeichen ebenfalls zu bemerken. »Schlechte Neuigkeiten, alter Freund?«

Tadhg sah in die Runde. »Ich habe mich soeben mit Prinz Nassaïr unterhalten.«

»Und?«, fragte Cathal.

Bevor Tadhg antwortete, glitt eine Reihe von Emotionen über seine Züge, die sie nicht deuten konnte. Schließlich erkannte sie, dass es sich um Angst handelte. Der Tod hatte Angst.

Er holte tief Luft. »Er lässt ausrichten, dass Prinz Uisdean, zweiter Anwärter auf den dunklen Thron, Zehrer der Freude, Emma, Menschenkind und Feengeküsste von ebendemselben, zu einem magischen Duell herausfordert.«

»Was?«, schrillte Nessi und fuhr hoch. »Das kann er nicht machen.«

»Ich fürchte, er kann«, erwiderte Tadhg.

»Seit wann kann man denn einen Menschen herausfordern? Das ist lächerlich.«, schnaubte der Sluagh-Fürst.

»Emma hat doch überhaupt keine Magie. Es wäre unfair und … und …« Nessi rang um Worte und schien keine zu finden. »Es wäre einfach unfair!«

»Die gleichen Argumente habe ich ebenfalls angeführt«, erwiderte Tadhg. »Doch sie hat Magie benutzt, wenn auch keine eigene, sondern die des Fürsten, als sie die Sluaghs herbeigerufen hat. Die Prinzen haben bereits bei Königin Siobhánn vorgesprochen und ihre Einwilligung erhalten. Die Königin hat den einunddreißigsten Dezember für das Duell festgesetzt. In zehn Tagen.« Er schaute zu Cathal. »Sie wird das nicht mehr zurückziehen, Fürst. Ihr wisst genauso gut wie ich, dass Siobhánn nur auf eine Gelegenheit gewartet hat, um die Feengeküsste loszuwerden.«

Cathal nickte bestätigend, während Nessi einen frustrierten Schrei zur Zimmerdecke ausstieß.

Emmas Herz stockte. »Was … was bedeutet das?«

Es war Cathal, der antwortete. »Das bedeutet, dass du anfangen solltest, Vorkehrungen zu treffen, Emma«, sagte er auf einmal mild. Jeglicher Ärger schien verpufft. »Besuche deine Familie, triff dich mit deinen Freunden und … und verbringe ein paar schöne Tage mit ihnen.«

»Ihr klingt, als wäre ich in zehn Tagen tot.«

Niemand widersprach.

39

24. Dezember – ein Tag vor Weihnachten

Liebes Tagebuch,

Tadhg hat grob umrissen, was es mit diesen Feenduellen auf sich hat. Ich werde mal versuchen, seine Worte möglichst genau wiederzugeben: Bei einem magischen Feenduell handelt es sich um einen von der Königin des Síd bewilligten Kampf zwischen zwei Feenwesen, die in Fehde zueinander stehen und diese miteinander austragen sollen. Ein solches Duell findet in einer Arena statt und ist ein beliebtes Spektakel im Síd, zu dem sich Seelie wie Unseelie zusammenfinden. Außenstehenden ist es untersagt, während des Kampfes einzugreifen, einem der Duellanten zu helfen oder später Rache zu üben. Gekämpft wird, wenn nichts anderes beschlossen wird, bis zum Tode von einem der Kämpfer beziehungsweise bis einer so verstümmelt ist, dass der Tod durch das Schwert einer Erlösung gleichkäme.

Genauso sachlich und emotionslos hat er es mir erklärt.

Mit anderen Worten: ein offiziell genehmigter Mord vor Publikum.

Die gute Nachricht ist, dass ich gegen Magie weitestgehend immun bin – auf jeden Fall gegen die von Uisdean –, somit ist auch sein Vorteil eingeschränkt. Die schlechte Nachricht ist, dass er größer und stärker ist als ich und über sehr viel mehr Kampferfahrung verfügt.

Nessi hat gefragt, ob ich nicht untertauchen will. Ich habe es kurz in Erwägung gezogen, aber das würde bedeuten, dass ich mich für den Rest meines Lebens verkriechen müsste, immer mit der Angst im Nacken, gefunden zu werden. Nur um dann am Ende doch in die Arena geschleift zu werden, nachdem die Fay mich ausfindig gemacht haben. Mit dem Unterschied, dass sie mich in Ketten legen würden. Wenn ich mich dem Kampf nächste Woche stelle, würde mir diese Demütigung erspart bleiben.

Nein, ich werde nicht wegrennen und riskieren, meine Achtung und meinen Respekt vor mir selbst zu verlieren. Möglicherweise überlebe ich diesen Kampf nicht, aber in ständiger Furcht könnte ich auch nicht weiterleben. Wenn ich schon untergehe, dann mit einem Knall. Mutige Worte … mal sehen, ob ich am Tag des Duells noch genauso denken werde.

Tadhg und ich haben uns gestritten. Solange ich seine Bedingungen nicht erfülle, will er mich nicht gehen lassen. Nicht mal kurz über Weihnachten, um meine Eltern noch einmal zu sehen. Eine Abmachung wäre eine Abmachung, meinte er, und dass der Síd es einem krummnimmt, wenn man Abkommen bricht. Meine Chancen, in dem Duell zu überleben, wären ohnehin nicht die besten. Er will verhindern, dass sie noch schlechter werden, indem wir den Síd verärgern. Selbst Cathal meinte, dass er übertreibt.

Einerseits könnte ich durchdrehen wegen Tadhgs übertriebenem Ehrgefühl für diese Bündnisse, andererseits zeigt es, dass er mich nicht völlig aufgegeben hat. Selbst wenn die Wahrscheinlichkeit gering ist, scheint er es dennoch für möglich zu halten, dass ich es schaffen kann. Sonst wäre es egal, ob wir den Síd verärgern oder nicht.

Er will, dass ich im Kampf Hinterlist und Tücke anwende.

Bitte, kann er haben …

Emma klappte ihr Tagebuch zu, straffte die Schultern und verließ leise ihr Zimmer, nachdem sie einen ihrer Wurfdolche mitgenommen hatte. Sie schlich an dem Albtraumzimmer und dem Wohnzimmerbereich vorbei. Der Flur ging ohne Tür direkt in Tadhgs Schlafzimmer über, sodass sie kaum Geräusche machte, als sie auf Zehenspitzen an sein Bett herantrat. Es war Mittag, die Zeit, zu der Feenwesen am tiefsten schlafen.

Mit klopfendem Herzen stand sie, den Dolch fest umklammert, vor seinem Bett und schaute auf ihn herab. Die schweren Gardinen hingen zugezogen vor den Fenstern, doch durch dünne Schlitze drang gerade genug Licht ins Zimmer, um im Halbdunkel etwas erkennen zu können. Er schlief in der Mitte des großen Bettes auf dem Rücken. Sein nachtschwarzes Haar war offen und ergoss sich über die dunklen Laken, sodass schwer zu erkennen war, wo sich die Grenze zwischen seinem Haar und dem Bett befand.

Vorsichtig kletterte sie auf die Matratze und hockte sich – so behutsam und geräuschlos es ging – neben ihn.

Könnte sie das?

Sie war so wütend auf ihn gewesen, als er sich stur gestellt und ihr verboten hatte, für nur zwei Tage zurück nach Hause zu gehen. Doch einem Schlafenden einen Dolch ins Herz zu rammen, war irgendwie … feige. Niederträchtig, verschlagen.

Aber genau das verlangte er im Kampf gegen Feenwesen von ihr. Oder? Nur so hätte sie eine Chance. Sie positionierte die Spitze des Dolches über seinem Herzen, umfasste das Heft mit beiden Händen und atmete tief durch. Ihre Hände zitterten. In Vampirfilmen sah es immer so einfach aus, wenn Van Helsing Dracula einen Pflock durchs Herz trieb.

Sie hielt eine scharfe Klinge, keinen Holzpflock, und dennoch fand sie die Überwindung dazu nicht.

Vielleicht würde es ja helfen, ihn nicht anzusehen. Ohne die Position ihrer Hände zu verändern, blickte sie zur Zimmerdecke empor. Der Dolch schwebte über der Stelle seines Körpers, wo sie sein Herz vermutete.

Auf drei.

Eins …

Zwei …

Sie schloss die Augen und holte einen tiefen Atemzug. Ihre Handflächen schwitzten. Sie musste den Griff fester umfassen, damit er ihr nicht aus den Händen glitt.

Zweieinhalb …

Verdammt, tu es einfach. Er stirbt sowieso nicht. Du tust es nur, um ihm zu beweisen, dass du es draufhast.

Zweidreiviertel …

»Ich finde, dass ich dir jetzt wirklich genug Zeit gelassen habe«, durchschnitt Tadhgs leise Stimme die Stille.

Vor Schreck entfuhr ihr ein spitzer Schrei. Ihr Herz hämmerte so stark, dass sie das Pochen im Gaumen spüren konnte. Sie riss die Augen auf und schaute hinab. Ihre Blicke trafen sich. Um die rote Farbe seiner Iriden erkennen zu können, war es in dem Zimmer zu dunkel, sie hätten ebenso gut auch braun sein können.

»Wie lange bist du schon wach?«, fragte sie, als sie ihre Sprache wiederfand. Den Dolch nahm sie jedoch nicht herunter.

Er lächelte leicht. »Ungefähr, seitdem du auf Höhe des Kamins warst.«

»Oh«, hauchte sie so leise, dass der Laut kaum zu vernehmen war. Das hieß, so ziemlich seit sie um die Ecke gebogen war. »Aber die Idee war schon hinterhältig, oder? Dafür muss es doch Pluspunkte geben.«

»Ja, dafür gibt es Pluspunkte«, erwiderte er und packte sie mit beiden Händen an den Schultern. Zur Warnung drückte sie die Spitze des Dolches leicht in seine Brust. Er hielt inne, löste seine Hände jedoch nicht von ihr. »Für die ineffiziente Durchführung gibt es allerdings Minuspunkte.«

»Trotzdem habe ich das Abkommen erfüllt?«

Sie machte eine Frage daraus, drückte den Dolch etwas tiefer in die nackte Haut. Statt zu antworten, hob er sie in einer einzigen geschmeidigen Bewegung an den Schultern über sich, legte sie mit dem Rücken in die Laken und stemmte sich hoch. Nicht einmal eine Sekunde hatte er gebraucht, um ihre Positionen umzukehren. Jetzt lag sie unter ihm und er ragte über ihr auf. Strähnen seines Haares fielen über seine Schultern auf ihren Körper wie warme, lebendige Seide. Ihr fiel auf, dass er nackt schlief. Die Dolchspitze hielt sie weiterhin gegen seine Brust gedrückt. Ihr Herz hämmerte in ihrer Kehle. Sie atmete schwer. Wenn er sich weiter zu ihr hinabbeugte, würde er sich mit seinem eigenen Körpergewicht in die Klinge drücken.

Tadhg streckte den Kopf so weit vor, bis sein Mund ihr Ohr streifte. »Du hast noch genau drei Sekunden«, flüsterte er. Sein Atem war warm, die sanfte Berührung seiner Lippen ließ sie erschauern.

»Drei Sekunde wofür?«

Er antwortete nicht.

Sie blinzelte zu ihm hoch. Zwei weitere Herzschläge lang verharrten sie so, sahen sich gegenseitig tief in die Augen. Dann packte er ihr Handgelenk, zog es mitsamt dem Dolch von sich und drückte ihre Hände in die Matratze.

»Deine Zeit ist abgelaufen«, sagte er. Der Dolch rutschte ihr aus der Hand und landete irgendwo in den Laken.

Er küsste sie. Sie erstarrte, weil er sie überrumpelt hatte. Der Druck seines Kusses presste ihre Lippen so fest gegen ihre Zähne, dass es beinahe wehtat, doch dann ließ er von ihr ab und streifte ihren Mund sanft mit seinem, knabberte, neckte sie. Dieses Mal war sie vorbereitet und erwiderte den Kuss, teilte leicht die Lippen, genoss seinen Geschmack, das Kitzeln seiner Zunge und die wohligen Schauer, die all das in ihr verursachten. Wärme schoss in ihren Unterleib. Stöhnend wand sie sich unter ihm, in seinem festen Griff. Er ließ ihren Arm los, rutschte mit der Hand über ihre Taille bis zur Hüfte und strich an ihrem Oberschenkel entlang. Ohne den Kuss zu unterbrechen, packte er ihr Nachthemd und zog es über ihre Schenkel nach oben.

Schwer atmend löste sie sich von seinen Lippen. »Tadhg, was tust du? Ich meine … das magische Band …«

Mit dem Gewicht seines Körpers drückte er sie tiefer in die Matratze. Seine Finger gruben sich in ihre Schenkel, so fest, dass es fast schmerzhaft war. Fast. Er besaß so viel Kraft, dass er mit der Hand ihren Oberschenkelknochen wie einen dünnen Zweig hätte zerbrechen können, wenn er gewollt hätte. Das spürte sie. Diese Kraft schimmerte als gefährliche Verheißung unter einer dünnen Oberfläche, einer zivilisierten Fassade, die von ihm kontrolliert wurde. Würde man diese Oberfläche ankratzen und die wilde, rohe Energie befreien, könnte er – Todesgott, der er war – den gesamten Síd dem Erdboden gleichmachen. Ein Blick in seine funkelnden Augen war genug, um sich über diese Erkenntnis klar zu werden, und die Vorstellung, dass er sie mit all dieser Kraft nahm, brachte ihr Herz zum Rasen.

Sie spürte seine Erektion fest und hart durch den dünnen Slip hindurch.

»Willst du das?«, flüsterte er, während er seine Hüften bewegte, sich an ihr rieb, bis sie kleine wimmernde Laute von sich gab.

»Ich will es. Oh, ich will es so sehr …« Sie sah ihm in die Augen. »Aber was ist mir dir?« Wenn sie miteinander schliefen, würden sie das Band besiegeln. Für immer. Das Risiko war, vor allem in Anbetracht der Umstände, zu groß für ihn.

Statt zu antworten, löste sich der Druck seiner Finger an ihrem Schenkel. Seine Hand glitt zu ihrem Slip und zerriss ihn mit einem einzigen schnellen Ruck. Das Gummiband knallte seitlich gegen ihren Hintern. Sie zuckte zusammen, als er den Stoff fortriss und sich zwischen ihren Körpern keine Barriere mehr befand.

»Das …« Sie schnappte nach Luft. Blut jagte durch ihre Adern, ließ ihren Puls rasen wie ein fliehendes Geschöpf. »Das war nicht, was ich gemeint habe. Ich meinte, wenn wir aneinander gebunden sind, dann …«

»Ich weiß, was du gemeint hast.«

»Aber Tadhg, wenn ich nächste Woche sterbe …«

»Sch …«, machte er, bevor er ihr mit einem Kuss die Sinne raubte. Kurz löste er sich von ihr. »Stirb nächste Woche nicht.«

Es kostete sie Mühe, sich zu konzentrieren, vernünftig zu bleiben. Alles in ihr schrie dagegen an. Sie wollte egoistisch sein, sich fallen lassen und Tadhg endlich in sich spüren. Doch nicht sie wäre es, die am Ende vor Trauer und Schmerzen vergehen würde. Sie würde sterben, auf jeden Fall. Irgendwann, in einigen Jahrzehnten. Sehr wahrscheinlich aber nächste Woche schon. Sie würde die Sehnsucht mit ins Grab nehmen, während er zurückblieb. Konnte sie das verantworten?

An den Schultern drückte sie ihn sanft von sich. »Tadhg.« Sie hatte bestimmt klingen wollen, doch dafür fehlte ihr die Kraft.

»Emma.« Im Gegensatz zu ihr klang seine Stimme fest und entschieden. »Ich weiß, was ich tue. Als wir nach dem Streit in den letzten zwei Tagen nicht miteinander geredet haben, ist mir etwas klar geworden: Lieber gehe ich das magische Band mit dir ein, teile dieses Erlebnis mit dir, und wenn es nur für einen kurzen Moment ist, als mich für den Rest der Ewigkeit zu grämen, dass ich diese Chance habe verstreichen lassen. Ich will dich, Emma. Ich will dich jetzt.«

»Aber …«

»Still jetzt.« Sein Tonfall klang sanft, wenn auch etwas ungeduldig. »Ich bin alt genug, vertrau mir.«

Dem Argument konnte sie definitiv nichts entgegenbringen, also ließ sie es und sank entspannt in die Laken. Sein Haar ergoss sich um seine Schultern und bildete einen dunklen Rahmen zu seiner weißen Haut.

Er schaute sie an, als wollte er sich einprägen, wie sie in seinen Kissen lag.

»So oft habe ich mir das ausgemalt. Wie du dich unter mir in meinen Laken windest und sich deine sahnige Haut und dein rotes Haar von der Dunkelheit abheben.«

Seine Stimme klang rau und atemlos. Sie starrte in seine Augen und fand dort nichts als pures Verlangen. Doch es machte ihr keine Angst. Im Gegenteil. Sie sah ihn an, sah die Gier, die Leidenschaft und die Andeutung von Gefahr, falls er sich in der Hitze des Moments vergaß. Doch sie vertraute Tadhg. Er würde ihr nicht wehtun. Niemals.

»Emma.« Er atmete schwer. »Du machst mich verrückt, wenn du mich so ansiehst.«

Sein Finger glitt in sie hinein. Sie keuchte, doch es handelte sich nicht um ein Vorspiel. Als er sie feucht und bereit vorfand, schob er sich zwischen die Beine, brachte seine Hüften in die richtige Position und glitt langsam in sie. Vor Verlangen wimmerte sie. Sie war zwar feucht, doch er war so groß, dass sich ihr Körper erst an ihn gewöhnen musste.

Sein Gesicht war in ihrem Haar vergraben. Dicht an ihrem Hals flüsterte er: »Tue ich dir weh?« Seine Lippen pressten sich gegen ihren Puls, er bedeckte die Beuge über ihrem Schlüsselbein mit kleinen Küssen und hielt still, bis sie antwortete.

Da sie nicht lügen konnte, wisperte sie nur: »Ein bisschen, aber es geht schon. Nicht aufhören.«

Sie schlang ihre Arme um seinen Nacken, vergrub die Finger in sein Haar und strich mit ihnen über seinen nackten Rücken. Er stemmte sich hoch und zog sich fast völlig aus ihr zurück. Kurz befürchtete sie, er würde es doch beenden. Doch dann drang er mit einem kräftigen Stoß wieder tief in sie ein. Sie schnappte nach Luft, als die ersten Wogen der Lust durch sie hindurchrauschten.

Sie brauchten keine Worte mehr, nur noch ihre Körper, die zu einer Einheit wurden, sich einander voll und ganz hingaben. Er fand den Punkt in ihrem Innern, diese kleine Stelle, und fuhr wieder und wieder darüber hinweg, bis sie sich unter ihm aufwölbte, sich wand und vor Genuss laut stöhnte.

Ein Strom aus Wärme und knisternde Elektrizität brandete über sie, schloss sie ein wie in eine glühende Decke. Jeder Stoß seines Körpers verstärkte die Empfindung, ließ die Decke schwerer werden und sich enger um sie spannen. Es war, als wäre sie gefangen, und je angestrengter sie versuchte, sich zu befreien, desto mehr verhedderte sie sich. Sie roch Salz und Meer und meinte sogar das Rauschen von Wellen zu hören.

»Was ist das?«, fragte sie. Ihr Herz raste.

Tadhg sah sie mit fiebrigem Blick an. Er wirkte verwirrt und hörte auf, sich in ihr zu bewegen. »Was?«

Sie bewegte die Hand vor seinen Augen hin und her, drehte sie und wackelte mit den Fingern.

»Das hier. Was ist das?« Die Energie, die sie umgab, folgte den Bewegungen wie züngelnde Flammen.

Tadhg blinzelte. »Magie.«

Dann nahm er seinen Rhythmus wieder auf. Zu mehr Worten schien er nicht fähig zu sein, doch das war auch nicht nötig.

Tief in ihr baute sich Spannung auf, die immer weiter anschwellte, bis sie von innen gegen ihre Haut drückte, sich durch die Poren einen Weg an die Oberfläche bahnte und über sie hinwegrauschte. Wie Finger, die sie berührten, jeden Zentimeter liebkosten. Ihre Härchen stellten sich am ganzen Körper auf, Kribbeln überzog ihren Leib, ließ sie erschauern und zucken. Ihr Blut rauschte. Ihr Unterleib presste sich zusammen, bis sie kaum noch Luft bekam und der Höhepunkt in einer gewaltigen Explosion über sie hinwegbrandete. Sie schrie auf.

Tadhgs Bewegungen wurden schneller. Er riss den Kopf nach hinten. Mit einem einzigen lauten Stöhnen ergoss er sich in ihr und brach schließlich über ihr zusammen.

Bevor er sie unter seinem Gewicht erdrücken würde, rollte er schwer atmend von ihr herunter. Der Geruch nach Meer und Salz verwehte, das Glitzern der Magie verblasste. Übrig blieb nur sein wundervoller männlicher Duft, nach seiner sauberen Haut, seinem Haar. Es war, als würde nach einem gewaltigen Sturm Ruhe einkehren, um die Natur verschnaufen zu lassen.

Sie lag in Tadhgs Armen und war in diesem Moment überzeugt, dass es nichts gab, das sie jemals wieder voneinander trennen könnte. Tadhg würde sie für immer halten und vor allem Bösem beschützen.

Mit diesem wundervollen Gedanken stürzte sie in die Finsternis und fiel, fest an seine Brust gekuschelt, in einen tiefen, traumlosen Schlaf.

40

Die Weihnachtsfeiertage, die sie mit ihrer Familie verbrachte, waren schön, kamen ihr aber ein wenig wie ein Besuch im Disneyland vor. Eine surreale, künstlich erschaffene Traumwelt, in der man es nicht länger als maximal ein Wochenende aushielt. Ihre Tante und ihr Onkel stritten, weil ihre Tante für den Plumpudding pflanzliches statt tierisches Fett benutzt hatte.

Es war so banal, so hirnrissig, dass sie in schallendes Gelächter ausbrach und alle sie verwirrt ansahen. Doch ihre Familie fand, dass die Wochen im Wellnesscenter – Nessis Ausrede für ihr plötzliches Verschwinden – ihr unheimlich gutgetan hatten.

»Gut schaust du aus, mein Schatz«, hatte ihre Mutter gesagt und dabei verlegen gelächelt, als stünde sie vor einer völlig Fremden.

Wenn jemand Emma fragte, was sie Neujahr machte, antwortete sie wahrheitsgemäß, dass sie bereits Pläne hätte.

Die restliche Zeit bis Neujahr verbrachte sie mit Nessi und Jada in London, die dort gerade bei ihrer Voodoo-Queen-Tante wohnte.

Am Tag vor dem Duell, dem 30.12., kehrte sie in den Síd zurück. Tadhg teilte ihr mit, dass er trotz allem bei der Königin vorgesprochen und versucht hatte, Siobhánn dazu zu bringen, das Duell im Nachhinein abzusagen. Doch da war nichts zu machen. Er hatte es getan, obwohl sie einander nicht ausstehen konnten und er sich dadurch hatte demütigen lassen. Er sagte, das wäre den Versuch wert gewesen. Sie rechnete ihm das hoch an.

Sie schrieb ein Testament. Es passte auf eine Seite.

Außerdem schrieb sie einen Brief an Cathal, in dem stand, dass er Prinz Nassaïr mal fragen sollte, ob der zufällig wüsste, was mit seiner

Mom geschehen war. Nur falls sie nicht mehr dazu kam, vorher mit Cathal zu sprechen.

Tadhg lehnte ab, sie in der Nacht vor dem Duell zu lieben, damit sie bei Kräften wäre.

»Du bist ein Exgott, kein Sexgott«, hatte sie sich beschwert, doch sie musste zugeben, dass sie am ersten Weihnachtsfeiertag tatsächlich noch recht wackelig auf den Beinen und kaum zu etwas zu gebrauchen gewesen war. Er hatte also vermutlich recht.

Dann kam der Tag des Duells.

Sie befand sich in einem kleinen Vorraum, der direkt in die Arena führte und sie mehr an eine Gefängniszelle erinnerte als an ein Zimmer. Bestimmt zum hundertsten Mal überprüfte sie die Schnallen der leichten Lederrüstung, die ihren Bauch, die Schultern und die Brust schützte. Sogar schicke Armschienen trug sie. Maßanfertigungen. Ein Geschenk der Banshees. Obwohl die Rüstung optimal saß, hatte sie das Gefühl, dass die Schnallen zu eng anlagen und sie keine Luft bekam. Außerdem schwitzte sie unter dem Teil, doch das lag vermutlich an der Aufregung. Sie wäre sicher auch schweißgebadet gewesen, wenn sie Uisdean im Bikini entgegengetreten wäre. Durch die Gitterstäbe der Tür, die ins Freie führte, konnte sie auf den sandigen Kampfplatz blicken. Die Arena war wie ein römisches Amphitheater aufgebaut. Die Plätze füllten sich.

Das letzte Duell hatte vor ein paar Jahrhunderten stattgefunden, hatte man ihr erzählt. Die Seelie duellierten sich für gewöhnlich nicht auf solch eine grausame und primitive Weise, und die Unseelie – die sich traditionell wohl sehr gerne Kämpfe miteinander lieferten – hatten, bis auf einige wenige Ausnahmen, keine Magie mehr. Die Fay schienen sich nach etwas Entertainment zu sehnen.

Da ein magisches Feenduell irgendwie witzlos war, wenn einer von beiden keine Magie besaß und der andere seine Magie nicht einsetzen konnte, da sein Gegner immun dagegen war, hatte die Königin verfügt, dass ausnahmsweise gewöhnliche Waffen zugelassen waren. Emma hatte eine Motorsäge beantragt, doch leider waren nur traditionelle Waffen erlaubt. Dazu zählte auch kein Flammenwerfer. Also hatte sie ihren besten Wurfdolch dabei.

Vor der Tür ihrer Zelle waren Elfenkrieger vom Seelie-Hof positioniert, die wohl verhindern sollten, dass sich einer der Duellanten aus der Verantwortung stahl.

Noch eine halbe Stunde bis zum Beginn.

Wie ein gefangener Zirkuslöwe tigerte sie in der kleinen Zelle auf und ab. Am Schlimmsten war die Warterei. Als sich die Tür öffnete, machte ihr Herz einen Satz und sie zuckte zusammen. Kalter Schweiß brach ihr im Nacken aus, doch es war Tadhg, der die Wächter bat, ihnen ein wenig Privatsphäre einzuräumen. Von Nessi hatte sie sich bereits verabschiedet, bevor sie abgeführt worden war. Sie hatten sich gegenseitig versprochen, nicht zu heulen, und dass sie nach dem Kampf gemeinsam einen heben gehen würden. Geheult hatten sie natürlich trotzdem.

Sobald die Tür zu war, fiel sie Tadhg in die Arme. Vor den Augen der Elfen hätte sie das nicht gemacht – niemals Schwäche zeigen –, doch jetzt konnte sie nicht anders. Sie forschte in seinem Gesicht nach Trost, fand jedoch nur Ernsthaftigkeit und Strenge. Besser als Besorgnis und definitiv besser als Mitleid. Dennoch … etwas Aufmunterung hätte jetzt gutgetan.

»Wir haben nicht viel Zeit, Emma. Hast du deine Waffe?«

Sie nickte und drehte ihre Hüfte leicht, damit er den Dolchhalter mit dem darin steckenden Dolch sehen konnte.

»Emma«, sagte er bestimmt. »Du solltest wissen, dass du noch eine weitere Waffe mit in diese Arena nimmst. Eine Waffe, die man nicht sehen kann und von der kaum jemand etwas weiß, die du jedoch immer bei dir hast.«

Seufzend tippte sie sich an die Stirn. »Meinen Verstand, schon klar. Ich muss versuchen, Ruhe zu bewahren und nicht in Panik zu geraten.«

»Das auch, doch das meinte ich nicht. Ich spreche von etwas anderem.« Er sah ihr tief in die Augen. »Als du Krystal den Blutpakt angeboten hast, wie hat er da reagiert?«

Der plötzliche Themenwechsel war etwas zu abrupt für sie. Sie schloss die Augen und schüttelte leicht den Kopf, als sie versuchte, sich die Situation ins Gedächtnis zurückzurufen. Es war nur wenige Wochen her, die ihr jedoch wie eine Ewigkeit vorkamen.

»Er hatte kein Interesse«, antwortete sie schließlich und sah Tadhg wieder an.

»Warum nicht?«

»Keine Ahnung. Er war eher auf Sex aus.«

»Ja, doch was hat er damals gesagt? Weshalb wollte er lieber Sex statt Blut?«

Sie zuckte mit den Schultern. »Weil er ein Kerl ist?«

»Emma!« Er packte sie bei den Schultern und schüttelte sie sanft. »Denk nach, versuche dich zu erinnern. Weshalb hatte er an einem Blutsbündnis kein Interesse?«

Es schien verdammt wichtig zu sein, doch sie wusste beim besten Willen nicht, worauf Tadhg hinauswollte. Seit sie in diese Zelle getreten war, beherrschte Angst ihren Verstand. Sie war ohnehin kaum zu einem klaren Gedanken fähig. Die Eindringlichkeit in seiner Stimme verschlimmerte den Stress nur und sorgte dafür, dass ihr sowieso schon blank gefegtes Hirn noch leerer wurde. Je angestrengter sie versuchte, die Gedanken heranzuholen, desto weiter entglitten sie ihr.

»Ich weiß es nicht«, beharrte sie. »Ich glaube, weil er sich viel eher nach körperlichem Kontakt gesehnt hat. Daher hat er sich am Ende mit einem Kuss begnügt.«

»Genau. Er hat sich mit einem Kuss *begnügt*. Die Frage ist, warum. Weshalb wollte er dein Blut nicht?«

»Keine Ahnung«, rief sie verzweifelt.

»Versuche dich zu erinnern. Es ist wichtig, dass du dich erinnerst.« Er klang geduldig, ruhig. Offenbar wollte er sie nicht in Panik versetzen, doch weshalb musste er sie ausgerechnet jetzt mit Fragen quälen, auf die sie keine Antwort fand? »War ihm dein Blut zu unbedeutend?«, fragte er.

Sie kniff die Augen zusammen und rieb sich die Stirn, als Fetzen der Konversation zurückkehrten. »Nein. Er meinte, ich hätte sehr mächtiges Blut.«

»Welcher Unseelie würde einen Kuss über Blut wählen?«

Sie schlug die Augen wieder auf. »Ich weiß es nicht, Tadhg. Ich weiß es einfach nicht.«

»Keiner!«, erwiderte er. Hätte sie die Lederrüstung nicht getragen, hätte sie von seinem festen Griff um ihre Oberarme sicher blaue Flecken davongetragen. Der intensive Blick seiner Augen durchbohrte sie. »Es sei denn …«

»Es sei denn?«, hakte sie nach, doch er antwortete nicht. Etwas schien ihn davon abzuhalten, als dürfe er nicht. Als hätte es grausame Konsequenzen, wenn er weitersprach.

Die Tür öffnete sich und einer der Elfenkrieger steckte den Kopf in den Raum.

»Es ist Zeit.« Er verbeugte sich leicht. »Ich muss Euch nun bitten zu gehen, Lord Tadhg.«

Tadhg nickte ihm knapp zu, bevor er sich wieder ihr zuwandte. Er hob sie an sich und drückte seine Lippen auf ihre, küsste sie kurz und stürmisch.

»Finde die Antwort auf die Frage, Emma«, beschwor er sie leise, als er widerstrebend von ihr abließ und zur Tür ging, bevor der Wächter eingreifen würde. »Erinnere dich an den wahren Grund.«

Dann war er fort.

Angestrengt forschte sie in ihrem Kopf nach der Konversation mit Krystal, doch lautes Grölen, Jubeln und Rufe von draußen lenkten sie ab. Sie stürzte ans Gitter und beobachtete Uisdean, der als Erster in die Arena hinausmarschierte und sich von der Menge feiern ließ.

Es begann.

Wie ein Rockstar breitete er die Arme aus, während er in der Arena im Kreis lief und die Menge anheizte. Er benahm sich wie jemand, der bereits gewonnen hatte. Er war der Star. Und er wusste das.

Das Gitter, an das sie sich klammerte, zog wie von selbst gleitend nach oben, sodass sie vor Schreck zurückstolperte. Sie blickte sich zur Tür um und rechnete damit, dass jeden Moment einer der Wachposten hereinkam und sie mit einem Speer in die Arena trieb. Doch die Tür blieb zu. Die Elfenkrieger dienten nur dazu, aufzupassen, dass sie nicht abhaute. Aus dieser Zelle gab es nur einen Weg nach draußen, und der lag vor ihr.

Mit klopfendem Herzen zwang sie sich, nach vorne zu gehen, immer einen Schritt nach dem anderen. Sie trat aus dem Halbdunkel ihrer Zelle hinaus und musste die Augen vor dem gleißenden Licht abschirmen. Doch es war überhaupt nicht hell, der Kampf fand in den späten Nachmittagsstunden statt. Ihre Sinne nahmen alles nur viel intensiver wahr.

Der Jubel und die Rufe rissen abrupt ab, sobald sie einen Fuß nach draußen auf den sandigen Boden setzte. Das Publikum hatte seinen Favoriten bereits gewählt. Sie war es nicht.

Uisdean stand auf der gegenüberliegenden Seite der Arena und grinste zufrieden. Er wartete gelassen, gab ihr diesen Moment. Vielleicht, weil es Sitte war, vielleicht, weil er es genoss, dass die plötzliche Stille sie zermürbte. Aber besser als Pfiffe. Immerhin wurde sie nicht mit verfaultem Gemüse beworfen.

Sobald sich ihre Augen an die Helligkeit gewöhnt hatten, ließ sie ihren Blick durch die Arena schweifen, nahm alles genau auf, bemerkte winzigste Details. Das gesamte Kolosseum bestand aus einem glatt polierten, marmorierten Stein. Sie konnte keine Abgrenzungen zwischen einzelnen Steinen erkennen. Möglicherweise war das Kolosseum sogar aus einem einzigen riesigen Marmorblock gemeißelt worden.

Es hieß, dass die Seelie-Königin einen Hang für pompöse Dekadenz und Übertreibung hatte. Der Sand unter ihren Füßen war feinkörnig und trocken und fast ebenso weiß wie Puderzucker. Blut würde darauf sicher einen tollen Kontrast geben und gut darin versickern.

Auf einer Seite saßen die Unseelie. Ein wilder, bunt gemischter Haufen aus den faszinierendsten und beängstigendsten Kreaturen, die sie je gesehen hatte. Anders als die Seelie schienen sie sich weder einem bestimmten Dresscode zu unterwerfen noch auf ein generell einheitliches Erscheinungsbild zu achten. Stattdessen war dort von kleinen, hässlichen koboldartigen Wesen über erhabene dunkle Lords und bleiche Ladies bis zu Trollen oder Ogern in der Größe von Nilpferden alles vertreten.

Auf der anderen Seite befanden sich die Seelie-Elfen, sauber getrennt von den Unseelie, die durch die Anwesenheit der wilden Horde jedoch leicht verstört zu sein schienen. Die abfälligen, verstohlenen Blicke sprachen eine deutliche Sprache: Man hielt sich für etwas Besseres und empfand die bloße Anwesenheit der Unseelie als eine Beleidigung für die feinen Sinne und das ästhetische Bewusstsein. Als würde ein katholisches Mädcheninternat im Fußballstadion auf eine Gruppe biersaufender und stinkender Hooligans treffen. Mit Sicherheit gab es auch unter den einzelnen Elfen Unterschiede, doch im Moment sah sie keine. Wunderschöne, ungerührte, geleckte Klone mit der Königin als Kopiervorlage.

Diese saß mit einigen anderen, scheinbar hochrangigen Elfen auf einem Balkon und wirkte gelangweilt. Selbst von unten erkannte Emma durch die schmalen Säulen der Balustrade, dass ihr Gewand wie eine Mischung aus Licht und Wasser um sie herumfloss. Als bestünde es nicht aus Stoff, sondern aus Elementen.

Die Königin der Seelie war schön und wirkte ebenso liebenswert wie ein Blizzard. Hätte man versucht, sie auf einem Scheiterhaufen zu verbrennen, wären sicher Funken gesprüht.

In der Arena war es seit ihrem Eintreten so still geworden, dass man den Flügelschlag einer vorbeifliegenden Motte hätte hören können. Es war, als würden die Zuschauer jede Aufmerksamkeit, die sie ihr schenkten, als verschwendete Zeit empfinden. Für die Fay war sie bereits tot.

Sie suchte in der Masse nach bekannten Gesichtern oder wohlgesonnenen Blicken, die ihr Trost und Ruhe spenden würden, fand jedoch nichts dergleichen.

Ihr Herz raste wild in ihrer Brust, unkontrolliertes Zittern übermannte sie. In ihrem Mund breitete sich ein bitterer, beißender Geschmack aus. Der Geschmack von Furcht und Panik. Wozu kämpfen? Sie hatte sowieso keine Chance, da brauchte sie sich nichts vorzumachen. Sie wusste das, und alle in diesem Kolosseum schienen es ebenfalls zu wissen.

Aus der Masse erhob sich jemand. Es war Tadhg. Er stand stolz und aufrecht in dem Meer aus Monstern, ein dunkler Lord inmitten anderer Unseelie und doch von ihnen abgesondert. Er gehörte dazu, doch irgendwie auch nicht. Er befand sich auf einer anderen Stufe. Tadhg war der Gott des Todes, und sollte sie jemals Zweifel daran gehabt haben, wurden sie in dem Moment verweht wie Laub von einem kräftigen Windstoß. Er schaute zu ihr hinab, in den Augen ein zuversichtlicher Blick.

In einem bebenden Atemzug entließ sie die Luft aus ihren Lungen, die sie die ganze Zeit über angehalten hatte.

Sein Gesichtsausdruck machte deutlich, dass er sie noch nicht aufgegeben hatte. Er glaubte an sie. Neben ihm saß Clíodhna, die zu ihm emporsah und ebenfalls aufstand. Nicht weil sie an sie glaubte, sondern vielmehr, weil es die Etikette zu erfordern schien, doch das machte nichts. Auf die Geste kam es an.

Nach und nach erhoben sich die anderen Banshees von ihren Plätzen, bis keiner der Todesboten mehr saß. Sie entdeckte Nessi, die neben Cathal stand, und versuchte zu lächeln. Es kostete sie Mühe. Der Fürst der Sluaghs nickte ihr aufmunternd zu. Krystal entdeckte sie ebenfalls unter den Zuschauern. Er saß neben seinem Bruder Nassaïr. Er hatte sich nicht erhoben, doch seine Miene war freundlich, nicht feindselig wie die des anderen Prinzen. Niemand jubelte oder feierte sie wie Uisdean zuvor.

Was sie taten, war viel bedeutungsvoller. Sie verneigten sich vor ihr. Ein sanfter Wind wirbelte Strähnen ihres Haares auf. Für eine unmögliche Sekunde erstarrte die Welt, und es war, als wäre sie die Einzige, die sich in diesem unwirklichen Standbild noch zu bewegen vermochte. Der Augenblick besaß etwas Beängstigendes und etwas Magisches.

Das Klirren einer Kette ließ ihn zerplatzen und katapultierte sie in die Realität zurück, als Uisdean seine Waffe von einem Tisch hob. Ihm gefiel offenbar nicht, was geschah, das überhebliche Grinsen war aus seinem Gesicht gewischt. Jetzt waren es einfach nur noch seine langen Zähne. Doch in seiner Miene fand sich keine Aufgeblasenheit mehr. Bei der Waffe seiner Wahl handelte es sich um einen Morgenstern. Ein gottverdammter Morgenstern, der dem Aussehen nach mehrere Zentner wiegen musste.

Das Publikum und alles andere um sie herum verschwanden. Ihre Sinne nahmen nur noch die Gefahr wahr, die sich vor ihr befand. Uisdean schwang den bestachelten Koloss über seinem Kopf, als wöge er nichts weiter als eine Kugel aus Styropor. Bei jeder Umdrehung zischte die Luft, gab ein dumpfes *wumm … wumm … wumm …* von sich, als die Waffe durch sie hindurchrauschte.

Uisdean stand noch weit entfernt. Es sollte eine Drohgebärde sein und sie wirkte.

In einer panischen Kurzschlussreaktion zog sie ihren Dolch aus dem Holster und warf ihn Uisdean entgegen. Sie hatte eine klare Schusslinie auf seine Brust, die Stelle über seinem Herzen war aufgrund der hochgehobenen Arme entblößt. Durch eine leichte Drehung seines Oberkörpers entging er dem Dolch, der irgendwo hinter ihm im Sand landete. Sie hatte ihre einzige Waffe verloren. Lachend hielt er den Morgenstern still neben sich. Er hatte sie lediglich einschüchtern wollen, und sie war voll darauf hereingefallen.

Während er auf sie zukam, den Morgenstern durch den Sand hinter sich herschleifend, klopfte ihr das Herz bis zum Hals. Er zog mit der Waffe eine Furche hinter sich her, als würde er ein Feld umpflügen. Ihre Muskeln waren aufs Äußerste gespannt, sie begab sich in eine Verteidigungsposition. Sobald er in Reichweite war, begann er wieder den Morgenstern zu schwingen. Sie duckte sich, spürte den Luftzug über ihren Kopf hinwegfegen. Uisdean holte wieder aus. Und wieder. Jedes Mal duckte sie sich vor der schweren Eisenwaffe. Nur ein Treffer damit und der Kampf wäre vorbei. Sie wäre sofort tot.

Im Moment ging es nicht darum, wie sie Uisdean angreifen könnte, sondern nur ums Überleben. Nichts anderes war mehr von Bedeutung. Sie hangelte sich von einem Augenblick zum anderen, von einem Herzschlag zum nächsten. Nach jedem erfolgreichen Ausweichen durchströmte ein weiterer Adrenalinstoß ihren Körper, der sie am ganzen Leib erzittern ließ.

Ihre mangelnde Kampferfahrung war es, die ihr zum Verhängnis wurde, sie konzentrierte sich nur auf den Morgenstern und vergaß den Rest. Als seine Faust sie traf, erschienen buchstäblich Sterne vor ihren Augen. An den Fall konnte sie sich nicht erinnern, nur dass sie im Sand liegend aufwachte und Blut schmeckte. Es mischte sich mit feinen Sandkörnern in ihrem Mund. Stöhnend drehte sie sich auf den Rücken. Ein großer, dunkler Schatten verdunkelte ihre Sicht zum Himmel. Zu spät erkannte sie, dass es der Morgenstern war, der auf sie zurauschte.

Uisdean ließ ihn direkt neben ihr in den Sand schmettern, nur eine Handbreit von ihrem Gesicht entfernt. Erstarrt blieb sie liegen, unfähig, sich zu rühren. *Steh auf, steh auf!* Es ging nicht. Ihr Körper gehorchte ihr nicht mehr.

Uisdean schien ihren inneren Kampf mit sich selbst zu bemerken und fand das offenbar zum Schreien komisch. Er warf den Kopf in den Nacken und lachte laut.

«Du hast doch nicht geglaubt, dass ich dir den Gefallen tun würde, dich schnell umzubringen, oder?«, sagte er, während er sich rittlings auf sie setzte. »Wo bleibt denn da der Spaß?« Vorsichtig hob er die Kette mit ihrer Lebensfreude über ihren Kopf und hing sie sich um den eigenen Hals. »Das gehört jetzt wieder mir. Wie du.«

Nein! Verzweifelt streckte sie die Hand nach dem Funken aus, doch sie war wie gelähmt. Er saß nicht auf ihrer Brust, dennoch fühlte es sich so an, als würde ein schweres Gewicht auf ihr lasten und ihr die Luft zum Atmen rauben. Tränen brannten auf ihren Wangen.

Er strich ihr liebevoll eine feuchte Strähne aus der verschwitzten Stirn. »Als ich sagte, dass ich dich vermisst habe, war das ernst gemeint.« In seinen milchigen Augen leuchtete ein verschlagenes Funkeln auf. »Niemand muss heute sterben, weißt du? Unterwerfe dich mir, schwöre mir Gehorsam, und vielleicht erlaube ich dir, meine Konkubine zu werden.«

Das war der Moment, in dem sich ihre Starre löste, als würde man ihr ein Gegengift zur paralysierenden Substanz, die ihren Körper lahmlegte, spritzen.

»Niemals«, zischte sie und spuckte ihn mit einer Mischung aus Speichel und Blut an.

Sein Blick wurde kalt und hart, der verspielte Ausdruck verschwand aus seinen Zügen. »Ich habe mir schon gedacht, dass Überzeugungsarbeit nötig sein wird.«

Ihr Kopf wurde zur Seite geschleudert, als er ihr eine schallende Ohrfeige gab. Sie erbrach neben sich in den Sand. Als er aufstand, um seine Hose aufzuknöpfen, drehte sie sich rasch auf den Bauch und versuchte von ihm wegzurobben. Ohne Plan, ohne Strategie. Hauptsache weg. Aufstehen war nicht drin, dafür war sie zu schwach, zu kaputt. Sie spürte ihre Beine kaum. Im Nachhinein wurde ihr klar, dass sie nur deshalb so weit vorankam, weil er sie durch den Sand kriechen ließ wie ein Tier, bevor er seinen Fuß auf ihren Rücken stellte. Verzweifelt versuchte sie nach etwas zu greifen, um sich daran vorwärtszuziehen, bekam jedoch nichts als Sand zu fassen.

Von hinten schlossen sich seine Krallen um ihre Kehle. Sein Unterleib wölbte sich gegen ihren Hintern. Neben ihrem Ohr gab er ein erregtes Grunzen von sich. Sein Atem verursachte ihr erneut Übelkeit, sie würgte, ihr Magen revoltierte, gab aber nichts mehr von sich.

»Ich habe eine schlechte und eine richtig schlechte Nachricht für dich«, raunte er ihr ins Ohr. »Die schlechte ist, dass ich nie vorhatte dich heute umzubringen, weil – und das ist die richtig schlechte – ich dich zurückhaben und mit dir spielen will, meine süße, kleine Emma. Eigentlich wollte ich dir unbedingt in diese schönen grünen Augen sehen, wenn ich es mit dir treibe. Aber so können wir auch anfangen. Wir haben schließlich noch die ganze Nacht vor uns, Süße. Und morgen Nacht. Und übermorgen. Und alle weiteren darauffolgenden Nächte.«

Er würde sie vergewaltigen. Vor Tadhgs Augen, vor Nessis Augen, die gezwungen wären, hilflos zuzusehen. Bis sie gebrochen war und seine Bedingungen erfüllen würde. Damit er aufhörte. Endlich aufhörte.

Doch der Albtraum würde dann erst richtig beginnen.

Ihre Arme waren weit ausgestreckt, noch immer versuchte sie, vorwärtszurobben, obwohl sie unter seinem Körper gefangen war.

Während er an ihrer Hose zerrte, spürte sie im Sand einen harten Gegenstand. Sie schloss die Hand darum, zog ihn heran und erkannte, dass sie ihren Dolch festhielt, doch nicht am Heft, sondern an der Klinge. Sie hatte sich die Handfläche aufgeschlitzt, spürte jedoch keine Schmerzen. Blut floss über ihre Hand und den Griff und sickerte in den Sand. Sie sah das Blut und dachte in dem Moment nur daran, dass es den Griff zu glitschig machen würde, um ihn gescheit werfen zu können. Blut und Schmerzen, die Währungen des Unseelie-Hofes.

Keiner, schoss ihr Tadhgs Antwort auf seine eigene Frage durch den Kopf. Kein Unseelie würde einen Kuss über Blut wählen.

Dann schlug es wie ein Blitz in ihren Verstand. *Was könnte ich getan haben, dass du mich umbringen möchtest?,* hatte Krystal sie gefragt, als sie den Blutpakt vorgeschlagen hatte. Ihr Blut hätte Krystal umgebracht. Das war der wahre Grund gewesen. Kein Bedürfnis nach körperlicher Zuneigung oder Wärme.

Eine innere Ruhe breitete sich in ihr aus. Sie wurde still und kalt.

Der Schlag ihres Herzens normalisierte sich, ihr Blut rauschte nicht mehr durch ihre Adern und die Panik beherrschte nicht länger ihren Verstand. Es war, als würde sich ihr Geist mitsamt all ihren Gefühlen und ihrer Menschlichkeit von ihrem Körper lösen. Zurück blieb nur der primitive Kern. Ein ursprüngliches, ungerührtes, wildes Geschöpf.

Uisdean machte sich gerade an ihren Slip zu schaffen, nachdem er mühsam ihre Hose heruntergezerrt hatte. Die enge Lederrüstung hatte es ihm ziemlich erschwert.

Sie drehte sich um, setzte sich auf und lächelte. Uisdean musste etwas von diesem wilden Geschöpf in ihrem Blick sehen. Er verengte die Augen und sah sie misstrauisch an, schien jedoch zu überrumpelt, um gleich zu reagieren.

»Ich glaube, das gehört mir«, sagte sie, während sie ihm gleichzeitig die Kette entriss und ihm ihre blutige Hand auf die langen Fangzähne drückte. Er zuckte zurück und drehte den Kopf zur Seite, wodurch seine Zähne die Wunde noch weiter aufrissen. Ein Schwall ihres Blutes landete in seinem Mund.

»Miststück!«, brüllte er. Wieder klingelten ihre Ohren von seinem Faustschlag, der sie in den Sand schleuderte. Doch es machte nichts. Sie lag da, rollte sich im Sand auf den Rücken und lachte. Sie musste aussehen wie eine Irre.

Über ihr zogen Wolken zusammen und verdunkelten den Himmel zu einer grauen Suppe. Der Wind frischte auf, wehte über ihren geschundenen Körper und spendete Kühle. Zweige und Laub tanzten kleine Pirouetten im Wind, als sie durch die Luft wirbelten.

»Genug!«, zischte Uisdean und legte sich wieder über sie, schlug zu und versuchte sie zu bändigen. Doch sie würde weder aufgeben noch sich ihm unterwerfen. Das konnte er vergessen. Sie zappelte unter ihm, kämpfte und versuchte ihn abzuwehren. Er war stärker als sie, dennoch gab sie nicht auf, kämpfte mit all ihrer Kraft. Er würde sie nicht brechen. Nicht jetzt, nicht jemals.

Den Dolch hielt sie fest in der Hand umklammert. Sie sah ihm tief in die Augen und lächelte. Er starrte zornig zurück, holte zum erneuten Schlag aus und ermöglichte ihr dadurch eine freie Angriffsfläche auf seine ungeschützte Front.

Mit voller Wucht trieb sie ihm die blutbesudelte Klinge unterhalb der Rippen nach oben gerichtet in die Brust. Er erstarrte mitten in der Bewegung. Sie sahen einander weiterhin an. In seinem Blick lag ein erschrockener Ausdruck. Über ihren Köpfen rumpelte der erste Donner hinweg, weit entfernt, ein dumpfes Rollen.

»Auch ich wollte dir dabei unbedingt in die Augen sehen, Uisdean«, flüsterte sie durch zusammengebissene Zähne hindurch. Das war das erste Mal, dass sie ihn mit seinem Namen ansprach. »Damit der Hass in meinen *schönen grünen Augen* das Letzte ist, das du jemals siehst.«

Dann drehte sie die Klinge einmal in der Wunde, bevor sie sie wieder herauszog. Uisdean taumelte zurück, stand auf und starrte auf die Wunde unter seinem Herzen. Blut quoll aus der Wunde. Viel Blut. Zu viel.

Er schloss die Hand über die Verletzung, doch noch immer rann das Blut zwischen seinen Fingern hindurch. Er ging in die Knie, in seinem Gesicht ein ungläubiger Ausdruck, bevor er wie ein nasser Sack vornüber zu Boden fiel und neben ihr liegen blieb. Erschöpft lag sie auf dem Rücken, ihre Gesichter nur Zentimeter voneinander entfernt, und schaute in seine weißen Fischaugen.

Als sich die ersten Tropfen aus den Wolken lösten und auf ihm landeten, blinzelte er nicht. Seine Augen hatten schon immer milchig und trüb ausgesehen, doch in ihnen hatte Leben gesteckt. Dieses Licht war nun erloschen.

Schwer atmend blickte sie zum Himmel empor. Ein Blitz durchzuckte die Dunkelheit, schwarze Wolken türmten sich auf. Sie breitete die Arme aus und öffnete sich dem Sturm. Der Wind blies nicht gegen sie, sondern durch sie hindurch, riss ihr Haar in die Höhe, wirbelte es umher und machte sie zu einem Teil dieser Naturgewalt. Über ihr vereinigte sich ihr Körper mit dem Wind. Unter ihrem Rücken wurde sie sich der Erde gewahr. Nicht bloß dem Sand, sondern tiefer, durch das Fundament des Amphitheaters hindurch, durch die Erde, vorbei an Steinchen und Wurzeln bis zur Kruste, die zu einem flüssigen Lavastrom wurde. All das spürte sie, als würde sie direkt auf dem dickflüssigen Strom schwimmen. Der Regen prasselte auf sie herunter, wusch den Zorn, die Verwirrung, die Angst davon. Der Sturm war wild und furchterregend. Blitze schlugen innerhalb von wenigen Herzschlägen in den Boden, begleitet von wütendem Donnergrollen, doch sie fürchtete sich nicht. Sollte sie hier und jetzt sterben und gemeinsam mit Uisdeans Leichnam in den von Würmern und Maden erfüllten Boden versinken, dann wäre es eben der Lauf der Dinge. Wer war sie, die Macht des Síd infrage zu stellen? Doch der Síd schien andere Pläne zu haben. Das spürte sie.

Magie erfüllte die Nacht, schloss sie in ihre raue und forsche Umarmung. Ein Geflecht aus magischen Wurzeln brach um sie herum aus dem Sand hervor und umschlang sie mitsamt Uisdeans totem Körper in einen Kokon. Es hätte ihr Angst machen sollen, stattdessen breiteten sich Wärme und Ruhe in ihrem Herzen aus. Sie vertraute der Magie, öffnete sich ihr und gab sich ihr voll und ganz hin, wie ein Kind, das bedingungslose Liebe und Zuversicht für seine Mutter empfindet.

Sie begriff, wie klein sie war und wie riesengroß die Welt, und sie fühlte sich von ihr umarmt und geliebt. Sie hielt die Kette mit ihrer Lebensfreude noch in ihrer Hand, die von dem Wirbelsturm über ihr in die Höhe gerissen wurde. Doch statt für immer im tosenden Himmel und den dunklen Wolken zu verschwinden, floss der Funke entgegen der Schwerkraft wie eine zähe, leuchtende Flüssigkeit über die Kette in ihre Finger zurück und sickerte in ihren Körper.

In einem langen Seufzen entließ sie Luft aus ihren Lungen. Endlich fühlte sie sich wieder vollständig. Sie öffnete ihre Hand, ließ die leere Kette los und beobachtete, wie sie vom Wind auf Nimmerwiedersehen in die Nacht gewirbelt wurde. Dort, wo sie die Kette gehalten hatte, hatte sich in der Magie ein kleines Loch gebildet. Wie Wasser umgaben die magischen Wurzeln nun wieder ihre Fingersitzen und schlossen die Öffnung. Sie lag da, die Arme gen Himmel gestreckt, und lachte. Es war ein glückliches, ein freies Lachen, während sie innerhalb der Flechten aus Licht und Macht gefangen war.

Dann lösten die magischen Wurzeln den Kokon wieder auf, ließen Uisdean tot und sie lebendig zurück und verschwanden in der Erde. Der Sturm über ihrem Kopf beruhigte sich so schnell, wie er gekommen war, und nahm all die Magie und die Macht, die sich im Wind befunden hatte, mit, als würde sie weiterreisen, zu einem anderen, einem neuen Ort.

Mit einem letzten kühlen Windhauch glitten die Magie und ein paar tote Blätter über sie hinweg und waren fort. Normalerweise hätte sie erschöpft sein müssen, doch sie fühlte sich stark und komplett.

Als würde sie aus einem langen Traum erwachen, setzte sie sich auf und sah sich um. Sie musste magietrunken sein, falls es so etwas gab. Niemand applaudierte oder jubelte ihr zu. Doch es beweinte auch niemand den toten Prinzen. Die Feenwesen schienen, ihren Gesichtsausdrücken nach zu urteilen, viel zu schockiert zu sein. Sie stand auf, klopfte sich Sand von den Beinen und ließ ihren Blick über das Publikum wandern. Um jeden Einzelnen lag ein sanfter farblicher Hauch, aber vielleicht spielten ihre Augen ihr auch nur einen Streich. Ob sie von Uisdeans Schlägen eine Gehirnerschütterung davongetragen hatte?

Bei der Königin verharrte ihr Blick. Im Gegensatz zu allen anderen lag in ihren Augen kein Entsetzen, sondern Wut. Sie war über den Ausgang des Kampfes nicht überrascht, sondern verärgert. Warum? Lange konnte sie sich an dem Gedanken jedoch nicht aufhalten.

»Regelbruch!«, schrie jemand. Hatte sie die Regeln gebrochen? Sie hatte Uisdean doch in einem fairen Kampf besiegt. Möglicherweise nicht sehr ehrenhaft, sondern mit Hinterlist und Tücke, doch scheiß auf die Ehre, hatte Tadhg gesagt. Komm lebend zurück.

Zu spät begriff sie, dass der Ausruf nicht ihr gegolten hatte. Mehrere Dinge geschahen gleichzeitig, die sie erst im Nachhinein in ihre richtige Ordnung würde bringen können. Über ihrem Kopf zog ein dunkler Schatten hinweg, aus dem Augenwinkel erkannte sie die Form von riesigen Flügeln. Vor ihr war Nassaïr in die Arena gesprungen. Sein tödlicher Blick richtete sich auf sie, die Schlangen ein lebendiges Nest um sein Gesicht. Sie wandte sich ab, doch zu spät. Seine zerstörerische Magie rollte wie eine Schlammlawine auf sie zu. Schützend hob sie die Arme und duckte sich, doch Nassaïrs Magie war kein Hagelschauer, vor dem man sich hätte abschirmen können, ebenso wenig, wie man sich vor radioaktiver Strahlung schützen könnte.

Eine goldgeränderte Feder schwebte wie in Zeitlupe zu ihren Füßen in den Sand. Gleichzeitig durchriss ein Schrei die Nacht.

»Krystal! Nein!« Es war Nassaïr, der schrie.

Langsam hob sie die Feder auf. Ihr Herz sank, in ihrem Hals bildete sich ein Kloß. Da sie offenbar nicht zu Stein erstarrt war, schaute sie hoch. Doch eine Statue versperrte ihr die Sicht. Eine Statue, die sich vor wenigen Sekunden noch nicht vor ihr befunden hatte. Eine Statue mit weit ausgebreiteten Engelsflügeln. *Nein!* Sie wusste nicht mehr, ob sie das Wort laut schrie oder ob die Erkenntnis über seinen Tod so stark auf ihre Brust drückte, dass es ihr Herz zerquetschte und jede Äußerung im Keim erstickte.

Unseelie sprangen von ihren Bänken und stürmten die Arena. Innerhalb kürzester Zeit entwickelte sich zwischen den Monstern eine Schlägerei. Die Ogerwesen trampelten über den Boden hinweg wie eine Nilpferdherde. Bei jedem ihrer Schritte erbebte die Erde. Mit ihren riesigen Fäusten zermalmten sie andere Kreaturen, offenbar nur deshalb, weil sie es konnten.

Ein Pfeilhagel flog von der Seelie-Seite aus durch die Luft, während nicht kämpfende Elfen-Nobelleute panisch das Weite suchten. Einer der Pfeile flog direkt auf sie zu. Kurz vor ihren Augen fing Tadhg ihn aus der Luft ab, der sich auf einmal an ihrer Seite befand. Erschreckt sah sie in die Richtung, aus der der Pfeil gekommen war, und sah der Königin direkt ins Gesicht. Sie drehte sich um und verschwand in der Masse.

»Komm«, sagte Tadhg, packte sie am Arm und zog sie in Richtung Zelle, aus der sie zu Beginn gekommen war.

Während sie über den Platz vorbei an sich schlagenden und verstümmelnden Fay rannten, flogen Sluaghs über der Arena, schnappten sich wahllos Fay und rissen sie in der Luft auseinander. Das Letzte, das sie sah, war, wie Cathal versuchte, sie unter Kontrolle zu bringen. Seine Silhouette hob sich bedrohlich vor den Wolken ab.

»Was ist mit Nessi?«, rief sie, während Tadhg sie hinter sich herzog.

»Der Fürst hat sich bereits um sie gekümmert«, rief er zurück. »Mach dir keine Sorgen.«

Sie wusste nicht mehr, wie weit sie rannten oder wohin. Irgendwann befanden sie sich auf einer friedlichen Lichtung im Wald, wo sie um eine Verschnaufpause bat. Neben einem gurgelnden Bach verlor sie das Bewusstsein.

40

1. Januar

Liebes Tagebuch,
ich lebe noch.

Seufzend legte Emma Krystals Feder zwischen die Seiten und klappte das Buch zu. Sie lag, in eine warme Decke gekuschelt, in Tadhgs Armen auf eine der Liegen im Poolhaus, das inzwischen wiederhergestellt worden war, und betrachtete den Sonnenuntergang. Der tiefe Schnitt in ihrer Hand war verschorft, als wäre er eine Woche alt. Sie konnte förmlich dabei zusehen, wie er verheilte.

Seit sie irgendwann im Laufe des Tages aus der Ohnmacht erwacht war, hatte Tadhg sie, außer kurz zum Duschen und Frischmachen, nicht mehr losgelassen. Nicht, dass sie sich darüber beschwerte. Sie genoss seine Wärme und fühlte sich in seinen Armen sicher und geborgen. Die Finger seiner Hand waren über der Decke mit ihren verhakt. Über seiner Haut lag seltsamerweise ein zartes rotes Leuchten.

Ja, sie lebte noch.

Weil sich Krystal zwischen sie und die Magie seines Bruders geworfen hatte. Weil der junge Prinz ihr – bewusst oder nicht – das Geheimnis ihres Blutes verraten hatte. Bevor sie weggerannt waren, hatte sie einen kurzen Blick auf seine erstarrte Gestalt erhaschen können. Sein Körper befand sich in einer Abwehrhaltung, der Ausdruck auf seinem Gesicht wirkte entschlossen. Er hatte genau gewusst, was er tat, als er in die Arena geflogen war.

Eine einzelne Träne lief ihr über die Wange, die sie mit dem Handrücken fortwischte. Die Trauer über seinen Tod warf einen dunklen

Schatten auf ihren Sieg. Sie war erleichtert und dankbar, am Leben zu sein. Doch zu welchem Preis?

In ihrem Herzen spürte sie einen Stich. Gleichzeitig war sie unendlich glücklich darüber, wieder mit Tadhg vereint zu sein. Und … deswegen fühlte sie sich schuldig. Als würde ihre Freude das Opfer, das Krystal für sie gebracht hatte, herabsetzen. Ihr Verstand wusste, dass das völliger Quatsch war, doch ihr Herz schmerzte trotzdem.

Tadhg hatte offenbar ebenfalls irgendwie gewusst, dass ihr Blut einen Fay sterblich machte, ebenso wie die Königin – das eiskalte Biest. Anders konnte sie sich ihr Verhalten nicht erklären.

Jetzt wusste es auch der Rest vom Síd. Irgendwie beschlich sie das Gefühl, dass man sie so schnell nicht wieder zum Duell herausfordern würde.

Ein sanftes Klopfen störte die Stille. Tadhgs Haus stand immer offen, sodass seine Leute ihn aufsuchen konnten, falls etwas war. Als sie sich umdrehte, erblickte sie Nessi und Cathal in der Tür zur Veranda. Sie schälte sich aus der Decke, befreite sich aus Tadhgs Umarmung und lief Nessi entgegen.

Mehrere Minuten lagen sie sich heulend in den Armen, bevor Nessi sie halb weinend, halb lachend losließ. Sie war von einem sanften goldenen Schein umgeben. Um Cathal lag ein bläulicher Hauch. Was hatte das zu bedeuten?

»Was zum Teufel ist in der Arena gestern am Ende passiert?«, fragte Nessi, während sie sich die Wangen trocken wischte.

Auf diese Frage hätte auch Emma gerne eine Antwort. Ihr erschien alles unwirklich, wie in einem Nebel. Ihr Gehirn hatte noch keine Zeit gehabt, die Ereignisse zu verarbeiten.

»Ich … ich bin mir ehrlich gesagt nicht sicher. Ich habe echt keine Ahnung«, antwortete sie daher.

»Wie geht es dir?«

Da auch diese Frage nicht einfach zu beantworten war, zuckte sie mit den Schultern. »Ich glaube, ich habe eine Gehirnerschütterung.«

Nessi sah sie verwundert an. »Wie kommst du denn darauf?«

Sie lächelte. »Ich sehe Farben.«

Nessi wirkte noch immer verwirrt.

»Ich sehe Farben, als wäre ich auf einem LSD-Trip.« Nicht, dass sie schon mal LSD genommen hätte, aber so ungefähr stellte sie sich das vor. »Ihr seid alle von einem farbigen Schein umgeben. Ich glaube, dass mein Kopf ganz schön etwas abbekommen hat.«

»Was du nicht sagst«, erwiderte Nessi lächelnd, doch in ihrem Blick lag ein Horror, als die Bilder des Kampfes offenbar vor ihrem inneren Auge abliefen.

Sie musste mit Uisdean ein ziemliches Spektakel hingelegt haben. Die Erinnerungen waren blass und entschwanden ihr, sobald Emma versuchte, sie sich ins Gedächtnis zu rufen. Als hätte ihr Hirn die ›Delete‹-Taste gedrückt.

Hinter Nessi verschränkte Cathal die Arme vor der Brust. »Ihr habt es ihr noch nicht gesagt?«, fragte er Tadhg, der sie von hinten umschlang.

Sie legte ihre Hände auf seine und drehte ihren Kopf, um ihn ansehen zu können. »Mir was nicht gesagt?«

Doch er antwortete Cathal. »Ich wollte ihr zunächst ein wenig Ruhe gönnen.«

»Ihr was nicht gesagt?«, hakte Nessi nach.

Auf Cathals Gesicht erschien ein breites Lächeln. »Dass sie sich mitten in der Transformation befindet.«

»Transformation?« Ihr Herz setzte einen Schlag lang aus, bevor es doppelt so schnell zu rasen begann. »Transformation in was?«

Cathals Lächeln wurde noch breiter. »Darf ich es ihr sagen oder wollt Ihr?«

Tadhg nickte höflich. »Tut Euch keinen Zwang an, Fürst.«

So langsam ging ihr die Geheimniskrämerei der Männer auf die Nerven. »Mir was sagen?«

Bevor er antwortete, machte Cathal eine sehr formelle, höfliche Verbeugung. »Ich grüße Euch, Prinzessin Emma, Prinzessin des Westens, zweite Anwärterin auf den dunklen Thron, Zehrerin der Freude und ehemalige Feengeküsste des Uisdean.« Er richtete sich wieder auf. »Keine Sorge, den letzten Zusatz verlierst du, sobald die Transformation abgeschlossen ist.«

»Was?«, rief sie schrill. Sie zitterte am ganzen Leib. »Hört auf mit dem Mist, das ist nicht lustig.« Sie fuhr zu Tadhg herum, doch seine Miene blieb ernst. »Ich bin keine … keine …«

Keine Unseelie-Prinzessin, hatte sie sagen wollen, doch der Rest des Satzes blieb ihr im Halse stecken, was der untrügliche Beweis dafür war, dass die Männer die Wahrheit sagten. Nachdem sie einen frustrierten Schrei und eine Litanei an Flüchen ausgestoßen hatte, die jeden Seemann erblassen lassen würden, erklärte Tadhg, was geschehen war.

»Mit der Magie ist das so eine Sache. Sie kennt weder Leben noch Tod, nur Veränderung. Alles unterliegt einem Kreislauf. Als du Uisdean getötet hast, musste sich seine Magie einen neuen Kanal suchen. Du bist – warst – seine Feengeküsste und hast durch ihn ohnehin schon ein Bindeglied zwischen der Menschen- und der Fay-Welt dargestellt. Da war es nur logisch, dass seine Magie in dich übergangen ist. Das ist passiert, als ihr euch zusammen in dem magischen Sturm befunden habt. Seine Magie ist aus ihm heraus- und in dich hineingeflossen.«

»Mit anderen Worten«, ergänzte Cathal grinsend, »willkommen im Club, Prinzessin.« Er lachte.

Emma verengte die Augen zu Schlitzen. »Nenn mich nicht so.«

»Wie Ihr wollt, Prinzessin.« Noch immer lachte er, während sie sich kopfschüttelnd die Stirn rieb. Tadhg wirkte auch nicht gerade so, als würde die Welt untergehen.

Sie war jetzt also eine Fay.

Wie war das noch? Immer ein Problem nach dem anderen. Sie schob das ganz weit von sich. Jetzt wollte sie ihr neues Leben genießen und sich um irgendwelche Transformationen erst einmal keine Gedanken machen. Sie fühlte sich noch wie sie selbst.

Abgesehen von den Farben, die sie sah, und dass sie sich stark und voller Energie fühlte. Auf einmal bemerkte sie, wenn sie sich konzentrierte, ein dumpfes Vibrieren und spürte die Energieadern wie farbige Lichtstraßen durch den Síd verlaufen. Aber abgesehen davon war alles noch beim Alten. So mehr oder weniger. Verdammt, sie war gerade wirklich dabei, sich in eine Fay zu transformieren.

Nachdem sich Nessi und Cathal nach einigen Stunden wieder verabschiedet hatten, ließen Tadhg und sie den Abend im Pool ausklingen … und im Bett … und auf der Arbeitsplatte in der Küche, was sie erröten ließ, doch das Glück, mit Tadhg zusammen zu sein, überwog die Schüchternheit.

»Na …«, flüsterte Tadhg, während er sich sanft von hinten in ihr bewegte und ihren Rücken mit kleinen Küssen bedeckte, »wenn du als knallharte Unseelie-Prinzessin überzeugend sein willst, darfst du nicht jedes Mal vor Scham im Boden versinken, wenn wir woanders als im Bett miteinander schlafen.«

Am Ende landeten sie trotzdem wieder im Bett und liebten sich bis zur Morgendämmerung, bevor sie erschöpft ineinander verschlungen einschliefen.

I'm a
butterfly
don't
my wings

42

Als sie erwachte, lag Tadhgs Haar wie eine zweite Decke über ihr. Sie drehte den Kopf und blickte auf seinen breiten Rücken. Er schlief auf dem Bauch, das Gesicht von ihr abgewandt. Mit dem Finger fuhr sie eine Linie von seinem Nacken über seine Wirbelsäule hinunter. Auf Höhe der Hüfte, als sie über sein Steißbein strich, gab er ein mürrisches Brummen von sich.

»Ein Mann muss irgendwann auch wieder zu Kräften kommen«, murmelte er verschlafen in die Decken hinein, weiterhin von ihr abgewandt.

»Für einen Gott machst du aber ziemlich schnell schlapp«, zog sie ihn auf und wusste im selben Moment, dass sie in Schwierigkeiten steckte. Er hob den Kopf von dem Kissen, drehte sich ihr zu und blinzelte sie mit schmalen Augen an. »A-aber da du nur ein Exgott bist, ist es wohl okay«, fügte sie rasch hinzu und versuchte von ihm abzurücken, doch er legte seinen Arm um ihre Taille und drückte sie in die Matratze zurück.

»Du bist ein verführerisches Biest, kleine Kriegerin«, sagte er, schob sich über sie und drückte sein Knie zwischen ihre Beine.

Ihr Herz hämmerte wieder schneller. Einerseits prickelte ihre Haut vor freudiger Erwartung, andererseits war sie sich nicht sicher, ob sie bereits wieder ausreichend Kraft hätte. Dennoch glitt ihre Hand wie von selbst über seinen Rücken und die Rundungen seines Hinterteils. Seine Haut fühlte sich wärmer an, fast fiebrig. An ihren Fingerspitzen zuckten kleine Blitze wie sanfte Stromstöße.

Bei dem feinen Schimmern, das sie seit Neuestem sehen konnte, handelte es sich um die Aura einer Person. Die verschiedenen Farben gaben ihr einen Eindruck des Gemütszustandes, zeigten ihr – wie sie es Uisdean gezeigt hatten –, wie viel Lebensenergie eine Person besaß und ob es sich überhaupt lohnte, sie auszusaugen. So ein Blödmann. Sie strich durch Tadhgs Aura wie durch das Fell eines Tieres, verschaffte sich Zugang zu ihr und genoss die Empfindung, mit ihr zu verschmelzen. Sie ließ sie in sich hineinsinken, nicht körperlich, doch das Gefühl war ähnlich.

Tadhg über ihr hatte sich etwas verlagert und zu jener Bewegung angesetzt, sich zwischen ihren Beinen zu positionieren, hielt jetzt jedoch inne.

»Was genau soll das werden, wenn es fertig ist?«, fragte er. Seine Stimme holte sie wie aus einem Traum zurück in die Wirklichkeit.

»Was meinst du?«, fragte sie, während ihr Herz schneller hämmerte und das Blut durch ihren Körper zu strömen schien, wie im Rausch. Das Gefühl von der Verschmelzung ihrer Auren war unglaublich.

Er stemmte sich auf die Hände wie bei einem Liegestütz und blickte auf sie hinab. »Du bist gerade dabei, mir die Lebensfreude zu rauben. Wärst du so freundlich, das zu lassen und mir das, was du mir bereits genommen hast, wiederzugeben?«

»Oh.« Erschrocken starrte sie zu ihm auf. »Ich … es … es tut mir leid. Ich meine, das war keine Absicht.«

»Ich weiß. Sonst hätte ich ganz anders reagiert und der Unterschied, Prinzessin, wäre Euch aufgefallen.«

Beschämt gab sie seinen Energiestrom – zumindest fühlte es sich so ähnlich an – wieder frei und ließ ihn zurückfließen. Seine Aura löste sich schwerfällig von ihren Fingern wie klebriger Teig, schließlich war sie aber wieder intakt und umschloss seinen Körper.

»Einem schwachen, hilflosen Geschöpf ohne Magie einfach die Freude zu rauben«, schalt er sie scherzhaft. »Ihr solltet Euch schämen, Prinzessin.«

»Sorry«, murmelte sie zerknirscht. »Das ist echt eine blöde Magie.«

»Es ist eine sehr mächtige Magie«, flüsterte er in ihr Ohr, als er sich wieder über sie beugte. »Damit kannst du die Gemüter um dich herum kontrollieren und manipulieren. Du musst jedoch zunächst lernen, mit ihr umzugehen. Doch mit der Zeit wirst du den Dreh heraushaben.«

Sie seufzte. »Hoffentlich noch, bevor ich zum nächsten Duell herausgefordert werde.«

»Ich denke, dass du dir darum für die nächsten paar Jahrzehnte bis Jahrhunderte keine Gedanken machen musst. Dein Kampf ist bereits jetzt schon legendär.«

Sie strich über seinen Rücken, dieses Mal ohne seine Aura anzusaugen, und zog ihn fester an sich. Dass er alles andere als schwach und hilflos war, bewies er, als sie sich erneut liebten. Sanft und langsam dieses Mal. Sie hatten schließlich viel Zeit.

Eine ganze Ewigkeit lang.

43

Nach einer oder zwei Wochen, so genau wusste sie das nicht, beschloss sie, dass es an der Zeit war, in die Menschenwelt zurückzukehren. Sie hatte dort noch einige Dinge zu erledigen.

Es war bereits Mitte Januar und der Vermieter wunderte sich bestimmt schon, wo seine Miete blieb. Zudem hatte sie noch Freunde und ihre Familie und irgendwie musste sie ihren Alltag wieder in geregelte Bahnen bringen. Nessi hatte sich den kleinen Urlaub im Síd ebenfalls gegönnt und Cathals Höhle wohl auch nur sehr selten verlassen, sodass sie gemeinsam zurückgehen konnten. Ein bisschen sehnte sie sich auch nach der kleinen Studentenwohnung in Dublin. Die Sehnsucht nach den Feenhügeln würde sie noch früh genug einholen und zurücklocken.

Tadhg begleitete sie und Nessi. Sie kamen durch das Portal bei der Geburtsklinik in ihrem Viertel an und mussten keine langen Wege mehr zurücklegen, was ihr nur recht war. Tadhg hatte noch die Wohnung von gegenüber und blieb sozusagen in Reichweite, um für sie da zu sein.

Zuhause angekommen, musste Nessi doch tatsächlich zunächst die Tür für sie entrunen. Ein undurchdringbares magisches Gitter versperrte es wie eine Art metaphysisches Spinnennetz. Sie konnte die Magie nicht mit den Augen sehen, doch mit ihrem Sinn für alles Magische war sie eindeutig auszumachen. Es würde sicher aufblitzen und ihr einen schmerzhaften Stromschlag verpassen, sollte sie das Gitter berühren. Jedenfalls stellte sie sich das so vor. Da sie nicht scharf darauf war, es herauszufinden, ließ sie Nessi lieber einfach die Zeichen zerstören.

Sobald sie endlich drinnen waren und Nessi auch die restlichen Räume entrunt hatte, warf sie sich als Erstes auf ihr Bett. Ein seltsames Gefühl. Halb hatte es was von Heimkehren, halb von einem abgeschlossenen Kapitel, das hinter ihr lag. Die Zukunft würde zeigen, wie es weiterging und was ihr Herz ihr mitteilte.

Nessi befand sich in der Küche und bereitete eine Instantsuppe mit Buchstabennudeln vor. Bevor sie sich zu Nessi in die Küche begab, legte sie Krystals Feder auf den Nachttisch.

Ihre Freundin hatte ihr Handy zwischen Schulter und Ohr geklemmt, während sie im Topf rührte. Mit dem Kopf deutete sie auf die tiefen Teller, die Emma schon mal auf den Tisch stellen sollte.

»Wieso?«, fragte sie in den Hörer. »Nein, wir sind erst seit höchstens fünf Minuten zurück. Was soll denn passiert sein, als wir weg waren?« Nessi drehte sich um und formte mit den Lippen das Wort ›Jada‹. »Die Nachrichten?«, fuhr sie am Telefon sprechend fort. »Nein, haben wir noch nicht geschaut … aha … okay, mach ich …«

Sie verabschiedete sich von Jada und legte auf, bevor sie ihren Laptop aus ihrem Zimmer in die Küche holte. Emma befüllte die Teller mit Suppe, in der Zwischenzeit loggte sich Nessi ein und öffnete die Startseite eines Nachrichtenportals.

»*Neuer Zirkus, ausgefallene Werbekampagne oder kreative Filmpromotion?*«

Emma beugte sich über Nessi, um über ihren Rücken hinweg den Artikel besser sehen zu können.

Darin stand, dass überall in der Stadt vereinzelt seltsame Kreaturen gesichtet worden waren, die wie aus einem Fantasy- oder Science-Fiction-Film wirkten. Mutmaßungen über einen neuen Coup aus Hollywood wurden angestellt und dass es sich um eine riesengroße Promotion für einen neuen Blockbuster handeln könne.

Nessi und sie warfen sich einen schockierten Blick zu. In Nessis Augen spiegelten sich die gleichen Sorgen, die ihr selbst durch den Kopf gingen.

Damit hatten doch nicht etwa die Fay etwas zu tun?

Unter dem Artikel befand sich ein kleines Video, das zu einem Youtube-Clip verlinkte.

Nessi klickte auf den Play-Button. Es handelte sich um die verwackelte Aufnahme einer Handykamera, auf der ein nilpferdgroßes Ogerwesen zu sehen war. Wer auch immer die Aufnahme machte, kicherte und schien der Ernsthaftigkeit der Lage gegenüber völlig ignorant zu sein. Der Oger bemerkte offenbar nicht, dass er gefilmt wurde, und bog in eine kleine, verlassene Seitengasse hinter einem Pub, wo er anfing, in einem Müllcontainer nach Essen zu wühlen.

An der Stelle brach der nur sieben Sekunden lange Clip ab.

- Ende Teil 2 -

Ein etwas anderes Glossar

Interview mit Emma.

Reporterin: Guten Abend, Emma. Möchten Sie gerne etwas trinken?

Emma: Hi. Haben Sie zufällig Gin Tonic?

R: **lacht Leider nicht. Ich kann Ihnen nur Wasser, Kaffee oder Tee anbieten.**

E: In dem Fall einen Kaffee bitte.

R: **lässt aus dem Vollautomaten einen Kaffee raus und stellt ihn auf den Tisch Sie sind ja mittlerweile eine richtige Expertin, was die Welt der Feen betrifft …**

E: **rollt mit den Augen** Ja. Unfreiwillig, aber ja.

R: … dann erzählen Sie doch bitte unseren Zuschauern, was wir uns unter dem Síd vorstellen müssen.

E: Hm, mal sehen. Also, eigentlich ist das alles ganz einfach: Der Síd ist nichts anderes als eine Art Paralleldimension zu unserer Welt, in der die Fay beziehungsweise Feenwesen leben. Synonyme für den Síd sind auch ›Unter den Feenhügeln‹ oder ›Anderswelt‹.

Dort leben wie gesagt die Fay und die unterteilen sich wiederum in Seelie – unter denen man sich im Allgemeinen die schönen, sanftmütigen, den Menschen wohlgesonnenen Feenwesen vorstellt (haha, übrigens) – und in Unseelie, die als schrecklich, grausam und böse gelten. Alles völliger Quatsch, sag ich Ihnen! Denn ich konnte zwischen Seelie und Unseelie keine großen charakterlichen Unterschiede feststellen. Unter den Seelie wie auch unter den Unseelie habe ich nette und garstige Geschöpfe kennengelernt. Überall gibt es solche und solche – wie eigentlich überall im Leben.

R: Sie haben auch Bekanntschaft mit den drei Unseelie-Prinzen gemacht, hab ich recht?

E: **seufzt** Ja, hab ich.

R: **kichert Das klingt unheimlich aufregend und auch etwas … wie soll ich das jetzt ausdrücken? … sexy. Ich meine, düstere Feenprinzen. **wedelt sich mit der Hand frische Luft zu****

E: Sexy? Also, das ist nicht gerade die erste Bezeichnung, die mir einfällt, wenn ich an Nassaïr, Uisdean und Krystal denke.

R: Meine Kollegin hat letzte Woche Ihre Freundin Nessya interviewt und die hat sich bezüglich der Feenwesen ähnlich skeptisch geäußert. Auch über Königin *Scha-Wuan*, wie man ›S-I-O-B-H-À-N-N‹ wohl ausspricht, wollte sie nichts Näheres sagen. Ist die Welt der Feen wirklich so grausam?

E: **lacht** Ich glaube, wenn Sie auf einen positiven Erfahrungsbericht aus sind, dann sind sie bei Nessi und mir an der falschen Adresse. Aber wer weiß – vielleicht treffen Sie ja mal auf jemanden, der von der Feenwelt nur Gutes zu berichten hat?! **grinst breit**

R: Ja, vielleicht sogar schon bald. Meine Kollegin hat sich nämlich für unsere Rubrik ›Hautnah‹ auf den Weg in den Síd gemacht, um aus erster Hand zu berichten.

E: Ach? Sie haben eine Rubrik, die ›Hautnah‹ heißt? **murmelt** Na, immer noch besser als ›Unter die Haut‹, das könnten Feenwesen wörtlich interpretieren. **in normaler Lautstärke weiterspricht** Wann ist sie denn aufgebrochen?

R: Vor ungefähr einer Woche.

E: Und haben Sie seitdem etwas von ihr gehört?

R: Nein. **winkt ab Aber das ist völlig normal.**

E: Wenn Sie meinen …

R: Können Sie uns auch etwas über das sogenannte *Wilde Heer* erzählen?

E: Nicht viel, um ehrlich zu sein. Da kennt sich Nessi sehr viel besser aus. Ich habe die meiste Zeit mit Banshees zu tun gehabt.

R: Banshees. Sind das nicht diese gruseligen Todesboten?

E: Nicht ganz. Im Volksglauben wird den Banshees nachgesagt, dass sie einen bevorstehenden Tod ankündigen, aber in Wirklichkeit empfangen sie die Seelen der Toten nur und helfen ihnen bei ihrer

Reise auf die andere Seite – wo auch immer das ist. Gruselig fand ich sie aber nicht. Eher etwas neugierig und sehr empathisch.

R: Das klingt wirklich spannend. Ich hätte noch tausend weitere Fragen, aber leider ist unsere Sendezeit schon wieder abgelaufen. Vielen Dank, dass Sie sich die Zeit für uns genommen haben, Emma.

E: Nichts zu danken. Ehrlich. **Reporterin tief in die Augen sieht** Nichts. Zu. Danken. Nur als kleiner Tipp am Rande: Wenn Sie mit Feenwesen zu tun haben, würde ich es unterlassen, Dank auszusprechen. Es könnte sie furchtbar kränken und ein gekränktes Feenwesen ist kein glückliches Feenwesen. Und ein unglückliches Feenwesen kann für einen Menschen ein ziemlich gefährliches Feenwesen werden. Sagen Sie Bescheid, wenn Ihre Kollegin wohlbehalten zurück ist, okay?

R: Ach, machen Sie sich keine Sorgen, Emma. Meine Kollegin hat schon aus Kriegsregionen ›Hautnah‹ berichtet. Wird schon schiefgehen …

E: Ja, das befürchte ich. Auf Wiedersehen und alles Gute für Ihre Kollegin.

R: Danke.

E: **rollt lächelnd mit den Augen und verlässt den Raum**

Danksagung

Falls es irgendjemanden oder irgendetwas gibt, dem ich für meinen schrägen Sinn für Humor danken kann, gebührt demjenigen wohl mein größter Dank. Also, lieber unbekannter Faktor, liebes Universum oder whoever: Danke!

Astrid, dir danke ich für deinen wundervollen Verlag und dass du unseren Büchern ein warmes, liebevolles Heim gibst und die Möglichkeit, von der engen, kalten, ungemütlichen Festplatte hinaus in die Welt zu wandern.

Für ein weiteres episches, wunderschönes Cover danke ich Covergöttin Marie Graßhoff.

Michaela danke ich dafür, dass sie dem Buch den letzten Schliff gibt und mir die Peinlichkeit erspart, dass jemand dort draußen je herausfindet, dass Kommata und ich nach wie vor auf dem Kriegsfuß stehen. Und teilweise Rechtschreibung. Und Grammatik. Und wahrscheinlich wird sie auch in diesem Satz gefühlt 1.000.000 Fehler finden, sagen, er wäre viel zu verschachtelt und überhaupt, dass Treppensätze (dass … dass …) doof sind.

Asta … you know, you know! Ich überschütte dich mit Herzchen, Küsschen und Schokolade im Eigengewicht für dein unersetzliches Feedback. DANKE!

Danke an Jack von Inflagranti Jack fürs Testlesen. Du bist kritisch, du bist ehrlich, du bist knallhart und ultra-hilfreich. Du siehst Dinge, für die man als Autor längst zu betriebsblind ist. Mit einem Wort: Du bist Glitzer!

Danke an meine Familie. Ihr unterstützt mich, bestärkt mich, lest jedes meiner Bücher und glaubt an mich. Was mehr kann man sich wünschen?

Wie immer danke ich *last but not least* dem besten Mann der Welt. Schon Haddaway fragte: What is love*? (Baby, don't hurt me, don't hurt me no more. Wo-hoo-wo-hoo-wo-hoo-wo-hu-huhu).*

Anders als Haddaway, kenne ich aber die Antwort auf diese Frage längst. What is love? Yours! I love u. 4ever and always.

Maria M. Lacroix

No heartbeat before coffee

ISBN: 978-3-95991-251-8, kartoniert, EUR 12,00

Während eines Einsatzes gegen einen dunklen Hexenclan wird Diana, kampferprobte Spezialistin des Instituts für »Research and Identification of Paranormal Activities«, mit einem tödlichen Fluch belegt. Rettung aus ihrer aussichtslosen Lage erhält sie ausgerechnet von einem Werwolf.

Obwohl auch er in ihrer Weltsicht zum Feind zählt, bleibt ihr nichts anderes übrig, als Jamie zu vertrauen. Und als wäre ihr Leben nicht verzwickt genug, zieht er sie stärker an, als sie sich selbst eingestehen will.

Gleichzeitig wird Seattle von einer brutalen Mordserie erschüttert, sodass Diana ihre persönlichen Probleme in den Hintergrund stellt, um sich voll und ganz der Aufklärung des Falles widmen zu können. Doch ihre Kollegen dürfen weder von ihren Gefühlen für Jamie erfahren noch, welchen Preis sie für ihr Überleben gezahlt hat …

Sarah Adler

Knochenjob

ISBN: 978-3-95991-192-4, kartoniert, EUR 12,90

Drei wissenswerte Tatsachen
Dies ist eine Geschichte über den Tod.
Dies ist eine Geschichte über den Tod, der das Nasenbein gestrichen voll hat von rostigen Sensen und kratzigen Umhängen.
Dies ist eine Geschichte über den Tod, die folgende Dinge beinhaltet:
Das Leben
Das Schicksal
Eine Reise zur Zeit
Den todesmutigen Versuch, ein paar Menschen zu retten
Und ein zufällig gelüftetes Geheimnis, das alles über den Haufen wirft.
Aber lest selbst.